Joy Fielding lebt mit ihrer Familie teils in Toronto und teils in Palm Beach, Florida. Schon während ihrer High-School- und College-Zeit hatte sie den Vorsatz, Schriftstellerin zu werden, wurde jedoch zunächst durch eine Karriere beim Theater und Fernsehen davon abgelenkt. Ehrgeiz trieb sie nach Hollywood, Frustration zurück nach Toronto, wo sie sich wieder aufs Schreiben besann. Mit Erfolg veröffentlichte sie bisher sechs Romane.

Von Joy Fielding ist außerdem erschienen:

»*Verworrene Verhältnisse*« (Band 3100)

Vollständige Taschenbuchausgabe 1988
© 1984, 1994 Droemersche Verlagsanstalt Th. Knaur Nachf., München
Das Werk einschließlich aller seiner Teile ist urheberrechtlich geschützt.
Jede Verwertung außerhalb der engen Grenzen des Urheberrechts-
gesetzes ist ohne Zustimmung des Verlages unzulässig und strafbar.
Das gilt insbesondere für Vervielfältigungen, Übersetzungen,
Mikroverfilmungen und die Einspeicherung und Verarbeitung
in elektronischen Systemen.
Titel der Originalausgabe »The Other Woman«
© 1983 Joy Fielding
Umschlaggestaltung Agentur Zero, München
Umschlagfoto The Image Bank
Druck und Bindung Ebner Ulm
Printed in Germany   25   24   23   22
ISBN 3-426-01667-2

Joy Fielding:
Ich will Ihren Mann

Roman

Aus dem Amerikanischen von Christa Seibicke

Joy Fielding:
Ich will deinen Mann

Für Warren

I

»Verzeihen Sie, spreche ich mit Mrs. Plumley?«

Das Mädchen war jung und hübsch, hatte wohlgeformte Brüste und eine erstaunlich heisere Stimme. Lilian Plumley trat verwirrt einen Schritt zurück, und ihre Absätze gruben sich tief in den weichen, frischgemähten Rasen. Sie hatte flache Schuhe anziehen wollen – schließlich war es ein Picknick, auch wenn der elegante Rosedale Country Club den Rahmen dazu abgab. Aber David hatte ihr versichert, die Frauen seiner Kollegen würden im Cocktailkleid erscheinen, und er hatte recht behalten. Dieses Mädchen freilich bildete eine Ausnahme. Sie trug ein saloppes, rotes T-Shirt, und über ihr herausfordernd strammes Hinterteil spannten sich Jeans, die garantiert nicht aus einem Modellgeschäft stammten. Wessen Frau war sie überhaupt?

Lilian lächelte und taxierte mit einem schnellen Blick die tiefblauen Augen des Mädchens, ihren makellosen Teint und das raffinierte Make-up, das ihrem Gesicht den Anschein verlieh, völlig ungeschminkt zu sein. Lilians Unbehagen wuchs, als sie erkannte, daß ihr Gegenüber sie einer ebenso gründlichen Prüfung unterzog. Verunsichert dachte sie an ihr Haar, das ständig so aussah, als müsse es frisiert werden, und an ihr Gardemaß von einem Meter fünfundsiebzig. Das Mädchen vor ihr mit dem seidig glänzenden, schwarzen Haar hatte die Idealgröße von einsachtundsechzig, schätzte Lilian und spürte, wie ihre Schultern unwillkürlich zusammensackten, um die unterschiedliche Augenhöhe auszugleichen. Sie fühlte sich linkisch und plump, kam sich vor wie der Elefant im Porzellanladen, der unversehens einer Meißner Figurine gegenübersteht.

»Ja?« Lilians Ton war halb bestätigend, halb fragend. »Ja, ich bin Mrs. Plumley; was wünschen Sie?« Lilian wunderte sich, wie heiser ihre Stimme plötzlich klang.

Ein offenes, bezauberndes Lächeln lag auf dem Gesicht des Mädchens. »Ich bin Nicole Clark«, sagte sie und streckte

Lilian die Hand entgegen. »Ich will Ihren Mann heiraten.«

Die Erde stand still. Wie ein Film, der plötzlich reißt, verschwand das jährliche Firmenpicknick von Weatherby & Ross mit einem Ruck aus Lilians Gesichtskreis.

Es war einer dieser verflixten Tage. Sie hatte es von dem Augenblick an geahnt, als ihr Magen morgens um sieben gegen die Shrimps vom Abend zuvor rebellierte und sie Hals über Kopf ins Bad gestürzt war, um sich zu übergeben. David war ihr mit einer Dose Sacrotan-Spray gefolgt, und während sie sich krümmte und stoßweise erbrach, sprühte er eifrig gegen die Kacheln, bis Lilian schließlich Atem schöpfen konnte und ihn anbrüllte, er möge endlich mit der gottverdammten Sprüherei aufhören, ihr werde schlecht von dem Geruch. Statt einer Antwort wünschte ihr David einen schönen Hochzeitstag – es war ihr vierter – und trollte sich wieder ins Bett. Er überließ ihr die wenig erfreuliche Aufgabe, seine beiden Kinder aus erster Ehe abzuholen und zu dem Picknick zu bringen. Die Kinder freuten sich auf diesen Ausflug ungefähr so wie auf einen Besuch beim Zahnarzt oder bei ihrer Stiefmutter. Zu allem Überfluß hatte Ihre Königliche Hoheit Mrs. Plumley I. Lilian an der Tür zu Davids ehemaligem luxuriösen Heim empfangen und mit einem Blick, der haarscharf an ihr vorbei gerichtet war, so als sei sie gar nicht vorhanden, verlangt, daß David und sie die Kinder auch zum Abendessen behielten, weil sie eine Verabredung habe.

Hochzeitstag, ein verdorbener Magen, zwei widerspenstige Stiefkinder, die Exfrau ihres Mannes, und jetzt das! Lilian starrte das Mädchen, diese Nicole Clark, wortlos an. Sie erwiderte ihren Blick so offen und freundlich, als hätte sie nur nach der Uhrzeit gefragt. Allmählich nahm Lilian ihre Umgebung wieder wahr, Formen und Farben wurden wieder erkennbar und triumphierten mit ihrer gewohnten Vertrautheit über die Absurdität der Situation. Sie befand sich inmitten einer Gruppe von annähernd hundert Anwälten, allesamt Mitglieder einer der größten und angesehensten Chicagoer Kanzleien, die sich hier zusammengefunden hatten, um mit Frauen und Kindern ihr jährliches Betriebsfest zu feiern. Es war ein flimmernd heißer Tag mitten im Juni. Ihr Kleid klebte an Rücken und Achseln fest, ihre weißen Schuhe gruben sich immer tiefer in die weiche Erde, und sie sprach mit einem Mädchen, das mindestens zehn Jahre jünger wirkte als sie, das eine Pfirsichhaut hatte und dessen Haare von der Feuchtigkeit nicht kraus wurden. Und dieses Mädchen hatte ihr gerade erklärt, sie habe die Absicht, ihren Mann zu heiraten.

Es mußte sich um einen Witz handeln. Irgend jemand, vielleicht sogar David selbst, hatte das Mädchen dazu angestiftet, an ihrem Hochzeitstag diesen Gag loszulassen. Lilian entspannte sich, ihr Mund formte sich zu einem verständnisvollen Grinsen, und sie kam sich ein bißchen einfältig vor, weil der Groschen erst jetzt gefallen war.

»Das ist kein Scherz«, sagte das Mädchen, als habe es Lilians Gedanken erraten. »Ich meine es völlig ernst.«

Lilians Grinsen wurde breiter, natürlicher. Wer sie auch sein mochte, diese Kleine machte ihre Sache ausgezeichnet. Vielleicht war sie sogar eine Berufsschauspielerin, die man eigens für diesen Auftritt engagiert hatte. Oder sie war eine von Davids Klientinnen. Der Gedanke verursachte Lilian ein leichtes Unbehagen, da er ihr eine Bemerkung in Erinnerung rief, die sie vor langer Zeit von ihrer Mutter gehört und die sie David gegenüber wiederholt hatte, damals, bei ihrer ersten, folgenschweren Begegnung. Bei jener Fragestunde hatte sie sich hinter der Rolle der spröden, jungen Fernsehjournalistin verschanzt, und er, einer der erfolgreichsten Scheidungsanwälte der Stadt und in ihren Augen die attraktivste Ausgabe männlicher Rechtsgelehrsamkeit, die ihr je untergekommen war, spielte mit notorischem Charme den Idealtyp eines potentiellen Interviewpartners. So unauffällig wie möglich studierte sie seine ebenmäßigen Züge und seinen durchtrainierten Körper.

Als sie den schlichten, goldenen Ehering an seiner Hand erblickte, da fiel ihr die sarkastische Bemerkung ein, die ihre Mutter hatte fallenlassen, als ihre Cousine Ruth sich mit dem geschiedenen Anwalt einließ, der Ruth kurz zuvor bei ihrer eigenen Scheidung vertreten hatte. Lilian hatte sich in diesem Moment gewünscht, die beiläufigen Kommentare ihrer Mutter würden nicht gar so oft so überaus scharfsinnig klingen, und dann hatte sie, damals, vor fast sechs Jahren, David die Frage gestellt: »Ist es wahr, daß Scheidungsanwälte, die selbst geschieden sind, häufig mit ihren Mandantinnen anbändeln?«

»Die Frage kann ich nicht beantworten«, hatte er gesagt, und ein mutwilliges Lächeln hatte um seine Mundwinkel gespielt. »Ich war noch nie geschieden.«

»Wie lange sind Sie schon verheiratet?« hatte sie weitergebohrt. Sie war sich sehr wohl bewußt gewesen, daß diese Frage für das Interview völlig unerheblich war und auch nirgends in ihren Notizen stand, aber sie hatte sie trotzdem gestellt.

»Fünfzehn Jahre«, hatte er geantwortet, und sein Gesicht war plötzlich zur ausdruckslosen Maske gefroren.

Lilian fuhr fort, Nicole anzulächeln, während sie insgeheim ein Stoßgebet losließ, daß dies keine Klientin sein möge. Allmählich ging ihr der Scherz zu weit, und sie hatte den brennenden Wunsch, die Kleine mit ihren aufreizenden roten Fingernägeln, wer sie auch war, möge ganz einfach verschwinden.

»Ich dachte, es ist nur fair, Sie zu warnen«, fing Nicole an.

Doch ehe sie weitersprechen konnte, fiel Lilian ihr brüsk ins Wort: »Das reicht!« Nicht nur das Mädchen, auch sie selbst war verblüfft über die plötzliche Heftigkeit ihres Tons. Ihre Stimme hatte jede Spur der sanften, kehligen Heiserkeit verloren. »Ich meine«, lenkte sie ein, »Ich geb' gern zu, daß ich für 'nen Moment auf der Leitung stand. Also es war ein netter Einfall, wirklich originell, und meine

Freunde werden sich halb totlachen, wenn ich's ihnen erzähle. Aber wir sollten es nicht übertreiben ...«

»Das ist kein Scherz«, wiederholte das Mädchen.

Lilian kniff die Lippen zusammen. Als sie dann sprach, war ihre Stimme so leise, daß das Rauschen des Blutes in ihren Ohren sie zu übertönen drohte und Lilian Mühe hatte, ihre eigenen Worte zu hören.

»Wenn das so ist, dann sollten Sie sich verdammt davor hüten, mir noch mal über den Weg zu laufen.« Lilian richtete sich zu ihrer vollen Größe auf, warf die Schultern stolz zurück, als habe man sie soeben zur Athletin des Jahres gekürt, und starrte auf Nicole hinunter. Ich habe keine Angst vor dir, schrie sie wortlos. Ich fürchte mich weder vor dir noch vor deiner Jugend oder vor deinen Drohungen.

Nicole Clark zuckte mit den Achseln und fuhr fort zu lächeln. Aufreizend langsam drehte sie sich um und verschwand in der Menge gutgekleideter Gäste.

Wo ist David? fragte Lilian sich beunruhigt und fuhr herum. Plötzlich zitterte sie am ganzen Körper vor Empörung, und während ihre Blicke suchend über die Menge schweiften, spürte sie, daß sie all ihrem gerade zur Schau gestellten Selbstvertrauen zum Trotz in ihrem ganzen vierunddreißigjährigen Leben noch nie solche Angst gehabt hatte wie heute. Ihre Augen wurden schmal, als sie sah, wie Nicole sich lässig durch die Menge schlängelte, gut gelaunt nach rechts und links lächelte und offensichtlich zielstrebig eine bestimmte Richtung einschlug. Wo wollte sie hin? Lilian beobachtete sie mit gespannter Aufmerksamkeit.

»Lilian Plumley!« Die Männerstimme hinter ihr verriet unüberhörbar Hartnäckigkeit. Widerwillig wandte Lilian sich um. »Ich hab' zu Harve gesagt, wenn einer die Antwort auf diese knifflige Frage weiß, dann ist's Lilian. Die weiß in der Branche einfach alles.«

Sie lächelte Al Weatherby an. Er war der Begründer, der Vater, der illustren Anwaltsfirma, wenngleich man dem drahtigen, jungenhaft wirkenden Mann mit dem welligen, braunen Haar diese Rolle kaum zugetraut hätte. Lilians Blick glitt verstohlen über die Menge, doch sie hatte Nicole aus den Augen verloren.

»Wie heißt die Frau, die neben Dick Benjamin die Hauptrolle in ›Die Ehe eines jungen Maklers‹ spielte?« fragte er und strahlte erwartungsvoll übers ganze Gesicht. »Ich hab' mit Harve Prescott um fünfzig Dollar gewettet, daß du's weißt.« Harve Prescott kam zögernd näher.

»Joanna Shimkus«, antwortete Lilian abwesend und trat nervös von einem Fuß auf den anderen.

»Nein, nicht die Ehefrau. Die andere, du weißt doch, die, die so unheimlich sexy war und sich so genüßlich auf dem Bett rekelte und den Rock hob ...«

»Tiffany Bolling«, sagte sie, während sie sich magisch von der wogenden Menge angezogen fühlte.

»Genau!« rief er triumphierend, als sie sich abwandte. »Du bist die Größte, Lili! Ich wußte, daß du's weißt. Hast du das gehört, Harve?«

Lilian bahnte sich mühsam einen Weg durch die Menge und hoffte inständig, daß ihre Unhöflichkeit nicht aufgefallen war. Al Weatherby war weit mehr als der strahlende Herrscher über eine erfolgreiche Anwaltsfirma, der sein Reich im Alleingang von den bescheidenen Anfängen einer winzigen Praxis über einer chemischen Reinigung zu dem gemacht hatte, was es heute war. Er war es auch, dem sie die Blitzkarriere ihres Mannes verdankten. Er hatte Davids Fähigkeiten erkannt, ihm eine Stelle in seiner expandierenden Firma gegeben, ihn unterstützt und protegiert, und im Laufe der Zeit waren die beiden enge Freunde geworden. Al hatte es sogar geschafft, aus ihr und David, den beiden schüchternen Anfängern, passable Bridgespieler zu machen, und zwar mit seiner schon beinahe sprichwörtlichen, nie erlahmenden Geduld, für die er allenthalben berühmt war. Sie hörte ihn lachen, sah sich nach ihm um und erhaschte gerade noch sein heiteres Zwinkern, das ihr signalisierte, es gebe keinen Grund zur Beunruhigung. Al

Weatherby war kein Mann, der leicht einschnappte. Lilians Gedanken kehrten zurück zu dem Mädchen im roten T-Shirt.

Nicole Clark war verschwunden. Vielleicht ist sie nach Hause gegangen, dachte Lilian hoffnungsvoll, holte tief Atem und blickte prüfend in die Runde. Drüben am Buffet schmollte Davids Tochter Laurie über dem Nachtisch (von dem sie freilich garantiert keinen Bissen kosten würde), während sein Sohn Jason sich lustlos herabließ, mit ein paar lebhafteren Kindern Verstecken zu spielen. Waren alle Teenager so mürrisch und verstockt? Lilian mußte unwillkürlich lächeln, als sie sich vorstellte, Nicole hätte sich mit diesen beiden Nervensägen herumzuschlagen. Bei diesem Gedanken fühlte sie sich gleich besser. Lauries kleiner Bruder war noch nicht dreizehn und hatte doch schon eine unangenehme Ähnlichkeit mit seiner Mutter. Außerdem war er unerträglich schüchtern. Wenn eines der beiden Kinder in Lilians Gegenwart überhaupt je lächelte, dann gewöhnlich als Begleitkommentar zu der Neuigkeit, daß ihre Mutter wieder vor Gericht gehen und um höheren Unterhalt klagen würde oder daß sie das ganze Haus mit einem neuen, weißen Flauschteppich auslegen ließ, weil sie seit ihrer Rückkehr vom letzten Europaurlaub an Depressionen litt und eine Aufmunterung brauchte. Gemessen an seinem beachtlichen Ruf als Anwalt hatte sich David bei seiner eigenen Scheidung gründlich übers Ohr hauen lassen. Bei Mitgliedern der Anwaltskammer seien die Richter immer besonders streng, hatte er erklärt, aber stillschweigend übergangen, daß bei dem Prozeß eine siebzehnjährige Ehe, zwei Kinder und unzählige außereheliche Beziehungen, inklusive ihrer eigenen, in die Waagschale geworfen wurden.

Laurie sah sie durchdringend an, und in ihren Augen stand eine derart kalte Verachtung zu lesen, daß Lilian so etwas wie widerstrebende Bewunderung für die Ausdrucksfähigkeit des mageren Mädchens empfand. Denn mit diesem einen Blick gab Laurie ihr zu verstehen, daß sie – nach inzwischen sechs Jahren – nicht nur immer noch als Ehebrecherin betrachtet wurde, als Eindringling und Außenseiter, als vorübergehendes Ärgernis, das sicherlich beseitigt würde, sobald ihr Vater wieder zur Vernunft kam, daß sie also kurz gesagt nur eine lächerliche Figur sei; nein, dieser Blick schimpfte sie darüber hinaus auch verrückt, blöd und lahmarschig, nebst all den anderen markigen Adjektiven, die dem Jargon der Vierzehnjährigen seine faszinierende Würze gaben.

Ich hab' die Ehe deiner Eltern nicht kaputtgemacht, versuchten Lilians Augen dem Mädchen zu antworten. Da fiel ihr Elizabeth Taylors origineller Kommentar ein, als Eddie Fisher Debbie Reynolds mit Windelwaschen und Zöpfeflechten allein ließ: »Eine glückliche Ehe kann kein Dritter kaputtmachen.« Laurie wich Lilians Blick aus. Wunderbar, dachte diese erbittert, wer kann von einer Vierzehnjährigen erwarten, daß sie einem das abnimmt? Ob Debbie Reynolds es der Taylor abgenommen hat?

Jason tauchte auf, rempelte sie aus Versehen in die Seite und trat mit dem Absatz auf ihre bloßen Zehen. »Oh«, stammelte er, als er Lilian erkannte. »Ver.'.. Verzeihung. Hab' ... hab' ich dich getreten?«

»Macht nichts«, antwortete sie und versuchte unauffällig, ihren Fuß von Erde und Gras zu säubern. »Ich hab' ja noch 'nen zweiten.«

Jason war den Tränen nahe.

»Tut mir leid, ist 'n alter Witz«, fuhr sie fort und zwang sich zum Lachen. »Na, amüsierst du dich gut?« Warum zum Teufel fragte sie das? Jeder Idiot konnte ihm die Antwort vom Gesicht ablesen.

»Es geht«, sagte er langsam, um nicht zu stottern. Elaine, Davids Exfrau, ließ keine Gelegenheit aus, darauf hinzuweisen, daß Jason erst zu stottern angefangen hatte, *nachdem* sein Vater ausgezogen war, und so diente Jasons Sprachfehler zur ständigen Mahnung daran, daß David als

Vater ein Versager sei. Der Junge hatte sich seit kurzem an-
gewöhnt, langsam zu sprechen, um sein Stottern zu kon-
trollieren. Wenn man nur Davids Schuldgefühle auch so
leicht in den Griff kriegen könnte, dachte Lilian und beobachtete prüfend das Gesicht des Jungen, der ihr immer viel
älter vorkam, als er war. Im Geist hörte sie die Stimme seiner Mutter: Denk dran, Jason, du bist jetzt der Mann im
Haus.

Für einen Augenblick verspürte Lilian den unwiderstehli-
chen Drang, den Jungen in die Arme zu nehmen, aber Jasons Augen wurden plötzlich hart, und sie fühlte sich zu-
rückgestoßen, als er sich abwandte und mit seinem
schlurfenden Gang demonstrierte, wie sehr er sich langweilte. Vielleicht suchte er seinen Vater, um ihn dazu zu
überreden, vorzeitig nach Hause zu gehen.

Wo war David?

Als Lilian ihn endlich entdeckte, lehnte er unter einer ausladenden Trauerweide. Welch passende Kulisse für eine
dramatische Szene, dachte Lilian. Doch dann sah sie, daß
er in eine selbst auf die Entfernung sehr ernsthaft wirken-
de und also vermutlich langwierige Debatte mit einem seiner Partner verwickelt war, in eine Debatte, die zu unterbrechen niemand wagen würde. Sie spürte, wie ihr Körper
sich ein wenig entspannte und der Säurespiegel ihres Ma-
gens, der zwar nie sonderlich niedrig war, sich immerhin
wieder normalisierte.

Es tat ihr gut, David bloß anzuschauen. Ihre Bekannten
wurden nie müde zu versichern, David sehe aus wie Robert
Redford, mit seinem weizenblonden, nachlässig in die
Stirn fallenden Haar und den mutwillig blitzenden, grünen
Augen, aber Lilian fand den Vergleich ein bißchen weit
hergeholt. Für sie stand jedoch unumstößlich und ohne jeden Zweifel fest, daß er unwahrscheinlich gut aussah, und
wenn ihm die besondere Ausstrahlungskraft, jenes undefinierbare gewisse Etwas fehlte, das einen Filmdarsteller
zum Leinwandidol machte – wen kümmerte das? Wahr-

scheinlich kann Robert Redford 'ne erstklassige Nutte nicht von 'ner Niete unterscheiden. David hat einen Riecher für so was. Aber ist das nicht gerade das Gefährliche? fragte sie sich, als ihr unwillkürlich Nicole Clark einfiel.

Wenn man es objektiv betrachtete, paßten sie zweifellos besser zusammen, ihr Mann und diese andere Frau. Sie ergänzten einander gut, waren sie doch beide das Abbild ebenmäßiger Vollkommenheit. Sogar Nicoles dunkles Haar schien wie geschaffen, seinen blonden Schopf zu betonen, so daß beider Vorzüge noch wirkungsvoller zur Geltung kamen. Zum Teufel mit der Objektivität, entschied Lilian energisch und schüttelte ihre rötliche Mähne. Doch ein paar Strähnen klebten widerspenstig im Nacken fest. Wenn sie guter Laune und mit sich im Einklang war, redete Lilian sich ein, sie sehe aus wie Carly Simon. Aber da das noch nie jemand anderem aufgefallen war, mußte es wohl eine recht entfernte Ähnlichkeit sein. Eigentlich war es auch ganz unwichtig. David hatte *sie* geheiratet, und er hatte aus diesem Grund eine äußerst attraktive Frau verlassen. Der Gedanke an Davids frühere Untreue und an seine Scheidung war allerdings nicht gerade dazu angetan, Lilians Selbstsicherheit zu stärken. Sie wollte nach Hause. Vielleicht konnte sie eine Unpäßlichkeit vorschützen ... ihr Magen, die Hitze ...

»Na, wie gefällt's dir an der Uni?«

Die Stimme hatte sie so überrascht, daß sie merklich zusammenzuckte, ehe sie sich zu Beth Weatherby umwandte. Al Weatherbys Frau war eine der ganz wenigen unter den Kollegenfrauen, mit denen sie irgend etwas gemeinsam hatte.

»Großartig«, log Lilian und sah sofort, daß Beth ihr nicht glaubte.

»Du findest es grauenvoll, stimmt's?« lachte Beth. Sie war fünfundvierzig, zwölf Jahre jünger als ihr Mann. Die beiden waren seit siebenundzwanzig Jahren verheiratet. Ein Umstand, über den Lilian nicht müde wurde, sich zu wundern: unvorstellbar, daß jemand mit achtzehn wußte, was er wollte, und sich fast drei Jahrzehnte später immer noch dasselbe wünschte. »Ich hab' gesehen, wie Al dich vorhin ausgefragt hat«, sagte Beth, als habe sie Lilians plötzlichen Gedankensprung erraten. »Nicht zu fassen. Ein erwachsener Mann und führt sich auf wie ein Kind! Er hat sich die halbe Nacht damit um die Ohren geschlagen, Kinofragen auszubrüten, die dich verblüffen würden.«

Lilian lachte.

»Du vermißt es sehr, nicht wahr?« erkundigte sich Beth unvermittelt.

»Vermissen? Was?« fragte Lilian zurück, obwohl sie die Antwort ganz genau kannte.

»Das Fernsehen«, sagte Beth erwartungsgemäß.

»Ja«, entgegnete Lilian zerstreut. Nicole Clark war plötzlich wieder aufgetaucht und nahm ihre ganze Aufmerksamkeit in Anspruch. Lilian beobachtete, wie das Mädchen sich einen Weg zu David bahnte, und sah ihren Mann ganz selbstverständlich zur Seite rücken, um den Neuankömmling in die Unterhaltung einzubeziehen.

»Wer ist das?« fragte sie Beth Weatherby.

Beth blickte zu der mächtigen Trauerweide hinüber. »Die Kleine, die mit deinem Mann spricht? Ich weiß ihren Namen nicht mehr, aber sie ist 'ne Neue. Ich glaube, sie ist Jurastudentin und macht diesen Sommer bei Weatherby & Ross ihr Praktikum.«

»Sie wird Rechtsanwältin?«

»Al sagt, sie habe große Chancen. Hochintelligent. Weißt du, wenn ich's mir überlege, ich glaub', er hat nie mehr jemanden so gelobt wie sie, seit er damals David kennenlernte und ihm anbot, in die Firma einzutreten. Er ist überzeugt, daß sie eine geradezu phantastische Karriere vor sich hat. Meinst du nicht auch, daß sie in einer Robe einfach entzückend aussehen würde?«

Lilian spürte, wie ihr Magen sich hob. »Entschuldige mich einen Moment, ich fühle mich nicht wohl.« Sie zog sich in eine ruhige Ecke zurück. Ihre Absätze sanken tief in den Boden, so als ob sie auf der Stelle festgewurzelt sei. Beth Weatherby trat neben sie und kramte ein paar große, weiße Pillen aus ihrer gelben Strohtasche.

»Antacid«, erklärte sie, noch bevor Lilian eine Frage stellen konnte. »Nimm dir 'n paar.«

Lilian steckte zwei Tabletten in den Mund.

»Zerkau sie.«

Lilian gehorchte und verzog angewidert das Gesicht.

»Ich weiß, sie schmecken scheußlich, wie Kreide. Aber sie helfen. Ich nehm' sie schon, so lange ich denken kann. Wegen der Magengeschwüre«, kam sie Lilians Frage zuvor.

»Wieso, hast du Magengeschwüre?« erkundigte sich Lilian ehrlich erstaunt.

»Berufsrisiko«, sagte Beth und lächelte. »Schicksal, wenn man die Frau eines vielbeschäftigten Anwalts ist.«

Außerdem hat sie drei Kinder großgezogen, dachte Lilian und erinnerte sich plötzlich, daß David ihr neulich erzählt hatte, der Jüngste, der gerade erst siebzehn war, habe die Schule verlassen, um den Harekrischnas beizutreten. David hatte ihr im selben Atemzug die Erlaubnis gegeben, seinen eigenen Sohn zu erschießen, sollte der je eine ähnliche Verrücktheit begehen.

»Hier hab' ich was, danach wirst du dich gleich besser fühlen«, versicherte Beth und fischte in ihrer Handtasche nach, wie Lilian annahm, einer anderen Sorte Tabletten. Doch was sie ihr in die ausgestreckte Hand legte, waren keineswegs Pillen, es war ein schlichter, weißer Briefumschlag, in Beth Weatherbys krakeliger, nach links geneigter Schrift an Lilian adressiert. »Ich denke, das wird dir gefallen«, sagte Beth, schenkte ihr ein verschwörerisches Lächeln und schlenderte hinüber zu einer kleinen Gruppe von Kollegenfrauen, die zusammenrückten, um ihr Platz zu machen. Wie eine Amöbe, die ihre Beute verschlingt, dachte Lilian, als Beth buchstäblich zwischen den Körpern der anderen verschwand. Dann richtete sie ihre Aufmerksamkeit auf das Schreiben in ihrer Hand. Sie riß den Umschlag auf und nahm den Brief heraus.

Er war sauber getippt, sein Inhalt knapp, sachlich und direkt. Nur ihr Name war mit der Hand eingesetzt. Sie überflog den Brief und las ihn gleich darauf noch einmal.

Liebe *Lilli*,

langweilst Du Dich im Bett? Bist Du es leid, jeden Morgen beim Aufwachen von derselben alten Leier, von Stöhnen, Gestank und Klagen begrüßt zu werden? Vermißt Du die angenehme Erregung aus jenen weit zurückliegenden Tagen, in denen sein Herz noch größer war als die kahle Stelle an seinem Hinterkopf?

Wir können Deine Gefühle nachempfinden. Uns geht es genauso. Aber wir haben einen Plan ausgeheckt. Schick Deinen Mann einfach zu der ersten Frau auf beigefügter Liste, streiche deren Namen und setze Deinen eigenen ans Ende der Liste. Dann kopiere diesen Brief und verschicke ihn an fünf Freundinnen. Innerhalb von sechs Monaten wirst Du mit 40 000 Ehemännern zusammentreffen.

Aber sei vorsichtig: *Du darfst die Kette nicht unterbrechen!* Barbie Feldmann hat das vor zwei Jahren getan, und was geschah? Seitdem ist sie nicht nur am armen, alten Freddie hängengeblieben, sondern als ihr Grill kaputtging, wurde sie von dem Elektriker, der ihn reparieren sollte, vergewaltigt. Wir möchten nicht, daß Dir etwas Ähnliches passiert.

Warum gibst Du nicht dem Zufall eine Chance? Raff Dich auf – es ist in jedem Falle befriedigender, als Hemden zu bügeln. Schick einfach Deinen Mann los und setze Deinen Namen auf die Liste, dann tu fünf Freundinnen einen Gefallen! *Unterbrich die Kette nicht!*

Dem Brief lag eine Liste mit fünf Namen bei, deren letzter der von Beth Weatherby war.

Lilian lachte laut auf und fühlte sich tatsächlich ein wenig besser. Verlaß dich auf Beth, dachte sie und schaute sich nach dem Grüppchen unter der Trauerweide um. Als sie sah, daß ihr Mann jetzt mit Nicole allein war, fühlte sie sich prompt wieder elend.

Sie beobachtete die beiden, die sich entspannt unterhielten und ihre forschenden Blicke gar nicht wahrnahmen. David schien gelöst und glücklich. Selbst auf die Entfernung konnte sie das schelmische Zwinkern in seinen Augen erkennen. Plötzlich warf er den Kopf in den Nacken und lachte hell auf, vermutlich über eine unüberbietbar kluge Bemerkung Nicoles. Ihre Blicke trafen sich, als er den Kopf wandte und sich das Haar aus der Stirn strich. Sofort erhellte ein warmes Lächeln sein Gesicht, und er hob das Weinglas zu einem schweigenden Toast. Sie sah, wie er sich zu Nicole hinüberbeugte und ihr etwas zuflüsterte, worauf diese beifällig nickte. Lilians Augen richteten sich prüfend auf die Frau, die ihren Blick geschwind auffing und genau wie David ihr Glas zu einem Toast erhob. Ihre Lippen formten schweigend ein »Auf den Hochzeitstag!«

2

Die Büros von Weatherby & Ross erstreckten sich über zwei Etagen des vierundneunzigstöckigen John Hancock Centers, und ihre Einrichtung hätte der Phantasie eines Hollywood-Ausstatters Ehre gemacht. Die karamelfarbenen Stofftapeten harmonierten mit den beigen Berberteppichen, die Wände waren mit modernen Lithographien und Tapisserien geschmückt, und weitläufige Gänge führten zu den geräumigen Büros. Drinnen boten raumhohe Fenster eine Aussicht, an der man Rang und Ansehen des jeweiligen Besitzers ablesen konnte.

David Plumleys Büro lag gleich hinter der ausladenden, geschwungenen Treppe und gegenüber dem Konferenzzimmer. Der Blick aus der fünfundachtzigsten Etage war überwältigend. Der Raum selbst freilich war das reinste Chaos.

Man hatte Lilian Listerwoll höflich hineinkomplimentiert und ihr versichert, Mr. Plumley komme sofort. Das war vor fast zwanzig Minuten gewesen, aber Lilian war froh, die Zeit nutzen zu können, um ihre Fragen zu ordnen und die Antworten zu überfliegen, die sie bei den Interviews mit anderen Anwälten hatte sammeln können. Von allen Büros, die sie an diesem Nachmittag besucht hatte, war dies mit Abstand das unordentlichste. Sie hatte noch nie so viele Papiere und Bücher auf scheinbar diffuse Weise herumliegen sehen. Der große Eichenholzschreibtisch war überschwemmt mit Akten und Dokumenten, und die Bücherregale waren zum Bersten vollgestopft. Selbst in der Besucherecke, wo zwei grün-blau gestreifte Sessel einen runden Glastisch flankierten, türmte sich Fachliteratur, und Aktenstöße kletterten wie Efeu an den Wänden empor. Die Bilder waren durchweg modern, nicht uninteressant, doch kühl und distanziert in ihrer kompromißlosen Abstraktheit. Der einzige Hinweis auf Sinn für Humor, den sie entdecken konnte, war eine Lithographie, die auf kahlem Grund nichts weiter zeigte als eine Parkuhr mit der Aufschrift: ABGELAUFEN. Das Bild hing direkt hinter seinem Schreibtisch, und Lilian vermutete, daß es als subtiler Wink für säumige Klienten diente. Sie konnte nirgends Familienfotos entdecken, aber bei einem der erfolgreichsten Scheidungsanwälte der Stadt wären solche wohl auch nicht recht am Platz gewesen.

David Plumley kam herein und nahm hinter seinem Schreibtisch Platz. Lilian taxierte mit schnellem Blick sein blondes Haar, die grünen Augen und das jungenhafte Lächeln, das zu sagen schien: Ich weiß, daß ich unwiderstehlich bin. Dann hatte sie plötzlich das Gefühl, als ob die

Parkuhr hinter ihm zu ticken beginne, und sie platzte mit ihrer ersten Frage heraus. Es war genau jene, von der sie ihrer Mutter mit gutdosierter Verachtung versichert hatte, daß sie nicht im Traum daran dächte, sie zu stellen.

»Ist es wahr, daß Scheidungsanwälte, die selbst geschieden sind, häufig mit ihren Mandantinnen anbändeln?«

Sein mutwilliges Lächeln vertiefte sich. »Die Frage kann ich nicht beantworten«, sagte er schlicht. »Ich war noch nie geschieden.«

»Wie lange sind Sie schon verheiratet?« fuhr sie fort und blickte auf den altmodischen Goldreif am Ringfinger seiner linken Hand. Ihr schien dieses Symbol überflüssig, denn daß ein Mann, der aussah wie er, unfehlbar verheiratet war, wußte ohnehin jeder, der Augen im Kopf hatte.

»Fünfzehn Jahre«, antwortete er mit ausdrucksloser Stimme, und das Lächeln auf seinem Gesicht erlosch. »Tut mir leid, daß Sie warten mußten.«

»Warten?« Einen verrückten Herzschlag lang hatte Lilian das Gefühl, er spreche immer noch von seiner Ehe.

»Ich bin im Konferenzzimmer aufgehalten worden.« Das mutwillige Lächeln kehrte zurück. Es war fast, als könne er ihre Gedanken lesen, als spüre er die plötzliche Unruhe, die ihren ganzen Körper erfaßt hatte. »Darf ich Ihnen einen Kaffee anbieten?«

»Nein, danke«, sagte sie und versuchte, seinem Blick auszuweichen. »Ich hab' schon drei Tassen getrunken.«

»Dann bin ich also nicht Ihr erster ... Interviewpartner, meine ich«, setzte er scherzend hinzu, als ihr Blick dem seinen zögernd wieder begegnete.

»Nein, das sind Sie nicht«, antwortete sie gereizt. Sie waren beide entschieden zu alt für diesen Schlagabtausch. »Herrscht in Ihrem Büro immer solch ein Durcheinander?«

Seine Stimme klang ebenso gereizt wie die ihre, seine Antwort war so direkt wie ihre Frage. Er hatte ihren Wink verstanden. »Ja«, sagte er. »Also, was kann ich für Sie tun?«

Sie erklärte es ihm und schlüpfte erleichtert zurück in die Rolle der souveränen Fernsehjournalistin, was ihr die nötige Distanz zu seinen kühlen, grünen Augen verschaffte. Sie mache eine Reportage über die Elite der Chicagoer Juristen und interviewe dazu die drei renommiertesten Kanzleien. (Er bezweifelte ihre Auswahl angesichts der beiden anderen Firmen.) Sie versuche, Einblick in den Tagesrhythmus einer Firma mit einem so breit gestreuten Wirkungskreis wie Weatherby & Ross zu gewinnen.

Al Weatherby, ihr erster Interviewpartner, hatte ihr eine allgemeine Einführung gegeben und ihr erklärt, das Fernziel der großen Firma sei es, sich weiter auszudehnen und schließlich den ersten Platz unter den Kanzleien der Stadt einzunehmen. Sie würden fünfundachtzig Volljuristen beschäftigen, hatte er stolz erzählt und vorausgesagt, daß die Zahl der Mitarbeiter binnen fünf Jahren auf einhundert anwachsen werde. Im Laufe der Zeit sollte der Stab proportional zum Anwachsen der Firma vergrößert werden. Von den fünfundachtzig Anwälten waren fast dreißig Teilhaber, der Rest setzte sich aus Junioren und untergeordneten Mitarbeitern zusammen. Jedem Anwalt war eine eigene Sekretärin unterstellt, und zusätzlich verfügte die Firma über einen Stab von Schreibkräften und Rechtspraktikanten. Außer den Einzelbüros und dem Konferenzraum gab es eine Bibliothek, eine Cafeteria und zwei Aufenthaltsräume. Al Weatherby hatte den jährlichen Mietpreis mit etwa einer Million Dollar beziffert.

Die Anwälte bearbeiteten jeweils nur ihr Spezialgebiet. Für einen Laien konnte man es vereinfacht so formulieren, daß bei Weatherby & Ross für jedes anfallende Problem ein kompetenter Anwalt zur Verfügung stand. Die Kanzlei arbeitete im Körperschafts-, Straf- und Steuerrecht sowie im Zivil-, Prozeß- und Vermögensrecht und in sämtlichen Untergruppen. Das Geschäft floriere sehr gut, vielen Dank.

»Was verdienen Sie im Jahresdurchschnitt?« fragte Lilian David Plumley in der Hoffnung, ihn zu überrumpeln.

»Ist das wichtig?« wollte er wissen.

»Ich denke doch«, meinte sie und sah ihm fest in die Augen. »Schließlich befaßt sich meine Sendung mit den höchstdotierten Vertretern Ihres Berufsstandes. Da brauche ich eine ungefähre Vorstellung von den Spitzenverdiensten, um die es in Ihrer Branche geht. Mir ist es lieb, wenn ich weiß, wovon ich spreche.«

»Wem geht das nicht so«, entgegnete er nachdenklich. »'ne sechsstellige Summe.«

»Über hunderttausend Dollar im Jahr?«

»'ne sechsstellige Summe«, wiederholte er.

»Arbeiten Sie auf anteiliger Basis? Ich meine, richtet sich Ihr Profit nach der Höhe des Streitwertes?«

»Nein, das ist nicht mein Stil.«

»Wieso nicht? Was ist Ihr Stil?«

»Ich ziehe es vor, die Kosten entsprechend meinem Arbeits- und Zeitaufwand zu berechnen. Das System der Beteiligungsquote ist meines Erachtens nicht immer fair, obwohl eine Menge höchst angesehener Anwälte Ihnen stichhaltige Argumente dafür liefern würde.«

»Aber Ihnen liegt dieses System nicht?«

»Ich ziehe meines vor.«

»Aus moralischen Gründen?«

»Vielleicht. Auch wenn Sie's nicht glauben, es gibt Anwälte mit moralischen Prinzipien.« Zum erstenmal seit einer ganzen Weile lächelte er wieder. »Ich komme mir vor wie im Kreuzverhör.«

Sie wechselte abrupt das Thema: »Wie lange arbeiten Sie täglich?«

Er hob die Schultern, und in seinem Ton schwang eine Spur von Ironie mit. »Oh, bloß die üblichen fünfzehn Stunden. Um acht Uhr morgens am Schreibtisch, um zehn Uhr abends nach Hause.«

»Das sind aber bloß vierzehn Stunden.«

Er lächelte wieder.

»Finden Sie es ›fair‹, um Ihren Ausdruck zu gebrauchen,

mit dem Elend anderer so viel Geld zu verdienen?« hakte sie nach.

»Ich sehe es anders. Meine Aufgabe besteht darin, dem Elend ein Ende zu setzen. O doch, ich finde es ausgesprochen fair. Ich arbeite nämlich hart für mein Geld.«

»Wie stehen Sie zu dem Vorwurf, der verschiedentlich von den Betroffenen eines Scheidungsprozesses erhoben wird und der besagt, daß alles glattgeht, bis die Anwälte auf den Plan treten?«

»Ich denke, Sie haben sich mit einer Menge Verlierer unterhalten.«

Lilian unterdrückte ein Lächeln. »Sie glauben also nicht, daß der Vorwurf berechtigt ist«, begann sie wieder und warf energisch den Kopf in den Nacken, um den Einfluß seines Charmes abzuschütteln. »Stimmt es, daß viele Frauen rachsüchtig handeln und versuchen, dem armen Teufel von Exmann den letzten Pfennig aus der Tasche zu ziehen?«

»Das mag schon sein«, gab er offen zu. »Aber es ist ebenso eine Tatsache, daß viele Männer jeden nur erdenklichen schmutzigen Trick ausprobieren, um ihren Frauen nicht den ihnen rechtmäßig zustehenden Unterhalt zahlen zu müssen. Und damit sind wir bei einem wirklichen Problem. Ich glaube, eine Menge verheirateter Frauen sind sich ungeachtet aller Bestrebungen der Emanzipationsbewegung immer noch nicht darüber klar, welche Rechte das Gesetz ihnen zubilligt. Sie wissen einfach nicht, was ihnen zusteht. Ich kläre sie darüber auf.« Er machte eine Pause. »Und dann verhelf' ich ihnen zu ihrem Recht.«

»Haben Sie überwiegend weibliche Klienten?«

»Mehr als zwei Drittel.«

»Was hat Sie bewogen, Jurist zu werden?«

»Ich erteile gern Ratschläge.«

»Und wie kamen Sie zum Scheidungsrecht?«

Er zögerte. »Ich bin mir nicht ganz sicher.« Er zuckte mit den Achseln. »Ich habe die anderen Sparten ausprobiert,

Vermögens- und Strafrecht interessierten mich nicht sonderlich, ich haßte auch das Körperschafts- und Steuerrecht, obwohl ich in beiden sehr erfolgreich war. Wahrscheinlich bin ich einfach durch Zufall beim Scheidungsrecht hängengeblieben. Sind Sie verheiratet?«

»Nein.«

»Geschieden?« Er neigte erwartungsvoll den Kopf.

»Ledig«, erklärte sie mit einem Anflug von Trotz. »War nie verheiratet. Eine alte Jungfer, ein Blaustrumpf.«

Ihr Blick war herausfordernd: *Okay*, Supermann, du hast angefangen. Worauf willst du hinaus?

David Plumley seinerseits sah sich einer Frau mit großen, braunen Augen und einer wirren, roten Mähne gegenüber, die ein nahezu perverses Vergnügen daran zu finden schien, ihre Reize zu verhüllen. Sie steckte in ausgebeulten Hosen und einem unförmigen Pullover und verbarg ihren Charme hinter einer schnodderigen, ja brüsken Fassade. Er sah eine selbständige, wenngleich ein wenig weltfremde Frau vor sich, die einen interessanten und begehrten Beruf ausübte und die sich im Moment krampfhaft bemühte, seiner Anziehungskraft zu widerstehen. Sie war keineswegs die hübscheste von denen, die ihm an diesem Tag in seinem Büro gegenübergesessen hatten, und doch schien sie ihm in diesem Augenblick so begehrenswert wie die verführerischste Frau, der er je begegnet war.

Es klopfte, Al Weatherby platzte herein und flüsterte David Plumley zu, Warren Marcus sei schrecklich ungehalten über die Schlampigkeit der Mitarbeiter und erwarte, daß ihm alle Dossiers bis fünf Uhr vorlägen.

»Was für Dossiers?« fragte Lilian, sobald sie wieder allein waren, und zückte ihren Bleistift. Sie war dankbar für die Unterbrechung.

Seine Antwort war präzise und verständlich formuliert. Er schien daran gewöhnt zu sein, Neulinge einzuweisen, und fand offenbar Gefallen daran. »Es handelt sich um Tabellen, die jeder unserer Anwälte führt und in denen zum einen festgehalten wird, wie lange man an einem bestimmten Fall gearbeitet hat, und zum anderen, was konkret behandelt wurde. Es ist genau das, was ich vorhin anschnitt, als Sie nach meinem Stil fragten. Nehmen wir an, Sie kommen in einer Scheidungsangelegenheit zu mir, und wir diskutieren zwei Stunden lang Ihre Probleme. Wenn Sie wieder fort sind, hole ich aus meiner Kartei die Karte mit dem Namen Listerwoll, Lilian, und trage ein: ›Zwei Stunden. Besprechung der Scheidungsklage.‹ Nach ein paar Tagen rufen Sie mich an, weil Sie befürchten, Ihr Mann wolle das Sorgerecht für die Kinder beantragen. Wir unterhalten uns etwa eine halbe Stunde. Nach dem Gespräch mache ich in Ihrer Karte den Vermerk: ›Dreißig Minuten. Telefonische Unterredung betreffs Sorgerecht.‹ Nach Ablauf von drei Monaten nehme ich mir Ihre Karte vor und addiere sämtliche Stunden, die ich für Ihre verkorkste Ehe geopfert habe, und multipliziere sie mit meinem Stundenhonorar. Danach wird Ihnen eine Rechnung zugestellt, aus der Sie genau ersehen können, was ich getan habe. Tja, und damit haben Sie ein Beispiel für die Tabellen, aus denen sich unsere Dossiers zusammensetzen.«

Lilian lächelte strahlend. Es schmeichelte ihr ungemein, daß er ihren vollen Namen behalten hatte. »Sie sind in Ordnung«, sagte sie und spürte plötzlich, wie sie sich entspannte. Sie lachten beide, und in Lilian, die auf einmal begriff, daß dieser außergewöhnlich attraktive Mann leicht zu haben war, stieg unwillkürlich eine Welle von Mitleid mit seiner Frau auf. Sie ertappte sich bei dem Gedanken: Ich möchte nicht mit so einem Mann verheiratet sein; einem, den man mit aller Welt teilen muß.

»Worüber denken Sie nach?« fragte er.

Sie sah ihm in die Augen und schwieg. Er weiß es, dachte sie.

»Hm, du riechst gut«, sagte er, als er in das kleine Bad kam. Er trat hinter sie und küßte sie auf den Nacken. In der

Hoffnung auf weitere Zärtlichkeiten schmiegte Lilian sich an ihn. »Bist du bald fertig?« fragte er.

Sie legte die Wimperntusche aus der Hand und betrachtete Davids Spiegelbild. »Weißt du, welchen Luxus ich mir wünsche?« fragte sie und fügte, ohne seine Antwort abzuwarten, hinzu: »zwei Badezimmer.«

Er drehte sich um und küßte sie auf den Mund. »Bist du bald fertig?« wiederholte er lächelnd.

Sie seufzte spielerisch. »Zur Not kann ich mir die Haare auch im Schlafzimmer bürsten.«

Er musterte sie prüfend. »Ich dachte, du bist frisch frisiert«, sagte er scheinheilig.

»Vielen Dank.« Sie schnappte sich die Bürste und marschierte ins Schlafzimmer.

»Das war ein Kompliment«, rief er ihr nach.

»Aber sicher doch«, lachte sie, ließ sich auf das französische Bett plumpsen und betrachtete sich prüfend im Spiegel über dem Toilettentisch. Wie war sie nur auf die Idee gekommen, die Wände gelb zu streichen? Die Farbe war entschieden unvorteilhaft für ihren Teint, von ihrem Haar ganz zu schweigen. Sie fuhr lustlos durch ihre wirren Strähnen, raffte sich schließlich auf, trat dicht vor ihr Spiegelbild und konzentrierte sich zielstrebig auf ihre Frisur. Als sie damit halbwegs zufrieden war, setzte sie sich wieder aufs Bett und überlegte, was sie anziehen solle. In die engere Wahl kam ein rosa Sommerkleid oder eine weiße Hose mit lindgrünem, rückenfreiem Oberteil. Sie entschied sich für den Hosenanzug, weil es ihr sinnlos schien, ein teures, neues Kleid beim Bridgespielen zu verknittern. Wie bin ich nur so praktisch geworden, wunderte sie sich, und dann fiel ihr ein, daß das Kleid in Wirklichkeit schon ein Jahr alt war. David kam herein, sein Haar verführerisch zerzaust. Muß dieser Mann denn immer so blendend aussehen? fragte sie sich. Und was, um Himmels willen, fand er eigentlich an ihr? Sie wußte, daß jeder, der sie beide zusammen sah, diese Überlegung anstellte. Mit Ausnahme von Beth wunderten sich sämtliche Kollegenfrauen darüber, daß er Elaine ihretwegen aufgegeben hatte. »Nein, weißt du, Lilian ist nicht mal hübsch«, hatte sie auf einem Fest aufgeschnappt. Zweifellos mußte das auch Nicole Clark festgestellt haben.

»Wo ist die Bürste?« fragte David.

Sie zeigte auf den Toilettentisch. »Mach schon, nimm sie dir!«

»Nicht doch«, wehrte er großzügig ab. »Ich warte, bis du fertig bist.«

»Fabelhaft!«

»Was ist los?«

»Ich hab' mich gerade frisiert, du Trottel!« Sie sprang auf, der Gürtel ihres Bademantels öffnete sich und entblößte ihren nackten Körper.

Er hatte sie im Nu aufs Bett gedrängt und warf sich über sie. Beide mußten so schrecklich lachen, daß ihnen für einen Moment die Luft wegblieb.

»Ich hab' dich doch bloß ärgern wollen«, sagte er, drückte ihr die Arme hinter den Kopf und hielt sie fest. »Du siehst großartig aus. Ich finde, du siehst einfach bezaubernd aus.«

Seine Küsse wurden fordernd, und ihr Lachen verebbte, während seine erfahrenen Hände über ihren Körper wanderten.

Das Telefon klingelte.

»Für dich«, sagte sie. »Rat mal, wer dran ist.«

»Woher willst du wissen, daß es Elaine ist?« fragte er und streckte den Arm nach dem Telefon aus, ohne seinen Körper zu bewegen.

»Weil sie immer in solchen Momenten anruft. Außerdem hat die Gute es heute erst zweimal probiert. Du hast sie also nicht zurückgerufen?«

»Ich ruf' sie nie zurück. Du könntest dich schließlich auch mal irren.« Er nahm den Hörer ab. »Hallo?« Lilian wartete auf das unvermeidliche »O ja, hallo, Elaine«, das auch

29

prompt folgte. Sie zählte die Risse in der Decke, während ihr Mann auf ihr lag und hörbar gereizt mit seiner ersten Frau sprach.

»Ja, sie hat mir ausgerichtet, daß du angerufen hast. Nein, ich hab' nicht versucht, dich zurückzurufen. Ich hatte keine Zeit für sinnlose Diskussionen.« Er blickte auf Lilian hinunter und küßte ihre Nasenspitze. »Und ich hab' auch jetzt keine Zeit.« Lilian hörte die weinerliche Stimme am anderen Ende der Leitung antworten. Sie war nicht sonderlich überrascht, als sie spürte, daß ihr Verlangen erlosch. Diese Frau muß irgendwo in unserem Schlafzimmer eine Fernsehkamera versteckt haben, um jedesmal den passendsten Augenblick für einen Anruf zu erwischen, dachte sie. Behutsam schob sie David zur Seite, kroch aus dem Bett, ging zum Einbauschrank, öffnete ihn und nahm die weiße Hose und das grüne Oberteil heraus.

»Natürlich weiß ich, daß Jason Ende nächster Woche ins Ferienlager fährt. Wer zum Teufel glaubst du, bezahlt den Spaß?«

Lilian zog eine Schublade auf und holte einen weißen Schlüpfer heraus.

»Wieso braucht er einen neuen Schlafsack? Er hat doch einen. Na wennschon, dann ist er eben fünf Jahre alt. Er ist immer noch gut genug.«

Sie zog den Schlüpfer an und streifte das Oberteil über den Kopf. Sie betrachtete sich im Spiegel. Wem wollte sie etwas vormachen? Um so ein ausgeschnittenes Ding zu tragen, brauchte man Busen. Sie dachte an Nicole Clark, die den verdammten Fummel mühelos ausgefüllt hätte. Sie blickte zu David hinüber. Sie hatte ihm nichts von der Unterhaltung mit dem Mädchen erzählt. Wozu auch? Es hätte sein Interesse höchstens verstärkt. Welcher Mann würde sich nicht geschmeichelt fühlen durch die schiere Unverfrorenheit eines so unerwarteten Bekenntnisses? Besonders, wenn es von einer Frau kam, die aussah wie Nicole Clark, und wenn der Mann David war. Sie zog das Oberteil aus und trat wieder an den Schrank.

»Ist mir völlig egal, ob das verdammte Ding zerschlissen ist. Dieses Ferienlager kostet tausend Dollar pro Monat, gibt's dafür nicht mal Betten?«

Lilian wählte einen flammendroten, saloppen Pulli mit weiten Ärmeln und streifte ihn über den Kopf.

»Hör zu, Elaine, ich will nichts mehr davon hören. Wenn du glaubst, der Junge braucht einen neuen Schlafsack, dann kauf *du* ihm einen. Mit den siebeneinhalbtausend Dollar, die ich dir im Monat zahle, kannst du dir's ja wohl leisten!«

Lilian betrachtete sich im Spiegel. Ich seh' aus, als wär' ich schwanger, dachte sie, und ihr wurde schwindelig vor Freude. Vielleicht hat's geklappt, hoffte sie und rechnete im stillen nach, wann ihre nächste Periode fällig war. Als sie David anblickte, lief ein Schauer durch ihren Körper. Er schüttelte den Kopf und legte die Hand über die Muschel.

»Du siehst aus, als wärst du schwanger«, flüsterte er ungehalten. In letzter Zeit hatte sie mehrmals bemerkt, wie seine Abneigung, eine neue Familie zu gründen oder auch nur die Möglichkeit in Erwägung zu ziehen, sich verstärkte. Schnell zog sie den Pulli wieder aus. Sie suchte im Schrank nach etwas Passendem, als Davids Stimme sie aufschreckte.

»Was?« brüllte er. Bisher hatte er während der ganzen Unterhaltung beherrscht und leise gesprochen. »Du bist verrückt, Elaine! Aber mach, was du willst! Du willst wieder vor Gericht? Na schön, gehn wir vor Gericht!« Er knallte den Hörer auf die Gabel.

»Sie will dich wieder schröpfen?«

»Bis jetzt sind's bloß leere Drohungen.«

»Was zum Teufel will sie denn noch? Erzähl mir bloß nicht, sie hat rausgekriegt, daß ich genug Geld gespart habe, um mir selbst 'nen Pullover zu kaufen?« Der Scherz glückte ihr nicht recht. Alimente, der Unterhalt für die Kinder und die Steuer fraßen den Löwenanteil von Davids Verdienst, und ihr Job an der Uni war nicht nur günstig und bequem, sondern auch reine Notwendigkeit. »Du läßt dich von mir aushalten«, neckte sie manchmal ihren Mann und versuchte so, ihre Verbitterung darüber zu lindern, daß Davids ganzes Geld für Exfrau und Kinder draufzugehen schien, während sie beide von *ihrem* Verdienst lebten. In den ganzen vier Jahren ihrer Ehe hatte sie die Miete für die Stadtwohnung gezahlt, obwohl dies ursprünglich nur als vorübergehende Lösung geplant war. Ihr Lebensstandard war nicht gerade das, was sie sich erträumt hatte.

»Sie sagt, sie will höhere Lebenshaltungskosten geltend machen. Du weißt schon, wegen Inflation und so.« Lilian starrte ihren Mann fassungslos an. Aus Angst vor einem Wutanfall wagte sie nicht zu sprechen, und es hatte schließlich keinen Sinn, mit David zu streiten. Das würde alles nur noch schlimmer machen. »Willst du so gehen?« fragte er. Lilian sah auf ihre nackten Brüste hinunter. »Warum zum Teufel heiratet sie nicht wieder?« rief er und warf die Arme in die Luft.

Sie stand wieder vor dem Schrank. »Machst du Witze?« fragte sie spöttisch. »Diese Frau wird nie mehr heiraten. Sie amüsiert sich viel zu gut damit, die Fäden zu ziehen – was unsere Finanzen betrifft und auch sonst.«

David lachte geringschätzig. »Müßte auch ein ganz besonderer Typ sein, einer, der nicht öfter als zweimal im Jahr Lust hat zu bumsen.«

Lilian inspizierte flüchtig ihre Blusen, entdeckte auffallende Flecken an den wenigen, die in Frage kamen, und überlegte sich, was sie wohl bewogen hatte, die anderen überhaupt zu kaufen. Sie waren einfach schauderhaft.

»Zieh das grüne da an«, sagte David, der sich an ihr vorbeizwängte, um seine Sachen zu holen. »Es steht dir gut.«

Sie zerrte das knappe Oberteil vom Bügel, und unversehens waren ihre Gedanken wieder bei Nicole. Sie wandte sich nach David um. »Was meinst du, bleibt uns noch Zeit, da weiterzumachen, wo wir vorhin aufgehört haben?«

Er schaute auf seine Armbanduhr. »Wir müssen in genau

fünfunddreißig Minuten bei den Weatherbys sein, und
Lake Forest liegt nicht gerade an der nächsten Ecke.«
Sie zog das grüne Oberteil über den Kopf, gleichgültig, ob
sie dabei ihre Haare zerzauste oder nicht, und schloß energisch die Schranktür.
»Wir holen's nach, wenn wir heimkommen«, rief er ihr zu.
Sie nickte, obwohl sie wußte, daß er nicht hinsah. Warum
wohnen die Leute bloß alle in den Vororten? überlegte sie
ärgerlich. Enttäuscht ließ sie sich aufs Bett fallen und wartete auf David. Ihr Blick fiel auf das Telefon. Sie ruft immer
genau im richtigen Moment an, dachte Lilian. Sie hat ein
Gespür dafür.

3

»Eins ohne Trumpf.«
»Passe.«
»Zwei Herzen.«
»Passe.«
»Passe.«
»Passe.«
»Zwei Herzen sind angesagt, und meine schöne Partnerin
spielt aus«, sagte Al Weatherby und schaute seine Frau
über den Tisch hinweg an. Seit siebenundzwanzig Jahren
waren die beiden verheiratet, und Al war Beth gegenüber
immer noch galant und aufmerksam. David spielte den
Pikkönig aus, Al Weatherby legte sein Blatt nieder und
machte den Dummy. »Achtzehn kostbare Punkte. Zu schade, daß du nicht mitgehen kannst, Liebste«, sagte er, stand
auf und ging um den Tisch herum, um Beth ins Blatt zu
schauen.
»O Al, es tut mir so leid«, beteuerte Beth, die ganz blaß geworden war. »Ich weiß nicht, wo ich mit meinen Gedanken

33

bin.« Sie hielt die Karten dicht vor die Brust, in der Hoffnung, Al werde seinen Entschluß ändern, doch als er es nicht tat, streckte sie widerwillig die Hand aus und zeigte ihm ihr Blatt. »Ich war nicht bei der Sache«, seufzte sie entschuldigend.

»Mein Gott, schau dir deine Karten an!« Seine Stimme klang eher erschrocken als ärgerlich.

»Ich weiß, ich weiß«, flüsterte Beth kaum hörbar.

»Wir hätten zusammen mindestens einen Kleinschlemm gehabt, und was spielen wir? Zwei Herzen! Wo bist du nur heute abend mit deinen Gedanken, Liebste?« Beth hatte Tränen in den Augen. »Oh, bitte nicht weinen, Schätzchen«, sagte er begütigend. »Es ist doch nur ein Spiel! Ich bin dir ja nicht böse. Im Gegenteil, wenn ich mir dein Blatt genauer ansehe, finde ich, es war eine glänzende Idee, mit den zwei Herzen rauszukommen. Ich hätte es genauso gemacht.«

David und Lilian fingen beide an zu lachen, Beth wollte einstimmen, brachte es jedoch nicht fertig. Sie tat Lilian schrecklich leid. Trotz langjähriger Praxis hatte sie den ganzen Abend furchtbar schlecht gespielt. Wenigstens war Al ein Partner, der nie die Geduld verlor. Er nahm es so, wie er gesagt hatte: lediglich als ein Spiel.

»Leg nur los, Liebste«, sagte Al und setzte sich wieder auf seinen Platz. »Es kann gar nichts schiefgehen.«

Beth spielte aus, ohne zu antworten. Sie verpaßte nur einen einzigen Stich und gewann mühelos den Kleinschlemm, den sie hätte anmelden sollen. Nach der Runde lächelte sie Al verzagt an.

»Du hättest beim dritten Stich mit dem König schneiden sollen«, sagte er geduldig und sammelte die Karten ein. »Dann hättest du alle Stiche gekriegt. Schließlich hattest du doch nichts zu verlieren.«

»Laßt uns einen Kaffee trinken«, schlug Beth vor, stand auf und stieß an Lilians Stuhl. Sie keuchte vor Schmerz.

»Hast du dir weh getan?« fragte Lilian besorgt.

Beth schüttelte den Kopf. »Ich stoß' mich bloß dauernd an derselben Stelle. Ihr kennt ja das Sprichwort von den offenen Wunden.« Sie hielt inne. »Gibt's ein Sprichwort über offene Wunden?« fragte sie dann, und alle lachten befreit.

Lilian bot ihre Hilfe in der Küche an, doch Beth lehnte dankend ab. Sie standen vom Spieltisch auf und gingen hinüber in den weitläufigen, bequem ausgestatteten Wohntrakt, der vollgestopft war mit kostbaren Antiquitäten.

»Ich werde helfen«, verkündete Al, sobald es sich seine Gäste gemütlich gemacht hatten. »Das war wirklich ein origineller Kettenbrief, den Beth da verschickt hat, nicht wahr? Meine Güte, ich hab' selten so gelacht. Ach, übrigens, Lilli«, unterbrach er sich, und ein rätselhaftes Glitzern schimmerte in seinen Augen, »wer spielte die weiblichen Hauptrollen in ›Ein Brief an drei Frauen‹?«

»Jeanne Crain, Ann Sothern und Linda Darnell«, antwortete Lilian, ohne zu zögern. »Möchtest du auch die männlichen Hauptdarsteller wissen?«

»Willst du mich auf den Arm nehmen? Ein guter Anwalt muß wissen, wann er verloren hat. Ist's nicht so, David?«

David nickte. »Sie ist unschlagbar.«

»Hatte gehofft, das sei vor ihrer Zeit gewesen.«

»Ich seh' mir eine Menge alter Filme an«, erklärte Lilian und dachte an früher, als es gar nichts Ungewöhnliches für sie gewesen war, die halbe Nacht vor dem Fernseher zu sitzen und einen Film nach dem anderen anzuschauen. Morgens war sie dann schlaftrunken zur Arbeit getaumelt, den Kopf voller hinreißender Pointen von Joan Crawford.

Jetzt hatte sie keine Gelegenheit mehr, die Spätsendungen anzuschauen. Davids Tag begann um Viertel nach sechs. Deshalb ging er meist früh zu Bett, und er behauptete, er könne nur einschlafen, wenn er sie neben sich spüre.

»Wie war das doch gleich, David, du nimmst Milch, aber keinen Zucker, richtig?« fragte Al Weatherby, als er die große Diele auf dem Weg zur Küche überquerte. Wenn man unser ganzes Apartment nähme und mitten in diese

Diele stellte, dachte Lilian, würde es sie nicht einmal ausfüllen.

David nickte. »Und du, Lilli, trinkst deinen Kaffee schwarz.« Es war keine Frage, sondern eine Feststellung.

»Ja, bitte.«

»Beth hat einen vorzüglichen Heidelbeerkuchen gebakken«, rief er über die Schulter zurück. »Wenn ihr mich einen Moment entschuldigen wollt, gehe ich ihr rasch zur Hand und bin gleich zurück.«

Lilian sah ihm nach. Er war kaum größer als sie selbst. Al Weatherby, dieses Wunder an scheinbar unerschöpflicher Energie und Geduld war ein ausgesprochen zierlicher Mann, doch da er seit frühester Jugend Gewichtheben trainierte, war sein knabenhafter Körper ungemein muskulös. Es hieß, er komme mit zwei Stunden Schlaf pro Nacht aus, und David hatte einmal erwähnt, daß er während der ganzen fünfzehn Jahre, die er der Firma angehörte (seit acht Jahren als Teilhaber), nicht ein einziges Mal erlebt habe, daß Al Weatherby die Beherrschung verlor. Es gehörte zu Als Gepflogenheiten, sich so gründlich wie möglich über die Ehefrauen seiner Mitarbeiter zu informieren. Als er erfuhr, daß Lilian ein Filmnarr war wie er und gleich ihm mit Vergnügen die Kleinanzeigen in der Morgenzeitung las, da begann er sie merklich zu bevorzugen. Seine Gunstbeweise erleichterten ihr den Kontakt zu den anderen Anwälten und ihren Frauen ungemein, insbesondere zu denen, die Elaine gekannt und geschätzt hatten.

»Was für 'nen Brief meint er denn?« fragte David und lehnte sich behaglich in die samtenen Polster des viktorianischen Sofas zurück. Einen Moment lang hatte Lilian den Eindruck, er spreche mit jemand anderem.

»Oh, der Kettenbrief ... über Ehemänner. Hab' ich ihn dir nicht gezeigt?« Er schüttelte den Kopf. »Macht nichts, ich hab' ihn aufgehoben. Beth gab ihn mir bei dem Picknick neulich.« Ihre Stimme war plötzlich tonlos.

»Ach, beim Picknick«, wiederholte David bedeutungsvoll.

»Willst du mir nicht endlich sagen, was bei diesem Picknick passiert ist?«

»Wovon sprichst du?«

»Irgendwas hat sich doch da abgespielt, und das verschweigst du mir. Immer wenn ich davon anfange, machst du so ein komisches Gesicht und guckst so verstört ... ja, genau wie jetzt.« Lilian spürte, wie ihr das Blut in die Wangen stieg. »Du wirst ja rot! Das ist aber ganz was Neues bei dir.«

»Ich werde nicht rot«, behauptete Lilian und versuchte, ihre Verlegenheit durch ein Lachen zu überspielen. »Du bildest dir das alles bloß ein.« Sie blickte sich um. »So ein riesiges Haus, nur für die beiden.«

»Kein besonders geschickter Versuch, das Thema zu wechseln«, bemerkte er augenzwinkernd.

»Die zwei haben wirklich prächtige Kinder«, fuhr sie fort und überhörte geflissentlich seinen Einwand. Ihre Augen waren fest auf ein schön gerahmtes Foto der drei Weatherby-Sprößlinge gerichtet, das über dem großen, marmorgefaßten Kamin hing.

»Es sind keine Kinder mehr«, berichtigte sie David. »Der Jüngste ist siebzehn.« Er schüttelte resigniert den Kopf und wollte etwas sagen.

»Ich weiß schon«, kam ihm Lilian zuvor, »wenn Jason je die Sprache der Mun-Sekte einführen will, hab' ich deine Erlaubnis, ihn niederzuschießen.«

»Was denn, 'ne eigene Sprache haben diese ... Typen auch?«

Lilian hob neckend die Schultern.

»Du gerissenes Biest!« Er lachte und beugte sich über sie, um sie zu küssen.

Der Schrei aus der Küche schreckte beide auf. Lilian lief hinüber, David ihr nach, und als sie das Blut sahen, stürzten beide auf Beth zu.

Al Weatherby war fast noch bleicher als seine Frau. »Was zum Teufel ist passiert, Beth?« fragte er mit ruhiger, fast eisiger Stimme. »Himmel! Ich dreh' dir einen Moment den Rücken zu, und du bringst dich fast um ...« Er drehte den Kaltwasserhahn auf, nahm Beth beim Arm und hielt ihre blutüberströmte Hand unter den Strahl. Sie schrie auf, als das Wasser über die Wunde schoß. Als das Blut fortgespült war, kam ein tiefer Schnitt zum Vorschein, der fast wie eine zweite Lebenslinie vom Zeigefinger bis hinunter zum Handgelenk verlief.

»Ich weiß nicht, wie das passieren konnte«, sagte Beth und kämpfte mit den Tränen. »Ich hab' den Kuchen angeschnitten, und ich muß wohl die Kruste zu hart gemacht haben. Jedenfalls blieb das Messer irgendwie stecken, ich stieß fester zu, und eh' ich mich's versah – zack – genau auf meine Hand. Mein Gott, tut das weh!«

»Halt still«, befahl Al mit gepreßter Stimme. »Du verlierst 'ne Menge Blut. Ich weiß nicht, vielleicht sollte ich dich ins Krankenhaus bringen.«

»Nein«, wehrte seine Frau ab. »Bitte nicht, ich schaff's auch so. Oben ist Verbandszeug ...«

»Ich hol's«, bot David an und lief aus der Küche.

»Erstes Bad rechts«, rief Al ihm nach. »Dieser verfluchte Anruf von Lisa ist schuld, nicht?« Es klang wie eine Feststellung. Zu Lilian gewandt, erklärte er: »Wir machen uns Sorgen wegen unserer Tochter.« Sein Blick kehrte auf Beths blutende Hand zurück. »Scheint, als hätte sie ein Verhältnis mit 'nem Musiker, natürlich ist der Kerl verheiratet.«

Natürlich, dachte Lilian.

»Kleine Kinder, kleine Sorgen«, sagte David, als sie im Auto saßen und nach Hause fuhren, »große Kinder, große Sorgen. Es lohnt sich nicht, Lilli, glaub mir. Es lohnt sich einfach nicht.«

Sie waren etwa zwanzig Minuten gefahren.

»Es ist gleich um die Ecke, da vorn, das Haus auf der linken Seite, Nummer neunzig!«

David suchte die nächste Parklücke und hielt. Die Straße

war eng und schlecht beleuchtet. Zu beiden Seiten standen Doppelhäuser, die ursprünglich recht ansehnlich gewesen sein mochten, inzwischen jedoch ziemlich heruntergekommen waren, woran gewiß auch das rauhe Klima Chicagos Schuld trug. Als er den Motor abstellte, bemerkte er skeptisch: »Unsichere Gegend, wie?«

Lilian lächelte. »Aber ganz und gar nicht. Ich wohne im ersten Stock, und im Erdgeschoß regiert meine Wirtin mit ihren beiden Lieblingen, einem Dobermann und einer Flinte.«

»Echt amerikanisch«, lachte David.

Lilian wollte die Wagentür öffnen, doch plötzlich hielt sie inne und suchte nach einem Weg, den Abschied hinauszuzögern. »Ich möchte mich bei Ihnen bedanken«, fing sie an.

»Aber nicht doch«, unterbrach er sie. »Ich hab' Sie aus purem Egoismus heimgebracht. Es ist nur schade, daß Sie nicht weiter weg wohnen, dann hätte ich Ihre Gesellschaft noch ein bißchen länger genießen können.«

Sie lächelte, und ihre Gedanken schweiften zurück zu dem Nachmittag in seinem Büro. Sie hatte schließlich die Rolle der angriffslustigen Reporterin aufgegeben, hatte begonnen, David Plumley ruhig zuzuhören, und sein Humor und sein Charme hatten ihre Feindseligkeit überwunden, eine Feindseligkeit, von der sie wußte, daß sie nur ein Schutzmantel war gegen seine starke Anziehungskraft und gegen sein scheinbar müheloses Eindringen in ihre Gedanken und Gefühle. All das hatte sie zunächst einmal eingeschüchtert und ihr Angst gemacht, doch am Ende hatte sie sich zu einer Tasse Tee überreden lassen und ihm gespannt gelauscht, während er sich über die juristische Zunft und ihre namhaften Vertreter verbreitete und sie in alle nur erdenklichen Aspekte seines Berufes einführte. Aus einer Stunde waren zwei geworden, die Zeit verging wie im Flug, all seine übrigen Verabredungen wurden vertagt und die Anrufer vertröstet. Es war fast sechs Uhr abends, als sie enttäuscht feststellte, daß alle weiteren Fragen, die ihr einfielen, nicht mehr das geringste mit Juristerei zu tun hatten, sondern sich ausschließlich auf seine Ehe, seine Kinder und die Rolle anderer Frauen in seinem Leben bezogen. Er bot ihr an, sie nach Hause zu fahren, und sie nahm bereitwillig an, obwohl ihr eigener Wagen in der Tiefgarage gleich um die Ecke geparkt war. Na wennschon, sie würde ihn eben morgen abholen.

Sie stieß die Wagentür auf. »Also ... nochmals danke für alles.« Sie zögerte und drehte sich wieder nach ihm um. »Ich mache mir Vorwürfe, weil ich Sie so lange aufgehalten habe«, log sie, entschlossen, aufs Ganze zu gehen. »Wenn Sie nicht verheiratet wären, würde ich Sie zum Abendessen einladen.«

Seine Antwort ließ nichts zu wünschen übrig: »Ich lebe getrennt«, sagte er und vergaß lediglich klarzustellen, was er unter getrennt verstand: Seine Frau war daheim bei den Kindern, während er mit Lilian hier in seinem Auto saß.

»Entschuldige«, bat er und setzte sich mit einem Ruck im Bett auf. »Ich weiß, ich laß dich nicht einschlafen. Aber ich kann einfach nicht abschalten.«

Lilian richtete sich neben ihrem Mann auf und blinzelte zum Wecker hinüber. Es war fast halb vier Uhr morgens. »Wir hätten nicht soviel Kaffee trinken sollen«, seufzte sie und dachte an die große Kanne, die sie aufgegossen und getrunken hatten, als sie am Abend in ihre kleine Wohnung zurückkamen. Sie hatten sich von den Weatherbys verabschiedet, sobald Beths Hand aufhörte zu bluten und sorgsam verbunden war. Al hatte seine Frau gedrängt, sich gleich hinzulegen, und obwohl Beth sie zum Bleiben überreden wollte, hielten Lilian und David es für das beste, sich zu verabschieden. Beim Anblick des Blutes war Lilian übel geworden, und Davids heftiger Protest gegen eine weitere Vaterschaft auf der Heimfahrt war ihr auch ganz schön aufs Gemüt gegangen. Kaffee schien die rechte Medizin für ihre ermatteten Lebensgeister. Sie hatten die ganze Kanne ausgetrunken, hatten sich ausgezogen, waren zu Bett gegangen und in einen ruhelosen Halbschlaf verfallen. Vergessen war ihr Verlangen, sie hatten nur den einen Wunsch, bis zum Morgen in ihren Kissen zu versinken und das Bewußtsein auszuschalten.

»Möchtest du was essen?« fragte Lilian.

»Was gibt's denn?« fragte er zurück und reckte sich.

»Bißchen Käsekuchen.« Er schüttelte den Kopf. »'nen Rest von dem Reispudding, den ich neulich abend gekocht hab'.«

»Nein.«

»Hast du Lust, beim Italiener anzurufen und 'ne Pizza zu bestellen?«

Er lachte leise. »Nein, ich mag nichts zu essen.«

»Ein Glas Wasser? Oder 'nen Saft?«

»Nein.« Er spähte in die Dunkelheit. »Scheiße«, murmelte er niedergeschlagen.

»Soll ich dir den Rücken massieren?«

Er hob erwartungsvoll den Kopf. »Jaaah, genau das brauch' ich.« Er lächelte und wälzte sich auf den Bauch. Lilian kletterte auf seinen Rücken und bearbeitete seine Schultern.

»Na, wie ist das?« fragte sie nach einer Weile, als ihre Hände zu schmerzen begannen.

»Gräßlich«, antwortete er zärtlich, »aber du hast schon immer lausig massiert.«

»Ach, tatsächlich?« gab sie zurück und hämmerte plötzlich mit den Fäusten auf seinen Rücken ein. »Na, ist das besser?«

»Viel besser.« Er lachte, drehte sich um und warf sich über sie. »Sehr viel besser«, wiederholte er keuchend, drang in sie ein und bewegte sich in schnellem, hartem Rhythmus.

Später lagen sie ganz still nebeneinander. Ihr Atem ging ruhig, sie hatten die Augen geöffnet, fühlten sich entspannt, aber noch immer nicht müde.

»Also«, begann er unvermittelt, »willst du mir jetzt endlich erzählen, was bei dem Picknick passiert ist?«

»Was meinst du?« fragte sie verstört.

»Lilli«, entgegnete er geduldig, »du bist seitdem völlig verändert. Du bist fast so schlimm wie Beth Weatherby, rennst Wände ein, ziehst dich fünfzigmal am Tag um ...«

»Ist nicht wahr. Ich hab' mich nicht ...«

»Wie oft hast du dich gestern abend umgezogen?«

»Ich weiß nicht, worauf du hinauswillst. Ich hab' mich bei dem Picknick großartig amüsiert. Es ist nichts Besonderes passiert.« Sie spürte, wie sie rot wurde. »Wieso hab' ich das Gefühl, mir würde die Nase abfallen, wenn ich weiterlüge?«

David lachte. »Weil du so leicht zu durchschauen bist wie Pinocchio, deshalb. Und jetzt erzähl mir, was passiert ist!«

Lilian setzte sich auf, zog die Knie an die Brust und stützte den Kopf darauf. »Ich begreif' nicht, wieso du immer weißt, was ich denke.«

»Ich weiß nicht, *was* du denkst, bloß, *daß* du denkst. Komm schon, du weißt doch, daß du mir nichts verheimlichen kannst. Wirst du's mir jetzt beichten?« Er wartete schweigend.

Sie bemühte sich, ihre Worte vorsichtig zu wählen. Was sollte sie sagen? Wie konnte sie es ihm erzählen, ohne den Reiz, den diese Geschichte für ihn haben mußte, noch zu erhöhen? Hör mal, David, du kennst doch die hübsche, begabte Jurastudentin, die in den Semesterferien in eurer Kanzlei arbeitet, die mit den großen Titten und der Pfirsichhaut, nun, sie will dich heiraten ... Sie wälzte die Worte noch eine Weile in ihrem Kopf, überlegte, welche lustig klingen würden, beiläufig, nicht bedrohlich. Rat mal, was passiert ist? probierte sie in Gedanken. Eine andere Frau hat sich in dich verliebt ...

»Nun?« fragte er.

»Das wird deinem Ego enormen Auftrieb geben«, begann

sie nervös und fragte sich verwundert, warum sie solche Angst davor hatte, es ihm zu erzählen. »Ich spreche nur deshalb mit dir darüber, weil ich sicher bin, daß ich dir vertrauen kann …«

Er lachte vergnügt. »Nur zu, heb den mahnenden Zeigefinger! Flöß mir schon vorher so viele Schuldgefühle ein, daß ich deine Überraschung gar nicht mehr genießen kann. Also, was es auch ist, raus damit!«

»Es geht um Nicole Clark«, platzte sie heraus.

»Um wen?« fragte David ehrlich überrascht.

»Nicole Clark«, antwortete sie.

Er war völlig verdutzt. »Wer is' Nicole Clark?«

Ein strahlendes Lächeln erschien auf Lilians Gesicht. Sie fühlte sich sofort besser. »Du weißt es wirklich nicht? Sie arbeitet bei euch in der Kanzlei, jedenfalls während der Semesterferien. Sie studiert Jus. Dunkelhaarig, jung, hübsch, das heißt, wenn einem dieser geleckte Typ gefällt. Du hast dich beim Picknick 'ne ganze Weile mit ihr unterhalten.«

Davids Verwirrung spiegelte sich in seinen Augen wider. Sie sah förmlich, wie er versuchte, die einzelnen Teile des unsichtbaren Puzzles zusammenzufügen und dem Namen Nicole Clark ein Gesicht zuzuordnen. Hübsch … dunkles Haar … Studentin … »Ach ja, Nicki, natürlich. Nicole Clark! Das klingt so förmlich. Hübsch, sagst du? Sie ist einfach umwerfend!«

Ihm gefiel offenbar der geleckte Typ. Lilian spürte, wie ihre Wangenmuskeln sich spannten. »Du weißt also, wen ich meine«, konstatierte sie überflüssigerweise.

»Aber natürlich. Aufgewecktes, *sehr* aufgewecktes Mädchen. Netter Kerl. Unheimlich sensibel.«

»Davon bin ich überzeugt«, sagte Lilian, ließ sich auf den Bauch fallen und spürte, wie ihr Rücken sich versteifte. »Was ist los?«

»Ach nichts. Außer, daß dieses umwerfende, aufgeweckte, nette, sensible Wesen mir beim Picknick mitteilte, daß sie die Absicht hat, dich zu heiraten.«

Ein paar Sekunden lang lag David ganz still. Dann begann er aus vollem Hals zu lachen.

»Ich versteh' nicht ganz, was daran so lustig ist.« Sie bemühte sich, ruhig und gefaßt zu sprechen.

David bog sich vor Lachen. »Mensch, es war ein *Witz*, begreifst du das denn nicht?« Er lachte noch lauter. »Das ist wirklich gelungen. Ich wußte gar nicht, daß sie so viel Humor hat.«

»Jetzt hat sie auch noch Humor. Na fabelhaft«, brummte Lilian.

»Lilli, sei mal ehrlich, du regst dich doch nicht wirklich drüber auf, oder?«

Ihre Stimme klang ungewohnt schrill. »Wieso sollte ich mich nicht aufregen? Da kommt ein Mädchen daher und erzählt mir, sie würde meinen Mann heiraten. Und mein Mann tröstet mich damit, daß er mir erklärt, sie sei erstens umwerfend, zweitens aufgeweckt, drittens nett und viertens sensibel. Ach ja, eh' ich's vergesse, fünftens hat sie einen wundervollen Sinn für Humor.«

David zog sie an sich, bedeckte ihr Gesicht mit Küssen, fuhr mit den Lippen über ihren Hals und streichelte ihre Hüften. »Aber, du dummes Gänschen, worüber regst du dich denn auf? Du weißt doch, daß ich dich liebe, oder?«

Sie nickte widerwillig.

»Na also, warum läßt du dich dann von einem harmlosen Scherz aus der Fassung bringen?«

»Weil es kein Scherz war. Das hat sie mir selbst gesagt. Sie war sehr deutlich.«

David richtete sich auf. »Erzähl mir ganz genau, was sie gesagt hat!« Lilian wiederholte ihren Wortwechsel mit Nicole Clark vom Sonntagnachmittag, so gut sie konnte, und versuchte, die Erregung in ihrer Stimme niederzukämpfen. »Hältst du's immer noch für einen Witz?« fragte sie schließlich.

David wurde plötzlich sehr ernst. Er sah seiner Frau fest in die Augen. »Ich liebe dich«, begann er. »Ich liebe dich wirk-

44

lich. Deshalb habe ich dich geheiratet. Und ich habe nicht das geringste Verlangen nach irgendeiner anderen Frau. Hast du das kapiert? Ich hab' nicht mal das Bedürfnis, eine andere anzusehen. Du bist die einzige, die ich will und die ich brauche. Und das wird sich niemals ändern. Mit anderen Worten, du wirst mich nicht los, Madame. Nicht in diesem Leben. Wenn Nicole Clark es ernst gemeint hat, dann ist sie ausgesprochen töricht, und ich bin sehr enttäuscht über ihr albernes Benehmen.«

Lilians Augen füllten sich mit Tränen der Liebe und Dankbarkeit. Im Geiste wiederholte sie seine Worte immer und immer wieder, um die bange Frage zu ersticken, ob er je etwas Ähnliches zu Elaine gesagt hatte, und um die Warnung zu übertönen, mit der ihre Mutter damals ihrem Geständnis, sie habe ein Verhältnis mit einem verheirateten Mann, begegnet war: »Wenn er jetzt seine Frau betrügt, dann wird er eines Tages auch dich betrügen.«

»Halt den Mund, Mutter!« murmelte sie.

»Wie bitte?«

Lilian lachte. »Ach nichts.«

»Warum weinst du?«

Sie schüttelte den Kopf. »Ich liebe dich«, sagte sie, während er ihr die Tränen von den Wangen küßte.

»Na gut, dann tu mir einen Gefallen«, bat er sie und küßte sie auf die Nasenspitze. »Vergiß es nie: *Ich* liebe *dich*, und du bist für mich die schönste Frau der Welt.«

Er küßte sie auf den Mund. »Halt mich fest«, forderte er sie zärtlich auf und drehte sich auf die Seite. Sie schmiegte sich an ihn, ihre Schenkel umfingen seine Hüften, und ihrer beider Körper atmeten im selben Rhythmus. Sie war fast eingeschlafen, als er leise auflachte. »Ich kann's einfach nicht glauben, daß Nicki das wirklich gesagt hat.«

Lilian tat, als schliefe sie, und antwortete nicht. Instinktiv rückte sie noch näher und zog ihn fester an sich. Sie war auf einmal wieder hellwach. Hol's der Teufel, dachte sie wütend, ich hab' ihn neugierig gemacht.

45

4

Lilian warf sich ruhelos von einer Seite auf die andere. Sie spürte, daß es schon hell war und womöglich Zeit zum Aufstehen, doch sie war noch nicht bereit, die Augen zu öffnen und das Licht hereinzulassen, das durch die Schlafzimmervorhänge kroch. Ihr Körper war steif und schmerzte, weil sie auf der falschen Seite gelegen hatte. Wenn ich wenigstens ein paar Stunden hätte schlafen können, dachte sie, öffnete widerstrebend die Augen und kämpfte die Übelkeit nieder, die sie immer befiel, wenn sie zuwenig Schlaf bekam. Ihr Blick fiel auf den Radiowecker, der seltsamerweise auf ihrem Nachttisch stand. Wie kommt er da hin? fragte sie sich verwirrt. Er stand immer neben Davids Bett. Punkt sechs Uhr morgens tastete David an jedem Werktag nach dem richtigen Knopf und schnitt der munteren Stimme im Radio das Wort ab. Sein Gesicht blieb tief in den Kissen vergraben, doch fünfzehn Minuten später richtete er sich ohne äußeren Anstoß auf und marschierte ins Bad. Was auch immer er dort tat, dauerte genau eine Stunde. (Einmal hatte sie sein morgendliches Ritual gestoppt: fünf Minuten unter der Dusche, zehn Minuten fürs Rasieren, dreißig Sekunden zum Zähneputzen und noch mal fünf Minuten fürs Haarefönen, blieben ungeklärte neununddreißigeinhalb Minuten. Als sie ihn dann fragte: »Was *machst* du so lange da drin?« da zwinkerte er ihr zu und sagte: »Frag meine Mutter. Sie hat mich abgerichtet.«) Männer machen so ein unheimliches Theater um ihre kostbare Verdauung, dachte Lilian schläfrig und schloß die Augen wieder. Wenn es nicht jeden Morgen auf den Glockenschlag klappte, führen sie sich auf, als gehe die Welt unter. Die große Packung Metamucil fiel ihr ein, die für einen solchen Notfall im untersten Fach des Medizinschränkchens stand. Sie lachte in sich hinein. Eigentlich müßte ja sie das Zeug nehmen mit ihrer regelmäßigen Unregelmäßigkeit. Bei ihr verstrichen manchmal drei oder vier Tage ohne ...

Plötzlich riß sie die Augen auf und starrte entgeistert die Uhr an. Es war acht vorbei! Um diese Zeit hatte David normalerweise längst das Haus verlassen. Vielleicht war er schon weg, hatte seine Morgentoilette ganz leise verrichtet. War er um halb acht hereingekommen, um sie zu wekken, wie er das jeden Morgen tat? Seine Lippen streiften dann ihre Wange, was soviel bedeutete wie »guten Morgen« und »schönen Tag«. Aber sie konnte sich nicht erinnern, ob es auch heute so gewesen war. Sie konnte sich an überhaupt nichts erinnern.

Wenn der Radiowecker nicht gespielt hatte und womöglich kaputt war, dann hieß das, sie hatten verschlafen, und David würde heute morgen zu spät zum Gericht kommen. Sie erinnerte sich, daß er um neun einen Termin hatte. Aufgeregt drehte sie sich nach ihrem Mann um.

»David...« Bei dem Anblick, der sich ihr bot, blieb ihr das Wort im Hals stecken.

Sie lagen ineinander verschlungen neben ihr, die Beine der Frau an die Hüften des Mannes gepreßt. Sie bewegten sich miteinander in einem grotesken Rhythmus. Ihr Haar verdeckte beider Gesichter, so daß Lilian sie nicht gleich erkennen konnte. Sie setzte sich auf und rückte näher an das Paar heran, das sie entweder nicht bemerkte oder nicht beachtete. Sie zog die Decke zurück und beobachtete verwundert, wie ihre Körper gegeneinanderklatschten, wie sie in endloser Folge zusammenstießen und sich voneinander lösten wie Fische, die auf den Planken eines Bootes zappeln. Sie sah, wie der füllige Busen der Frau unter der hellbehaarten Brust ihres Mannes zusammengedrückt wurde, hörte, wie ihre kehlige Stimme David etwas ins Ohr flüsterte. »Sie beobachtet uns.« Lilian wußte, daß dies die Worte des Mädchens waren, und wunderte sich, wieso sie deren Flüstern so deutlich verstand. David lachte und wechselte die Stellung, so daß nun das Mädchen über ihm lag. Er stemmte ihren Körper in die Höhe, ihr wogender Busen und der straffe Leib bogen sich zurück, und doch wiegten sich die beiden wieder im selben Rhythmus. Sie schüttelte das schwarze Haar aus dem Gesicht und lachte. Langsam, ganz langsam wandte sie den Kopf und sah Lilian in die Augen. Es war ihre Mutter.

Mit einem Ruck saß Lilian aufrecht im Bett. Sie keuchte heftig und starrte mit weit aufgerissenen Augen ins Leere. David fuhr erschrocken hoch.

»Mein Gott, Lilli, was ist los? Ist dir schlecht?«

Sie blickte suchend in das entsetzte Gesicht ihres Mannes. Es war bleich vor Schreck.

»Lilli?« drängte er. »So sag doch was! Ist dir nicht gut?«

Sie brauchte einen Moment, um zu begreifen, daß sie mit David allein in ihrem Bett lag und daß alles, was sich zugetragen hatte, nur ein sonderbarer Traum gewesen war.

»Ich hatte einen ganz verrückten Traum«, sagte sie langsam, so als könne sie es immer noch nicht fassen.

»Du meine Güte«, seufzte David und ließ sich in die Kissen zurückfallen. »Ach, du meine Güte.«

»Hör mal, ich hab's doch nicht mit Absicht getan«, verteidigte sich Lilian. »Puh, es war grauenhaft. Und so deutlich, in allen Einzelheiten.«

»Wie spät ist es?« fragte David und zog die Decke über den Kopf.

Sie schaute auf den Nachttisch neben ihrem Bett. Der Radiowecker war verschwunden.

»Wo ist das Radio?« fragte sie aufgeregt.

David schoß hoch und starrte auf das Tischchen zu seiner Rechten. »Was ist los mit dir? Hier steht's doch. Genau an seinem Platz.« Sie blinzelte hinüber.

»Du lieber Himmel, erst fünf vor sechs! Ich hätte noch fünf Minuten schlafen können.« Er sah seine Frau besorgt an. »Gibst du mir die Chance, mich noch mal rumzudrehn und aufs Ohr zu legen?«

»Ich hätte wissen müssen, daß es bloß ein Traum war, als der Wecker auf der falschen Seite stand«, sinnierte sie und sah zu, wie David sich wieder in seine Decke wickelte.

»Daran hätte ich's erkennen müssen.« Sie legte sich neben ihn und kuschelte sich an seinen Rücken. »Ganz abgesehen von meiner Mutter.«

»Was murmelst du da?« kam seine Stimme dumpf aus den Kissen.

Es war eine Frage, die keiner Antwort bedurfte, ja, die sogar jegliche Erwiderung ausschloß, eine Warnung, ihn nicht noch einmal zu stören. Sie kannte den Tonfall. Er bedeutete: Sei still, und laß mich schlafen! Lilian versuchte, sich ihre Traumbilder in Erinnerung zu rufen, doch sie flohen aus ihrem Bewußtsein wie Seifenblasen, die im Wind zerplatzen. Als Davids Hand nach dem Radiowecker tastete und die Musik ausschaltete (Barbra Streisand und Barry Gibb sangen »Guilty«), da hatte der ganze Traum sich aufgelöst und war verflogen, bis auf ein Bild, das sich nicht auslöschen ließ: das Gesicht ihrer Mutter über Nicoles Körper – sie wußte, daß es Nicoles Körper war –, der mit dem Davids verschmolz.

David setzte sich auf und streckte sich. Lilian erwartete, daß er wie üblich schnell aus dem Bett springen und sie allein lassen würde, aber plötzlich fror sie, und sie fühlte, wie sich statt der warmen Decke ein Luftzug über ihren ganzen Körper breitete.

»Raus aus den Federn!« scherzte er und zerrte an ihren Armen. Ihr völlig entblößter Körper krümmte sich in instinktiver Abwehr zusammen. »Komm schon! Du hast mir fünf kostbare Minuten meines wohlverdienten Schlafs gestohlen. Dafür mußt du büßen.« Er ließ ihre Arme los und zog sie an den Füßen aus dem Bett.

»Was machst du da?« jammerte sie und trat nach ihm. »Hau ab! Du weißt doch, daß ich noch anderthalb Stunden Zeit hab'! Was soll das?« schrie sie und lachte wehrlos, als er sie auf den Boden zerrte. Seine Finger umspannten ihre Knöchel. »Was machst du denn? Wo willst du hin?«

Sie öffnete die Augen, Lachtränen liefen ihr über die Wangen. Sie betrachtete seinen nackten Körper (prachtvoll, selbst um sechs Uhr morgens, dachte sie) und sah zu, wie er ihren nackten Körper (alles andere als prachtvoll, fand sie und versuchte, den Bauch einzuziehen) über den Schlafzimmerteppich schleifte. »Paß auf meinen Kopf auf!« jammerte sie, als er um die Ecke bog und sie in den Flur hinauszog.

»Wo bringst du mich hin?«

»Du mußt unter die Dusche«, antwortete er.

»O nein!« protestierte Lilian und begann, sich ernsthaft zu wehren. »Nicht um sechs Uhr morgens. Nein!« brüllte sie nochmals, als David sie in das kleine Bad schleppte.

»Du kannst von Glück sagen, daß wir 'nen weichen Badeteppich haben«, übertönte er ihr Zetern. Mit einer Hand hielt er sie am linken Fuß fest, mit der anderen stellte er die Dusche an. Mit dem freien Fuß trat Lilian heftig nach David, doch ehe sie sich loswinden konnte, umschlang er mit beiden Armen ihre Taille, hob ihren strampelnden Körper auf und stellte sie anscheinend ohne jegliche Anstrengung unter den kräftigen Strahl.

»Scheiße«, schrie sie. »Ist ja eiskalt!«

»'tschuldige.« Schnell regulierte David das Wasser und stieg zu ihr in die Wanne.

»Meine Haare werden ganz naß«, klagte sie zwischen Lachen und Weinen.

»Sie müssen eben gewaschen werden.«

»Ich hab' sie doch gerade erst gewaschen!« Sie schlängelte sich an ihm vorbei in die Ecke der Wanne. Doch David packte sie und stellte sie wieder mitten unter die Brause. Sobald sie zu protestieren versuchte, schluckte sie einen ganzen Mund voll Wasser. Also gab sie den Widerstand auf, überließ sich dem Strahl, der auf sie niederprasselte, und spürte erstaunt, daß sie das Prickeln des Wassers auf ihrer Haut genoß. Seine Hände seiften ihre Brüste ein, massierten sie zärtlich und glitten an ihrem Körper hinunter. Und dann spürte sie sein Glied in sich. Er drückte sie mit dem Rücken gegen die Kacheln, und seine kurzen, heftigen Stöße ließen sie die Wand hoch und nieder gleiten. Wenn das wieder ein Traum ist, dachte sie, dann ist er jedenfalls besser als der von vorhin.

Die Erinnerung an jene Nacht schoß ihr durch den Kopf, damals, vor fast fünf Jahren, als er plötzlich um zwei Uhr morgens bei ihr aufgetaucht war, sinnlos betrunken. Es war das einzige Mal während ihrer heimlichen Romanze, daß er bis zum Morgen geblieben war. Das Wasser lief nicht mehr, und sie fand sich unvermittelt wieder in der Gegenwart. David löste seinen nassen Körper von dem ihren und küßte sie liebevoll auf den Mund. »Mach, daß du rauskommst«, flüsterte er. »Ich hab' zu tun.«

Sie lachte. »Du warst schon immer 'ne Wucht unter Wasser.« Sie war sicher, daß er die Anspielung verstehen würde. Er gab ihr einen zärtlichen Klaps auf den Hintern, als sie aus der Dusche stolperte und nach einem Handtuch griff. »Ich mach' uns Frühstück«, sagte sie.

»Bei mir dauert's 'ne Weile«, antwortete er.

»Ja, ich weiß«, nickte sie, ging hinaus, schloß die Tür hinter sich und lief durch den Flur zurück ins Schlafzimmer.

Es war sechs Uhr fünfunddreißig. Sie hatte noch eine ganze Stunde Zeit bis zum Aufstehen. David würde das Bad für weitere vierzig Minuten blockieren. Sie konnte also getrost zurück ins Bett kriechen und noch ein wenig schlafen. Ich könnte auch ein bißchen Gymnastik machen, dachte sie, während sie sich abfrottierte. Sie ließ das Handtuch sinken und betrachtete ihren nackten Körper im Spiegel. Gymnastik ist wichtiger, entschied sie, legte sich auf den Boden, zog die Knie an die Brust und rollte von einer Seite auf die andere. Beth hatte ihr von einem Gymnastikkurs erzählt und vorgeschlagen, gemeinsam hinzugehen. Sie wollte Beth anrufen und sich erkundigen. Sie mußte wirklich etwas für ihre Figur tun. Sie ging im wahrsten Sinne des Wortes auseinander. Ob es David aufgefallen war? Lilian setzte mit angewinkelten Knien die Füße auf den Boden. Sie stemmte die Hände hinter den Kopf und versuchte eine Brücke. »Ach, du meine Güte«, stöhnte sie, »das ist ja lächerlich!« Sie rappelte sich auf. Sie dachte an Beth und sah plötzlich wieder deren blutende Hand vor sich. Wie sie sich wohl heute morgen fühlen mochte? Ob die Wunde bald aufgehört hatte zu bluten? Es war ein tiefer Schnitt gewesen, scheußlich anzusehen. Sie nahm sich vor, Beth gleich nach dem Seminar um neun anzurufen.

Bei dem Gedanken an ihren Unterricht beschlich sie ein unbehagliches Gefühl. Sie sah alle diese intelligenten, jungen Gesichter vor sich, wie sie voller Spannung darauf warteten, daß Lilian Plumley sie in die Geheimnisse ihrer Erfahrungen und Kenntnisse einweihte. Sie hatte noch nicht einmal ein Konzept für die heutige Vorlesung, wußte nicht, was sie diesen Anfängern erzählen sollte, die im Glauben waren, ein Diplom und die Liebe zum Kino reichten aus, um Karriere zu machen und den Oscar zu gewinnen. Pünktlich mit dem Klingelzeichen würden sie im Hörsaal sitzen, bereit, Lilians weisen Sprüchen zu lauschen. Was sollte sie ihnen sagen? Daß sie sich tödlich langweilte und sich weit, weit fort wünschte? Was hatte sie in einem miefigen Hörsaal verloren? Sie war dafür geschaffen, dort draußen in der wirklichen Welt mitzumischen, die gewaltigen Umwälzungen zu registrieren und den Lauf der Geschichte einzufangen, die in all ihrer Unvollkommenheit vorwärtsstolperte. Ihre Aufgabe war es dabeizusein.

Was mach' ich bloß hier auf dem Fußboden? wunderte sie sich auf einmal und stützte sich auf die Ellbogen. Das bringt nichts, entschied sie und stand auf. Wenn sie ihre Figur wieder in Form bringen wollte, brauchte sie genau jene sture Disziplin, die sie so haßte. Sie nahm ein lila Leinenkleid aus dem Schrank, zog es an, wickelte sich das Handtuch um den Kopf und ging aus dem Schlafzimmer über den Flur zur Wohnungstür.

Die Morgenzeitung lag auf der Fußmatte. Der Zeitungsjunge war sehr zuverlässig und pünktlich. Der arme Kerl steht wahrscheinlich mit den Hühnern auf, dachte Lilian, während sie die Zeitung auf den Küchentisch legte und die Kaffeemaschine füllte. Die Schlagzeilen waren wie gewöhnlich deprimierend. Die Wirtschaftslage war miserabel; man steckte mitten in einer Rezession, die aller Wahrscheinlichkeit nach in eine Depression münden würde; der Rüstungswettlauf stand in voller Blüte; die IRA und die PLO hatten wieder zugeschlagen. Na, wunderbar, dachte sie.

»Willst du 'n Ei?« rief sie in Richtung Badezimmer.

»Nein, danke«, brüllte David zurück. »Nur Kaffee und Toast.«

Lilian langte nach dem Brotkorb und holte ein paar Scheiben Weißbrot heraus. David hatte erfolglos versucht, sie zu Vollkornbrot zu bekehren. Der Geschmack war ihr zuwider, und sie kaufte weiterhin hartnäckig das labbrige Fabrikprodukt, mit dem sie aufgewachsen war. Als der Kaffee durchzulaufen begann und das Brot toastfertig für David bereitlag, nahm sie die Zeitung und schlenderte in das winzige Arbeitszimmer.

Der große Ledersessel stand einladend in der Ecke. Sie ließ sich hineinfallen und überflog die Schlagzeilen im Lokalteil. Seltsamerweise beruhigte sie die Feststellung, daß weder Feuersbrünste noch Überschwemmungen oder andere Naturkatastrophen imstande waren, Chicagos Vorrangstellung auf dem Sektor Diebstahl, Mord und Vergewaltigung zu erschüttern. Sie schlug die Seite mit den Kleinanzeigen und der Rubrik »Bekanntschaften« auf. Sie lehnte sich bequem zurück und begann zu lesen. Ein Zweispalter fiel ihr ins Auge:

Dringend

Schwarzer, attrakt. Erscheing., 1.95, Bäckermeister, gesch., kinderl. aus guter Fam., plant Rückkehr nach Westindien im Dez. u. sucht hübsche, fröhliche, intelligente, mollige, sinnliche Weiße für die Buchhaltung.

Also das ist deutlich, dachte Lilian und lachte laut auf. Irrtum ausgeschlossen. Der Mann hatte seine Karten offen auf den Tisch gelegt. Ihr Blick überflog die restlichen Inserate.

Nach dem Tenor dieser Anzeigen zu schließen war die Welt voll von wunderbaren, intelligenten, erfolgreichen Menschen, die Freunde suchten. Freunde? dachte sie. Merkwürdige Wortwahl.

Junggeblieb., sinnl. Geschäftsmann, unabh. und verm., möchte schöne, langbeinige Kindfrau mit Herz und Freude am Sex kennenlernen.

Aha, hier wollte also einer Sex statt Freundschaft. Was für Leute geben solche Anzeigen auf? überlegte sie. Welche Menschen, was für Gesichter standen hinter diesen oft ausgefallenen Wünschen? Und fanden sie auf diesem Wege, was sie suchten? Gibt's denn dafür überhaupt einen Weg, fragte sie sich skeptisch und blätterte um zu den Geburts- und Todesanzeigen. Ein paar wirklich starke Zeilen würden ihr die Kraft geben, sich dem Tag zu stellen. Sie fand sie.

Frey, Joel und Joan (geb. Sampson) bekunden stolz und glücklich, daß Joel in den kalten Nächten des letzten Winters nicht bloß sein Pulver verschossen hat. Die Zwillinge Gordon und Marsha erblickten das Licht der Welt mit dem ansehnlichen Gewicht von $4^3/_4$ bzw. $4^1/_2$ Pfund. Mit lautem Geschrei zollten sie den Plagen Beifall, die ihre Eltern (bes. Mammi) auf sich genommen haben. Wir danken Dr. Pearlman und dem gesamten Personal der Universitätsfrauenklinik.

Lilian faltete die Zeitung zusammen und stand auf, um nach dem Kaffee zu sehen. Sie hatte sich gerade eine Tasse eingegossen, als das Telefon klingelte. Unwillkürlich schaute sie auf die Uhr. Es war kurz vor sieben. Selbst Elaine würde es nicht wagen, so früh anzurufen. Außer in einem Notfall. Mit klopfendem Herzen nahm Lilian den Hörer ab.

»Hallo?«

»Kann ich bitte David sprechen?«

Die Stimme war tief und kehlig und gehörte jedenfalls nicht Elaine. Lilian erkannte sie sofort. Trotzdem fragte sie: »Wer ist am Apparat?«

»Nicole Clark«, kam die Antwort. »Ich hoffe, ich störe nicht.«

Und ob, fluchte Lilian im stillen. »Ist was passiert?« fragte sie.

»Nein«, antwortete die Stimme ruhig. »Ich wollte David bloß erreichen, bevor er das Haus verläßt. Ich weiß, daß er früh weggeht.«

»Er ist im Bad«, sagte Lilian förmlich und versuchte, es nicht zu besitzergreifend klingen zu lassen. »Er kann jetzt nicht ans Telefon kommen.« Dein Verlobter scheißt sich aus, hätte sie am liebsten geschrien. Statt dessen fragte sie: »Kann ich was ausrichten?«

Einen Moment lang blieb es still in der Leitung. Dann tönte Nicoles weiche Stimme an Lilians Ohr. Jedes Wort drang wie ein Nadelstich in ihr Hirn. »Es ist ein bißchen kompliziert. Vielleicht ruft er mich besser zurück.«

Ich bin kein Vollidiot, erklärte Lilian der anderen im Geiste. Ich bin durchaus imstande, eine Nachricht weiterzugeben. Laut sagte sie: »Wie Sie wünschen. Geben Sie mir Ihre Nummer?«

Während Nicole Clark ihre Telefonnummer nannte, suchte Lilian fieberhaft nach einem Bleistift. »Moment noch«, unterbrach sie die andere. »Ich hab' nichts zu schreiben.«

»Wer ist dran?« kam Davids Stimme aus dem Bad.

Lilian zögerte. »Nicole Clark«, rief sie zurück und wünschte, sie könnte sein Gesicht sehen.

Jetzt war es David, der zögerte. »Was will sie?«

»Sie will, daß du sie zurückrufst.«

»Okay. Laß dir die Nummer geben.«

Gute Idee, dachte Lilian sarkastisch, während sie in einer Schublade wühlte und endlich einen Bleistift fand, der nicht abgebrochen war.

»Es kann losgehn, ich hab' was zu schreiben«, sagte sie in die Muschel. »5-3-1 ...?«

»1 – 7 – 4 – 1«, ergänzte Nicole.

»Er ruft Sie an«, sagte Lilian.

»Vielen Dank«, gurrte die andere.

Lilian legte den Hörer auf und fauchte das Telefon an. »Laß deine rechtsverdreherischen Finger von meinem Mann«, flüsterte sie. Sie sah Nicoles lange, scharlachrote Nägel vor sich und verglich sie mit den eigenen kurzen, abgekauten, brüchigen Stummeln. Ihre unansehnlichen Finger, zum Verlierer in jedem Wettbewerb verurteilt, umklammerten die Kaffeetasse und führten sie schnell zum Mund.

Warum hatte Nicole angerufen? Brauchte sie wirklich so früh am Morgen eine dringende Auskunft, oder war das bloß eine Finte, ein Bestandteil ihres Plans, David zu ködern und einzufangen? Guter Trick, die naive Ehefrau aufzuscheuchen, dachte sie.

Lilian trank einen großen Schluck Kaffee, öffnete den Vorratsschrank und erblickte ein halbes Dutzend altbackener Krapfen im obersten Regal. Sie langte hinauf und holte zwei herunter. Genau das brauche ich, dachte sie, kaute drauflos und versuchte krampfhaft herauszufinden, was für ein Spiel Nicole trieb. »Genug jetzt«, sagte sie endlich laut, doch ihre Gedanken ließen sich nicht zum Schweigen bringen. Wenn ich mich um jede kleine Schlampe gräme, die meinem Mann schöne Augen macht, dann verlier' ich bald den Verstand. Vielleicht ist dies genau das, was sie beabsichtigt, überlegte Lilian und biß herzhaft in den Krapfen. Aber ihre innere Stimme hielt ihr entgegen, daß Nicole Clark – Nicki für ihre Freunde – entschieden mehr getan hatte, als David bloß anzuschauen. Sie hatte ganz dreist ihre Absichten verkündet. Lilian verputzte den Rest des Krapfens. Zum Teufel mit ihr, dachte sie. Warum zerbrech' ich mir wegen ihr den Kopf? Mit vollem Mund machte sie sich über den zweiten Krapfen her. Sie mußte nachher auf jeden Fall Beth anrufen und nach dem Gymnastikkurs fragen.

Sie hörte, wie die Badezimmertür aufging, und sah wieder nach der Uhr. David konnte unmöglich schon fertig sein, es war noch zu früh. Er stand in der Tür, ein Handtuch um die Hüften gewickelt.

»Hat sie nicht gesagt, worum's geht?« fragte er und vermied es vorsichtshalber diplomatisch, Nicoles Namen zu nennen.

»Sie scheint mir nicht zu trauen«, antwortete Lilian, während sie David mechanisch seinen Kaffee eingoß und genau den richtigen Schuß Milch dazugab. »Da liegt die Nummer.« Sie deutete mit dem Kopf auf einen Fetzen Papier. »Du hast dich heute aber beeilt«, stellte sie fest.

»Wahrscheinlich will sie bloß nach dem Gerichtssaal fragen«, überlegte er abwesend. »Sie hat mich gestern gebeten, zuschauen zu dürfen. Sozusagen als Übung, verstehst du?«

»Aber sicher doch«, höhnte Lilian, verdrückte ihren Krapfen und marschierte ins Arbeitszimmer. »Ich laß euch allein miteinander.«

David lachte und nahm den Hörer ab. Lilian hörte ihn wählen, als sie sich wieder in den Ledersessel kuschelte. Die Zeitung lag neben ihr am Boden. Sie angelte danach und studierte den Immobilienmarkt. Aus der Küche hörte sie Davids Stimme. »Hallo, Nicki. Hier spricht David Plumley.« Vor- und Zunamen, konstatierte sie. Er hält sie auf Abstand. »Was kann ich für Sie tun?« Ich werd' dir sagen, was du für sie tun kannst, sagte Lilian in Gedanken. Dann schüttelte sie energisch den Kopf, als könne sie sich mit dieser Geste von ihrer Beklemmung befreien. Das Handtuch, das sie um ihren Kopf drapiert hatte, fiel zu Boden. »Es wird immer besser«, seufzte sie, als sie sich hinunterbeugte, um es aufzuheben. Dabei glitt ihr die Zeitung vom Schoß. »Allmählich komm' ich mir vor wie in einer schlechten Komödie«, murmelte sie vor sich hin, während sie hilflos zusah, wie die Seiten auseinanderfielen und kreuz und quer auf dem Boden landeten. Sie ließ sich auf

Hände und Knie nieder, begann geräuschvoll, die Zeitung wieder zusammenzusuchen und faltete sorgfältig Blatt für Blatt. Während sie verbissen und pedantisch über den Boden kroch, wurde ihr klar, daß sie sich selbst daran hinderte zu hören, was David sagte. Sie überlegte, ob sie es vielleicht sogar mit Absicht tat, um nicht Zeuge des Gesprächs zu werden.

»Was raschelst du denn da?« David stand stirnrunzelnd auf der Schwelle.

»Mir ist die Zeitung runtergefallen.«

»Das seh' ich.«

»Na, was wollte Schneewittchen?« fragte sie und rappelte sich schwerfällig vom Boden auf.

»Ich hatte recht, Sie wollte nur wissen, in welchem Gerichtssaal wir uns treffen.«

»Und du hast es ihr natürlich gesagt.«

David lächelte nachsichtig. »Was hätt' ich sonst tun sollen?« Er kam auf sie zu. »Wenn du mir früher gebeichtet hättest, welchen Unsinn sie dir beim Picknick erzählt hat, hätte ich eine Ausrede erfinden und ihr absagen können. Aber jetzt ist's zu spät.« Er küßte sie. »Das wird dich lehren, in Zukunft nichts mehr vor mir zu verheimlichen.« Er wollte ins Schlafzimmer zurück, drehte sich an der Tür aber noch einmal um. »Möchtest du, daß ich mit ihr rede?« fragte er.

Lilian schüttelte den Kopf. »Zu was soll das gut sein? Nein, vergiß es einfach.« Sie lächelte. »Außerdem ist sie ja sowieso bloß diesen Sommer hier.« David gab keine Antwort. »Oder? Ich meine, Beth hat gesagt, sie macht nur ein Praktikum während der Semesterferien.«

David senkte den Kopf. »Es besteht die Möglichkeit, daß sie in die Firma eintritt, wenn sie im September ihre Zulassung bekommt«, sagte er. »Ein paar von uns haben erwogen, es ihr anzubieten.«

Lilian nickte. »Ich hab' gehört, daß Al Weatherby sie ganz phantastisch findet.«

»Das ist sie auch«, sagte er. »Vom juristischen Standpunkt aus.«

»Ich spreche immer vom juristischen Standpunkt aus«, scherzte Lilian und schmiegte sich in Davids ausgestreckte Arme.

»Ich liebe dich.«

»Das weiß ich.«

»Möchtest du nicht doch, daß ich mit ihr rede?« fragte er noch einmal. »Wenn du willst, dann tu ich es.«

»Taten sagen mehr als Worte«, entgegnete sie.

Er lächelte. »Wie recht du hast.« Er küßte sie auf die Stirn, ein Zeichen dafür, daß für ihn die Diskussion beendet war. Als er hinausging, sah Lilian ihm nach. Dann gab sie sich einen Ruck und lief ins Bad, um ihr Haar zu trocknen und sich die Zähne zu putzen. Sie hatte gerade die Tür geschlossen, als sie merkte, daß David sie etwas fragte.

»Was hast du gesagt?« rief sie durch die Tür.

»Ich sagte, warum kommst du nicht auch und hörst dir mein Plädoyer an?«

»Ich hab' Seminar.«

»Bloß den einen Kurs um neun. Dann hast du frei bis zwei. Das ist doch der Stundenplan für Donnerstag, oder?«

»Ja, schon«, antwortete sie und grübelte über seinen Vorschlag nach.

»Na also, dann komm kurz nach zehn und bewundere mich, und hinterher essen wir zusammen bei Winston zu Mittag. Wie findest du das?«

»Klingt prima. Bin schon überredet.« Sie stellte den Fön an und genoß den warmen Luftstrom auf der Haut. Was würde Nicole denken, wenn sie plötzlich im Gerichtssaal auftauchte? Würde sie es als ein Zeichen von Unsicherheit, von Besitzangst deuten? Würde sie in ihr das Mutterschaf sehen, das seinem Lamm hinterherläuft, um zu verhindern, daß es zu weit von der Herde abkommt?

Was gehen mich Nicoles Gedanken an, ermahnte sie sich, während ihre Haare widerspenstig jeden Versuch zunichte

59

machten, sie zu einer halbwegs akzeptablen Frisur zu legen. Soll sie doch denken, was sie will. Was hab' ich mit Nicole Clark zu schaffen!

Lilian schaute an sich hinunter. Trotzdem, entschied sie, es kann nichts schaden, was anderes anzuziehen.

5

»Wann genau haben Sie erfahren, daß Ihre Exfrau einen Liebhaber hat?«

»Vor sechs oder acht Monaten ungefähr.«

»Ungefähr? Sie sind sich also nicht sicher?«

Der Zeuge, ein gutaussehender Mann, etwa im gleichen Alter wie David Plumley, der das Kreuzverhör führte, rutschte verlegen auf seinem Stuhl hin und her.

»Ich weiß, daß sie einen Liebhaber hat«, sagte der Mann bestimmt. »Wenn das so wichtig ist, dann kann ich gewiß den genauen Zeitpunkt rekonstruieren, zu dem ich es herausbekommen habe.«

»Das wäre sehr freundlich«, entgegnete David verbindlich, trat vom Zeugenstand zurück und lehnte sich an den Tisch der Verteidigung. Von ihrem Platz im Zuschauerraum aus beobachtete Lilian ihren Mann. Im Gegensatz zu dem Zeugen wußte sie, daß David nur scheinbar einen Rückzieher machte, während er in Wahrheit mit seiner Beute spielte wie der gefährliche Panther, der lediglich nach der besten Gelegenheit für den letzten, tödlichen Prankenhieb sucht.

Der Zeuge schwieg versunken und ließ offenbar die Vorfälle der jüngsten Vergangenheit an seinem Gedächtnis vorüberziehen. Plötzlich leuchtete sein Gesicht auf: »Siebzehnter Oktober«, verkündete er selbstgefällig. »Ich weiß das so genau, weil ein Freund von mir an diesem Tag Geburtstag hat und wir eine Überraschungsparty gaben.«

Davids Schweigen dauerte exakt so lange wie zuvor das des Zeugen. Endlich fragte er: »Siebzehnter Oktober? Das ist neun, sogar fast zehn Monate her.«

»Ganz recht«, bestätigte der Zeuge. Dann setzte er mit vielsagendem Lächeln hinzu: »Die Zeit vergeht so schnell, ich hab' gar nicht gemerkt, wie lange sie's schon mit ihm treibt.«

David erwiderte sein Lächeln. »Ihrer Meinung nach hat Ihre Exfrau also nicht das Recht auf einen Liebhaber?«

»Nicht, wenn ich ihn aushalten muß«, parierte der Mann.

»Wollen Sie mir eine neugierige Frage gestatten«, bat David in verbindlichem Plauderton. »Sind Sie in Damenbegleitung auf diese Überraschungsparty gegangen?«

»Ja«, kam die Antwort. »Hab' *ich* etwa nicht das Recht dazu?«

»Gehe ich recht in der Annahme, daß Sie während der fünf Jahre, die Sie von Patty Arnold geschieden sind, eine beträchtliche Anzahl von ›Begleiterinnen‹ hatten?« fragte David mit aufreizender Betonung zurück, ohne den Einwand des Zeugen zu beachten.

»Wie Sie richtig feststellten«, antwortete der Mann, »bin ich seit fünf Jahren geschieden. Ich dachte, das gäbe mir das legitime Recht, mir die ›Begleitung‹ auszusuchen, die mir gefällt.«

»Ganz recht«, sagte David und stützte sich nachlässig auf den Tisch, an dem Nicole Clark neben seinem Stuhl saß und ihn gespannt beobachtete. »Und sind Sie nicht der Meinung, daß man Ihrer Frau die gleichen Rechte zubilligen sollte, die Sie für sich in Anspruch nehmen?« Lilians Augen ruhten auf David, als der sich lässig vom Tisch fort auf den Zeugen zubewegte, und dennoch spürte sie, wie Nicoles Blicke unverwandt auf seinen Rücken geheftet waren. Er muß sich vorkommen wie ein Schuljunge, der dem Mädchen in der letzten Bank zu imponieren versucht, dachte sie. Sprang er deshalb so unerbittlich hart mit dem

61

armen Kerl im Zeugenstand um, mit diesem Mann, dessen Leben mehr als nur oberflächliche Parallelen zu seinem eigenen aufwies? Und wem von uns beiden will er eigentlich mit Gewalt so imponieren? Mir etwa?

»Meine *Ex*frau«, fauchte der Zeuge kampflustig zurück. Plötzlich brach der Damm, und er sprudelte unaufhaltsam seinen ganzen Zorn heraus: »Und sie hat das verdammte Recht, rumzuhuren, mit wem's ihr Spaß macht, solange ich nicht dafür blechen muß!« Der Richter brachte ihn mit dem Klopfen seines Hammers zum Schweigen, ermahnte ihn, in Zukunft seine Sprache aus Achtung vor dem Hohen Gericht zu mäßigen, und drohte, die Verhandlung im Falle wiederholter Ausfälligkeiten seitens des Zeugen abzubrechen. Lilian Plumley, die ungefähr in der Mitte des Zuschauerraums saß, wußte, daß der Mann schon vor dem Urteilsspruch erledigt war. Dergleichen dramatische Auftritte waren zwar im Kino äußerst wirkungsvoll, aber in der Realität machten sie auf einen Richter den denkbar schlechtesten Eindruck. David hatte ihr erklärt, daß ein guter Anwalt seinem Mandanten einprägt, wie wichtig es ist, unter allen Umständen die Ruhe zu bewahren und sich nicht provozieren zu lassen. Der Mann im Zeugenstand schaute sich hilflos um. Seine Blicke schweiften durch den Saal und blieben schließlich auf Nicole haften. Seine nächsten Worte schienen direkt und ausschließlich an sie gerichtet zu sein. »Hören Sie, ich spreche ihr nicht das Recht ab, Freunde oder Liebhaber zu haben. Ich versuche Ihnen bloß klarzumachen, daß ich mir in den letzten Jahren den A... – also daß ich geschuftet habe wie ein Wahnsinniger, um bei den riesigen Unterhaltszahlungen einigermaßen durchzukommen. Ihr gehört das Haus, sie hat die Möbel, das Auto, die Kinder, einfach alles. Als ich auszog, hab' ich nichts mitgenommen als den Anzug, den ich am Leib hatte, und 'ne Aktentasche. Seit fünf Jahren zahle ich ihr monatlich tausend Dollar Alimente und noch mal tausend Unterhalt für die Kinder. Ich beklag' mich nicht über das Geld für die Kinder, ich werde meine Kinder so lange unterstützen, wie sie mich brauchen. Aber warum um alles in der Welt soll ich meiner Frau das Geld dazu geben, mit 'nem anderen Kerl einen Hausstand zu gründen? Warum soll ich mein schwerverdientes Geld opfern, damit dieser Hampelmann ein Geschäft aufmachen kann?«

Wieder überging David die Fragen des Mannes. »Wie lange waren Sie verheiratet, Mr. Arnold?«

»Zwölf Jahre.«

»Sie haben zwei Kinder?«

»Zwei Jungs.«

»Aus dem, was Sie gerade erzählt haben, darf ich also schließen, daß Sie eines Tages nach zwölfjähriger Ehe und ungeachtet Ihrer Verantwortung für die beiden Kinder einfach auf und davon gegangen sind?« Er machte eine wirkungsvolle Pause. »Mit einem einzigen Anzug und, nicht zu vergessen, mit Ihrer Aktentasche.«

Der Zeuge schien ganz und gar nicht einverstanden mit dieser Auslegung der Fakten. Dennoch nickte er widerstrebend.

»Was hatten Sie in der Aktentasche?« überrumpelte David den Zeugen. Lilian mußte unwillkürlich lächeln. »Aktien, wenn ich recht informiert bin«, nahm David die Antwort vorweg. »Und ein paar Pfandbriefe, nicht wahr? Außerdem die Besitzurkunde für ein Grundstück in Kanada?« Der Mann schwieg. »Alles in allem standen Sie also nicht mit ganz so leeren Händen da, wie Sie diesem Gericht weismachen möchten.«

»Das ist fünf Jahre her«, druckste der Mann verlegen. »Ich rede aber von den heutigen Verhältnissen.«

»Und die heutigen Verhältnisse sind Ihrer Meinung nach so, daß Ihre Frau seit zehn Monaten mit einem anderen Mann zusammenlebt ...«

»Na ja, ich hab' von ihrer Beziehung vor zehn Monaten gehört, auf dieser Party ...«

»Am siebzehnten Oktober ...«

»Genau, am siebzehnten Oktober.« Er hielt einen Moment inne. »Ich weiß allerdings nicht, seit wann sie schon zusammenleben.«

David kehrte an seinen Tisch zurück. »Woher wollen Sie so genau wissen, daß Ihre Exfrau mit diesem Mann zusammenlebt?«

»Ich bin ihnen mehrmals gefolgt. Sein Auto parkte rund um die Uhr vor ihrem Haus.«

Lilian lauschte ebenso gespannt wie Nicole, als der Zeuge mit dem Anwalt rang und dessen Hiebe zu parieren glaubte, während er in Wahrheit wertvolle Informationen preisgab. David brachte die Beweise dafür bei, daß der fragliche Liebhaber weiterhin eine eigene Wohnung unterhielt, ja beinahe täglich dort anzutreffen sei. Lilian hörte, wie er dem Gericht auseinandersetzte, daß es Mrs. Arnold freistehe, ihr Geld auf die ihr angemessen erscheinende Weise anzulegen. Wenn sie versuche, ihr Kapital dadurch zu vermehren, daß sie in die Geschäfte ihres Liebhabers investiere, so sei sie dazu ebenso berechtigt wie der Zeuge hinsichtlich seiner eigenen Investitionen. Dann schaltete sie ab. Es war klar, daß David den Fall gewonnen hatte. Das Gericht würde dem Mann, der da unbehaglich auf seinem Stuhl herumrutschte, keine Senkung seiner monatlichen Unterhaltszahlungen bewilligen, und er würde es sich reiflich überlegen, noch einmal rechtlich gegen Patty Arnold vorzugehen. Für Exfrauen und Liebhaber war die Welt wieder in Ordnung.

Er ist ein glänzender Anwalt, dachte sie. Er hat ein untrügliches Gespür dafür, wie weit er gehen darf, wann er nachgeben muß und wann er vorpreschen kann. Sie hatte fast vergessen, wie beeindruckend er im Gerichtssaal wirkte, nicht nur wegen seines blendenden Äußeren, sondern auch durch seine Art, sich zu bewegen, sich auszudrücken und durch seine Gestik. Am Anfang ihrer Beziehung war sie oft hergekommen und hatte ihm zugehört. Man konnte ihm ansehen, wie sehr er seine Arbeit liebte, es stand in seinen Augen geschrieben, die vor Kampflust funkelten und in denen schon die Gewißheit des letztendlichen Sieges leuchtete. Damals hatte sie eine ziemlich unregelmäßige Arbeitszeit gehabt; an manchen Tagen war sie von morgens bis nachts im Einsatz, an anderen hatte sie stundenlang nichts zu tun. Sie hatte jede freie Minute damit verbracht, diesem Mann bei seiner Arbeit zuzuschauen. Damals hatte es nichts Wichtigeres für sie gegeben, als in seiner Nähe zu sein.

David schritt am Tisch der Verteidigung entlang, Nicole sah zu ihm auf, und er zwinkerte ihr zu – sein Siegeswink, wie er Lilian früher einmal erklärt hatte; nur galt er diesmal Nicole. Lilian überlegte, ob David sich in diesem Moment überhaupt ihrer Anwesenheit bewußt war, und plötzlich fühlte sie sich als Außenseiterin. So nahe sie ihm sonst auch war und so nahe er ihr zu sein vorgab, sein Hochgefühl im Augenblick des Sieges hatte sie nie wirklich geteilt, denn sie verstand nicht recht, warum er so sehr danach trachtete zu gewinnen. Nicole verstand es bestimmt.

Lilian sah zu, wie ihr Mann vortrat, hörte ihn mit dunkler Stimme Mr. Arnold aus dem Zeugenstand entlassen und dachte, daß der marineblaue Anzug seinen schlanken Körper auffallend gut zur Geltung brachte. Plötzlich fing er ihren Blick auf und schenkte ihr ein strahlendes Lächeln, ehe er an seinen Tisch zurückkehrte und neben Nicole Platz nahm. Die beugte sich zu ihm hinüber und flüsterte ihm etwas ins Ohr. Glückwünsche vermutlich für eine hervorragende Leistung. Sie waren wunderbar, David, einfach wunderbar. David, der wußte, daß Lilian ihn beobachtete, lächelte zurückhaltend.

Plötzlich überkam Lilian derselbe Drang nach Objektivität, den sie schon bei dem Picknick am letzten Wochenende verspürt hatte, und sie gestand sich ein, daß sie es David nicht einmal verübeln könnte, wenn er sich zu Nicole hingezogen fühlen würde. Abgesehen davon, daß die Jüngere eine wirklich schöne Frau war, bestätigten ihre Kollegen im allgemeinen und David im besonderen, daß sie über Intelligenz und Charme verfügte. Außerdem würde sie bald eine fabelhafte Stellung haben, die es ihr ermöglichte, Davids Berufsinteressen zu teilen. Wahrscheinlich könnten sie stundenlang zusammenhocken und ihre Fälle besprechen. Ihre Arbeit an der Uni dagegen bot nur noch selten Gesprächsstoff, und sie hatten beide aufgehört, sich darüber etwas vorzumachen.

Anfangs hatte sie es ganz interessant gefunden, es war anders, neu und aufregend. Sie hatte sich eingeredet, es sei eine wunderbare Aufgabe, junge Menschen zu formen, und sie war sich vorgekommen wie Miss Jean Brodie in ihrer Blütezeit, oder besser gesagt wie Maggie Smith in der Rolle von Jean Brodie. »Gebt mir ein junges Mädchen im entwicklungsfähigen Alter, und ich präge sie fürs ganze Leben«, flüsterte sie vor sich hin. Aber es hatte sich herausgestellt, daß ihre Studenten sich nicht mehr prägen ließen, und sie entdeckte nur zu bald, daß ihr das Unterrichten zuwider war. Beth Weatherby hatte völlig recht gehabt: Sie vermißte das Fernsehen mit all seiner Hektik, den Aufregungen und Risiken.

Was sie nicht vermißte, waren die Probleme, mit denen ihre frühere Arbeit die Ehe belastet hatte. Wenigstens die waren zum großen Teil ausgeräumt, nachdem sie beim Sender gekündigt hatte. David hatte recht, es war idiotisch, ihr Leben aufs Spiel zu setzen, ihn allein zu lassen und sich irgendwo auf der Welt Schießereien oder Seuchen auszusetzen. Sie fehlte ihm, und er machte sich Sorgen um sie. Das wiederum schadete seiner Arbeit. Er brauchte ihre Unterstützung, ihre Hilfe, und beides fehlte ihm, wenn sie auf der anderen Seite des Erdballs herumgondelte. Er hatte sie gebeten, seßhafter zu werden, sich eine Arbeit hier in Chicago zu suchen. Wollte sie denn keine Familie? O doch, die wollte sie. Ihr gefielen die häufigen Trennungen ebensowenig wie ihm. Sie sehnte sich wahnsinnig nach ihm. Ein Mann wie David brauchte eine Menge Selbstbestätigung.

Und sie wußte, daß viele nur darauf warteten, ihm die zu geben, wenn sie nicht da war.

Und doch schien es nicht ganz fair. Außer, daß er die Frau gewechselt hatte und weniger Zeit mit seinen Kindern verbrachte, hatte sein Lebensrhythmus sich nicht nennenswert verändert. Zwar hatte er ein großes Haus gegen eine kleine Wohnung eingetauscht, aber die befand sich immerhin in einem repräsentativen Gebäude in ausgezeichneter Lage. Und nach wie vor wartete jemand mit dem Essen auf ihn, wenn er nach der Arbeit heimkam, was manchmal erst um zehn Uhr abends geschah. Doch das Wichtigste war, daß er weiterhin den Beruf ausüben konnte, den er liebte.

Ihr Leben dagegen hatte sich völlig verändert, angefangen bei der Umgebung über den Status als Ehefrau bis hin zu ihrer Arbeit. Statt weiter den Beruf auszuüben, der sie ausfüllte und glücklich machte, brachte sie anderen bei, dies zu tun. Fernsehjournalismus nannte der Kurs sich großspurig, und sie, Lilian Plumley, war außerordentliche Professorin. Ihre Welt war auf die Größe eines Hörsaals zusammengeschrumpft, und ihre Arbeit ließ sich beliebig unterbrechen, um zur gewünschten Zeit das Essen auf den Tisch zu bringen. Daheim hatte sie sich allmählich zu einer regelrechten Lieschen-Müller-Hausfrau entwickelt. Wie ist es nur dazu gekommen, fragte sie sich und versuchte, den entscheidenden Wendepunkt im scheinbar gleichmäßigen Zeitablauf zu fixieren. Dabei vergaß sie alles um sich herum, und in ihrer Erinnerung stieg jener David auf, der an einem Tag vor etwa fünf Jahren wütend in ihrem Zimmer auf und ab gelaufen war. So lange ist das schon her, staunte sie, als sein Bild immer deutlicher wurde und sie fast meinte, wieder seine überzeugende, volltönende Stimme zu hören. Für den Augenblick löschte die Vergangenheit die Gegenwart aus, der Gerichtssaal versank vor ihren Augen.

Sie gab sich keine Mühe, ihre Vorfreude zu unterdrücken, was ihn maßlos aufregte.

»Warum sollte ich mich nicht freuen? Ich war noch nie in Irland.«

»Es geht hier nicht um eine harmlose, kleine Ferienreise nach Dublin. Ich rede von Bomben und Heckenschützen in Belfast.«

»Ich hab' auch Vietnam überlebt«, entgegnete sie, bemüht, es nicht zu überheblich klingen zu lassen.

»Ich versteh' nicht, warum sie ausgerechnet dich schikken.«

»Weil ich eine ausgezeichnete Reporterin bin, darum. Außerdem habe ich mich um den Auftrag beworben.«

»Was hast du?«

»Du weißt doch, daß ich gern reise. Und ich habe viel Erfolg mit solchen Reportagen. Außerdem glaube ich«, setzte sie sanft hinzu, »daß zwei Wochen Pause uns ganz gut tun werden.«

»Was meinst du damit?«

»Du weißt genau, was ich meine.«

In letzter Zeit schienen all ihre Gespräche so zu enden. Was soll das heißen? Das weißt du ganz genau. Es läuft immer auf dasselbe hinaus: Du bist ein verheirateter Mann.

»Na schön«, sagte er, »wenn du für eine Weile hier raus willst, dann fahr nach Los Angeles oder meinetwegen auf die Bermudas. Da gibt's keinen Bürgerkrieg.«

»Auf den Bermudas ist aber nichts los.«

»Sie könnten dich umbringen.«

»Niemand wird mich umbringen.«

»Oh, ich hoffe, das hast du schriftlich?«

Sie lächelte und küßte ihn zärtlich. »Nur ein Anwalt kann solche Fragen stellen.«

»Warum machst du keine Reportage über Anwälte?«

»Hab' ich doch schon. Sonst wär' ich ja nie in diesen Schlamassel geraten, oder hast du das vergessen?«

Er setzte sich aufs Bett und sah zu, wie sie ihren Koffer vom Schrank holte und zu packen begann.

»Das ist die vierte Reise in 'nem halben Jahr«, sagte er.

»Du wirst doch einen zweitägigen Aufenthalt in Buffalo nicht als Reise bezeichnen!«

»Du warst aber weg!«

Er saß stirnrunzelnd da, während sie ein paar Baumwollblusen und Jeans in den Koffer warf.

»Im Grunde magst du's, daß ich fortgehe«, scherzte sie und begriff zu spät, daß sie damit den Nagel auf den Kopf getroffen hatte.

»Was redest du für'n Unsinn?«

»Das reizt dich an mir«, erklärte sie. »Es macht aus mir was Besonderes.«

»Was zum Teufel meinst du damit?«

»Nun, ich bin anders als die anderen.« Sie wußte instinktiv, daß er schon vor ihrer Zeit Verhältnisse gehabt hatte. »Anders als deine Frau.«

Er lachte. »Für meine Frau bedeuten aufregende Ferien, daß sie zwei Wochen in Las Vegas am Geldautomaten spielen und Robert-Goulet-Konzerte besuchen kann.«

»Ich war in Las Vegas. Ist schon ein paar Jahre her. Ich hab' über diese Kapellen geschrieben, in denen man sich rund um die Uhr trauen lassen kann.«

»Gibt's irgendeinen Ort, an dem du noch nicht gewesen bist? Mit Ausnahme von Belfast, natürlich.«

Ein strahlendes Lächeln erhellte ihr Gesicht. »China fehlt mir noch«, sagte sie. »Und ein paar afrikanische Länder. Aber ich bemühe mich drum.«

»Was du nicht sagst, China! Ich würde auch gern nach China fahren.«

»Na fein, du kannst mich ja begleiten.«

»Weißt du denn nicht, daß ich dich liebe?« Seine Stimme war auf einmal dunkel vor Zärtlichkeit.

Lilian setzte sich auf Davids Schoß und verschränkte die Arme in seinem Nacken. »Warum liebst du mich?« fragte sie ernsthaft. »Warum verliebt sich ein Mann, der so aussieht wie du, in eine Frau, die aussieht wie ich?«

»Vor allem, weil du klug bist.«

»O danke! Du hättest sagen sollen, daß es an meinem Äußeren absolut nichts auszusetzen gibt, ja daß du mich ganz verführerisch findest.«

»Tu ich auch, ja, genau das. Und ich liebe dich, weil du klug genug bist, es zu wissen.«

Sie lachte. »Na gut, und weiter?«

»Ich weiß nicht«, er hob die Schultern. »Du hast 'ne Menge guter Einfälle, bist sensibel, du weißt, was in der Welt vorgeht, du hast 'nen interessanten Beruf. Du bist klug.«

»Hast du schon mal gesagt.«

Er nickte.

»Leider war ich nicht so klug, dich zum Teufel zu schicken, als ich erfuhr, was du unter getrennt leben verstehst.«

»Ich konnte einfach nicht zulassen, daß du aus meinem Auto steigst und aus meinem Leben verschwindest«, sagte er und dachte genau wie sie an ihren ersten gemeinsamen Abend zurück.

Sie rutschte von seinem Schoß. »Ich hasse diese Situation. Solche Geschichten sind mir zuwider. Ich steh' zu sehr auf seiten der Frauen, um mit 'nem verheirateten Mann rumzuziehen. Ich will deine Frau nicht verletzen, und ich will schon gar nicht selbst verletzt werden.«

»Und was glaubst du, will ich?« fragte er.

»Ich weiß es nicht.«

Er holte tief Luft. »Ich auch nicht«, sagte er. »Ich hatte gehofft, du könntest es mir sagen.« Sein Blick fiel auf ihren Koffer. »Ist das alles, was du mitnimmst?«

Sie ging ins Bad, öffnete den Medizinschrank und stopfte ein paar Tuben und Dosen in eine kleine Plastiktasche.

»Du nimmst die Pille mit?« Er beobachtete sie mißtrauisch durch die offene Tür.

Sie lächelte ihm nachsichtig im Spiegel zu. »Bloß, weil man ein paar Wochen lang ohne Sex leben muß, darf man nicht aussetzen«, erklärte sie und kam wieder ins Zimmer.

»Wie lange nimmst du sie schon?« fragte er.

»Acht Jahre.«

»Ist das nicht ein bißchen lange?«

»Es sind acht Jahre.«

»Denkst du nicht manchmal dran, sie abzusetzen?«

»Dauernd. Aber ich glaube nicht, daß eine Schwangerschaft im Augenblick für mich sehr günstig wäre, oder? Und wenn ich mir noch so sehr ein Kind wünsche.«

»Du solltest eins bekommen. Du wärst bestimmt eine gute Mutter.«

»Ja, das glaub' ich auch.«

Die Unterhaltung brach unvermittelt ab. Sie waren wieder da, wo sie angefangen hatten: Sie fuhr nach Irland, und er war verheiratet.

»Rufst du mich gleich an, wenn du zurück bist?« fragte er.

(»Was soll das heißen, du hast ein Verhältnis mit einem verheirateten Mann? Wie konntest du dich nur auf so was einlassen? Lilli, du bist doch ein gescheites Mädchen, wie kannst du dich nur so blöd anstellen? Du glaubst, er liebt dich? Na schön, vielleicht tut er das. Du meinst, seine Frau versteht ihn nicht? Gut, vielleicht stimmt das. Du bildest dir ein, er wird sie verlassen, um dich zu heiraten? Mach dir doch nichts vor, mein liebes Kind, das wird er nie tun. Und wenn er's tut, wenn er sie deinetwegen verläßt, Kind, denk doch mal nach, was hättest du denn dann gewonnen? Einen Mann, der eine Frau sitzenläßt, wenn ihm eine über den Weg läuft, die ihm besser gefällt. Einen Mann, der eine abgenutzte Familie gegen eine brandneue eintauscht. Könntest du so einem Mann vertrauen? Glaub mir, Lilli, wenn er's einmal macht, macht er's auch ein zweites Mal. Was willst du mit so einem Kerl? Überleg's dir gut, Liebling. Willst du dir das wirklich antun?«)

»Rufst du mich an, wenn du zurück bist?« wiederholte er.

»Ja«, antwortete sie.

Plötzlich war der Saal von Unruhe und Hast erfüllt, und Lilian fühlte sich mit einem Ruck in die Gegenwart zurückversetzt.

»Verzeihen Sie«, sagte eine Stimme neben ihr. Eine Frau drängte sich an ihr vorbei und strebte in den Mittelgang hinaus. Lilian blickte zur Wanduhr. Es war zwölf vorbei. Sie suchte nach David und entdeckte ihn schließlich inmitten einer Gruppe von Männern, die sich angeregt unterhielten. Der Richter war verschwunden. Die Verhandlung war also vorüber. Und sie hatte das Urteil verpaßt. Sie glaubte zwar zu wissen, wie es ausgefallen war, doch wenn David fragen sollte ...

»War er nicht einfach wunderbar?« fragte die kehlige Stimme.

Lilian wandte sich nach rechts und stand direkt vor Nicole Clark. Ihr Haar war straff nach hinten gekämmt und zu einem modischen Zopf geflochten. Sie lächelte Lilian gewinnend an, als sei das die natürlichste Sache der Welt. Vielleicht war es das. Vielleicht hatte sie sich beim Picknick doch nur einen Spaß erlaubt. »Ja, das war er«, antwortete Lilian und gab sich Mühe, damit es freundlich klang. »Es ist 'ne ganze Weile her, seit ich ihm das letzte Mal zusehen konnte. Ich hatte ganz vergessen, wie eindrucksvoll er wirkt.«

»Das ist nicht besonders klug von Ihnen«, sagte Nicole mit demselben strahlenden Lächeln. »Ich denke immerzu daran.« Damit wandte sie sich um und ging zum Ausgang. Lilian hatte den Wunsch, ihr nachzulaufen und dem grausamen Spiel ein für allemal mit einem kräftigen Schlag auf den Schädel ein Ende zu bereiten. Ob man sie angesichts solch unverschämter Provokation überhaupt verurteilen würde? Aber plötzlich war David neben ihr. Siegstrahlend legte er den Arm um ihre Taille.

»Na, bist du hungrig?« fragte er. Ohne ihre Antwort abzuwarten, zog er sie fest an sich und führte sie aus dem Gerichtssaal.

6

»Der arme Teufel im Zeugenstand hat mir ein bißchen leid getan«, sagte Lilian, nahm eine große Krabbe aus der Schüssel, tunkte sie in Sauce Tartar und führte sie zum Mund.

»Nicht nötig«, versicherte David. »Der Kerl ist 'n Schuft. Er verdient dreimal soviel wie vor fünf Jahren, und auch damals hat er schon versucht, sich so billig wie möglich rauszuwinden. Der ist ganz gut weggekommen, das kannst du mir glauben.« Er schüttelte den Kopf. »Ein richtiges Schlitzohr. Und ein Geizhals dazu. Nimmt sich nicht mal 'n Privatdetektiv, nein, er fährt ihnen selber wochenlang im Auto hinterher. Als ob so was beweiskräftig wäre. Er hat Glück, daß der Richter seine Zahlungen nicht noch erhöht hat.«

Sie lachte und griff sich noch eine Krabbe.

»Aber nun sag schon, hat's dir gefallen heut' morgen?«

Lilian lächelte warm. »Es war phantastisch. Ich wußte gar nicht mehr, wie toll du im Gerichtssaal bist.« Sie hielt inne, als ihr Nicoles Worte einfielen, faßte sich jedoch schnell wieder und fuhr fort: »Jedenfalls möchte ich dir dafür danken, daß du mich eingeladen hast. Das war 'ne gute Idee. Du warst wirklich wundervoll vorhin.«

David strahlte. »Fein, daß du dich amüsiert hast. Aber es war ja bloß Routine.«

»Nicht doch«, wandte sie ein, wohl wissend, daß sein Ego nach ein paar weiteren Streicheleinheiten lechzte. »Du läßt es wie Routine erscheinen, aber ich weiß genau, wie hart du arbeitest, bevor du deine Fälle vor Gericht bringst. Und ich weiß, daß sich hinter deiner scheinbar nachlässigen, zwanglosen Fassade ein Mann verbirgt, der jede Geste, jeden Tonfall genau berechnet hat. Und du warst großartig, was willst du sonst noch hören!«

»Mach nur so weiter!« Er lächelte.

»Und du hast einfach fabelhaft ausgesehen«, fuhr Lilian,

ohne zu zögern, im selben Tenor fort. »Es war wirklich brillant, wie du den armen Trottel erst in Sicherheit gewiegt hast und dann plötzlich über ihn hergefallen bist. Aufregend, ehrlich.«

»Freut mich, wenn es dir gefallen hat.«

»*Du* hast mir gefallen«, berichtigte sie ihn, biß herzhaft in ihre letzte Krabbe und lächelte mit offenem Mund.

»Du hast Soße an den Zähnen«, sagte er.

Lilian preßte die Lippen zusammen und wischte sich über den Mund. »Eines Tages werd' ich schon lernen, wie man diese Dinger anständig ißt.« Sie fuhr sich mit der Zunge über die Zähne, ohne den Mund zu öffnen. »Weg?« fragte sie schüchtern.

David nickte wortlos.

»Was kannst du von einem Mädchen erwarten, das mit Rinderbraten und Kartoffelpüree großgezogen wurde?« fragte sie scherzend. »Na, und«, begann sie und hoffte, daß es beiläufig klang, »wie fand Nicole deinen Auftritt?«

»Sie hat eigentlich nicht viel gesagt. Gratuliert hat sie mir. Ich wär' gut gewesen und so. Natürlich hat sie sich fürs Zuhören bedankt.«

»Natürlich.«

»Ich hab' euch miteinander sprechen sehen«, hakte er ein. »Gab's was Besonderes?«

»Und ob.«

»Hat sie sich für den Unsinn beim Picknick entschuldigt?«

»Nicht direkt.«

»Was dann? Hat sie dir klargemacht, daß es bloß ein Jux war?«

»Nicht ganz.«

»Lilian ...« begann er mit gereizter Stimme.

»Sie sagte, du seist wunderbar, das heißt, nein, der genaue Wortlaut war: ›War er nicht einfach wunderbar?‹«

David rutschte unbehaglich auf seinem Stuhl hin und her. »Na ja, ist doch klar, sie meint die Art, wie ich den Kerl aufs Kreuz gelegt hab'.«

»Ich war ganz ihrer Meinung«, fuhr Lilian fort. »Dann hab'
ich ihr erzählt, daß ich fast vergessen hatte, wie eindrucksvoll du bist, und darauf sagte sie …« Lilian holte tief Luft,
senkte die Stimme und versuchte, den Tonfall der anderen
nachzuahmen: »›Das ist nicht besonders klug von Ihnen.
Ich denke immerzu daran.‹« Lilian sah David fest in die
Augen. Einen Moment lang schien er verblüfft, doch dann
lachte er laut auf.

»Dir macht das wirklich Spaß, nicht?« fragte Lilian vorwurfsvoll und bemühte sich verbissen, nicht mitzula-
chen.

»Aber nein, natürlich nicht«, gluckste er.

»Und ob, es tut dir richtig gut. Du siehst aus wie die Katze,
die den Kanarienvogel verschluckt hat.«

Er schüttelte den Kopf. »Nicht doch, aber du mußt zugeben, das ist *wirklich* urkomisch.«

»Für dich vielleicht.«

»Na ja, schließlich hat ein Mann nicht alle Tage das Glück,
daß zwei schöne Frauen sich um ihn streiten.«

»Du hast dein Leben lang nichts anderes gekannt«, erinnerte sie ihn. »Und ich bin mir nicht sicher, ob es mir schmei-
chelt, daß du mich schön findest, oder ob ich mich ärgere,
weil du sie dafür hältst.« David wollte etwas erwidern,
doch dann zuckte er nur mit den Achseln. »Laß gut sein«,
sagte sie, »wechseln wir das Thema. Ich hab' heute morgen
mit Beth telefoniert.«

»Ach ja? Wie geht's ihr?«

»Besser. Sie hat sich zigmal dafür entschuldigt, daß sie uns
den Abend verdorben hat.«

»Aber das ist doch Unsinn.«

»Hab' ich ihr auch gesagt. Das ist wirklich das letzte, worüber sie sich den Kopf zerbrechen muß. Aber sie bestand
darauf, sich zu entschuldigen. Sie sagte, ihre Hand hat erst
gegen drei Uhr früh zu bluten aufgehört. Natürlich ist
sie heute nicht ausgeschlafen und fühlt sich ziemlich
schwach.«

»Oh, das tut mir leid. Aber jetzt geht's ihr besser, sagst du?«

»Scheint so. Ich hab' ihr geraten, einen Arzt aufzusuchen, aber sie meint, das sei nicht nötig. Ich treff' sie nächste Woche. Wir haben ausgemacht, daß wir mittwochs zusammen in einen Gymnastikkurs gehen.«

»Gute Idee.«

»Ein Kavalier hätte gesagt: ›Wozu mußt *du* Gymnastik machen?‹«

»Ein bißchen Sport tut jedem gut.«

»Du treibst ja auch keinen.«

»Sollte ich aber.«

»Wann hast du das letzte Mal Squash gespielt?«

»Im Februar«, antwortete er. »... und im übrigen nicht Squash, sondern Racketball.«

»Was macht das schon für'n Unterschied, wenn du sowieso nicht spielst?«

»Ich hab' mir vorgenommen, wieder anzufangen.«

»Solltest du auch. Schließlich ist der Club im selben Gebäude wie eure Kanzlei. Bist du überhaupt noch Mitglied?«

Er nickte. »Für 'nen Jahresbeitrag von siebzehnhundert Dollar«, rechnete er nach, »war das vermutlich das teuerste Racketballspiel der Weltgeschichte.«

»Eintausendsiebenhundert Dollar im Jahr?« wiederholte Lilian fassungslos. »David, hast du dir schon mal überlegt, was wir uns mit so viel Geld alles leisten könnten?«

»Ich werde wieder regelmäßig spielen«, versprach er.

»Dann lohnt sich der Clubbeitrag. Wie ist dein Seminar heut morgen gelaufen?«

»Bitte, lenk nicht ab!«

»Ein guter Anwalt muß wissen, wann es Zeit ist, das Thema zu wechseln.«

»Und ein guter Ehemann?«

»Der erst recht.« Er hielt inne, schob die Hand über den Tisch und legte sie auf die ihre. »Also, nun sag schon, warst du hervorragend wie gewöhnlich?«

»Ich war miserabel wie gewöhnlich«, sagte sie bitter. »O David, ich halte saumäßige Vorlesungen. Ich weiß es, und sie wissen es auch. Ich langweile mich zu Tränen, und ihnen geht's genauso. Heute hat doch tatsächlich einer Zeitung gelesen, während ich mich da vorne abstrampelte.«

»Was habt ihr denn durchgenommen?«

»Wie man ein Interview führt.«

»Klingt interessant.«

»Ist's aber nicht. Jedenfalls nicht, wenn man darüber spricht. Interessant ist es, Interviews zu machen.«

»Dazu muß man aber erst mal wissen, wie es geht.«

»Ich weiß, wie's geht!« fiel sie ihm ins Wort. Die Heftigkeit ihres Tons überraschte sie beide. »Darum dreht sich's ja grade. Ich sollte da draußen sein und mitmischen, statt mich in einen Hörsaal einzusperren. Manchmal, wenn ich vor den Studenten stehe und rede, hab' ich plötzlich ein Gefühl, als müßte ich platzen vor ...«

»Na? Komm schon, was?«

»Vor Haß«, sagte sie tonlos. »Wirklich, es gibt Momente, da hasse ich diese Gören, weil sie werden wollen, was ich gewesen bin. Ich hab' eine Stinkwut auf sie, weil ich weiß, daß ein paar von ihnen es vielleicht schaffen und Reporter oder Regisseure werden und Erfolg haben. Und es ist ein gräßliches Gefühl, daß sie dasitzen und denken, ich wäre an der Uni, weil ich's in der Branche nicht geschafft habe.«

»Aber das stimmt doch nicht. Und du weißt es auch.«

»*Sie* aber nicht! Die halten sich stur an das alte Sprichwort: ›Wer's selber kann, der tut's. Und die übrigen bringen es andren Leuten bei.‹«

Einen Augenblick lang herrschte Schweigen. Dann fragte David ernst: »Und was ist mit mir? Haßt du mich auch?«

Sie senkte den Kopf, bereit, um seinetwillen zu lügen. Doch es war sinnlos. »Manchmal«, gab sie ehrlich zu. »Ich weiß, daß du nichts dafür kannst, David. Bestimmt, das weiß ich. Es hätte so nicht weitergehen können. Ich war zuviel unterwegs. Wir hatten fast nie Zeit füreinander, wir sahen uns kaum. Allerdings – in letzter Zeit sind wir auch nicht gerade oft zusammen.«

»Bei mir im Büro ist plötzlich eine Wahnsinnshektik ausgebrochen. Aber das wird sich bald wieder geben«, sagte er entschuldigend.

»Ich dachte, im Sommer habt ihr Sauregurkenzeit?« entgegnete sie leise.

»Nur noch ein paar Wochen«, versprach er, »dann hab’ ich alles wieder im Griff.« Er blickte sich um. Lilian wußte wohl, daß dieses Tischgespräch nicht gerade Davids Vorstellung von einem Festessen nach errungenem Sieg entsprach. »Was willst du eigentlich, Lilli?« fragte er sie. »Willst du den Job bei der Uni hinschmeißen? Willst du wieder zum Fernsehen zurück?«

Sie erinnerte sich an die Krisen am Anfang ihrer Ehe. Jedesmal hatte ihre Arbeit den Anstoß dazu gegeben. »Ich weiß selber nicht, was ich will«, erwiderte sie schließlich.

»Sieh mal, Lilli, ich will dich doch nicht blockieren. Ich hab’ weiß Gott nichts dagegen, daß du arbeitest, und das weißt du auch. Ich würde mich nicht mal dann querstellen, wenn du wieder zum Fernsehen gehst. Schließlich hab’ ich dich durchs Fernsehen kennengelernt. Und du warst einfach umwerfend, hattest so viel Energie, so ein Feuer.«

»Genau darum geht’s, David. Ich bin drauf und dran, es zu verlieren.«

»Aber nein«, widersprach er. »Nein, es brennt nur im Moment nicht ganz so lichterloh wie früher.« Er schenkte ihr ein ermunterndes Lächeln und wartete, bis sie es zögernd erwiderte. »Weißt du was, warum setzt du dich nicht mit dem Sender in Verbindung, rufst diesen Ernie an, wie hieß er doch gleich?«

»Irving«, verbesserte sie ihn. »Irving Saunders.«

»Ach ja, richtig. Also, ruf Irving an, und frag ihn, ob er einen Job für dich hat, bei dem du nicht zu reisen brauchst.«

»Das hab' ich ihn schon vor zwei Jahren gefragt, als ich kündigte. Da ist nichts drin. Nicht in meiner Sparte. Gut, ab und zu gibt's 'ne Sendung über irgendwas hier in Chicago, aber keiner könnte mir garantieren, daß ich nicht hin und wieder reisen müßte. Und ich könnte auch nicht jeden Abend um fünf Schluß machen, sondern müßte im Notfall die Nacht durcharbeiten und manchmal auch ein Wochenende dranhängen.«

»Was willst du damit sagen?«

»Ich weiß es nicht. Ich weiß nicht mal, warum ich dir das alles erzähle.«

»Meinst du nicht, daß es wenigstens einen Versuch wert ist?«

»David, was würdest du einem angehenden Anwalt raten, nehmen wir zum Beispiel Nicole Clark«, setzte sie hinzu und wünschte im selben Moment, die Anspielung zurücknehmen zu können. »Ist ja auch egal, wer«, fuhr sie fort. »Nehmen wir einfach an, jemand kommt zu dir und erklärt, er würde schrecklich gern mit dir zusammenarbeiten, möchte aber von vornherein klarstellen, daß er um fünf Uhr Feierabend machen will und auf keinen Fall am Wochenende verfügbar ist. Was würdest du antworten?«

»Ich würde ihm empfehlen, sich 'ne andere Kanzlei zu suchen.«

»Eben.«

»Lilli, was soll ich dir raten? Ich kann dir die Entscheidung nicht abnehmen.«

»Ja, ich weiß.«

»Vielleicht kriegst du nur deine Tage.«

»Was zum Kuckuck hat das damit zu tun?«

»Na ja, du weißt doch, daß du vorher manchmal solche Depressionen kriegst ...«

»Jeder kriegt ab und zu mal Depressionen! Schieb's bloß nicht auf meinen Hormonhaushalt ...«

»Ich will mich nicht mit dir streiten. Ich hab' dir lediglich einen Vorschlag gemacht. Ob du ihn annimmst oder nicht, das liegt ganz bei dir.«

»Es würde dir also nichts ausmachen, wenn ich meinen alten Job wiederkriege?«

»Das hab' ich nicht gesagt«, antwortete er. »Es würde mir wahrscheinlich sogar sehr viel ausmachen. Was mich betrifft, so hab' ich immer noch dieselben Bedenken wie früher. Aber ich muß andererseits akzeptieren, daß du dein eigenes Leben führst und deine eigenen Entscheidungen treffen mußt.« Er schüttelte den Kopf. »Ich hab' einfach den Eindruck, du hast dem Lehrberuf kein Vertrauen geschenkt. Du warst von Anfang an überzeugt, er würde dir nicht liegen. Nur glaube ich eben, daß dir in Wirklichkeit mehr die Vorstellung von dem System verhaßt ist als die Arbeit an sich. Du sperrst dich dagegen, weigerst dich ganz einfach, Spaß daran zu finden. Das käme dir vor wie ein Verrat. Bloß weiß ich nicht, an wem oder an was.«

»Sie liegen völlig falsch, Herr Rechtsanwalt.«

»Vielleicht«, räumte er ein. »Wenn es so ist, dann bitte ich um Verzeihung. Ich hab' nur meine private Meinung geäußert.«

»Deine Meinungsäußerungen arten in die reinsten Vorlesungen aus«, schmollte sie.

»Vielleicht sollte *ich* Professor werden«, sagte er lächelnd und drückte ihre Hand.

»Verdammt noch mal«, seufzte Lilian, und ein winziges Lächeln spielte auf ihren Lippen. »Warum mußt du bloß immer so unwiderstehlich charmant sein? Entschuldige, David, ich führ' mich auf wie ein verzogenes Kind.«

»Laß nur, vielleicht hab' ich wirklich Vorträge gehalten. Du hast ganz recht. Manchmal begeistert mich der Klang meiner eigenen Stimme, und ich red' einfach drauflos.«

»Ich liebe dich«, sagte sie.

David winkte dem Kellner und verlangte die Rechnung.

»Weißt du schon, was wir am Wochenende mit den Kindern machen könnten?« fragte er.

»Keine Ahnung. Vielleicht ins Kino gehen?«

»Überleg's dir«, bat er. »Jason fährt in knapp einer Woche

ins Ferienlager. Vielleicht könntest du sein Lieblingsessen kochen, irgendwas Besonderes?«

Lilian hob skeptisch die Schultern. Sie dachte daran, daß Jason nichts mochte außer Hamburgern und daß Laurie bei ihr überhaupt keinen Bissen anrührte. David überreichte dem Kellner seine American-Express-Karte. »Komm noch auf einen Sprung mit ins Büro«, schlug er vor. »Du hast doch noch 'n bißchen Zeit.«

Sie zögerte unschlüssig. »Na, komm schon«, versuchte er sie zu überreden. »Wir haben 'n paar Neuanschaffungen gemacht, die möchte ich dir gern zeigen. Und dir wird's guttun, andere Tapeten zu sehn.«

»Na schön«, willigte sie ein. Vielleicht, dachte sie, hat er recht. Vielleicht hatte sie die falsche Einstellung zum Lehrberuf. Vielleicht hatte sie es nie ernsthaft versucht. Sie nahm sich vor, sich bei dem Kurs um zwei besonders anzustrengen. Ganz gleich, was daraus wurde, sie würde alles tun, um David nicht zu verlieren. Sie beobachtete ihren Mann, während er die Rechnung unterschrieb und seinen Beleg einsteckte. Er tat ihr gut, besser als ein täglicher Vitaminstoß. Sie wollte ihn um keinen Preis der Welt aufgeben. Ja, so war's nun mal.

»Guten Tag, Mrs. Plumley«, begrüßte Diane sie freundlich. »Wie geht es Ihnen?«

»Sehr gut, danke«, sagte Lilian zu Davids Sekretärin.

»Das freut mich. Haben Sie sich ein bißchen umgesehen bei uns?« Lilian nickte. »Der Aufenthaltsraum ist renoviert worden«, fuhr Diane fort. »Und wir haben neue Bilder. Die hat alle Ihr Mann ausgesucht.«

»Ja, das hat er mir erzählt. Sie gefallen mir sehr.«

Die Sekretärin lächelte verbindlich und wandte sich an ihren Chef. »Mrs. Whittaker hat heute vormittag dauernd angerufen«, sagte sie zu David. »Und Julie Rickerd hat auch zweimal nach Ihnen gefragt. Sie behauptet, es sei sehr dringend. Und ein Mr. Powadiuk – ich weiß nicht, wie

81

man's ausspricht – bittet Sie um Rückruf. Er sagt, er war für 'n paar Tage zum Fischen, und als er gestern heimkam, da entdeckte er, daß seine Frau in der Zwischenzeit die ganze Wohnung ausgeräumt hat und auf und davon ist. Nicht mal die Pappteller hat sie ihm dagelassen.«

David dankte ihr, nahm den Telefonblock entgegen und winkte Lilian, ihm in sein Büro zu folgen. Er schloß die Tür und nahm hinter seinem vollgepackten Schreibtisch Platz. Sie trat ans Fenster und schaute hinaus. Zu ihren Füßen brodelte das Leben der Stadt. »Es ist so schön hier oben«, sagte sie. »Man kommt sich vor wie in einer anderen Welt.«

David lächelte zustimmend und drückte auf den Knopf, der ihn mit dem Vorzimmer verband. »Diane, suchen Sie mir doch bitte die Akten von Julie Rickerd und Sheila Whittaker raus! Und verbinden Sie mich mit diesem Mr. Powa..., na, Sie wissen schon.« Er schaltete die Sprechanlage wieder ab und kramte ziellos in dem Durcheinander auf seinem Schreibtisch. »Was ist denn das?« fragte er überrascht, als hinter einem Stapel von Papieren eine zierliche Kristallvase zum Vorschein kam, in der eine rote Rose stand.

Diane kam mit den verlangten Aktenordnern herein und brachte das Kunststück fertig, Platz dafür auf dem überhäuften Schreibtisch zu schaffen. »Ich verbinde Sie gleich mit Mr. Powad..., ach, der ohne Pappteller«, sagte sie und ging hinaus.

David blätterte zerstreut in einem Ordner, dann fiel sein Blick wieder auf die Blume.

»Ist denn keine Karte dabei?« fragte Lilian, die einen seltsamen Druck in der Magengrube verspürte.

David fuhr suchend mit der Hand über die Schreibtischplatte. »Ich kann nichts finden«, sagte er. »Wahrscheinlich hat Diane sie hingestellt.«

Lilian trat an den Schreibtisch und griff in den Kasten für die unerledigte Post. Zuunterst lag ein blaßlila Umschlag. Sie nahm ihn heraus und hielt ihn David hin.

»Na so was, den hab' ich glatt übersehen.« Widerwillig nahm er den Brief in Empfang und öffnete ihn. Das Schreiben war nur kurz. Er las es und reichte es Lilian. »Ich werde mit ihr reden«, sagte er.

Lilian las laut vor: »Nochmals meinen innigsten Dank für diesen überaus interessanten Vormittag. Nicki.« Sie ließ das Blatt auf den Tisch fallen.

»Wenn du willst, ruf' ich sie gleich her. Du kannst dabeisein, während ich mit ihr spreche.«

»Nein, nein«, widersprach Lilian. »Wir wollen es einfach vergessen, okay? Wenn du sie herzitierst, gibt es bloß eine peinliche Szene für alle Beteiligten. Schließlich ist es nur eine Danksagung. Eigentlich 'ne ganz nette Geste. Laß es einfach auf sich beruhen. Wenn sie merkt, daß sie die einzige ist, die dieses alberne Spielchen treibt, wird sie vielleicht von selber aufhören und uns in Ruhe lassen.«

»Mir soll's recht sein. Ich will bloß nicht, daß du dich aufregst.«

»Tu ich ja gar nicht«, log sie. »Wenn ich's schaffe, Elaine zu überleben, dann werd' ich auch Nicole überstehen – das heißt, Nicki, wollt' ich sagen«, versuchte Lilian zu scherzen. Davids Lachen klang gekünstelt.

»Vielleicht haben wir das Ganze auch überbewertet«, gab er zu bedenken. »Wenn wir nicht aufpassen, verrennen wir uns womöglich in 'nen klassischen Verfolgungswahn. Weißt du, ich kann's mir einfach nicht vorstellen ... Sie ist wirklich eine hervorragende Juristin.«

Dianes Stimme tönte ruhig und sachlich über die Sprechanlage: »Ich hab' Mr. Powa... Er ist auf Leitung eins.«

»Ich geh' jetzt«, flüsterte Lilian, während er den Hörer abnahm. Als sie sich über David beugte und mit den Lippen seine Schläfe berührte, spürte sie den zarten Duft, den die Rose verströmte.

Sie sah, wie er die Hand hob und ihr nachwinkte, dann schloß sie die Tür hinter sich.

Im Vorzimmer lehnte sie sich einen Augenblick gegen die

Wand und wartete, bis ihr wild schlagendes Herz sich beruhigte und ihr Atem regelmäßiger wurde.

»Ist Ihnen nicht gut, Mrs. Plumley?« fragte Diane.

Lilians Blick heftete sich prüfend auf die Sekretärin ihres Mannes. Diane war ein hübsches Mädchen mit kastanienbraunem Haar und großen, blauen Augen. David hatte sich immer mit attraktiven Frauen umgeben. Während seiner Ehe mit Elaine war er ihren Reizen nicht selten erlegen. Es falle ihm nicht schwer zu lügen, hatte er ihr einmal erklärt, und er war nie um eine Ausrede verlegen. Sie wußte, daß er Elaine oft betrogen hatte. Und ich? überlegte sie. Ob er mich auch betrügt? Energisch warf sie den Kopf zurück und versuchte, ihre bangen Gedanken zu verscheuchen. Es tat nicht gut, über diese Fragen nachzugrübeln. Nicole mochte hochfliegende Pläne haben, aber es würde ihr nicht gelingen, sie zu verwirklichen.

»Doch, doch, ich fühl' mich ausgezeichnet«, versicherte sie. »Auf Wiedersehen, Diane. Bis bald.« Gedankenverloren betrat sie den langen, gewundenen Korridor.

Die Kleine hat sich mächtig ins Zeug gelegt, dachte sie. Die ist wirklich raffiniert. Kein Zweifel, die hatte das Talent zu einem erstklassigen Anwalt. Die war frech und dreist genug, ihre Absichten offen zuzugeben. Gute Taktik, die Ehefrau von vornherein in die Defensive zu drängen, sie zu verunsichern und dazu zu verleiten, sich vor eingebildeten Gefahren zu fürchten. Mit dem nötigen Geschick konnte so ein Weibsstück sogar Reibereien zwischen den Eheleuten vorprogrammieren, konnte hier und da Mißtrauen säen und gelassen zuschauen, wie es wuchs und blühte. Blühte wie eine Rose, dachte Lilian.

Da sie die Kleine nicht einfach umbringen konnte, würde es wohl das beste sein, sie zu ignorieren. Sie würde sich nicht mehr über sie aufregen und auch nicht mehr über sie herziehen. Jedenfalls nicht in Davids Beisein. Wegen dieses Mädchens würde es in ihrem Hause keinen Streit mehr geben.

Gewiß, David war gewarnt. Aber faszinierte es ihn nicht auch? Sicher, was denn sonst? Ärgerte es ihn etwa? Möglich. Vielleicht war er ungehalten, aber ganz bestimmt auch fasziniert. Und das war alles vorauskalkuliert, war Teil ihres genialen Plans: die unsichere, mißtrauische Ehefrau zu Hause, die faszinierende, verführerische andere im Büro.

Sie war schon am Aufzug, als die Stimme sie zurückhielt.

»Lill? Lill, sind Sie's?«

Sie drehte sich um. Es gab nur zwei Männer auf der Welt, die sie Lill nannten. Der eine war ihr Gynäkologe, der andere einer von Davids Partnern, ein hochangesehener Strafverteidiger mit einem Faible für gammelige Kleidung und provozierende Spitznamen.

Vor ihr stand Don Eliot in verwaschenen Bluejeans und brauner Cordsamtjacke. Sie wunderte sich, daß er einen Schlips trug, aber dann sah sie, daß die Krawatte mit Mikkymausfiguren bestickt war. Hallo, El, hätte sie beinahe geantwortet, doch im letzten Moment nahm sie sich zusammen.

»Hallo, Don!« Sie lächelte höflich. »Wie geht's Ihnen?«

»Großartig, einfach großartig«, versicherte er überschwenglich und ergriff ihre beiden Hände.

»Und Adeline?«

»Auch gut, auch gut. Die Kinder gehen ihr natürlich auf die Nerven, aber das ist schon ein Dauerzustand bei uns.« Er betrachtete sie von Kopf bis Fuß. »Gut sehen Sie aus«, stellte er fest, als prüfe er die Qualität eines Pullovers. »Vielleicht 'n bißchen müde. Kriegen Sie nicht genug Schlaf, Lill?«

Besten Dank für das Kompliment, El, dachte sie. Sein Kommentar hatte ihr gerade noch gefehlt. »Wer kann sich heutzutage schon ausschlafen?« fragte sie zurück.

»Da haben Sie ganz recht«, pflichtete er ihr bei. »Bei uns zu Hause ist es manchmal ganz grauenhaft. Stellen Sie sich vor, letzte Nacht sind zwei von unseren Kindern um vier Uhr früh durchs Haus getobt: der Zweijährige, der gerade erst gelernt hat, allein aus dem Gitterbett zu krabbeln, und der Vierjährige, der neugierig war und wissen wollte, was der Kleine vorhat. Ich sage Ihnen, Lill, Sie und David haben bestimmt die richtige Entscheidung getroffen, als sie beschlossen, keine Kinder zu kriegen. Kinder krempeln unser ganzes Leben um, das kann ich Ihnen versichern. Na, und außerdem hat David ja schon zwei. Das reicht, glauben Sie mir. Wir hätten auch nach dem zweiten aufhören sollen. Fünf Kinder – das ist der reinste Wahnsinn!«

Lilian versuchte zu lächeln und war froh, daß Don Eliot offenbar keine Antwort auf seinen Redeschwall erwartete. Hätte sie zu sprechen versucht, dann wären ihr womöglich die Tränen gekommen. David hatte also ihre Familienplanung (oder vielmehr Nichtplanung) mit Dritten diskutiert, ja hatte sogar behauptet, die Entscheidung sei bereits gefallen.

»Wissen Sie«, brachte sie endlich heraus, »so ein Entschluß ist nicht unabänderlich. Warten wir's erst mal ab.«

»Das ist 'n Wort, Lill«, lobte er sie, klopfte ihr auf die Schulter und machte kehrt. »Ach, übrigens, was ich noch sagen wollte: Adeline liegt mir seit Wochen in den Ohren, daß ich Sie beide mal zum Essen einladen soll. Wie wär's mit Samstag in einer Woche?«

Ihr fiel keine Ausrede ein, also nickte sie schweigend.

»Na, prima«, meinte er. »Ich sag' Adeline, sie soll Sie anrufen und mit Ihnen die Zeit verabreden.«

»Ich freue mich drauf«, log Lilian.

»Also bis dann!« Er verschwand hinter einer Biegung des Gangs. Einen Moment lang stand Lilian regungslos da und versuchte, ihre Gedanken zu ordnen. Mit Ausnahme von jenem wundervollen Zwischenspiel am Morgen unter der Dusche hatte sich der Tag zu einer ausgesprochenen Talfahrt entwickelt.

»Haben Sie sich verlaufen?« fragte die heisere Stimme, und

um Nicole Clarks Züge spielte ein leises, spöttisches Lächeln. Lilian warf ihr einen Blick zu, von dem sie inständig hoffte, daß er gefaßt und überlegen wirkte. »Vielen Dank«, sagte sie, »aber ich kenn' mich hier aus.« Sie straffte sich, richtete sich zu ihrer vollen Größe auf und ging mit raschen Schritten an der anderen vorbei. Ihr heimliches Stoßgebet wurde erhört: Sie stolperte nicht über ihre eigenen Füße, sondern erreichte ohne Zwischenfall den Aufzug.

7

Das Picknickgelände war hoffnungslos überfüllt, und sie kurvten fast eine halbe Stunde durch die Anlagen, bevor David endlich eine Parklücke entdeckte. Inzwischen war Davids Stimmung auf den Nullpunkt gesunken, Lauries Schmollen ließ sich beim besten Willen nicht mehr übersehen, und Jasons Stottern wurde unerträglich. Lilian umklammerte den Korb, den sie auf dem Schoß hielt, und hoffte, niemand würde sich daran erinnern, daß dieser Nachmittagsausflug ihre Idee gewesen war.

»W-wir k-k-kriegen nie 'n f-freien Grill«, platzte Jason heraus, während die Kinder widerwillig aus dem Auto stiegen. »Da s-sind ja t-t-tausend Leute. Da is' b-bestimmt k-k-kein Grill m-mehr f-frei.«

»Dann müssen wir eben mit 'ner andern Familie teilen«, erklärte Lilian. Sie sah zu, wie David die riesige Kühltasche aus dem Kofferraum hievte. »Laßt uns da lang gehen!« Sie deutete mitten in das bunte Gewimmel auf der Liegewiese. »Sieht aus, als wär' heute die ganze Stadt hier rausgekommen.« Sie beeilte sich, David einzuholen. Die beiden Kinder blieben zurück. »Was meinst du? Ob wir 'nen Grill finden?« flüsterte sie, sobald Jason außer Hörweite war.

»Ganz bestimmt«, antwortete er, und sein Tonfall verriet,

wie sehr er sich bemühte, nicht die Beherrschung zu verlieren.

Sie fanden tatsächlich einen. Es dauerte zwanzig Minuten,
und sie mußten ihn mit anderen teilen, so wie Lilian es vorausgesagt hatte, aber dafür war er schon angezündet, und
in der Zwischenzeit hatten sie alle einen tüchtigen Hunger
bekommen.

»Is' so heiß«, sagte Jason langsam, als Lilian ihm den zweiten Hamburger reichte.

»Was? Das Wetter oder der Hamburger?« fragte Lilian, die
plötzlich das Gefühl hatte, der Nachmittag ließe sich doch
noch retten. Sie hatten ein bequemes Fleckchen gefunden,
das sogar ein wenig Schatten bot, und die Familie, mit der
sie sich den Grill teilten, wirkte freundlich und hilfsbereit.
Allerdings schien ihr dreijähriger Sohn nicht besonders
glücklich über den jüngsten Familienzuwachs, ein Baby
von ein paar Monaten, das auf seiner Decke im Schatten
lag und zufrieden vor sich hinbrabbelte.

Schweigend gab Jason den Hamburger zurück, nachdem er
festgestellt hatte, daß das Fleisch noch blutig war.

»Die Dinger schmecken aber besser, wenn sie nicht völlig
verkohlt sind«, erklärte David dem Jungen.

Jason verteidigte sich weinerlich: »A-aber ich m-mag sie so
nicht.«

»Ich schon«, sagte Lilian und nahm Jasons Hamburger ent-
gegen. »Ich mach' dir einen anderen«, erbot sie sich. Ihr
Blick fiel auf Davids Tochter. »Und du, Laurie? Noch 'n
Hamburger?«

»Ich hab' den hier noch nicht aufgegessen.« Laurie beobachtete den Dreijährigen, der an seinem kleinen Schwesterchen vorbeirannte und es dabei verstohlen in die Seite
trat.

»Martin!« warnte ihn seine Mutter, bettete das schreiende
Baby an ihre Brust und bedachte ihren Sohn mit einem zor-
nigen Blick.

Lilians Augen glitten prüfend über Lauries Teller. Er war

unberührt. Von wegen, nicht aufgegessen, dachte Lilian, sie hat ja noch nicht mal angefangen.

»Noch 'n Coca?« fragte sie.

»Is' k-k-kein Coca«, korrigierte sie Jason, »is' P-P-Pepsi.«

»Also schön, noch 'n Pepsi?«

Jason schüttelte den Kopf.

»Laurie?« fragte ihr Vater. »Magst du was zu trinken, Spätzchen?«

»Nein«, sagte das Mädchen, und ihr Blick wanderte wieder zu der Nachbarfamilie hinüber. Es scheint, sie wäre viel lieber dort als bei uns, dachte Lilian, die Laurie beobachtete, und dann schaute auch sie sehnsüchtig auf das Baby in den Armen der Mutter.

»Wie alt ist sie?« erkundigte sich Lilian bei der jungen Frau.

»Drei Monate«, antwortete diese stolz.

»Muß ziemlich anstrengend sein«, vermutete Lilian und deutete auf den Jungen, der abseits stand und Mutter und Schwesterchen neidvoll beobachtete.

»Ja, leider.« Die Frau nickte. »Vor allem, weil Martin so eifersüchtig ist. Neulich hat er doch tatsächlich auf Pamela gepinkelt. Stand breitbeinig über ihr und pinkelte auf ihr Bäuchlein runter. Ich hab' gedacht, mich trifft der Schlag.«

»Klassischer Fall von Verpiß-dich«, sagte Lilian, und die beiden Frauen lachten freimütig, während die übrigen ein wenig peinlich berührt vor sich hinstarrten.

»Wie kannst du nur so mit fremden Leuten reden?« tadelte sie Laurie.

»Warum nicht?« wollte Lilian wissen. »Schließlich bin ich alt genug.« Und wie um zu beweisen, daß sie im Recht war, wandte sie sich wieder der Frau zu und stellte sich vor. »Sie sehen großartig aus«, versicherte sie. »Und wie schlank Sie sind!«

»Ich hatte Glück«, erklärte die junge Mutter. »Gleich nach der Geburt hatte ich wieder mein normales Gewicht. Allerdings habe ich auch jeden Tag wie 'ne Irre geturnt.«

Lilian klopfte sich auf den Bauch. »Ich muß unbedingt anfangen«, sagte sie. »Ich geh' ab nächsten Mittwoch in den Gymnastikkurs von Rita Carrington. Haben Sie schon mal von ihr gehört?« Die Frau schüttelte den Kopf.

»Darf ich mitkommen?« fragte Laurie unvermutet.

»Wohin?« wollte Lilian wissen und drehte sich nach Davids Tochter um.

»In den Gymnastikkurs«, antwortete Laurie.

Lilian war überrascht über dieses unerwartete Interesse, aber sie nickte bereitwillig: »Sicher, dann gehen wir zusammen.«

»M-Mammi kauft einen von d-diesen großen Ga-Gasgrills«, wagte Jason sich vor.

Lilian sah, wie Davids Gesicht sich verhärtete. »Heuert deine Mutter vielleicht auch 'nen Koch an, der die Hamburger auf den Rost legt?« fragte er gereizt.

»Mammi kann selber kochen«, verteidigte Jason seine Mutter sofort. »Sie ist 'ne prima Köchin. Ihre Hamburger sind 'n ganzes Ende besser als die hier«, setzte er, zu Lilian gewandt, anklagend, hinzu. Ihr fiel auf, daß der Junge nicht ein einziges Mal gestottert hatte.

»Na, Jason«, fragte sie, bestrebt, das Thema zu wechseln. »Freust du dich auf das Ferienlager?«

»Wehe, wenn er's nicht tut«, kam David dem Jungen zuvor.

»Wär' ja wohl noch schöner, bei dem Preis.«

»Mammi sagt, es kostet längst nicht genug«, sagte Jason, wieder ohne eine Spur zu stottern. Es war, als erleichtere sein Zorn ihm das Sprechen.

»Nächsten Sommer baut sie vielleicht ein Schwimmbecken«, steuerte nun Laurie bei.

»Was zum Kuckuck will sie mit 'nem Schwimmbecken?« forschte David nach. »Sie kann doch gar nicht schwimmen.«

»Sie sagt, sie will Unterricht nehmen.«

»Privatunterricht natürlich«, ergänzte David sarkastisch.

»Sie hat Anspruch darauf«, schoß sein Sohn zurück. Lilian glaubte, Elaines Stimme zu hören.

90

»Dein Hamburger ist fertig«, verkündete Lilian und schob das durchgebratene Stück Fleisch zwischen zwei Brötchenhälften.

»D-danke«, flüsterte Jason und blickte schuldbewußt zur Seite.

David beugte sich vor und fuhr seinem Sohn durch das dunkelblonde Haar. »Du wirst 'n richtig hübscher Bursche, weißt du das?« bemerkte er stolz.

Jason befreite sich scheu aus dem Griff seines Vaters und warf den Kopf zurück. Es war genau die Bewegung, mit der auch David sich die Haare aus der Stirn zu schütteln pflegte.

»W-wie d-der V-Vater, s-so d-der S-Sohn«, stotterte der Junge schüchtern.

David lachte, legte den Arm um Jason und küßte ihn auf die Stirn. »Was hältst du von diesen Mun-Jüngern, den Harekrischnas?« fragte er scheinbar wie aus heiterem Himmel. Lilian mußte sich das Lachen verbeißen.

»Welche von beiden?« wollte Jason wissen. »D-das sind d-doch zwei g-ganz verschiedene G-Gruppen!«

»Wie Coca und Pepsi«, meinte David.

»Hmhm«, bestätigte sein Sohn, »genau.«

Laurie nickte zustimmend. Ihr Teller war immer noch unberührt.

Lilian sah zu, wie die junge Familie neben ihnen ihre nun aus vollem Halse schreienden Sprößlinge zum Auto schleppte. »Kleine Kinder, kleine Sorgen«, hörte sie Davids Stimme. Dann blickte sie gedankenverloren auf Jason und Laurie.

»Und eins und zwei, und eins und zwei. So ist's gut, meine Damen, nun nach rechts. Und eins und zwei. Jetzt zur anderen Seite, das Ganze linksrum. Und eins und zwei. Und noch einmal. Nach links. Links, Mrs. Elfer, da geht's lang! Und eins und zwei. Fünfmal das Ganze, jeder für sich. Und jetzt wieder nach rechts, meine Damen. Rechts, Mrs. Elfer, rechts!«

Die Ärmste, dachte Lilian, während sie den Rumpf zur Seite beugte und versuchte, die Hände dabei starr über dem Kopf zu lassen. Es gibt doch in jedem Kurs so ein armes Schaf, das nicht rechts von links unterscheiden kann.

»Und wieder nach links, meine Damen. Und jetzt eins und zwei ...«

Die übrigen der insgesamt fünfundzwanzig Kursteilnehmerinnen waren schon mit der Übung fertig, als Mrs. Elfer endlich den richtigen Rhythmus fand. »Ja, so ist's besser, Mrs. Elfer«, rief die Trainerin, ohne aus dem Takt zu kommen. Sie sprach so, als sei jedes zweite Wort ein Tamburinschlag. »Sehr schön. Noch einmal. Und jetzt in der Taille abknicken und mit dem rechten Ellbogen den linken Fuß berühren. Das machen wir zweimal, und dann umgekehrt: linker Ellbogen rechter Fuß. Haben alle verstanden?« übertönte sie die Musik (Debbie Harry und Blondie sangen: »Ruf mich an«. Lilian erkannte in dem Lied die Titelmelodie aus »American Gigolo«). Die Trainerin beugte sich vor und schaute durch die gespreizten Beine auf ihre Gruppe zurück. »Fertig? Und eins und zwei. Und Wechsel. Und eins und zwei. Und Wechsel.«

Sie bringt uns noch um, dachte Lilian, während sie versuchte, ihren rechten Ellbogen im Takt der dröhnenden Discomusik gegen ihren linken Fuß zu federn. Alle, die behaupteten, Discorhythmen seien lahm und passé, waren offensichtlich noch nie in Rita Carringtons Gymnastikkurs gewesen. Lilian starrte bewundernd auf Ritas hochgerecktes Hinterteil. Die Frau war die reinste Amazone, mindestens einsachtzig groß, und sie hatte einen Körper, wie man ihn sonst nur auf den Hochglanzseiten eines »Playboy«-Heftes zu sehen bekam. Tatsächlich munkelte man, Rita habe früher als Bunny gearbeitet und »Playboy« habe sie in einer Serie über die Mädchen von Chicago ganz groß herausgebracht. Das ist ein Ansporn, dachte Lilian. Jedenfalls besser als eine fette Alte in zerschlissenem Trikot, die einem weismachen will, sie habe das Rezept für eine gute

Figur. Mit Rita Carrington als Kursleiterin hatte man doch wenigstens den schwachen Hoffnungsschimmer, daß einem tatsächlich diese Übungen und nicht nur ein göttlicher Gnadenakt zu einem solchen Körper verhelfen konnten.

Rita Carrington richtete sich auf und schüttelte sich das Haar aus dem Gesicht. Es war rotbraun und stufig geschnitten. (»Sie sieht bestimmt toll aus mit nassen Haaren«, hatte Beth geflüstert, als Rita den Gymnastikraum betrat.) Die Carrington war schon mitten in der nächsten Übung.

»Und jetzt, meine Damen, Pferdchenlaufen«, sagte sie, hob die Knie an die Brust und bewegte sich auf der Stelle. »Hoch die Beine! Schön, gut so. Wir können ruhig ein bißchen ins Schwitzen kommen, meine Damen. Auf geht's, Bewegung!«

»Eins ist klar: Die kann Frauen nicht ausstehen«, flüsterte Beth neben ihr.

»Wer hatte denn die Idee?« keuchte Lilian.

»Laurie hält sich prima«, bemerkte Beth und zeigte auf Davids Tochter in der ersten Reihe.

Gedankenvoll betrachtete Lilian das Mädchen. Sie verstand immer noch nicht, warum dieses Knochengestell sich ausgerechnet für Gymnastik interessierte. Aber da es zum erstenmal geschah, daß Laurie Anteil an dem nahm, was sie tat, hätte Lilian es unklug gefunden, ihr die Bitte abzuschlagen. Seit dem Wochenende hatte Laurie sie sogar mehrmals angerufen, um sich zu vergewissern, daß die Verabredung immer noch galt. Und nun stand sie mit ihren vierzehn Jahren in der ersten Reihe, verrenkte und verdrehte ihren mageren Körper und kämpfte ebenso verbissen gegen ihre eingebildeten Fettpolster wie die übrigen Kursteilnehmerinnen, bei denen Einbildung und Übergewicht leider im umgekehrten Verhältnis standen.

»Du hältst dich aber auch nicht schlecht«, versicherte Lilian Beth ehrlich. Diese sah mit ihren fünfundvierzig Jahren immer noch gut aus und machte im schwarzen Trikot mit rosa Hosen eine bessere Figur als viele andere Frauen, die beträchtlich jünger waren als sie.

»Keine Unterhaltung, meine Damen«, mahnte Rita Carrington. Lilian war über die Rüge so beschämt wie früher als Kind über einen Verweis in der Schule. Beth zog eine Grimasse und richtete ihre Aufmerksamkeit wieder auf die Trainerin. »Aufgepaßt, meine Damen, alle auf den Rükken!«

Lilian legte sich hin und schaute zu Beth hinüber. Als die sich mit der Hand auf den Boden stützte, zuckte sie merklich zusammen. »Tut's immer noch weh?« fragte Lilian.

»Ich weiß nicht recht, ob die Wunde noch schmerzt oder ob's bloß die Erinnerung ist, wenn ich die Stelle berühre«, antwortete Beth.

»Bitte, meine Damen, Sie können sich nachher im Aufenthaltsraum unterhalten.«

»Wir reden im Aufenthaltsraum drüber«, wiederholte Lilian im Flüsterton.

»Füße hoch und Knie beugen. In der Taille abknicken. Und eins und zwei, und drei und vier ...«

»Ach, das schmeckt köstlich«, rief Lilian und nahm einen großen Schluck Cola. »Nichts ist so belebend wie reiner Zucker, wenn man eine Stunde Folterqualen hinter sich hat.«

»Besser als Sex«, pflichtete Rickie Elfer ihr bei, legte den Strohhalm beiseite und trank genüßlich aus der Flasche.

»Also ich weiß nicht, ob ich so weit gehen würde ...« widersprach ihr Lilian.

»Aber ja doch, verlassen Sie sich drauf«, beharrte die mollige Blondine. »Ich kann vielleicht nicht rechts von links unterscheiden, aber Cola und Sex, damit kenne ich mich aus. Coca-Cola ist besser.«

Lilian und Beth lachten der Frau zu, die an ihrem Tisch Platz genommen hatte. Lilian fragte sich, ob Rickie Elfer wohl denselben feinen Unterschied zwischen Coca und Pepsi machte wie ihr Stiefsohn.

»Ich erinnere mich noch, wie ich das erste Mal in Rom

war«, fuhr Rickie Elfer fort. »Sie müssen bedenken, das ist schon ziemlich lange her. Ich war damals erst zwanzig, heute bin ich sechsunddreißig. Ich reiste zusammen mit einer Freundin. Wir hatten den ganzen Sommer in Europa verbracht. Sie kennen das ja, während der Semesterferien machte man die obligatorische Bildungsreise in die Alte Welt. Und damals konnte man in Europa tatsächlich mit fünf Dollar pro Tag auskommen. Wir jedenfalls hatten nicht mehr, und deshalb gab's keine kleinen Extras wie ab und zu 'n Cola, weil wir uns das einfach nicht leisten konnten. Und dann eines Tages, es waren bestimmt vierzig Grad im Schatten, und wir waren schon stundenlang auf den Beinen, hatten das Colosseum und weiß der Kuckuck was noch alles besichtigt, und wir hatten solchen Durst, daß ich dachte, wir würden vertrocknen. Auf einmal hält dieses Auto neben uns, und zwei Italiener rufen: ›Americana, Americana.‹ Und meine Freundin, der es auf den Geist ging, daß alle zwei Minuten so 'n Typ sie in den Hintern kniff, brüllte zurück, sie sollten uns in Ruhe lassen. Sie schrien uns zu, daß sie sich bloß unterhalten wollten. Und da sagte ich: ›Kauft uns 'n Cola, dann können wir reden. Und das haben sie auch gemacht. Und dann haben wir uns unterhalten. Und später, am Abend, haben wir noch 'n bißchen mehr gemacht. Und Sie können mir's glauben, das Cola war besser.« Sie trank aus. »Ist immer besser.« Sie schüttelte den Kopf. »Wenigstens weiß man genau, was man kriegt, 'n Cola macht dir nichts vor. Und zufriedenstellen tut's dich auch.« Sie lächelte. »Ach ja, wenn man jung ist«, sagte sie und schlenderte in Gedanken wieder durch die Ruinen des antiken Rom.

»Apropos Jugend«, warf Lilian ein, »könnt ihr euch vorstellen, daß Laurie heut abend auch noch den zweiten Kurs mitmacht?«

»Dieses Bündel Haut und Knochen?« fragte Rickie.

»Sie ist die Tochter meines Mannes«, erklärte Lilian. »Sie behauptet, ihre Taille sei zu stark.«

»Wie alt ist sie?«

»Vierzehn.«

»Sie hat 'nen Stich«, meinte Rickie schlicht, worauf Lilian und Beth lachten. »Nein, wirklich. Sie sind alle 'n bißchen verrückt in dem Alter. Aber wenn sie älter werden, dann geht's erst richtig los. Warten Sie nur, bis *sie* auf die Idee kommt, nach Europa zu fahren!«

»Haben Sie Kinder?« fragte Beth.

»Zwei Jungs«, antwortete Rickie Elfer. »Der eine ist zehn und der andere elf. Sie leben bei ihrem Vater.«

»Dann sind Sie also geschieden?« fragte Lilian und blickte verwundert auf Rickies Ehering.

»Schon zweimal. Paul, mein jetziger – ich mag das Wort, es klingt so befreiend unbeständig –, ist mein dritter Mann. Ich versuch' mir grade drüber klarzuwerden, ob ich noch ein Baby kriegen oder mich sterilisieren lassen soll.«

»Schwere Entscheidung«, warf Beth ein.

»Frauen werden doch laufend vor solche Entscheidungen gestellt. Aber Sie haben schon recht. Einerseits wünsche ich mir ein Kind, und ich denke, wenn ich noch eins kriegen will, dann ist's mit sechsunddreißig wirklich höchste Eisenbahn. Andererseits finde ich, ich hab' das meine getan, und warum soll ich mir noch mal den ganzen Ärger, die ewige morgendliche Kotzerei, die Unbequemlichkeit und nicht zu vergessen die Schmerzen aufhalsen?« Sie winkte dem Kellner und bestellte noch ein Cola. »Und dann darf man ja auch nicht vergessen, wie einem ein Baby die Figur ruiniert. Können Sie sich vorstellen, daß ich vor meiner ersten Ehe – er hieß Errol, seine Mutter taufte ihn nach Errol Flynn. Na, jedenfalls, bevor Errol und ich heirateten, wog ich ganze achtundvierzig Kilo. Und ich bin immerhin einsvierundsechzig, also nicht gerade ein Zwerg.«

»Sie müssen ja ausgesehen haben wie Laurie«, bemerkte Lilian.

»Nein. Ich war zwar dünn, aber Laurie ist ja schon richtig

abgemagert. Schon mal was von nervöser Anorexie gehört?«

»Ach wo«, wischte Lilian den Gedanken beiseite. »Sicher, sie ist 'ne ziemliche Latte, aber ich glaube nicht, daß sie absichtlich hungert.«

Der Kellner brachte Rickie Elfer das zweite Cola.

»Danke schön!« sagte sie und wandte sich wieder an ihre neuen Bekannten. »Das war hier 'n total verkommener Schuppen, aber seit sie die Bar eingerichtet und alles 'n bißchen aufgemöbelt haben, ist's ein piekfeiner Laden geworden. Das hat alles Rita gemacht. Bevor sie kam, war's hier ziemlich verlottert.«

»Wie lange sind Sie schon in dem Kurs?« fragte Beth.

»Die letzten zwei Jahre ist das hier so was wie mein zweites Zuhause.« Sie musterte sich kritisch. »Entmutigend, nicht? Besonders wenn ich daran denke, daß ich so viel Zeit hier verbracht habe und trotzdem die einzige bin, die immer noch rechts und links durcheinanderbringt. Wissen Sie noch, als Kind im Ballettunterricht, da gab's auch regelmäßig ein Mädchen, das die Arme in die Luft streckte, während alle anderen sie fallen ließen. Tja, das war ich. Und daran hat sich nichts geändert.« Sie tätschelte ihren Bauch. »Ich weiß, daß irgendwo hier drin 'ne Jane Fonda darauf wartet, geboren zu werden. Jedenfalls glaubte ich das felsenfest bis vor ein paar Jahren.« Sie schüttelte den Kopf. »Aber wenn man erst mal über dreißig ist, dann geht die Figur zum Teufel. Alles hängt plötzlich runter. Und was nicht runterhängt, geht in die Breite. Die Haut wird trocken und schrumpelig, und dann dauert's nicht mehr lange, und man sieht aus wie 'ne dicke, fette Backpflaume.« Lilian und Beth lachten auf. »Was soll's! Reden wir lieber wieder über Sex, das ist wenigstens nicht ganz so deprimierend.«

»Wie haben Sie Ihren Mann kennengelernt?« fragte Lilian.

»Welchen?«

»Den jetzigen.« Lilian wiederholte lächelnd Rickies Ausdruck.

»Ich traf ihn, als ich noch mit Ehemann Nummer zwei verheiratet war. Wir wollten damals unsere Stadtwohnung
umkrempeln, und also verhandelten wir mit ein paar Architekten über die neuesten Trends und über die Möglichkeiten, die sich uns boten. Paul war einer von ihnen. Ich
hab' ihn mir angesehen, tja, und dann hat's auch schon gefunkt. Also, wenn ich's mir recht überlege, dann ist es auf
jeden Fall sicherer, ich lasse mich sterilisieren und nicht
Paul. Wenn ich's mache, kann ich ohne Bedenken 'nen
kleinen Seitensprung riskieren. Wenn Paul es tut, muß ich
noch fünfzehn Jahre lang die Pille schlucken.«

»Machen Sie denn Seitensprünge?« fragte Lilian und wunderte sich, daß sie unversehens in ein solch intimes Gespräch mit einer Frau geraten war, die sie erst seit einer
Stunde kannte.

»Nicht so oft, wie ich gern möchte«, antwortete Rickie. »In
letzter Zeit passiert's nicht mehr alle Tage, daß ein Auto
neben mir hält und einer ›Americana, Americana‹ ruft.« Sie
lachte herzlich. »Und wie ist's bei Ihnen?« wandte sie sich
an Beth.

»Ich?« Beth lächelte. »Wo denken Sie hin! O nein, ich bin ja
noch nicht mal bis Europa gekommen.« Lilian und Rickie
sahen sie erwartungsvoll an. »Nein, ich habe ein sehr behütetes Leben geführt. Ich war erst siebzehn, als ich Al, meinen Mann, kennenlernte. Damals arbeitete ich als Kassiererin in einer Bank. Er kam jedesmal an meinen Schalter.
Ich fand ihn nett, nicht besonders groß, 'n bißchen schmal,
aber doch nett.« Lilian kicherte. Sie liebte solche alten Geschichten, und sie war schon seit langem neugierig auf die
des Traumpaares Al und Beth Weatherby. »Er war zwar
nicht besonders groß, aber er hatte ein so selbstbewußtes
Auftreten, als gehöre ihm die ganze Bank«, fuhr Beth fort.
»Er trat stolz an meinen Schalter und zahlte sein Geld ein.
Es dauerte ein paar Monate, ehe er ein privates Wort an
mich richtete. Als er mir erzählte, daß er Anwalt sei, da war
ich sehr beeindruckt. Er gehe gern ins Theater, sagte er,

und er sei ein As im Gewichtheben, und eines Tages würde er an der Spitze der größten und erfolgreichsten Kanzlei der Stadt stehen. Darauf antwortete ich, wenn sein Konto je auf zehntausend Dollar steigen sollte, müsse er mich heiraten.« Jetzt war es an Beth zu kichern. Wenn sie so in alten Erinnerungen schwelgt, dachte Lilian, dann sieht sie aus wie ein kleines Mädchen.

»Und wie ging's weiter?« fragte Rickie.

»Am Tag nach meinem achtzehnten Geburtstag haben wir geheiratet«, antwortete Beth. »Meine Mutter war darüber alles andere als glücklich. Sie meinte, ich sei viel zu jung, und Al sei zu alt für mich. Und außerdem war sie überzeugt, daß er sein Leben lang mehr Träume als Klienten haben würde.«

»Und wie denkt sie heute darüber?« wollte Rickie wissen.

»Sie ist seit elf Jahren tot.«

Rickie murmelte eine hastige Entschuldigung, dann fragte sie: »Und wie lange sind Sie schon verheiratet?«

»Siebenundzwanzig Jahre.«

»Großer Gott! Alle Achtung! Haben Sie Kinder?«

»O ja, drei. Zwei Jungs und ein Mädchen. Brian, mein Ältester, ist Arzt in New York; Lisa, die mittlere, ist Sängerin in Los Angeles; und Michael«, seufzte sie, »ist dem Reverend Mun oder 'nem anderen Sektenführer ins Netz gegangen.« Sie starrte an Lilian vorbei ins Leere. »Komisch«, sagte sie gedankenvoll. »Nichts im Leben entwickelt sich ganz so, wie man sich's vorgestellt hat.«

Lilian nickte zustimmend. Ihr Leben war gewiß auch nicht das, was sie sich erhofft hatte. »Wie geht's Lisa?« fragte sie.

»Soweit ganz gut. Sie hat zwar immer noch kein festes Engagement, aber sie wurschtelt sich durch.«

»Und was ist mit diesem verheirateten Musiker?«

»Welcher verheiratete Musiker?« Verwundert sah Beth sie an. »Wovon sprichst du?«

»Na ja«, antwortete Lilian verwirrt. »An dem Abend, als du dich geschnitten hast, da meinte Al, du seist so durcheinander, weil Lisa sich mit einem Musiker eingelassen hat, der verheiratet ist ...«

»Hat er das gesagt? Ich kann mich nicht erinnern ...« Beth wirkte seltsam abwesend. Lilian hielt es für das beste, das Thema fallenzulassen. Eine Weile herrschte Schweigen.

»Und wie war's bei Ihnen, Lilian?« fragte Rickie endlich und riß sie aus ihren Gedanken. »Wie haben Sie Ihren Mann kennengelernt?«

»Oh, wir sind uns zum erstenmal begegnet, als ich ihn für eine Fernsehshow interviewte«, fing sie an.

»Sie sind beim Fernsehen?« unterbrach sie Rickie Elfer eifrig. »Wie war noch mal Ihr Nachname? Müßte ich Sie kennen?«

Lilian lachte. »Nein, nein, Sie kennen mich bestimmt nicht. Mein Mädchenname war Listerwoll. Jetzt heiße ich Plumley.« Sie zögerte. Zum erstenmal fiel ihr auf, daß ihr Name immer voller »l« gewesen war. »Außerdem bin ich nicht mehr beim Fernsehen. Ich unterrichte jetzt an der Uni.«

Die Tür am anderen Ende des Raums ging auf, und Davids Tochter kam herein. Seit die drei Frauen in der Bar zusammengetroffen waren, hatte Lilian noch keine Gelegenheit gehabt, ihre Umgebung in Augenschein zu nehmen. Rita Carrington hatte gute Arbeit geleistet. Der Aufenthaltsraum strahlte Ruhe, ja beinahe Gemütlichkeit aus. Die Wände waren in dunklem Burgunderrot gehalten, das wirkungsvoll mit den rosafarbenen und lila Sitzgarnituren kontrastierte. Auch die Bar, in der sie saßen, war hübsch ausgestattet. Um zierliche, weißlackierte Tischchen gruppierten sich bequeme Korbsessel mit purpurroten Kissen. Es war genau die richtige Atmosphäre, um sich nach einer Stunde mit Rita Carrington zu erholen. Lilian sah Laurie auf sich zuschlendern. Sie trug noch ihr rosafarbenes Trikot und die Legwarmers.

»Hallo, Laurie«, grüßte sie freundlich. »Na, wie geht's? Magst du 'n Cola?«

»Nein, danke.«

»Oh, du mußt unbedingt eins trinken«, drängte Rickie Elfer. »Das ist besser als ...«

»Also, wie war der zweite Kurs?« unterbrach Lilian sie gerade noch rechtzeitig.

»Prima«, sagte Laurie. »Besser als der erste. Wir hatten 'ne andere Trainerin. Bei der mußte man sich echt anstrengen.«

Lilian und Beth tauschten einen ungläubigen Blick.

»Du solltest lieber aufpassen, daß du dich nicht in Luft auflöst«, warnte Rickie Elfer sie.

»Nein, ich hab' das Training wirklich nötig«, gab Laurie zurück. Dann fragte sie Lilian: »Kann ich noch duschen, bevor ich heimgehe?«

»Natürlich«, sagte Lilian. »Ich warte auf dich.« Sie zögerte. »Weißt du, eigentlich dachte ich, weil David heute abend länger arbeitet, könnten wir beide zusammen essen und vielleicht hinterher ins Kino gehen ...«

»Geht leider nicht«, sagte Laurie entschuldigend. »Ich muß gleich nach Hause, Ron will nämlich mit Mammi und mir ausgehen.«

»Ron?« fragte Lilian.

»Ron Santini, Mammis neuer Freund.«

»Ron Santini, der Mafioso?« platzte Lilian erstaunt heraus.

»Er ist kein Mafioso«, protestierte Laurie aufgebracht. »Er ist ein großes Tier im Obsthandel.«

»Oh.« Lilian nickte. »'tschuldige! Wahrscheinlich gibt's mehrere Ron Santinis in Chicago.«

»Wahrscheinlich«, schmollte Laurie. »Ron ist jedenfalls im Obstgeschäft.«

Lilian nickte wieder.

»Ich geh' jetzt duschen.«

»Ich warte auf dich«, sagte Lilian. »Ich fahr' dich dann wenigstens nach Hause.«

»Ist nicht nötig.«

»Ich fahr' dich«, beharrte Lilian. Laurie hob wortlos die

Schultern und ging hinaus. »Ich kann mir das nicht erklären«, murmelte Lilian. »Ich bemüh' mich wirklich, ein gutes Verhältnis zu dem Mädchen zu kriegen ...«

»War vielleicht nicht klug, den Freund ihrer Mutter einen Mafioso zu nennen«, philosophierte Rickie.

Lilian lachte. »Ist mir nur so rausgerutscht. Außerdem dachte ich, ganz Chicago wisse, daß er so 'ne Art Unterweltskönig ist. Wir haben vor ein paar Jahren eine Sendung über den Typ gemacht. Diese Obstläden, die er da hat, das ist doch nichts als Tarnung.«

»Ich wette, ich weiß was, was ihr nicht wißt«, fiel Rickie in verheißungsvollem Singsang ein.

»Und das wäre?« fragte Beth.

Rickie beugte sich vor. »Also, Ron Santini soll nicht nur Mafioso sein, sondern auch 'nen dreißig Zentimeter langen Schwanz haben.«

»Sie wollen uns wohl auf 'n Arm nehmen«, stieß Beth atemlos hervor. Verlegen sah sie sich um. Aber niemand schien etwas gehört zu haben, obwohl eine Frau am Nebentisch sich auffallend weit in ihrem Sessel zurücklehnte.

»Nein, ganz im Ernst«, versicherte Rickie. »Eine Freundin von mir hatte mal 'ne Blitzaffäre mit ihm. Der Kerl hat nämlich 'n ganz schönen Verschleiß. Scheint so was wie Chicagos Antwort auf Warren Beatty zu sein.«

»Dann kann's unmöglich derselbe sein«, sagte Lilian.

»Und warum nicht?« wollte Beth wissen.

»Was sollte 'n Playboy mit 'nem Dreißig-Zentimeter-Ding mit 'ner Frau anfangen, die sich bloß Ostern und Weihnachten ficken läßt?«

»Wer fickt bloß Ostern und Weihnachten?« fragte Rikkie.

»Elaine, die Exfrau von meinem Mann.«

»Und wer sagt, daß sie bloß an hohen Feiertagen bumst?«

»Mein Mann. Er sagt, sie hätten in siebzehn Ehejahren kaum fünfzigmal miteinander geschlafen.«

»Glauben Sie nie, was ein Mann über seine Exfrau erzählt«, riet Rickie.

Lilian wandte sich an Beth. »Beth, du kennst sie doch. Was hältst du von der Geschichte?«

»Was wissen wir schon wirklich von Leuten, die wir kennen«, antwortete Beth rätselhaft.

»Auch wahr.«

»Mein erster Mann hatte 'nen Riesenapparat«, sagte Rickie so laut, daß alle am Nebentisch aufhorchten und sich nicht einmal mehr die Mühe machten, eine Unterhaltung vorzutäuschen. »Wenn der 'nen Steifen hatte, dann gingen einem die Augen über«, fuhr Rickie unbeirrt fort. »So 'n Ding hatte der. Und 'n Vermögen von dreißig Millionen Dollar.«

»Und den haben Sie verlassen?« Die Frau neben Rickie lehnte sich so weit in ihrem Sessel zurück, daß sie umzukippen drohte.

»Er war so langweilig«, erklärte Rickie und rückte zur Seite, um Platz für ihre neuen Zuhörerinnen zu schaffen. »Er war einfach der langweiligste Mensch, der mir je untergekommen ist. Natürlich wußte ich schon, als ich ihn heiratete, daß er 'n langweiliger Typ ist, aber ich dachte, mit so 'nem Mordsspimmel und dreißig Millionen Dollar, da könnte ich mich an die Langeweile gewöhnen. Leider hatte ich mich verrechnet.« Rickie seufzte theatralisch. »Und obendrein erwischte er mich auch noch mit seinem Makler *in flagranti* oder wie das heißt. Der wurde dann übrigens Ehemann Nummer zwei.« Sie machte eine Pause. »Gott muß ein Mann sein«, sagte sie schließlich gedankenverloren. »Nur ein Mann kann solch wundervolles Ausgangsmaterial derart versauen.«

Alle lachten. »Wenn die Männer bloß hören könnten, wie die Frauen über sie urteilen«, meinte Lilian, und die anderen stimmten ihr bei.

Eine Frau am Nebentisch erhob sich. »Tja, also es war wirklich amüsant. Tut mir leid, daß ich gehen muß, grade wenn's spannend wird, aber es ist schon spät, und mein Mann setzt sich gern an den gedeckten Tisch, wenn er heimkommt.«

»Soll er sich doch sein Essen selber machen«, rief eine andere.

»Die Ehe hat nur einen Nachteil«, verkündete Beth. »Sie dauert zu lange.«

»Meine nicht«, rief Rickie und erhob sich ebenfalls. »Ich glaube, für mich wird's auch Zeit.«

»Wir sollten alle aufbrechen«, meinte Beth. »Ich geb's zwar nur ungern zu, aber auch Al verlangt sein Abendbrot gleich, wenn er nach Hause kommt.«

»Geh schon, ich warte noch auf Laurie«, erklärte Lilian.

»Macht's dir nichts aus, allein zu bleiben?« fragte Beth.

»Kann ja nicht lange dauern, bis so ein Knochengestell abgeseift ist.«

»Nervöse Anorexie«, orakelte Rickie düster. »Wiedersehen, Lilian.« Sie streckte die Hand aus. »Hat wirklich Spaß gemacht, sich mit Ihnen zu unterhalten. Ich hoffe, wir treffen uns hier wieder.«

»Nächsten Mittwoch«, versicherte Lilian.

»Ich komme bestimmt«, antwortete die rundliche, kleine Frau und verabschiedete sich dann ebenso herzlich von Beth.

»Sie muß umwerfend gut im Bett sein«, flüsterte Lilian und dachte, daß wohl mehr dazu gehörte als ein humorvolles Wesen, um drei Ehemänner einzufangen, ganz zu schweigen von dreißig Millionen Dollar und einem Schwanz mit Weltrekordmaßen. Dabei fiel ihr Elaine ein. Was machte sie mit einem Mann wie Ron Santini? Oder richtiger gefragt, was fing er mit einer Frau wie Elaine an?

»Lilli? Hallo, Lilli! Hörst du mich nicht?« fragte Beth.

»O Beth, es tut mir leid, ich war ganz in Gedanken. Du gehst also?«

»Tja, ich muß wirklich los. Kommt ihr am Samstagabend zu den Eliots?«

Freudig überrascht blickte Lilian auf. »Ja. Ihr etwa auch?«
Beth nickte. »Ja, wir auch.«
»O fein! Also bis dann!« Beth wandte sich um und ging zur
Tür. »Und eins«, rief Lilian ihr nach und versuchte, ihrer
Stimme Rita Carringtons ermunternden Rhythmus zu ver-
leihen. »Und zwei. Und eins ...«

8

Don Eliots Haus war ein großer, alter Kasten, in dem genauso ein wüstes Durcheinander herrschte, wie man es
von einem Heim erwartete, das zwei Erwachsene, fünf
Kinder unter zehn und drei Katzen beherbergte. Außerdem
gab es noch eine stattliche Anzahl von Tanzmäusen und
Goldfischen, doch die verunglückten zu leicht, als daß
man sie ernsthaft hätte zur Familie zählen können. Kurz
gesagt, das Haus sah genauso aus, wie man sich Don Eliots
Heim vorgestellt hätte: Es war geräumig, es war unordent-
lich, es war ein wenig einschüchternd, es war sehr gemütlich. Lilian versuchte, die beiden letzten Attribute miteinander in Einklang zu bringen. Wie kann ein Haus, das mich
einschüchtert, gemütlich wirken? fragte sie sich. Und doch
kam sie zu dem Schluß, daß beides zutraf, nicht nur auf
das Haus, sondern auch auf seinen Besitzer.
Don Eliots Frau war ein ausschließlich gemütlicher Typ. Sie
gab sich völlig ungeziert und natürlich. Sie war schlicht
und einfach eine Frau mit fünf Kindern ohne Haushaltshil-
fe. Zweimal die Woche kam eine Putzfrau, aber die Vorstellung, mit jemand Fremdem unter einem Dach zu leben,
hatte das Ehepaar abgeschreckt. Und so machte Adeline
Eliot eben alles selbst. (»Wirklich verhaßt«, vertraute sie Li
lian an, »sind mir diese alleinstehenden Frauen, die man
auf Partys trifft und die einen fragen, was man denn so

macht. Und wenn ich antworte, ich sei Mutter, dann starren sie mich an und sagen: ›Ja gut, aber was *machen* Sie?‹«)

»Hoffentlich nehmt ihr's uns nicht übel, aber die Kinder sind alle noch auf«, begrüßte Adeline sie an der Tür. »Sie wollten vor dem Schlafengehen unbedingt noch die Gäste sehen.«

»Klingt großartig«, sagte David begeistert und küßte Adeline auf die Wange. »Wo sind sie?«

»Ihr habt Glück, im Augenblick sind sie oben«, antwortete Don Eliots Frau. Das warme Lächeln grub tiefe Falten um ihre Mundwinkel. Diese Falten und die vielen grauen Strähnen in ihrem dunklen Haar, das sie straff zurückgekämmt und zu einem Knoten gewunden hatte, ließen Adeline wesentlich älter erscheinen, als sie war. In Wirklichkeit ist sie altersmäßig wahrscheinlich ziemlich genau in der Mitte zwischen Beth und mir, schätzte Lilian. »Ich kann mich nicht erinnern, ob Sie schon einmal bei uns waren«, unterbrach Adeline ihre Gedanken.

»Nein, ich bin zum erstenmal hier«, antwortete Lilian, die erriet, daß David bei einem früheren Besuch wohl Elaine dabei hatte. »Ich find's reizend.«

»Ach«, lachte Adeline, »es ist das reinste Chaos. Aber damit müssen wir uns abfinden. Ich hab's aufgegeben, hier Ordnung schaffen zu wollen. Vielleicht, wenn die Kinder mal groß sind und aus dem Haus gehen ...« Sie führte die beiden in das geräumige Wohnzimmer, wo Don Eliot hinter einer behelfsmäßigen Bar stand und Getränke verteilte. Al und Beth Weatherby saßen Hand in Hand eng aneinandergeschmiegt wie Neuvermählte auf dem zerschlissenen Sofa. Sie standen auf, um die Plumleys zu begrüßen. »Wer war Richard Burtons Partnerin in ›Der Spion, der aus der Kälte kam‹?« fragte Al, der seine Frau losgelassen hatte, um Lilians Hand zu ergreifen. Er küßte Davids Frau auf beide Wangen.

»Claire Bloom«, sagte sie prompt und erwiderte seinen Begrüßungskuß.

»Zu leicht«, brummte Al. »Hätt' ich mir denken können, daß es zu einfach war. Aber warte, ich hab' noch 'ne Frage. Wer spielte die männliche Hauptrolle in ›Die Anderen‹?«

»Worin?« fragte Don Eliot.

»In ›Die Anderen‹«, wiederholte Lilian. »Das war ein Horrorfilm. Einer der ersten über die möglichen Auswirkungen von Atomversuchen und außerdem einer meiner Lieblingsfilme.«

»Natürlich.« Al seufzte spielerisch. Erwartungsvoll sah er Lilian an. »Also, wer spielte die männliche Hauptrolle?«

Sie lächelte. »War es James Arness?« fragte sie.

»Genau.« Al seufzte wieder. »Aber warte nur, eines Tages schlag' ich dich, Lilli!«

»Das haben schon viele versucht«, lachte David. Er drückte ihren Arm und ging hinüber zu Don Eliot an die Bar.

»Wir wollen später schwereres Geschütz auffahren«, gestand Don Eliot mit einem schelmischen Zwinkern. »Was darf's sein?« fragte er und deutete auf die Flaschen vor sich.

»Scotch mit Wasser«, sagte David.

»Kann ich 'nen Weißwein haben?« fragte Lilian.

»Kommt sofort«, antwortete Don.

»Es ist so still hier«, bemerkte David und blickte sich um.

»Tja, weißt du, wir haben die Kinder bis zum Eintreffen aller Gäste in einem schalldichten Gewölbe eingesperrt.« Sein Scherz wurde mit höflichem Gelächter belohnt. »Nein, im Ernst, wahrscheinlich hocken sie vor dem Fernseher. Wir haben ihnen versprochen, wenn sie sich relativ leise verhalten, bis alle eingetroffen sind, dürfen sie nachher runterkommen und ihre kleine Trapp-Nummer abziehen.«

»Wen erwartet ihr sonst noch?« wollte Beth wissen.

Lilian mußte plötzlich niesen.

»Haben Sie sich erkältet?« fragte Don Eliot. Sie schüttelte den Kopf.

»Sind's die Katzen?« erkundigte sich David und streckte seine Hand nach dem Glas aus, das Don ihm reichte.

»Glaub' schon«, sagte Lilian und nieste wieder. »Ich hab' 'ne leichte Allergie gegen Katzen«, erklärte sie. 'ne leichte? fragte sie sich insgeheim. Sie konnte froh sein, wenn ihre Augen nicht total zugeschwollen waren, noch ehe die Party zu Ende ging. Und wenn sie ausgesprochenes Glück hatte, dann würde sie morgen früh wieder frei atmen können. Mit Schaudern malte sie sich die Nacht aus, die ihr bevorstand.

»Ich hätte Sie vor den Katzen warnen sollen«, flüsterte Adeline. »Heutzutage sind 'ne Menge Leute allergisch gegen Katzen. Wenn Sie möchten, bringe ich sie raus.«

»Nein, es sind die Haare«, erklärte Lilian. Ihr Blick wanderte von einer Katze, die sich auf dem Sofa zusammengerollt hatte, zu einer anderen, die in einem Sessel unter dem Fensterbrett döste. Zweifellos wärmt die dritte gerade meinen Stuhl im Eßzimmer. »Die Haare sind einfach überall, wissen Sie.«

»Und ganz besonders in unsrem Haus«, bestätigte Don Eliot. Er brachte Lilian ein Glas Wein. »Hier, trinken Sie, Lill. Dann wird's Ihnen gleich besser gehen.«

»O ganz bestimmt«, sagte Lilian und nippte an der klaren, durchsichtigen Flüssigkeit. »Vielleicht ist es auch bloß eine Frage der Gewohnheit.« Sie hoffte, ihre Worte klangen zuversichtlicher, als sie sich fühlte.

Don Eliot blickte in die Runde. »Mag noch jemand was zu trinken?«

Beth schüttelte den Kopf. »Ich nehm' noch mal dasselbe«, sagte Al Weatherby. »Ach, übrigens hast du die Frage meiner Frau nicht beantwortet. Wer kommt sonst noch?«

Don Eliot ging an den Tisch zurück, auf dem die Getränke aufgebaut waren. »Ich hab' Nicki Clark eingeladen«, sagte er. Lilian nieste heftig. »Geht's Ihnen gut?« fragte Don besorgt. Lilian vergrub ihr Gesicht in dem Papiertaschentuch, das Beth ihr zugesteckt hatte. »Sie hat mir in den letzten

Wochen bei einem Fall geholfen, mit dem ich beschäftigt war. Ich dachte, es wär' nett, sie heut' abend dabeizuhaben. Sie lebt nämlich ganz allein, wißt ihr. Ihr Vater wohnt mit seiner Frau, die anscheinend bloß ein paar Jahre älter ist als Nicki, in New Hampshire. Ihre Mutter ist vor einigen Jahren an Krebs gestorben. Traurige Geschichte. Sie ist ein wirklich nettes Mädchen, aber ich glaub', sie hat nicht viele Freunde.«

Woran das wohl liegen mag, dachte Lilian und schaute zu David hinüber. Sein Blick beteuerte ihr, daß er genauso überrascht sei wie sie.

Ein paar Minuten später setzte er sich zu ihr und flüsterte über den Rand seines Glases hinweg: »Ich bin sicher, sie hat den Unsinn aufgegeben.«

»Oh?« Sie versuchte angestrengt, das Niesen zu unterdrükken.

»Ja, ich hab' sie die ganze Woche nicht gesehen. Ich hab' den Eindruck, sie geht mir aus dem Weg. Wahrscheinlich ist's ihr peinlich.«

»Vielleicht«, meinte Lilian. »Zerbrich dir deswegen nicht den Kopf. Ich tu's auch nicht.«

David lächelte. »So gefällst du mir.«

»Kommt Nicki denn allein?« fragte Al Weatherby, um eine Gesprächspause zu überbrücken.

»Nein, sie hat Adeline angerufen und gefragt, ob sie 'nen Bekannten mitbringen kann.«

Lilian beobachtete Davids Gesicht. Er lächelte sie an, und seine Augen fragten: Na also, was hab' ich dir gesagt? Gut, vielleicht hatte er recht. Vielleicht war das Spiel vorbei. Sie mußte wieder niesen, und ihre Augenlider begannen zu jucken.

Dann klingelte es, und plötzlich geschah alles gleichzeitig. Die dritte Katze tauchte auf und rannte allen zwischen die Beine, die fünf Kinder der Ellots stürmten herein, machten Jagd auf die Katzen, grapschten nach den Horsd'œuvres, die Adeline (der Himmel mochte wissen, wann) zubereitet hatte, spielten Verstecken hinter der Bar und ließen ein ohrenbetäubendes Indianergeheul ertönen.

»O trautes Heim«, sinnierte Don Eliot, als er wieder ins Zimmer trat. Er brachte Nicole Clark mit und einen jungen Mann, der ihr so ähnlich sah, daß er ihr Bruder hätte sein können. »Nicki«, verkündete Don und machte mit dem rechten Arm eine Geste, die alle übrigen Anwesenden einbezog. »Sie kennen wahrscheinlich jeden hier, zumindest von den Herren. Sind Sie Als Frau schon vorgestellt worden? Beth?«

»Ich denke ja«, sagte Beth freundlich. »Beim Picknick, nicht wahr?«

»O gewiß«, fiel Nicole mit ihrer tiefen Stimme ein. »Natürlich.«

»Und Davids Frau Lilian?« fuhr Don fort.

»Wir kennen uns«, sagte Lilian.

»Ich freue mich, Sie wiederzusehen.« Nicoles Worte klangen ehrlich.

»Na, und meine Frau haben Sie vorhin an der Tür getroffen«, beendete Don die Vorstellung. Nicole nickte. »Und das ist Nickis Freund, Chris Bates. Richtig?«

»Sehr gut«, lächelte der junge Mann selbstbewußt.

»Chris ist einer von den neuen Anwälten bei Benson & McAllister.« Alle begrüßten ihn freundlich. Lilian nieste.

»Sind Sie erkältet?« Chris' Frage übertönte den Kinderlärm.

»Nein, nur 'ne leichte Allergie«, antwortete Lilian gefaßt.

»Gegen Katzen oder gegen Kinder?« erkundigte sich Nicole. Alle lachten, auch David.

»Gegen Katzen«, erwiderte Lilian.

»Ich dachte immer, Allergien seien psychosomatisch bedingt«, bemerkte Nicole unbekümmert, ehe sie ihre Aufmerksamkeit wieder ihrem Begleiter zuwandte.

»Okay, Kinder, stellt euch auf«, kommandierte Don Eliot.

Es dauerte einige Minuten, aber schließlich standen sie alle der Größe nach vor ihrer Zuhörerschaft. »Wir werden das so schnell wie möglich über die Bühne bringen«, sagte Don. Während er jedem Kind der Reihe nach die Hand auf den Kopf legte, stellte er seine Sprößlinge vor: »Jamie, Kathy, Rodney, Jeremy, Robin. Also, was nun? Wollt ihr singen oder tanzen oder was?«

»Oder was!« brüllte Jamie, der Älteste, und alle fünf tobten wie besessen herum.

Es dauerte fast zehn Minuten, bis Ruhe einkehrte und die Kinder nach oben verfrachtet waren. »Wir haben eine Überraschung für euch«, sagte Don, als er seine Gäste ins Eßzimmer führte. »Es ist ein Spiel, das wir uns Lill zu Ehren ausgedacht haben. Sie ist unser Kino-As. Ich werd's euch beim Essen erklären.«

»O fein.« Nicole Clark sah Lilian direkt in die Augen. »Ich spiele für mein Leben gern.«

Die Gäste waren um den langen, wuchtigen Eichentisch versammelt. Über die dampfenden Teller mit Mockturtle-Suppe hinweg beobachtete man einander wachsam.

»Die Suppe schmeckt köstlich«, brach Lilian das Schweigen. Ob die anderen auch so nervös sind wie ich? Und warum bin ich eigentlich nervös? Es ist doch bloß ein Spiel, ein harmloses, kleines Gesellschaftsspiel. Es ist völlig gleich, wer gewinnt oder verliert. Sie sah ihren Mann an, der ihr gegenüber zwischen Beth Weatherby und Nicole Clark saß. Was setzte ihr mehr zu: dieses alberne Spiel oder der Umstand, daß ihr Mann ausgerechnet neben dieser Frau saß, die alle außer ihr zwanglos, ja sogar herzlich mit Nicki anredeten? Lilians Blick streifte Nicoles makelloses Profil. Das Mädchen war in eine angeregte Unterhaltung mit dem Gastgeber vertieft, und abgesehen von einem Lächeln in Davids Richtung, als der ihr den Brotkorb reichte, hatte sie ihm bisher keine Beachtung geschenkt. Lilian versuchte, die Füße ihres Mannes mit ihren eigenen zu berühren, aber der Abstand zwischen ihnen war zu groß. Statt dessen stieß sie gegen ein Tischbein. Sie zuckte vor Schmerz zusammen, doch dann stellte sie erleichtert fest, daß sie in diesem Raum freier atmen konnte. Wir lassen die Katzen grundsätzlich nie ins Eßzimmer, hatte Adeline ihr erzählt, als sie die geräumige Diele durchquerten.

»Lilli?«

Die Stimme ihres Mannes schreckte Lilian aus ihren Gedanken auf. Er hatte zu ihr gesprochen, doch sie hatte kein Wort gehört.

»Es tut mir leid«, entschuldigte sie sich, als sie merkte, daß alle sie anstarrten.

»Zerbrechen Sie sich den Kopf darüber, wie Sie Ihren Satz anbringen könnten?« fragte Don Eliot fröhlich.

»Erraten«, log Lilian, und ihre Gedanken wanderten für einen Augenblick zu dem Spiel, das ihre Gastgeber sich ausgedacht hatten, und zu der Zeile, die ihr zugewiesen war.

»Adeline hat dich gefragt, ob du das Rezept möchtest«, sagte David, und sie hörte den leichten Tadel aus seiner Stimme heraus.

»Für die Suppe«, fügte Adeline hinzu.

»Darüber würde ich mich wahnsinnig freuen«, versicherte Lilian begeistert. »Wenn's nicht zu kompliziert ist ...«

»Kompliziert? Aber nein! Hab' ich vielleicht die Zeit, was Kompliziertes zu kochen?«

»Ich kann mir nicht vorstellen, wie Sie bei all dem Trubel überhaupt noch Zeit zum Kochen finden«, wunderte sich Beth. Lilian hatte sich gerade die gleiche Frage gestellt.

»Es ist alles Improvisation«, erklärte Adeline stolz. »Ich mische einfach Campbells Tomatensuppe mit Campbells Erbsensuppe, geb' ein bißchen Milch und einen kräftigen Schuß Sherry dazu, und die Mockturtle-Suppe ist fertig.«

»Ich werd's ausprobieren«, versprach Lilian.

»Ich bin eine miserable Hausfrau«, warf Nicole Clark ein.

»Wenn ich heimkomme, bin ich meistens so müde, daß ich mir einfach 'ne Pizza kommen lasse.«

»Sie ißt Pizzas, und schaut sie euch an«, rief Beth arglos. »Lilli und ich müßten einen Monat lang täglich zur Gymnastik rennen, ehe wir uns das leisten könnten!«

Nicole Clark lächelte Lilian honigsüß an. »Oh«, sagte sie, »ich glaub', Sie übertreiben ein bißchen.«

»Hat deine Frau auch die ganze Woche gejammert, David?« fragte Al Weatherby. »›Hier tut's weh, und da tut's weh. Au, faß mich hier nicht an. Vorsicht, rühr' mich da nicht an.‹« Er lachte.

»Ich hab' etliche solcher Klagen zu hören gekriegt«, gab David zu.

»Sie gehen zu einem einzigen Kurs«, fuhr Al fort. »Aber man möchte meinen, sie seien im Krieg gewesen.«

»In welcher Gymnastikschule sind Sie?« fragte Nicole.

»In der von Rita Carrington«, erklärte Beth. »In der Warden Street. Wir haben erst letzte Woche angefangen. Eine demütigende Erfahrung, nicht wahr, Lilli?«

Lilian nickte und versuchte zu lächeln.

»Ich hab' noch nie Gymnastik gemacht«, sagte Nicole. »Aber vielleicht sollte ich anfangen, *bevor* meine Figur zum Teufel geht.«

Lilian löffelte schnell ihre Suppe aus und schob den Teller von sich, ehe der Drang, ihn der anderen ins Gesicht zu schleudern, übermächtig wurde.

»Regelmäßige sportliche Betätigung erfordert eine Menge Selbstdisziplin«, mischte sich Chris Bates ein. »Unheimlich viel Selbstdisziplin. Das wär' nichts für mich.«

Lilian warf ihm einen prüfenden Blick zu. »›Eine ganz normale Familie‹«, stieß sie unvermittelt hervor. »Der Psychiater, Berger hieß er, glaub' ich.«

»Erraten!« Don Eliot applaudierte. Alle anderen schauten ein wenig verdutzt drein.

Chris Bates senkte den Kopf und lachte. »Ich war zu hastig«, sagte er. »Ich hätte meinen Text nicht so überstürzt anbringen dürfen.«

»Nicht doch, es war der ideale Moment für Ihre Zeile«, widersprach Adeline. »Aber Sie haben's mit einer Expertin zu tun.«

»Eins zu null für Lill«, verkündete Don Eliot, und alle lächelten.

Der nächste Gang war nicht so gut gelungen wie der erste. Der Salat war zu wäßrig und schmeckte fad, das Roastbeef war zu zäh, die Kartoffeln waren verkocht. Einen Moment lang fühlte sich Lilian in ihr Elternhaus zurückversetzt. Mit solchen Mahlzeiten war sie groß geworden. Indessen ließ ihre nervöse Spannung dem Spiel gegenüber nach, je mehr ihr klar wurde, daß sie den anderen auf keinen Fall unterlegen war. Das Spiel bestand einfach darin, Zitate aus berühmten Filmen zu erkennen. Allen am Tisch (mit Ausnahme von Don und seiner Frau, die sich das Spiel ausgedacht hatten und folglich alle Antworten kannten) war eine Dialogzeile zugeteilt, und nun hatte jeder die Aufgabe, seinen Text unbemerkt in die Unterhaltung einfließen zu lassen. Die anderen mußten versuchen, die Zitate zu erraten.

Bis jetzt hatte Lilian zwei von drei Dialogstellen aufgedeckt. Sie hatte Chris' Zeile aus »Eine ganz normale Familie« erraten und außerdem sofort erkannt, daß Beths Ausruf »Oh, und ob wir fruchtbar sind!« aus »Rosemarys Baby« stammte. Den dritten Treffer hatte Nicole Clark gelandet. Sie hatte Al Weatherbys vergeblichen Versuch aufgedeckt, Faye Dunaways Satz aus »Bonnie und Clyde« (»Wir rauben Banken aus«) mitten in einer langatmigen Anekdote zu verstecken. Lilian wollte ihn seine Geschichte beenden lassen, ehe sie ihn entlarvte, doch Nicole wartete nicht so lange. Sie unterbrach ihn mittendrin.

Zum Nachtisch gab es ein Soufflé, das zwar zusammengefallen war, als es serviert wurde, doch ohne große Entschuldigung auf den Tisch kam und im übrigen genauso köstlich schmeckte, wie Lilian erwartet hatte. Sie aß ihre Portion restlos auf und bat um eine zweite, um das Essen hinauszuzögern. Alle übrigen mußten ihre Sätze anbringen, ehe der Kaffee getrunken war.

»Wie steht's mit der Rickerd-Scheidung?« wandte sich Al Weatherby an David.

»Grauenvoll. Reif für 'n Klatschblatt.«

»Mich interessiert bloß, wer dieses wundervolle Haus kriegt«, sagte Beth.

»Ich hab's gesehen«, mischte sich Nicole Clark ein. »Vor ein paar Jahren war ich dort auf 'ner Party eingeladen. Es ist einfach umwerfend. Alles holzgetäfelt, und viele wunderschöne Stuckdecken. Manche Räume sind gut dreieinhalb Meter hoch. So was gibt's heute kaum noch.«

»Jedenfalls nicht in Apartmenthäusern«, stimmte David zu.

»Da haben Sie leider recht«, sagte Chris Bates, und dann folgte eine lange Diskussion über den Wohnungsmarkt in Chicago.

»Wie geht's Ihrer Schwester?« wollte Beth von David wissen, als der Kaffee herumgereicht wurde.

»Danke, gut«, antwortete er und zögerte dann. »Na ja, ehrlich gesagt, sie hat in letzter Zeit ein bißchen unter Depressionen gelitten.« Lilian überlegte, worauf er wohl anspielen mochte. Sie hatte nichts von Renées Depressionen gehört. »Eine Freundin von ihr hat sich das Leben genommen.« Er sah Lilian in die Augen. »Julie Hubbard«, sagte er.

Lilian rang nach Luft.

»O Gott«, stammelte sie. »Wann ist das passiert?«

»Vor ein paar Tagen. Die Familie hat versucht, es zu vertuschen. Daher weiß ich nichts Genaues.« Er machte eine wirkungsvolle Pause, schüttelte den Kopf und sagte dann: »Was kann man sagen über ein Mädchen von fünfundzwanzig Jahren, das gestorben ist.«

»›Love Story‹«, jubelte Nicole Clark. »Der erste Satz aus der ›Love Story‹!«

»Sie haben mich erwischt«, gestand David lachend ein.

»Gut gemacht, Nicki«, dröhnte Don Eliot. »Sehr gut. Jetzt liegen Sie Kopf an Kopf mit Lilian. Jede von euch hat zwei Punkte. Ist Ihnen nicht gut?« wandte er sich an Lilian.

Allmählich kam wieder Farbe in Lilians aschfahles Gesicht. »Julie Hubbard«, wiederholte sie fassungslos. »Sie ... sie ist ...«

»Quicklebendig und putzmunter und wohnt nach wie vor friedlich im West End«, sagte David, und seine Augen funkelten. »Ich hab' dich reingelegt. Ich hab' den Star ausgetrickst!«

»Das hast du«, gab sie zu. »Aber das war nicht grade fair. Du hast mir wirklich 'nen Schrecken eingejagt. Ich bin nämlich mit dem Mädchen in dieselbe Klasse gegangen«, erklärte sie den anderen.

»Ich dachte, sie sei erst fünfundzwanzig«, lächelte Nicole.

Lilian warf ihr einen Blick zu. »Wahrscheinlich war ich zu bestürzt, um logisch zu denken«, sagte sie mechanisch, während sie darüber nachdachte, wie überzeugend ihr Mann zu lügen verstand.

»Aber Nicole hast du nicht reingelegt«, frohlockte Al Weatherby. Er langte über den Tisch und tätschelte Nicoles Hand. »Gut gemacht, mein Kind«, sagte er.

Lilian begriff plötzlich, daß jetzt nur noch Nicole und sie übrigblieben. Wie ungemein passend. Sie würden einander gegenüberstehen wie die Gegner in »Zwölf Uhr mittags«, würden ihre Sätze wie Pistolenkugeln abfeuern und dabei direkt auf das Herz des Gegners zielen. Lilian blickte in die Runde und hatte plötzlich das Gefühl, es sei überaus wichtig für sie, diesen Kampf zu gewinnen. Die Szene hatte in ihren Augen eine so starke Symbolkraft, daß sie sich von ihrem Sieg auch privat eine Entscheidung zu ihren Gunsten versprach. Sie mußte ganz einfach gewinnen. Sie mußte Nicole beweisen, daß sie die Dinge immer noch in der Hand hatte, auch wenn es nicht ganz klar war, um welche Dinge es sich eigentlich handelte. Weder sie noch Nicole hatten ihren Text vorgetragen. Die Zeit wurde knapp. Doch sie durfte nichts überstürzen. Ihr Satz mußte so klingen, als sei er ganz natürlich in die Unterhaltung eingebettet. Wenn ihr nur jemand ein passendes Stichwort liefern würde.

So als ob sie sich instinktiv in ihre Rolle versetze, gab Beth ihr eine perfekte Einleitung. »Du hast da was wirklich Schickes an. Ich wollte dir vorhin schon sagen ...«

»O danke«, fiel Lilian ihr eine Spur zu überschwenglich ins Wort. »Weißt du, ich hab' mich heut' abend aber auch wahnsinnig oft umgezogen.«

»Das macht sie immer«, mischte David sich ein. »Aber heute war's besonders schlimm. Ich hatte schon Angst, wir würden überhaupt nicht mehr fertig.«

»Nun ja, ihr wißt doch, wie das ist«, erklärte Lilian und fühlte, wie ihr Herz schneller schlug. Ob die anderen es hören konnten? Würde es sie verraten? »Wenn David das, was ich anhabe, nicht gefällt, dann zieh ich's einfach aus!«

Nicoles kehliges Flüstern dröhnte plötzlich unerträglich laut in Lilians Ohren. »Ich kenn' den Satz!« stieß sie hervor. »Laßt mir einen Augenblick Zeit ... Ich kenn' den Satz, ich muß bloß rauskriegen, woher.« Sie warf den Kopf zurück und schloß die Augen. »Einen Augenblick, nur einen Augenblick ...« Sie straffte sich und öffnete die Augen. Sie strahlte übers ganze Gesicht. »Ich hab's! Das sagt Joan Collins zu June Allyson in ›Die Frauen‹. Und zwar heißt es im Film: ›Wenn *Stephen* das, was ich anhabe, nicht gefällt, dann zieh' ich's einfach aus!‹«

»Bravo!« rief Al Weatherby. »Was sagst du dazu?« wandte er sich an Lilian. »Nicki hat dich erwischt.«

»Ja, das hat sie«, gab Lilian gutmütig zu. »Ehrlich gesagt, ich bin direkt erleichtert. Ich war dermaßen nervös. Geht das eigentlich allen so, oder bin ich die einzige?«

»Aber was macht Sie denn nervös?« fragte Adeline amüsiert. »Es ist doch bloß ein Spiel.«

»Und im Augenblick sieht's so aus, als würde Nicki gewinnen«, warf Chris Bates stolz ein.

»Es sieht nicht nur so aus«, sagte Don Eliot. »Sie hat bereits gewonnen. Ist's nicht so, Nicki?«

Nicole klatschte entzückt in die Hände.

»Und was ist mit Ihrem Text?« fragte Al.

»Den hab' ich schon längst angebracht«, antwortete Nicole.

»Als wir über die Rickerd-Scheidung sprachen und Beth wissen wollte, wer das Haus bekäme, da sagte ich, ich sei drin gewesen. Das war natürlich gelogen. Ich kenn' die Leute nicht mal. Aber ich behauptete, alles sei holzgetäfelt, und es gäb' viele wunderschöne Stuckdecken in dem Haus. Na, und das war mein Satz. ›Viele wunderschöne Stuckdecken.‹ Es ist aus ...«

»›Die Unersättlichen‹«, unterbrach Lilian, die die Stelle jetzt mühelos wiedererkannte. »Es ist Elizabeth Ashleys Antwort auf George Peppards Frage, was sie in den Flitterwochen sehen möchte.«

Nicoles Augen leuchteten triumphierend. »Zu spät«, jubelte sie ausgelassen, und die Gesellschaft begab sich zurück ins Wohnzimmer.

Lilian stopfte zwei Kissen unter das eine, mit dem sie normalerweise schlief, und kroch wieder zu ihrem Mann ins Bett.

»War's das?« fragte er abgespannt. »Glaubst du, daß wir jetzt endlich schlafen können?«

Lilian schaute auf den Wecker. Es war fast zwei Uhr früh. Sie mußte wieder niesen. Jede Sekunde schien einen neuen Anfall zu bringen. »Das kommt von den verdammten Katzen«, sagte sie und hoffte, die zusätzlichen Kissen würden ihr das Atmen erleichtern.

»Bist du sicher, daß nichts anderes dahintersteckt?« fragte er.

»Was sollte es sonst sein?«

»Nun, in Eliots Eßzimmer hast du nicht ein einziges Mal geniest.«

»Sie lassen die Katzen nicht ins Eßzimmer.«

»Du hast doch selbst gesagt, daß die Haare einfach überall rumfliegen.«

»Worauf willst du hinaus, David? Meinst du, daß Nicole recht hat und meine Allergie psychosomatisch bedingt ist?«

»Es kam mir bloß sonderbar vor, daß du ausgerechnet dann wieder zu niesen anfingst, als du das dämliche Spiel verloren hattest.«

»Wir sind eben zurück ins Wohnzimmer gegangen!« antwortete sie mit erhobener Stimme.

»Oh, bitte schrei mich nicht an«, sagte er. Sein herablassender Ton machte sie wütend, und sie mußte aufs neue niesen.

»Wird das die ganze Nacht so weitergehen?« fragte er.

»Schon möglich«, bemerkte sie kühl. »Wieso, hast du morgen 'nen schweren Tag?«

»Ich muß ins Büro«, sagte er.

»Am Sonntag?«

»Oh, laß uns nicht wieder davon anfangen, Lilli«, bat er. »Ich hab' dir doch gesagt, daß ich in Arbeit ersticke. Außerdem bin ich total fertig. Du hast jetzt zwei Stunden lang ununterbrochen geniest. Warum machst du nicht einfach die Augen zu und denkst nicht mehr dran, daß Nicole gewonnen hat. Es war doch bloß ein harmloses Spiel und keine gottverdammte Olympiade!«

Wütend setzte Lilian sich auf. »Glaubst du etwa, ich mach' mir was draus, daß Nicole gewonnen hat?« fragte sie vorwurfsvoll.

»Ist es etwa nicht so?« gab er zurück.

»Nein!« protestierte sie eine Spur zu heftig. »Ich bin allerdings der Meinung, daß ihr Text besonders einfach war. ›Viele wunderschöne Stuckdecken‹ kann man leichter in eine Unterhaltung einschmuggeln als meinen Satz.«

»Sie hat genau wie alle anderen ihren Zettel aus dem Hut gezogen«, erklärte David geduldig. »Also ehrlich, meinst du nicht auch, du nimmst die Sache zu wichtig?«

Lilian zuckte die Achseln. Sie wußte, daß er recht hatte, aber sie wußte auch, daß sie sich eigentlich nicht darüber

119

ärgerte, ein albernes Gesellschaftsspiel verloren zu haben. Was sie in Wirklichkeit beunruhigte, das war der tiefere Sinn, den sowohl sie selbst als auch die andere ihrer Niederlage beigemessen hatten. Nicoles Sieg schien auf weitere Erfolge hinzudeuten, schien nur der Anfang einer langen Kette von Triumphen, die der Herausforderer über den Titelverteidiger feiern würde, ja er schien nur der Auftakt, gleichsam die erste Runde des Kampfes zu sein, den Nicole gewinnen würde. Die besondere Ironie lag darin, daß Lilians Text aus einem Dialog stammte, der ihre eigene Situation auffallend widerspiegelte: June Allyson ist dahintergekommen, daß ihr Mann eine Affäre mit Joan Collins hat. Sie reizt die Jüngere mit dem Hinweis, sie würde Stephen mit ihrem Kleid nicht beeindrucken, er bevorzuge einen schlichteren Stil. Joan revanchiert sich mit der Erklärung, wenn Stephen das, was sie anhabe, nicht gefalle, dann ... Davids Stimme unterbrach ihren Gedankenfluß.

»Was?« fragte sie abwehrbereit, wie ein Kind, das beim Doktorspielen erwischt wird.

»Ich wollte wissen, ob du dich so aufregst, weil du immer noch glaubst, sie sei hinter mir her.« So, wie er die Frage stellte, mußte man sie schon aus reiner Selbstachtung verneinen. Doch ohne ihre Antwort abzuwarten, fuhr David fort: »Wenn du das denkst, liegst du nämlich völlig schief.«

»Wieso *ich*?« wollte Lilian wissen.

»Also sagen wir, du irrst dich«, räumte er ein. »Sie hat mich den ganzen Abend kaum angeschaut.«

»Das klingt so, als ob dich das enttäuscht habe.«

Er drehte sich auf die andere Seite. »Mach dich doch nicht lächerlich.«

Lilian versuchte, tief durchzuatmen. Es war offensichtlich sinnlos, dieses Thema weiter zu diskutieren. »Kam Beth dir heut' abend irgendwie bedrückt vor?« fragte sie statt dessen.

»Nein«, brummte er.

Sie sah zu ihm hinüber. Sie sehnte sich danach, ihn zu umarmen, ihn eng an sich zu drücken und mit ihm einzuschlafen, so wie sie es sonst immer taten. Doch als sie sich an ihn schmiegte, spürte sie einen stechenden Schmerz im Unterleib und schreckte hoch.

»Wo willst du hin?« fragte er vorwurfsvoll, als sie aufstand.

»Ich hab' Bauchschmerzen.«

»Warum mußtest du auch 'nen zweiten Nachtisch verlangen?« rief er ihr nach, während sie ins Bad stolperte. »Du warst die einzige.«

»Hast du meine Bissen nachgezählt?« sagte sie mehr zu sich selbst als zu David und kauerte sich auf die Klobrille.

Sie war eher enttäuscht als überrascht, als sie das Blut sah. Superpünktlich, dachte sie, während sie im Medizinschränkchen nach ihren Tampons kramte. Das einzige im Leben, worauf ich mich garantiert verlassen kann.

9

Der Aufenthaltsraum für die Dozenten des Fachbereichs Funk und Fernsehen an der Universität Chicago war groß und langgestreckt, wirkte jedoch auf den ersten Blick klein und quadratisch, was vermutlich daran lag, daß er mit zu vielen üppig gepolsterten Sitzgarnituren vollgestopft war. Die Verwaltung scheint Menge mit Komfort zu verwechseln und das Schäbige für künstlerisch zu halten, dachte Lilian, als sie eintrat. Die Kaffeemaschine war bereits leer. Wenn sie eine Tasse wollte, mußte sie also frischen aufgießen. Das kann heute auch mal jemand anderer machen, entschied sie, kuschelte sich in den nächstbesten geblümten Sessel und versuchte, ein Nickerchen zu machen. Sie spürte, wie verhärtet ihre Rückenmuskeln waren, und überlegte träge, ob sie heute nachmittag zum Gymnastikkurs gehen sollte oder nicht. Außerdem fragte sie sich, ob Beth wohl heute dabeisein würde. Den Kurs letzte Woche hatte sie ausfallen lassen, ohne vorher anzurufen oder abzusagen. (»Mir ist einfach alles über den Kopf gewachsen«, hatte sie später erklärt, und Lilian, die eine gewisse Zurückhaltung auf seiten der Freundin spürte, war nicht weiter in sie gedrungen.) Wenn Beth das Bedürfnis hat, sich auszusprechen – falls es überhaupt etwas zu besprechen gibt –, dann wird sie schon von allein zu mir kommen.

Sie saß genau auf einer kaputten Sprungfeder, und nachdem sie eine Weile vergeblich hin und her gerutscht war, gab sie die Hoffnung auf, einschlafen zu können. Statt dessen langte sie über den verschmierten Kaffeetisch nach der Morgenzeitung. Jemand hatte den Anzeigenteil geklaut. Jetzt langt's! entschied sie, stand auf und ging zur Tür. Kein Kaffee, keine Kleinanzeigen, keine Gerechtigkeit. Sie dachte an David. Er hatte behauptet, sie würde sich nicht genug anstrengen. Ich hab' mich ja förmlich überschlagen vor lauter Anstrengung, hielt sie ihm im stillen entgegen, während sie die Tür hinter sich schloß und den langen Flur zu ihrem Hörsaal hinunterging. Aber ehrliches Bemühen allein genügt eben nicht immer. Und Fakten sind Fakten. (»Halten Sie sich nur an die Fakten, Mrs. Plumley.«) Ich weiß, daß es ein ehrenwerter Beruf ist, vielleicht sogar einer, der Mut erfordert. Aber es ist eben nichts für mich!

An der Tür zum Hörsaal blieb sie stehen. Ein paar Studenten drängten sich an ihr vorbei. Sie hatten es eilig, denn sie wollten noch vor dem Läuten einen Platz ergattern. Das Klingelzeichen ertönte, und sie ging hinein.

»Ein Dokumentarfilm hat eine viel weiter reichende Aufgabe zu erfüllen als die bloßer Nachrichtenübermittlung«, sagte Lilian und versuchte, das unterdrückte Gemurmel im Raum zu übertönen. »Dafür gibt's die eigentlichen Nachrichtensendungen und die Zeitungen. Ein Dokumentarfilm hat verschiedene Funktionen. Eine davon ist es natürlich, die Fakten zu präsentieren. Aber weitaus wichtiger ist es, diesen Fakten Leben einzuhauchen, dem Text Gestalt zu geben, ihn zu veranschaulichen, den Zuschauern klarzumachen, was die Fakten bedeuten. Das alles habe ich Ihnen schon früher erläutert, und es war erfreulich für mich festzustellen, daß Sie es in Ihren Konzepten berücksichtigten. Leider fehlt den meisten dieser Entwürfe wirklicher ... Gehalt. Ich weiß nicht, wie ich es sonst nennen soll. Sie breiten da eine Menge Zahlen und Fakten aus, legen dar, wie Sie Ihre Konzeption zu verwirklichen gedenken, aber Sie vermitteln keine *Einsicht* in die benutzten Statistiken. Sie sprechen das Gefühl des Publikums nicht an.«

»Soll das heißen, Sie erwarten Gehalt und Einsicht und Gefühl?« fragte einer ihrer Studenten ungläubig.

»Genau das«, sagte Lilian.

»In einem Konzept?« erkundigte er sich kopfschüttelnd.

»Wenn's im Konzept fehlt, dann fehlt's später auch im fertigen Film.«

Diese Antwort erschien Lilian ein durchaus passender Abgang, und so entließ sie ihre Studenten zehn Minuten vor Stundenschluß mit einer fahrigen Handbewegung. Die Geste war reif für Sandy Dennis, die sie in »Treppauf, treppab« wahrscheinlich auch benutzt hatte.

Der einfache Holzschreibtisch, hinter dem Lilian Platz nahm, war von undefinierbarer Farbe. Ihre Augen wanderten zur Fensterseite. Draußen schien die Sonne. Es war ein heißer, nicht zu feuchter Tag. Genau das richtige Wetter, um im Bikini ein Sonnenbad zu nehmen.

Wem will ich eigentlich was vormachen? fragte sie sich und wandte der Kitschpostkartenansicht vor dem Fenster ärgerlich den Rücken. Wann hatte sie zum letztenmal eine gute Figur im Bikini gemacht? Das war fünf, vielleicht so-

123

gar zehn Jahre her. Wenn es überhaupt je so eine Phase gegeben hatte. Inzwischen hatten jedenfalls Zeit und Stoffwechselstörungen gemeinsam daran gearbeitet, ihre Taille zu ruinieren, und sie war sich durchaus bewußt, wie fest sie jedesmal, wenn sie mit David ausging, den Bauch einzog. Na und wennschon, dachte sie, stand abrupt auf und packte ihre Sachen zusammen. Dafür gibt's schließlich Rita Carrington. Fertig, meine Damen? Und eins und zwei ...

»Ich will mich ja nicht einmischen, Lilli«, sagte Beth Weatherby, während die beiden Frauen ihre Straßenkleidung mit den Gymnastikanzügen vertauschten. »Aber mir scheint, es gibt da ein paar grundsätzliche Punkte, über die du dir Klarheit verschaffen solltest.«

»Ich weiß«, seufzte Lilian zustimmend. »Die Frage ist bloß, wie.« Sie sah zu, wie Beth Weatherby ihre Strümpfe auszog und in die Gymnastikhose schlüpfte, ohne dabei den Rock zu heben. Komisch, überlegte Lilian, ich hätte nicht gedacht, daß Beth sich vor mir genieren würde. Sie versuchte sich zu erinnern, ob Beth sich vor zwei Wochen auch so umständlich umgezogen hatte. Aber dann fiel ihr ein, daß Beth schon fertig gewesen war, als sie ankam. Und sie ging, während Lilian noch auf Laurie warten mußte.

Der Gedanke an Laurie erinnerte sie an die Mutter des Mädchens. Elaine und ihre Tochter waren überraschend zum Yellowstone Park gefahren (»Ist nur so ein spontaner Einfall«, hatte Elaine behauptet, als sie David am Telefon erklärte, daß Laurie für die Reise einen neuen Anorak und Campingausrüstung brauchte). Lilian fragte sich, ob Ron Santini wohl mit von der Partie sein und womöglich *seine* berüchtigte Ausrüstung benutzen würde.

Sie setzte sich auf die Bank vor den Schließfächern und zog ihre rosa Gymnastikhose hoch. »Mist«, sagte sie. »Ich hab' 'ne Laufmasche. Sieh dir das an. Dabei ist das blöde Ding brandneu.« Angewidert betrachtete Lilian ihre Beine. Die Masche verlief vom linken Knie über die Innenseite des ganzen Oberschenkels. Sie stand auf, streifte das Oberteil über und zog es an Schultern und Gesäß zurecht. »Ich sollte mir wirklich 'n neues zulegen«, sagte sie, als Beth das ihre richtete. »Das hier trag' ich schon seit meinem dritten Semester.« Die beiden Frauen ließen sich zusammen auf der Bank nieder und stopften ihre Sachen ins Schließfach. »Wieviel Zeit haben wir noch?«

»Genau acht Minuten«, sagte Beth nach einem Blick auf ihre Armbanduhr.

»Das heißt, du hast acht Minuten, um meine sämtlichen Probleme zu lösen«, entgegnete Lilian.

»Ist gar nicht so schwer, wie du meinst«, meinte Beth. »Ich kenn' mich aus, ich bin nämlich großartig, wenn's drum geht, anderen Ratschläge zu erteilen.« Lilian lachte. »Das ergibt sich so, wenn man lange mit einem Rechtsanwalt verheiratet ist. Aber ganz im Ernst«, sie hielt inne und legte Lilian die Hand aufs Knie. »Du mußt dich mit David aussprechen.«

»Hab' ich doch gemacht. Er weiß, daß ich den Job hasse.«

»Habt ihr auch erwogen, daß du aufhören könntest?« Lilian nickte. »Na und?«

»Er sagt, die Entscheidung liegt bei mir, aber ich weiß genau, daß er sich darüber ärgern würde. Meine Arbeit beim Fernsehen hat ihm imponiert, bis er damit konfrontiert wurde. Dann war's auf einmal weder bezaubernd noch aufregend, sondern bloß noch 'n Störfaktor.« Sie blickte der Freundin voll ins Gesicht. »Ich fürchte mich, Beth«, sagte sie.

Ein seltsamer Ausdruck huschte über Beth Weatherbys Gesicht. »Was soll das heißen, du fürchtest dich? Wovor?«

»Davor, David zu verlieren«, gestand Lilian. »Ich hab' Angst, irgendwas zu tun, das unsere Beziehung gefährden könnte. Und wenn ich zum Fernsehen zurückginge, würde ich sie aufs Spiel setzen.«

»Dann laß es bleiben«, riet Beth.

»Mit Kindern ist es genau dasselbe«, fuhr Lilian fort. »Früher haben wir oft darüber gesprochen, und David weiß, wie sehr ich mir eine Familie wünsche. Aber in letzter Zeit weigert er sich plötzlich, darüber zu reden. Und stell' dir vor, Don Eliot hat er ganz offen erzählt, daß er keine Kinder mehr will. Ich bin vierunddreißig, Beth. Ich hab' nicht mehr allzuviel Zeit zum Kinderkriegen, aber ich hab' eine Wahnsinnsangst davor, ihn drauf anzusprechen, weil er mich möglicherweise vor eine Wahl stellen würde, die ich nicht treffen könnte.«

»Entweder er oder Kinder?« fragte Beth.

»So ungefähr«, antwortete Lilian.

»Wie würdest du dich entscheiden?«

Lilian schüttelte den Kopf. »Ich weiß nicht.« Sie überlegte. »Doch, ich weiß es nur zu gut. David«, sagte sie. »Für mich gibt's nichts anderes. Ich könnte es nicht ertragen, David zu verlieren.«

»Auch wenn das bedeuten würde, daß du dich selbst verlierst?« fragte Beth. »Was ist los? Du siehst ja aus, als wär' dir ein Gespenst begegnet.«

Lilian antwortete nicht. Sie fühlte, wie das Blut aus ihren Wangen wich, als Nicole Clark hereinstürmte.

»Nanu, wer ist denn da«, begrüßte Beth das Mädchen herzlich. Für sie bestand kein Zusammenhang zwischen Lilians Blässe und dem plötzlichen Auftauchen Nicoles.

»Ich hoffe, Sie haben nichts dagegen«, sagte Nicole, warf ihre Tasche auf die Bank und begann ihre Bluse aufzuknöpfen. »Aber ich hab' mich dran erinnert, daß Sie mir von diesem Kurs erzählten, und da hab' ich Al gefragt, um wieviel Uhr er stattfindet, und er war so nett, es mir zu sagen. Heute hab' ich etwas früher frei als sonst, und da dachte ich, vielleicht könnte ich mitmachen. Ich hoffe, Sie haben nichts dagegen«, wiederholte sie.

»Aber natürlich nicht«, sagte Beth und blickte Lilian erwartungsvoll an. Lilian machte sich nicht die Mühe zu lächeln.

Was will Nicole hier? fragte sie sich ärgerlich. Als die Jüngere ihren BH aufhakte, wandte sie sich ab. Ich werd' nicht zusehen, wie sie mit ihren Titten angibt, dachte sie und spürte, wie Beths forschende Blicke sich in ihren Rücken bohrten. Sie beschloß, sich nicht umzudrehen, nahm sich vor, die Gegenwart dieses Eindringlings einfach zu ignorieren. Das Spiel war aus, ob es Nicole gefiel oder nicht. Schluß mit der Verstellung und dem höflichen Gerede. Diese Frau hatte klar und deutlich gesagt, daß sie hinter David her sei. Sie hatte in aller Deutlichkeit versichert, daß es sich dabei um keinen Scherz handele, und wie ein Wurm schien sie sich nun tiefer und tiefer in Lilians Leben hineinzubohren: im Gerichtssaal saß sie neben David, während Lilian ein paar Reihen weiter hinten lediglich die Zuschauerin spielte; auf Don Eliots Dinnerparty war sie wieder an Davids Seite, und Lilian mußte zusehen; und jetzt tauchte sie hier auf, schlich sich in Lilians Privatsphäre ein, stellte ihre Reize zur Schau, versuchte, einen Wettstreit zu veranstalten und die angejahrten Konkurrentinnen einzuschüchtern. Platz da für die Attraktion der Saison!

Wütend drehte Lilian sich um. Sie würde die Sache ein für allemal aus der Welt schaffen. Doch Nicole kam ihr zuvor.

»Ich wollte Sie fragen, ob wir nach dem Kurs miteinander reden könnten«, sagte sie.

»Das halte ich für eine gute Idee«, antwortete Lilian und bemühte sich, ebenso gefaßt zu klingen wie die andere.

»Schön.« Nicole wandte sich an Beth. »Entschuldigen Sie mich einen Moment, ich muß mal rasch aufs Klo«, sagte sie und verschwand so plötzlich, wie sie gekommen war.

»Um was ging's denn?« fragte Beth.

»Ich erzähl's dir später«, entgegnete Lilian, da Rickie Elfer gerade eilig auf sie zusteuerte.

»Puh, fast wär' ich zu spät gekommen«, keuchte sie und zog sich das Kleid über den Kopf, unter dem sie bereits ihr Trikot trug. »Habt ihr die reizende Kleine gesehen, die grade hier rauskam? Ich wette, das ist eine von den neuen Trainerinnen. Also die hat vielleicht 'ne beneidenswerte Figur!«

Lilian eilte steifbeinig in den Übungssaal. Ihr war, als ob die Knoten in ihren Schultern sich verhärteten und ihren Nacken umschlössen, bis sie das Gefühl hatte, sie bekäme keine Luft mehr, und atemlos nach Sauerstoff lechzte, während irgendwo hinter ihr Nicole Clark in zartblauer Gymnastikhose und passendem Oberteil geduldig darauf wartete, über ihrem Grab zu tanzen.

»Wollen wir uns hier unterhalten, oder möchten Sie lieber in ein Café gehen?« fragte Nicole, als sie Lilian aus dem Saal folgte und sich mit einem Handtuch den Schweiß von der Stirn rieb.

»Gehen wir in den Aufenthaltsraum«, sagte Lilian. Wie die Jüngere es wohl anstellte, daß ihr Haar, obwohl sie ziemlich ins Schwitzen geraten war, immer noch seidig glänzte? Lilian brauchte keinen Spiegel, um zu wissen, daß ihre Mähne aussah, als sei sie mit elektrischem Strom in Berührung gekommen.

»Wollen wir erst duschen?«

»Nein«, erwiderte Lilian, der nichts daran lag, ihren nackten Körper mit dem der anderen zu vergleichen. »Bringen wir's so schnell wie möglich hinter uns.«

»Ist mir recht«, stimmte Nicole zu. »Bitte nach Ihnen.«

Beth Weatherby griff nach Lilians Ellbogen. »Ich geh' jetzt«, sagte sie.

»Gut. Wir sehn uns nächste Woche.«

»Ruf mich an, wenn du dich aussprechen möchtest«, bat Beth.

»Danke, das mach' ich.«

»Wiedersehen, Nicole«, rief Beth. »Dafür, daß Sie keinen Sport treiben, waren Sie vorhin einfach fabelhaft.«

»Danke schön und auf Wiedersehen«, antwortete Nicole.

Beth wandte sich um und ging hinaus.

Nicole sah ihr nach. »Sie ist nett.«

»Ja, sehr.«

»Sind Sie schon lange befreundet?«

»Seit etwa vier Jahren.« Lilian bog um eine Ecke. »Hier lang«, sagte sie kühl.

Nicole folgte Lilian in die Bar. Rickie Elfer war bereits dort. An ihrem Tisch saßen noch zwei Frauen. Sie winkte Lilian begeistert zu. »Kommen Sie, setzen Sie sich zu uns«, rief sie. »Wir sind beim Thema Sex.«

»Später«, lachte Lilian und deutete auf einen leeren Zweiertisch am anderen Ende des Raumes.

»Also das nenn' ich 'ne Figur«, hörte sie Rickie im Vorbeigehen sagen, und sie wußte sehr wohl, daß damit nicht sie gemeint war.

»Gibt's hier Milchshakes?« fragte Nicole, als sie sich setzten.

»Opfern Sie Ihre Nachtruhe dafür, sich solche Spitzen auszudenken?« Lilian hatte beschlossen, nicht länger drum herum zu reden.

»Ich versteh' Sie nicht.«

»Hören Sie, ich werd' ein paar Sachen freiwillig zugeben, okay?« begann Lilian sachlich. »Ich bin vierunddreißig Jahre alt. Meine Haare sind zu struppig, mein Mund ist zu groß, weder mein Gesicht noch meine Figur sind reif für 'ne Schönheitskonkurrenz, was Sie sicher alles schon selbst festgestellt haben. Mein Körper ist nicht unansehnlich, aber er ist eben vierunddreißig, und in dem Alter gehören Milchshakes der Vergangenheit an.« Sie hielt inne. »Sie dagegen sind wie alt? Vierundzwanzig?«

»Fünfundzwanzig.«

»Fünfundzwanzig«, wiederholte Lilian. »Also schön, Sie sind jünger, sehen besser aus, sind offensichtlich fabelhaft in Form, und Ihre harmlose Bemerkung über Milchshakes sollte mir signalisieren, daß Sie sich nicht die Bohne um Ihre Figur zu sorgen brauchen. Ihr Glück. Vielleicht bleibt es so, oder vielleicht wachen Sie eines Morgens auf und stellen fest, daß Sie fett werden. Ich weiß es nicht, doch ich hoffe auf das letztere.« Sie schöpfte tief Luft. »Wie dem auch sei, ich gönne Ihnen Ihre Jugend, Ihre Schönheit und

Ihre Figur. Erobern Sie damit, wen Sie wollen. Aber lassen Sie die Finger von meinem Mann.« Nicole sagte kein Wort, doch sie hörte aufmerksam zu. »Sie mögen mir im Aussehen überlegen sein, vielleicht sind Sie sogar intelligenter als ich. Ich weiß es nicht, und ich will es auch gar nicht wissen. Für mich zählt nur eins: *Ich* bin mit dem Mann verheiratet, hinter dem Sie angeblich her sind, und ich werde dafür sorgen, daß es auch so bleibt. Ich war zuerst da«, fuhr sie fort, wobei sie Elaine geflissentlich überging. »Und also habe ich gewisse Rechte.« Nicole schwieg immer noch. »Nun, ich weiß nicht, was los ist. Vielleicht sind Sie inzwischen zur Vernunft gekommen; vielleicht waren Sie beschwipst, als Sie mich ansprachen; vielleicht nehme ich Ihre Worte ernster, als sie gemeint waren. Das glaubt zumindest David. Ich fürchte, Sie werden mich aufklären müssen. Sagen Sie mir genau, was Sie vorhaben. Im Unterschied zu Ihnen hasse ich Spiele. Sie machen mich nervös.« Nicole sprach so leise, daß Lilian sie kaum verstehen konnte. »Sie haben David erzählt, was ich beim Picknick ...?«

»Sollte ich das etwa nicht? Ich dachte, das gehörte zu Ihrem Plan.«

»Wie hat er reagiert?«

»Er hielt es für einen Scherz. Als er begriff, daß es keiner war, wurde er ziemlich wütend.«

»Er hat kein Wort zu mir gesagt.«

»Darum hatte ich ihn gebeten.«

Eine Weile herrschte Schweigen. Nicole senkte den Kopf. »Es ist mir sehr peinlich«, sagte sie schließlich. »Und es tut mir sehr leid.«

Lilian antwortete nicht, sondern wartete auf eine ausführliche Erklärung. Die Entschuldigung war so unerwartet gekommen und hatte so echt geklungen, daß sie nicht recht wußte, wie sie reagieren sollte. Es war richtig gewesen, Nicole zu stellen und den Kampf offen auszutragen. Ehrlich währt am längsten, hörte sie ihre Mutter sagen. Sie wartete. Als Nicole den Kopf hob, sah Lilian, daß Tränen in ihren Augen schwammen.

»Was soll ich sagen?« begann sie zögernd. »Das Ganze ist so beschämend. Ich weiß nicht, warum ich das beim Picknick zu Ihnen gesagt habe. Vielleicht *war* ich ein bißchen angetrunken, doch das ist keine Entschuldigung.« Sie versuchte, Lilians Blick auszuweichen. »Ich komme eigentlich aus Maine. Seit vier Jahren wohne ich in Chicago. Ich habe hier studiert, und meine Familie, oder besser gesagt, mein Vater – meine Mutter ist tot – blieb im Osten. Vor ein paar Jahren hat er wieder geheiratet und ist nach New Hampshire gezogen. Na ja, also ich nehme an, das ist meine umständliche Art, Ihnen zu erklären, daß ich hier nicht viele Freunde habe. Mädchen haben mich sowieso immer gemieden.« Sie blickte zu Lilian auf. »Ich weiß, Sie finden das ganz verständlich. Vielleicht haben Sie recht. Woran's auch liegen mag, ich weiß zwar, daß es unheimlich in ist, aber ich hab' nie 'ne besonders enge Bindung an eine Frau gehabt. Natürlich hatte ich immer 'ne Menge Männerbekanntschaften. Aber ich hab' mir nie sonderlich viel aus Jungs in meinem Alter gemacht.« Sie sah Lilian fest in die Augen. »Und damit wären wir bei David.«

Lilian hielt den Atem an.

»Als ich Ihren Mann zum erstenmal sah, da ... Aber das wissen Sie ja selbst, das brauche ich Ihnen nicht zu beschreiben.« Sie wandte den Blick ab. »Ist er nicht einfach überwältigend? Alles an ihm, die Art, wie er sich bewegt, wie er spricht und denkt ...«

»Sie wissen, was er denkt?« unterbrach Lilian.

»Ich weiß, *wie* er denkt«, berichtigte Nicole. »Er ist ein phantastischer Anwalt. Seit dem Morgen, als wir gemeinsam im Gericht waren, hab' ich ihm noch ein paarmal zugesehen. Und ich mußte ihn jedesmal mehr bewundern.«

Lilian hoffte inständig, daß die andere ihr nicht an den Augen ablesen konnte, wie sehr dieses Geständnis weiterer Besuche bei Davids Verhandlungen sie überraschte. Warum hatte David ihr nichts davon erzählt?

»Wie soll ich's erklären?« fuhr Nicole fort. »Wahrscheinlich ist es so eine Art Lehrer-Schüler-Schwärmerei. David ist genau der Mann, von dem ich immer geträumt habe.«

Lilian senkte den Blick und fragte sich, ob sie diese Unterhaltung wirklich zu Ende führen wollte. Sie erinnerte sich nur zu gut daran, daß sie fast dieselben Worte gebraucht hatte, als sie ihrer Mutter vor etwa sechs Jahren von David erzählte. »Ich weiß noch, wie meine Mutter mit mir über Männer sprach«, sagte Nicole, als hätte sie Lilians Gedanken gelesen. »Sie hat mir immer geraten, nach jemandem zu suchen, den ich wirklich achten könnte. Jemand, der mich respektiert. Ja, und David ... David hat mich von Anfang an mit Respekt behandelt. Es gibt nicht grade viele Juristinnen bei Weatherby & Ross. Im Verhältnis zu den Männern sind sie jedenfalls hoffnungslos in der Minderheit. Und als ich Ende Mai in der Kanzlei anfing, da mußte ich mir 'ne Menge gefallen lassen. Unter den Männern gab es viele, denen es schwerfiel, mein Aussehen mit meinen Fähigkeiten in Einklang zu bringen. David war da eine Ausnahme. Er hat mich von Anfang an als Kollegin akzeptiert; und zwar so ausschließlich, daß es nicht lange dauerte, bis ich mir wünschte, er würde in mir nicht nur die Anwältin sehen, sondern mich auch als Frau wahrnehmen. Na ja, und nachdem sich der Gedanke erst mal festgesetzt hatte, da fing ich an zu träumen. In der Phantasie war alles so einfach. Ich wußte, daß er verheiratet ist. Von einer der Sekretärinnen erfuhr ich, seine Frau sei groß und habe früher beim Fernsehen gearbeitet und David habe seine erste Frau verlassen, um sie zu heiraten.«

Lilian sagte kein Wort. Sie sann über die Beschreibung nach, die diese Sekretärin von ihr gegeben hatte: groß und war beim Fernsehen. Ist das wirklich alles, was es über mich zu sagen gibt?

»Wahrscheinlich hab' ich einfach zu viele Schnulzen gesehen«, sagte Nicole mit einem entwaffnenden Lächeln. »Als wir uns beim Picknick trafen, da bildete ich mir irgendwie ein, ich könnte mich durchsetzen, indem ich meine Karten offen auf den Tisch lege. Vielleicht habe ich mir sogar gewünscht, daß Sie's David erzählen würden. Ich hab' mir wohl vorgestellt, es würde ihm schmeicheln und ihn endlich auf mich aufmerksam machen. Ich dachte, wenn ich ihn erst mal dazu kriege, mit mir ins Bett zu gehen, dann kommt alles andere von allein.« Sie verstummte. Die beiden Frauen sahen sich in die Augen. Eine volle Minute verstrich, ehe Nicole weitersprach. »Also, um's kurz zu machen, ich hab' gespürt, wie gereizt Sie neulich bei Dons Party waren, und da hab' ich mir vorgenommen, heute hierherzukommen und zu versuchen, Ihnen alles zu erklären und mich zu entschuldigen. Es tut mir leid, daß ich beim Picknick so was zu Ihnen gesagt habe.« Sie wartete auf Lilians Antwort. Ihre Augen waren immer noch tränenverschleiert.

Seltsamerweise empfand Lilian Mitleid mit dem Mädchen, obwohl Nicole ihre Gefühle für David so offen zugegeben hatte, oder vielleicht gerade deswegen. Erleichtert ließ sie die Schultern sinken. Es war vorbei. Nicole Clark – Nicki – zog ihre roten Krallen ein und räumte das Feld. Das Spiel war aus. Sie hatte gewonnen.

»Ist schon vergessen«, sagte Lilian, als sie ihre Stimme wiedergefunden hatte. »Wir sagen schließlich alle mal was Dummes, reden so dahin und meinen's gar nicht ...«

Lilian war einen Moment lang verblüfft, als Nicole sie unterbrach. Sie hatte noch eine ganze Menge edelmütiger Dinge von sich geben wollen. Nicole war noch nicht an der Reihe. Die Worte der Jüngeren trafen sie wie ein Schlag ins Gesicht. »Ich hab' nicht gesagt, daß ich's nicht so meine«, widersprach Nicole, und ihre Augen waren plötzlich ganz trocken. (»Ich bin Nicole Clark. Ich will Ihren Mann heiraten.«) »Ich hab' bloß gesagt, daß es mir leid tut, es Ihnen erzählt zu haben.«

Als Lilian sich wieder gefaßt hatte, war die andere verschwunden.

10

Es war Viertel vor sechs, als das Telefon klingelte. David tastete nach dem Radiowecker und versuchte, ihn abzustellen, ehe ihm klar wurde, daß das penetrante Klingeln in seinen Ohren nichts mit Musik zu tun hatte und daß er also noch nicht aufzustehen brauchte.

»Nun geh schon ran«, drängte Lilian, die sich schlaftrunken im Bett aufsetzte. »Hoffentlich ist kein Unglück geschehen.« Jedesmal, wenn das Telefon zur Unzeit klingelte, war das ihr erster Gedanke.

David nahm den Hörer ab. »Hallo?« meldete er sich.

»Alles Gute zum Geburtstag«, sang eine Stimme, die sich wie eine Kreissäge anhörte. David starrte seine Frau ungläubig an und hielt den Hörer in die Luft, so daß sie mithören konnte. »Alles Gute, lieber Scheißkerl, und herzlichen Glückwunsch!«

»Um Himmels willen, Elaine, es ist noch nicht mal sechs.«

Lilian konnte Elaines Stimme am anderen Ende deutlich verstehen. »Stimmt. aber wenn ich noch 'n paar Minuten gewartet hätte, wärst du schon unter der Dusche. Wie du siehst, hab' ich deine Gewohnheiten nicht vergessen. Ich wollte auf keinen Fall die Gelegenheit versäumen, dich an deinem Geburtstag an meinem Hochgefühl teilhaben zu lassen. Du kommst in die Jahre, mein Alter. Du wirst schon fünfundvierzig, nicht wahr?«

»Elaine ...«

»Unterbrich mich nicht, ich muß dir was Wichtiges sagen.«

»Mußt du doch jedesmal, wenn du anrufst.«

»Ich hab' über deine Police nachgedacht.«

»Was ist damit?« Lilian und David tauschten über den Apparat hinweg einen verdutzten Blick.

»Hast du sie voll bezahlt?«

David schüttelte angewidert den Kopf. »Worauf willst du hinaus, Elaine?«

»Na ja«, antwortete sie, »als mir einfiel, daß heute dein fünfundvierzigster Geburtstag ist, da dachte ich plötzlich dran, daß schließlich auch du zu den Sterblichen zählst. Und bei deiner Arbeitsbelastung und deinen übrigen zahlreichen ... na, sagen wir: Verpflichtungen, da wäre es doch immerhin denkbar, daß du eines schönen Tages einfach umfällst und abkratzt.«

David nahm den Hörer ans andere Ohr. »Elaine, jetzt reicht's. Ich leg' auf.«

»Also dachte ich, du solltest deine Police ändern.« Lilian konnte Elaines Stimme immer noch so deutlich hören, als läge die Frau zwischen ihnen im Bett.

»Du dachtest, ich sollte meine Police ändern«, wiederholte David verständnislos.

»Du solltest mich einbeziehen.« Sie machte eine Pause, um ihrem Exmann Zeit zu geben, den Sinn ihrer Worte zu begreifen. »Denn nach der jetzigen Regelung stünde ich dumm da, wenn du plötzlich sterben solltest. Ich meine, dann würden doch einfach die Zahlungen eingestellt, oder?«

David fing an zu lachen. »Eine ausgesprochen erfreuliche Aussicht«, sagte er.

»Hör mal, ich bin immer noch die Mutter deiner Kinder, und du willst doch bestimmt, daß sie versorgt sind, wenn ...«

»Für meine Kinder *ist* gesorgt, Elaine.«

»Und was wird aus mir?«

»Wiederhören, Elaine.« David legte den Hörer auf und ließ sich erschöpft in die Kissen fallen. »Mein Gott«, sagte er. »Hättest du das für möglich gehalten?«

»Sie läßt keine Gelegenheit aus«, antwortete Lilian und schmiegte sich an ihren Mann. »Wo sie bloß diese Einfälle her hat. Und noch dazu um sechs Uhr morgens ...«

»Sie hat letzte Woche jeden Tag im Büro angerufen. Ich hab' mich immer verleugnen lassen.«

Lilian fuhr mit der Hand über seine Brust und fühlte, wie

135

die blonden Haare unter ihren Fingern lebendig wurden und sich an ihrer Haut rieben wie das Fell einer Katze, die an ein Paar nackten Beinen entlangstreicht. Bei dem Gedanken an Katzen kitzelte es sie in der Nase, und sie hob mechanisch die Hand, um ein imaginäres Niesen zu unterdrücken.

»Warum nimmst du deine Hand weg?« fragte er.

»Ich dachte, ich müßte niesen«, antwortete sie und begann erneut seine Brust zu streicheln.

»Tiefer«, bat er.

»Herzlichen Glückwunsch zum Geburtstag«, flüsterte sie, beugte sich über ihn und küßte ihn auf den Mund, während ihre Hand leicht und zärtlich über seinen Körper glitt.

»Ich werde alt«, murmelte David vor sich hin.

»Ach, laß dich doch von Elaine nicht deprimieren! Fünfundvierzig ist nicht alt. Du hast nicht mal die Hälfte deines Lebens hinter dir.«

»Wirklich?« fragte er. »Wie viele Neunzigjährige kennst du denn, die noch fröhlich rumspringen?«

Sie lachte. »Na ja, sie springen vielleicht nicht grade ...«

Er seufzte. »Mein Gott!«

Lilian setzte sich mit einem plötzlichen Ruck auf, ohne ihre Hand von seinem pulsierenden Glied zu nehmen. »Du hast doch nicht etwa 'ne Midlife-crisis?«

»Wenn du schon keinen Respekt vor meinem Alter hast«, antwortete er scherzend, »dann mach' dich wenigstens nützlich.«

Er zog ihren Kopf hinunter, bis ihre Lippen sein schwellendes Glied berührten.

Lilian rutschte ein wenig hin und her, bis sie eine bequeme Stellung gefunden hatte. Sie dachte an David und an den Tag, an dem sie ihn zum erstenmal nackt gesehen hatte, damals, als sie zum erstenmal miteinander geschlafen hatten und sie sich fühlte, als sei sie gestorben und im Himmel erwacht. Er war von einer Sinnlichkeit, die sie berauschte.

Die ersten beiden Jahre ihres Zusammenlebens waren ungeheuer intensiv. Ihr war klar, daß es nicht ewig so hatte weitergehen können. Lilian versuchte sich aufzurichten, um seinen steifen Schwanz in ihre Möse zu führen. Aber seine Hand hielt ihren Kopf eisern fest und zwang sie weiterzulutschen. Das war es, was er heute morgen wollte. Na schön, seufzte sie innerlich und widmete sich ihrer Aufgabe mit verstärkter Energie. Schließlich ist es sein Geburtstag!

Bei dem Gedanken fiel ihr schlagartig der bevorstehende Abend ein. Sie erwartete Gäste zum Essen. Jason, der gerade erst aus dem Zeltlager gekommen war, und Laurie, die eine Woche lang allein zu Hause rumgesessen und sich gelangweilt hatte. Davids Schwester mit Mann und seine Mutter würden kommen, und ihre Eltern auch. Es war das erste Mal, daß sie sich getraut hatte, alle gemeinsam einzuladen. Wie sollte sie nur mit allem rechtzeitig fertig werden? Mit Schrecken dachte sie an das Menü, das sie plante, und an ihre ellenlange Einkaufsliste. Dieses Jahr wollte sie sogar Davids Geburtstagskuchen selber backen. Glücklicherweise war's freitags ziemlich ruhig an der Uni. Den Kurs am Morgen hatte sie abgesagt, also blieben nur noch zwei Seminare am Nachmittag. Bis dahin würde sie hoffentlich alles im Griff haben. Sie spürte, wie die Angst in ihr hochstieg. Vielleicht hatte sie sich zuviel vorgenommen? David hatte ihr oft genug gesagt, daß sie sich mehr aufhalste, als sie verkraften konnte, daß sie den Mund zu voll nahm und sich nachher an ihrem eigenen Bissen verschluckte. David, dachte sie. O Gott! Bissen, verschlucken! Was hab' ich ihm getan? Er stöhnte, doch seine Hand hielt immer noch ihren Kopf fest. Ob ich ihm wehgetan hab'? Das ist ja furchtbar. Wie konnte ich nur so was tun? An Rezepte und Kurse denken, wenn ich vor Leidenschaft vergehen sollte?

David hat's bestimmt gemerkt. Er wußte immer, woran sie dachte. Sicher hat er gespürt, daß ich nicht bei der Sache war. Er wird verletzt sein und wütend. Vielleicht kommt er nicht mal, dachte sie verzweifelt. Und dann ist er frustriert und unbefriedigt und wird zur idealen Zielscheibe für Nicoles »zarte« Annäherungsversuche. Nicole, dachte sie ärgerlich. Das liebe Kind hatte sich in den letzten paar Wochen still verhalten, keine Anrufe, keine Überraschungsbesuche. David hatte nicht mal ihren Namen erwähnt. Aber er hatte ja auch nichts von Nicoles wiederholten Besuchen im Gerichtssaal erzählt. Damit sind wir quitt, entschied sie. Sie hatte ihm Nicoles Auftritt bei Rita Carrington verschwiegen. Was hätte das auch genützt? Sie würde Davids Devise befolgen und so tun, als sei nichts geschehen. Es war wohl das beste, die ganze Geschichte auf sich beruhen zu lassen. Dann würde sich die ganze Aufregung legen. Was mach' ich denn da? Wo bin ich bloß mit meinen Gedanken? Konzentrier' dich, um Himmels willen, konzentrier' dich doch.

Auf einmal hörte sie wieder das unterdrückte Stöhnen. David. Ob sie ihm weh getan hatte? Sie versuchte, den Kopf zu heben, doch seine Hand preßte ihn unerbittlich hinunter. Das Stöhnen wurde lauter.

»Wahnsinn, Lilli«, keuchte er, und plötzlich schoß es ihr in den Mund. Sie würgte ein paarmal, dann schluckte sie's hinunter, und endlich löste sich sein eiserner Griff. Sie setzte sich auf. »Das war irre, Lilli«, sagte er und küßte sie auf die Stirn. »Oh! So gut warst du noch nie.«

Na wunderbar, dachte sie. Und ich hab's verpaßt.

David zog sie an sich. Lilian dachte an jenen Morgen vor einigen Wochen, als sie um genau dieselbe Zeit aus ihrem Alptraum aufgeschreckt war und David sie unter die Dusche geschleppt hatte. Vielleicht würde er es heute wieder tun. Sie spielte mit den Haaren auf seiner Brust. Doch jetzt blieben sie weich und reglos wie das Fell eines satten, zufrieden schnurrenden Katers. Ihr Körper sehnte sich nach seiner Umarmung, nach Zärtlichkeit.

Es klickte leise, und plötzlich hallte die Stimme von Stevie

Wonder durchs Zimmer. David tastete mit einer Hand nach dem Radiowecker, stellte ihn leiser und befreite sich aus ihrer Umarmung.

»Zeit zum Aufstehen«, sagte er und rollte sich aus dem Bett.

Lilian richtete sich auf. »Hast du Lust auf 'ne Dusche zu zweit?«

Er lächelte. »Nicht heute, Liebes. Ich hab' 'nen furchtbar anstrengenden Tag vor mir.« Er hielt inne. »Bist du mir böse?«

»Nur enttäuscht«, antwortete sie und versuchte, so tapfer auszusehen wie Ali MacGraw in »Love Story«.

»Ich werd's wiedergutmachen.« Er wartete, bis sie sich ein Lächeln abrang. »Dreh dich doch einfach um und schlaf noch 'n paar Stunden.«

»Nein, ich bin hellwach«, sagte sie. »Außerdem hab' ich auch 'ne Menge zu tun. Heut' abend ist schließlich deine Geburtstagsparty.«

»Scheiße, das hab' ich ganz vergessen.«

»Du hast doch hoffentlich keine Sitzung?«

»Nein«, versicherte er. »Ich glaub' nicht. Ich bin ziemlich sicher, daß nichts anliegt …«

»Bitte versuch' pünktlich zu sein. Ich hab' die ganze Familie eingeladen …«

»Ich werd' mein Bestes tun«, versprach er und verschwand im Flur.

Lilian saß auf der Bettkante und grübelte über Elaines gehässige Geburtstagswünsche nach. Sie muß ihn immer noch unheimlich hassen, dachte sie. Nach all den Jahren. Was kann nur solch einen unerbittlichen Haß in einer Frau erzeugen? Ein Mann, antworteten ihre Gedanken mit der Stimme Rickie Elfers. Ein Mann könnte eine Frau so zu hassen lehren.

»Komm, wir stehn auf und gehen zu Winston zum Brunch!« rief sie, sprang aus dem Bett und zog ihm die Decke weg.

»Was denn, nachmittags um zwei?« lachte er, ohne sich zu bewegen. Ihr Blick wanderte über seinen nackten Körper, und sie sah, daß er schon wieder erregt war.

»Na schön, dann essen wir eben zu Mittag oder trinken Tee oder irgendwas.« Sie ging ans Fenster und schaute hinaus. Ihre Wirtin saß mit dem Hund in der Sonne.

»›Irgendwas‹ klingt gut«, sagte er, stand auf, trat hinter sie und umspannte ihre Brüste mit seinen Händen.

»Was machst du da?« Sie lächelte zärtlich und versuchte sanft, sich loszuwinden. »He, was soll das …« Er stemmte sie in die Höhe und glitt von hinten in sie hinein. »Mrs. Everly ist unten«, jammerte Lilian. »Wenn sie nun raufguckt?«

»Dann sieht sie zwei Menschen, die sehr glücklich miteinander sind.«

»Und ich kann mich womöglich nach 'ner neuen Wohnung umsehen.«

»Wär' mir nur recht«, antwortete er. »Ich finde die Gegend hier immer noch ziemlich unsicher.«

Ihr Atem kam stoßweise. »Stimmt«, keuchte sie. »Man weiß nie, wer sich von hinten an einen ranmacht …«

Es war gegen vier, als sie endlich aufbrachen. Lilian hatte sich lange nicht mehr so glücklich gefühlt. Sie waren den ganzen Tag zusammengewesen, hatten endlos miteinander geredet und einen Tag voller Zärtlichkeit und Zusammensein genossen. Es schien keine Probleme zu geben, keine Menschen, auf die man Rücksicht nehmen mußte oder deren Gefühle man verletzte. Es gab nichts auf der Welt außer ihrer Liebe füreinander.

»Lächle und winke«, sagte er plötzlich auf dem Weg zum Restaurant.

»Was?« fragte sie. Die plötzliche Härte in seiner Stimme hatte sie aus ihren Gedanken aufgeschreckt.

»Du sollst winken und lächeln«, wiederholte er mit zusammengebissenen Zähnen. Ihr war klar, daß irgend etwas nicht stimmte, doch es blieb keine Zeit, um Fragen zu stellen. Sie wandte sich nach rechts, lächelte den beiden Frauen zu, die in einem silberfarbenen Buick auf der anderen Straßenseite saßen, und neigte den Kopf, statt zu winken. Die Frauen erwiderten ihr Lächeln – sah die am Steuer sie nicht auch ziemlich verwundert an? – und fuhren vorbei. Es war eine beklemmende Szene.

Lilian spürte, wie ihr Glücksgefühl mit einem Schlag erlosch. »Elaine?« fragte sie, obwohl sie instinktiv die Antwort wußte.

Er nickte.

»Wen hatte sie da bei sich?«

»Ihre Schwester.«

»Sie sind sehr attraktiv. Sie ... deine Frau ... sie ist sehr attraktiv.«

Er nickte wieder.

»Was wird sie wohl gedacht haben, als sie uns zusammen ...«

»Sie glaubt, ich verbringe den Tag mit einer Mandantin. Ich werd' ihr sagen, ich hätte dich grade nach Hause gebracht.«

Lilian spürte einen stechenden Schmerz in der Magengrube, und ihre Augen brannten. »Ich, deine Mandantin«, wiederholte sie dumpf.

»Aber Lilli, um Himmels willen, was soll ich ihr denn sagen? Daß ich den ganzen Tag lang bumsen würde wie 'n Preisbulle? Entschuldige. Es tut mir wirklich leid«, sagte er zerknirscht, und er wirkte ehrlich bestürzt. »Das war dumm von mir. Echt blöd. Aber weißt du, ich bin ein bißchen durcheinander. Es ist mir so peinlich ...«

»Und erniedrigend«, setzte sie, ihre eigenen Empfindungen beschreibend, hinzu. »Und beschämend.«

Er fuhr an den Straßenrand und hielt. »O Lilli, du brauchst dich doch nicht erniedrigt zu fühlen oder dich zu schämen. Dazu hast du wirklich keinen Grund. Ich liebe dich doch.«

»Warum bist du dann so wild drauf, *ihre* Gefühle zu scho-

nen? Warum denkst du nicht auch mal an mich?« Er gab
keine Antwort. »Am besten bringst du mich jetzt heim, deine Frau erwartet dich sicher bald zu Hause, wo sie doch
weiß, daß du fertig bist mit deiner ... Mandantin.«
»Was soll das heißen?«
»Genau das, was ich gesagt hab'.«
»Laß den Quatsch, Lilli. Ich hab' weder die Zeit noch die
Nerven zum Rätselraten. Sag', was los ist.«
»Ich will bloß heim«, antwortete sie tonlos.
»Und warum? Was steckt dahinter?«
»Ich bin müde und gekränkt und gedemütigt, und ich schäme mich, weil ich's trotz allem nicht fertigbringe, dir zu sagen, du sollst dich zum Teufel scheren. Das steckt dahinter.
Und daß ich dich immer noch mehr liebe als hasse, und
daß ich immer noch verrückt nach dir bin.« Sie holte tief
Luft. »Weißt du was? Ich nehm' mir 'n Taxi. Ich muß jetzt
einfach allein sein.« Sie öffnete die Wagentür und stieg
aus. Er versuchte nicht, sie zurückzuhalten.
»Ich fühl mich wie 'n mieses Schwein, wenn du so redest«,
sagte er.
»Du *bist* 'n mieses Schwein.«
»Ich ruf' dich an«, rief er ihr nach und wartete, bis sie ein
Taxi gefunden hatte.
Laß es bleiben, hätte sie gern zurückgeschrien, aber sie
wußte, daß sie nicht die Kraft dazu hatte; und er wußte es
auch.

»Hallo, kann ich bitte Irving Saunders sprechen?« Lilian
preßte den Hörer fest ans Ohr. Während sie auf die Verbindung wartete, glitt ihr Blick skeptisch hinüber zu der winzigen Eßecke und blieb auf dem Tisch haften, an dem sie
heute abend das Festessen servieren wollte. Wie sollte sie
bloß neun Leute an einem Vierertisch unterbringen? »Wie
bitte? Entschuldigen Sie, ich hab' nicht ganz verstanden.
Oh, mir war gar nicht bewußt, daß es noch so früh ist.« Sie
schaute auf die Küchenuhr. »Wann kommt er ins Büro? Um

elf?« Es war erst Viertel nach neun. »Schön, ich versuch's später noch mal. Oder nein, warten Sie. Bitten Sie ihn doch, so bald wie möglich Lilian Plumley, nein, ich meine Lilian Listerwoll anzurufen. Listerwoll«, wiederholte sie und buchstabierte langsam und deutlich, so als wolle sie nicht nur der Stimme am anderen Ende, sondern auch sich selbst klarmachen, daß es wirklich ihr Name war. Es kommt mir vor, als wär's eine Ewigkeit her, dachte sie, als sie der Sekretärin ihre Telefonnummer durchgab. »Es ist dringend«, sagte sie noch, ehe sie auflegte.

Sie blickte sich um. Der Kuchen war im Backofen; den Salat brauchte sie bloß noch zu mischen; aber sie mußte noch die Einkäufe erledigen. Vielleicht am besten gleich, ehe Irvings Rückruf kam. Nein, sie konnte ja nicht weggehen, solange der dämliche Kuchen im Rohr war ...

Ihre Augen wanderten zurück zum Eßtisch. Am besten deck' ich ihn schon mal probeweise. Lilian zog die Schublade heraus, in der sie das Besteck aufbewahrte, und starrte auf die ordentlich sortierten Fächer mit Gabeln, Messern und Löffeln. »Neun Personen«, sagte sie laut vor sich hin und blickte über die Schulter zurück auf den winzigen Teil des L-förmigen Wohnraums, der sich als Eßzimmer gerierte. Zur Not könnte man vielleicht sechs Leute an dem kleinen Tisch zusammenpferchen. Aber neun? Warum hab' ich mir das nicht vorher überlegt?

Entmutigt lehnte Lilian im Türrahmen. Wo sollte sie bloß neun Personen unterbringen? Zum Glück machte ihr Bruder mit seiner Frau Urlaub in Florida (»Wer um alles in der Welt fährt im Sommer nach Florida?« hatte ihre Mutter wiederholt gefragt, seit die beiden abgereist waren), sonst hätte sie sich mit elf Personen herumschlagen müssen. Vielleicht könnten wir alle zusammen zu Elaine gehen, dachte sie. Schließlich hat das Haus auch mal David gehört. (»Gib ihr um Himmels willen alles, was sie verlangt«, hatte sie ihn gedrängt. »Hauptsache, wir haben's so schnell wie möglich hinter uns und können endlich unser eigenes

Leben anfangen!«) Na wennschon, damals hatte das sehr vernünftig geklungen.

Lilian durchquerte die Eßecke und sah sich im Wohnzimmer um. Es war einigermaßen geräumig, oder wenigstens erweckte die große Fensterfront den Anschein. Der Raum lag nach Süden, mit Blick auf den Grant Park, und sie hatten eine herrliche Aussicht auf den prachtvollen Buckingham-Brunnen. Bei dem Mietpreis kann man auch 'ne schöne Aussicht erwarten, dachte sie. Die Wohnung hatte zwei Schlafzimmer, von denen sie eines als Arbeitsraum benutzten. Doch Lilian hatte insgeheim gehofft, daß sie eines Tages den Fernseher, die alte, schäbige Schlafcouch und den Ledersessel mit einer Wiege und einem Wickeltisch vertauschen würde. Der Gedanke war ihr unangenehm, denn er erinnerte sie daran, daß sie Beths Rat, sich mit David auszusprechen, immer noch nicht befolgt hatte. Also versuchte sie sich abzulenken und ordnete die Kissen auf der eleganten Polstergarnitur. Ich könnte sie alle hierhersetzen, schoß es ihr plötzlich durch den Kopf. Sie zählte die Sitzgelegenheiten. Drei aufs Sofa, zwei in die Ohrensessel, und dann könnte ich noch die vier Eßzimmerstühle dazustellen. Großartig. Sie würde ein Buffet anrichten, und jeder konnte sich selbst bedienen. Hoffentlich würde niemand Boeuf Stroganow auf den weißen Berber kleckern. Als sie in die Küche zurückging, war sie so in Gedanken versunken, daß sie über ihre neueste Errungenschaft, eine moderne Plastik, stolperte. Es war ein quadratisches Objekt, in dem vertikale, bewegliche Stahlelemente melodisch gegen festverankerte, horizontale Stifte schlugen. (»Was ist das? 'ne Art Luftbefeuchter?« hatte ihre Mutter gefragt.) Die feinen Stahlstifte verhedderten sich ineinander, und Lilian bemühte sich geraume Zeit vergeblich, sie zu entwirren. Das wird David in Ordnung bringen müssen, entschied sie, richtete sich auf und ging in die Küche. Hoffentlich kommt er nicht zu spät zu seiner eigenen Party. Bisher war er jedesmal, wenn sie ihre Eltern eingeladen hatte, spät nach Hause gekommen, was ihren Vater veranlaßte, sich laut und vernehmlich darüber zu wundern, wann Lilian ihren Mann wohl zu Gesicht bekäme. (»An Wochentagen arbeitet er bis nachts um zehn«, hörte sie ihn sagen. »Und er arbeitet sogar samstags und sonntags. Wann hat er denn mal Zeit fürs Privatleben?«) Lilian blockte solche Fragen (Anklagen?) in der Regel mit der Erklärung ab, die David ihr gegeben hatte, und sagte, ihr Mann sei momentan etwas überlastet, doch das sei nur vorübergehend. Aber wie lange dauert es, bis aus einer vorübergehenden Situation ein Dauerzustand wird? In ihren beiden ersten Ehejahren hatte er selten länger als bis sieben gearbeitet. Zu der Zeit war sie selbst unheimlich beschäftigt gewesen. Oft hatte sie bis spätabends im Studio zu tun, und wenn sie heimkam, wartete er schon ungeduldig auf sie. Sie ließen sich eine Pizza kommen, und David zog sie damit auf, daß ihr Beitrag zu den Mahlzeiten sich darauf beschränke, einen Tisch zu bestellen. Wie kam es also, daß sie plötzlich Boeuf Stroganow und Heidelbeerkaltschale machte?

Das Telefon klingelte. Lilian nahm den Hörer ab. »Hallo?«

»Lilian?« Die Stimme war tief und männlich, und ihr Klang versetzte Lilian in die Vergangenheit zurück.

»Irving?« rief sie fröhlich.

»Du klingst so überrascht. Hast du denn nicht angerufen? Man hat mir ausgerichtet, daß du mich sprechen wolltest.«

»Stimmt. Ich hab' angerufen. Aber man sagte mir, du kämst nicht vor elf ins Büro.«

»Es wurde mir zu langweilig, zu Hause dem Baby beim Schreien zuzuhören«, erklärte er mürrisch. »Da setz' ich mich schon lieber an den Schreibtisch.«

»Baby?! Irving, ich wußte gar nicht, daß ihr ein Kind habt!«

»'nen Jungen. Er ist schon sechs Monate.«

»Aber das ist ja wunderbar. Wie geht's Cindy?«

»Gut. Ihr geht's ausgezeichnet. Sie geht ganz auf in ihrer Mutterrolle.«

»Und du?«

»Ach, weißt du, Janet und ich, wir hatten ja schon vier Söhne, da war's für mich nicht mehr ganz so aufregend.«

»Und sonst?« fragte sie. »Wie geht's sonst?«

»Wunderbar. Könnte nicht besser sein. Der Sender treibt mich zur Verzweiflung wie gewöhnlich. Aber was ist mit dir? Und wie geht's David. Seid ihr noch zusammen?«

»Aber natürlich. Ihm geht's gut, fabelhaft, wirklich«, betonte Lilian. Sie versuchte, sich den Mann am anderen Ende der Leitung vorzustellen. Er war um die fünfzig, groß und kräftig, mit graumeliertem Haar, das gut zu seinen hellgrauen Augen paßte. Bestimmt trug er Bluejeans und ein offenes Hemd und lehnte an der Wand im Kontrollraum, umgeben von flimmernden Bildschirmen, kreischenden Tonbändern und aufgeregt herumrasenden Mitarbeitern. Einen Augenblick lang sah sie alles so deutlich vor sich, als sei sie dabei. »Irving, können wir uns bald mal treffen? Ich hab' da eine Idee, und darüber möchte ich gern mit dir reden.«

»Klar doch«, antwortete er. »Ich fliege am Montag nach Afrika. Stell dir vor, ausgerechnet Afrika, und ich muß mich ganze zwei Wochen da rumtreiben. Wie wär's, wenn ich dich gleich nach der Reise anrufe?«

Lilian spürte, wie ihre Schultern herabsackten. »Mist, ich hatte gehofft, ich könnte dich vorher sprechen. Hast du denn heute keine Zeit? Mittags zum Beispiel? Wie wär's, wenn ich dich zum Essen einlade?«

»Klingt ja, als ob's wichtig wär'«, sagte er.

»Kann schon sein.«

»Also gut, essen wir zusammen. Ich treff' dich um eins bei Maloney. Ist dir das recht?«

»Paßt großartig«, sagte Lilian und fragte sich, wie um alles in der Welt sie mit den Vorbereitungen für den Abend fertig werden sollte. »Einfach großartig.«

11

Das Restaurant war überfüllt. Da es dem Studio genau gegenüber lag, kamen die Fernsehleute fast alle zum Essen hierher. Lilian kannte viele von ihnen, und ein paar erkannten auch sie wieder. Irving winkte ihr vom anderen Ende des langgestreckten Raumes aus zu, und sie kämpfte sich durch die Menge. Als sie an der Bar vorbeikam, blickte sie in erschreckend viele fremde Gesichter.

»Lilian?! Mein Gott, tatsächlich! Lilian Listerwoll!« dröhnte eine Stimme hinter ihr. Zwei mächtige Arme umfaßten sie und preßten sie fest gegen eine rauhe Tweedjacke.

»Das kann nur Arthur Goldenberg sein«, sagte Lilian, noch ehe sie sein Gesicht sehen konnte. »Das ist der einzige Mann, dem ich zutrauen würde, mitten im Sommer in so 'nem dicken Anzug rumzulaufen.«

Sie küßten einander freundschaftlich. »Wir haben beinahe schon Herbst«, korrigierte er. »Nächste Woche ist Labor Day.« Die hellen Augen des Briten zwinkerten verschmitzt. »Na, wie geht's dir? Was machst du denn hier? Kommst du etwa wieder zu uns?«

Lilian schenkte einem der Maskenbildner, den sie von früher her kannte, ein warmes Lächeln. »Ich weiß nicht«, sagte sie. »Ich bin hier, um mit Irving zu reden. Wollte mich mal erkundigen, ob er mich brauchen kann.«

»Dich kann man doch überall brauchen«, antwortete er, legte ihr den Arm um die Schultern und zog sie an sich. »Schau nicht hin«, flüsterte er verschwörerisch. »Aber die Frau da hinten an der Bar ... nicht hinsehen!« mahnte er, als Lilian automatisch den Kopf wandte. »Das ist deine Nachfolgerin. Nicht hinsehn!«

»Entschuldige«, sagte Lilian. »Ich dachte, Maya Richards hätte meinen Posten gekriegt.«

»Stimmt, aber es klappte nicht mit ihr. Die da haben sie aus Los Angeles geholt. Susan Timmons. 'n richtiges Raubtier, sag' ich dir. Und sie beißt nicht bloß, sie hat auch noch Haare auf den Zähnen!«

147

»Arthur! Du bist einfach unmöglich. Bist du über mich auch so hergezogen, nachdem ich weg war?«

Er lächelte. »Nur 'n bißchen. Und auch das nur, weil ich so gekränkt war, daß du uns verlassen hattest.« Er hielt inne.

»Ich wär' weiß Gott froh, wenn du zurückkämst.«

»Ich auch«, gestand Lilian und merkte erst jetzt, wie sehr sie hoffte, daß es klappen würde. Sie tätschelte dem Maskenbildner die Wange, zwängte sich an ihm vorbei und steuerte auf Irving Saunders zu, der aufgestanden war, um sie zu begrüßen. Dabei gelang es ihr, die Frau, die ihren Posten übernommen hatte, gründlich zu mustern. Sie ist jünger, dachte Lilian. Ungefähr fünf Jahre, schätzte sie. Es war eine attraktive Blondine, ein bißchen spröde vielleicht, aber sie sah nicht aus wie eine, die Haare auf den Zähnen hat.

»Wie geht's dir, Lilian?« fragte Irving und küßte sie herzlich auf den Mund. »Schwärmst du immer noch für Bloody Mary?« Er winkte dem Kellner.

»Ich hab' schon ewig keine mehr getrunken«, sagte Lilian und setzte sich. »Aber es klingt verlockend.«

»Eine Bloody Mary und einen Scotch mit Wasser«, bestellte Irving. Dann wandte er sich wieder ihr zu. Ganz unverhohlen unterzog er sie einer eingehenden Musterung.

»Na?« fragte sie. »Wie seh' ich aus?«

»Phantastisch«, antwortete er, und es klang ehrlich. »Der Ehestand bekommt dir anscheinend.«

»Das hoff' ich«, erwiderte sie. Den Blick zur Bar gewandt, setzte sie hinzu: »Ich hab' Art Goldenberg getroffen ...«

»Hab' ich gesehen. Wie geht's dem alten Klatschmaul?«

»Er läßt dich grüßen.«

»Was du nicht sagst.«

»Er hat mir meine Nachfolgerin gezeigt.«

»So, hat er das?« Sie nickte. »Ja, weißt du, wir sind sehr zufrieden mit Susan. Sie ist intelligent, ehrgeizig und unheimlich fleißig. Sie wird übrigens diese Afrikareise mitmachen, von der ich dir erzählt habe.«

Lilian versuchte zu lächeln. »Du hättest sagen sollen, daß es mit ihr vorn und hinten nicht klappt und daß du alles tun würdest, um mich zurückzukriegen.«

Erstaunt blickte Irving sie an. Der Kellner brachte die Getränke. Lilian hob ihr Glas und prostete ihm zu.

»Zum Wohl.«

»Zum Wohl«, wiederholte Irving und stieß mit ihr an. »Ist das dein Ernst?« fragte er schließlich. »Möchtest du wirklich wieder bei uns arbeiten?«

Sie holte tief Luft. »Ja, es ist mein Ernst«, seufzte sie. »Ich möchte wieder anfangen. Allerdings hatte ich nicht vor, so mit der Tür ins Haus zu fallen. Ich dachte, wir würden erst 'n bißchen plaudern und so ...« Sie lachte nervös.

»Du konntest nie sonderlich gut drum rumreden«, erinnerte sich Irving. »Das fand ich immer so charmant an dir.«

»Außerdem war ich eine der Besten in deinem Team«, tastete sie sich vor.

»Ja, das warst du«, gab er offen zu. »Daran besteht kein Zweifel.« Einen Moment lang herrschte peinliches Schweigen. »Vielleicht sollten wir doch 'n bißchen plaudern, nur so zum Warmwerden«, sagte Irving und lachte gekünstelt.

»Klingt nicht grade ermutigend«, stellte Lilian verlegen fest.

Irving wußte nicht recht, wie er sich ausdrücken sollte. »Erzähl' mir doch mal ... äh ... na, du weißt schon ..., wie kommt's eigentlich ...« Er brach ab. »Warum?« fragte er schließlich abrupt.

»Warum was?«

»Warum möchtest du zurückkommen? Ich meine, war's nicht so, daß du durch den Job 'ne Menge Probleme hattest? David war's nicht recht, daß du so oft verreisen mußtest. Er war dagegen, daß du abends oft länger gearbeitet hast und daß du 'ner Menge Gefahren ausgesetzt warst. Hat er etwa seine Meinung geändert?«

»Ich hab' mich geändert«, sagte sie. Sie schaute ihm fest in die sanften, grauen Augen. Und plötzlich war es, als schöbe sich Nicole Clarks Gesicht vor Irvings vertraute Züge.

»Als David mich kennenlernte«, fing sie an, »also da war ich eine aufregende, intelligente und reizvolle Frau, die dauernd unterwegs war, mal im Kugelhagel, mal auf 'ner heißen Spur, mal ... na, wie auch immer. Jedenfalls hatte ich 'ne Karriere! Ein aufregendes Leben! Ich war eine Persönlichkeit, war stark und unabhängig.« Sie seufzte theatralisch. »Und jetzt? Jetzt bin ich nur noch Ehefrau.«

»Also jetzt untertreibst du aber«, widersprach Irving. »Du bist doch schließlich Dozentin ...«

»Aber 'ne sauschlechte, Irving, und das weißt du auch. Schließlich hast du's mir prophezeit, als ich beim Sender aufhörte. Du hast recht behalten. Ich werd' wahnsinnig, wenn ich noch lange in diesem dämlichen Hörsaal hocke. Es muß endlich wieder was *passieren* in meinem Leben!«

»Und was ist mit David? Wie denkt er drüber?«

»Wichtig ist einzig und allein, wie *ich* drüber denke!« Lilian war selbst überrascht von der Heftigkeit ihres Tons.

»Davids Einwände waren der Grund dafür, daß ich dich damals verloren habe«, erklärte Irving geduldig. »Ich kann es mir nicht leisten, dich zurückzuholen, wenn ich dabei Gefahr laufe, dich in ein paar Monaten wieder zu verlieren.«

Lilian überlegte. »Ich kann dir wirklich nicht sagen, wie David sich dazu stellen würde. Wir haben nur ganz kurz darüber gesprochen. Er war der Meinung, ich müsse die Entscheidung selbst treffen. Ich weiß, ja ich weiß«, wiederholte sie, »daß es ihn zunächst vielleicht nicht grade überglücklich machen würde. Aber verdammt noch mal, Irving, ich war beim Fernsehen, als er mich kennenlernte! Ich war beim Fernsehen, als er sich in mich verliebte! Zum Teil hat er sich auch in meine Arbeit verliebt, und der Teil fehlt mir jetzt!« Sie schüttelte den Kopf. Dann überwand sie sich und sprach ihre Gedanken aus. »Ich versteh's einfach nicht. Da hat ein Mann eine Frau, die ihr ganzes Leben nach ihm ausrichtet, und was passiert? Ihm wird's zu langweilig. Sie ist einfach zu leicht zu durchschauen. Ihre Welt ist so begrenzt und ohne jedes Abenteuer. Also verläßt er sie und wendet sich einer Frau zu, die einen eigenen Beruf hat, einen eigenen Stil, die ihr eigenes Leben lebt. Sie verkörpert alles, was seiner Frau fehlt. Schließlich läßt er sich scheiden und heiratet die andere. Und ehe man sich's versieht, beginnt er ganz unmerklich, sie zu verändern, bis sie eines Tages genauso wird wie die, von der er weggelaufen ist. Dann dauert's gar nicht mehr lange, und der Ehemann fängt wieder an, sich zu langweilen. Der Kreislauf beginnt von vorn, der Mann ist wieder auf der Suche nach dem, was er selbst zerstört hat.«

Irving sah sie forschend an. »Zitierst du aus deiner Autobiographie?«

»Ich beschreibe bloß ein altbekanntes Schema. Und ich will vermeiden, daß auch ich eines Tages da hineinpasse.« Sie trank einen großen Schluck. »Kannst du mir folgen?«

Irving leerte sein Glas und bestellte noch zwei Aperitifs. »Ich weiß genau, was du sagen willst«, versicherte er. »Nur sehe ich die Sache aus der Perspektive des Mannes, verstehst du. Bestimmt erinnerst du dich noch an Cindy.« Ohne ihr bestätigendes Kopfnicken abzuwarten, fuhr er fort: »Woran liegt es nur, daß die Ehe die Menschen so verändert?« Er erwartete offenbar keine Antwort auf seine Frage. »Wie lange mußten Cindy und ich uns heimlich treffen, bis Janet endlich in die Scheidung einwilligte? Vier Jahre? Oder waren's fünf? Cindy war nicht bloß mit Abstand die beste Forschungsassistentin, die ich je hatte, nein, sie war auch ... na ja, sie war genau das, was du grade beschrieben hast. Sie war aufregend und reizvoll, war unabhängig und intelligent. Sie gehörte zu den wenigen wirklich begabten Frauen, die mir in der Branche begegnet sind. Und diese unwahrscheinlich gescheite Frau kann heute buchstäblich Stunden damit zubringen, die Vorzüge von Wegwerfwindeln zu preisen und mit der Schinderei früherer Tage zu vergleichen, als man die Dinger ständig waschen mußte. Ich hab' diesen ganzen Mist schon vor zwanzig Jahren mitgemacht! Ich mußte so lange damit leben, daß mir heute noch davor graust. Ich hab' mich da losgeeist, um mit einer Frau zu leben, die Überraschungseinladungen liebte, die's lustig fand, um die halbe Welt zu gondeln, bloß um in einem bestimmten Restaurant zu Abend zu essen, die wild drauf war, die ganze Nacht durchzutanzen, und die am liebsten spontane Entscheidungen traf. Heute bin ich mit einer Frau verheiratet, die zwanzigmal am Tag unseren Sohn stillt und die mich nicht mal auf 'nen Hamburger an der Ecke treffen würde, wenn sie nicht mindestens zwei Wochen vorher Bescheid wüßte. Ich hab' also wieder genau das, wovor ich geflüchtet bin.«

»Und David hat das, wovor *er* geflohen ist«, antwortete Lilian ruhig.

»David hat das, was er sich wünscht.«

»David weiß gar nicht, was er will«, sagte sie bitter. »Und das Blöde an der ganzen Sache ist, daß ich's auch nicht genau weiß.«

Irving lachte gequält. »Ich fürchte, keiner von uns weiß genau, was er will.«

»Man wünscht sich etwas so lange, bis man's hat«, sinnierte Lilian. »Und wenn's soweit ist, setzt man alles daran, es zu verändern.«

»Oder es verändert sich ganz von selbst«, sagte Irving. »Von wem stammt das doch gleich: ›Hüte dich vor deinen Wünschen. Sie könnten in Erfüllung gehen‹?«

Lilian lächelte. »Grace Metalious«, erwiderte sie und dachte an die kürzlich verstorbene Autorin von »Peyton Place«. »Aber ich bin sicher, das haben schon andere vor ihr gesagt.«

Irving lachte befreit auf.

»Was findest du so komisch?« wollte sie wissen.

»Dich. Du bist der einzige Mensch, den ich kenne, der tatsächlich selbst auf Fragen, die rein rhetorisch gemeint sind, eine vernünftige Antwort geben kann. Ich hoffe, David weiß, was er an dir hat.«

»Gibt's das überhaupt, einen Ehemann, der seine Frau zu schätzen weiß?« grübelte sie und setzte eilig hinzu: »Natürlich ist das eine rein rhetorische Frage.« Der Kellner brachte die Getränke. »Wollen wir jetzt bestellen?« fragte Lilian.

Irving schüttelte den Kopf. »Ich hab' keinen Hunger.«

»Ich auch nicht.« Sie dankte dem Kellner. Der zuckte nur mit den Achseln und verschwand. »Sie schaut dauernd zu uns rüber«, stellte Lilian fest.

»Von wem sprichst du?« fragte Irving.

»Susan Ich-weiß-nicht-wie-sie-heißt. Die aus Los Angeles.«

Irving drehte sich nach der Bar um. »Wahrscheinlich hat ihr jemand erzählt, wer du bist«, sagte er, als er sich Lilian wieder zuwandte.

»Glaubst du, es macht ihr was aus?«

»Na ja, ich stell' mir vor, es ist so, als ob du in ein Restaurant kommst, und da sitzt dein Mann und ißt mit einer anderen Frau.«

»Nicht jede andere Frau ist gefährlich.«

»Nicht jede andere Frau ist hinter ihrem Job her.«

»Ich war zuerst da«, sagte Lilian scherzend. Plötzlich fiel ihr ein, daß sie vor ein paar Wochen Nicole Clark gegenüber genau dieselben Worte gebraucht hatte, und sie merkte auf einmal, wie kindisch sie klangen.

»Das ist richtig«, gab Irving zu. »Aber du bist ausgestiegen. Und es ist nun mal so, daß immer einer sprungbereit drauf wartet, den Job zu übernehmen, den ein anderer hinschmeißt.«

Die Frau, die hinten an der Bar saß, erhob sich und kam auf sie zu. »Hallo, Irving«, grüßte sie freundlich. Dann streckte sie Lilian die Hand entgegen und sagte: »Guten Tag. Man hat mir grade erzählt, daß Sie früher meine Stelle hatten.«

153

»Lilian Listerwoll«, stellte Irving vor. »Oder ist dir Lilian Plumley lieber?« fragte er. Lilian erklärte, ihr sei beides recht. »Na schön. Und das ist Susan Timmons. Hast du alles vorbereitet für Montag?«

»Ich bin schon geimpft, und gepackt hab' ich auch«, antwortete Susan fröhlich. »Ich war noch nie in Afrika«, wandte sie sich an Lilian. »Ich kann's kaum erwarten.«

»Afrika war auch immer mein Traum«, gestand Lilian.

»Fahr' doch mit David«, meinte Irving eine Spur zu überschwenglich. »So 'n Anwalt verdient doch klotzig. Das Geld muß schließlich unter die Leute gebracht werden.«

»Keine Angst, dafür ist gesorgt«, antwortete Lilian und dachte an Elaine.

»Na, jedenfalls hoffe ich, daß wir uns bald wieder treffen«, sagte Susan Timmons verbindlich, und es klang beinahe ehrlich. »Wir sehen uns ja nachher im Studio, Irving.«

»Ich komm' in ein paar Minuten rüber«, rief er ihr nach.

Lilian nahm hastig einen Schluck. Ihr Kopf drehte sich ein bißchen. Sie war nicht an flüssige Nahrung gewöhnt. Als ihr einfiel, was es noch alles zu tun gab, fragte sie sich besorgt, wie sie wohl alles durchstehen sollte mit nichts als Tomatensaft und Wodka im Magen.

»Fühlst du dich nicht wohl?« fragte Irving.

»Du versuchst mir klarzumachen, daß du mich nicht zurückhaben willst«, sagte sie ohne Umschweife.

»Ganz im Gegenteil. Ich würde sogar wahnsinnig gern wieder mit dir zusammenarbeiten«, versicherte er aufrichtig. »Aber im Moment ist einfach nichts frei.«

»Und wie wär's mit freier Mitarbeit?«

»Du weißt doch, was der Sender von freien Mitarbeitern hält«, sagte er. »Abgesehen von ganz ausgefallenen Sonderaufträgen setzen wir immer unsere eigenen Leute ein.«

Sie spürte, wie ihr die Tränen in die Augen stiegen, und sie senkte hastig den Kopf.

»Oh, bitte entschuldige, Lilian«, sagte er schnell. »Ich wußte nicht, daß es so 'n Schlag für dich sein würde.«

»Ist ja nicht deine Schuld«, erwiderte sie, als sie sich wieder gefaßt hatte. »Ich wollte eben mal sehn, ob was läuft.«

Er langte über den Tisch und griff nach ihrer Hand. »Ich bin froh, daß du zu mir gekommen bist. Und glaub' mir, ich möchte wieder mit dir arbeiten. Paß auf, ich mach' dir 'nen Vorschlag. Und halt' das bitte nicht für 'nen billigen Trost. Du weißt doch, wie schnell sich beim Fernsehen die Lage ändern kann.« Lilian nickte und dachte an die vielen fremden Gesichter an der Bar. »Na ja, also ich hoffe, du verstehst, was ich sagen will ...«

»Wenn sich was ändert, rufst du mich an«, antwortete sie.

»Genau, und zwar rufe ich dich als allererste an.«

Sie lächelte und leerte ihr Glas. »Das ist immerhin besser als nichts«, sagte sie.

»Und du würdest mir keinen Korb geben?« erkundigte er sich eindringlich.

Ihr Gesicht leuchtete auf. »Ganz bestimmt nicht.«

Als sie vor der Wohnungstür nach ihren Schlüsseln suchte, hörte sie drinnen das Telefon läuten. »Moment!« rief sie laut, ließ die Einkaufstüten fallen und steckte eilig den Schlüssel ins Schloß. »Komme schon!« Die Tür sprang auf, und sie rannte zum Apparat, doch als sie den Hörer abnahm, ertönte nur das Freizeichen.

»Warum müssen die Leute immer ausgerechnet dann auflegen, wenn ich dran gehe?« wunderte sie sich laut. Seufzend schleppte sie ihre Einkäufe in die Wohnung und schloß die Korridortür hinter sich.

Als erstes verstaute sie das Geschenk für David. Sie hatte ihm ein schwarz-blau schattiertes Seidenhemd mit bauschigen Ärmeln gekauft. Es war sündhaft teuer, doch als sie sich David darin vorstellte, fand sie, daß es ihm fabelhaft stehen müßte. Und da sie außerdem sicher war, er würde es hinreißend finden, hatte sie sich spontan zum Kauf entschlossen. Sie freute sich jetzt schon auf sein Gesicht beim Auspacken.

Sie schaute auf die Uhr. Es war fast halb sechs. Sie hatte für halb sieben zum Essen gebeten, und da es ein reines Familientreffen war, würden die Gäste alle pünktlich sein. Mit Ausnahme des Geburtstagskindes vielleicht.

Sie fühlte sich wie zerschlagen. Sie war den ganzen Nachmittag herumgehetzt, ohne Mittagessen, mit nichts als zwei Bloody Marys im Magen. Sie mußte sich unbedingt ein Weilchen entspannen, die Füße hochlegen und sich sammeln. Gerade hatte sie es sich im Arbeitszimmer bequem gemacht, da klingelte das Telefon.

Natürlich, dachte sie. Wenn sie einen nicht beim Heimkommen erwischen, dann passiert's garantiert, wenn man sich grade hingelegt hat!

»Hallo?«

»Ja, wenn das nicht die liebende Ehefrau ist?!«

Beim Klang von Elaines Stimme war Lilian mit einem Schlag wieder stocknüchtern.

»Kann ich was für Sie tun?« fragte sie brüsk. Die Erinnerung an Elaines makabren Anruf am frühen Morgen war nicht dazu angetan, sie freundlich gegenüber dieser Frau zu stimmen, mit der sie anscheinend den Rest ihres Lebens teilen mußte. Wenn Kinder im Spiel sind, gibt es keine Scheidung. Das wurde ihr allmählich klar.

»Ist mein Mann da?«

»Ihr *Ex*mann ist noch in der Kanzlei.«

»Da hab' ich schon angerufen. Man sagte mir, er sei für den Rest des Tages außer Haus.«

»Ach?« Lilian bemühte sich, ihre Überraschung zu verbergen. Ob David sich vielleicht früher hatte loseisen können und jetzt auf dem Heimweg war?

»Immer noch das alte Lied, was?« fragte Elaine, und Lilian konnte sich ihr selbstgefälliges Lächeln lebhaft vorstellen.

»Wenn er kommt, werde ich ihm ausrichten, daß Sie angerufen haben«, sagte Lilian schroff und legte auf, ohne eine Antwort abzuwarten. Jetzt würde Elaine hoffentlich das

Lächeln vergehen. Doch als ihr Blick auf den festlich gedeckten Tisch fiel, der nur noch auf das Geburtstagskind wartete, da begriff sie, daß sie selbst es war, für die es nichts zu lächeln gab. Elaine steht jetzt in ihrer frisch renovierten Luxusküche und grinst von einem Ohr zum anderen, dachte sie und fragte sich, wie Elaine es wohl anstellte, ihr immer wieder das Gefühl zu geben, sie sei keinen Pfifferling wert.

Sie nahm den Hörer ab und wählte, ohne zu überlegen, Davids Nummer.

»Weatherby & Ross«, meldete sich die klare Stimme der Empfangsdame.

»Ich möchte bitte David Plumley sprechen«, sagte Lilian und überlegte, ob die Frau wohl ihre Stimme erkennen würde. Sie haßte die Art Ehefrauen, die ihre Männer ständig im Büro belästigten.

»Mr. Plumley ist nicht mehr im Hause.«

Elaine hatte also die Wahrheit gesagt.

»Wie lange ist er schon weg?«

»Seit zwanzig Minuten.«

»Wissen Sie zufällig, ob er heimfahren wollte? Hier spricht Mrs. Plumley.«

»Er hat mir nicht Bescheid gesagt. Tut mir leid, Mrs. Plumley.«

»Ach, das macht doch nichts. Vielen Dank und auf Wiederhören.«

Lilian legte den Hörer auf und ging zurück ins Arbeitszimmer. Wenn er vor zwanzig Minuten das Büro verlassen hatte, dann müßte er schon zu Hause sein. Falls er sich gleich auf den Heimweg gemacht hatte. Wütend hob sie die Zeitung auf, die wirr auf dem Boden verstreut lag, ließ sich in den braunen Ledersessel fallen und versuchte, sich zu entspannen und ihre am Morgen versäumte, gemütliche Anzeigenlektüre nachzuholen. Und alles bloß wegen dieser Ziege Elaine, dachte sie, während sie nach der Seite mit den Geburts- und Todesanzeigen suchte. Natürlich würde David gleich nach Hause kommen. Während seiner Ehe mit Elaine hatte er keine Lust gehabt heimzugehen, eben *weil* er mit Elaine verheiratet war. Mit Lilian Listerwoll-Plumley war das etwas ganz anderes. »Lilian Listerwoll oder Lilian Plumley?« hatte Irving sie gefragt. Warum konnte sie nicht beides sein?

Sie überflog die lange Spalte mit den Geburtsanzeigen. *Hurra, es ist ein Junge!* sprang ihr eine fettgedruckte Zeile in die Augen. Und gleich darunter stand: *Hurra, es ist ein Mädchen!* Keine einzige originelle Formulierung. Ihr Blick wanderte weiter zu den Todesanzeigen. Nur ein einziges Mal, dachte sie, möchte ich die Zeitung aufschlagen und lesen: *Hurra, es ist eine Leiche!*

Wieder klingelte das Telefon. Sie ließ die Zeitung fallen und rannte an den Apparat. Eigentlich sollte ich gar nicht abnehmen, dachte sie, es ist wahrscheinlich bloß wieder Elaine.

»Hallo«, sagte Lilian.

Die Stimme am anderen Ende schien gefaßt, doch Lilian glaubte, unterdrückte Besorgnis herauszuhören. »Lilli? Stör' ich dich?«

Lilian war sicher, daß sie die Frauenstimme kannte, doch im Augenblick konnte sie ihr kein Gesicht zuordnen. »Wer spricht da, bitte?« Sie kam sich schrecklich plump vor.

»Hier ist Beth Weatherby«, antwortete die Stimme rasch.

»Entschuldige, ich hätte mich natürlich mit Namen ...«

»Aber nein, es ist meine Schuld. Wie konnte mir das nur passieren, ich kenn' doch deine Stimme.« Warum überbieten wir uns bloß gegenseitig mit Entschuldigungen? »Ist alles in Ordnung bei euch? Deine Stimme ist so anders ...«

»Nein, nein, mir geht's gut«, versicherte Beth. Jetzt kam ihre Stimme Lilian wieder ganz vertraut vor. »Ich hab' vor 'ner Weile schon mal angerufen. Wahrscheinlich warst du nicht zu Hause ...«

»Ach du warst das. Ich kam grade zur Tür rein, als ...«

»Ich wollte dich fragen, ob wir uns vielleicht irgendwo auf
'nen Kaffee treffen könnten . . .«
»Aber gern. Und wann?«
Es entstand eine winzige Pause. »Nun, ich dachte, jetzt
gleich.«
»Jetzt?« Lilians Blick wanderte automatisch zur Uhr. Es war
gleich sechs. In einer halben Stunde würden die Gäste eintreffen.
»Ich weiß, daß es jetzt kurz vorm Abendessen wahrscheinlich schlecht geht, aber . . .«
»O Beth, es tut mir schrecklich leid, aber ich schaff's ehrlich nicht. Ich hab 'nen Haufen Gäste. Neun Personen.
Praktisch die ganze Familie. Heute ist nämlich Davids Geburtstag, weißt du . . .«
»Aber natürlich, ich verstehe. Du, vergiß es einfach. Ich
hab' sowieso nicht fest damit gerechnet, daß du's so kurz-
fristig einrichten könntest . . .«
»Beth, sei ehrlich, stimmt irgendwas nicht?«
Die Stimme gewann an Festigkeit. Sie klang jetzt ganz wie
die Beth Weatherby, an die Lilian gewöhnt war. »Aber nein,
was sollte denn sein? Entschuldige, ich wollte dich wirklich nicht beunruhigen. Wirklich, du . . . Es ist bloß, weil Al
vorhin anrief und sagte, er käme später nach Hause. Na,
und da dachte ich, falls David auch länger arbeitet, könnten wir uns auf einen Kaffee treffen und ein bißchen rat-
schen. So richtig altmodisch von Frau zu Frau. Weil ich
doch diesen Mittwoch schon wieder die Gymnastik verpaßt habe. Ich würd' einfach gern mit dir reden, aber das
können wir doch jederzeit nachholen.«
»Du, ich hätt' auch unheimliche Lust auf 'nen Schwatz.
Wie wär's nächsten Mittwoch nach dem Kurs? Wir könnten doch mal richtig ausgehen, erst zum Essen und dann
ins Kino oder so . . .«
»Schrecklich gern.«
»Also abgemacht.«
»Dann bis nächsten Mittwoch bei Rita Carrington. Punkt
vier.«

»Fein. Ich freu' mich.«

»Wiederhören, Lilli.«

»Mach's gut, Beth.«

Lilian legte auf, kritzelte hastig Beth Weatherbys Namen für den kommenden Mittwoch in ihren Kalender und lief ins Schlafzimmer, um sich umzuziehen.

12

Lilian hatte gerade das Hauptgericht abgetragen und überlegte fieberhaft, was nun aus dem Kuchen werden sollte, als David heimkam. Sie blickte unwillkürlich auf ihre Armbanduhr.

»Zehn nach acht«, flüsterte ihr Vater vernehmlich vom Sofa aus.

»'n Abend alle miteinander«, grüßte David unbeschwert. Die Gäste beeilten sich, ihre Glückwünsche anzubringen. Lilian saß steif und förmlich auf einem der Eßzimmerstühle. David ging auf sie zu, beugte sich über sie und küßte sie auf den Mund. »Tut mir leid, daß ich so spät komme, Spätzchen. Aber ein paar Kollegen haben mich überredet, mit ihnen auf meinen Geburtstag anzustoßen.«

»Ich hab' so gegen halb sechs im Büro angerufen«, platzte Lilian heraus und wünschte im selben Moment, sie hätte nicht davon angefangen. Aber jetzt war es zu spät. »Das war aber 'n ausgiebiger Umtrunk. Hat ja fast zweieinhalb Stunden gedauert.«

»Na ja, wir haben schon 'n paar gehoben«, scherzte er. ›Ein paar zuviel‹, dachte Lilian bei sich. Sie war wütend, doch sie bemühte sich krampfhaft, ihren Ärger vor den anderen zu verbergen. Wie konnte er es wagen, das schöne Essen zu ruinieren. Als sie es aufgegeben hatte, auf ihn zu warten, da war schon alles verbrutzelt. Wie konnte er nur so rücksichtslos sein, sie vor ihrer Familie zu blamieren und vor seiner Mutter (die sowieso der Überzeugung war, daß sich durch seine Scheidung von Elaine nichts geändert hätte). Sie saß zwischen Lilians Eltern auf dem Sofa. Ihr Blick riet Lilian, jetzt nicht weiterzubohren. Wahrscheinlich hatte sie Elaine früher denselben Rat gegeben. Lilian schäumte vor Wut. Ich bin nicht wie sie, antwortete sie ihrer Schwiegermutter mit den Augen. Unsere Ehe ist ganz anders. Völlig anders. Mich behandelt er ganz und gar nicht so wie Elaine.

Plötzlich war es ihr, als flüstere Elaines spöttische Stimme ihr ins Ohr: »Wenn er mich so behandeln würde wie Sie...« Lilian warf energisch den Kopf zurück, um die andere zum Schweigen zu bringen. Dich hab' ich nicht eingeladen, sagte sie im stillen, vertrieb Elaine samt ihren Quengeleien aus ihren Gedanken und richtete ihre Aufmerksamkeit auf David.

»Möchtest du jetzt essen?« fragte sie.

»Nein«, antwortete er. »Ich hab' eigentlich keinen Hunger. Ich hab' wahnsinnig viel zu Mittag gegessen. Bring mir bloß 'n Stück Kuchen und 'ne Tasse Kaffee.« Er blickte sich um. »Wenn ihr mich alle für 'n paar Minuten entschuldigen wollt, dann zieh' ich mir schnell was Bequemeres an.«

»Nur zu«, erwiderte Lilian zynisch. »Wir haben ja inzwischen reichlich Übung drin, auf dich zu warten.«

Bestürzt sah David sie an. Doch dann setzte er sein jungenhaftes Lächeln auf, gab seiner Tochter einen Kuß, fuhr seinem Sohn durchs Haar und verschwand im Schlafzimmer.

Einen Augenblick lang saß Lilian regungslos da. Dann stand sie abrupt auf. Sie spürte, daß ihr vor Zorn gleich die Tränen kommen würden, und das machte sie nur noch wütender. Sie wollte nicht weinen. Sie wollte schreien und brüllen und um sich schlagen. »Entschuldigt mich 'ne Minute«, sagte sie.

»Au weia, jetzt k-knallt's«, hörte sie Jason flüstern, als sie hinausging.

Als Lilian ins Schlafzimmer kam, zog David sich grade die Jacke aus. Er stand mit dem Rücken zu ihr, als sie losplatzte. »Ich versteh' dich einfach nicht.« Sie sah, wie seine Schultern sich verkrampften. »Du wußtest doch, daß ich heute abend für dich ein Fest geben wollte. Du wußtest, daß ich die ganze Familie eingeladen hab' und daß ich was Besonderes kochen wollte und mich total übernommen hab', bloß um alles so schön wie möglich zu machen. Ich hab' dich sogar extra gebeten, nicht zu spät zu kommen. Und was machst du? Tanzt um acht Uhr an, während alle anderen seit halb sieben hier rumsitzen, und hast auch noch den Nerv, ganz harmlos zu erzählen, daß du mit deinen Kollegen einen gehoben hast. Hattest nicht mal eine von deinen blöden Konferenzen oder irgendwas Wichtiges, womit du dich hättest rechtfertigen können. Irgendwas, wofür du nichts konntest. Nein, du bist einfach einen trinken gegangen!«

»Bist du jetzt fertig?« fragte er mit schneidender Stimme.

»Noch lange nicht. Wieso hast du dich mittags vollgestopft, wo du doch wußtest, daß ich mich abgerackert hab', um 'n tolles Abendessen zu zaubern?! Kannst du denn nicht Rücksicht auf mich nehmen?« Schluchzend sank sie aufs Bett.

David schloß die Tür. »Wenn's dir recht ist, ziehe ich es vor, daß diese Streiterei unter uns bleibt.«

»Hättest die Tür ruhig auflassen können«, schrie Lilian. »Die wissen doch sowieso alle, was hier drin vorgeht.«

David zog sein Hemd aus und warf es zu der Jacke aufs Bett. »Hör mal, Lilli, es tut mir ehrlich leid«, sagte er, während er ein Sporthemd aus dem Schrank nahm. »Aber ich konnte sie einfach nicht abwimmeln. Ein paar von den Jungs kamen in mein Büro, als ich grade gehen wollte, und beschwatzten mich so lange, bis ich weich wurde. Ich dachte, ich hätte massenhaft Zeit und würde auf jeden Fall pünktlich zu Hause sein, aber dann gab noch einer 'ne Runde aus und noch einer, und ich war einfach zu erschossen, um mich loszueisen. Ich hatte 'nen unheimlich anstrengenden Tag, die Rickerd, diese Ziege, macht mich noch wahnsinnig mit ihrer Scheidung. Na ja, und ich mußte einfach 'n bißchen Dampf ablassen. Es war dumm von mir. Ich hätte mehr an dich denken sollen, du hast völlig recht. Aber es ist nun mal passiert und nicht mehr zu ändern. Warum müssen wir uns denn jetzt noch deswegen streiten? Schau, ich hab' doch nur einmal im Jahr Geburtstag.« Er versuchte zu lächeln.

»Wieso hab' ich plötzlich das Gefühl, ich sollte mich entschuldigen?« fragte Lilian schmollend unter Tränen. »Aber du hast mir immer noch nicht erklärt, warum du ausgerechnet heute so 'n Riesenmittagessen hattest.«

»Ich war einfach hungrig«, antwortete er ratlos. »Mensch, ich hatte 'nen wahnsinnigen Kohldampf!« David senkte seufzend den Kopf. »Lilli, kommst du bitte mal her, Spätzchen?« Er wartete einen Augenblick, dann hob er den Kopf und sah sie an. Sie erhob sich vom Bett. Aus dem Nebenzimmer drang undeutliches Stimmengemurmel. Wahrscheinlich machten die anderen sich Sorgen, weil sie so lange fortblieben.

»Komm doch mal her zu mir«, bat er.

»David ...«

»Na komm schon.«

Widerwillig ging sie ihm entgegen. Er schloß sie fest in die Arme.

»O Lilli, ich liebe dich so sehr«, sagte er und küßte sie sanft aufs Haar. »Bitte entschuldige, daß ich so spät komme. Es tut mir wirklich leid. Ich wollte ja pünktlich sein, aber ich kam einfach nicht weg. Bitte versteh doch. Sei mir nicht böse. Ich liebe dich.«

»Deine Tochter hat keinen Bissen angerührt«, sagte sie. Es hatte keinen Sinn, noch länger eingeschnappt zu sein. Sie würde nichts damit erreichen, sondern bloß allen anderen die Laune verderben und auch noch den Rest des Abends versauen. Sie hatte sich durchgesetzt, David hatte sich entschuldigt. Das reichte.

»Elaine hat sie wahrscheinlich mit Milch und Plätzchen vollgestopft, bevor sie herkam.«

»Du, dabei fällt mir ein: sie hat angerufen.«

»Ich will gar nicht wissen, was sie gesagt hat.«

Lilian lächelte. »Deine Schwester und ihr Mann fanden das Stroganow recht ordentlich. Weißt du, sie hatten kürzlich bei Freunden ein wirklich köstliches Stroganow gegessen.«

»Klingt wie 'n richtiger Familienabend. Du, komm her.«

»Aber ich bin doch da.«

»Nein«, flüsterte er und deutete auf seine Lippen. »Hier.«

Er küßte sie zärtlich.

»Ziehst du dir auch 'ne andere Hose an?« fragte sie, löste sich aus seinen Armen und setzte sich wieder aufs Bett.

»Hmhm«, antwortete er. »Wenn ich dir in Jeans keine Schande mache?«

»Aber nein.« Sie hob gleichgültig die Schultern und nahm die Jacke vom Bett, um sie in den Schrank zu hängen. »Was ist denn das?« fragte sie. Ein weißer Umschlag lag auf der Bettdecke.

»'ne Geburtstagskarte«, antwortete David und schlüpfte in seine Jeans. »Hab' ich von den Jungs im Büro gekriegt.«

»Die, mit denen du aus warst?«

»Genau.« Er lächelte.

Sie öffnete das Kuvert. Unter dem vorgedruckten Glückwunsch standen sechs Namen. Der letzte sprang ihr sofort ins Auge. Sie starrte so gebannt auf die schwungvolle Unterschrift, daß sie die übrigen gar nicht wahrnahm. *Nicki* hatte die andere gefühlvoll mit schwarzer Tinte geschrieben.

»Wieso hast du mir nicht erzählt, daß Nicole Clark auch dabei war?« fragte sie und spürte, wie der Ärger wieder in ihr hochstieg.

David antwortete nicht gleich. »Es schien mir nicht besonders wichtig«, sagte er endlich. »Ich hab' dir schließlich
auch nicht erzählt, wie die anderen hießen, mit denen ich
zusammen war.«
»Du hast aber gesagt: ›ein paar von den Jungs‹.«
David breitete in gespielter Verzweiflung die Arme aus.
»Aber verstehst du denn nicht, für mich gehört sie eben zu
den Jungs. Ich bitte dich, Lilli, machen wir doch keine
Staatsaffäre draus. Schließlich war ich ja nicht mit ihr allein.« Lilian schüttelte enttäuscht den Kopf. »Du glaubst
doch hoffentlich nicht immer noch diesen Blödsinn, ich
meine, daß sie mich heiraten will?« Es klang wie eine Feststellung. »Nun komm schon, Lilli, Eifersucht steht dir
nicht.«
»Ich bin nicht eifersüchtig«, wehrte sich Lilian. »Ich bin
einfach sauer! Darf ich nicht mal sauer sein?«
»Alles war wieder gut, bis ich Nicki erwähnte.«
»Du hast sie eben nicht erwähnt! Genau deswegen bin ich
ja so stocksauer!«
David schaute sie an. Lilian kannte diesen Blick nur zu gut.
Er gehörte zu seiner Rolle des geduldigen, verständnisvollen Vaters. »Findest du das Theater nicht ein bißchen lä-
cherlich?« fragte er. »Sieh mal, jetzt bin ich ja zu Hause.
Und das wolltest du doch, oder?« Er lächelte schüchtern.
»Du, sei lieb, ich werd' schließlich nicht jünger.«
Und wieder ließ sie sich überreden und schmiegte sich in
seine Arme.

Der Abend endete so katastrophal, wie er begonnen hatte.
Es fing damit an, daß Lilians Kuchen in der Mitte nicht
richtig durch war und jeder sich bemüßigt fühlte, darauf
hinzuweisen. Dann geriet Davids Schwester Renée in eine
hitzige Debatte mit ihrer Mutter, die damit endete, daß Renée und ihr Mann sich verabschiedeten, noch ehe die Ge-
schenke ausgepackt waren. David fand so ungefähr alles,
was er bekommen hatte, scheußlich (»Was ist bloß in dich

gefahren, Lilli?« hatte er sie gefragt und das Seidenhemd wieder in die Schachtel gestopft, ohne einen zweiten Blick darauf zu verschwenden). Und die Krönung des Abends war ein Anruf von Elaine, die fragte, ob Jason und Laurie nicht über Nacht bleiben und auch das Wochenende bei ihrem Vater verbringen könnten.

Um zehn waren Lilians Eltern gegangen, und um halb elf hatte David seine Mutter heimgefahren. Jason belegte sofort Telefon und Fernseher mit Beschlag. Laurie half Lilian, das Wohnzimmer aufzuräumen und das Geschirr in die Spülmaschine zu stecken.

Lilian beobachtete das junge Mädchen und sah, wie spitz ihre Schulterblätter sich unter der Bluse abzeichneten. »Du hast kaum was gegessen«, sagte sie.

»Der Kuchen war nicht durch«, gab Laurie zurück.

Lilian seufzte. »Ich weiß. Aber du hast auch sonst nicht viel gegessen.«

»O doch.«

»Nein. Ich hab' drauf geachtet. Du hast den ganzen Abend bloß im Essen rumgestochert.«

Laurie hob wortlos die Schultern. Lilian gab nicht auf.

»Laurie, stimmt irgendwas nicht?«

»Wie meinst du das?«

»Ich möchte wissen, wie du dich fühlst. Ob du glücklich bist.«

»Also was willst du nun wissen?« fragte das Mädchen zurück. Sie zwängte den letzten Teller in die Spülmaschine und richtete sich auf.

»Na ja, klären wir am besten eins nach dem anderen«, erwiderte Lilian. »Fühlst du dich ganz gesund?«

»Klar.«

»Keine Schmerzen, keine Beschwerden?«

Wieder antwortete Laurie nur mit einem gleichmütigen Schulterzucken. Aber sie ist rot geworden, dachte Lilian.

»Ist was mit deiner Periode?« fragte sie leise.

Stumm wich Laurie ihrem Blick aus.

Lilian spürte instinktiv, daß sie ins Schwarze getroffen hatte. Behutsam tastete sie sich weiter vor: »Ich weiß noch genau, wie's bei mir am Anfang war.« Sie merkte, wie das Mädchen neben ihr sich verkrampfte, genau wie David, wenn man ihm etwas erzählte, wovon er nichts wissen wollte. »Ich kriegte scheußliche Bauchschmerzen. Manchmal mußte ich den ganzen Tag im Bett bleiben. Ich wollte mich nicht unterkriegen lassen, aber manchmal bleibt einem einfach nichts anderes übrig, als seine Schwäche zuzugeben. Meine Mutter versuchte mich zu trösten und versicherte immer wieder, es würde mit der Zeit besser werden. Und sie hat recht behalten.«

»Meine Mutter sagt, es ist der Fluch der Frauen«, murmelte Laurie und kehrte Lilian den Rücken zu.

»O nein, das stimmt nicht!« Lilian war ganz aufgeregt. »Glaub mir, Laurie, was da mit deinem Körper geschieht, ist etwas Wunderbares. Es ist das Zeichen dafür, daß du erwachsen und eine Frau wirst!«

Brüsk wandte Laurie sich zu ihr um. Mit ihren zweifelnden Augen wirkte sie auf einmal viel älter, als sie war. »Was soll daran so wunderbar sein?«

Lilian wußte nicht recht, was sie darauf antworten sollte. »Ja, weißt du, Laurie, jeder muß sein Leben selbst in die Hand nehmen und versuchen, das Beste draus zu machen«, sagte sie schließlich.

»Na, mir geht's jedenfalls gut«, gab Laurie trotzig zurück. »Ich hab' keine Beschwerden, mir tut nichts weh, und meine Tage gehn dich nichts an.«

Lilian empfand diese scharfe Zurückweisung wie einen körperlichen Schmerz. »Wie geht's bei euch zu Hause?« fragte sie leise.

»Meine Mutter läßt jetzt wirklich 'n Schwimmbecken einbauen. Nächstes Wochenende wird's fertig.«

»Rechtzeitig zum Herbstanfang.« Lilian bemühte sich um einen scherzenden Ton. »Geht sie noch mit Ron Santini?«

»Ja.«

Lilian schüttelte verwundert den Kopf. Es *mußte* einfach ein anderer Santini sein.

»Magst du ihn?«

»Er is' ganz in Ordnung.«

»Ist er nett zu dir?«

Laurie schaute sie verwirrt an. »Er is' in Ordnung«, wiederholte sie.

»Hat deine Mutter ihn sehr gern?«

Diesmal kam Lauries Antwort wie aus der Pistole geschossen. »Sie wird ihn nicht heiraten, falls du das meinst.«

»Ich will doch nur rauskriegen, wo der Grund für deine Schwierigkeiten liegt«, gab Lilian heftig zurück.

»Ich hab' keine Schwierigkeiten.«

»Warum ißt du dann nicht?!«

»Ich eß ja! Warum kannst du mich nicht in Ruhe lassen?!«

Sie rannte aus der Küche und warf sich im Wohnzimmer aufs Sofa. Als Lilian ihr nachging, sah sie, daß Laurie verbissen mit den Tränen kämpfte. Lilian setzte sich neben sie.

»Du brauchst doch nicht zu weinen, Schatz.« Sie berührte den Arm des Mädchens. »Ich möchte doch bloß, daß wir uns näherkommen. Ich möchte dich in den Arm nehmen und ...«

»Du umarmst doch meinen Vater. Reicht dir das nicht?«

Lilian zog ihre Hand zurück. »Ach so!« stieß sie hervor und holte tief Luft. »Also darum dreht sich's. Bist du mir immer noch böse, weil ich deinen Vater geheiratet habe?«

»Ich mag nicht darüber reden.«

»Aber irgendwann müssen wir darüber sprechen.«

»Und wieso?«

»Weil ich möchte, daß wir Freunde werden«, erwiderte Lilian.

»Ich hab' genug Freunde«, gab das Mädchen zurück. »Ich brauch' keine neuen.«

»Hast du vielleicht 'n paar Feinde nötig?« fragte Lilian unumwunden. Laurie wandte sich ab. »Sieh mal, Laurie, ich will's dir ja nicht schwermachen, aber du mußt doch auch die Tatsachen akzeptieren. Und es ist nun mal 'ne Tatsache, daß ich mit deinem Vater verheiratet bin. Und ich werd' dafür sorgen, daß das auch so bleibt.« Sie stockte, als ihr bewußt wurde, wie häufig sie in letzter Zeit verbal ihr Recht an David verteidigt hatte. Energisch zwang sie sich, ihre Gedanken wieder auf das Mädchen zu konzentrieren. »Ich wollte dir nur klarmachen, daß du dich an den Gedanken gewöhnen mußt, daß dein Vater und ich miteinander verheiratet sind. Daran wird sich nämlich nichts ändern. Ich liebe deinen Vater, und ob du's glaubst oder nicht, er liebt mich auch. Aber das braucht doch euer Verhältnis nicht zu stören. Er liebt dich, das weißt du doch.«

Laurie konnte die Tränen nicht länger zurückhalten. »Ich seh' ihn nie«, schluchzte sie.

»Du, ich auch nicht«, antwortete Lilian und rückte wieder näher an Laurie heran. »Er hat im Moment wahnsinnig viel zu tun«, fuhr sie fort. »Schau, du hast's doch vorhin selbst erlebt, daß er sogar zu seiner eigenen Geburtstagsparty zu spät kam.« Impulsiv ergriff sie die Hand des Mädchens. »Daß man mit so was fertig wird, auch das gehört zu dem, worüber wir vorhin in der Küche gesprochen haben, zum Erwachsenwerden, weißt du. Du mußt lernen, daß man bestimmte Dinge im Leben einfach akzeptieren muß und daß man sich's nur unnötig schwermacht, wenn man dagegen anrennt. Dadurch, daß du dich zu Tode hungerst, erreichst du gar nichts!«

Laurie riß ihre Hand so heftig zurück, daß Lilian fürchtete, das Mädchen würde sie schlagen. Doch Laurie sprang auf und lief unruhig im Zimmer hin und her. »Wieso hältst du nicht endlich den Mund und läßt mich zufrieden?« schrie sie mit schriller Stimme, die jeden Moment umzukippen drohte. »Warum hast du uns alle nicht in Ruhe gelassen? Du hast dich einfach reingedrängt und alles kaputtgemacht. Du hast mir meinen Vater weggenommen. Du hast

169

meine Mutter unglücklich gemacht. Sie weint nur noch, du kannst dir ja gar nicht vorstellen, wie sie weint ... und alles wegen dir. Dauernd fängt sie irgendwas Neues an, weil sie versucht, meinen Vater zu vergessen. Sie ist so drauf versessen, daß sie kaum noch Zeit für mich hat. Keiner hat Zeit für mich!« Ihr zarter Körper wurde von Schluchzen geschüttelt.

Lilian blieb sitzen, doch sie streckte dem Mädchen die Arme entgegen. »Ich hab' Zeit«, sagte sie. »Komm, Laurie, ich hab' so viel Zeit ...«

Das Mädchen taumelte auf sie zu.

»Macht doch nich' so'n Krach da drin«, brüllte Jason aus dem Arbeitszimmer. »Ich kann's Fernsehen nicht verstehen.«

Beim Klang seiner Stimme schreckte Laurie zurück. Schlagartig verschanzte sie sich wieder hinter ihrer brüsken Fassade. Ihr Rücken straffte sich, sie hob die Arme und wischte sich die Tränen ab. Jetzt müssen wir wieder ganz von vorne anfangen, dachte Lilian. »Und du hör auf zu telefonieren!« rief sie ärgerlich zu Jason hinüber. Als sie sich Laurie wieder zuwandte, da entdeckte sie plötzlich Elaines Züge im Gesicht des jungen Mädchens. Komisch, dachte sie, ich hätte nie geglaubt, daß Elaine weint. Sie ist also tatsächlich ein menschliches Wesen und nicht bloß 'ne Rechenmaschine. Der Gedanke beunruhigte sie.

»Hast du Angst, es wär' unfair deiner Mutter gegenüber, dich mit mir anzufreunden?«

»Ich hab's dir doch schon mal gesagt«, gab Laurie zur Antwort. »Ich hab' genug Freunde.«

Lilian stand auf und ging hinaus. In der Tür hielt sie plötzlich inne. »Ich denke, es wird Zeit, daß ich meinen eigenen Rat befolge«, sagte sie mit dem Rücken zu Laurie. »Ich sollte die Dinge nehmen, wie sie sind, und 's mir nicht unnötig schwermachen.« Sie drehte sich um und suchte den Blick des Mädchens. »Ich werd' dich nicht mehr belästigen, Laurie. Ich werd' dir keine persönlichen Fragen mehr stellen und mich nicht mehr drum kümmern, ob du ißt oder nicht. Aber du sollst wissen, daß du zu mir kommen kannst, wenn du dich aussprechen möchtest oder wenn du deine Meinung ändern und feststellen solltest, daß du doch noch 'ne Freundin brauchen kannst. Ich bin da. Aber den nächsten Schritt mußt du tun.« Sie zögerte. »Ich geh' jetzt schlafen. Ich bin hundemüde. Es war ein gräßlicher Tag für mich. Du kannst mit Jason ausmachen, wer auf dem Sofa schläft und wer die Liege drüben kriegt. Ich leg' euch Bettzeug raus.« An der Schlafzimmertür drehte sie sich noch einmal um. »Sag Jason, er soll endlich mit der verdammten Telefoniererei aufhören.« Als die Tür hinter Lilian ins Schloß fiel, brach sie in Tränen aus.

Es war kurz nach halb zwölf, als sie hörte, wie David die Wohnungstür aufschloß. Er schlich sich auf Zehenspitzen ins Zimmer und begann, sich im Dunkeln auszuziehen.
»Laß nur, ich bin wach«, sagte Lilian.
»Hast du mich erschreckt!« Seine Stimme klang seltsam unnatürlich.
»Entschuldige. Ich hab's doch bloß gut gemeint. Schließlich brauchst du nicht rumzuschleichen, wenn ich sowieso nicht schlafe. Wenn du willst, kannst du ruhig Licht machen.«
»Nein, nicht nötig«, sagte er und setzte sich auf die Bettkante.
»Wo warst du denn so lange?«
»Meine Mutter wohnt schließlich nicht um die Ecke.« Er legte sich neben sie. »Außerdem wollte sie unbedingt mit mir reden.« Er zog sie an sich.
»Worüber?«
»Worüber«, wiederholte er lachend. »Über ihren Sohn natürlich. Und darüber, daß der mehr Rücksicht auf seine Frau nehmen müßte. Mensch, ihr Frauen haltet vielleicht zusammen!«
Ihre Hände streichelten zärtlich seinen Körper. »Hast du

Lust?« fragte sie, ehe sie spürte, wie er sich aus ihrer Umarmung wand.

»Die Kinder ...«

»Schlafen sie denn nicht?«

»Ich glaub' schon.«

»Na also?«

»Du, mir wär's einfach peinlich, wenn wir hier drin bumsen, und die Kinder sind nebenan ...«

»Aber das ist doch lächerlich!«

»Mag schon sein, aber mir wär's trotzdem unangenehm. Versteh doch, Lilli, ich bin müde. Ich hatte einen anstrengenden Tag im Büro, dann hast du mich zu Hause in die Mangel genommen ...«

»Aber noch nicht genug«, versuchte sie zu scherzen und schmiegte sich an ihn.

Doch David rückte brüsk von ihr ab. »Sehr komisch«, brummte er. »Sei so gut und laß uns endlich schlafen, ja?«

Lilian fühlte sich furchtbar niedergeschlagen und sagte vorwurfsvoll: »Und wie's *mir* heute ging, das interessiert dich wohl überhaupt nicht, was?«

»Um die Wahrheit zu sagen, nein. Es tut mir leid, Lilli, ich bin einfach zu müde.« Doch nach einer Weile setzte er sich auf und schlug wütend mit der Faust gegen sein Kissen. »Na schön, verflucht noch mal. Fang schon an. Erzähl mir, was du heute gemacht hast.«

»Ist schon gut.«

»Nein, o nein, du wirst mich hier nicht zum Buhmann stempeln. Ich bestehe drauf, daß du mir alles ganz genau erzählst.«

Lilian drehte sich auf die andere Seite. »Ich hab' Irving zum Mittagessen getroffen. Er kann mich zur Zeit nicht beim Sender unterbringen.«

»Aber du hattest dir doch auch keine übertriebenen Hoffnungen gemacht«, sagte er hämisch.

»Deswegen brauchst du dich noch lange nicht drüber zu freuen«, parierte sie.

»Entschuldige, es war nicht so gemeint. Na und … was ist sonst noch passiert?« fragte er gereizt.

»Ich hatte 'ne Auseinandersetzung mit Laurie.«

»Und weswegen?«

»Weil sie nichts ißt, und weil ich mit ihrem Vater verheiratet bin, und weil sie mich haßt wie die Pest.«

»O Lilli«, sagte er erschöpft, »laß doch das Kind in Ruhe. Sie ist eben in der Entwicklung, das ist alles. Vor 'n paar Jahren war sie 'n richtiges Pummelchen. Ich weiß noch genau, wie ich ihr mal 'n Klaps auf den Hintern gegeben und sie in Rage gebracht hab', weil ich sagte, für meinen Geschmack sei er 'n bißchen zu gut gepolstert.«

Lilian fühlte sich sofort verunsichert. »Mein Gott, was hältst du bloß von mir?« wollte sie wissen.

»Ich halte dich für 'ne Frau und sie für 'n kleines Mädchen. Und ich sag' dir noch was: Ich liebe dich sehr, aber wenn du mich nicht endlich schlafen läßt, dreh' ich dir den Hals um.«

Lilian versuchte, sich zu entspannen. »Danke für die Warnung. Hab' schon verstanden«, murmelte sie und schloß die Augen. Plötzlich sehnte sie sich nach Schlaf und Vergessen. Morgen sieht bestimmt alles anders aus, dachte sie.

Das Telefon klingelte.

»Und was jetzt?« fragte sie, lehnte sich über ihren Mann und griff nach dem Hörer. »Wenn das Elaine sein sollte, dann ist sie entschieden zu weit gegangen, und ich werd' ihr endlich mal ordentlich die Meinung sagen. Hallo?«

Sie erkannte die dunkle, heisere Stimme sofort. »Könnte ich bitte David sprechen?«

»Es ist fast Mitternacht«, sagte Lilian wütend. Das war zuviel. Die Frau war schuld daran, daß er zu spät zum Essen gekommen war, und jetzt drang sie auch noch in ihr Schlafzimmer ein! Es war einfach zuviel.

»Ich weiß sehr wohl, wie spät es ist. Darf ich jetzt bitte David sprechen?«

173

»Wer ist dran?« fragte David.

Sie reichte ihm wortlos den Hörer.

»Wer ist denn dran?« fragte er noch einmal.

Was zum Teufel kann sie wollen? Und noch dazu mitten in der Nacht?

»Hallo?« meldete sich David. »Wer ist da? Nicki! Was ist denn los?« Dann lauschte er eine Weile stumm. Lilian sah, wie sich auf seinem Gesicht erst Verwirrung, dann Betroffenheit abzeichnete, bis seine Miene schließlich blankes Entsetzen widerspiegelte. »O Gott! Wann ist das passiert? Warum hat man mich nicht früher verständigt?« Wieder hörte er angestrengt zu. Schließlich wandte er sich ärgerlich an Lilian: »Wer zum Kuckuck hat hier Dauergespräche geführt?«

Lilian starrte ihren Mann an. Der Ton seiner Stimme flößte ihr Angst ein. »Jason«, stammelte sie. »Jason hat ziemlich lange telefoniert ...«

Er hörte gar nicht mehr hin, sondern war schon wieder völlig auf die Stimme am anderen Ende konzentriert. »Ich kann's einfach nicht glauben. Tot?«

»Wer ist tot?« fragte Lilian.

»Wo hat man sie hingebracht?«

»Wen?«

»Wie? In Ordnung. Was? Ja, ich komme morgen früh. Bitte? Aber seien Sie doch nicht albern. Sie brauchen sich wirklich nicht zu entschuldigen. Natürlich war es richtig, daß Sie mich angerufen haben. Also dann bis morgen.« Er ließ den Hörer aufs Bett fallen. Lilian legte ihn auf die Gabel zurück.

»Wer ist tot?« wiederholte sie ihre Frage.

Davids Stimme klang fremd. »Al Weatherby«, sagte er leise.

»Al ist tot? Das darf doch nicht wahr sein! Wie ist denn das passiert?«

»Er ist ermordet worden.«

»Was?!«

»Beth ist im Krankenhaus. Der Kerl, der Al umgebracht hat, scheint sie ziemlich zugerichtet zu haben.«

»Beth! Aber das ist unmöglich, ich hab' doch erst heut' abend mit ihr gesprochen! O Gott, das kann doch nicht wahr sein!« Sie sprang aus dem Bett und lief im Zimmer auf und ab. »Was kann man denn nur tun? Sollen wir ins Krankenhaus fahren?«

»Die Polizei hat für heute nacht jegliche Besuche verboten.« Er zögerte. »Nicki sagt, es ist so gegen zehn passiert. Don Eliot hat sie angerufen. Anscheinend hat die halbe Kanzlei versucht, bei uns durchzukommen, aber es war ständig besetzt. Nicki ist aufgeblieben und hat es weiter versucht.« Er schüttelte den Kopf. »Es ist einfach unvorstellbar.«

»Hat man ihre Kinder benachrichtigt?«

»Das ist Sache der Polizei. Die haben sich bestimmt schon drum gekümmert.«

Lilian sank aufs Bett zurück. »Hat sie ... hat Nicole gesagt, wie's passiert ist? Weiß man schon, wer's war?«

»Keine Ahnung. Wir wissen bloß, daß Al Weatherby tot ist und daß man Beth ins Krankenhaus gebracht hat.«

Al Weatherby ist tot, wiederholte Lilian in Gedanken. Und Beth liegt im Krankenhaus.

13

In der Eingangshalle der Klinik wimmelte es von Polizisten.

Lilian und David drängten sich im siebten Stock aus dem überfüllten Aufzug. Eine Schwester zeigte ihnen den Weg zum Wartezimmer. Lilian spürte, daß David sie am Ellbogen führte. Sie mußte beinahe rennen, um mit ihm Schritt zu halten.

Als sie das Wartezimmer betraten, hatte Lilian einen Moment lang den Eindruck, sie habe sich in einen der Aufenthaltsräume bei Weatherby & Ross verirrt. Die halbe Kanzlei war anwesend. Mit den meisten von ihnen hatte David gestern nacht gleich nach Nicoles Anruf noch telefoniert. Die Leute gingen David entgegen und begrüßten ihn so überschwenglich, als erwarteten sie, daß er endlich Licht in das Dunkel der Tragödie bringen würde. Vielleicht machen sie das mit jedem so, der neu dazukommt, dachte Lilian. Fast alle Frauen und auch ein paar Männer weinten. David und seine Kollegen umarmten einander. Da trat ein Polizist auf ihn zu, der seine Personalien aufnahm und ihn fragte, in welcher Beziehung er zu dem Verstorbenen und seiner Frau stände.

Lilian merkte erst jetzt, wie viele Polizisten sich in dem relativ kleinen Raum drängten. Sie zählte sechs Uniformierte und mindestens ebenso viele Beamte in Zivil. Alle redeten durcheinander, jeder wollte erfahren, was wirklich geschehen war. Einige Exemplare der Morgenzeitung lagen aufgeschlagen auf den im Raum stehenden Lesetischchen. Doch man hatte vergeblich auf nähere Informationen von seiten der Presse gehofft. Das Blatt meldete lediglich in großen, häßlichen, schwarzen Lettern, daß man Al Weatherby, einen der führenden Juristen Chicagos, auf brutale Weise zu Tode geprügelt habe. Die Untersuchung habe mehrfache Schädelfrakturen ergeben, verursacht durch eine stumpfe Waffe. Von Beth Weatherby wurde berichtet, sie habe einen schweren Schock erlitten. In Anbetracht der zahlreichen Verletzungen, die sie an Kopf und Körper davongetragen hatte, war es anscheinend ein Wunder, daß sie überhaupt noch lebte. Wer kann so was Furchtbares getan haben? dachte Lilian. Und warum nur, um Himmels willen? Warum?

»Dürfte ich um Ihren Namen bitten?«

Lilian zuckte zusammen und starrte den jungen Polizisten verständnislos an. Er ist höchstens einundzwanzig, dachte sie und ließ einen schnellen, prüfenden Blick über seine Kollegen gleiten. Sie stellte fest, daß alle ungefähr im selben Alter waren. Die reinsten Kinder. Oder liegt es daran, daß ich älter werde? Kommen mir deshalb die Jungen immer jünger vor? Im Augenblick fühlte sie sich uralt. Und wahrscheinlich sehe ich auch so aus, dachte sie. Nach Nicoles Anruf war von Schlaf keine Rede mehr gewesen. Aber nicht nur gestern nacht, nein, seit unserer ersten Begegnung vor ungefähr zwei Monaten hat dieses Biest ununterbrochen dafür gesorgt, daß ich nicht mehr zur Ruhe komme.

»Lilian Plumley«, sagte sie, ohne zu wissen, wieviel Zeit zwischen seiner Frage und ihrer Antwort lag.

»Sind Sie mit diesem Herrn verheiratet?« fragte der Polizist mit einem Blick auf David. Sie nickte. »Sind Sie auch Anwältin?«

Sie schüttelte den Kopf. »Nein, ich bin beim ...« Sie stockte. Beinahe hätte sie gesagt: »Ich bin beim Fernsehen.« Sie sagte: »Ich bin an der Uni. Ich kann es immer noch nicht fassen«, murmelte sie, obwohl ihr klar war, daß der junge Mann diese Bemerkung heute morgen sicher schon hundertmal gehört hatte. »Ich hab' gestern abend noch mit Beth gesprochen.«

»Wie bitte?« Die Haltung des Polizisten veränderte sich mit einem Schlag. Er richtete sich zu seiner vollen Größe auf; seine Schultern strafften sich; in seinen Augen spiegelte sich lebhaftes Interesse. Erstaunt nahm Lilian die Veränderung wahr.

»Ich sagte, ich hab' gestern abend noch mit ihr telefoniert.«

»Um welche Zeit?«

»So gegen halb sechs. Oder nein, vielleicht eher Viertel vor.«

Der Polizist machte sich rasch ein paar Notizen. »Einen Moment bitte«, sagte er abschließend und verschwand im Korridor. Lilian beobachtete, wie er mit einem älteren

Herrn in Zivil sprach, der sich sofort nach ihr umwandte und gleich darauf dem Polizisten ins Wartezimmer folgte.

David unterbrach das Gespräch mit seinen Kollegen. Als ob er ahnte, daß etwas geschah, was auch ihn anging, kam er eilig auf Lilian zu.

»Was ist los?« fragte er, als der Zivilbeamte sich seiner Frau vorstellte.

»Captain Keller«, sagte dieser freundlich. »Sie sind Mrs. Plumley, nicht wahr?«

»Ja«, antwortete Lilian und spürte mit Unbehagen, wie die Blicke der anderen sich auf sie richteten.

»Rogers hier hat mir erzählt, daß Sie gestern abend noch mit Beth Weatherby telefoniert hätten?«

»Ja, das ist richtig. So zwischen halb sechs und sechs.«

»Würden Sie uns bitte mitteilen, worüber Sie gesprochen haben?«

Lilian überlegte, wie sie anfangen sollte. Es war plötzlich ganz still im Zimmer. Als sie merkte, daß die Aufmerksamkeit aller auf sie gerichtet war, wurde sie verlegen. Es war, als stünde sie mitten im Rampenlicht, und ringsum lauerten die Kameras, um jede ihrer Bewegungen einzufangen. Diese Rolle lag ihr nicht. Sie zog es vor, den Blickwinkel der Kamera zu lenken: Alles klar, Rick, siehst du den großen, hageren Polizisten da an der Tür? Er soll sich für das Interview 'n bißchen näher ans Fenster stellen. Versuch den Baum mit ins Bild zu kriegen. Das gibt 'n bißchen mehr Farbe. Die Kameras hatten es ihr ermöglicht, unmittelbar in das Geschehen eingreifen zu können, jedoch ohne sich persönlich zu exponieren. Jetzt stand sie selbst im Mittelpunkt, aber ohne die Kamera fühlte sie sich nackt und hilflos und kam sich ein wenig lächerlich vor. Schließlich hatte sie nichts besonders Wichtiges zu berichten. Doch als sie in die erwartungsvollen Gesichter ringsum blickte, da begriff sie, daß es darauf gar nicht ankam. Sie wußte immerhin etwas Neues, etwas, wovon sie noch nichts gehört hatten. Und das genügte ihnen.

»Sie rief an und fragte, ob wir uns auf einen Kaffee treffen könnten«, begann Lilian ohne Umschweife. »Aber da ich grade beim Kochen war, mußte ich absagen.«

»Wollte sie sich denn gleich mit Ihnen treffen?«

»Ja.« Lilian rief sich die Unterhaltung noch einmal ins Gedächtnis. »Sie klang sehr sonderbar«, fuhr sie fort. Plötzlich erinnerte sie sich wieder an jede Einzelheit des Gesprächs, das sie letzte Nacht irgendwie verdrängt haben mußte. »Ich hab' zuerst nicht mal ihre Stimme erkannt. Sie klang, als hätte sie ... Angst.« Ganz plötzlich wußte Lilian, was da in Beths Stimme mitgeschwungen hatte und was ihr gestern vor lauter Arbeit nicht aufgefallen war. O mein Gott, dachte sie. Ob der Mörder schon dort war, als Beth mich anrief? Nein, das kann nicht sein. Beth wollte mich sofort sehen. Bestimmt hätte der Mörder nicht zugelassen, daß sie sich mit einer Freundin zum Kaffee verabredet.

»Hat sie gesagt, daß sie sich fürchtet?« wollte Captain Keller wissen.

»Nein. Sie hat nur gefragt, ob wir uns auf einen Kaffee treffen könnten. Ich wollte wissen, ob irgendwas nicht in Ordnung sei, aber sie sagte: nein, nichts weiter, Al komme später heim – er sei in einer Besprechung –, und sie habe gedacht, das sei eine günstige Gelegenheit für uns. Da klang sie auch schon wieder ganz normal. Nur ganz zu Anfang kam mir ihre Stimme so sonderbar vor.«

»Sie hat also gesagt, ihr Mann sei in einer Konferenz und käme erst spät nach Hause?«

»Ja. Wir haben uns dann für den Mittwochabend verabredet.«

»Sonst noch was?«

»Nein, nichts.«

»Sind Sie eng mit Beth Weatherby befreundet, Mrs. Plumley?«

»Wir sind befreundet«, antwortete Lilian. »Wir spielen ab und zu Bridge zusammen, und wir sind im selben Gymnastikkurs. Ich mag sie sehr gern.« Sie versuchte, in den Zügen des Captains zu lesen. Doch sein Gesicht blieb ausdruckslos. »Wird sie wieder gesund werden?«

»Haben Sie vielen Dank, Mrs. Plumley«, sagte Captain Keller, ohne auf ihre Frage zu antworten. »Vielleicht brauchen wir Sie noch mal.« Er grüßte und ging hinaus.

»Was soll das alles?« wandte sich Lilian an David.

Er schüttelte ärgerlich den Kopf. »Warum hast du mir nicht gesagt, daß Beth dir am Telefon verängstigt vorkam?«

»Es ist mir einfach nicht eingefallen. Glaubst du, daß da ein Zusammenhang besteht?« fragte sie ungläubig.

»Es dürfte wohl kaum purer Zufall sein«, antwortete er mit einem Anflug von Sarkasmus.

»Aber wie erklärst du dir das alles?«

»David.« Die Stimme war sanft, und doch hatte sie den gleichen, unverwechselbar kehligen Klang wie in der Nacht zuvor. Lilian drehte sich um und sah, wie Nicole tränenüberströmt in Davids Arme sank. Sie traute ihren Augen nicht. Da stand ihr Mann und umarmte vor all diesen Leuten eine andere Frau. Natürlich begriff niemand außer ihr, was sich wirklich abspielte. Alle anderen sahen nur eine gerührte junge Frau, nicht zu vergessen eine brillante Juristin, die außer sich war über den plötzlichen Tod des von allen verehrten Chefs und die bei dem Mann Trost suchte, den ja auch die meisten von ihnen haltsuchend umarmt hatten. Verlegen blickte Lilian zu Boden. Wie konnte sie nur so mies sein, in einem solchen Augenblick Eifersucht zu empfinden? Jemand hatte den langjährigen Kollegen, den Freund und Gönner ihres Mannes brutal niedergeknüppelt. Er war tot, seine Frau lag wer weiß wie schwer verletzt hier im Krankenhaus, und sie zitterte davor, daß ihr Mann einen Steifen kriegen könnte, während Nicole sich in ihren hautengen Jeans an ihn drückte.

David befreite sich sanft aus der Umarmung der anderen. »Lilli, hast du mal 'n Tempo?« fragte er.

Lilian griff in ihre Tasche und zog ein paar zerknüllte Papiertaschentücher heraus. »Ich hoffe, sie sind unbenutzt.«

Sie hielt sie David hin und sah fassungslos vor Staunen zu, wie er Nicole Clark die Tränen von den Wangen tupfte. Hoffentlich *sind* sie benutzt, wünschte sie innerlich. Muß er denn immer gleich so 'ne Schau abziehen? Sie konnte sich nicht erinnern, daß er *ihr* die Tränen abgewischt hatte. Doch dann fiel ihr ein, daß sie ja gar nicht geweint hatte. Leergebrannt und wie erstarrt war sie mit brennenden, trockenen Augen ruhelos auf und ab gewandert.

Lilian wurde es peinlich, die beiden zu beobachten. Sie kam sich vor wie ein Eindringling, der eine schöne und ergreifende Szene belauscht. Zuzusehen, wie ihr Mann Nicole berührte, fiel ihr schwerer, als damals in Vietnam die Kamera auf blutbesudelte, abgetrennte Gliedmaßen zu richten. Erst als sie sich abwandte, hörte sie Nicoles Stimme, hörte sie ihre überstürzten Fragen, die David alle geduldig beantwortete. Ein Polizist trat zu ihnen und nahm die Personalien des Mädchens auf. Dann ging er wieder, und Lilian hörte Nicole flüstern und ihren Mann mit sanfter Stimme beruhigend auf sie einreden. Warum sind wir bloß hergekommen? Was können wir denn schon tun?

»Davey! Nicki! Wie geht's euch?«

Lilian drehte sich um und sah, wie Don Eliot auf ihren Mann und Nicole zuging: Das tragische Ereignis hatte seinen unkonventionellen Geschmack offensichtlich nicht beeinflußt. Zu einem weißen Sporthemd mit grüner Krawatte trug er enge Jeans und offene Sandalen. Er besprach sich eine ganze Weile mit David und Nicole, ehe er Lilian überhaupt bemerkte. »Hallo, Lill«, sagte er und drückte ihr kräftig die Hand.

Hallo, El, hätte sie am liebsten geantwortet. »Tag, Don«, lächelte sie. »Haben Sie was Neues gehört?«

»Also gestern nacht bin ich natürlich sofort, als Beth eingeliefert wurde, zu ihr gegangen. Aber sie hatte einen schweren Schock und konnte nicht sprechen. Dann hab' ich mit der Polizei gesprochen, doch es war noch zu früh, um was Konkretes zu erfahren. Jetzt komm' ich grade von den Ärzten. Und mit dem diensthabenden Polizisten, der ihr Zimmer bewacht, hab' ich auch gesprochen. Anscheinend ist Beth jetzt voll bei Bewußtsein, und man versucht, sie zu vernehmen.«

»Sind ihre Kinder hier?«

»Ihre Tochter fliegt von Los Angeles rüber. Ihr Ältester ist letzte Nacht aus New York gekommen. Er ist grade bei ihr. Aber den Kleinen haben sie noch nicht ausfindig gemacht.«

»Sie glauben doch nicht etwa, daß *er* es getan hat?« Lilian dachte an die Spannungen, die angeblich zwischen Vater und Sohn bestanden, seit der Junge seinen Willen durchgesetzt und die Schule verlassen hatte, um mit flatternden Gewändern und kahlgeschorenem Kopf sein Heil im Schoße einer Sekte zu suchen.

Don Eliots Gesicht verfinsterte sich. »Wär' immerhin möglich«, sagte er.

»O Gott.«

Neue Gerüchte kursierten. Immer mehr Menschen drängten sich in den bereits überfüllten Raum. Ein anderer Polizist kam und protokollierte Lilians Bericht über ihr Telefonat mit Beth Weatherby. Don Eliot unternahm mehrere Vorstöße in den Korridor und versuchte, die Polizisten auszuhorchen. David hatte Nicole sich selbst überlassen und tröstete nun die Frau eines Kollegen. Lilian kam sich ein bißchen geschmacklos vor, als sie an ihre erste spontane Reaktion von vorhin dachte. Sie senkte verlegen den Blick. Nicole Clark stand am anderen Ende des Raums und starrte sie an. Sie sieht wirklich nicht aus wie 'ne *femme fatale*, dachte Lilian. Eher wie 'n verschüchtertes, ängstliches, kleines Mädchen. Doch dann fiel ihr ein, daß es gerade die Schüchternen und Ängstlichen waren, die eine gefährliche Anziehungskraft auf verheiratete Männer ausübten.

Sie wandte sich ab, und ihre Gedanken kehrten zu Beth Weatherby zurück. Gestern noch hatte Beth alles gehabt, was man sich nur wünschen konnte: eine glückliche Ehe, einen wundervollen Mann, eine gesicherte Existenz. Und heute war das alles vorbei; zerstört durch einen Wahnsinnigen, der Als Schädel zertrümmert hatte. War es nicht merkwürdig, wie ein ganzes Leben sich in einer einzigen Nacht vollkommen ändern konnte? Es ist seltsam, dachte sie, und ein Satz schoß ihr durch den Kopf, den sie einmal von Beth gehört hatte: Nichts im Leben entwickelt sich genau so, wie man sich's vorgestellt hat.

»Warum läßt man uns nicht zu ihr?« fragte Lilian ärgerlich. »Was machen sie denn bloß so lange da drin? Warum sagt man uns nicht wenigstens, wie's um sie steht?«

Niemand antwortete ihr. Die meisten waren gegangen. Zu den wenigen, die noch warteten, gehörte auch Nicole Clark. Sie war weggegangen und hatte für alle Kaffee geholt. Doch als sie zurückkam, stellte sich heraus, daß sie eine Tasse zuwenig mitgebracht hatte. Das Mädchen hatte sich erboten, noch einmal zu gehen, aber Lilian lehnte dankend ab und behauptete, sie trinke sowieso zuviel Kaffee (in Wirklichkeit hätte sie gerade jetzt dringend einen gebraucht). Doch nun mußte sie sich damit begnügen, im Zimmer auf und ab zu laufen und mit den Wänden zu reden. Ihr war, als verlöre sie den Verstand, und sie fühlte sich entsetzlich allein und verlassen. Unsinn, ich bin doch gar nicht allein, dachte sie. Mein Mann und seine Zukünftige sind ja bei mir.

»Ich begreife nicht, was los ist«, fuhr Lilian laut fort. »Warum sagt uns denn kein Mensch Bescheid?«

»Sobald sie Näheres wissen, erfahren wir es bestimmt«, antwortete Nicole beruhigend.

Wenn sie nicht bald mit diesem verfluchten, scheinheiligen Getue aufhört, dachte Lilian, dann bin ich imstande und brech' ihr das Genick.

Wie auf ein Stichwort erschien Don Eliot in der Tür. »Lill, ich bin froh, daß Sie noch da sind. Wir kriegen einfach nichts aus ihr raus. Sie will partout nicht reden, liegt bloß stumm da . . .«

»Don, sie hat 'nen Schock«, sagte Lilian. »Irgend so 'n Verrückter schlägt sie zusammen und bringt ihren Mann um, und . . .«

»Es stimmt doch, daß sie Sie gestern abend angerufen hat?« fragte Don Eliot. »Wiederholen Sie bitte Wort für Wort, was sie gesagt hat.«

Lilian schilderte ihre Unterhaltung, so gut sie konnte.

»Es besteht kein Zweifel, sie wollte Ihnen was mitteilen«, folgerte Don Eliot. »Es ist bedauerlich, daß Sie keine Zeit hatten, sich mit ihr zu treffen.« Er wartete lange genug, um in Lilian ein Schuldgefühl zu wecken. »Passen Sie auf, Lill«, sagte er dann, »vielleicht spricht sie jetzt mit Ihnen. Ich glaube, ich kann die Ärzte überreden, uns noch ein paar Minuten zuzugestehen. Sind Sie einverstanden?«

»Klar«, antwortete Lilian wie betäubt. »Wenn Sie meinen, daß es was nützt.«

Sie kannte die Antwort, noch ehe er den Mund aufmachte. »Vielleicht ist es nützlich«, sagte er. Dann ging sie neben ihm den Flur entlang und ließ ihren Mann mit Nicole Clark zurück.

Die Augen der Frau, die halb aufgerichtet im Bett saß, waren blutunterlaufen und verschwollen, ihre Gesichtszüge waren furchtbar entstellt. Auf Wangen und Kinn prangten häßliche, rotbraune Flecken, die aussahen wie verschmiertes Rouge. Nase und Haaransatz verschwanden hinter weißem Verbandszeug. Ihre Lippen waren aufgesprungen und schrecklich deformiert. An ihren zerkratzten Ohrläppchen klebte getrocknetes Blut. Und doch wirkte Beth so friedlich, wie sie da in ihrem Bett saß, die Decke bis über die Schultern hochgezogen, damit man die Verletzungen an ihrem Körper nicht sehen konnte, daß Lilian im ersten Augenblick befürchtete, sie atme nicht mehr. Es war, als führe man sie zu einer Leiche.

»O Gott, Beth«, flüsterte Lilian und trat näher. »Wer hat das getan?«

Beth Weatherbys Augen blieben geschlossen. Lilian beugte sich hinunter und hauchte ihr einen Kuß auf die Stirn, die als einziges in diesem zerschundenen Gesicht unversehrt schien. Unwillkürlich begann Lilian zu weinen, und ihre Tränen fielen auf Beths Gesicht. »Oh, es tut mir so leid«, schluchzte sie. »Es tut mir so unendlich leid, daß das passiert ist.« Beths Augen flackerten, aber sie öffneten sich nicht. Lilian fiel ein, daß die Freundin ihre Stimme vielleicht nicht erkannte. »Ich bin's, Lilli«, sagte sie leise. »Es tut mir schrecklich leid, daß ich gestern abend nicht kommen konnte.« Sie schniefte und versuchte, die Tränen zurückzuhalten. »Es wird alles wieder gut, Beth«, fuhr sie zaghaft fort. »Wer immer das getan hat, sie werden ihn finden. Und dann ist dieser schreckliche Alptraum vorbei. Das ist das einzig Tröstliche an Alpträumen, weißt du. Man wacht ganz bestimmt wieder auf.«

Beth öffnete die Augen und starrte Lilian an. Aber da ist noch etwas anderes, dachte Lilian und bemühte sich, dem Blick standzuhalten. Es lag ein Suchen in Beths Augen. Wonach? fragte sich Lilian. Nach einer Antwort? Ich kenn' die Frage nicht, gestand sie stumm. Nach Trost? Ich bringe nichts als Phrasen und leere Versprechungen. Nach Hilfe? Die will ich dir geben, versuchte Lilians Blick zu sagen. So gut ich nur irgend kann.

»Ich bin so müde«, murmelte Beth kaum hörbar mit ihren verquollenen Lippen.

»Ich weiß.« Lilian fühlte sich schwach und abgeschlagen. Wie komm' ich nur dazu, so was zu behaupten? Was weiß ich denn schon? Nichts. Gar nichts.

»Sie haben mir weh getan.« Die Worte kamen stoßweise und undeutlich.

»Sie?« fragte Lilian hastig.

»Als sie den Verband gewechselt haben«, kam stockend die Antwort. »Ich weiß, daß sie's nicht mit Absicht getan haben.« Sie schloß einen Moment die Augen, dann schaute sie wieder zu Lilian auf. »O Lilli, es tut so furchtbar weh.«

Lilian versuchte, etwas zu sagen. Irgend etwas. Aber die Worte blieben ihr im Halse stecken, oder sie hatte sie vergessen, noch ehe sie sie aussprechen konnte.

»Brian ist hier«, flüsterte Beth plötzlich.

»Brian?«

Beth versuchte zu lächeln. »Mein Sohn, der Arzt«, sagte sie, und Lilian bemühte sich, das Lächeln zu erwidern. »Er war hier, als sie vorhin mit mir gesprochen haben, ich weiß es.« Sie hob den Kopf und blickte sich suchend um. Angst spiegelte sich in ihren Augen.

»Ihr Sohn holt sich nur 'nen Kaffee«, meldete sich Don Eliots beschwichtigende Stimme von der Tür her. »Möchten Sie ihn sprechen?«

Beth ließ den Kopf aufs Kissen zurücksinken. »Man hat mir gesagt, daß Lisa aus Los Angeles kommt.« Ihr Blick wanderte zum Fenster. »Nur Michael haben sie noch nicht gefunden. Jedenfalls glaube ich, daß man mir das erzählt hat. Aber ich bin mir nicht sicher.« Ihre Worte erstickten in einem leisen Wimmern. »So viele Menschen. So viele Fragen. Irgendwas mit Al.« Ihr Blick kehrte zu Lilian zurück. »Immer wieder sagen sie seinen Namen, so als ob sie irgendwas von mir erwarten.« Ratlos starrte sie Lilian an. »Der arme Brian. Er sieht so müde aus und so gequält. Ich weiß, es ist meinetwegen. Was hat der Polizist vorhin gesagt?« Lilian spürte, wie Beth sich bemühte, die Gedankenfetzen zu ordnen, die ihr zusammenhanglos durch den Kopf schwirrten.

»Versuch doch einfach zu schlafen, Beth«, schlug sie vor. »Wir können uns später in Ruhe unterhalten.«

»Irgendwas mit Al. Er versuchte, mir was über Al zu erzählen. Er hat genauso geredet wie die Leute im Fernsehen. Ich hab' kein Wort gesagt. Ich weiß nicht, was er von mir hören wollte. Mein Gott, Lilli«, unterbrach sie sich plötzlich, »Al ist tot!«

»Ich weiß«, sagte Lilian, und eine Träne lief über ihre Wange.

»Al ist tot«, wiederholte Beth.

»Bitte quäl' dich jetzt nicht«, bat Lilian und streichelte Beths Hand, die unruhig unter der Decke hin und her fuhr. »Wer auch immer Al getötet hat, sie werden ihn finden. Und sie werden ihn einsperren. Er kann dir nichts mehr tun.«

»Er kann mir nichts mehr tun«, wiederholte Beth. Ihre Stimme klang plötzlich ruhig und gefaßt. Sie schloß die Augen, ihr Atem kam nicht mehr stoßweise, sondern regelmäßig, und endlich schlief sie ein.

Lilian beugte sich hinunter und küßte die Freundin zum Abschied auf die Stirn. »Schlaf nur, schlaf«, flüsterte sie, die Augen starr auf das weiße Kopfkissen gerichtet. Langsam, ganz langsam richtete sie sich auf und bog die Schultern zurück. Dann wandte sie sich um und ging zur Tür, ohne sich noch einmal umzudrehen.

»Ich fürchte, ich hab' Ihnen nicht viel helfen können«, sagte sie zu Don Eliot.

»Das kann man jetzt noch nicht sagen«, antwortete er. »Jedenfalls hat sie bisher noch mit niemandem so lange gesprochen wie mit Ihnen. Das ist immerhin ein Anfang.«

»Der Anfang von was?« entgegnete Lilian benommen. Dann öffnete sie die Tür und verließ eilig den Raum.

14

Wenn ich je tot umfallen sollte, beschloß Lilian, dann jedenfalls nicht während einer Hitzewelle. Es war einfach entsetzlich, Menschen zu zwingen, sich in einer Kirche ohne Klimaanlage zusammenzudrängen und um einen Toten zu trauern, wenn draußen das Thermometer über dreißig Grad im Schatten zeigte. Der Himmel mochte wissen, wie heiß es drinnen werden würde, wenn sich erst einmal alle hineingezwängt hatten. Lilian fragte sich, ob Beth wohl kommen würde. Man hatte sie gestern erst aus dem Krankenhaus entlassen. Sie war außer Lebensgefahr. Doch ihr rätselhaftes Schweigen hatte sie nicht gebrochen. In der Woche, die seit Als Tod vergangen war, hatte Beth eine Mauer des Schweigens um sich errichtet, hatte keine Besucher empfangen, morgens lange geschlafen und nur ihre drei Kinder (man hatte den jüngsten Sohn schließlich doch noch gefunden) um sich geduldet. Don Eliot berichtete, sie bewege sich wie in Trance. So sehr er sich auch bemühte, es war nichts aus ihr herauszubekommen, und die Ärzte befürchteten, es könnte Monate, vielleicht sogar Jahre dauern, ehe sie den Schock vollständig überwunden hätte. Ohne Beths Hilfe aber kam die Polizei nicht weiter. Man hatte die Mordwaffe immer noch nicht gefunden. Da die Spurensicherung ergab, daß ein Einbruch so gut wie ausgeschlossen war, kam die Polizei zu dem Schluß, der Täter müsse aus dem Bekanntenkreis der Weatherbys stammen, ja sei vielleicht sogar ein Verwandter. Lilian dachte an Michael. Das würde Beths Schweigen erklären. Der Schock, zusehen zu müssen, wie der Sohn den eigenen Vater umbringt und seine Wut dann gegen einen selbst richtet ...

Lilian konnte kaum noch atmen. Seufzend schaute sie an sich hinunter. David hatte darauf bestanden, daß sie ein schwarzes Wollkleid mit Rollkragen anzog. Sie besaß nur dieses eine schwarze Kleid. Vergebens hatte sie ihm vorgehalten, daß man seine Achtung dem Toten gegenüber durch die Teilnahme an der Beerdigung dokumentierte und nicht durch die Kleidung. David war unerbittlich geblieben. Und nun schleppte sie sich durch die Gluthitze dieses Spätsommertages in einem Kleid, das sie normalerweise für die schlimmste Kältewelle des Chicagoer Winters aufhob.

Noch nicht mal übers Labor-Day-Wochenende sind wir

aus der Stadt rausgekommen, dachte Lilian gereizt. Sonst fuhren sie jedes Jahr um diese Zeit ins Seengebiet und quartierten sich im *Deerhurst* ein, einem malerischen, alten Landgasthaus, das sie ganz zufällig entdeckt hatten, damals, als ihre Romanze gerade erst begann. Es war mehr als schmerzlich für sie gewesen, auf dieses so sehnsüchtig erwartete Wochenende zu verzichten. Sie kam sich vor wie ein Wundergläubiger, dem man seine jährliche Wallfahrt nach Lourdes verweigert. Aber David war unabkömmlich gewesen, da es bei Weatherby & Ross drunter und drüber ging. Alle warteten gespannt darauf, daß die Polizei Als Leiche endlich zur Beerdigung freigeben würde. Die immer von neuem angeordneten Untersuchungen trugen nur dazu bei, dem Klatsch neue Nahrung zu geben, das Entsetzen wachzuhalten und die Trauer zu verstärken, die den Tageslauf in der großen Kanzlei überschattete. Für die nächsten Wochen schien keine Änderung in Sicht, abgesehen davon, daß die flimmernde Hitze, die seit Als Tod über der Stadt lastete, vielleicht endlich weichen würde. Lilian zerrte an dem Rollkragen, der an ihrem Hals klebte und ihr die Luft abzuschnüren drohte. Lieber Gott, hol mich aus diesem Brutkasten raus, betete sie stumm und fühlte sich prompt schuldig, weil sie ihre unbedeutenden Kümmernisse derart wichtig nahm, während Beth ein so schweres Schicksal zu tragen hatte.

In der letzten Woche hatte sie mehrmals versucht, Beth zu erreichen. Doch ihre Kinder hatten höflich, aber bestimmt abgelehnt. Ihre Mutter empfange keine Besucher, erklärte man ihr, und Don Eliot bestätigte es. Lilian versicherte allen, daß sie jederzeit zur Verfügung stehe, wenn sie in irgendeiner Weise helfen könne, aber niemand meldete sich. Vielleicht könnte ich heute, wenn Beth herkommt ...

Die Trauerfeier begann völlig unerwartet mitten vor dem Hauptportal. Mindestens zehn Harckrischnas stimmten einen mißtönenden Singsang an und verteilten Flugblätter an die bestürzten Trauergäste. Anscheinend hatte Beth angeordnet, man solle sie gewähren lassen, da dies die Sprache war, in der ihr Jüngster seinen Schmerz kundtat. Lilian und David lehnten die dargebotenen Flugblätter ab (David murmelte etwas wie: er würde Jason den Hals umdrehen, sollte der sich je für solche Flatterhemden begeistern) und drängten sich an den Sängern vorbei ins Innere der Kirche.

Es war noch heißer, als Lilian erwartet hatte. Das Spektakel am Eingang hatte sie wenigstens auf andere Gedanken gebracht. Doch nun war sie der Hitze wehrlos ausgeliefert. War es draußen schon entsetzlich schwül gewesen, so sorgte hier drinnen die Körperwärme mehrerer hundert Trauergäste dafür, daß die Temperatur ins Unerträgliche stieg. Lilian schnappte nach Luft. Sekundenlang blitzte eine Szene aus »Land der Pharaonen« vor ihr auf, dem Film, in dem Jack Hawkins eine umwerfend erotische Joan Collins zur Partnerin hatte. Joan hatte alle möglichen Verschwörungen angezettelt, um jeden aus dem Weg zu räumen, der zwischen ihr und dem Thron Ägyptens stand. Dabei hatte sie selbst vor dem Mord an ihrem Mann, dem regierenden Pharao, nicht zurückgeschreckt. Doch nun, nach der Tat, fand sie sich in den Grabkammern des ermordeten Herrschers wieder, wo sie zu Ehren des Toten zusammen mit seinen Lieblingssklaven, -konkubinen und -pferden lebendig begraben werden sollte. So verlangte es das Testament des Pharao. Lilian warf einen Blick durch den großen Raum, der schon fast bis auf den letzten Platz besetzt war. Hatte Al Weatherby etwa den gleichen Plan? Hatte er postum ein modernes Äquivalent für Sklaven, Konkubinen und Pferde hier versammelt? Hatte er vor, sie alle mit sich ins Grab zu nehmen? Und wenn es so war, in welche Gruppe gehörte sie dann wohl? Ich muß eins von den Pferden sein, entschied sie, als David sie einen Seitengang entlangdrängte und zu einer Reihe führte, in der noch Plätze frei waren. Lilian mußte sich an entsetzlich vielen Beinen vorbeizwängen, die alle am Boden festgewurzelt schienen.

Sie spürte, wie ihr mühsam gebändigtes Haar sich krauste und in widerspenstigen Korkenzieherlocken vom Kopf abstand (sie konnte sich nicht erinnern, ob Joan Collins geschwitzt hatte). Jetzt wäre Lilian froh gewesen, wenn sie die Flugblätter am Eingang angenommen hätten. Daraus könnte man 'nen prima Fächer machen, dachte sie.

»Hältst du's noch aus?« fragte David, dem plötzlich bewußt wurde, was seine Frau ausstehen mußte.

»Mir ist bloß schrecklich heiß«, antwortete sie und versuchte, an etwas anderes zu denken.

Mit sanfter Stimme begann er, sich zu entschuldigen: »Es tut mir leid, daß ich mich so blöd angestellt hab' und nicht einsehen wollte, daß es auch ohne schwarzes Kleid und Make-up gegangen wäre. Ich weiß nicht, wieso ich mich so aufgeführt hab'. Bitte entschuldige.«

»Ist schon gut.« Sie drückte seine Hand und spürte, wie ein Schweißtropfen über ihr frisch aufgetragenes Rouge rollte.

»Es war wirklich lieb von dir, daß du deswegen keinen Streit angefangen hast. Weißt du, ich war in so 'ner miesen Verfassung, ich hätte mich gegen jedes vernünftige Argument gewehrt.« Lilian lächelte und versuchte, sich auf seine Worte zu konzentrieren, statt dauernd an die Hitze zu denken. Doch trotz aller Anstrengung fühlte sie sich furchtbar matt. Laß mich nur so lange durchhalten, bis ich mich wieder ins klimatisierte Auto setzen kann, betete sie stumm und dachte dann voller Bangen an den langen Weg hinaus zum Friedhof. »Aber Make-up steht dir«, sagte David. »Du solltest öfter welches benutzen.«

Da Lilian wußte, daß er ihr damit ein Kompliment machen wollte, unterdrückte sie die Antwort, die ihr auf der Zunge lag. Doch sobald sie nach Hause kamen, würde sie sich das Zeug vom Gesicht waschen.

Der Pfarrer trat vor den Altar, und der Gottesdienst begann. Lilian lauschte aufmerksam, während er den Mann beschrieb, den sie in den letzten Jahren schätzen und lieben gelernt hatte. Als nun die Rede des Pfarrers einzelne Bilder und Ereignisse aus seinem Leben vor der Trauergemeinde lebendig werden ließ, da wurde ihr erst richtig bewußt, wie sehr auch sie ihn vermissen würde. Arme Beth, dachte sie. Sie wischte sich eine Träne von der Wange, beugte sich vor und hielt in den vorderen Reihen nach Beth Ausschau.

Sie war überrascht, als sie Nicole Clark zwei Reihen weiter vorn entdeckte. Aus einem unerklärlichen Grund hatte sie nicht damit gerechnet, sie hier anzutreffen, obwohl sie wußte, daß die ganze Kanzlei an der Trauerfeier teilnahm. War es da nicht klar, daß auch dieses reizende Geschöpf dabeisein würde? Nicole hatte das Haar straff zurückgekämmt und zu einem Zopf geflochten. Die Hitze schien ihr nichts anzuhaben. Sie trug ein schlichtes, schwarzes Baumwollkleid ohne Ärmel mit einer schmalen, weißen Borte am Kragen, die es für jede Gelegenheit passend erscheinen ließ. Typisch, dachte Lilian, während ihre Blicke prüfend die Reihen absuchten. Typisch, daß *sie* das Richtige anzuziehen hat. Mein Gott! Sie schrak zusammen. Dort vorn saß Elaine.

»Was ist los?« fragte David besorgt. Sie schüttelte nur den Kopf und hob abwehrend die Schultern. »Nur ruhig, Spätzchen. Gleich haben wir's hinter uns«, sagte er und tätschelte ihre Hand.

Sie lächelte, die Augen fest auf Davids Exfrau geheftet. Natürlich hätte sie damit rechnen müssen, daß Elaine herkommen würde. Sie hatte jahrelang mit den Weatherbys verkehrt. Da war es nur recht und billig, daß sie Al die letzte Ehre erwies. Lilian taxierte Elaine sorgfältig.

Sie wirkte attraktiv, ihre weichen Züge waren nicht so makellos wie die Nicoles, aber auch nicht so unregelmäßig wie ihre eigenen. Sie sah genauso aus, wie man sich die Frau vorstellt, die ein junger, unerfahrener Anwalt gleich nach dem Examen heiratet. Sie war die Verkörperung jenes Typs Jugendgespielin, die heranwächst, ohne mit der Entwicklung ihres Mannes Schritt zu halten, die vollauf damit beschäftigt ist, ihre Kinder großzuziehen und ihr Haus in Ordnung zu halten, und die darüber vergißt (oder es nicht wahrhaben will), daß draußen im Geschäftsleben eine Menge intelligenter und faszinierender Frauen tagtäglich den Weg ihres Mannes kreuzen. Lilian fiel auf, daß auch Elaine in Schwarz war. Sie ließ den Blick über die Menge gleiten und stellte fest, daß ausgerechnet sie drei anscheinend als einzige die korrekte Trauerfarbe trugen. Die übrigen Frauen (sie konnte Beth immer noch nicht finden) hatten zugunsten luftiger Sommerkleider auf feierliches Schwarz verzichtet. Es wirkte fast wie eine absichtliche Schaustellung. Die Farbe trennte sie von den anderen und schuf eine eigene, kleine Gruppe: David Plumley und seine Frauen. Fast wie John Derek, dachte sie und rief sich das Illustriertenfoto in Erinnerung, das den hübschen Ex-Schauspieler im Kreise seiner Verflossenen, Ursula Andres und Linda Evans, und seiner jetzigen Frau Bo zeigte. Sie trugen alle die gleichen T-Shirts, alle lächelten glücklich, auch die Exfrauen: hatten doch auch sie einmal das Privileg genießen dürfen. Lieber Gott, hol mich hier raus, flüsterte sie vor sich hin und starrte unverwandt in ihren Schoß. Vielleicht sollten wir ein Empfangskomitee bilden: die Ehemalige ... die Jetzige ... die Zukünftige?

Sie warf David einen Blick zu.

»Was ist los?« fragte er wieder und setzte erschrocken hinzu: »Wird dir schlecht?« Unwillkürlich rückte er von ihr ab, so weit er konnte. Das war freilich nicht sonderlich weit. Denn die Knie neben ihm behaupteten eisern ihren Platz. »Wär' schon möglich«, sagte Lilian. »Ich weiß, tief durchatmen«, kam sie ihm zuvor. Sie versuchte, ihren eigenen Rat zu befolgen, hielt den Kopf gesenkt und starrte angestrengt auf den Boden. Nach einer Weile lenkte sie ihre Aufmerksamkeit wieder auf die Worte des Pfarrers. Sie spürte, wie die Tränen in ihr aufstiegen, und war fassungslos, als sie plötzlich merkte, daß sie gar nicht weinen, sondern lachen mußte.

Lilian prustete los, noch ehe sie sich die Hand vor den Mund halten und den Laut ersticken konnte. Wie kann ich nur so etwas tun? Wie kann ich nur laut loslachen beim Begräbnis des Mannes, der David zeitlebens ein kluger Ratgeber und treuer Freund gewesen ist? Aber sie konnte nicht aufhören. Sie erstickte fast an dem Versuch, dieses blasphemische Lachen zu unterdrücken. Verzweifelt beugte sie sich noch tiefer hinunter und preßte die Lippen zusammen. Tränen stiegen ihr in die Augen, und David legte beschützend den Arm um sie. »Ist ja gut, Liebes«, tröstete er und zog sie hoch. Er glaubt, ich weine, dachte sie. Diese Erkenntnis löste einen neuerlichen Lachanfall aus, und sie vergrub ihr Gesicht an seiner Brust. Sie hörte, wie die Leute um sie herum mitleidig flüsterten. Sie glauben alle, daß ich weine, dachte sie. Für den Rest des Gottesdienstes preßte sie den Kopf fest an Davids Jacke und lachte, bis ihr die Tränen kamen.

Lilian wartete vor dem Hauptportal der Kirche, während David den Wagen vom Parkplatz holte. Um sie herum tanzten und sangen die Harekrischnas und schwangen ihre Tamburine. Lilian atmete tief ein. Sie hatte gehofft, hier draußen würde sie sich besser fühlen, doch sie empfand keine Erleichterung. Sehnsüchtig hielt sie Ausschau nach dem braunen Mercedes. Sie würde die Lüftung voll aufdrehen. Sie lehnte sich gegen die Mauer und schloß die Augen. Ich laufe barfuß durch die Antarktis, wiederholte sie in Gedanken immer wieder, bis sie unwillkürlich in den Rhythmus der Sänger einfiel.

»Ich hab' ein Hühnchen mit Ihnen zu rupfen«, sagte die Stimme neben ihr. Lilian öffnete die Augen und sah sich um. Kühl und beherrscht stand Elaine vor ihr. »Um Gottes willen, sind Sie krank? Sie sehen ja ganz grün aus!«

»Danke, es geht gleich wieder«, sagte Lilian mechanisch.

»Möchten Sie sich setzen?« fragte Elaine und deutete auf die Steinstufen. »Ich denke, für uns wird noch Platz sein zwischen all diesen verzückten Heiligen.«

Lilian schüttelte ablehnend den Kopf. »Mir ist bloß furchtbar heiß.«

Elaine musterte sie von Kopf bis Fuß. »Na, das ist ja auch kein Wunder. Was haben Sie denn da bloß an! Wie sind Sie nur auf die Idee gekommen, mitten im Sommer in 'nem wollnen Rollkragenkleid rumzulaufen?!«

»Wir haben schon September.«

»Ja, aber fast vierzig Grad im Schatten.«

»Es ist schwarz«, erklärte Lilian. Wollte Elaine etwa mit ihr über das Kleid sprechen?

»Na und?« fragte Elaine verständnislos.

»Unser Ehemann bestand darauf«, sagte Lilian, ohne eine Miene zu verziehen.

Ein breites Lächeln erhellte Elaines Gesicht und ließ es sanfter und jünger erscheinen. »Seien Sie gefälligst nicht komisch. Ich wollte mich von Ihnen nicht zum Lachen bringen lassen.« Elaines Geständnis verblüffte sie alle beide. War das die Frau, die David als teilnahmslos beschrieben hatte und von der er behauptete, sie habe keinen Funken Humor? War das die Frau, deren weinerliche, schrille Telefonstimme ihr so verhaßt war?

Lilian dachte zurück an ihre erste offizielle Begegnung vor vier Jahren. Gerichtssaal C, im zweiten Stock. Plumley gegen Plumley. David Plumley wurde schuldig geschieden. Grund: Ehebruch. Die andere: Lilian Listerwoll. Ich weiß, wie abgedroschen das klingt, hatte sie zu Elaine gesagt, als sie sich plötzlich im Flur gegenüberstanden, aber ich wollte Ihnen wirklich nie weh tun. Elaine war unbeeindruckt geblieben und hatte eisig geantwortet, es klinge allerdings abgedroschen. Und dann hatte sie noch etwas gesagt. Lilian hatte ihre Worte verdrängt, doch bei Davids Geburtstagsparty, die einer anderen Zeit anzugehören schien, da kamen sie ihr wieder ins Gedächtnis, so sehr Lilian sich auch dagegen wehrte. Wenn er mich so behandeln würde wie Sie, hatte Elaine gesagt, und Sie so wie mich, dann wäre die Sache ganz anders ausgegangen.

Entgeistert starrte Lilian die erste Mrs. Plumley an. Vielleicht sind wir gar nicht so verschieden, wie ich dachte, überlegte sie. »Sie sagten, Sie hätten ein Hühnchen mit mir zu rupfen?« fragte sie, um diesem beunruhigenden Gedanken nicht weiter nachhängen zu müssen.

Einen Moment lang blickte Elaine sie so verdutzt an, als hätte sie chinesisch gesprochen. Doch dann fiel ihr ein, warum sie die Frau ihres Exmannes angesprochen hatte, und ihre Augen leuchteten kampflustig. »Ja«, bestätigte sie ungestüm. »Das hab' ich.« Mit jedem Wort gewann ihre Stimme an Entschlußkraft. »Wie können Sie es wagen, meiner Tochter zu erzählen, mein Freund sei 'n Mafioso?!«

Hilflos blickte Lilian sich um. Das darf doch nicht wahr sein, dachte sie. Wo David nur blieb? Warum brauchte er so lange, um den Wagen zu holen?

»Es tut mir leid«, sagte sie endlich und zwang sich, Elaine anzusehen. »Es ist mir einfach nur so rausgerutscht.«

»Er ist im Obsthandel«, erklärte Elaine.

»Aber gewiß doch.«

»Sie müssen ihn mit 'nem anderen Ron Santini verwechselt haben.«

»Ganz bestimmt.«

»Er ist im Obsthandel«, wiederholte Elaine. Dann setzte sie zögernd hinzu: »Und selbst wenn er 'n Mafioso wäre, dann geht Sie das gar nichts an.«

»Sie haben völlig recht. Ich sag' ja, es ist mir nur so rausgerutscht. Außerdem hat Laurie mir sowieso nicht geglaubt.«

»Oh, diese Kinder glauben doch alles, was man ihnen erzählt! Dauernd heißt es: ›Lilian sagt dies‹ und ›Lilian sagt das‹. Ich werd' noch ganz krank davon.«

»Ich dachte, sie hören mir gar nicht zu«, stieß Lilian verwundert hervor. Sie hielt es für besser, Elaines Kommentar zu ignorieren.

»Und ob die zuhören.« Elaine machte eine Pause. »Passen

Sie auf, ich sag' Ihnen was, auch wenn's Sie nichts angeht: Ron Santini ist ein sehr netter Mann, und da ich nicht vorhabe, noch mal zu heiraten, ist es mir ehrlich gesagt völlig Wurscht, womit er sein Geld verdient.«

Lilian fühlte, wie die flimmernde Hitze ihr die Luft abschnürte. »Sind Sie denn so verbittert«, fragte sie mit matter Stimme, »daß Sie auf Ihr Glück verzichten, nur damit David weiter für Ihren Unterhalt sorgen muß?«

»Mit neunzigtausend Dollar im Jahr kann man sich 'ne Menge Glück kaufen«, antwortete Elaine. »Und Sie haben recht, ich bin tatsächlich verbittert. Außerdem sind Sie ja jetzt selbst Ehefrau! Würden Sie wirklich noch mal heiraten?« Sie machte eine Pause, um der Frage Nachdruck zu verleihen. »Ich jedenfalls nicht«, sagte sie dann. »Einmal langt mir, vielen Dank.« Sie schaute auf die gegenüberliegende Straßenseite, wo ihr Wagen stand. »Ich hatte Glück. Hab' gleich hier 'nen Parkplatz gefunden. Also, ich fahr' jetzt nach Hause und leg' mich in die Sonne … Ich nehme an, Sie wissen, daß ich 'nen Swimming-pool hab'?«

»Ich weiß.«

»Ich würd' Sie ja gern einladen, aber das könnte taktlos wirken.«

»Danke, aber ich möchte sowieso noch mit auf den Friedhof.«

»Und natürlich kriegt jeder das, was er verdient.«

»Natürlich.«

Die beiden Frauen tauschten ein verbindliches Lächeln, und Lilian sah zu, wie Elaine die Stufen hinunterschritt und auf die Straße trat. Vor ein paar Tagen hätte sie in dieser Situation noch gehofft, daß ein Auto herangebraust käme und die Frau samt ihren Zweihundert-Dollar-Schuhen über den Haufen führe. Doch jetzt empfand sie seltsamerweise und fast gegen ihren Willen Respekt für die Frau. Gewiß, es war widersinnig, aber das Wortgefecht mit Elaine hatte ihr Spaß gemacht. Die Frau hatte mehr

Mumm, als Lilian ihr zugetraut hatte, und was sie sagte, hatte Hand und Fuß.

Die Hitze steigt mir zu Kopf, dachte sie, während sie zusah, wie Elaine den Wagen aufschloß und einstieg. Um die Hüften setzt sie ganz schön an, stellte Lilian mit Genugtuung fest. Erschöpft lehnte sie sich an die Mauer zurück.

»Mrs. Plumley?«

Lilian betrachtete fragend die bleiche, junge Frau, die vor ihr stand.

»Ich bin Lisa Weatherby, die Tochter von Beth.«

Lilian richtete sich auf und gab dem Mädchen die Hand. »Mein Beileid ...« begann sie stockend. »Wenn ich irgend etwas tun kann ... ich hab' mehrmals angerufen ...«

Das Mädchen warf einen fragenden Blick auf ihre Brüder. Der ältere hatte schützend den Arm um sie gelegt; der jüngere stimmte inbrünstig in den Singsang seiner Freunde ein. Verzückte Heilige hatte Elaine sie genannt, erinnerte Lilian sich plötzlich, obwohl sie vorhin gar nicht richtig hingehört hatte. Eigentlich ganz lustig. Ihr Blick suchte die Straße ab. Elaines Auto war fort.

»Sie könnten schon was tun«, sagte Lisa Weatherby.

Lilian schaute sie fragend an. »Ja?«

»Vielleicht kommen Sie in den nächsten Tagen mal zu uns und besuchen meine Mutter. Es geht ihr heute nicht gut, und sie konnte nicht mitkommen, aber ich weiß, daß sie gern mit Ihnen sprechen möchte. Wir hatten gehofft, daß Ruhe und Abgeschirmtheit ihr helfen würden, den Schock zu überwinden, und daß sie es dann ertragen könnte, über die Ereignisse jener Nacht zu sprechen. Aber anscheinend haben wir uns geirrt. Sie weigert sich immer noch, drüber zu reden, und ... na ja, wie's scheint, sind Sie ihre einzige Freundin.«

»Was?«

»Wir sollten jetzt gehen, Lisa«, drängte ihr älterer Bruder. »Der Wagen wartet.«

»Werden Sie kommen?« fragte Lisa noch einmal.

»Aber selbstverständlich«, antwortete Lilian. Wie konnte das Mädchen sagen, sie sei Beth Weatherbys einzige Freundin? Die Frau kannte doch Gott und die Welt. Jeder mochte sie gern. Wie hing das nur alles zusammen? Lilian lehnte sich wieder gegen die Mauer und dachte sehnsüchtig an Eis und Schnee.

»Verzeihen Sie, Lilian?«

Was hatte diese Mauer nur an sich? Sobald sie sich daran lehnte, hatte es jemand auf sie abgesehen. Zum drittenmal richtete sie sich auf und wandte sich in die Richtung, aus der die Stimme kam. Doch diesmal wußte sie im voraus, wer sie da ansprach. Ihr fiel ein, daß das Mädchen, als sie sich ihr zum erstenmal mit diesen Worten genähert hatte, sie Mrs. Plumley nannte.

»Ich weiß, was Sie sagen wollen«, schnitt Lilian der Jüngeren das Wort ab. »Sie heißen Nicole Clark, und Sie wollen meinen Mann heiraten.«

Das Mädchen senkte den Kopf. »Das hab' ich wohl verdient.«

»Es sind doch Ihre Worte.«

Nicole Clark nickte. »Nicht grade eine meiner intelligentesten Bemerkungen.«

»Ich bin ganz Ihrer Meinung.«

»Ich hab' mich aber doch entschuldigt«, flüsterte sie.

»Sie haben eine merkwürdige Art, um Verzeihung zu bitten«, sagte Lilian. Sie spürte, wie ihr der Schweiß übers Gesicht rann. »Hören Sie, sind Sie nicht auch der Meinung, daß wir dieses pikante Thema hinlänglich erörtert haben?«

»Ich hab' David erklärt, wie das alles passiert ist ...« fuhr Nicole fort.

»Nichts ist passiert«, korrigierte Lilian.

Nicole überhörte den wohlüberlegten Einwurf. »Ich hab' ihm erzählt, wie leid es mir tut, daß Ich Sie so aufgeregt hab' ...«

»Sie wissen Ihre Worte aber wirklich zu setzen«, sagte Lilian. Auf ihrem verschwitzten Gesicht lag wie angeklebt ein maskenhaftes Lächeln. »Doch ich denke, David hat im Moment andere Sorgen als …«

»Er war einfach großartig während dieser schrecklichen Tage«, unterbrach Nicole. »Er war es, der den Laden zusammengehalten und der dafür gesorgt hat, daß wir anderen uns nicht einfach gehenließen und aufgaben.«

»Er hat sich bestimmt sehr für die Firma eingesetzt«, räumte Lilian ein. Verwundert fragte sie sich, wann Nicole in all dem Durcheinander die Zeit gefunden hatte, sich vor David zu rechtfertigen. Und wie hatte David sich freimachen können, um ihr zuzuhören?

»Vor ein paar Tagen, da versuchte ich, mich auf meine Arbeit zu konzentrieren, aber es ging einfach nicht, und plötzlich brach ich in Tränen aus. Vor allen Leuten. Es waren sogar Klienten im Zimmer. Mir war's furchtbar peinlich. Ich hörte förmlich, wie sie hinter meinem Rücken miteinander tuschelten und sich drüber lustig machten, daß Frauen emotional eben doch nicht stabil genug sind für unseren Beruf. Lauter solchen Quatsch. Aber plötzlich war David da. Er brachte mich weg von all diesen Menschen und führte mich hinunter zum Essen. Dann haben wir darüber gesprochen. Er konnte wirklich verstehen, was ich für Al empfunden hatte. Ja, er teilte meine Gefühle. Ich hatte vorher noch nie erlebt, daß David sich so rückhaltlos öffnete. Als Mann, meine ich, nicht als Anwalt.«

Lilian schäumte vor Wut, und sie stieß ihre Worte hervor wie Giftpfeile: »Wie rücksichtsvoll von Al, sich umbringen zu lassen, damit Sie dieses herzige Erlebnis haben konnten.«

Sie hatte Nicole offensichtlich einen Schock versetzt. Sprachlos starrte das Mädchen sie an. Elaine hätte eine schlagfertige Antwort parat gehabt, dachte Lilian. Im Geiste sah sie ihren Mann und Nicole Clark vor sich, wie sie einander bei diesem Essen zu zweit ihr Herz ausschütteten. Das kleine Biest macht also Fortschritte, stellte sie, zwischen Furcht und Bitterkeit schwankend, fest.

Das Hupen des Wagens auf der anderen Straßenseite schreckte sie aus ihren Gedanken auf. Hastig wandte sie den Kopf, damit die andere nicht sehen konnte, wie die Tränen, die in ihren Augen schwammen, über ihre Wangen rollten und sich mit den Schweißtropfen auf ihrem Gesicht vermischten. Mit einer sehr energischen Handbewegung wischte sie beides, die Spuren der Hitze und die ihres Gefühls, fort und drehte sich wieder zu Nicole um.

»Entschuldigen Sie mich«, sagte sie, ließ ihre junge Herausforderin stehen und ging die Stufen hinunter. Bitte, lieber Gott, laß mich nicht hinfallen, betete sie leise, während sie vorsichtig einen Fuß vor den anderen setzte. Sie spürte die Blicke des Mädchens im Rücken. Es war, als brenne sie mit den Augen ein Loch in die schwarze Wolle ihres Kleides. Ihr rührender Gatte hatte also das süße, kleine Ding zum Essen ausgeführt und hatte sich obendrein »als Mann« vor ihr geöffnet. Wut und Empörung stiegen in ihr hoch. *Mich* zwingt er, mitten in 'ner Hitzewelle mit 'nem schwarzen Wollkleid rumzulaufen, und sie führt er zum Essen aus!

Lilian rief sich Elaines Orakelspruch vom Tag der Scheidung in Erinnerung und übertrug ihn in Gedanken auf Nicole: Wenn er sie so behandeln würde wie mich, wiederholte sie stumm, und mich so wie sie, dann ginge die Sache ganz anders aus. Mit hastigen Schritten lief Lilian auf den braunen Mercedes ihres Mannes zu und riß wütend die Tür auf. Dann drehte sie sich ein letztes Mal nach Nicole um und stieg ein.

15

»Ich kann's nicht glauben, das muß ein Alptraum sein.«

»So beruhige dich doch, Lilli.«

»Was heißt beruhigen? Siehst du denn nicht, daß ich langsam vor deinen Augen zerfließe?«

»Es dauert bestimmt nur noch 'n paar Minuten.«

»Das hast du schon vor 'ner Viertelstunde gesagt.«

»Der arme Kerl tut doch wirklich, was er kann. Er sieht schon ganz verstört aus.«

»Würdest du auch, wenn du 'ne Leiche als Mandanten hättest!«

»Lilli, ich bitte dich ...«

»Wenn du mir noch einmal sagst, ich soll mich beruhigen, dann krieg' ich 'nen Schreikrampf.«

»Na gut, wie du willst. Dann reg dich eben auf.«

»Können wir nicht wenigstens die Klimaanlage anstellen?«

»Aber sicher, wenn du unbedingt den Wagen überhitzen willst. Das wär' das beste Mittel, um endgültig hier festzusitzen.«

»Ich kann's einfach nicht fassen.«

Lilian schaute aus dem Fenster und betrachtete sehnsüchtig die Autos, die zügig auf dem Highway 41 vorbeiglitten, während sie hier an der Tankstelle festsaßen. Ein zitternder junger Mechaniker bemühte sich nach Kräften, den Keilriemen des Ventilators auszuwechseln, der gerissen war.

»Ich wußte gar nicht, daß 'n Ventilator 'nen Keilriemen hat«, murmelte Lilian vor sich hin. »Wenn Al Weatherby uns zuschauen kann, dann schüttelt er bestimmt den Kopf und sagt: ›Was für 'ne verdammte Scheiße!‹«

»Lilli, bitte, das führt doch zu nichts.«

»Und wenn du *das* noch mal sagst, dann steig' ich aus und geh' zu Fuß.«

»Laß dich nicht aufhalten«, erwiderte er, beugte sich über sie und öffnete die Wagentür.

Ein paar Minuten lang herrschte zorniges Schweigen. Na, phantastisch, dachte Lilian. So wie wir diese Szene spielen, könnte sie glatt von Nicole Clark inszeniert sein. Sie schloß die Tür.

»Ich kann's nicht leiden, wenn man mir ein Ultimatum stellt«, sagte er, ohne sie anzusehen.

»Ich weiß«, erwiderte sie und erinnerte sich.

Es war schon spät. Das Zimmer lag im Dunkeln. Keinem von beiden war es eingefallen, das Licht einzuschalten. Lilian wußte, daß ein Stockwerk tiefer Mrs. Everly und ihr riesiger Hund in tiefem Schlaf lagen. Sie wünschte, auch sie läge im Bett. Sie sehnte sich danach zu schlafen, und zwar allein. Sie hatte Angst davor, das sagen zu müssen, was er nicht hören wollte.

»Ich kann's nicht mehr, David«, fing sie an.

»Wovon sprichst du?«

»Wovon wir dauernd sprechen. Bloß diesmal mein' ich's ernst.« Er saß auf dem Sofa, und sie hockte im Lotossitz auf dem Boden. Sie trug ein langes Abendkleid, was für ihre Beinstellung äußerst hinderlich war, und außerdem wirkte ihre Pose in diesem Aufzug völlig deplaziert. Ihr rötlichbraunes Haar hatte sie hochgesteckt, doch immer wieder drohten unzählige widerspenstige Strähnen sich aus der kunstvollen Frisur zu lösen. Ihr Gesicht war tränenverschmiert, und auf ihren Wangen brannten rote Flekken. Er wußte, daß sie sich genauso elend und unglücklich fühlte, wie sie aussah. Er wußte auch, was sie sagen würde und daß er es nicht hören wollte. Lilian war sich über all das klar, aber sie war entschlossen, es trotzdem zu sagen.

»Ich liebe dich, David«, begann sie und zwang sich weiterzusprechen. »Ich hab' dich so lieb, daß es weh tut. Aber ich hab' diese Heimlichkeiten satt. Ich bin's leid, bis zwei Uhr morgens aufzubleiben und vergeblich drauf zu warten, daß du vielleicht noch vorbeikommst. Und ich kann ein-

203

fach nicht mehr so tun, als ob du dich irgendwo ganz allein schlafen legst, wenn du aus meinem Bett steigst und zu deiner Frau nach Hause fährst.« Sie hielt inne und schluchzte heftig.

»Lilli …«

»Aber was mir am meisten stinkt, ist, daß ich mir die Hakken ablaufen mußte, um 'nen Tischherrn für die Hochzeit meiner Cousine zu finden! Und warum? Weil der einzige Mann, mit dem ich in den letzten beiden Jahren zusammen war, verheiratet ist und weil es keinen guten Eindruck machen würde, wenn ich auf der Hochzeit meiner Cousine mit 'nem verheirateten Mann aufgekreuzt wäre!« Sie wimmerte vor sich hin, hob mechanisch die Hand, um sich eine herunterhängende Haarsträhne hinters Ohr zu streichen, und rief erschrocken: »O Scheiße, sie is' weg. Ich hab' sie verloren.«

Verdutzt blickte David sie an. »Was ist weg?«

»Meine Blume«, schluchzte sie. »Ich hatte 'ne blaue Stoffblume im Haar. Alle sagten, daß sie mir gut stand.«

»Bestimmt stand sie dir gut.«

»Und jetzt hab' ich dieses dämliche Ding verloren!«

»Ich finde dich auch so schön«, sagte er sanft, ließ sich zu ihr auf den Boden nieder und legte die Arme um sie. Sie lehnte den Kopf an seine Schulter und spürte, wie die verlaufene Wimperntusche kleine, schwarze Rinnsale unter ihren Augen bildete.

»Du mußt ganz schön spitz sein«, lächelte sie unter Tränen.

»Bin ich auch«, sagte er und küßte sie auf den Nacken. »Schließlich hab' ich dich drei Tage lang nicht gesehen.«

»Und wer ist schuld dran, verflucht noch mal?« fragte sie heftig, stieß ihn zur Seite und richtete sich steifbeinig auf. »Mist verdammter, heut' abend hättest du mich sehen sollen. Ich war wirklich schön.«

»Bestimmt warst du das.«

»Leon – stell dir vor, mein Tischherr hieß Leon –, er hat

mich gefragt, ob wir uns wiedersehen können. Falls du dir *das* vorstellen kannst! Freitag abend. Er will mit mir ausgehen und mir *Second City* zeigen.«

»Und was hast du geantwortet?«

»Ich hab' gesagt, daß ich mir den Freitag eigentlich lieber frei halte, für den Fall, daß mein verheirateter Liebhaber auf 'n paar Stunden vorbeikommt.«

»Lilli ...«

»Ich hab' ja gesagt und daß ich mich riesig freuen würde. Was hätt' ich denn sonst sagen sollen?«

David stand vom Boden auf. »Wozu soll das alles gut sein, Lilli?«

Sie zuckte mit den Achseln. Der schmale Träger ihres Abendkleides rutschte herunter. »Du mußt dich entscheiden, David.«

»O Lilli ...«

»Es tut mir leid, wenn es so klingt, als ob ich mich hinter Klischees verschanze. Aber unsere Situation ist nun mal 'n Klischee, also muß ich mich der entsprechenden Wortwahl bedienen.«

»Ich kann's nicht leiden, wenn man mir ein Ultimatum stellt.«

»Ist mir völlig Wurscht, was du leiden kannst und was nicht!«

Beide blieben wie angewurzelt stehen und starrten einander an. Lilian kam es vor wie eine Ewigkeit. Dann drehte er sich, ohne ein Wort zu sagen, um und lief zur Tür. Es verging ein Monat, ehe er anrief, um ihr mitzuteilen, daß er seine Frau um die Scheidung gebeten habe. Elaine hatte mit der Drohung reagiert, sie werde ihm den letzten Pfennig abknöpfen.

Lilian drehte an der Lüftung, bis der Luftstrom direkt auf ihren Hals gerichtet war.

»Geht's dir jetzt besser?«

»Mir wird's erst besser gehn, wenn ich aus diesem Kleid 'raus bin und den verdammten Fetzen verbrannt hab'.«

»Wenigstens haben sie ihn nun begraben.«

»Gott sei Dank! Nachdem ja heute alles schiefzugehen schien, hätt's mich nicht gewundert, wenn ihnen zur Krönung des Ganzen der Sarg runtergefallen wär'.«

David lachte. »Das war ein Tag«, seufzte er kopfschüttelnd. »Mir kam das alles so unwirklich vor.«

»Mir ging's genauso.«

»Al ist wirklich tot«, sagte David wie zu sich selbst. »Wir waren dabei, als sie ihn in die Erde legten.«

»Wir haben nur gesehen, wie sie einen *Sarg* hinunterließen«, korrigierte Lilian. »Al ist vielleicht immer noch an der Tankstelle von vorhin. Womöglich haben die ihm 'nen Job angeboten. Schneller als dieser lahme Mechaniker würde er selbst in seinem Zustand noch arbeiten.«

David lachte auf. Dann fädelte er sich plötzlich ungeachtet des dichten Verkehrs auf der mehrspurigen Straße nach rechts ein und hielt am Fahrbahnrand. Sie waren nur noch wenige Minuten von ihrer Wohnung entfernt.

»Warum halten wir?« fragte Lilian verblüfft. Einen Augenblick lang sah sie hilflos zu, wie Davids Lachen in Weinen überging. »O David«, flüsterte sie schließlich, legte die Arme um seinen Nacken und preßte den Kopf an seine Schulter. Auf einmal stiegen auch ihr die Tränen in die Augen. Eine Weile saßen sie ganz still nebeneinander und weinten um den Mann, den sie beide so geliebt und bewundert hatten.

Endlich löste David sich aus ihrer Umarmung, richtete sich auf und trocknete sich die Augen. »Tut mir leid«, sagte er.

»Was denn, um Himmels willen?«

Er schüttelte den Kopf. »Einfach alles. Daß ich so 'n Spießer bin und dir dieses blöde Kleid aufgezwungen hab' ...«

»Ist schon gut.«

»Nein, ist es nicht. Guck dich doch bloß mal an!«

»Bitte erinnere mich nicht dran, wie ich ausseh'! Ich will's gar nicht wissen.«

»Siehst du? Schon wieder! Ich brauch' nur den Mund auf-
zumachen, und schon tu ich dir weh.«

»Aber das stimmt doch gar nicht. Schau, ich fühl' mich fabelhaft. Oder doch zumindest mittelprächtig. Sagen wir,
ich fühl' mich mittelprächtig.«

Er beugte sich über sie und gab ihr einen Kuß. »Du bist so
lieb, und ich? Ich bin 'n richtiges Scheusal.«

»Lobenswerte Selbsterkenntnis. Ist dir das erst jetzt aufgefallen?« Sie küßte ihn auf die Wange. »Komm, fahr los. Wir
wollen nach Hause. Ich werd' mein Kleid verbrennen; wir
nehmen zusammen ein Schaumbad und legen uns ins Bett.
Was hältst du davon?«

Er nickte wortlos und drehte den Zündschlüssel um. Der
Wagen sprang an, und in einträchtigem Schweigen fuhren
sie bis zu ihrem Apartmenthaus.

Wenige Minuten später hielt David auf ihrem Stellplatz in
der riesigen Tiefgarage. Doch er machte keine Anstalten
auszusteigen, sondern blieb reglos mit gesenktem Kopf
sitzen, so als sei er völlig in Gedanken versunken. Lilian
spürte, daß er ihr etwas sagen wollte, und da sie annahm,
es sei dringender als ihr Wunsch, das gräßliche Kleid auszuziehen, wartete sie geduldig.

»Was ist los?« fragte sie endlich.

Schweigen. Nach einer Weile begann er zögernd: »Ich muß
mich noch für was anderes bei dir entschuldigen.«

Lilian hielt den Atem an und dachte angstvoll an Nicole
Clark. Gab es da noch was, außer diesem Mittagessen, das
er ihr verschwiegen hatte? Bitte, behalt's für dich, betete sie
stumm. Ich will's nicht wissen. »Ich finde, du hast dich
heute schon genug entschuldigt«, flüsterte sie mühsam.

»Aber dafür nicht.«

»David ...«

»Ich meine das wegen deiner Arbeit, die Uni ...«

»Was?«

»Na ja, weil ich doch so blöd reagiert hab', als du mir klarmachen wolltest, wie unglücklich du da bist.«

»Wie hast du denn eigentlich reagiert?«

»Siehst du, genau darum geht's. Ich hab' nämlich strenggenommen überhaupt nicht reagiert. Ich hab' dir geraten, die Zähne zusammenzubeißen und dich durchzuboxen. Oder irgend so 'n Quatsch. Ausflüchte. Mit Standardratschlägen hab' ich dich abgespeist, und dabei war alles, was du brauchtest, 'n bißchen Trost und Verständnis. Zum Kukkuck, Lilli, wenn du meinst, daß du an der Uni unglücklich bist, dann solltest du die Stelle aufgeben. Wenn wir etwas aus Als Tod lernen können, dann ist es die Erkenntnis, daß ein Menschenleben zu kurz und zu kostbar ist, um es an Aufgaben zu verschwenden, die uns keine Freude machen. Ich liebe dich, Lilli, und ich möchte, daß du glücklich bist.«

»Es wird schon werden«, lächelte sie unter Tränen. »Irgendwas wird sich schon finden. Irving ruft mich bestimmt bald an. Wart's nur ab.«

David lachte reumütig. »Das liegt mir auch noch auf der Seele. An dem Abend, als du mir von deinem Treffen mit Irving erzählen wolltest, da hab' ich mich benommen wie der Elefant im Porzellanladen.«

»Hab' ich schon vergessen«, flüsterte Lilian. »Manchmal ist es ja auch nötig, praktisch zu denken und sich nicht nur von Gefühlen leiten zu lassen.« Sie zögerte. Als sie weitersprach, war ihre Stimme sanft und gefaßt. »Das einzige, was mich stört, ist, daß wir so wenig Zeit füreinander haben. Wenn sich das ändern würde, fände ich alles andere wahrscheinlich gar nicht mehr so schlimm.«

Er nickte. »Auch dafür wollte ich dich um Verzeihung bitten. Ich weiß, es sieht aus, als fiele ich in meinen alten Lebensstil zurück. Aber glaub' mir, Lilli, im Moment bin ich wirklich völlig überlastet. Es geht einfach alles drunter und drüber. Ich blick' nicht mehr durch, und ganz gleich, wie hart oder wie lange ich arbeite, es ist kein Ende abzusehen. Jetzt, nach Als Tod, ist es wirklich zum Verzweifeln. Keiner kennt sich aus. Es wird Monate dauern, bis alles wieder normal läuft und wir die Dinge wieder im Griff haben.« Er blickte seine Frau forschend an. »Glaubst du, du kannst noch ein Weilchen Geduld mit mir haben? Ich versprech' dir, daß nach Weihnachten alles wieder wird wie früher. Dann sind wir bestimmt aus dem Gröbsten raus, und ich brauch' nicht mehr von morgens bis nachts zu schuften, das versprech' ich dir. Na, was sagst du dazu?«

Lilian nickte. »Klingt nicht schlecht.«

Er beugte sich über sie und küßte sie zärtlich. Fast wie im gleichen Takt öffneten dann beide ihre Autotür, stiegen aus und verschlossen den Wagen. Hand in Hand gingen sie zum Aufzug, drückten auf den Knopf und warteten.

»Ich wüßte gern, ob Irving mich wirklich anruft«, sagte Lilian gedankenverloren, als sie in den Lift stiegen.

»Du warst doch seine beste Kraft. Natürlich wird er dich anrufen.«

»Er klang aber ziemlich pessimistisch.«

»Dafür wird er schließlich bezahlt.«

»Er hat gesagt, die Frau, die sie als Ersatz für mich eingestellt haben, habe sich gut eingearbeitet.«

»Niemand könnte dich ersetzen.« David zog sie an sich und gab ihr einen Kuß.

Erzähl' das mal Nicole Clark, hätte sie am liebsten gesagt. Statt dessen lächelte sie nur stumm.

»Vielleicht starten sie 'ne neue Serie«, fuhr David fort.

Lilian nickte. »Über irgend 'n Thema, das man von vorne bis hinten in Chicago abhandeln kann. Dann könnte ich wieder in meinem alten Job arbeiten und würde trotzdem hierbleiben.«

»Hmhm, bis sich die nächste Gelegenheit bietet, nach China zu fliegen ...«

»Ich war doch schon in China«, erinnerte sie ihn.

»Ich weiß«, sagte er, und dann schwiegen sie beide.

Sie umkreisten sich mißtrauisch wie zwei streunende Katzen, fauchten sich aus sicherer Entfernung an und warteten angespannt auf die geringste Provokation, um endlich übereinander herfallen zu können.

»Warum machst du aus dieser Reise 'ne Staatsaffäre?«

»Das hab' ich dir doch schon lang und breit erklärt. Du bist dieses Jahr oft genug fort gewesen.«

»Nicht öfter als letztes Jahr.«

»Da warst du ja auch viel zuviel unterwegs.«

»Na prächtig. Wir drehen uns dauernd im Kreis.«

Lilian ließ sich erschöpft in die weichen Kissen des Sofas fallen.

»Ich bin's leid, daß du wegen jeder Reise, die ich machen muß, so 'nen Veitstanz veranstaltest.«

»Dann hör' auf, dauernd in der Gegend rumzukutschieren.«

»Ich bin doch gar nicht so oft weg!«

David, der aufgeregt auf und ab gelaufen war, blieb mitten im Zimmer stehen und starrte seine Frau ungläubig an.

»Lilli, in den zwei Jahren unserer Ehe warst du in London, Paris, Toronto, Los Angeles, Angola und Argentinien! Und jetzt willst du auch noch nach China!«

Lilian antwortete nicht gleich. »Wir hatten mal vor, *zusammen* hinzufahren«, erinnerte sie ihn schließlich vorwurfsvoll.

»Du weißt doch ganz genau, daß ich hier nicht weg kann.«

»Und warum nicht?«

»Wie stellst du dir denn das vor, Lilli? Soll ich etwa all meine Klienten hängenlassen, bloß um mit meiner Frau 'ne Spritztour zur Chinesischen Mauer zu machen?«

»Genau das. Warum eigentlich nicht?«

»Weil kein Mensch weiter zu 'nem Rechtsanwalt gehen würde, der mitten in 'nem Scheidungsprozeß Termine platzen läßt, um die man monate-, wenn nicht sogar jahrelang gekämpft hat. Darum.«

»Du hast doch Partner. Wozu sind die gut, wenn sie dich nicht mal vertreten können, wenn du verhindert bist?«

»Du weißt ganz genau, daß ich meine Fälle nicht gern aus der Hand gebe ...«

»Andere Leute nennen so was schlicht: Verantwortung delegieren.«

»Für meine Klienten bin aber nun mal *ich* verantwortlich.«

»Kannst du ihnen denn nicht einfach sagen, daß du für 'n paar Wochen Ferien machst? Ich hab' mich mit meinem Urlaub ja auch nach dir gerichtet!«

»Das ist der springende Punkt. Ich hab' meinen Urlaub dieses Jahr schon genommen!« David setzte sich in einen der ausladenden Ohrensessel, die Lilian und er neulich gekauft hatten. »Außerdem, was sollte ich denn in China machen? Dir die Filme wechseln, oder was? Sei doch vernünftig. Ich würde da doch bloß allen im Weg rumstehen.«

Lilian erinnerte sich an frühere Reisen, bei denen Kollegen ihre Partner mitgenommen hatten. Sie mußte David recht geben. Wann immer eine Ehefrau (es sind tatsächlich nur Frauen gewesen, dachte sie) ihren Mann zum Drehort begleitete, kam es unweigerlich zu Reibereien und Schwierigkeiten. Sie selbst war schon vor langer Zeit zu der Erkenntnis gelangt, daß es nicht gut war, Vergnügungs- und Dienstreisen zu verbinden. Beide Teile kamen dabei nicht zu ihrem Recht.

»Außerdem«, hörte sie David sagen, »können wir es uns nicht leisten.«

Lilian holte tief Luft. Als Begleitperson würde David die Reisekosten selbst tragen müssen. Elaine hatte dafür gesorgt, daß Lilian und David sich nur selten einen Urlaub gönnen konnten; und auch dann nie sonderlich weit weg von zu Hause.

»Was bleibt uns also übrig?« fragte Lilian mit müder Stimme.

»Das möchte ich von dir wissen.« David klang genauso erschöpft wie sie.

»Ich reise, David.«

Er nickte und stand auf. »Das heißt, du wirst nicht dabeisein, wenn die Party in der Kanzlei steigt.«

»Nein. Tut mir leid.«

»Und was wird aus den Marriotts? Wir haben sie doch zum Essen eingeladen.«

»Wir verschieben's, bis ich zurück bin.«

»Was soll ich den Leuten sagen?«

»Die Wahrheit. Daß ich nach China mußte. Dann haben die alten Klatschmäuler wenigstens mal 'n neues Thema. Sonst fällt ihnen doch nichts anderes ein, als drüber zu reden, daß deine erste Frau hübscher war, und sich zu fragen, was du nur an dieser Fernsehtante findest.« David setzte sich wieder, blickte sie an und lächelte matt. »Aber wenn du ihnen mal 'nen richtig gepfefferten Gesprächsstoff liefern willst, dann geh doch in anderer Begleitung auf die Party.«

Flüchtig stellte sie sich ihren Mann in den Armen einer anderen vor. Sie sah, wie die Frau ihre Beine um seine Hüften schlang ... »Wenn ich's mir recht überlege ...« Sie stand auf, schlich schuldbewußt auf David zu, setzte sich auf seinen Schoß und kreuzte die Beine hinter seinem Rücken. »Dann sollen sie sich ruhig ihre eigenen Themen ausdenken.« Sie küßte ihn. »Bitte, sei mir nicht böse.«

»Ich werd's überleben«, sagte er und erwiderte ihren Kuß.

Sie war nach China geflogen, hatte den ersten Boom amerikanischer Touristen gefilmt, und als sie zwei Wochen später zurückkehrte, fand sie die Wohnung unverändert, das Wetter war das gleiche wie vor ihrer Abfahrt, und ihr Mann war ebenso glücklich, sie wiederzusehen, wie jedesmal, wenn sie von einer Reise zurückkam. Und doch stimmte etwas nicht. Es war nichts Greifbares. Sie spürte und erahnte es nur, sei es in einem ausweichenden Blick, sei es in einer Berührung, die fremd wirkte. Er war mit einer anderen Frau zusammengewesen. Sie wußte es. Sie war sich dessen so sicher, als sei sie selbst dabeigewesen oder als hätte er es mit seinen eigenen Worten bestätigt. Er sprach nie davon. Sie fragte nie danach. Aber es stand zwischen ihnen. Eine Woche nach ihrer Rückkehr meldete sie dem Sender, daß sie keine Außenaufträge mehr annehmen würde. Bald danach reichte sie ihre Kündigung ein und begann, an der Universität Chicago Fernsehjournalismus zu lehren.

»Worüber hast du mit Nicki gesprochen?« fragte er, als sie die Wohnung betraten. Lilian zog sich das verschwitzte, schwarze Wollkleid über den Kopf und ließ es achtlos zu Boden fallen. »Mensch, Lilli, wart' doch wenigstens, bis ich die Tür zugemacht hab'!«

Sie hörte, wie die Tür hinter ihr ins Schloß fiel, während sie wie ein Roboter auf das Bad zusteuerte. Sie ließ das Wasser einlaufen. Als David hereinkam, stand sie nackt neben der Wanne und starrte auf den sprudelnden Strahl.

»Du hast mir nicht erzählt, daß du mit ihr essen warst«, stellte sie statt einer Antwort fest.

David bedurfte keiner weiteren Erklärung. »Sie war völlig durcheinander. Sie brauchte jemanden, um sich auszusprechen.«

»Und du warst der einzige, an den sie sich wenden konnte?«

»Ich war eben grade da.«

»Sehr bequem«, spottete Lilian. Im nächsten Moment hätte sie ihre Worte am liebsten zurückgenommen.

»Das ist wirklich kein Diskussionsthema«, sagte er und ging hinaus.

Lilian wäre ihm gern gefolgt, doch dann entschied sie, daß der Anblick ihres nackten Körpers bei einem Gespräch über Nicole Clark kein günstiges Vergleichsbild abgeben würde. Sie wartete, bis die Wanne fast randvoll war, dann tauchte sie ins Wasser und schloß die Augen. In den wenigen Minuten, die zwischen dem Öffnen der Wohnungstür und dem Einlassen des Badewassers lagen, hatte sich ihr Traum vom Schaumbad zu zweit zerschlagen, und auch bei ihm war das Verlangen erloschen. David und Lilian waren in verschiedenen Räumen. Und Nicole Clark stand irgendwo zwischen ihnen.

16

Am nächsten Tag fuhr Lilian hinaus nach Lake Forest, um Beth Weatherby zu besuchen.

Von der Straße aus wirkte das Haus noch genauso, wie sie es von ihrem letzten Besuch her in Erinnerung hatte. Das Laub der Bäume, die das große, graue Ziegelgebäude umstanden, schien noch genauso frisch wie im Frühsommer; es war, als seien die letzten drei Monate spurlos daran vorübergegangen. Doch Lilian wußte, daß die Zeit das grüne Blätterkleid nur allzu rasch in herbstliche Töne färben würde. Wenig später würde dann auch dieses leuchtende, rotgoldene Farbspiel vorbei sein, und noch ehe sie darauf gefaßt war, würden die kahlen Äste wie schwarzes Filigran in den grau über Chicago lastenden Winterhimmel ragen. Lilian starrte hinunter auf die weißen und roten Geranien und Petunien, die den Kiesweg zum Haus säumten. Wie frisch sie noch waren. Trotz der Hitze – die Temperatur war nur wenig niedriger als am Vortag – fröstelte sie plötzlich. Es wird ein langer Winter werden, dachte sie und betrat den frischgeharkten Weg, der zum Haus führte.

Als sie vor der hohen, massiven Eichentür stand, blickte sie zögernd auf den bronzenen Klopfer in Form eines Delphins. Zaghaft langte sie hinauf und ergriff den Schwanz des großen Meerestiers. Deutlich spürte sie, wie ein Angstschauer durch ihre Glieder fuhr. Warum? fragte sie sich, verärgert über die Hypersensibilität ihres eigenen Körpers. Wovor fürchte ich mich bloß? Etwa davor, daß Als Geist auf mein Klopfen erscheinen könnte, um mich mit seiner herzlichen Art hineinzubitten, so wie er es vor ein paar Monaten tat, als ich mit David zu dem verunglückten Bridgeabend kam? Sie erinnerte sich, wie sie an jenem Abend in dem gemütlichen Wohnzimmer gesessen hatte, fasziniert von den herrlichen Antiquitäten und durchdrungen von einem beruhigenden Gefühl, das der Raum mit seiner Atmosphäre der Beständigkeit erzeugte. David saß neben ihr, sie betrachteten das Foto der Weatherby-Kinder, und dann zerriß plötzlich ein Schrei den Frieden des Abends. Es war Beth. Lilian sah alles wieder ganz deutlich vor sich: wie sie in die Küche gerannt war, wie sie einen Moment lang gebannt auf Als erschrockenes Gesicht gestarrt hatte, das sich geisterbleich von dem purpurnen Blutstrom abhob, der aus Beths ausgestreckter Hand schoß. Lilian wandte sich um und blickte auf den Fußweg zurück. Weiß und rot, dachte sie, wie die Blumen.

Reglos stand Lilian da und spürte, wie die Angst in ihr hochkroch. Das ist einfach lächerlich, dachte sie wütend. Ich führ' mich ja auf wie ein Kind, das sich vorm schwarzen Mann fürchtet. Wovor hab' ich eigentlich Angst? Vor der Nähe des Todes etwa? Davor, ein Haus zu betreten, in dem jemand ermordet worden war? Kopfschüttelnd verneinte sie die Fragen ihrer inneren Stimme. Nein, es war nicht der Tod, vor dem sie sich fürchtete. Dessen grauenvolles Gesicht war ihr oft genug begegnet, ob sie nun das Gemetzel eines Bürgerkrieges oder die Brutalität der Großstadt gefilmt hatte. Nein, der Tod schreckte sie nicht mehr, dazu hatte sie ihn zu oft mit der Kamera festgehalten.

Aber jetzt gab es eben keine Kamera, die ihr die nötige Distanz verschafft hätte. Sie war ganz allein – mit ihrer Angst. Sie konnte sich selbst nicht recht erklären warum, aber etwas in ihr sträubte sich einfach dagegen, das Haus zu betreten. Instinktiv spürte sie, daß sich dort drinnen Geheimnisse verbargen, von denen sie nichts wissen wollte, und daß ihr ganzes Leben sich ändern würde, sobald sich diese schwere Eichentür öffnete.

»Ach, sei doch nicht so theatralisch«, befahl sie sich selbst mit lauter Stimme, ließ den Delphin los und lauschte dem wohltönenden Klang, mit dem er gegen die bronzene Platte schlug.

Die Tür öffnete sich sofort, so als ob drinnen jemand von ihrer Ankunft gewußt hätte und geduldig abwartete, bis sie sich entschloß zu klopfen. Lilians Herz schlug wie rasend. Reiß dich zusammen, befahl sie sich, als sie das junge Mädchen im Eingang erkannte. Lisa Weatherby schenkte der Besucherin ein mattes Lächeln. Sie wirkt viel jünger als dreiundzwanzig, stellte Lilian fest. Ja, sie sieht sogar jünger aus als ihr siebzehnjähriger Bruder. Sie hat geweint. Ihre braunen Augen waren immer noch tränenverschleiert, die Lider geschwollen. Sie hatte eine verblüffende Ähnlichkeit mit ihrem Vater. Lilian versuchte sich Lisas Brüder vorzustellen, die ihr auf der Beerdigung flüchtig begegnet waren. Die beiden schlugen ganz eindeutig ihrer Mutter nach.

»Ist Ihnen nicht gut?« fragte Lilian und nahm das Mädchen spontan in die Arme.

»Ich weiß selbst nicht, was mit mir los ist«, antwortete Lisa. Als sie in Tränen ausbrach, zog Lilian sie rasch ins Haus und schloß die Tür. Die Diele sah genauso aus wie an jenem Abend vor wenigen Monaten. Was hab' ich denn erwartet? Blutbespritzte Wände? Den Namen des Opfers mit seinem eigenen Blut zwischen zotige Graffiti geschmiert?

»Sind Ihre Brüder zu Hause?« fragte Lilian.

»Brian hat sich hingelegt«, sagte das Mädchen leise. »Und Michael ist wieder zu seinen Leuten gegangen.«

»Und Ihre Mutter?« Lilian überlegte, ob Lisa wohl spürte, wie widerwillig sie diese letzte Frage stellte.

»Sie ist in ihrem Zimmer. Kann ich Sie einen Moment sprechen?«

»Aber natürlich«, antwortete Lilian. »Deshalb bin ich doch gekommen.«

Sie ließ sich von dem Mädchen in das geräumige Wohnzimmer führen. Auch hier war alles unverändert. Nach wie vor strahlte der Raum Wärme, Beständigkeit, ja sogar Liebe aus.

Sie bewegten sich wie siamesische Zwillinge, die an der Hüfte zusammengewachsen sind, auf das Sofa zu. Langsam und vorsichtig ließen sie sich eng beieinander nieder. Lilian schob ihren Arm in den des Mädchens.

»Die Leute hier glauben, daß es in Los Angeles bloß Verrückte gibt«, platzte Lisa ohne jede Einleitung heraus. Sie schniefte und fuhr fort: »Es gibt da 'ne Geschichte, in der heißt es, als Gott die Welt erschuf, da kippte er sie so auf die Seite, daß sämtliche Irren nach Los Angeles rutschten.« Sie versuchte zu lachen, doch es gelang ihr nicht. »Und der Witz an der Sache ist, es stimmt. Sie sind wirklich meschugge. Ich hab' da keinen einzigen normalen Menschen kennengelernt. Man kann niemandem trauen, denn die Lügen gehen ihnen so leicht von den Lippen wie unsereinem die Wahrheit. Geld und Erfolg, das ist alles, was sie interessiert. Was draußen in der Welt passiert, kümmert sie nicht die Bohne. Sie sitzen in ihren protzigen Villen mit Swimming-pool, fahren sündteure, ausländische Wagen, sie ertrinken im Luxus, aber sie sind nicht glücklich, denn sie müssen dauernd krampfhaft überlegen, wem sie welche Lüge aufgetischt haben. Sie wissen nicht mal mehr, was Lüge und was Wahrheit ist. Sie tun, als lebten sie mitten in einem riesigen Hollywood-Studio und müßten ständig Angst haben, daß nachts einer reinkommt und sämtliche Kulissen zusammenpackt. All diese Typen sind so kaputt, daß sie nicht mehr zwischen Illusion und Wirklichkeit unterscheiden können.« Sie hielt inne, wie um ihre Gedanken zu ordnen. »Früher, da konnte ich hierherkommen und mein Gefühl für die Realität zurückgewinnen. Wenn ich hier zu Hause saß, zusammen mit Vater und Mutter, da spürte ich, daß es das doch noch gibt, ein normales Leben, vernünftige Menschen. Meine Eltern machten einander

217

nichts vor; in unserer Familie achteten wir einander um unserer selbst willen. Meine Eltern haben nie versucht, uns umzukrempeln.« Sie schüttelte den Kopf und jagte in Gedanken zwischen ihren beiden Welten hin und her. »Hier war's immer ganz anders als in Hollywood, wo sich jeder einbildet, er könnte einem 'n neues Image verpassen. Und jeder da unten hält sich für 'nen Star, auch wenn er sich die letzten zwanzig Jahre als Parkwächter oder Kellner durchgeschlagen hat. Wenn man einen von denen nach seinem Beruf fragt, wird er garantiert sagen: ›Ich bin Schauspieler.‹ Allesamt hätten sie um ein Haar die Hauptrolle in ›Kaltblütig‹ gekriegt. Wissen Sie, wie lange das her ist?! Man suchte damals nach neuen Gesichtern. Wahrscheinlich haben sie von jedem halbwegs passablen Typ zwischen sechzehn und sechzig Probeaufnahmen gemacht. Aber denen, die dabei waren, ist das völlig Wurscht. Jeder von ihnen fühlt sich auch heute noch als der eigentliche Hauptdarsteller und ist überzeugt, daß er eines Tages ein Star wird. Und der Witz ist, daß so was tatsächlich vorkommt, äußerst selten zwar, aber es reicht, um die Träumer wachzuhalten.« Sie rieb sich mit beiden Händen die Augen. Lilian wartete geduldig, bis das Mädchen sich wieder gefaßt hatte. »Ich leb' jetzt schon fast vier Jahre da unten und versuche, als Sängerin unterzukommen. Mein Vater war dagegen, daß ich hinzog, aber nicht, weil er an meinem Talent zweifelte, sondern einfach, weil er wußte, daß die da unten alle verrückt sind.« Ihr Lachen klang gekünstelt. »Und ich bin's auch. Ich gehöre zu diesen verrückten Typen, die sich mit Aushilfsjobs über Wasser halten und auf ihren großen Durchbruch warten. Jetzt bin ich schon fast vier Jahre da. Und obwohl meine Eltern nicht dafür waren, daß ich runterziehe, haben sie mich rührend unterstützt. Oder nein, eigentlich war's ein bißchen anders. Wenn wir alle zusammen saßen, stellte Mutter sich auf Vaters Seite. Aber wenn wir beide allein waren, dann sagte sie: ›Geh, Lisa. Versuch's. Wenn du wissen willst, was in dir steckt, dann

mußt du's probieren.‹ Ich glaube, ohne ihr Zureden hätt'
ich nicht den Mut gehabt, mich gegen meinen Vater durchzusetzen. Aber als ich mich einmal entschieden hatte, da
hat er mir jeden Monat Geld nach Los Angeles geschickt,
und meine Mutter hat mir zweimal die Woche geschrieben. Wir beide stehen uns sehr nahe; schon immer, nicht
erst, seit ich erwachsen bin. Sie hat mir nie was verheimlicht. Ich glaub', als ich tatsächlich wegzog, da hatte sie
Angst, es könnte vielleicht schiefgehen. Ich konnte es in
ihren Augen lesen, daß sie Angst hatte. Wahrscheinlich
fürchtete sie sich auch vor der Einsamkeit, sie wußte ja,
daß sie mich vermissen würde. Na, und dann war ihr klar,
daß ich in 'ne total verrückte Welt ging. Aber sie war nie
eine von den Müttern, die sagen: ›Bleib zu Hause und warte auf 'nen netten jungen Mann. Was hast du denn in Hollywood verloren? Angel dir 'nen soliden Anwalt, so wie
ich's gemacht hab', und schaff' dir 'n Heim!‹ Nicht so meine Mutter. Sie war der Meinung, dazu hätte ich immer
noch Zeit genug. Ich glaube, sie wollte schon, daß ich irgendwann mal einen Mann wie meinen Vater finde, einen,
der gütig ist, auf den man sich verlassen kann, der 'ne
Menge Geld verdient und der für seine Familie lebt. Solche
Männer gibt's in Los Angeles nicht. Da ist jeder bloß in
sein eigenes Spiegelbild verliebt.« Sie holte tief Luft. »Die
beiden waren wirklich glücklich miteinander, verstehen
Sie? Sie waren siebenundzwanzig Jahre verheiratet, und ob
Sie's glauben oder nicht, ich hab' nicht einen einzigen
Streit zwischen ihnen erlebt. Sie waren immer einer Meinung. Mutter war ihr Leben lang auf Vaters Seite. Wenn
wir Kinder irgendwas anstellten, worüber er sich aufregte,
dann wurde sie richtig böse. Er arbeitete den ganzen Tag so
schwer, sagte sie, daß er sich abends nicht noch über uns
ärgern dürfe. Sie hat ihn regelrecht abgeschirmt, so sehr
liebte sie ihn. Und er war so lustig, wissen Sie, lustig und
warmherzig. Jeder Junge, mit dem ich ausging, mochte ihn.
Und das will was heißen, denn junge Männer kommen

normalerweise nicht besonders gut mit Vätern aus. Aber mit meinem Vater kamen einfach alle klar. Jeder mochte ihn, liebte ihn! Ganz besonders meine Mutter.« Sie schluchzte laut auf. »Sie kann's einfach nicht ertragen, verstehen Sie? Er fehlt ihr so sehr. Sie geht rum wie betäubt, nur ihre Augen sind lebendig, bewegen sich ständig so ruhelos, als ob sie im stillen Selbstgespräche führte. Wir versuchen, mit ihr zu reden, aber keiner von uns weiß, was er sagen soll! Wir kommen einfach nicht an sie ran ...« Sie weinte jetzt hemmungslos. »Es ist zum Wahnsinnigwerden«, flüsterte sie. »Die Polizei hat die Mordwaffe gefunden. Gestern. Ein Hammer aus Vaters Werkzeugschrank. Er steckte in 'nem Lüftungsschacht und war ganz blutverschmiert.«

Das Mädchen weinte still vor sich hin, und Lilian wiegte sie in ihren Armen. Nach einer Weile richtete sich Lisa auf, wischte sich die Augen und stammelte: »Es tut mir leid.«

»Das braucht es nicht.«

»Ich führ' mich auf wie 'n Kind.«

»Aber nein«, widersprach Lilian. »Ihr ganzes Leben ist plötzlich umgekrempelt. Da ist es doch nur natürlich, daß Sie aus dem Gleichgewicht geraten.«

Lisa erhob sich und ging ruhelos vor dem Sofa auf und ab. »Irgendwie kommt sie mir heute viel gefaßter vor. Gestern hat sie sich strikt geweigert, mit zur Beerdigung zu gehen. Sie ließ einfach nicht mit sich reden. Wir hatten so gehofft, das Begräbnis würde ihr zum Bewußtsein bringen, daß Vater tot ist. Wir dachten, wenn sie sieht, wie Vaters Sarg im Grab verschwindet, dann wird sie ... na ja, wieder zu sich kommen und endlich erzählen, wie's passiert ist; uns sagen, wer's war. Aber sie wollte einfach nicht mitkommen. Sie saß auf ihrem Bett und schüttelte immer nur den Kopf.«

»Aber der Schock, Lisa, bedenken Sie doch, was sie durchgemacht hat ...«

»Das weiß ich ja alles.« Lisa blieb abrupt stehen. »Trotzdem wird's dadurch nicht leichter.«

»Redet sie denn überhaupt nicht mit Ihnen?«

Lisa sah Lilian unverwandt in die Augen. »O doch«, sagte sie leise. »Sie spricht übers Wetter, sagt, wie schön sie's findet, Brian und mich wieder zu Hause zu haben. Sie stellt unentwegt Fragen über das, was wir tun und denken. Sie hört zu. Sie ist eine großartige Zuhörerin. Sie gibt uns sogar Ratschläge. Sie hat sich von Michael stundenlang was über seinen Glauben erzählen lassen. Aber von meinem Vater spricht sie mit keinem Wort. Und wenn einer von uns ihn erwähnt, dann kriegt sie so 'nen glasigen Blick, ihr Gesicht wird ganz ausdruckslos, und sie reagiert einfach nicht mehr.«

Lilian überlegte, aber ihre Gedanken waren so zusammenhanglos, daß sie sie nicht in Worte fassen konnte. »Wahrscheinlich kann sie im Moment nicht anders damit fertig werden.«

»Don Eliot hat uns erzählt, daß sie im Krankenhaus mit Ihnen gesprochen habe. Und da dachten wir, wenn Sie mit ihr reden, könnte vielleicht … ach, ich weiß auch nicht …«

»Ich werde tun, was ich kann«, versprach Lilian.

Lisa setzte sich wieder zu ihr, ließ sich von ihr in die Arme nehmen und legte den Kopf an ihre Schulter. Sie hörten beide nicht, wie die Frau hereinkam, im Zimmer stehenblieb und sie schweigend beobachtete.

»Tag, Lilli.« Beths Stimme klang leise und freundlich.

Rasch wandte sich Lilian nach ihr um. Beth trug zur hellen, sportlichen Hose eine dünne Baumwollbluse. Sie war ungeschminkt, hatte nicht einmal die Verletzungen in ihrem Gesicht abgedeckt, und ihr kurzes, sonnengebleichtes Haar war nachlässig zurückgekämmt. Die Wunden verheilten allmählich, die Schwellungen waren zurückgegangen, die blauen Flecken verblaßten. Um das rechte Handgelenk trug sie einen Verband. Als Beth auf sie zukam, merkte Lilian, daß sie leicht hinkte. Die saloppe Kleidung täuschte, Beths Körper bewegte sich starr wie ein Automat.

Die beiden Frauen umarmten einander. Als Lilian sie anblickte, schenkte Beth ihr ein herzliches Lächeln. »Ich freu' mich so, daß du gekommen bist«, sagte sie. »Du siehst fabelhaft aus.«

»Ich seh' grauenhaft aus«, antwortete Lilian mechanisch. »Diese Feuchtigkeit macht meine Haare kraus wie Stahlwolle.«

»Und meine hängen runter wie Spaghetti«, lachte Beth. »Ich wette, du hast dir schon immer glattes Haar gewünscht«, fügte sie verschwörerisch hinzu. Lilian nickte. »Wußt' ich's doch«, triumphierte Beth. »Und ich wollte mein Leben lang 'nen Lockenkopf. Man möchte immer das, was man nicht hat. Aber setzen wir uns doch.«

Lisa trat rasch beiseite, hockte sich mit angezogenen Knien in einen Sessel gegenüber und überließ ihrer Mutter und Lilian das Sofa.

»Hallo, Liebes.« Erst jetzt nahm Beth von ihrer Tochter Notiz.

»Wie fühlst du dich?« fragte Lisa.

»Mir geht's gut«, antwortete Beth mit Bestimmtheit. »Aber du siehst ziemlich angegriffen aus. Willst du nicht raufgehen und dich 'n Weilchen ausruhen? Brian hat sich auch gerade hingelegt.« Lilian spürte, wie das Mädchen zögerte. »Nun geh schon«, drängte ihre Mutter. »Lilli wird sich um mich kümmern.«

»Ja, gehn Sie nur«, bekräftigte Lilian. »Dann kann ich mich mal so richtig mit Ihrer Mutter aussprechen.« Und das wollen Sie doch, oder? fragte sie mit den Augen. So, als ob sie plötzlich begriffen habe, erhob Lisa sich eilig.

»Kann ich euch 'nen Tee machen oder was Kaltes bringen?« fragte sie.

»Für mich nichts, danke«, wehrte Beth ab. »Sie pumpen mich buchstäblich voll mit Tee. Ich glaub', ich bin noch nie im Leben so oft aufs Klo gerannt.«

Lilian lachte. »Ich möchte auch nichts trinken«, sagte sie. Sie fühlte sich ratlos und ein bißchen verwirrt. Beth

Weatherby wirkte alles andere als verschlossen und in sich gekehrt, sie schien vielmehr entspannt, aufgeschlossen und lebhafter, so wie Lilian sie in Erinnerung hatte. Es war, als habe sie den Tod ihres Mannes völlig verdrängt.

»Wie geht's David?« fragte Beth, als Lisa hinausgegangen war und man ihre Schritte auf der Treppe hörte.

»Gut, danke. Er hat bloß schrecklich viel zu tun.«

»Das glaub' ich«, sagte Beth gedankenvoll. »In der Kanzlei geht bestimmt alles drunter und drüber.«

Lilian war verblüfft. Beth wußte also *doch*, was geschehen war.

Als könne sie ihre Gedanken lesen, erklärte Beth: »Ich will nicht, daß du mich für verrückt hältst, Lilli. Ich weiß, wie durcheinander die Kinder sind. Durch meine Schuld. Aber ich bin einfach noch nicht soweit, daß ich drüber sprechen könnte. Kannst du das verstehen?« Lilian konnte es nicht, doch sie nickte trotzdem. »Ich weiß sehr wohl, was neulich in der Nacht passiert ist. Ich weiß, daß Al tot ist. Es gibt eine Menge, worüber ich reden muß. Aber jetzt noch nicht. Ich muß das alles erst verarbeiten, ehe ich drüber sprechen kann.« Sie zögerte. »Es tut mir leid, daß ich mit meinem Ausweichen alle auf die Palme bringe, aber ich kann einfach noch nicht über das Geschehene reden. Bitte hab Geduld mit mir.« Lilian nickte wieder. »Erzähl *du* mir was«, bat Beth. »Erzähl mir, warum du dir glatte Haare wünschst, du dummes Ding. Du siehst doch wunderbar aus, so wie du bist.«

Lilian lachte laut auf. »Hast du nicht grade gesagt, du willst nicht, daß ich dich für verrückt halte?« Zu spät fiel ihr ein, daß die Frage wohl ziemlich taktlos war. Doch Beths Lächeln beruhigte sie.

»Warum machst du dich immer so klein?« fragte Beth.

»Ich glaub' nicht, daß ich das tue«, entgegnete Lilian. »Ich bin bloß realistisch.«

»Wie stellst du dir denn eine schöne Frau vor? Na los, ich bin neugierig. Wer ist dein Idealtyp?«

Lilian dachte einen Augenblick nach. »Candice Bergen«, sagte sie schließlich. »Farrah Fawcett.« Sie zögerte. »Nicole Clark«, setzte sie widerwillig hinzu.

Beths Blick reagierte auf jeden neuen Namen. »Candice Bergen, na ja, reizendes Gesicht, aber die Figur ist 'ne Spur zu ordinär. Farrah Fawcett hat unwahrscheinlich tolles Haar, aber zu schmale Lippen. Trotzdem hast du wahrscheinlich recht, sie sieht ziemlich gut aus. Nicole Clark ... ja, ich muß zugeben, daß Nicole eine Schönheit ist.« Sie kicherte. »Aber wer weiß, ob sie nicht genauso viele Stunden wie wir damit verschwendet, vorm Spiegel zu stehen und sich zu wünschen, daß ihr Haar anders wäre oder ihre Nase länger und schmäler oder daß sie nicht ganz so pralle Schenkel hätte.«

»Du hast doch ihre Beine gesehen«, warf Lilian ein. »Kam's dir so vor, als säße da auch nur ein Gramm Fett zuviel?«

»Nein«, gestand Beth. »Ich fand sie einfach makellos.« Ihr Blick ging ins Leere. »Also gut, vielleicht gehört Nicole zu den wenigen Menschen, die mit ihrem Äußeren zufrieden sind. Vielleicht verläuft ihr Leben so, wie sie es sich vorgestellt hat.« Sie wandte sich Lilian wieder zu. »Sieht sie nicht wirklich aus, als ob sie alles kriegt, was sie haben will?«

Lilian hielt den Atem an. »Sie will David.«

»Was sagst du?«

»Ich hab' gesagt, sie will David.«

»Was soll das heißen?«

»Genau das, was du denkst.«

»O Lilli«, rief Beth lachend. »Wie kommst du denn auf so was?«

»Sie hat's mir selbst gesagt.«

»Wie bitte?!«

»Sie hat mir erklärt, daß sie ihn will, daß sie vorhat, ihn zu heiraten. Sag jetzt bitte nicht, daß das ein Witz gewesen sein muß. Es ist ihr nämlich verdammt ernst.«

Beth schien plötzlich zu begreifen. »Also darum ging's an dem Nachmittag im Gymnastikkurs ...«

»Ja, aber nicht erst an dem Tag. Die Geschichte läuft schon den ganzen Sommer. Seit unsrem Firmenpicknick. Der reinste Nervenkrieg. Ich fürchte bloß, *sie* hat von uns beiden die stärkeren Nerven.«

»Weiß David davon?«

Lilian nickte. »Ich mußte es ihm doch sagen.«

»Warum um Himmels willen?«

Lilian zuckte mit den Achseln. »Es mußte einfach sein. Wenn ich's nicht getan hätte, wär' ihr schon irgendwas anderes eingefallen, um ihn draufzustoßen. Sie scheint dauernd 'ne Ersatzstrategie in Reserve zu haben.«

»Na und? Wie hat David reagiert?«

Wieder zuckte Lilian ratlos mit den Schultern. »Ich weiß nicht recht. Ich glaub', zuerst war er halb verärgert, halb geschmeichelt. Aber inzwischen scheint's ihm ganz gut zu gefallen. Böse ist er jetzt bloß noch auf mich. Und ich weiß einfach nicht mehr, wie ich mit der ganzen Sache fertig werden soll.« Lilian stand auf und lief im Zimmer hin und her, wie Lisa es zuvor getan hatte. »Ich bin mir in meinem ganzen Leben noch nie so wehrlos vorgekommen. Ich fühl' mich wie 'ne Maus, die in 'nem Irrgarten rumrennt und dauernd den falschen Weg erwischt. Ich bin völlig durcheinander. Ich weiß nicht mehr ein noch aus. Vielleicht hätte ich David gleich zu Anfang bitten sollen, mit ihr zu reden. Er hat's mir angeboten.« Sie blieb vor Beth stehen. »Aber das hätte mir auch nichts genützt. Ich kann mir genau vorstellen, wie sie reagiert hätte. Sie wäre ihm auf die ganz sanfte Tour gekommen, hätte geweint und beteuert, wie leid es ihr täte, wie peinlich es ihr sei, wie allein sie sich in Chicago fühle, wie sehr sie ihn bewundere, ihn, der all ihre Träume verkörpere. Sie hätte ihm genau das erzählt, was *ich* zu hören kriegte, als ich sie zur Rede stellte. Und David hätte dieses arme, sensible und so furchtbar verletzliche Mädchen angeschaut und gemerkt, daß sie nicht nur ausgesprochen schön ist, sondern daß sie ihn tatsächlich vergöttert, und ich würde immer noch dasitzen, ohne zu wissen, was ich tun soll. Wenn ich 'nen offenen Streit riskiere, steh' ich als eifersüchtige, mißtrauische Ehefrau da. Wenn ich's ignoriere, in der Hoffnung, daß sie von allein verschwindet, dann macht sie zwei Riesenschritte vorwärts. So oder so, das Ergebnis ist in beiden Fällen dasselbe.«

»Vielleicht auch nicht«, sagte Beth. »Mir scheint, du vergißt David. Seine Entscheidung spielt schließlich auch eine Rolle in dieser Geschichte.«

Lilian stand reglos da und starrte auf Beth Weatherby hinunter. »Ich vergesse David niemals«, erwiderte sie und kämpfte mit den Tränen. »Warum würde ich mir sonst solche Sorgen machen?« Hilflos kauerte sie sich neben Beth und spürte, wie ihr die Tränen über die Wangen liefen.

»O Lilli ...« Beth ergriff ihre Hände.

»Ich weiß, wie er ist, Beth. Ich war doch selber mal in dieser Lage, hast du das vergessen? Er liebt die Frauen. Das war mir klar, als ich ihn heiratete. Ich wußte es schon, als ich ihn kennenlernte, gleich im ersten Augenblick. Ein Mann, der aussieht wie David, braucht bloß mit dem kleinen Finger zu winken, und die Frauen liegen ihm scharenweise zu Füßen. Ich hab's ja miterlebt. Wenn wir auf 'ne Party gehen, steht er von Anfang an im Mittelpunkt. Die Frauen überschlagen sich geradezu. Sie verschlingen ihn mit den Augen. Sogar *ich* kann ihre Blicke deuten. Kannst du dir vorstellen, daß es mir manchmal so vorkommt, als sei ich gar nicht vorhanden? Sie ignorieren mich einfach, schauen durch mich hindurch. Und wenn sie Notiz von mir nehmen, ist's fast noch schlimmer. Denn dann lese ich diesen schockierten Ausdruck auf ihren Gesichtern, so als wollten sie sagen: Um Gottes willen, was fängt dieser wahnsinnig attraktive Typ mit so 'ner häßlichen Frau an ...«

»Lilli, bitte ...«

»Na schön, ich bin nicht direkt häßlich. Vielleicht hab' ich sogar 'ne gewisse Ausstrahlung. Ich bin eine charmante Frau, ein wenig anders als die übrigen, sagen wir ungewöhnlich. Bestimmt gibt's keinen Grund, meinen Kopf unter 'ner Plastiktüte zu verstecken. Aber ich bin sicher keine Schönheit. Niemand würde mich unter die ersten zehn wählen, das weiß ich genau. Und David ist nicht blind, also weiß er's auch. Ich bin eine Frau mit 'nem Durchschnittsgesicht, die mit 'nem überdurchschnittlich gutaussehenden Mann verheiratet ist, und manchmal fühl' ich mich so ... minderwertig, ja, ich glaub', das trifft's ganz gut. Ich weiß, daß so und so viele Frauen meinem Mann schöne Augen machen, daß sie scharf auf ihn sind und mit ihm ins Bett gehn möchten. Und mir ist klar, daß er das genauso spürt. Tja, und dann kommt der Moment, wo ich mich frage, warum bleibt er bei mir? Wie lange kann ich ihn noch halten? Wann wird er sich wieder mit 'ner anderen einlassen? Und manchmal bin ich abends beim Schlafengehen so verdammt dankbar dafür, daß er neben mir liegt. Dann komm' ich mir vor wie 'n Glückspilz ...«

»David ist der Glückspilz, Lilli.«

Lilian lachte und wischte sich die Tränen ab. »Du redest wie meine Mutter.« Beth lächelte. »Ich hab' aber auch Glück gehabt«, setzte Lilian hinzu.

»Ja, das hast du. David ist sehr charmant. Ich hab' ihn immer gern gemocht.«

»Alle mögen ihn, das ist ja grade mein Problem.«

»Aber nicht alle sind mit ihm verheiratet«, warf Beth ein. »*Du* bist seine Frau.«

Lilian nickte. »Zwischen 'ner Ehefrau und 'ner Geliebten besteht ein himmelweiter Unterschied. Ich weiß, wovon ich spreche, schließlich kenn' ich beides aus eigener Erfahrung.« Sie starrte abwesend vor sich hin, so als suche sie nach den rechten Worten. »Eine Geliebte kriegt bloß die Schokoladenseite zu sehen, die romantischen Verstecke, die teuren, kleinen Restaurants mit Kerzenlicht und Zweiertischen, und sie ist so überwältigt, wenn er mal die ganze Nacht mit ihr verbringen kann, daß sie gar nicht merkt, ob er schnarcht oder ob seine Füße stinken oder ob er ihr die Decke wegzieht. Alles an ihm ist aufregend. Sie liebt sogar seine Fehler, einfach weil sie nie sicher sein kann, wann sie ihn das nächste Mal sieht oder ob es überhaupt ein nächstes Mal geben wird. Es ist alles so ... dramatisch. Wie im Kino.« Sie machte eine Pause. »Als Ehefrau dagegen lernt man eher die komischen Seiten kennen, die allerdings meist mit 'nem tüchtigen Schuß schwarzen Humors gewürzt sind.« Lilian mußte selbst über ihren Vergleich lachen. »Plötzlich entdeckt man die unangenehmen Gerüche, die schlechten Gewohnheiten und, na ja, eigentlich passiert genau das, was in dem Kettenbrief stand, den du mir beim Picknick gegeben hast. Mein Gott, die Kette, ich hab' sie unterbrochen! Glaubst du, die Geschichte mit Nicole ist meine Strafe dafür?« Die beiden Frauen lachten leise. Lilian erhob sich und lief wieder im Zimmer auf und ab. »Die Ehefrau wird kaum je in eins dieser teuren, verschwiegenen Restaurants geführt. Und wenn's hin und wieder doch mal vorkommt, dann kriegt sie am Monatsende auch die Kontoauszüge präsentiert und muß sich das Gejammer darüber anhören, daß man zuviel Geld ausgibt. Dabei kann sie so 'n Essen in den seltensten Fällen mit ihm allein genießen. Meistens sind die Kinder dabei oder die Schwiegereltern oder irgendwelche Geschäftsfreunde. So sieht der Ehealltag aus. Und plötzlich kommt der Tag, an dem sie ihren Mann anschaut und ihn zwar immer noch liebt, aber nicht mehr mit dieser grenzenlosen Anbetung, die er früher in ihren Augen lesen konnte. Der Glanz ist erloschen, und der Mann vermißt ihn. Aber im Büro oder draußen auf der Straße begegnet er all diesen hübschen, bezaubernden Mädchen, die ihn mit schwärmerischen Blicken anhimmeln. Wie soll eine Ehefrau dagegen ankommen? Wie kann sie sich gegen den Alltag wehren?«

Es dauerte eine Weile, ehe Beth antwortete. »Hat David ... ist er schon mal ...?« Sie brach ab, so als fürchte sie, ihre Gedanken in Worte zu fassen.

»Ob er fremdgegangen ist?« brachte Lilian ihre Frage zu Ende. Beth nickte. Lilian holte tief Luft. »Ich glaub' schon.«

Es war das erste Mal, daß sie ihren Verdacht aussprach. »Ich hab's im Gefühl, daß er zumindest einmal ...« Wieder traten ihr die Tränen in die Augen, ihre Kehle war wie zugeschnürt. »Aber ich weiß es eben nicht genau. Das ist der springende Punkt! Solange ich mir nicht sicher bin, kann ich irgendwie damit fertig werden und brauch' keine Entscheidung zu treffen. Doch wenn ich wüßte, mit absoluter Sicherheit wüßte, daß David mit einer anderen Frau schläft, ich weiß nicht, ob ich damit leben könnte? Also ich fürchte, es gibt Dinge, die man einfach nicht verkraften kann. Ich weiß nicht, was ich tun würde. Wahrscheinlich hab' ich deshalb so viel Angst vor Nicole Clark, weil sie sich auf gar keinen Fall damit zufriedengeben würde, heimlich eine Nacht mit David zu verbringen und stillschweigend wieder aus seinem Leben zu verschwinden. Sie würde alles dransetzen, damit ich dahinterkomme, und dann ... ich weiß einfach nicht mehr ein noch aus.« Verzweifelt warf Lilian den Kopf zurück, schluchzte laut auf und wischte sich dann mit einer ärgerlichen Handbewegung die Tränen vom Gesicht. »Verflucht noch mal.« Energisch richtete sie sich auf. »Ich rede ja so, als ob ich ihn schon verloren hätte. Aber das stimmt doch gar nicht. Und es wird auch nicht dazu kommen!«

Beth sprang auf. »So gefällst du mir.«

Lilian fiel der Freundin um den Hals. »Ich komm' mir so dämlich vor«, sagte sie, zog ein Tempotaschentuch aus ihrer Rocktasche und putzte sich die Nase. »Du hast so viel durchzumachen, und ich komm' her und jammere dir wegen nichts und wieder nichts die Ohren voll.«

Beth Weatherby strich Lilian eine widerspenstige Locke aus der Stirn. »Aber nicht doch«, widersprach sie sanft. »Du beklagst dich doch nie. Und bitte, mach dir um mich keine Sorgen, Lilli. Ich hab' jetzt keine Probleme mehr.« Ihre Stimme war ganz leise. »Ich hab's getan, Lilli«, flüsterte sie. »Ich hab' Al getötet. Ich hab' meinen Mann umgebracht.«

17

Lilian saß hinter dem Steuer ihres Wagens und betrachtete ihre zitternden Hände. Sie traute sich nicht, die Zündung einzuschalten und loszufahren, aus Angst, sie könnte das Auto nicht unter Kontrolle halten. Sie mußte erst ihrer Gefühle Herr werden, ehe sie sich mit diesem potentiellen Mordinstrument in den Verkehr wagen durfte. Mord, dachte sie. Ein paar Minuten lang saß sie reglos da und versuchte, ihre Gedanken zu ordnen, ihre zitternden Finger zu beruhigen und zu begreifen, was sie gerade gehört hatte. »Ich hab's getan, Lilli«, hörte sie Beths Stimme sagen. »Ich hab' Al getötet. Ich hab' meinen Mann umgebracht.« Einfach so. Geradeheraus. Kein Bedauern, kein hysterischer Zusammenbruch, keine Tränen. Nur eine nüchterne Feststellung des Tatbestandes. (»Nur die Fakten, Ma'am«, hörte sie Jack Webb brummen.) Beth hatte ihr keine Erklärung angeboten, und Lilian war zu schockiert gewesen, um danach zu fragen. Dann standen plötzlich Lisa und ihr Bruder Brian am Fuß der Treppe, Beth schloß langsam die Augen, und als sie sie wieder öffnete, war ihr Blick leer und ausdruckslos. Lilian spürte instinktiv, daß Beths Geständnis nur für ihre Ohren bestimmt war. Sie fühlte sich wie betäubt und hatte Mühe, Worte zu finden. Schließlich murmelte sie Lisa eine Entschuldigung zu und stolperte hinaus. Jetzt saß sie schon fast fünf Minuten hier draußen im Wagen und traute sich noch immer nicht loszufahren.

Sie starrte auf ihre Hände hinunter. Die Nägel waren alle unterschiedlich lang, keiner war ordentlich gefeilt, und auf einigen glänzten noch Splitter abgeblätterten Lacks. Sie hatte sich nicht die Mühe gemacht, ihn zu entfernen. Die Nagelhaut war rissig und entzündet, weil sie immer noch daran herumkaute. Sie hatte schon oft versucht, sich diese Unart abzugewöhnen, aber sie kam ebensowenig davon los wie ein Kind, das sich von seiner alten Lieblingspuppe trennen soll. Auf ihrem rechten Handrücken konnte man noch immer schwach die Narbe erkennen, die zurückgeblieben war, als sie als kleines Mädchen ein heißes Bügeleisen vom Tisch gezerrt und sich daran verbrannt hatte. Es waren starke, kraftvolle Hände. Ein Wahrsager hatte sie einmal begeistert in Augenschein genommen und versichert, er wüßte kaum, wo er anfangen sollte, solch eine Fülle von Eigenschaften ließen sich aus ihnen herauslesen. Dann hatte er ihr fröhlich erklärt, sie sei eine echte Exzentrikerin, ohne Zweifel erblich vorbelastet. Es gäbe doch bestimmt Geisteskranke in der Familie, oder? Könnten diese Hände töten? fragte sie sich.

Sie stellte sich vor, wie sie ihre Küchenschubladen nach einem Hammer durchwühlte. (Hatten sie überhaupt einen zu Hause?) Sie malte sich aus, wie sie danach griff, wie sie den Flur entlang zum Schlafzimmer schlich, wo David im Bett lag und schlief. Sie sah, wie sie den Arm hob, den Hammer hoch in der Luft schwang und ihn dann mit grausiger Geschwindigkeit auf Davids Kopf niedersausen ließ. Sie schloß die Augen, um das Bild loszuwerden. Nein, dachte sie, ich könnte nie das tun, wozu Beth Weatherby sich eben bekannt hat.

Lilian drehte sich um und betrachtete die graue Backsteinfront. Es kann nicht wahr sein, entschied sie und sah in Gedanken die sanfte Frau dort drinnen vor sich. Beth war einer solchen Tat nicht fähig, es sei denn, sie hätte einen schweren Nervenzusammenbruch erlitten und im Zustand geistiger Umnachtung gehandelt, wofür man sie schwerlich zur Verantwortung ziehen konnte. Aber sie wirkte doch so vernünftig, so ruhig und beherrscht. Das Ganze war einfach absurd. Lilian fand es unmöglich, Beths Geständnis für wahr zu halten. Beth Weatherby konnte ihren Mann nicht ermordet haben.

Als ihre Überlegungen so weit gediehen waren, ließ sie den Wagen an. Ohne sich noch einmal umzublicken, lenkte sie den grauen Volvo von der Bordsteinkante auf die

Fahrbahn. Sie sah die gepflegten Vorortstraßen vorbeigleiten, während sie auf die Autobahn zusteuerte. Zum erstenmal seit Jahren bedauerte sie es, daß sie keine Vorlesungen halten mußte. Das Wintersemester begann erst in einigen Wochen, und auch die ihr sonst so verhaßten Vorbesprechungen des Kollegiums fingen erst nächsten Montag an. Sie wußte nicht, was sie tun sollte, und doch drängte es sie gerade jetzt, irgendein Ziel zu haben, etwas zu unternehmen, um sich von Beths Worten abzulenken, die unaufhörlich in ihrem Kopf widerhallten.

Als sie im Vorbeifahren eine Telefonzelle entdeckte, ging sie rasant in die Kurve, machte kehrt und kam direkt vor dem mit Graffiti übersäten Häuschen zum Stehen. Sie suchte in ihrem Portemonnaie nach Kleingeld. Während sie die Nummer wählte, stellte sie fest, daß ihre Hände immer noch zitterten. »Weatherby & Ross«, meldete sich die vertraute Stimme der Empfangsdame.

»Ich möchte David Plumley sprechen«, bat sie und überlegte, was sie ihm erzählen sollte.

»Hier Büro Mr. Plumley.«

»Diane?«

»Ja, ganz recht. Was kann ich für Sie tun?«

»Hier ist Lilian.«

Die Sekretärin schien überrascht. »Oh, das tut mir leid. Ich hab' Ihre Stimme nicht erkannt. Sie klingen so ... anders.«

Lilian bemühte sich, ruhig und deutlich zu sprechen. »Ist David da?«

»Ja, aber es ist ein Klient bei ihm.«

»Könnten Sie ihn bitte für 'nen Moment unterbrechen? Es ist dringend.« Warum sag' ich das? Hab' ich etwa vor, David von Beths Geständnis zu erzählen?

Dann hörte sie Davids Stimme. Er klang besorgt, ja sogar ängstlich. »Lilli? Geht's dir gut?«

»O ja, mir geht's prima. Ich dachte nur, wir könnten vielleicht zusammen zu Mittag essen. Weißt du, es ist doch gleich eins.«

»Um eins hab' ich 'ne Verhandlung«, antwortete er brüsk. Der besorgte Tonfall war verschwunden. »Hast du Diane deswegen meine Besprechung stören lassen?«

»Ich komm' grade von Beth zurück«, sagte Lilian.

»Na und?«

Lilian spürte, wie ihre Schultern absackten. »Nichts«, sagte sie. »Ich hab' den größten Teil der Unterhaltung bestritten.«

»Hör mal, können wir das nicht später bereden?«

Lilian nickte, ohne daran zu denken, daß er sie nicht sehen konnte. »In welchem Gerichtssaal ist deine Verhandlung? Vielleicht komm' ich vorbei und hör' dir zu.«

»Das halte ich nicht gerade für 'ne gute Idee«, wehrte er ab. »Es ist kein besonders interessanter Fall. Du würdest dich bloß langweilen. Entschuldige, aber ich muß mich beeilen. Ich ruf' dich später an.«

»Kommst du nach der Verhandlung gleich nach Hause?«

Sie war noch mitten im Satz, als sie merkte, daß er aufgelegt hatte. »Na gut«, sagte sie in die tote Leitung. »Ruf mich später an.«

Sie wußte nicht genau, wieso sie ausgerechnet zu Rita Carringtons Gymnastikstudio gefahren war, aber als das schäbige, alte Gebäude plötzlich vor ihr auftauchte, da stellte sie den Wagen kurzentschlossen auf dem benachbarten Parkplatz ab und ging hinein. Sie befand sich immer noch in heftiger Erregung, ihr Puls jagte, das Herz klopfte ihr bis zum Hals, doch sie hoffte, daß ein paar Lockerungsübungen ihr helfen würden, sich zu entspannen.

Erst im Umkleideraum fiel ihr ein, daß sie ja gar kein Trikot bei sich hatte. »So 'n Mist«, seufzte sie niedergeschlagen und ließ sich kraftlos auf die Bank sinken.

»Tag«, rief eine muntere Stimme hinter ihr. »Ich hab' Sie ja schon seit Wochen nicht mehr gesehen.«

Lilian blickte sich um und erkannte Rickie Elfer, die schrecklich verschwitzt und bis auf ein lässig über die Schulter geworfenes Handtuch völlig nackt war.

»Ich bin in letzter Zeit ziemlich im Streß«, sagte sie leise und überlegte, ob Rickie wohl das Zeitungsfoto von Beth gesehen hatte und sie nun mit Fragen bombardieren würde.

»Geht mir nicht anders«, versicherte Rickie. »Haben Sie jetzt 'ne Stunde?«

»Kann nicht, hab' meinen Anzug vergessen.«

»Ist doch großartig. Dann können Sie ja mit uns zu Mittag essen. Ich bin mit zwei anderen aus meinem Kurs verabredet. Wir wollten uns in dem Lokal gegenüber treffen.«

Lilian lächelte. »Klingt verlockend«, sagte sie.

»Na prima. Ich geh' nur rasch unter die Dusche. Bin gleich zurück.«

Lilian sah Rickie Elfers ausladende Hüften wiegend hinter den Schließfächern verschwinden. Es ist ein merkwürdiges Gefühl, dachte sie, eine ungezwungene Unterhaltung mit einem vollkommen nackten Menschen zu führen, wenn man selber bis oben hin zugeknöpft ist. Sie schloß die Augen und versuchte, alles um sich herum zu vergessen und sich nur auf das bevorstehende Mittagessen zu konzentrieren. Wenn ich schon nicht Gymnastik machen kann, entschied sie, dann ist Essen die nächstbeste Medizin.

»Lilian, darf ich bekannt machen, Denise und Terri«, sagte Rickie Elfer, als sie und Lilian zu den beiden Frauen traten, die bereits an einem Ecktisch Platz genommen hatten.

»Puh, heute bin ich ganz schön geschafft«, rief Rickie und ließ sich auf einen Stuhl fallen. Lilian setzte sich neben sie und nickte den beiden anderen freundlich zu.

»Sie wird von Tag zu Tag strenger«, bestätigte die kleine Brünette, die auf den Namen Denise hörte. »Nicht mal in meiner alten Tanzschule war's so anstrengend.«

»Aber eins muß man ihr lassen, sie ist einfach fabelhaft in Form«, warf Lilian ein.

»Wer?« fragte Rickie. »Rita Carrington?« Lilian nickte. »Na, das will ich auch hoffen«, lächelte Rickie und liebäugelte mit der Salatbar.

»Hmhm«, pflichtete Lilian ihr bei. »Stimmt schon, das kann man erwarten, wenn eine den halben Tag Gymnastikunterricht gibt.«

»Gymnastik? Soll das 'n Witz sein?« Rickie lachte. »Von Gymnastik allein kriegt keine solche Titten, wie die sie hat. Die schenkt einem entweder der liebe Gott oder 'n guter Chirurg. Und ich hab' erst neulich gehört, daß Rita Carrington nicht an Gott glaubt.«

»Chirurgen machen zwischen sich und Gott keinen Unterschied«, meldete sich Terri, eine zierliche, aber durchtrainierte Blondine. »Mein Mann ist nämlich Arzt«, setzte sie erklärend hinzu.

Die Frauen lachten. »Rita Carrington hat sich die Brust liften lassen?« fragte Lilian.

»Na klar, und den Bauch und den Po dazu«, verkündete Rickie Elfer. »Alles hochgezogen und gestrafft. Ist Ihnen denn nicht aufgefallen, daß ihre Titten nie wackeln, selbst dann nicht, wenn ihr ganzer Körper in Bewegung ist? Das ist 'n todsicherer Test. Sie dreht sich nach rechts, aber ihre Titten gucken starr gradeaus.«

»Mir hat man erzählt, sie hätte sich auch das Gesicht liften lassen«, sagte Denise.

»Was?« fragte Lilian ungläubig. »Aber sie ist doch noch so jung!«

»Ha, die ist garantiert über fünfundvierzig«, behauptete Rickie, als der Kellner an ihren Tisch trat.

Die Frauen gaben nacheinander ihre Bestellung auf und nahmen zusammen einen Liter Wein. Lilian entschied sich für Tomatensuppe und Salat. Es kostete die anderen nicht allzuviel Mühe, sie schließlich auch noch zu einem Nachtisch zu überreden.

»Einfach köstlich!« Rickie verschlang gierig die letzten Löffel Mousse au chocolat. »Ich sollte mit der Gymnastik aufhören. Nach so 'nem Kurs hab' ich einfach zuviel Appetit! Wie schmeckt Ihre Obsttorte?«

»Ausgezeichnet«, sagte Lilian. »Möchten Sie probieren?«

»Nur ein winziges Häppchen.« Und schon fuhr Rickies Gabel auf Lilians Teller.

Lilian nahm einen großen Schluck Kaffee und spürte, wie der Wein in ihrem Genick zu tanzen begann. Jedesmal, wenn sie die richtige Menge Alkohol erwischte – nicht zuviel und nicht zuwenig –, hatte sie das Gefühl, ihr Nacken sei schwerelos, so als ob er sich selbständig mache und sich von ihrem Körper trenne. Dieses Gespräch unter Frauen war tatsächlich die richtige Medizin gewesen; es hatte sie abgelenkt und ihr mehr geholfen, als ein Mittagessen mit David oder ein Besuch im Gerichtssaal es vermocht hätten. Als sie sich den überfüllten Raum vorzustellen versuchte, da sah sie plötzlich Nicole Clark neben David sitzen. Wollte er mich deshalb heute nachmittag nicht dabeihaben? Ist mir Nicole Clark zuvorgekommen?

»Was ist eigentlich aus Ihrer Freundin geworden?« fragte Rickie plötzlich.

»Welche Freundin?«

»Na, die Dame, die anfangs mit Ihnen zusammen kam. Die letzten Male war sie nicht dabei.«

»Sie hat wahnsinnig viel um die Ohren«, erklärte Lilian. Vielleicht las Rickie keine Zeitung.

»Ach du meine Güte, beinah' hätt' ich's vergessen!« Terri faßte sich an den Kopf, schob ihren Nachtisch beiseite und stürzte ihren Kaffee hinunter. »Ich muß nach Hause. Heut' nachmittag stellen sich nämlich bei mir 'n paar Hausgehilfinnen vor.«

»Na dann viel Glück.« In Denises Stimme hielten sich Frustration und Mitgefühl die Waage.

»Kennen Sie den Spruch: Wenn eine Ihr Haus von alleine findet, dann stellen Sie sie ein!« meldete sich Rickie Elfer.

»Was ist denn aus Gunilla geworden?«

»Aus wem?« fragte Lilian.

»Tja, sie heißt tatsächlich so«, versicherte Terri. »Ich weiß, es hört sich nach einer von Aschenputtels bösen Stiefschwestern an, aber sie ist Schwedin. 'n Mädchen von zwanzig. Ich hab' sie vor sechs Monaten durch 'ne Agentur gekriegt. Sie sollte mir bei der Hausarbeit helfen und sich um Justin und Scotty kümmern. Vor 'ner Woche hat sie mir plötzlich erklärt, sie wolle nicht mehr au pair arbeiten und sie habe keine Lust, hinter 'nem zweijährigen und 'nem fünfjährigen Kind herzuräumen. Ich hab' sie dran erinnert, daß sie in ihrer Bewerbung ausdrücklich um eine Familie mit zwei Kindern im Alter von zwei und fünf Jahren gebeten hatte. Ich hab' zu ihr gesagt: ›Bei uns haben Sie doch genau das gefunden, was Sie sich wünschten.‹ Aber sie meinte, es sei eben nicht so, wie sie es sich vorgestellt habe.«

»Was ist im Leben schon so, wie man sich's vorgestellt hat?« fragte Lilian.

»Na, jedenfalls hab' ich mich entschlossen, es diesmal mit 'ner Haushälterin statt mit 'nem Au-pair-Mädchen zu versuchen. Die erste hab' ich für drei Uhr bestellt, und 's ist gleich soweit.«

»Du meine Güte«, rief Denise, zog rasch etwas Geld aus der Tasche, legte es auf den Tisch und stand auf. »Ich hab' gar nicht gemerkt, daß es schon so spät ist. Ich muß Rodney von der Schule abholen.«

»Wir sollten uns wohl auch auf den Weg machen«, sagte Lilian widerstrebend.

»Trinken Sie nur in Ruhe Ihren Kaffee aus«, entgegnete Rickie. »Ich kann noch 'n paar Minuten bleiben.«

Die beiden anderen verabschiedeten sich und gingen. Ehe Lilian sich's versah, hatte der Kellner ihr Kaffee nachgeschenkt. »Na, wie haben Sie sich entschieden?« wandte sie sich erwartungsvoll an ihr Gegenüber. »Lassen Sie sich sterilisieren, oder möchten Sie noch 'n Baby?«

»Die Vernunft hat gesiegt«, antwortete Rickie. »Paul läßt 'ne Vasektomie machen.«

Lilian war ehrlich überrascht. »Aber Sie haben doch gesagt, Sie wollten nicht, daß Paul sich sterilisieren läßt, weil Sie dann keinen Seitensprung mehr riskieren könnten ...«

237

»Klingt wirklich nach mir«, gab Rickie zu. »Ich red' manchmal 'n ziemlichen Stuß zusammen.«

»Heißt das, Sie haben gar keine Affären?« Lilian war beinahe enttäuscht.

»Nein«, sagte Rickie, und ihre Stimme klang plötzlich ganz ernst. »Nicht, seit ich mit Paul verheiratet bin. In meinen früheren Ehen, da hab' ich's nicht so genau genommen. Aber wenn man endlich 'nen zuverlässigen Partner gefunden hat – und das ist Paul hundertprozentig –, dann geht man kein Risiko ein. Ich bin schon zum drittenmal verheiratet, aber die Ehe mit Paul ist die erste, auf die ich ehrlich stolz bin. Können Sie das verstehen?« Lilian nickte. »Wenn man endlich den Richtigen gefunden hat, sollte man die Beziehung nicht leichtfertig aufs Spiel setzen. Ich bin für die Ehe. Ich glaube daran, na ja, muß ich ja wohl, wenn ich immer wieder heirate.« Lilian lächelte. »Nein, im Ernst.« Rickie schüttelte den Kopf. »Ich bin vielleicht nicht die hellste, aber ich bin auch nicht grade auf den Kopf gefallen, und so viel hab' ich immerhin kapiert: Wenn man 'n richtig guten Fisch an der Angel hat, dann läßt man ihn sich nicht wieder durch die Lappen gehen.«

Die beiden Frauen tranken ihren Kaffee aus und lächelten einander schweigend zu.

In dieser Nacht warf sich David unruhig von einer Seite auf die andere.

»Kannst du nicht einschlafen?« fragte Lilian. Sein ständiges Herumwälzen hatte auch sie wach gehalten.

»Ich fühl' mich wie zerschlagen«, sagte er. »Mir tun alle Knochen weh.«

Lilian setzte sich auf und fuhr mit der Hand über seine Brust. »Soll ich dir den Rücken massieren?«

David schwieg einen Moment, dann drehte er sich vorsichtig auf den Bauch und murmelte: »Hmhm, tu das, vielleicht hilft's.«

Lilian hockte sich rittlings auf seinen Rücken und begann, seine Schultern zu bearbeiten.

»Au, das tut weh!« schrie er und stieß sie zurück.

»Ich hab' doch noch gar nicht richtig angefangen!« verteidigte sie sich.

»Laß meine Schultern zufrieden. Du sollst mir den Rücken massieren«, brummte David. »Und geh runter. Du bist ja saumäßig schwer.«

»Verbindlichsten Dank.« Sie ließ sich neben ihm auf die Knie nieder. »Wo tut's denn nun weh?« fragte sie.

»Einfach überall.«

»Sag mal, wie viele Runden Squash hast du denn gespielt?«

»Drei, aber es war Racketball und nicht Squash.«

»Also ich glaub', für jemand, der so aus der Übung ist wie du, hast du dich 'n bißchen übernommen.«

»Deine Schuld. Au ... paß doch auf! Du hast mir Vorwürfe gemacht, weil ich soviel Beitragsgeld verschwende, na und da wollt' ich's wiedergutmachen.«

»Also ich bin schuld?«

»Genau.«

»Typisch.«

David warf sich herum. »Mensch, im Massieren bist du wirklich 'ne Niete«, sagte er lächelnd, legte den Arm um sie und zog sie an sich.

»Mit wem hast du denn gespielt?« fragte Lilian.

»Mit Pete Rogers«, antwortete David. »Das ist einer von den Studenten, das heißt, Studenten sind die Jungs die längste Zeit gewesen. In 'ner Woche kriegen sie ihre Zulassung. Mein Gott, ich bin total geschafft.« Er küßte sie auf die Wange. »Tut mir leid, daß ich dir dein Abendessen bei Kerzenlicht versaut hab'. Wär' bestimmt nett gewesen.«

»Aber du hast ja nichts davon gewußt.« Lilian zuckte mit den Schultern. »War so 'n plötzlicher Einfall von mir.«

»Trotzdem tut's mir leid, Spätzchen. Aber weißt du, ich mußte mich einfach mal austoben. Seit Als Beerdigung bin ich immer noch ganz durcheinander.« Er blickte seine Frau an. »Du hast mir noch nicht erzählt, was Beth gesagt hat.«

»Eigentlich nichts Besonderes«, log Lilian und fürchtete, er würde sie beim Schwindeln ertappen wie gewöhnlich. »Sie hat kaum gesprochen. Die meiste Zeit hab' ich geredet.«

»Sie muß aber bald auspacken«, sagte David abwesend. Wenn er mir nicht glaubt, dachte Lilian, dann läßt er sich's jedenfalls nicht anmerken. »Und was hast du heute nachmittag sonst noch gemacht?«

»Ich war in meiner Gymnastikschule. In dem Kurs ist 'ne Frau, die ich richtig gern mag ...«

»Na fein«, erwiderte David in einem Ton, den Lilian nur zu gut kannte und der besagte, er sei an dem Thema nicht interessiert.

»Sie stand vor der Entscheidung, sich sterilisieren zu lassen oder ein Baby zu bekommen«, wagte sich Lilian dennoch vor. David antwortete nicht. »Du«, flüsterte sie, »ich glaub', es wird Zeit, daß auch wir uns über diese Frage klar werden.«

»Wofür hat sich denn diese Frau entschieden, die du da kennst?« David schien plötzlich gespannt.

»Für Sterilisation ... aber bei ihrem Mann.« Lilian bedauerte es jetzt, das Thema überhaupt angeschnitten zu haben.

»Wär' ich auch nicht abgeneigt«, sagte David fast beiläufig.

»Mach keine dummen Witze, David. Ich mein's ganz ernst.«

»Ich auch.« Er wandte den Kopf, und sein Blick suchte den ihren. »Ich sag' dir das schließlich nicht zum erstenmal: Ich will keine Kinder mehr. Mir reicht's, einmal versagt zu haben, und das hab' ich ja wohl bei meinen beiden Kindern. Tut mir leid, Lilli«, setzte er hinzu, als er die Trauer in ihren Augen las. »Ich weiß, du wünschst dir 'n Kind, aber wenn wir realistisch sind, müssen wir doch beide einsehen, daß ich keinen besonders guten Vater abgebe. Und ich hab' weder die Kraft noch die Geduld ... noch den Wunsch, es ein drittes Mal zu versuchen.«

»Klingt ja ziemlich endgültig.«

»Es ist endgültig.«

»Und wo bleib' ich?« fragte sie zögernd.

»Wo möchtest du denn sein?«

Einen Augenblick lang schwieg sie. »Bei dir«, flüsterte sie schließlich mit fast unhörbarer Stimme.

»Na bitte, und da bist du doch, oder?« Er küßte sie auf die Stirn.

»Ich liebe dich«, sagte sie. Ihre Stimme wurde weich und zärtlich.

»Ich dich auch, mein Schatz«, antwortete er. »So, und jetzt laß uns endlich schlafen. Dreh dich um, dann halt' ich dich.«

Sie schlüpfte in seine Arme. Sie sehnte sich danach, in ihn hinein, unter seine Haut zu kriechen und Geborgenheit zu finden. Er hat also für mich mit entschieden, dachte sie und fühlte, wie Davids Beinmuskeln zu zucken begannen. Ich werd' keine Kinder kriegen. Sie schloß die Augen. Sie konnte David nicht einmal böse sein. Für ihn war diese Phase abgeschlossen, er hatte sie einmal durchlebt und wünschte sich keine Wiederholung. Er wollte eben nicht noch mal von vorne anfangen. Sie war nicht einmal überrascht. Sie hatte seine Entscheidung schon vorher gekannt.

Davids Arm bewegte sich unruhig. Dann machte er sich los und rückte von ihr ab. »Tut mir leid, Spätzlein«, murmelte er. »Aber ich lieg' auf der falschen Seite.«

Lilian machte Platz, damit David sich umdrehen konnte. Normalerweise hätten sie das automatisch gemeinsam getan, hätten sich ganz natürlich und ohne sonderliche Anstrengung zusammen eine bequemere Lage gesucht. Heute nacht aber verharrte sie eigensinnig auf ihrer Seite des Bettes, und ihre Körperhaltung spiegelte ihr Empfinden wider: vereinsamt kam sie sich vor, blockiert und fast ohne Halt.

Sie fühlte sich schier überwältigt von dem Eindruck, genau dieselbe Szene schon einmal durchlebt zu haben: der lange Tisch, die unbequemen Stühle, die in Rauch gehüllten Köpfe, all das meinte Lilian schon gesehen zu haben. Ja es kam ihr sogar vor, als habe sie die monotonen, mit müder Stimme vorgetragenen Reden Wort für Wort im Jahr zuvor gehört. (Ich begrüße Sie zum Beginn eines neuen akademischen Jahres. Das Wintersemester ist insofern das wichtigste, als es die Maßstäbe für das ganze kommende Jahr setzt. Besonders herzlich willkommen heißen möchten wir ... usw. usw.) Lilian ließ den Blick über den alten, verkratzten Tisch schweifen und betrachtete die Menschen um sich herum, die sich nicht sonderlich von den Fernsehleuten unterschieden, mit denen sie sich früher an ganz ähnlichen Tischen zu den wöchentlichen Programmkonferenzen getroffen hatte. Es verbanden sie gemeinsame Interessen; viele der Dozenten kamen genau wie sie aus der Praxis, hatten früher beim Radio oder beim Fernsehen gearbeitet. Und doch waren sie anders als ihre Kollegen von damals. Irgend etwas fehlt, dachte sie, während sie forschend in die Gesichter am Tisch blickte und in jedem den gleichen müden, gelangweilten Ausdruck entdeckte, den sicher auch das ihre widerspiegelte. Das Engagement fehlt, stellte sie fest, der persönliche Einsatz für ein gemeinsames Ziel. Hier versuchen wir bloß, den Tag irgendwie hinter uns zu bringen. Gewiß üben viele hier im Raum ihren Beruf mit echter Hingabe aus, aber sie tun es nicht mit dem engagierten Einsatz, den man seiner Arbeit in der Praxis widmet. Und genau das war es, was sie so schmerzlich vermißte: dieses Engagement, diesen ständigen Kampf um die Verwirklichung der eigenen Vorstellungen, das Ringen darum, ein Projekt durchzuziehen und auf den Bildschirm zu bringen.

Lilian sah zu Boden. Sie wußte, daß sie große Schwierigkeiten haben würde, wenn sie schon jetzt, am ersten Tag dieses für das ganze akademische Jahr ausschlaggebenden Semesters, so dachte. Es war kein gutes Vorzeichen.

Der Anruf platzte mitten in Jack McCrearys langatmige Ausführungen zu den neuerlichen Etatkürzungen. Lilian hatte wirklich geglaubt, sie hörte der vertrauten, monotonen Stimme aufmerksam zu, und erst, als sie plötzlich die Hand auf ihrer Schulter spürte, merkte sie, daß sie in Gedanken weit fortgewesen war. Schuldbewußt fuhr sie zusammen. Eben noch hatte sie die Kollegen im Studio während einer hitzigen Programmdiskussion mit dem Scharfsinn und der Kühnheit ihres ausgefallenen Vorschlags überrannt, und jetzt fand sie sich in der bedrückenden Enge des überfüllten Seminarraums wieder, wo die Wirklichkeit Hof hielt.

»Telefon für Sie«, flüsterte eine Institutssekretärin ihr ins Ohr und versuchte diskret, kein Aufsehen zu erregen. »Er sagte, es sei dringend.«

Fragend starrte Lilian sie an, doch die Frau bedeutete ihr mit einem ratlosen Schulterzucken, daß sie auch nicht mehr wüßte. Lilian blieb nichts übrig, als aufzustehen und der zierlichen Person ins Sekretariat zu folgen. Sie war höchstens einsfünfzig groß, und Lilian kam sich vor wie ein Riese, als sie hinter ihr herging. Warum schicken sie eigentlich immer so 'ne Kleine, wenn sie nach mir rufen? wunderte sie sich.

»Leitung drei«, erklärte die Sekretärin und nahm hinter ihrem Schreibtisch Platz.

Lilian nahm den Hörer ans Ohr und drückte auf den Knopf für den Nebenanschluß. »Ja bitte?«

»Jetzt sitzen wir ganz schön in der Scheiße«, sagte Davids Stimme anstelle einer Begrüßung.

»Wovon sprichst du?« fragte Lilian erschrocken.

»Beth hat grade gestanden.«

»Was?«

»Du hörst doch, Beth Weatherby hat gestanden ... sie behauptet, sie sei's gewesen ... sie hätte Al umgebracht.«

»Das glaub' ich nicht«, murmelte Lilian, tastete nach dem Stuhl hinter sich und hockte sich auf die Kante. Das Klappern der Schreibmaschinen war verstummt, die summende Geschäftigkeit des Büros ruhte, und keine der Sekretärinnen machte auch nur den geringsten Versuch, ihre Neugier zu verbergen. »Das ist doch verrückt!« flüsterte sie und hörte gleichzeitig Beths Stimme dicht an ihrem Ohr. »Ich hab's getan, Lilli. Ich hab' meinen Mann umgebracht.«

»Wart's ab, es wird noch verrückter«, fuhr David fort.

»Was hat sie denn noch gesagt?« Lilians Hand umspannte krampfhaft die Stuhllehne.

David räusperte sich. »Sie behauptet, es war Notwehr.«

»Notwehr? Du meinst, Al hat sie bedroht?«

»Nein, sie gibt zu, daß Al fest schlief, als sie auf ihn losging.«

»Das versteh' ich nicht.«

»Es kommt noch besser.«

»Red schon.«

David erstickte ein bitteres Lachen in der Kehle, ehe er weitersprach: »Stell dir vor, nach ihrer Version hat er sie die letzten siebenundzwanzig Jahre ständig mißhandelt. Und in der Mordnacht war er angeblich völlig betrunken, hat sie schrecklich zugerichtet und ihr vor dem Schlafengehen angedroht, am nächsten Morgen werde er sie endgültig fertigmachen.« Obwohl sie ihn nicht sehen konnte, spürte Lilian, wie David fassungslos den Kopf schüttelte. »Kannst du dir vorstellen, daß sie erwartet, irgend jemand werde ihr diesen Schwachsinn glauben?«

Lilian sah Al Weatherby vor sich, wie er auf Firmenfesten zärtlich mit Beth tanzte, über ihre Witze lachte und sie stolz seinen Freunden und Mitarbeitern präsentierte, wie er ihre Hand hielt und jede Gelegenheit nutzte, um an ihrer Seite zu sitzen, wie er sie in Schutz nahm, wenn sie beim Bridge einen Fehler machte. David hatte recht: Was Beth da behauptete, konnte einfach nicht wahr sein. Es war völlig unmöglich. »Sie muß total mit den Nerven runter sein«,

sagte Lilian leise. »Ich nehme an, Don wird auf vorübergehende Unzurechnungsfähigkeit plädieren.«

»Keine Ahnung, was Don vorhat. Er ist genauso durcheinander wie alle anderen. Sie hat ihn vor ihrem Geständnis
nicht mal eingeweiht. Hat ganz einfach 'ne improvisierte
Pressekonferenz einberufen. Don hat's aus dem Radio erfahren. Nicht mal ihre Kinder wußten, was sie vorhatte. Sie
hat alles im Alleingang gemacht. Die Kanzlei ist das reinste
Irrenhaus, keiner kriegt was Vernünftiges zustande. Ich
muß heut' abend wahrscheinlich länger bleiben.«

»Jason und Laurie kommen zum Essen«, erinnerte sie ihn
rasch und wunderte sich, daß sie jetzt an solche Neben-
sächlichkeiten denken konnte.

»Scheiße«, fluchte er leise. »Na schön, ich versuch' mich zu
beeilen.« Er machte eine Pause. »Du lieber Himmel, was
wird eigentlich noch passieren?« fragte er schließlich düster.

»Sie hat's mir gesagt«, murmelte Lilian. »Aber ich wollte
ihr nicht glauben.«

Einen Moment lang herrschte Schweigen, dann hörte sie
Davids Stimme. »Was soll das heißen, sie hat's dir gesagt?
Was gesagt? Wovon sprichst du überhaupt?«

Erst als sie die wachsende Besorgnis, ja den Ärger in der
Stimme ihres Mannes spürte, merkte sie, daß sie laut geredet hatte. »Als ich sie vorige Woche besuchte«, antwortete
sie leise und widerwillig, denn sie wußte, wie David dieses
Geständnis aufnehmen würde.

»Was genau hat sie gesagt?« wollte David wissen.

»Kein Wort von Notwehr oder daß Al sie geschlagen hat«,
versicherte Lilian eilig. »Bloß, daß sie ihn umgebracht hat«,
setzte sie zaghaft hinzu.

»Bloß, daß sie ihn umgebracht hat«, wiederholte David
höhnisch. »Und das schien dir nicht wichtig genug, es mir
zu erzählen? Oder Don? Oder ihren Kindern? Besonders,
nachdem sie dich doch extra um deine Hilfe gebeten hatten?!«

»Bitte, sei mir nicht böse, David«, flehte Lilian. »Ich war so durcheinander. Ich wußte nicht, was ich denken sollte. Ich dachte, vielleicht ...«

»Du hast überhaupt nicht gedacht, Punktum!« schrie er wütend. »Wie konntest du das für dich behalten, Lilli? Du wußtest doch, wie verzweifelt alle nach dem Mörder suchten!«

»Ich dachte, es stünde mir nicht zu, jemandem davon zu erzählen«, versuchte sie zu erklären. »Beth hat gesagt, sie brauche Zeit, um sich alles zu überlegen. Ich dachte, sie sei überdreht, die Nerven seien ihr durchgegangen ...«

»Klar, sie ist so verrückt wie 'n tollwütiger Hund«, fiel David ihr ins Wort. »Alles, was sie sich überlegen mußte, war diese lächerliche Geschichte. Du hast ihr 'ne ganze Woche Zeit gelassen, sie sich auszudenken. Jetzt braucht sie nichts weiter zu tun, als vorübergehende Unzurechnungsfähigkeit geltend zu machen, und dann kann man sie vermutlich noch nicht mal ins Gefängnis stecken. Und bis zur Urteilsverkündung hat sie genügend Zeit, Namen und Ansehen eines großartigen Mannes in den Dreck zu ziehen. Die verdammten Zeitungsfritzen werden sich vor Freude überschlagen. Das ist doch genau der Aufmacher, von dem Journalisten träumen: der berühmte Anwalt, der über 'n Vierteljahrhundert seine Frau mißhandelt hat. Für die ist das 'n gefundenes Fressen!«

»David, so beruhige dich doch ...«

»Wie konntest du das nur tun, Lilli?« Sie sah sein fassungsloses Gesicht vor sich. »Wenn du's schon den anderen verheimlicht hast, aber wie konntest du's *mir* verschweigen?«

Lilian schluckte. »Ich wollt's dir ja sagen«, fing sie an. »Ich hatte vor, es dir zu erzählen. Gleich am selben Tag hab' ich dich im Büro angerufen. Ich wollte mich mit dir treffen. Aber du hattest zu tun, und später, da brachte ich's einfach nicht mehr fertig. Es tut mir leid. Aber ich wußte, daß Beth sich ganz allein mir anvertraut hatte, und ich hätt's gemein gefunden, sie zu verraten. Die ganze Zeit über hab' ich gehofft, du würdest merken, daß ich dir was verheimliche, so wie du's sonst immer merkst, und würdest nachbohren und es aus mir rauslocken, wie damals die Sache mit ...« Sie stockte. Die Sache mit Nicole Clark, führte sie ihren Satz in Gedanken zu Ende. Was hat dich bloß so sehr beschäftigt, daß du nicht mal merktest, wie ich mich verstelle?

David klang wütend. »Lilli, ich weiß überhaupt nicht, wovon du sprichst! Willst du mir vielleicht einreden, es sei meine Schuld? Hätte ich etwa von selbst drauf kommen sollen, daß Beth dir diese Ungeheuerlichkeit gestanden hat? Hätte ich erraten sollen, daß du mir was verheimlichst?«

»Nein, natürlich nicht«, sagte sie und dachte: Ja, genau das meine ich. Du bist doch sonst immer von selbst drauf gekommen.

Es entstand eine lange, peinliche Pause. »Ich muß weg«, sagte David schließlich. »Ich hab' nur angerufen, um dir das mit Beth zu erzählen. Ich konnte ja nicht wissen, daß du die Geschichte längst kennst.«

»David ...«

Die Leitung war tot. Eine Weile blieb sie reglos sitzen. Dann legte sie den Hörer auf die Gabel, stand auf, übersah geflissentlich die neugierigen Blicke der Sekretärinnen und ging hinaus.

Die Stimmung beim Abendbrot machte alles nur noch schlimmer. David war genau in dem Moment heimgekommen, als Laurie und Jason sich über die Qualität irgendeiner Popgruppe in die Haare gerieten, und ein Blick auf sein mißmutiges Gesicht genügte, um Lilian klarzumachen, daß sie jetzt ruhig und gefaßt bleiben mußte.

»Kannst du die Kinder denn nicht bändigen?« fauchte er sie an, als er sich an den Tisch setzte. Sie erwiderte nichts, doch der erstaunte Blick, mit dem die Kinder seine Worte

247

quittierten, war ihr nicht entgangen. Er hatte ihr gegenüber noch nie einen solchen Ton angeschlagen, jedenfalls nicht in ihrer Gegenwart. Sie ging schweigend in die Küche, nahm den Teller mit seinem warm gestellten Essen aus dem Mikrowellenherd und stellte ihn behutsam vor David hin.

»Was gibt's denn?« fragte er, ohne hinzuschauen.

»Schweinelende«, antwortete sie.

»Wieviel?«

»Wie meinst du das? Wieviel Pfund?«

»Wieviel hat's gekostet?« fragte er gereizt.

Verwirrt und ratlos starrte sie ihn an. »Ich weiß nicht mehr«, sagte sie, als sie sich hinsetzte. »Ich hab's schon seit 'ner ganzen Weile in der Kühltruhe.«

Davids Blick glitt über die Teller seiner Kinder. »Du jammerst dauernd darüber, daß sie nichts essen! Wozu kochst du so was Teures, wenn du schon vorher weißt, daß die Hälfte im Abfallkübel landet?«

»I-i-ich eß ja«, stammelte Jason.

»Ich hab' keinen Hunger«, flüsterte Laurie.

»Das macht nichts«, versicherte Lilian eilig. »Ich hab' auch keinen Appetit.«

David explodierte: »Na fabelhaft. Ich hab 'ne großartige Idee. Wenn ihr beide das nächste Mal zum Essen kommt, dann verbrennen wir einfach 'n paar Geldscheine, wie findet ihr das?«

»Aber Vati!« rief Laurie.

»Komm mir bloß nicht mit deinem ›Aber Vati‹, mein Fräulein. Du siehst aus wie 'n wandelndes Skelett, und den Anblick hab' ich gründlich satt. Du stehst mir nicht vom Tisch auf, ehe dein Teller leer ist.«

Lilian sah, wie Laurie die Tränen in die Augen stiegen. Das Mädchen senkte den Kopf und starrte auf seinen Teller. Minutenlang schienen alle den Atem anzuhalten. Dann griff Laurie langsam nach ihrer Gabel, spießte ein Stückchen Fleisch auf und führte den Bissen zum Mund. Doch im selben Augenblick ließ sie die Gabel fallen, sprang auf und rannte hinaus.

Lilian folgte dem Mädchen ins Schlafzimmer, ohne auf Davids energischen Einspruch zu achten. Laurie saß auf der Bettkante und starrte blicklos in den Spiegel, der vor ihr an der Wand hing. Ihre trotzig funkelnden Augen waren trocken, nur ihre Unterlippe zitterte verräterisch.

»Laurie ...« begann Lilian. Doch das Mädchen fiel ihr brüsk ins Wort: »Würdest du mich gefälligst allein lassen?«

Lilian zögerte. »Ich wollte dir bloß sagen, daß er in Wirklichkeit gar nicht auf dich böse ist.«

»Sah aber ganz so aus«, schmollte Laurie.

»Weißt du«, erklärte Lilian sanft, »Erwachsene sind manchmal komisch. Sie sagen nicht immer, was sie denken, und sie schreien nicht immer den an, über den sie sich in Wirklichkeit ärgern. Sie wissen manchmal selbst nicht, warum sie wütend sind, und dann lassen sie ihren Frust am Nächstbesten aus, an dem, der ihnen grade in die Quere kommt. Und das warst heute abend zufällig du.« Laurie blickte weiter starr geradeaus. »Eigentlich ist dein Vater auf mich böse. Im Moment geschieht etwas, das uns alle ziemlich aus der Bahn wirft ...« Sie versuchte, im Gesicht des Mädchens zu lesen, doch sie konnte nicht die mindeste Reaktion entdecken. »Du sollst nur wissen, daß es ganz ehrlich nicht das geringste mit dir zu tun hat.« Lilian wartete einige Augenblicke, dann ging sie zur Tür.

»Ich dank' dir«, flüsterte ihr die Stimme kaum hörbar vom Bett aus nach. Überrascht drehte sich Lilian um, doch als sie sah, daß Laurie immer noch geistesabwesend in den Spiegel starrte, war sie nicht sicher, ob das Mädchen wirklich etwas gesagt hatte. Wortlos ging sie zurück ins Eßzimmer.

Jason und sein Vater saßen in eisigem Schweigen am Tisch. Jason war entweder tatsächlich hungrig gewesen, oder Davids Ausbruch hatte ihn eingeschüchtert, jedenfalls hatte er alles aufgegessen. Zum erstenmal, seit sie ihn kannte, schien der Junge wirklich froh, sie zu sehen.

»Na, wie war der erste Schultag?« fragte Lilian und ignorierte ihren Mann geflissentlich.

Jasons Gesicht trug plötzlich den gleichen mißmutigen Ausdruck wie das seines Vaters. »Langweilig«, sagte er. »E-echt langweilig.«

»Du meinst wohl ›ziemlich‹?« fuhr David dazwischen. »*Ziemlich* langweilig. Oder solltest du an einen kräftigeren Ausdruck gedacht haben, wie zum Beispiel ›höchst langweilig‹? Na, *wie* langweilig war es also? Ich darf dich bitten, dich in Zukunft etwas präziser auszudrücken, mir geht dieser kalifornische Slang nämlich *echt* auf die Nerven. *Ich* find' ihn *echt* langweilig.«

Jason starrte seinen Vater an, als hätte der Ärmste den Verstand verloren. »Ist dir nicht gut?« fragte er.

»Ich fühl' mich ausgezeichnet«, antwortete David.

»Wie schön«, mischte sich Lilian ein. »Dann können wir ja jetzt das Thema wechseln. Wer ist denn euer Klassenlehrer?« fragte sie Jason lächelnd.

»Mr. F-Fraser«, antwortete der Junge. »D-d-der is' okay.«

»Dein Wortschatz ist wirklich umwerfend«, bemerkte David sarkastisch.

Jason senkte den Kopf, und Lilian merkte, daß der Junge den Tränen nahe war. Angewidert legte sie ihr Besteck auf den Teller und fuhr David an: »Meinst du nicht, daß es für heute abend reicht? Seit wann bist du unter die Sprachlehrer gegangen? Wenn du mir immer noch böse bist, dann sag's. Meinetwegen schrei mich an. Aber deine Kinder sind nicht hergekommen, um für dich 'nen billigen Sündenbock zu spielen. Mit deinem Getue hast du's geschafft, ein erstklassiges Essen zu ruinieren. Jetzt hockt ein Kind unglücklich im Schlafzimmer und das andere hier am Tisch. Bist du nun zufrieden, nachdem du deine schlechte Laune an uns allen ausgelassen hast?«

»Ich bin kein Kind«, stieß Jason ohne zu stottern hervor.

»Ach, halt die Klappe«, herrschte David ihn an. »Bist du denn zu dumm zu kapieren, daß sie dich verteidigt?«

»Ich kann mich selber verteidigen. Die da brauch' ich schon gar nicht dazu!« schrie Jason. Er stieß seinen Stuhl zurück und starrte Lilian wütend an. »Wer hat dich überhaupt nach deiner Meinung gefragt?« fuhr er aufgebracht fort. »Warum mußt du dich dauernd in unsre Angelegenheiten mischen?« Er stürzte aus dem Zimmer. Lilian stellte sich vor, wie die beiden Plumley-Kinder jetzt drinnen im Schlafzimmer nebeneinander auf der Bettkante hockten. Sie war sich nicht sicher, was sie am meisten überrascht hatte: Jasons wilder Ausbruch oder die Mühelosigkeit, mit der er plötzlich die Sätze herausgesprudelt hatte.

»Tja«, sagte Lilian und begann, den Tisch abzuräumen. »Klassischer Fall von Übertragung, was? Du bist auf mich böse, willst mich aber vor den Kindern nicht anschreien, also überträgst du deinen Ärger auf sie und brüllst die beiden an. Dann kriegt Jason 'ne Wut auf dich, hat aber nicht den Mumm, sich mit seinem eigenen Vater anzulegen, also sucht er sich das nächstbeste Opfer und geht auf die eklige Stiefmutter los. Eigentlich kannst du ganz zufrieden sein, schließlich hab' ich meine Abreibung doch noch gekriegt.« Sie trug einen Armvoll Geschirr in die Küche und stapelte es in die Spülmaschine.

David blieb ein paar Minuten reglos am Tisch sitzen, dann kam er zu ihr in die Küche. In der Hand hielt er seinen fast unberührten Teller.

»Ich hab' auch keinen großen Hunger«, sagte er und stellte ihn auf die Anrichte. Lilian antwortete nicht. »Vielleicht sollte ich rübergehen und mich bei den Kindern entschuldigen.«

»Keine schlechte Idee«, meinte Lilian und fragte sich, ob er auch sie um Verzeihung bitten würde. »Tut mir leid«, fing er an. Hoffnungsvoll blickte sie zu ihm auf. Sie war bereit, sofort zu vergeben und zu vergessen. »Wegen des Essens, mein' ich«, setzte er hinzu, drehte sich um und verschwand im Flur.

Kurz nach acht klingelte es. Lilian saß allein im Arbeitszimmer und las die Kleinanzeigen in der Morgenzeitung (Gesucht: großer muskulöser Typ, Marke griechischer Gott, der mit mir durch den Regen tanzt und ein bißchen Französisch versteht). David hatte vor ungefähr fünfzehn Minuten das Haus verlassen, um die Kinder heimzufahren. Er kann unmöglich schon zurück sein, dachte sie, während sie in die Küche ging. Und wenn, dann würde er nicht klingeln. Er hat doch seinen Schlüssel dabei.

»Ja, bitte?« sagte sie in die Sprechanlage.

»Lill? Hier ist Don Eliot. Ist David zu Hause?«

Sie fühlte ihr Herz schneller schlagen. Ein unangenehmes Schuldgefühl kroch in ihr hoch und drohte ihr die Kehle zuzuschnüren. »Er bringt die Kinder heim. Sie sind grade erst weggefahren«, erklärte sie dem Strafverteidiger. »Aber es wird nicht lange dauern. Sie können hier auf ihn warten, wenn Sie wollen.«

»Gern«, sagte er. »Wir kommen rauf.«

Lilian drückte auf den Türöffner, ging hinaus in den Gang, machte die Wohnungstür auf, spähte den langen Korridor hinunter und lauschte auf das Summen des Aufzugs. Ob David nach unsrem Gespräch heute nachmittag mit Don gesprochen hat? Ob er ihm von meinem sogenannten Betrug erzählt hat, davon, daß ich Beths Schuldgeständnis schon vorher kannte? Ob Don mich auch wie 'nen Verräter behandeln wird, wie einen ehrlosen Verbündeten, der ihrer aller Vertrauen mißbraucht hat?

Das vertraute Surren der Aufzugskabel unterbrach ihre bangen Gedanken. Sie hörte, wie sich die Lifttür am anderen Ende des Ganges öffnete und schloß, und dann drangen Stimmen an ihr Ohr. Erst als die beiden um die Ecke bogen und auf sie zukamen, begriff Lilian, was Don Eliot vor ein paar Minuten gesagt hatte: »*Wir* kommen rauf.« Die Worte dröhnten in ihrem Kopf. Wir, nicht ich.

»'n Abend, Don«, sagte Lilian freundlich und gab ihm die Hand, als er eintrat.

»Hallo, Lill«, grüßte er. Don war offensichtlich erregt über das, was heute geschehen war. Aber er wirkte nicht so aufgebracht, wie er es sicher gewesen wäre, hätte er schon mit David gesprochen. »Sie erinnern sich doch noch an Nicki?« fügte er hinzu.

Lilian beobachtete, wie Nicole Clark, die in einem rot und schwarz gemusterten Kostüm einfach hinreißend aussah, mit aufreizend langsamen Schritten ihre Wohnung betrat. Sie ist bei mir zu Hause, dachte Lilian und schluckte nervös, als sie merkte, daß Nicole alles um sich her mit den Augen verschlang. Sie dringt in mein Reich ein, schnüffelt an meinen Sachen rum, fällt schweigend ihr Urteil über meinen Geschmack, tastet, prüft und drückt meinem Eigentum ihren Stempel auf, wie 'n Hund, der an 'ne Laterne pinkelt und so sein Revier markiert, dachte Lilian und genoß den Vergleich. Schleicht sich in mein Privatleben ein wie ein Dieb in der Nacht. Ja, genau das ist sie, entschied Lilian, ein Dieb in der Nacht. Sie war mit der Metapher ausgesprochen zufrieden.

»Ganz bestimmt erinnert sie sich an mich«, sagte Nicole zuversichtlich und ging mit einem freundlichen Lächeln an Lilian vorbei ins Wohnzimmer. Sie hatte schon Platz genommen und es sich bequem gemacht, als Lilian endlich den Mut fand, ihr und Don zu folgen.

19

Es dauerte fast eine halbe Stunde, bis David nach Hause kam.

Sobald sie ihn die Wohnungstür aufschließen hörte, erhob sich Lilian eilig aus einem der beiden Ohrensessel (Don saß in dem anderen, Nicole thronte zwischen ihnen auf dem Sofa) und lief in den Flur hinaus, um ihn vorzubereiten.

»Don ist hier«, flüsterte sie ihm entgegen, als er eintrat.

Er wartete keine weiteren Erklärungen ab, sondern ging wortlos an ihr vorbei ins Wohnzimmer und legte Brieftasche und Autoschlüssel auf die Stereoanlage. Da Lilian hinter ihm stand, konnte sie nicht sehen, wie er auf Nicoles unerwartete Anwesenheit reagierte. »Don, Nicki«, grüßte er ungezwungen. »Wie lange seid ihr denn schon hier?«

David ließ sich in Lilians Sessel fallen. Sie stand da und kam sich plötzlich in ihrer eigenen Wohnung wie eine Fremde vor. Sie wußte nicht recht, ob sie sich zu den drei Anwälten setzen oder sie allein lassen und sich wie eine brave, kleine Ehefrau ins Arbeits- oder ins Schlafzimmer zurückziehen sollte.

»Na, Lilli, was ist mit dir?« fragte David, als könne er ihre Gedanken lesen. »Willst du da Wurzeln schlagen, oder setzt du dich zu uns?«

Ihr war klar, daß sie nirgends Platz nehmen konnte, außer neben Nicole auf dem Sofa. Wie auf dem Präsentierteller würden sie dasitzen und David dazu verführen, Vergleiche anzustellen. Sie wußte, daß sie mit ihren alten Jeans und den rosa Pantoffeln keine Chance hatte, neben Nicole Clark in ihrer eleganten Aufmachung zu bestehen.

»Ich koch' uns 'n Kaffee«, murmelte sie und zog sich in die Küche zurück.

»Wir sind vor 'ner halben Stunde gekommen«, hörte sie Don Eliot sagen. »Kurz nachdem du weggefahren bist.«

»Ich mußte die Kinder heimbringen«, erklärte David.

»Das hat Lilian uns schon erzählt«, meldete sich Nicole zu Wort. Lilian fand es unangenehm, ihren Namen aus dem Mund der anderen zu hören.

Eilig füllte sie Kaffeepulver und Wasser in die Maschine, schaltete ein und wartete. Nachdem sie in der letzten halben Stunde nichts als Belanglosigkeiten ausgetauscht hatten, brannte sie darauf zu erfahren, was die beiden von David wollten.

»Also, was gibt's?« hörte sie Davids Stimme. »Ist doch wohl nicht schon wieder was passiert?«

»Ich hab's abgelehnt, Beth Weatherby zu verteidigen«, sagte Don ernst.

»Und jetzt hat er deswegen Schuldgefühle«, erklärte Nicole rasch. »Ich hab' ihm vorgeschlagen, daß wir zu Ihnen kommen und gemeinsam darüber reden.«

Lilian spürte einen stechenden Schmerz in der Magengrube. Sie war sich nicht sicher, ob Dons Weigerung, Beth beizustehen, daran schuld war oder Nicoles Einfall, David zu besuchen.

»Ich bin froh, daß ihr hergekommen seid«, hörte sie David sagen. »Was ist denn vorgefallen?«

Als Lilian ins Wohnzimmer zurückkam, war Don eifrig dabei, Beths Geständnis zu zerpflücken. »Abgesehen von allem anderen«, seufzte er, »bin ich als Anwalt und als Freund der Familie entsetzt darüber, daß sie so was fertiggebracht hat ... ein öffentliches Geständnis abzulegen, ohne mich um Rat zu fragen ...«

»Sie ist völlig durcheinander«, unterbrach ihn Lilian gegen ihren Willen. Sie stellte das kleine Tablett mit den dampfenden Tassen, mit Milchkännchen und Zuckerdose auf den viereckigen Glastisch zwischen ihnen. »Ich hab' das Gefühl, sie weiß im Moment nicht, was sie tut.«

»Meiner Meinung nach weiß sie das ganz genau.« Im ersten Moment glaubte Lilian, David hätte das gesagt, doch im nächsten Augenblick wurde ihr klar, daß Nicole Clark gesprochen hatte. Widerwillig ging sie um Don Eliots Sessel herum und setzte sich neben Nicole aufs Sofa.

Don Eliot schien die Unterbrechung überhört zu haben. »Eins steht fest«, fuhr er fort. »Unter den gegebenen Umständen würde es mir auch dann nicht leichtfallen, sie zu verteidigen, wenn ich nie im Leben von einem Mann namens Al Weatherby gehört hätte. Aber wie die Dinge liegen, kommt noch erschwerend hinzu, daß sie öffentlich bekennt, einen meiner besten Freunde ermordet zu haben, und daß sie uns all diese Lügengeschichten über ihn auftischt, um ihre wahren Beweggründe zu verschleiern ...«

»Woher wollen Sie wissen, daß sie lügt?« fragte Lilian, abermals ohne es zu wollen, dazwischen.

»Aber Lill, ich bitte Sie, Sie können doch unmöglich glauben, was Beth da über Al erzählt?« Don schien fassungslos.

»Es fällt mir schwer, ihr zu glauben«, räumte Lilian ein. »Aber andererseits kann ich mir nicht vorstellen, daß Beth die ganze Geschichte erfunden hat. Im Moment weiß ich einfach nicht, was ich glauben soll.«

»Also für mich gibt's da gar keinen Zweifel«, sagte Don Eliot mit Nachdruck. »Ich verbürge mich dafür, Lill. Schauen Sie, ich kenne Al Weatherby ...« Er stockte und verbesserte sich dann: »Ich *kannte* Al Weatherby fast genauso lange wie Beth. Er war einer der freundlichsten und gütigsten Menschen, die mir je begegnet sind. Er brachte es fertig, eine Spinne in seinem Taschentuch ins Freie zu befördern, nur damit niemand sie zertreten konnte. Und Sie wollen mir einreden, ein solcher Mann sei fähig, seine Frau siebenundzwanzig Jahre lang zu mißhandeln?«

»Du darfst nicht vergessen, daß Lilli eng mit Beth befreundet ist«, erklärte David beschwichtigend. Dankbar für seine mitfühlende Unterstützung lächelte ihm Lilian zu, doch er blickte sie gar nicht an.

»Also gut, betrachten wir's mal von 'ner anderen Seite!« rief Don Eliot und rieb sich die Hände, als habe er plötzlich die Lösung des Problems gefunden. »Hat Sie Ihnen gegenüber in all den Jahren, seit Sie sich kennen, auch nur ein einziges Mal darüber geklagt, daß Al sie schlägt? Haben Sie auch nur ein einziges Mal blaue Flecken an ihr entdeckt? Hat sie je die Andeutung gemacht, sie gehöre zu der beklagenswerten Gruppe der mißhandelten Frauen?«

Lilian schüttelte den Kopf: »Nein.«

»Na und ...?« fragte Don erschöpft und überließ es ihr, seinen Satz zu Ende zu bringen.

»Könnte es nicht sein, daß sie jemanden deckt?« fragte Lilian. »Michael zum Beispiel ...«

»Michael kann mindestens hundert Sektenbrüder auftreiben, die bereit sind zu schwören, daß er Tag und Nacht mit ihnen zusammen war. Keiner von denen geht allein irgendwohin, wußten Sie das nicht? Die schlafen sogar alle miteinander auf dem Fußboden. Außerdem war Beths Nachthemd mit Als Blut verschmiert und nicht die flatternde Kutte von Michael. Auf dem Hammer haben sie ihre Fingerabdrücke gefunden. Sie war's, Lill. Und sie ist geständig. Ich fürchte, wir müssen uns damit abfinden.«

»Wie ist die Meinung unter den Kollegen?« wollte David wissen.

»Daß sie nicht zurechnungsfähig ist«, antwortete Nicole. »Sie denken, Beth hatte so 'ne Art Nervenzusammenbruch. Na ja, jedenfalls glauben die meisten in der Kanzlei, daß sie übergeschnappt ist und einfach drauflosgeschlagen hat.«

»Und Sie?« wandte sich David unmittelbar an Nicole. »Was glauben Sie?«

»Warum sollte ich nicht genauso denken wie die anderen?« fragte sie zurück, und Lilian entdeckte ein seltsames Zwinkern in ihren Augen. Unbehaglich rutschte sie auf ihrem Sitz hin und her.

Ihr Mann sah an ihr vorbei und blickte Nicole unverwandt in die Augen. »Weil's eine zu leichte Erklärung wäre. Das ist zu einfach«, antwortete David. »Ich kann mir nicht vorstellen, daß eine Frau, die bisher völlig normal war, plötzlich über Nacht verrückt wird. Wenn ein Zusammenbruch droht, gibt es Alarmsignale, die man notfalls auch im nachhinein feststellen kann. In diesem Fall haben wir nicht das geringste Anzeichen, keinen Hinweis, der auf nervliches Versagen schließen läßt.«

»Ganz meine Meinung«, versicherte Nicole und nippte an ihrem Kaffee. »Ich glaube weder, daß sie 'nen Nervenzusammenbruch hatte, noch daß sie mißhandelt wurde. Meiner Ansicht nach hat sie zu viele Romane gelesen.«

»Was soll das heißen?« fragte Lilian erregt.

»Na, Sie müssen doch zugeben, daß diese Masche im Moment total in ist«, entgegnete Nicole mit einer kaum erkennbaren Spur von Überheblichkeit im Tonfall. »Man bringt den eigenen Mann um, behauptet hinterher, er habe einen seit Jahren mißhandelt, macht vorübergehende Unzurechnungsfähigkeit geltend und kommt ohne Strafe davon.«

»Aber wenn Al sie nicht zusammengeschlagen hat, wer dann?« fragte Lilian weiter. »Wie wollen Sie ihre Verletzungen erklären?«

»Ein paar hat sie sich selbst zugefügt«, behauptete Nicole spontan. »Die anderen hat sie vermutlich wirklich von Al. Ich denke mir das so: Als sie auf ihn einschlug, da wachte er auf und kämpfte um sein Leben.«

»Das klingt ganz so, als verträten Sie die Staatsanwaltschaft«, tadelte Lilian.

Nicole stellte ihre Tasse auf das Glastischchen zurück. »Jedenfalls wird's für die Anklage ein gefundenes Fressen.« Sie blickte von Lilian zu David. »Beth hat es nämlich abgelehnt, auf Unzurechnungsfähigkeit zu plädieren. Ihre Anwälte – übrigens, Bob Markowitz und Tony Bower vertreten sie – sind angewiesen, Notwehr geltend zu machen.«

»Was?« rief David überrascht.

»Sie behauptet, sie sei nicht verrückt, weder jetzt noch zur Tatzeit. Sie besteht darauf, für nicht schuldig zu plädieren. Denn nach ihrer Version hätte er sie ermordet, wenn sie ihn nicht vorher umgebracht hätte.«

»Obwohl er zum fraglichen Zeitpunkt tief und fest geschlafen hat«, höhnte Don Eliot bitter.

»Moment mal, was soll das?« fragte Lilian. Als auch sie ihre Tasse auf den Tisch stellte, verschüttete sie den Kaffee, und auf der Glasplatte bildete sich ein häßliches, braunes Rinnsal. »Ich kann's einfach nicht fassen, daß ihr als Juristen so redet.« Sie wandte sich direkt an David: »Hast du mir nicht immer wieder erklärt, daß ein Anwalt nicht das Recht hat, über seinen Klienten zu richten, sondern daß seine Aufgabe einzig und allein darin besteht, seinen Mandanten nach besten Kräften zu verteidigen? Und hast du nicht auch gesagt, in dem Augenblick, in dem Anwälte anfangen, sich als Richter und Geschworene aufzuspielen, bricht unser ganzes Rechtssystem zusammen?«

»Hier liegt der Fall aber doch ganz anders«, antwortete David gereizt.

»Sie haben durchaus recht, Lill«, meldete sich Don Eliot zu Wort. »Doch so seltsam es auch klingt, im Grunde sagen wir alle dasselbe. Ein Anwalt hat nicht das Recht, sich als Richter aufzuspielen. Für mich ist es nebensächlich, ob mein Klient schuldig ist oder nicht. Mein oberstes Ziel ist es, ihm die bestmögliche Verteidigung zu verschaffen. Doch genau das könnte ich in diesem Fall einfach nicht. Erst mal würde ich ganz persönlich in Konflikt geraten, weil der Mann, den sie umgebracht hat, mein Partner und Freund war. Aber ganz abgesehen davon hab' ich den Eindruck, daß sie das Blaue vom Himmel runter lügt. Ihr bloßer Anblick ist mir zuwider.«

»Warum haben Sie dann 'n schlechtes Gewissen?« fragte Lilian.

»Dazu hat er wirklich keinen Grund«, antwortete Nicole an Dons Stelle. »Immerhin hat er Markowitz und Bower vorgeschlagen. Und die sind wirklich erstklassig. Sie haben's sogar geschafft, Beth auf Kaution freizukriegen.«

»Was halten ihre Kinder von der Sache?« wollte David wissen.

Nicole zuckte die Achseln. »Die denken, sie ist total ausgeflippt. Natürlich hoffen sie, daß sie Beth überreden können, auf vorübergehende Unzurechnungsfähigkeit zu plädieren, ehe der Fall zur Verhandlung kommt.«

»Das wird sie auch tun«, sagte David mit Nachdruck. »Und bis dahin ist dieser Blödsinn mit Notwehr und so 'n gefundenes Fressen für die Presse. Noch ehe die Verhandlung beginnt, wird jeder Geschworene, der lesen kann, überzeugt sein, daß sie spinnt.«

»Sie glauben also, Beth ist gar nicht verrückt?« fragte Nicole.

»O doch, so verrückt wie 'n tollwütiger Hund.« Er benutzte dieselben Worte, die er Lilian gegenüber morgens am Telefon gebraucht hatte. »Für mich ist es ganz klar, daß sie Al loswerden wollte ... weiß der Kuckuck, warum: Geld, oder vielleicht 'n anderer Mann. Na jedenfalls ging Al in der bewußten Nacht früh zu Bett. Da nutzte sie ihre Chance. Resultat: Ehemann tot, Frau schrecklich zugerichtet.« Er fing an zu lachen.

»Was ist denn so komisch?« kam Nicole Lilians Frage zuvor.

»Mensch, die Sache ist doch sonnenklar! Jeder, der Al kannte, weiß, daß er nie fähig gewesen wäre, die Dinge zu tun, deren sie ihn beschuldigt. Sie muß verrückt sein, wenn sie denkt, man würde ihr dieses lächerliche Märchen abnehmen! Tja, und damit stehen wir wieder ganz am Anfang, bei der übergeschnappten Dame.«

»Verrückt wie 'n tollwütiger Hund«, wiederholte Nicole, was David vorhin gesagt hatte, und schien damit sich und ihn als Einheit von den beiden anderen zu trennen. Lilian kam sich vor, als sei sie gerade unsichtbar geworden. Nicoles Worte wirkten auf sie wie ein Zauberspruch, der sie und Don Eliot einfach weggehext hatte, so daß nur noch ihr Mann und Nicole Clark übrigblieben. Sie war sich in ihrem ganzen Leben noch nie so überflüssig vorgekommen.

Lilian verfolgte mit verwundertem Staunen Nicoles Auftritt. Das Mädchen preßte doch tatsächlich eine echte Träne hervor, ehe sie den Kopf senkte und stockend weitersprach. »Wenn man sich vorstellt, daß ein Mann wie Al Weatherby sterben mußte, so ist das schon furchtbar genug. Aber daß man auch noch seinen Namen und sein Andenken in den Dreck zieht, das ist so gemein.« Sie warf Lilian einen Blick zu, so als wollte sie auch sie ins Vertrauen ziehen. »Er hat mir so sehr geholfen, wissen Sie. Er hat mir immer beigestanden, mir Tips gegeben, mir gesagt, mit welchen Mitteln man den gewünschten Eindruck erzielt, wie man Ausdauer trainiert. Er war der Meinung, es fehle mir an Zähigkeit und Härte.« Sie lachte leise. Lilian mußte sich beherrschen, um nicht einzustimmen. »Er hat mir angeboten, in die Kanzlei einzutreten, sobald ich die Zulassung habe. Er wollte sogar diesen Freitag an der Feierstunde teilnehmen, weil mein Vater nicht herkommen kann.« Ihre Stimme brach. »Wie kann irgend jemand ihn für ein Ungeheuer halten, das über fünfundzwanzig Jahre lang die eigene Frau mißhandelt hat?!«

»Aber das tut ja niemand«, versicherte David, den Nicoles scheinbar spontaner Ausbruch offensichtlich gerührt hatte.

»Sogar ihre eigenen Kinder sind entsetzt und schockiert über ihre Anschuldigungen.« Auch auf Don Eliot hatte Nicoles Vorstellung gewirkt.

»Und Sie?« wandte sich Nicole an Lilian.

Gute Taktik, dachte Lilian, als sie begriff, daß ihre Antwort sie vollends von den anderen isolieren würde. »Ich weiß einfach nicht, was ich glauben soll«, antwortete sie. Im allerletzten Augenblick hatte sie sich dazu durchgerungen, lieber bei der Wahrheit zu bleiben, als sich ihre Zugehörigkeit zur Gruppe durch eine Lüge zu erkaufen. Außerdem hätte das auch gar nichts genützt. David hatte ihr wieder und wieder erklärt, daß ein Zeuge von dem Moment an erledigt sei, in dem er zu Lügen Zuflucht suche. Erst als sie in die drei verwirrten Gesichter blickte, wurde ihr bewußt, wo sie sich befand. Was hab' ich denn bloß für Gedanken im Kopf? fragte sie sich. Das ist mein Wohnzimmer, kein Gerichtssaal. Ich steh' nicht unter Eid. Ich bin hier nicht im Zeugenstand.

Ein paar Minuten lang sagte niemand ein Wort.

»Möchtet ihr vielleicht 'n Stück Schokoladentorte?« fragte Lilian in dem Bestreben, die Atmosphäre zu entspannen. »Ich hab' sie zum Nachtisch gebacken, aber wir sind heut' abend nicht dazu gekommen.«

Alle lehnten höflich ab.

»Wie alt sind Ihre Kinder, David?« fragte Nicole.

David mußte sich einen Augenblick besinnen. »Jason ist zwölf«, antwortete er schließlich. »Und Laurie ist vierzehn. Sie sind beide typische Teenager, ziemlich unausstehlich im Moment.«

Nicole lächelte verständnisvoll.

»Du bist zu streng mit ihnen«, sagte Lilian.

»*Einer* muß sie 'n bißchen hart anfassen«, gab David zurück.

»Ich stell' mir vor, es ist ziemlich schwer, den richtigen Ton zu finden«, sprang Nicole ihm bei.

»Haben Sie Kinder?« fragte Lilian wie aus der Pistole geschossen.

»O nein.« Nicole lachte. »Nicht mal jüngere Geschwister. Bloß 'ne zehn Jahre ältere Schwester. Der Abstand zwischen uns ist so groß, daß wir nie besonders engen Kontakt hatten.« Sie lachte wieder. »Nein, ich hab' keine Kinder.« Sie sah Lilian in die Augen. »Ich bin so altmodisch, daß ich zuerst einen Ehemann möchte.« Ihr Lächeln schien zu sagen: Sie sind am Zug.

Lilian nahm die Herausforderung an. »Das heißt also, daß Sie sich irgendwann Kinder *wünschen?*«

»Aber ja, auf jeden Fall«, antwortete Nicole prompt. »Meiner Meinung nach wird man erst durch ein Kind ganz zur Frau.«

»Kinder sind nicht dazu da, unseren Erfahrungshorizont zu erweitern«, tadelte Lilian.

Nicole hatte sofort eine Antwort bereit: »Nein, natürlich nicht. Das hab' ich auch gar nicht gemeint. Ich halte nur Schwangerschaft und Geburt für ein Erlebnis, das keine Frau missen sollte.«

Lilian schwieg zufrieden. Zum erstenmal an diesem Abend fühlte sie sich der anderen überlegen.

Don Eliot stellte seine Frage so unvermittelt, als hätte das Geplänkel zwischen den beiden Frauen gar nicht stattgefunden. »Sagen Sie mal, Lill, Sie sind doch eng mit Beth Weatherby befreundet. Kamen Sie sich denn da nicht irgendwie verraten vor, als Sie von ihrem Geständnis über den Rundfunk erfuhren, statt es von ihr selbst zu hören? Schließlich haben Sie doch versucht, ihr zu helfen. Sie waren bei ihr, haben mit ihr geredet ...« Lilian spürte, wie ihr das Blut ins Gesicht stieg. Sie wußte, daß sie rot wurde, und hoffte inständig, Don Eliot wäre zu sehr mit seinen Gedanken beschäftigt, um es zu merken.

»Stimmt was nicht?« erkundigte sich Nicole, der nichts entging.

»Sie wußte es schon«, sagte David leise.

»Was wußte sie?« fragten Don und Nicole wie aus einem Mund.

Lilian räusperte sich. »Als ich Beth vor einer Woche besucht hab', da hat sie mir gesagt, sie habe Al getötet.«

Einen Moment lang schwiegen die beiden Besucher bestürzt. Lilian starrte nervös auf ihre abgebrochenen Nägel. Die Geschworenen sind zurück, dachte sie. Ihr Urteil: schuldig im Sinne der Anklage. Die Strafe: Tod durch Erniedrigung.

»Ich versteh' das nicht«, hörte sie Nicole sagen.

»Ich auch nicht«, seufzte Don Eliot traurig.

»Da seid ihr nicht die einzigen«, versicherte David. Jetzt hat er die unsichtbare Grenze überschritten und sich auf ihre Seite gestellt, dachte Lilian. Und mich hat er allein im sinkenden Boot zurückgelassen.

»Es passierte, als ich grade gehen wollte«, versuchte Lilian zu erklären. »Sie hat mich völlig überrumpelt, und ich war fix und fertig, ehrlich.« Vergeblich forschte sie in ihren Gesichtern nach einem Funken Verständnis. »Sie hat nur gesagt, daß sie es war, nichts weiter. Sie hat mir nicht erklärt, wie oder warum. Und ich hab' nicht danach gefragt. Ich wußte nicht, was ich denken oder tun sollte. Tja, und da hab' ich eben gar nichts getan. Ich hatte irgendwie das Gefühl, ich hätte kein Recht, drüber zu reden.«

Don Eliot schüttelte den Kopf. »Ich kann mir nicht helfen, ich begreif' das einfach nicht. Sie haben mich sehr enttäuscht, Lilian.« Zum erstenmal, seit sie ihn kannte, benutzte er nicht die Kurzform für ihren Namen, der dadurch plötzlich steif und förmlich klang.

David mischte sich ein. »Don, sie hat's nicht mal mir erzählt«, gab er zu bedenken.

»Ich bin sicher, Lilian hat sich aus falsch verstandener Loyalität so verhalten«, hörte Lilian die Stimme neben sich sagen. Rasch wandte sie sich nach rechts und blickte auf Nicole Clark, die gewandt ihre Verteidigung übernahm. »Beth ist schließlich 'ne enge Freundin von ihr. Und Lilian ist Dozentin, keine Juristin. Da ist es doch klar, daß sie nicht denselben Bezug zu dem Problem hat wie wir. Sie hatte das Gefühl, wenn sie das Gehörte weitergab, würde sie damit ihre Freundin und deren Vertrauen in sie verraten. Sie war in 'ner schwierigen Lage. Ich bin nicht sicher, ob ich an ihrer Stelle nicht genauso gehandelt hätte.«

Don Eliot stand auf und rückte seine schwarz-gelb gestreifte Krawatte zurecht. »Na ja, ihr Frauen findet wahrscheinlich immer 'nen Dreh, wenn's darum geht zusammenzuhalten. Wie dem auch sei, ich muß jetzt wirklich heim.«

Lilian saß da wie gelähmt. Nicoles wohlformulierte Schützenhilfe hatte sie völlig überrumpelt. Sie wußte selbst nicht, warum, aber es drängte sie, sich auf die andere zu stürzen und sie zu erwürgen. Sie spürte, wie das Sofa federte, und als sie aufblickte, sah sie, daß Nicole Clark aufgestanden war und mit Don Eliot hinausging. Eilig sprang sie auf und erreichte genau in dem Augenblick die Tür, als Nicole sich von David verabschiedete.

»Tut mir leid, daß ich unser Racketballspiel letzte Woche ausfallen lassen mußte«, sagte sie. »Ich hab' uns für Freitag um halb sechs eingetragen. Paßt Ihnen das?«

»Ich kann's sicher einrichten«, antwortete David.

Don Eliot war schon auf dem Weg zum Aufzug.

»Also bis morgen«, rief Nicole über die Schulter zurück.
»Gute Nacht, Lilian. War nett, Sie wiederzusehen.«
Lilian sagte nichts. Sie fühlte, wie ihr die Galle hochstieg.
Wenn ich mich bloß so lange zusammenreißen kann, bis
der Lift runterfährt, dachte sie und ging zurück ins Wohn-
zimmer, während David an der Korridortür stehenblieb.
Als er endlich hereinkam, räumte sie wütend die Kaffee-
tassen in die Spülmaschine. Er wollte an der Küche vorbei
ins Schlafzimmer, doch ihre Stimme hielt ihn zurück.
»Wohin gehst du?« fragte sie.
»Ich dachte, ich zieh' mich aus und nehm' ein Bad, wenn
du nichts dagegen hast«, bemerkte er spöttisch.
»Und ob ich was dagegen hab'!«
»Tja, dann kann ich dir auch nicht helfen. Ich hab' nämlich
vor, es trotzdem zu tun«, antwortete er.
»Ich halte es für besser, wenn wir uns aussprechen.«
Sie knallte die Spülmaschinentür zu und lief David ins
Schlafzimmer nach.
»Was gibt's da groß zu reden?« fragte er.
»'ne ganze Menge«, versicherte sie und merkte selbst, wie
schrill ihre Stimme klang. »Du brauchtest Don nicht zu er-
zählen, daß ich das mit Beth schon vorher wußte! Du hat-
test keinen Grund, mich in so 'ne Lage zu bringen!«
»Was wolltest du denn tun? Ihn anlügen?«
»Warum denn nicht? Oder bist du der einzige in dieser Fa-
milie, der lügen darf?«
Der Abscheu, der sich in Davids Zügen malte, war gekonnt
dosiert. »Wovon sprichst du eigentlich?«
»Von deinen Racketballspielchen mit Nicole Clark! Hast du
schon vergessen, daß du mir weismachen wolltest, du würdest mit einem von den Studenten spielen?!«
»Schrei mich nicht an, Lilli«, warnte David. »Ich hab' mir
heute schon genug von dir gefallen lassen.«
»Du hast mich belogen!«
Wütend drehte er sich zu ihr um. »Was hätt' ich dir denn
sagen sollen? Ich kenn' doch deine Wahnvorstellungen
über Nicki ...«

»Ich hab' keine Wahnvorstellungen! Die Frau ist hinter meinem Mann her. Sie hat's mir selbst gesagt!«

»O Lilli, um Himmels willen! Wann wirst du endlich aufhören, mir das vorzuhalten? Hast du ihr denn heut' abend nicht zugehört? Sie war auf deiner Seite, verdammt noch mal! Sie hat dich doch verteidigt!«

»Ich hab's nicht nötig, mich von diesem Biest verteidigen zu lassen!« schrie sie. Auf einmal begriff sie, warum Jason beim Essen auf sie losgegangen war. »Ich bin absolut imstande, mich selbst zu verteidigen. Ich lass' es mir nicht bieten, daß so 'n dahergelaufenes Gör über mich redet, als wär' ich gar nicht vorhanden, daß sie von mir in der dritten Person spricht und dabei noch so tut, als nähme sie mich in Schutz. Und warum? Bloß damit sie als die Faire und Großzügige dasteht! Sie würde alles tun, David, um sich bei dir einzuschmeicheln, und wenn sie mich gleichzeitig schlechtmachen kann, na, dann um so besser.«

Er zwängte sich an ihr vorbei und ging in den Flur hinaus. »Ich hör' mir das nicht länger an«, sagte er.

Lilian lief hinter ihm her, während er zuerst ins Arbeitszimmer und dann durch die Eßecke zurück ins Wohnzimmer stürmte. »David, so hör mir doch zu! Glaubst du denn wirklich, es war Zufall, daß sie dieses Racketballspiel genau in dem Moment erwähnte, als ich dazukam? Merkst du denn nicht, daß sie's mit Absicht gesagt hat, damit ich's hören sollte?«

»Nein, das glaub' ich nicht«, widersprach er heftig. »Nicki denkt nicht so um die Ecke wie du.«

»Sie denkt nicht wie ich, soweit stimmt's! David, merkst du denn nicht, wie geschickt sie diese ganze Szene vorbereitet hat? Wie sie dich und mich manipuliert? Ja *fühlst* du das denn nicht?« Sie zögerte, als sie den Widerstand in seinen grünen Augen aufblitzen sah. »Oder ist es dir bloß gleichgültig?«

»Du benimmst dich einfach lächerlich.« Seine Stimme schwankte zwischen Trauer und Zorn. »Ich geh' 'n bißchen frische Luft schnappen.«

»O David, bitte bleib da«, flehte sie, als er die Tür öffnete.

»Ich komm' ja wieder«, antwortete er. Und dann war sie allein.

20

Zum viertenmal innerhalb von fünf Minuten schaute Lilian auf die Uhr. Es war genau elf Uhr fünfundvierzig. David war seit fast drei Stunden fort.

Sie wußte nicht, was sie tun sollte: auf ihn warten oder schlafen gehen. Schlafen ... was für ein komischer Gedanke. Ich könnte ins Bett gehen, aber ich würde dort genausowenig Ruhe finden wie hier.

Wo mochte er sein? Wo konnte er hin, ohne Autoschlüssel und ohne Brieftasche? Eine Stunde, nachdem er die Wohnung verlassen hatte, war sie in die Tiefgarage hinuntergeschlichen, um nachzusehen, ob sein Wagen noch da war. Als sie sich davon überzeugt hatte, daß er in der Parkbucht stand, ging sie wieder hinauf in die Wohnung. Seine Brieftasche mit sämtlichen Kreditkarten und Bargeld sowie die Autoschlüssel lagen immer noch auf der Stereoanlage. Er hatte sie achtlos dorthin geworfen, als er zurückkam, nachdem er Jason und Laurie heimgefahren hatte. Er wanderte also mitten in der Nacht zu Fuß durch Chicago. Wenn er 'nem Dieb in die Hände fällt und der merkt, daß David überhaupt nichts bei sich hat, dann wird er wütend und verprügelt ihn; wenn's 'ne ganze Bande ist, bringen sie ihn vielleicht sogar um. Der Gedanke allein genügte, um sie in Panik zu versetzen. Sie überlegte, ob sie die Polizei anrufen sollte. Doch sie wußte, daß man ihr lediglich raten würde, vierundzwanzig Stunden zu warten und sich dann gegebenenfalls wieder zu melden. Also rief sie statt dessen Davids Mutter an, in der Hoffnung, daß er vielleicht zu ihr gegangen sei. Aber nachdem sie ein paar Minuten übers Wetter geplaudert hatten, stand fest, daß er nicht dort war. Der Anruf brachte ihr nichts weiter ein als eine halbstündige Litanei von Klagen ihrer Schwiegermutter, die sich über alles und jedes beklagte, angefangen von der Inflation bis hin zum sozialen Wohnungsbau, der sich in ihrem Viertel breitzumachen drohte. Als es Lilian endlich gelang, sich zu verabschieden, wählte sie eilig die Nummer von Davids Schwester. Immerhin bestand die vage Chance, daß Renée und Norman wußten, wo er steckte. Doch auch dieser Versuch blieb ergebnislos. Davids Name tauchte in der Unterhaltung gar nicht auf, außer in der beiläufigen Frage: Wie geht's deinem Mann, meinem Bruder? Nach diesen beiden Fehlschlägen hielt sie die Leitung frei für den Fall, daß David in Schwierigkeiten war und sie anzurufen versuchte. Aber das Telefon blieb stumm.

In der vergangenen Stunde hatte sie unablässig an Nicole Clark gedacht. Lilian war sich nicht sicher, was sie schlimmer treffen würde: ein Anruf der Polizei, die berichtete, sie hätten die verstümmelte Leiche ihres Mannes gefunden, oder ein Anruf von Nicole, die ihr mitteilte, daß David die Nacht mit ihr verbrachte. Dieser Zweifel beunruhigte sie, aber Nicole Clark war schließlich auch ein beunruhigendes Mädchen. Vielleicht hätte ich einfach den Mund halten sollen, statt ihr auf den Leim zu gehen. Hätte drüber wegsehen sollen, daß David jetzt auch noch mit ihr Racketball spielt und mich angelogen hat. Aber nein, das könnte ich nicht. Wenn man sich einmal drauf einläßt, 'ne Lüge hinzunehmen, dann muß man auch die nächsten schlucken, ja so tun, als seien sie glaubwürdig. Wie nennen die Juristen das doch gleich? Vorschub leisten?

Und doch, was war damit erreicht, daß sie das Problem angesprochen und auf eine Entscheidung gedrängt hatte? Sie hatte sich ihrem Mann nur noch mehr entfremdet, ihn müde und angewidert aus der Wohnung getrieben.

Womöglich geradewegs in Nicole Clarks ausgebreitete Arme?

Ist er bei ihr?

Hör endlich auf damit! befahl sie sich. Es ist sinnlos, sich so zu quälen. Wenn er zu Nicole gegangen ist, kann ich jetzt nichts mehr daran ändern.

Den ganzen Tag hatte eine Katastrophe die andere gejagt, und die meisten davon hatte sie selbst heraufbeschworen. Wenn ich ihm bloß nichts von Beths Geständnis erzählt hätte. Ich hätte mir denken können, wie er darauf reagieren würde. Ich weiß doch, wie sehr er Al Weatherby liebte und bewunderte. Als sein eigener Vater starb, da hat er nicht eine Träne vergossen, aber bei Als Beerdigung hat er geweint. Warum mußte ich ihm dauernd meine Zweifel unter die Nase reiben? Wieso konnte ich mich nicht einfach mit den anderen auf den Standpunkt stellen, Al sei kein Monster gewesen, und ruhig abwarten, bis Beth auspackt? Natürlich hat David meine Skepsis persönlich genommen. Kann man was anderes von ihm erwarten?

Ruhelos lief sie im Flur auf und ab. Ich mute David zuviel zu, zwinge ihn ausgerechnet jetzt zu Auseinandersetzungen, wo er dringend ein bißchen Frieden und Geborgenheit bräuchte. Und 'ne Menge Unterstützung. Probleme hat er wahrhaftig genug: seine Exfrau, seine Kinder, die tägliche Schinderei im Büro, unsere ständigen Geldsorgen. In den letzten paar Monaten mußte er Als Tod verkraften, sich mit meiner Nörgelei über die Arbeit an der Uni rumschlagen und meine Eifersuchtsszenen über sich ergehen lassen. Heut' abend ist ihm endlich die Sicherung durchgebrannt. Kein Wunder, daß es ihn nicht nach Hause zieht.

Ich muß etwas dagegen unternehmen. Ich muß mir das verdammte Mißtrauen abgewöhnen oder es zumindest so unter Kontrolle kriegen, daß ich's für mich behalten kann und nicht jedesmal hochgehe, wenn er Nicoles Namen erwähnt. Was Al und Beth betrifft, so muß ich nachgeben und meine Zweifel wenigstens vorläufig für mich behal-

269

ten. Ich werd' mir die bissigen Bemerkungen über Elaine verkneifen und mich weiter um die Freundschaft seiner Kinder bemühen. Irgendwie werd' ich's schon schaffen, sie auf meine Seite zu kriegen. Das, was tagsüber in der Kanzlei passiert, kann ich weder positiv noch negativ beeinflussen. Ich kann nur versuchen, unser Zuhause so attraktiv für ihn zu machen, daß Nicole Clark keine Versuchung mehr bedeutet.

Sie seufzte. Bleibt also nur noch das Problem mit meinem Job. Was soll's, ich muß mich eben auch damit abfinden. Es ist sinnlos, weiter darüber zu jammern. David hängt's bestimmt schon ebenso zum Hals raus, von meiner Langeweile zu hören, wie mir, mich zu langweilen. Ich muß eben diese Arbeit machen, basta. David trifft keine Schuld; er kann nichts dran ändern. Das neue Semester hat angefangen, und ich werd' mich bemühen, Spaß an der Uni zu finden.

Wenn er doch nur heimkäme ...

Das Telefon klingelte.

Sie schwankte unsicher, denn sie war gleich weit von beiden Apparaten entfernt und wußte nicht, wo sie abnehmen sollte. Doch schließlich rannte sie ins Schlafzimmer. Die Polizei kann's nicht sein, versuchte sie sich zu beruhigen. David hat all seine Papiere zu Hause gelassen. Sie warf sich übers Bett und langte nach dem Hörer. Selbst wenn er irgendwo tot im Graben liegt, könnte die Polizei ihn unmöglich so schnell identifizieren und mich benachrichtigen. Es sei denn, jemand auf dem Revier hätte ihn erkannt ...

»Hallo?«

»Lilli, ich möchte mich entschuldigen.«

»David, wo steckst du?«

»Im Büro. Hab' ich dich geweckt?«

»Mich geweckt? Machst du Witze? Ich hab' mich fast zu Tode geängstigt.«

»Tut mir leid, ehrlich.«

»Was machst du denn im Büro?«

Sie spürte, wie er mit den Schultern zuckte. »Weiß ich selber nicht. Ich bin spazierengegangen. Einfach drauflosgelaufen. Und als ich mich umschaute, da war ich auf einmal hier gelandet. Der Nachtwächter hat mich reingelassen. Ich hatte nämlich keinen Schlüssel dabei.«

»Ich weiß. Ich hab' mir die ganze Zeit den Kopf drüber zerbrochen, wohin du gegangen sein könntest.«

»Kannst du dir vorstellen, daß ich ohne einen Pfennig aus dem Haus gelaufen bin? Das hat man davon, wenn man sich aufführt wie 'ne Primadonna.«

»Ist wirklich alles in Ordnung?«

»Aber klar. Ich bin bloß hundemüde. Ich hab' übrigens heut' nacht 'ne Menge erledigt. War ja sonst kein Mensch da, und ich hatte endlich mal Ruhe zum Arbeiten. Ich hab' meine sämtlichen Prozeßlisten in Ordnung gebracht. Du weißt doch, was für 'ne eklige Arbeit das ist.« Einen Moment herrschte Schweigen in der Leitung, dann fragte er kleinlaut: »Du hast wahrscheinlich keine Lust, herzukommen und mich abzuholen? Ich weiß, das ist ziemlich viel verlangt, aber meine Füße tun so verdammt weh, und ich hab' kein Geld dabei und ...«

»Und?«

»Und ich möchte dich so gern sehen.«

»Ich bin in fünf Minuten da.«

Sie legte den Hörer auf, schnappte sich die Wagenschlüssel und rannte zur Wohnungstür. Jetzt würde alles wieder gut werden. Ganz gleich, welche Mätzchen Nicole sich noch ausdachte und welche Fallen sie ihr zu stellen versuchte, Lilian würde in keine mehr stolpern. Sie würde ihre Ehe aus der Gefahrenzone raushalten und dafür sorgen, daß sie und David ein glückliches Leben führten, von nun an bis in alle Ewigkeit.

Gleich am nächsten Morgen stürzte das Kartenhaus ein. Zum erstenmal, seit sie verheiratet waren, hatte David verschlafen und war folglich bei seiner Morgentoilette in schrecklicher Eile. Doch da er seine Zeit im Bad brauchte, würde auch Lilian nicht rechtzeitig zur Uni kommen. Um zehn vor neun rief sie das Institut an und sagte im Sekretariat Bescheid, daß sie sich nicht wohl fühle und leider nicht pünktlich bei der Vormittagssitzung sein könne. Eigentlich war es ihr zuwider, Krankheit als Entschuldigung vorzuschützen. Ihre Mutter hatte einmal gesagt, das bringe Unglück.

»Kann ich dir was zum Frühstück machen?« fragte sie ihn, als er endlich aus dem Bad kam.

»Soll das 'n Witz sein? Ich komm' sowieso schon zu spät.«

»Na eben.«

Er zögerte. »Also schön, warum nicht? Macht Rührei zuviel Arbeit?«

»Überhaupt nicht«, antwortete sie, dankbar für die Gelegenheit, etwas für ihn tun zu dürfen.

Sie beugte sich über den Kühlschrank, als er nach dem Telefonhörer griff.

»Diane Buck, bitte«, sagte er energisch in die Muschel und wartete, während die Empfangsdame ihn mit seiner Sekretärin verband. »Diane, ich komm' erst in 'ner halben Stunde. Ich mußte mit 'nem Mandanten frühstücken, und es dauert etwas länger, als ich erwartet hatte. Richten Sie doch bitte Doug Horton aus, ich komme so bald ich kann. Okay? Danke.«

Lilian schlug die Eier über der Schüssel auf, gab etwas Milch dazu und rührte Salz und Pfeffer darunter. Es war ihr unangenehm, David lügen zu hören. Es schien ihm so mühelos von der Zunge zu gehen und klang so glaubwürdig.

»Toast?« fragte sie, während sie die Eier in die Pfanne gab.

»Warum nicht? Jetzt, wo ich mich drauf eingelassen hab', will ich's auch in vollen Zügen genießen.«

Ein paar Minuten später deckte Lilian in der Eßecke für

David den Tisch. Sein Gesicht war im Wirtschaftsteil der Morgenzeitung vergraben. »Frühstück ist fertig«, sagte sie lächelnd.

Er blickte auf. »Oh, wunderbar. Dank' dir.« Er faltete die Zeitung zusammen und legte sie neben seinen Teller. »Riecht unheimlich gut.«

»Ich hoffe, es schmeckt auch so«, entgegnete sie aufrichtig und war selbst überrascht, daß es ihr gar soviel bedeutete, ihn zufriedenzustellen.

Er probierte das Rührei, sah sie an und lächelte: »Schmeckt großartig.« Sie seufzte erleichtert. »Ißt du denn nicht mit?«

Sie blickte auf ihren Orangensaft hinunter. »Ich hab' mich entschlossen, 'ne Schlankheitskur zu machen«, sagte sie.

»Oh? Wozu denn das?«

»Ich dachte, es könnte vielleicht nicht schaden, wenn ich zwei, drei Kilo abnehme.«

David wandte sich wieder seiner Zeitung zu. »Wahrscheinlich hast du recht«, sagte er. »Aber paß auf, daß du mir nicht abmagerst.«

Lilian lachte nervös. Warum war sie nur so verkrampft?

»Ich glaub', da besteht keine große Gefahr«, antwortete sie und sah zu, wie es ihm schmeckte. »David ...?«

»Hmhm?« Er blickte von der Zeitung auf. »Was gibt's denn?«

»Ich wollt' dir bloß noch mal sagen, wie leid es mir tut, daß ich dir das mit Beth nicht gleich erzählt hab' ...«

»Ist schon gut.«

»Nein, bitte hör zu. Ich möchte nicht, daß diese Sache zwischen uns steht ...«

»Tut sie doch gar nicht.«

»Ich liebe dich.«

»Ich dich auch.«

Ein paar schier endlose Sekunden lang starrten sie einander an, und Lilian suchte in Davids Augen verzweifelt nach der Sicherheit, die sie selbst nicht aufbringen konnte. »Ich liebe dich so sehr«, flüsterte sie.

»Komm her«, sagte er zärtlich und streckte ihr beide Hände entgegen. Sie erhob sich rasch, lief zu ihm und schmiegte sich in seine ausgebreiteten Arme. Seine Hände umspannten ihren Kopf und preßten ihr Haar zu einem festen, runden Knäuel zusammen. »Auch ich muß mich entschuldigen. Ich hab' mich aufgeführt wie 'n Super-Chauvi.«

Mit tränenverschleierten Augen blickte sie zu ihm auf. »Solang's super ist, geht's ja noch«, flüsterte sie und schniefte.

Er war mit dem Frühstück fertig, und Lilian trug das Geschirr in die Küche. »Wird's heute ein anstrengender Tag für dich?« fragte sie.

»Ach, welcher Tag ist das nicht?«

»Ich dachte nur, vielleicht könnten wir heut' abend ins Kino gehen.«

»Heute? Ausgeschlossen. Ich ertrinke in Arbeit.«

»Aber du hast doch gestern nacht 'ne Menge erledigt.«

»Stimmt, aber leider stehn mir noch ganze Berge von Akten bevor. Ich fürchte, die nächsten Wochen wirst du mich nicht allzuoft zu Gesicht kriegen. Weißt du, bis ich das aufgeholt hab', was …«

»Was ist mit Freitag abend?«

»Wieso?«

»Na, das Essen bei meinen Eltern«, sagte sie. »Sie haben uns letzte Woche eingeladen …«

»O Spätzlein, das tut mir leid«, rief er, legte den Wirtschaftsteil beiseite und kam zu ihr in die Küche. »Ich hab's verschwitzt. Ich kann am Freitag nicht.«

»Vor acht wird nicht gegessen. Ich könnte dich im Büro abholen«, schlug sie vor.

»Darum geht's nicht.« Er machte eine unheilvolle Pause. Lilian wußte instinktiv, daß er ihr etwas Unangenehmes zu sagen hatte. »Bitte versteh mich nicht falsch«, begann er. Sie hatte Mühe zu atmen. David suchte nach Worten, was ihr Angst einjagte, da sie wußte, wie selten das bei ihrem Mann vorkam. »Ich weiß nicht, wie ich's dir beibringen soll. Schließlich weiß ich ja, daß sie sowieso schon 'n rotes Tuch für dich ist ...«

»Wer?« fragte Lilian, obwohl sie die Antwort kannte.

»Nicole Clark«, murmelte er.

»Was ist mit ihr?« Ihre Stimme klang dumpf und fremd.

»Sie kriegt am Freitag ihre Zulassung.«

»Und sie hat dich gebeten dabeizusein?«

»Ihr Vater kann nicht kommen. Sie hat sonst niemanden.«

»Was ist mit ihrem Freund, Chris wie-hieß-er-doch-gleich, der Typ, den sie damals zu den Eliots mitgebracht hat ...«

»Das ist nur 'n Bekannter. Er bedeutet ihr nichts.«

»Und mit dir ist das anders?«

Lilian hielt den Atem an.

»Anscheinend«, sagte er leise. »Lilli, bitte hör mir zu. Das ist das letzte Mal, daß ich mich von ihr überreden lasse. Ich versprech's dir. Also, meiner Ansicht nach tust du Nicki zwar Unrecht. Ich halte sie nach wie vor nicht für die berechnende, raffinierte Frau, die du in ihr siehst. Aber ich müßte entweder blind oder blöd sein, wenn ich nicht inzwischen gemerkt hätte, daß sie tatsächlich in mich verliebt ist, und ich bin weder das eine noch das andere. Doch für mich ist sie in erster Linie eine ausgezeichnete junge Juristin, auch wenn ich sehe, daß sie darüber hinaus ein sehr süßes und einsames Mädchen ist. Aber das ist auch alles ... Daran wird sich nichts ändern. Das versprech' ich dir.« Er senkte den Blick. »Aber es wär' nicht fair Nicki gegenüber, und erst recht nicht dir gegenüber, wenn ich's zuließe, daß sie weiterhin in mir ihren Traummann sieht. Es ist schmeichelhaft für mich, daß ein schönes, junges Mädchen wie Nicki sich in mich verknallt hat, aber das ist auch *alles*. Nichts weiter. Weder jetzt noch in Zukunft. Also ...« Er holte tief Luft. »Von nun an wird's keine Besuche im Gerichtssaal mehr geben, keine gemeinsamen Mittagessen, keine Racketballspiele. Ich werd' am Freitag zu ihrer Ex-

amensfeier gehen, weil ich's versprochen hab'. Ich fühl'
mich dazu verpflichtet. Aber damit ist Schluß.« Forschend
blickte er Lilian in die Augen. »Einverstanden?«

Sie wandte sich ab. Sie hätte ihm gern die Antwort gegeben, die er hören wollte, doch sie konnte einfach nicht die
richtigen Worte finden. Statt dessen sagte sie: »Ich hatte
keine Ahnung, daß sie solche Feierstunden neuerdings auf
den Abend verlegen.«

»Tun sie auch nicht«, erwiderte er. »Die Urkundenverlei-
hung ist nachmittags.«

»Gehst du danach mit ihr essen?« fragte sie.

Er zögerte einen Moment lang mit der Antwort. »Nicht ich
allein. Zusammen mit fünf oder sechs Kollegen. Um ihr zu
gratulieren, verstehst du, und um ihren Eintritt in die Firma
zu feiern.«

»Das ist sehr nett von euch.« Ihre Stimme klang leer und
hohl.

»Lilli, bitte versuch mich doch zu verstehen. Es ist nichts
zwischen uns. Es ist nie was gewesen. Und nach Freitag
wird's sogar noch weniger sein.«

»Wie kann etwas weniger sein als nichts?« fragte sie.

David sah zu Boden. »Tja, was soll ich noch sagen? Ich bin
ganz ehrlich zu dir gewesen. Ich hab' dir alles erzählt, was
es zu sagen gab. Mehr kann ich nicht tun. Alles weitere
liegt bei dir. Vielleicht verlang' ich zuviel, wenn ich erwarte, daß du verstehst, wie ...«

»Ja, das *tust* du, du verlangst zuviel«, sagte sie, und auf einmal fühlte sie sich alt und müde. »Aber ich werd' versuchen, damit fertig zu werden«, setzte sie hinzu.

David nahm sie in die Arme und drückte sie fest an sich.
»Ich liebe dich«, sagte er.

»Ich dich auch.«

Er sah auf seine Armbanduhr. »Ich bin schrecklich spät
dran. Doug Horton ist bestimmt schon unheimlich sauer,
weil ich ihn so lange hab' warten lassen.«

»Du kannst ja sagen, es war meine Schuld«, rief sie ihm
nach, als er zur Tür eilte.

»Du, vielleicht mach' ich das.« Er hatte schon die Hand auf der Klinke. »Ruf mich nachher mal an.« Die Tür fiel hinter ihm ins Schloß.

Ein paar Minuten lang stand Lilian in ihrer winzigen Küche und grübelte über das nach, was sie in der letzten halben Stunde erfahren hatte. Mehrmals wiederholte sie in Gedanken Davids Rechtfertigungen. Sie ließ seine Erklärungen ablaufen wie ein Tonband: einschalten und zuhören, zurückspulen, wieder von vorne laufen lassen. Seine wohltönende, einschmeichelnde Stimme war voller Mitgefühl für das, was sie durchmachte. Ich hab' gemerkt, daß sie in mich verliebt ist, so hatte er sinngemäß gesagt. Lilian fragte sich, wann David wohl diese Erleuchtung gekommen war. Gestern abend hier bei uns im Wohnzimmer? Oder schon früher ... vielleicht bei einem ihrer gemütlichen Mittagessen zu zweit? Sie schüttelte den Kopf. Der Zeitpunkt spielt keine Rolle, versuchte sie sich einzureden. Wichtig ist nur, daß David Nicoles Katz-und-Maus-Spiel ein Ende setzt. Wenn der Freitag vorbei ist, dann wird die Last der Welt endlich nicht mehr auf meinen Schultern ruhen. »Wenn der Freitag vorbei ist«, wiederholte sie laut. Das wird 'ne lange Woche werden, dachte sie. Einer plötzlichen Eingebung folgend, griff sie nach dem Telefonhörer.

Es klingelte dreimal, dann hob jemand ab.

»Hallo?«

»Beth?«

»Nein, hier spricht Lisa. Sind Sie's, Lilian?«

»Ja. Wie geht's Ihnen, Lisa? Und was macht Ihre Mutter?«

»Meiner Mutter geht's gut, danke. Aber wir sind völlig fertig.«

»O Lisa ...«

»Ich nehme an, Sie haben auch von ihrem Geständnis gehört.«

»Ja.«

»Dann wissen Sie ja, was sie von meinem Vater behauptet.«

»Ja.«

»Na und ... was halten Sie davon?« Ein hysterisches Schluchzen drohte die Stimme der jungen Frau zu ersticken.

»Ich ... ich weiß einfach nicht, was ich glauben soll.«

Die Stimme des Mädchens war plötzlich gedämpft und leise, so als fürchte sie, jemand im Haus könne sie hören. »Sie sagt, er hätte sie geschlagen, hätte sie gequält und mißhandelt, und das seit dem ersten Tag ihrer Ehe. Sie will meinen Vater als Verrückten hinstellen. Sie macht ein Monster aus ihm und behauptet, sie habe ständig um ihr Leben gezittert. Lilian«, flehte sie erregt, »es ist einfach unmöglich! Neunzehn Jahre war das hier mein Zuhause. Hätte ich denn so lange mit einem Ungeheuer unter demselben Dach leben können, ohne etwas davon zu merken? Wie hätten meine Geschwister und ich hier aufwachsen können, ohne mitzukriegen, was sich da abspielte, selbst wenn nur ein Bruchteil von dem, was sie sagt, wahr ist? Es ist ganz unmöglich! Drei Kinder sind in diesem Haus großgeworden. Nicht einer von uns hat je etwas von dem gesehen oder gehört, was sie da beschreibt! Ich habe sie nachts nie schreien hören, habe nie blaue Flecken oder Kratzer an ihr gesehen. Nichts. Ich erinnere mich nur an einen warmherzigen, liebevollen Ehemann und Vater, dem nicht mal dann die Hand ausrutschte, wenn wir was angestellt hatten. Und ich versichere Ihnen, es gab Zeiten, da waren wir echt unausstehlich. Aber er hat nie die Beherrschung verloren. O Gott, Lilian, was sie erzählt, kann einfach nicht wahr sein!«

»Ist es leichter für Sie, Ihre Mutter als Lügnerin zu sehen?« fragte Lilian.

Sie hörte einen gequälten Aufschrei. »Nein!« schluchzte das Mädchen verzweifelt. »Ich kann mir nicht erklären, warum sie das alles behauptet, es sei denn ...«

»Es sei denn, sie ist verrückt«, ergänzte Lilian ruhig.

»Sie *muß* ganz einfach den Verstand verloren haben«, sagte Lisa mit Nachdruck. »Es gibt keine andere Erklärung. Ich kenne meine Eltern. Mein Vater hätte es ebensowenig fertiggebracht, sie zu schlagen, wie meine Mutter ...« Sie stockte betroffen.

»... ihn hätte umbringen können«, beendete Lilian ihren Satz.

»Es sei denn, sie war nicht bei Sinnen«, stammelte Lisa unter Tränen. »Aber ich kann einfach nicht glauben, daß sie wahnsinnig ist! Ich bin völlig am Ende. Da lebt man mit Menschen zusammen, glaubt, sie zu kennen, alles über sie zu wissen, und plötzlich stellt sich heraus, daß man null Ahnung von ihnen hatte. Zack, einfach so! Was bedeutet das für mich? Für mein Leben?«

»Was sagt denn Ihre Mutter dazu?«

»Warum fragen Sie sie nicht selbst?« erwiderte Lisa dumpf. »Sie ist grade reingekommen.«

Lilian hörte, wie Lisa den Hörer übergab. »Lilli?« meldete sich Beth.

»Mir ist nie aufgefallen, daß Lisas Stimme deiner so ähnlich klingt«, sagte Lilian.

»Ja, wir werden am Telefon oft verwechselt.« Lilian spürte, wie Beth lächelte. »Wie geht's dir?«

Lilian lachte. »Mir? Danke, ich kann nicht klagen. Aber was ist mit dir?«

»Hab' mich nie besser gefühlt«, antwortete Beth. »Aber ich wette, euch hab' ich alle ganz schön in Rage gebracht.«

»Also du hast wirklich 'ne Art an dir ...«

»Na, dich hab' ich doch immerhin vorgewarnt.«

»Vielen Dank.«

Die beiden Frauen lachten.

»Also raus damit«, begann Beth. »Was glaubst du? Bin ich verrückt? Oder 'ne Lügnerin?«

Lilian kam es vor, als sei Beths forschender Blick direkt auf sie gerichtet. »Wieso sagt mir mein Gefühl, daß du weder das eine noch das andere bist?«

279

Die Antwort kam ohne Zögern: »Weil du meine Freundin bist.«

»Ich würd' gern zuhören, wenn dir nach Reden zumute ist«, schlug Lilian vor.

»Wie wär's mit heut' abend?« Lilian hatte keine so prompte Einladung erwartet. »Wenn du was vorhast, können wir uns natürlich auch 'n andermal zusammensetzen. Es muß ja nicht unbedingt heut' abend sein.«

Lilian überlegte einen Augenblick. David würde länger arbeiten und bestimmt nicht vor zehn zu Hause sein. Es gab nichts, was sie zurückhielt, außer ihrer Angst. Aber wovor fürchtete sie sich? Was Beth auch erzählen mochte, ihr konnte das doch nichts anhaben. »Heut' abend paßt's großartig«, sagte Lilian.

21

Als Lilian ihren grauen Volvo in die Einfahrt lenkte, stand die Haustür der Weatherbys schon offen. Sie stieg aus und warf sich den Pullover über die Schultern. In der vorigen Woche war eine Kaltfront über die Stadt hereingebrochen; wie ein ungebetener Hausgast, der plötzlich und unangemeldet mit seinem Gepäck auf der Schwelle steht und sich auf einen längeren Besuch einrichtet. Lilian rannte über den Kiesweg auf den Eingang zu. Beth erwartete sie in der Halle.

»Ich freu' mich ja so, dich zu sehen«, rief sie und nahm Lilian in die Arme.

Lilian küßte Beth auf die Wange. »Du siehst gut aus«, stellte sie fest.

»Jedesmal, wenn ich zugeb', daß ich mich gut fühle, sehen die Leute mich so komisch an, als wollten sie sagen, das sei das letzte, was sie von mir erwartet hätten. Aber lassen wir

das. Komm erst mal rein.« Lilian trat in die Halle, und Beth
schloß die Tür hinter ihr. »Lisa wartet im Wohnzimmer. Sie
hat uns Tee gekocht.« Beth zwinkerte verschwörerisch.
»Tee muß so 'ne Art intellektueller Variante von Hühner-
suppe sein. Ein Schluck, und alle Probleme lösen sich in
Luft auf.«

»Wär' das nicht schön?«

»Was macht David?« fragte Beth, als sie Lilian ins Wohnzimmer führte. Lisa erhob sich eilig, um sie zu begrüßen.

»Er arbeitet heute länger. 'n Abend, Lisa. Wie geht's?«

»Danke, gut«, brachte das Mädchen mühsam hervor.

»Ich höre, Sie haben Tee gemacht.« Lisa nickte. »Ich hätt'
schrecklich gern 'ne Tasse.«

Lisa ging zu dem ziselierten Tischchen, auf dem sie das
Teegeschirr bereitgestellt hatte. »Wie möchten Sie ihn?«

»Schwarz. Ich bin nämlich grad' beim Abnehmen.«

»Um Himmels willen, wozu denn das?« fragte Beth.

»Oh, du bist 'ne *echte* Freundin«, lachte Lilian. Lisa brachte
ihr eine dampfende Tasse.

»Mammi?«

»Ja, gern. Mit Milch und Zucker, Liebes.«

Minuten später saßen sie wieder genauso beieinander wie
vor einer Woche: Lilian und Beth auf dem Sofa, Lisa im
Sessel gegenüber. Ob ich auch so nervös wirke wie Lisa?
überlegte Lilian und versuchte, sich auf Beth zu konzentrieren.

»Ich hab' Lisa erzählt, daß du heut' abend herkommen
würdest, um dir meine Version vom Zusammenleben mit
ihrem Vater anzuhören. Das meiste davon kennt sie zwar
schon, aber sie besteht darauf, die Geschichte noch einmal
zu hören. Die Details sind ihr neu. Die wollte ich eigentlich
nur dir anvertrauen. Meinem Kind hätte ich schmutzige
Einzelheiten gern erspart.« Sie zögerte. »Aber das hab' ich
ihr Leben lang getan. Und jetzt besteht sie darauf, daß ich
sie wie eine Erwachsene behandle, also ist es wohl an der

Zeit, daß sie die ganze Gruselgeschichte erfährt.« Sie sah sich um. »Brian ist oben. Er will von alledem nichts wissen. Er zieht es vor, mich für verrückt zu halten.« Ihr Blick kehrte zu Lilian zurück. »Willst du sie wirklich hören?« fragte sie.

»Ja, das will ich«, antwortete Lilian.

»Ich werd' ganz am Anfang beginnen, damals, vor achtundzwanzig Jahren, als ich Al kennenlernte. Manches von dem, was ich zu erzählen habe, weißt du schon, Lilli. Du mußt entschuldigen, wenn ich mich wiederhole, aber das hilft mir, die Reihenfolge einzuhalten, verstehst du, all die einzelnen, scheinbar unbedeutenden Vorfälle in Zusammenhang zu bringen.« Sie machte eine Pause, trank einen Schluck Tee und stellte die Tasse auf das Tischchen zurück.

»Wie du weißt, war ich noch sehr jung, als wir heirateten. Grade achtzehn geworden. Al war zwölf Jahre älter. Wir lernten uns in 'ner Bank kennen. Ich war dort Kassiererin, er Kunde. Er kam ein-, zweimal die Woche; war immer schick angezogen. Er ist mir gleich aufgefallen. Er war zu allen so freundlich. Hatte für jeden ein Lächeln. Alle mochten ihn. Tja, daran hat sich nie was geändert. Die Menschen, mit denen Al zu tun hatte, haben ihn immer gemocht.« Sie hielt inne und holte tief Luft. »Auch ich mochte ihn. Gleich von Anfang an. Wenn ich mich unbeobachtet glaubte, lächelte ich ihm insgeheim zu. Aber eines Tages drehte er sich ganz plötzlich um und ertappte mich dabei. Und von da an kam er immer an meinen Schalter.

Ich war verrückt nach ihm. Ich fand ihn unheimlich charmant. Und dann war er natürlich so viel älter als ich. Und er war Rechtsanwalt. Ich war vielleicht beeindruckt, als er mir das erzählte. Aber das Erstaunlichste an der ganzen Sache war, daß er sich anscheinend wirklich für mich interessierte. Ausgerechnet für mich ... Und dabei hatte ich nicht mal 'nen High-School-Abschluß! Al hat sich immer geniert wegen meiner geringen Schulbildung, aber damals, als ich jung war, steckte meine Familie in Geldschwierigkeiten, und für meine Eltern war mein Verdienst wichtiger als meine Ausbildung. Ich hatte mir vorgestellt, daß ich wieder zur Schule gehen könnte, wenn wir verheiratet wären, aber dann kamen ziemlich bald die Kinder, und Al ... Tja, wir haben den Leuten einfach vorgeschwindelt, ich hätte als Gasthörerin mein Examen gemacht, als die Kinder noch klein waren. Al hatte sich das ausgedacht. Er wollte nicht, daß man mich für ungebildet hielt. Ich wollte ihn glücklich machen, und da ihm so viel dran zu liegen schien, hab' ich eben mitgespielt. Aber es hat mich immer belastet. Ich hatte ständig Angst, jemand könnte mir mal 'ne Frage stellen, auf die ich keine Antwort wüßte, und dann käme alles raus, und ich stände als Schwindlerin da. Also versuchte ich aufzuholen: ich las alles, was mir in die Finger kam, und sorgte dafür, daß ich in puncto Tagesthemen stets auf dem laufenden war. Na jedenfalls ...« Sie brach ab, als sie merkte, daß sie zu weit vorgegriffen hatte. »Er lud mich ein, und wir gingen von da an öfter miteinander aus«, nahm sie den Faden ihrer Geschichte wieder auf. »Ich konnte mein Glück gar nicht fassen. Alle fanden's großartig, bis auf meine Mutter. Sie war entschieden gegen unsere Heirat. Als sie starb, ließ Al mich nicht mal zu ihrer Beerdigung gehen! Meine Brüder haben seitdem kein Wort mehr mit mir gesprochen. Nicht mal jetzt hab' ich von ihnen gehört.

Ich bin mir nicht sicher, aber vielleicht hat sie's geahnt. Möglich, daß sie die Brutalität, die Grausamkeit in ihm spürte. Ich dagegen, ich sah nichts als diesen charmanten, klugen Mann, der so voller Selbstvertrauen war, immer gut aufgelegt, ausgeglichen und unbekümmert. Puh! Da sieht man, was der erste Eindruck wert ist!

Wir haben geheiratet. Es war eine stille Hochzeit. Meine Familie kam nicht zur Trauung. Al hatte keine Verwandten mehr. Zwei seiner Studienfreunde waren unsre Trauzeugen. Nach dem Standesamt gingen wir zum Essen. Nichts

Aufwendiges. Ich weiß noch, daß ich mich darüber wunderte, denn ich hatte mir vorgestellt, Al würde an diesem Tag das Beste grade gut genug finden. Aber es machte mir nichts aus, denn ich war Mrs. Alan Weatherby, und das allein zählte. Ich war nicht enttäuscht, weder wegen meiner Familie noch über das Restaurant, auch nicht darüber, daß wir uns keine Hochzeitsreise leisten konnten. Ich war mit dem Mann meiner Träume verheiratet, wie wir damals sagten, und alles andere war unwichtig.

Der Alptraum begann in unserer Hochzeitsnacht.

Ich war natürlich noch Jungfrau. Bevor ich Al kennenlernte, war ich kaum mit Jungens ausgegangen. Und er bestand darauf, daß wir bis zur Hochzeit warteten. Mir war's egal. Ich hätte alles getan, was er von mir verlangte. Aber er wollte warten, und so warteten wir eben. Ich weiß nicht genau, was ich mir eigentlich vorstellte, aber ich nehme an, ich hatte so ziemlich die gleichen Erwartungen wie alle anderen jungen Mädchen. Ich war schon drauf gefaßt, daß es ein bißchen weh tun würde, aber danach, malte ich mir aus, würde es ganz wunderbar werden. Er würde mich in die Arme nehmen und küssen, würde zärtlich und verständnisvoll sein und mich sehr, sehr liebhaben. Doch es kam ganz anders. Es gab keine Umarmung, keine Küsse, nicht die Spur von Zärtlichkeit. Es war einfach grauenvoll. Ich kam mir vor, als sei ich mit einem völlig Fremden im Bett. Binnen einer Stunde hatte er sich total verwandelt. Er schenkte mir nicht mal ein Lächeln, und er war alles andere als zärtlich. Er war roh, ja sogar gemein. Er kniff mich, tat mir weh, und als ich versuchte, mich loszuwinden, da wurde es nur noch schlimmer. Grob war er, nicht zärtlich. Er stieß einfach brutal in mich hinein und machte es, ohne mich zu beachten. Und als er fertig war, da drehte er mich um und verhaute mir den Hintern, als wär' ich ein ungezogenes, kleines Mädchen. Er schlug unerbittlich zu, es tat weh, und ich fing an zu weinen. Ich versuchte aufzustehen, wegzulaufen, aber das brachte ihn erst recht in Wut. Er verdrehte mir den Arm, bis ich dachte, er sei gebrochen. Ich flehte ihn an, mir zu erklären, was das alles zu bedeuten hätte. Da tobte er und schrie mich an, ich hätte ihn belogen, es sei ganz klar, daß ich schon mit 'ner Menge Männer geschlafen hätte. Ich versuchte, ihn zur Vernunft zu bringen. Statt einer Antwort schlug er mich ins Gesicht. Ich wußte mir keinen Rat. Ich hatte tatsächlich das Gefühl, alles sei meine Schuld. Ich dachte, ich hätte alles falsch gemacht. Also entschuldigte ich mich. Und das hab' ich immer wieder getan. Dauernd war ich es, die sich entschuldigte. Es war so 'ne Art Ritual zwischen uns.

Jedesmal, wenn wir uns liebten – komischer Ausdruck –, schlug er mich. Anfangs mit bloßen Händen. Nach 'ner Weile ging er zu Haarbürsten über, später nahm er Gürtel. Als die Kinder groß genug waren, meine Schreie zu hören, da steckte er mir einen Knebel in den Mund und fesselte mir die Hände auf dem Rücken. Er war sehr vorsichtig und achtete immer darauf, daß ich nur da was abbekam, wo man's nicht sah; es sei denn, man konnte es als Unfall hinstellen. Ich wurde unfallgefährdet, wie man so schön sagt. Ständig stieß ich mich an irgendwas, verbrannte mich und so. Jedenfalls hatte ich meistens irgendwo 'ne Schramme oder 'nen blauen Fleck. Aber die Leute erinnern sich nicht mehr dran. Ist ja auch ganz verständlich, schließlich hat jeder mal 'nen Kratzer oder so. Meistens kann man's ja auch durch die Kleidung verdecken. Und wenn man zum Beispiel zur Gymnastik geht ...« Sie sah Lilian in die Augen. »Na, dann zieht man sich eben schon vorher um. So geht man unangenehmen Fragen aus dem Weg. Ich entwickelte ein solches Talent darin, auffallende Verletzungen mit 'nem Scherz zu bagatellisieren, daß die Mitarbeiter in der Kanzlei 'ne ganze Weile ihren Spaß dran hatten, mich zu foppen. ›Was haben Sie mit Ihrem Bein gemacht?‹ fragte einer, und die anderen grinsten erwartungsvoll. ›Ach, Sie kennen mich doch‹, antwortete ich leichthin. ›Ich bin wieder mal gestolpert.‹

Ich stolperte, weil Al mir ein Bein stellte. Ich verbrannte mir den Finger, als er meine Hand über den Toaster hielt. Ich schnitt mich, als mein Mann mir ein Messer in die Hand stieß, weil ich bei 'ner Bridgepartie 'nen Großschlemm verpaßt hatte ...«

Lilian rang nach Luft. Beschämt senkte sie den Kopf. Sie hatte es die ganze Zeit geahnt. Sie hatte sich davor gefürchtet, genau das zu hören und zu wissen, daß Beth die Wahrheit sagte.

»Als ich merkte, daß ich mit Brian schwanger war«, fuhr Beth fort, »da faßte ich wieder Mut. Weiß der Himmel, warum, aber ich war wahnsinnig aufgeregt. Wahrscheinlich hoffte ich, Al würde weicher, umgänglicher werden, würde sich auf den Sohn freuen, von dem ich annahm, daß er ihn sich wünschte. Und ich dachte, er würde jetzt aufhören, mich zu schlagen. Einer schwangeren Frau würde er nichts tun, und schon gar nicht seinem Baby.

Er hat mich nie so brutal zugerichtet wie in der Nacht, in der ich ihm sagte, daß wir ein Kind bekämen. Er kriegte einen Tobsuchtsanfall. Ich weiß nicht mehr, was er mir alles an den Kopf geworfen hat. Ich erinnere mich nur an die Schläge. Die meisten in den Bauch. Er warf mich sogar die Treppe hinunter, als krönenden Abschluß sozusagen. Damals glaubte ich wirklich, er würde mich umbringen. Und ich denke, er hatte es auch vor.

Ich kann mir nicht vorstellen, wie Brian diese Tortur überlebt hat. Aber irgendwie haben wir's beide geschafft, obwohl Al mich weiter so verprügelte wie zuvor. Ein paar Jahre später kam Lisa zur Welt. Und fünf Jahre danach wurde Michael geboren. Davor hatte ich 'n paar Babys verloren. Alles in allem waren's vier Fehlgeburten.

Jetzt wird die Geschichte 'n bißchen eintönig. Siebenundzwanzig Jahre sind eine lange Zeit. An dem, was ich euch erzählt habe, hat sich im Laufe meiner Ehe nicht viel geändert. Mit Als Kanzlei ging's aufwärts. Er machte eine sagenhafte Karriere, genau wie er es immer vorausgesagt hatte. Wir zogen jedes Jahr in ein größeres Haus. Alle hielten ihn für 'ne Art Zauberer und dachten, ich hätte das große Los gezogen.

Ich hab' nie aufgehört, mich darüber zu wundern, wie er es fertigbrachte, sich von einer Minute zur anderen von Dr. Jekyll in Mr. Hyde zu verwandeln. In der Öffentlichkeit war er der charmanteste, liebenswürdigste Mensch der Welt. Ich wußte, wie sehr ihn alle bewunderten, und ich erinnerte mich noch gut daran, wie sehr *ich* ihn früher bewundert hatte. Ihr könnt euch nicht vorstellen, wie stark er war, trotz seiner schmächtigen Figur. Aber er war eben Gewichtheber. Und das war 'n gutes Training.« Sie brach plötzlich ab und lachte bitter. »Letzten Endes läuft alles darauf hinaus. Das ist die Wurzel unserer Sorgen, unserer Ängste. Die simple Tatsache, daß Männer uns physisch überlegen sind. Selbst für 'nen weniger kräftigen Mann ist es nicht sonderlich schwer, 'ne Frau in die Knie zu zwingen, ganz gleich, wie stark sie ist. Da fangen alle Ungerechtigkeiten, alle Lügen an. Gleicher Lohn, bessere Arbeitsplätze, Gleichberechtigung, das sind die Ziele, für die wir Frauen zu kämpfen glauben. In Wirklichkeit kämpfen wir gegen die bloße körperliche Überlegenheit der Männer. Das ist die Quelle jeglicher Unterdrückung.« Beth räusperte sich und setzte ihren Bericht dann ohne weitere Abschweifungen fort.

»Mit der Zeit begann ich mich zu fürchten, wenn Al in der Öffentlichkeit nett zu mir war. Denn je charmanter er sich vor den Leuten gab, desto brutaler mißhandelte er mich, wenn wir nach Hause kamen. Je fürsorglicher er sich vor anderen zeigte, desto gemeiner war er später daheim. Erinnerst du dich noch an den Kettenbrief, Lilli? Und wie er drüber gelacht hat? Als wir allein waren, fand er ihn nicht mehr so komisch. Nein, ganz im Gegenteil. Für diesen harmlosen Scherz hat er mich windelweich geschlagen.

Er verbot mir, Freundschaften zu schließen. Du, Lilli, warst die einzige wirkliche Freundin, die ich hatte. Dir fühlte ich mich von Anfang an verbunden. Es war gar nicht nötig, daß wir uns oft trafen und miteinander sprachen; wir schienen bei jeder Begegnung mühelos an dem Punkt anzuknüpfen, wo wir aufgehört hatten. Al war machtlos dagegen. Und ich glaubte, er spürte, daß es gefährlich gewesen wäre, etwas gegen diese Freundschaft zu unternehmen.

Ich kann gar nicht beschreiben, was ich durchgemacht habe, solange die Kinder zu Hause wohnten. Ich lebte ständig in der Angst, sie könnten dahinterkommen, was bei uns los war, oder daß Al sich eines Tages nicht mehr damit zufriedengeben würde, mich zu schlagen, und auf die Kinder losgehen könnte. Ich hab' in all den Jahren mit keinem Wort aufbegehrt. Ich hatte nur den einen Wunsch, die Kinder zu beschützen. Vor ihnen hab' ich immer so getan, als seien wir einer Meinung. Und wenn ich's doch mal wagte, meine Ansicht zu vertreten, konnte ich sicher sein, daß er mich später dafür bestrafen würde. Ich machte meinen Mann zum Mittelpunkt meines Lebens, und natürlich ist das alles, woran die Kinder sich heute erinnern. Darum fällt es Lisa und Brian so schwer, die Wahrheit zu glauben.« Sie starrte auf das tränenüberströmte Gesicht ihrer Tochter. »Nicht wahr, Lilli, Lisa hat dir doch bestimmt erzählt, daß es zwischen ihren Eltern nie Unstimmigkeiten gab, und schon gar keine handfesten Auseinandersetzungen, wie sie in anderen Familien vorkommen. Ja, sie hat recht. Ich wagte nie zu widersprechen, wir hatten nie Streit.« Beth schwieg gedankenverloren. »Mit Michael war's anders«, fuhr sie schließlich fort. »Ich hatte immer den Verdacht, daß Michael ahnte, was sich in Wirklichkeit bei uns abspielte. Ich bin mir zwar nicht sicher, was er rausgekriegt hat, aber ich hatte immer das Gefühl, daß auch ein vages Wissen um den Zustand unserer Ehe eine Rolle spielte, als er sich plötzlich entschloß, von der Schule abzugehen und in diese Sekte einzutreten ...« Ratlos brach sie ab.

»Als die Kinder endlich alle aus dem Haus waren, wurde es zwar noch schlimmer, aber ich war trotzdem erleichtert. Ich hatte die drei in ihrem Vorhaben bestärkt, Chicago zu verlassen, heimlich natürlich, ohne daß Al etwas davon ahnte. Wenn er dahintergekommen wäre, hätte er mich umgebracht. Aber mir lag alles daran, sie so weit wie möglich von ihm fortzubringen. Ich wollte sie aus diesem Haus raushaben. Dann brauchte ich mir ihretwegen wenigstens keine Sorgen mehr zu machen. Doch Al hatte danach sozusagen freie Hand. Er mußte sich vor niemandem mehr in acht nehmen. Er benahm sich wie ein Halbstarker, der plötzlich ohne Aufsicht ist. Sturmfreie Bude bei den Weatherbys.«

Lilian wollte etwas fragen, doch Beth kam ihr zuvor. »Ich kann's mir schon denken, du möchtest wissen, warum ich ihn nicht verlassen habe«, sagte sie. Lilian nickte. »Alle fragen mich das. Ist ja auch ganz natürlich. Ich hab' mir weiß Gott oft genug diese Frage gestellt. Vielleicht kann das nur eine Frau verstehen, die selbst so was durchgemacht hat. Aber einiges kann ich dir wohl doch erklären: Erst mal war ich so jung, als wir heirateten, und so unerfahren. Dieser Mann bedeutete die ganze Welt für mich. Anfangs war ich mir nicht mal sicher, ob's nicht in jeder Ehe so zugeht, ob Frauen Mißhandlungen nicht einfach als so 'ne Art Schicksal hinnehmen. Ich dachte, das gehöre eben zum Sex. Und ich hatte so einen unbändigen Stolz! Wie konnte ich denn zugeben, daß meine Mutter doch recht gehabt hatte? Sollte ich denn nach all dem Theater, das ich aufgeführt hatte, um meinen Willen durchzusetzen, einfach wieder zu Hause aufkreuzen? Er schwor mir, er würde mich finden, wenn ich je versuchen sollte wegzulaufen. Und dann würde er mich umbringen. Mittlerweile hatte ich panische Angst vor ihm!

Na ja, und außerdem glaubte ich, es sei alles meine Schuld. Ich sah diesen großartigen Mann, den jeder gern hatte und der zu allen so charmant war, außer zu mir. Mußte ich denn da nicht annehmen, daß mit mir irgendwas nicht stimmte? Ich hab' mich Gott weiß wie angestrengt. Ich wurde eine fabelhafte Köchin. Ich hab' Al von vorn und hinten bedient. Aber es gelang mir nie, es ihm recht zu machen. Und dann die Kinder, Al ließ keine Gelegenheit aus, mir vorzuwerfen, daß ich als Mutter 'ne Versagerin sei. Er drohte, sie mir wegzunehmen, wenn ich's mir in den Kopf setzen würde, ihn zu verlassen. Er sagte, ich hätte vor Gericht nicht die geringste Chance, denn niemand würde mir meine Geschichte glauben.« Ihre Augen wanderten blicklos durch den Raum. »Und natürlich hat er recht behalten. Mir glaubt tatsächlich keiner.«

Lilian schluckte. »Ich glaub' dir«, sagte sie leise.

»Ich auch«, flüsterte Lisa, lief auf ihre Mutter zu und warf sich schluchzend in ihre Arme. Beth Weatherbys Augen füllten sich mit Tränen. Sie zog ihre Tochter fest an sich und wiegte sie wie ein Baby im Arm. Ohne Lisa loszulassen, streckte sie die freie Hand nach Lilian aus. Lilian ergriff sie, drückte sie und hielt sie fest. Ohne ein Wort zu sagen, saßen die drei Frauen minutenlang so da. Als Beth schließlich wieder zu sprechen begann, da klang ihre Stimme fester, sicherer. Von der Verzweiflung, die zuvor in jedem ihrer Worte mitgeschwungen hatte, war nichts mehr zu spüren. »Die Nacht, in der ich Al getötet habe, war eigentlich genau wie viele andere zuvor. Nur daß er diesmal 'n paar Gläser getrunken hatte, was bei ihm 'ne Ausnahme war. Er brauchte weiß Gott keinen Alkohol, um ausfallend zu werden.

Es war an einem Freitag. Ich machte grade das Abendessen. Er rief aus einer Bar an, tobte und fluchte und warf mir vor, ich sei eine nutzlose Last für ihn, eine schlechte Mutter, eine saumäßige Bridgespielerin ... Er überschüttete mich mit Gemeinheiten. Und dann sagte er, er sei auf dem Heimweg. Ich wußte, er würde mich wieder schlagen. Seit Michael ausgezogen war, nahm er sich immer mehr raus, erfand ausgefallenere Quälereien. Er wurde unvorsichtig, log Sachen zusammen, die leicht auffliegen konnten. So wie damals, als er dir weismachen wollte, ich hätte Kummer, weil Lisa auf 'nen verheirateten Mann reingefallen sei. Es schien ihm nicht mehr soviel auszumachen, ob jemand dahinterkam, was bei uns gespielt wurde. Fast schien er die Leute herauszufordern, sein Geheimnis zu entdecken. Ich war außer mir vor Angst, weil ich fürchtete, er würde mich töten! Da rief ich dich an.«

Wieder senkte Lilian beschämt den Kopf. Beth löste sich sanft von ihrer Tochter und sah Lilian in die Augen.

»Komm, mach dir bitte keine Vorwürfe. Wie hättest du's denn erraten sollen? Schau, genau den Fehler hab' ich während meiner ganzen Ehe gemacht. Ich suchte die Schuld bei mir statt bei ihm. Das war die eigentliche Mißhandlung, und die werd' ich Al nie verzeihen können. *Darum* hab' ich ihn in der Nacht getötet. Nicht, weil er mich all die Jahre geschlagen hat, sondern weil er meine Seele zerstört hat. Weil ich dauernd in schierer Panik leben mußte. Weil er mich so erniedrigt und weil er meine Menschenwürde zertreten hat. Weil er mir Schuldkomplexe einredete und mir das Gefühl gab, ich sei nicht mehr wert als die Zeitung von gestern. Ich bedeutete niemandem etwas, am wenigsten mir selber. Und das Gefühl hatte ich nicht nur zu Anfang. Das blieb auch später so, selbst dann noch, als ich ein bißchen mehr Erfahrung hatte und wußte, daß es mit unserer Ehe nicht stimmte, und zwar nicht meinetwegen, sondern weil mit Al was nicht in Ordnung war ... Aber als ich das begriff, da war's schon zu spät. Mir war alles egal, und darum konnte ich mich nicht aufraffen, ihn zu verlassen, nicht mal, nachdem Michael ausgezogen war. Ich blieb nicht nur, weil ich Angst vor Al hatte und wußte, daß er mich finden und töten würde. Nein, es lohnte nicht wegzugehen, weil einfach nichts mehr von mir übrig war. Könnt ihr das verstehen? Meine Seele war tot.

Als Al an jenem Abend heimkam, da saß ich bloß so da und wartete auf ihn. Er verlor keine Zeit, sondern schlug gleich auf mich ein. Diesmal war es schlimmer als je zuvor. Mir war klar, daß er mich umbringen würde. Er drückte mir mit den Händen den Hals zu und würgte mich. Die Vorhänge waren nicht zugezogen, aber es schien ihm gleich zu sein, ob ihn jemand beobachtete oder nicht. Ich geriet in Panik und versuchte zum erstenmal, mich zu wehren. Aber das schien ihn erst recht auf den Geschmack zu bringen. Mein sinnloser Widerstand amüsierte ihn. Dann zerkratzte er mir das Gesicht. Schließlich brach ich auf dem Fußboden zusammen. Er trat mich in die Seite, als sei ich ein Haufen dreckiger Wäsche. Dann hörte er ganz plötzlich auf ... Er sagte, er sei müde. Er ginge jetzt zu Bett, aber morgen würde er mich fertigmachen.

Er torkelte nach oben. Ich blieb lange am Boden liegen, ohne mich zu rühren. Mein ganzer Körper war wund. Endlich raffte ich mich auf. Ich wollte hinauf ins Bett und versuchen, ein wenig zu schlafen. Vielleicht wußte ich da schon, daß ich ihn töten würde. Wenn es so war, dann erinnere ich mich jedenfalls nicht mehr daran. Ich weiß nur noch, daß ich dachte, er würde bestimmt bis zum Morgen durchschlafen, und dann hätte er's sicher vergessen, wenigstens für eine Weile. Also ging ich nach oben, zog mich aus, streifte mein Nachthemd über und legte mich tatsächlich zu Al ins Bett. Ich war bereit zu sterben, wenn er es denn so wollte.

Aber als ich im Dunkeln lag und auf den Schlaf wartete, da geschah etwas Seltsames. Ich merkte auf einmal, daß ich trotz allem noch Lebenswillen in mir hatte. Mir wurde klar, daß ich seine Schläge nicht länger hinzunehmen brauchte. Es war mir gleich, ob man mir glauben würde oder nicht. Ich konnte ihn nicht verlassen, das wußte ich. Er würde seine Drohung wahr machen, würde mich finden und mich umbringen. Unfälle passieren jeden Tag, pflegte er zu sagen. Ich hatte nur dann eine Chance zu überleben, wenn ich aufstand und ihm zuvorkam. Ich mußte ihn töten. Aus Notwehr.

Und das hab' ich getan.

Von dem Augenblick an kann ich mich nicht mehr recht auf die Einzelheiten besinnen. Ich holte den Hammer und schlug auf Al ein. Ich erinnere mich, wie ich das Blut an meinem Nachthemd sah und wußte, daß er tot war. Alles, was ich spürte, war ... Erleichterung. Ich weiß nicht mehr, daß ich den Hammer im Lüftungsschacht versteckt hab', aber es muß wohl so gewesen sein. Ich kann mich auch nicht erinnern, wie ich nach draußen gekommen bin. Ich weiß bloß, daß ich auf der Straße war, als die Polizei mich fand.«

Beth Weatherby schüttelte den Kopf. »Die Anwälte setzen mir zu, auf vorübergehende Unzurechnungsfähigkeit zu plädieren. Sie behaupten, in der Nacht, als ich meinen Mann tötete, müsse ich verrückt gewesen sein. Vielleicht haben sie recht.« Sie zögerte, blickte von Lilian zu Lisa und wieder zu Lilian zurück. »Aber ich glaub's einfach nicht. Um die Wahrheit zu sagen, Lilli ... Lisa, mein Liebling, bitte verzeih mir«, unterbrach sie sich. Dann fuhr sie mit ruhiger Stimme fort: »Ich bin der festen Überzeugung, daß ich die letzten siebenundzwanzig Jahre nie so klar bei Verstand war wie in der Nacht, als ich Al ermordete.«

22

Lilian mußte sich beeilen, wenn sie noch rechtzeitig zur Uni kommen wollte. Sie war schon an der Tür, als das Telefon klingelte.

»Typisch«, murmelte sie, lief zurück in die Küche, nahm den Hörer ab und warf einen Blick auf die Uhr. Es war schon halb elf. In einer halben Stunde begann ihr Kurs, und wenn sie nicht in fünf Minuten losfuhr, würde sie zu spät kommen. Heute war erst der zweite Vorlesungstag, da würde Unpünktlichkeit einen schlechten Eindruck machen. Dabei hatte sie sich doch vorgenommen, dieses Semester richtig anzugehen, mit wirklichem Arbeitseifer und Einsatzbereitschaft. »Hallo?« fragte sie ungeduldig. Wahrscheinlich irgend so 'n Institut für Haushaltsprüfung oder ein Vertreter, der mir 'n Illustrierten-Abonnement aufschwatzen will.

»Lilli?«

»Ja. Wer spricht denn da?«

»Hier ist Irving. Irving Saunders. Beinah hätt' ich deine Stimme nicht erkannt. Du klingst so gestreßt.«

»Bin ich dienstags immer. Wie geht's dir denn? Wie war's in Afrika?«

»Ach, immer dasselbe. Überall Unruhen, und 'ne Hitze wie im Brutkasten. Du, ich hab' was für dich. 'ne ganz große Sache.«

»So?« Lilian umklammerte krampfhaft den Telefonhörer. Ihr war, als würde jeden Moment der Boden unter ihren Füßen wegrutschen.

»Willst du denn gar nicht wissen, worum sich's dreht?«

»Also was gibt's?« fragte sie dumpf.

»Wir starten 'ne neue Sendung«, begann Irving. Lilian holte tief Luft und hielt den Atem an. »Es handelt sich um 'n einstündiges Nachrichtenmagazin«, fuhr er fort. »Weißt du, 'n bißchen in der Richtung von ›Sechzig Minuten‹. Skandale, Enthüllung von Korruptionsfällen und so, auch überregional, versteht sich, aber im wesentlichen auf Themen gestützt, die speziell unsere Stadt tangieren. Die Show soll ›Chicagos Stunde‹ heißen. Ich find' das 'nen großartigen Titel, einfach weil's so vieldeutig klingt und Assoziationen anbietet, einerseits sachliche Zeitangabe, andererseits dieses Mitschwingen von Schicksalhaftem, Bedeutungsvollem ... Na ja, so war's jedenfalls gedacht. Bist du überhaupt noch dran?«

»Ich bin ganz Ohr.«

»Prima. Wir brauchen dich.«

»Was?!«

»Tja, die Sache hat allerdings 'nen Haken, das heißt eigentlich zwei, um genau zu sein.«

»Du willst mich wirklich dabeihaben?«

»Ja.«

»Abgemacht.«

Irving Saunders lachte laut. »Lilli, ich mag dich. Du bist so herzerfrischend direkt!«

»Wann soll ich anfangen?«

Einen Moment lang war es still in der Leitung. »Wart mal 'nen Augenblick. Ich hab' dir doch gesagt, es sind 'n paar Haken dabei. Die sollten wir erst mal besprechen, sie sind nämlich nicht ganz ohne.«

Lilian fühlte, wie ein Unbehagen in ihr hochstieg. Ihr Herz klopfte heftig. Sie hatte nur den einen Wunsch, das Glücksgefühl, das sie noch vor ein paar Sekunden durchströmt hatte, festzuhalten. Er brauchte sie! Er bot ihr eine Stelle an! Sie schluckte. Mit ein paar Haken, die nicht ohne waren.

»Also was ist faul?« fragte sie.

»Na, zuerst mal handelt sich's nur um ein Pilotprojekt. Wir machen 'ne Probesendung und warten ab, wie die Fernsehanstalt drauf reagiert und wie's beim Publikum ankommt. Aber das brauch' ich dir ja nicht groß zu erklären. Wenn alles klappt, kommen wir Mitte der Saison ins reguläre Programm. Momentan kann ich dir also nichts weiter anbieten als 'nen einmaligen Versuchsballon mit der Aussicht auf längerfristige Beschäftigung; allerdings ohne Garantie.«

»Ich verstehe.«

»In zwei Wochen fangen wir mit den Probeaufnahmen an, das heißt, ich brauch' bald 'ne endgültige Entscheidung von dir.«

»Ich hab' mich schon entschieden«, sagte sie fest.

»Und was ist mit der Uni?«

»Die sind ganz scharf auf Mitarbeiter mit Praxisbezug. Ich kann mir nicht vorstellen, daß sie was dagegen haben.

Schließlich geht's ja bloß um 'n paar Wochen. Aber das ist mein Problem. Damit werd' ich schon fertig.« Ängstlich warf sie einen Blick auf die Uhr und seufzte. »Wieso hab' ich das komische Gefühl, das dicke Ende kommt noch?«

»Weil's so ist, nehm' ich an.«

»Und du hast dir den eigentlichen Haken bis zum Schluß aufgehoben?«

»Wie gewöhnlich. Glaubst du, du kannst ihn verkraften?«

»Die können mir nicht soviel zahlen wie früher?«

»Nein, darum dreht sich's nicht. Ich bin sicher, daß wir uns über die finanzielle Seite einig werden.«

»Wie gewöhnlich«, äffte Lilian ihn nach. »Also raus damit, um was geht's?«

»Um das Thema.«

»Wie bitte?«

»Na, das Thema, das du bearbeiten müßtest.«

»Und das wäre?«

Er schwieg einen Augenblick. »Frauenmißhandlung«, antwortete er schließlich.

Lilians Begeisterung erhielt einen tüchtigen Dämpfer. »Frauenmißhandlung?«

»'n Bericht über die Verbreitung dieser ehelichen Tugend in Chicago«, sagte Irving trocken. »Statistiken, Hintergründe, juristische Konsequenzen.« Nach einigem Zögern setzte er hinzu: »Beispiele.« Abermals herrschte Schweigen. »Sieh mal, Lilli«, fuhr er endlich wieder fort, »es ist kein Zufall, daß ich diesen Bericht grade von dir möchte. Im Gegenteil, das hat den Ausschlag gegeben. Ich will ganz offen sein. Der Sender hat kein Interesse an freien Mitarbeitern. Der Etat ist hier ebenso knapp wie anderswo. Aber ich hab' mir was einfallen lassen, um die Bonzen rumzukriegen. Ich weiß doch, wie gern du zurückkommen möchtest. Und mir wär' nichts lieber, als wieder mit dir zu arbeiten. Na, und als der Plan für diese Sendung entstand, da hab' ich natürlich gleich an dich gedacht. Dann kam dieser Weatherby-

Mord, und als die Frau auspackte, da wußte ich, das ist der Knüller für dich. Dein Mann arbeitet in der Kanzlei! Du kanntest den Kerl! Und seine Frau hast du sicher auch mal getroffen. Das heißt, du könntest an die Fakten ran, die einem Außenstehenden nicht zugänglich wären. Aber selbst wenn du das nicht schaffst, die leitenden Herren im Sender hab' ich jedenfalls damit rumgekriegt. Ich hab' denen klargemacht, daß du die einzige bist, die für diesen Bericht in Frage kommt, weil niemand anders so viel Einblick in den Fall Weatherby und in die Juristerei hat. Es hat geklappt, die da oben sind einverstanden.«

Sie schwiegen beide. »Beth Weatherby ist meine Freundin«, flüsterte Lilian endlich.

»Lilli, versteh mich nicht falsch«, sagte Irving schnell. »Die Dokumentation braucht sich nicht auf Beth Weatherby zu konzentrieren. Ich bin mehr an den rechtlichen Folgen interessiert. Aber natürlich müßte man die Weatherbys erwähnen, entweder als Aufhänger oder vielleicht als 'ne Art Rahmen für den ganzen Beitrag. Im einzelnen können wir das noch während der Programmdiskussionen festlegen. Doch um eins kommen wir nicht rum: Durch den Fall Weatherby kriegt dieser Stoff erst den Relevantheitsgrad, auf den es uns ankommt. Beth Weatherbys Klage auf Notwehr statt eines Plädoyers für vorübergehende Unzurechnungsfähigkeit, das ist der Clou. Ist es juristisch vertretbar, ihre Tat als Notwehr zu bezeichnen? Wäre andererseits vorübergehende Unzurechnungsfähigkeit ein legitimerer Entlastungsgrund? Würde ein Freispruch für Beth Weatherby bedeuten, daß man allen Frauen in ihrer Lage quasi das Recht zu töten einräumt?«

»Gibt eine Heiratsurkunde einem Mann das Recht zu töten?« fragte sie statt einer Antwort.

Es entstand eine Pause. Schließlich sagte Irving zufrieden: »Ich wußte es, du bist die Richtige für diesen Job. Glaubst du, daß du's hinkriegst?«

»Ich weiß es nicht«, erwiderte sie zurückhaltend. »Unter

den gegebenen Umständen wär's David bestimmt nicht recht, wenn ich die Sendung mache.«

»Das ist mir klar. Darum geb' ich dir auch 'n paar Tage Zeit, um dir die Sache in Ruhe zu überlegen.« Sie schwieg. »Wenn du ablehnst, Lilli, dann weiß ich nicht, wie lange es dauert, bis ich dir wieder 'n Angebot machen kann.« Lilian war auf diesen Nachsatz gefaßt.

»Ich verstehe«, sagte sie niedergeschlagen.

»Ruf mich Donnerstag nachmittag an.«

»Mach' ich.«

»Tschüs.«

»Auf Wiederhören.« Sie legte den Hörer auf und starrte unbeweglich auf den gekachelten Fußboden. Wieso gerate ich bloß immer wieder so in die Klemme? Sieht fast so aus, als hätten's die Komplikationen auf mich abgesehen. (Da, das ist Lilian Plumley. Um Gottes willen, die scheint volle zwei Tage in Ruhe und Frieden gelebt zu haben! Großalarm! Fußangeln ... Angriff!) David würde das ganz und gar nicht gefallen. Wenn es nach ihm ginge, müßte sie sich in der Öffentlichkeit aus allem raushalten, was den Fall Weatherby und die damit verbundenen rechtlichen Folgen betraf. Und Beth selbst? Wie würde sie dazu stehen?

Und wenn ich nein sage? Irving hatte nicht damit hinter dem Berg gehalten, was sie mit einer Ablehnung aufs Spiel setzte. Sie würde keine weiteren Angebote bekommen, jedenfalls vorläufig nicht. Das ist meine Chance, die Gelegenheit, auf die ich gewartet hab'. Ich kann sie wahrnehmen oder kneifen. Seit jenem ungewöhnlichen Abend in der letzten Woche hatte sie nicht mehr mit Beth Weatherby gesprochen. Sie hatte noch keine Gelegenheit gehabt, sich mit David über Beths Geschichte zu unterhalten. Er hatte jeden Tag bis spät in die Nacht gearbeitet. Nur an dem Abend, an dem er Nicole Clark nach ihrer Examensfeier zum Essen ausgeführt hatte, war er etwas früher nach Hause gekommen. Selbst das Wochenende hatte er im Büro verbracht.

Lilian brauchte ein paar Tage, um das, was Beth ihr anvertraut hatte, zu verarbeiten und um mit sich ins reine zu kommen. Es hatte erst dann Sinn, mit David zu sprechen, wenn sie selbst sich über ihre Gefühle völlig im klaren war. Und zur Zeit bot sich sowieso keine Gelegenheit für eine ausgiebige Unterhaltung mit ihrem Mann.

Ich muß mit beiden reden, dachte sie, mit David und mit Beth. Irving hatte ihr bis Donnerstag nachmittag Bedenkzeit gegeben. Sie mußte sich also so schnell wie möglich mit beiden in Verbindung setzen.

Sie schreckte auf und blickte zur Uhr. Es war zwanzig nach elf! Wie lange hab' ich denn bloß telefoniert? Und wie lange bin ich dagestanden und hab' Löcher in den Fußboden gestarrt?

Sie rannte zur Tür. Wenn ich Glück hab' und unterwegs in keinen Stau gerate, dann komm' ich auf dem Campus an, wenn mein erster Kurs zu Ende ist.

Er war ebenso verblüfft über ihr Aussehen wie sie selbst.

»Was hast du denn mit deinem Gesicht gemacht?« fragte er und erhob sich hinter seinem Schreibtisch.

»Ich war bei Saks. Die hatten da heute 'ne Sonderberatung in der Kosmetikabteilung. Mit Mr. Claridge höchstpersönlich. Er hat mir gezeigt, welches Make-up vorteilhaft für mich ist.« Lilian lachte verlegen unter den prüfenden Blicken ihres Mannes. »Tja, weißt du, sie schminken einen gleich da im Kaufhaus. Na, wie findest du's? Ist es zu auffallend?«

David ging um seine Frau herum. Dann betrachtete er ihr Gesicht so eingehend, als hätte er ein seltenes Kunstwerk vor sich. »Aber nein, ganz und gar nicht. Du weißt doch, daß ich's mag, wenn du dich schminkst. Ich bin bloß nicht an so viel Make-up bei dir gewöhnt, das ist alles.«

»Also findest du's *zuviel*?«

»Nein«, lachte er. »Ich find's genau richtig. Für meinen Geschmack hat Mr. ...«

»Claridge.«

»Also Mr. Claridge hat erstklassige Arbeit geleistet. Es ist bloß so ungewohnt, wo du dich doch sonst überhaupt nicht schminkst. Aber mir gefällt's.«

»Er hat mir beigebracht, wie man's aufträgt.«

»Freut mich.« Er beugte sich vor und küßte sie. »Und du bist vorbeigekommen, um mir dein neues Gesicht vorzuführen?«

»Na ja ...« Sie zögerte. »Das war einer der Gründe. Um vier war ich mit meinem letzten Kurs fertig, dann hab' ich bei Saks reingeschaut, und da ich schon mal in der Nähe war, hab' ich mir gedacht, ich spring' schnell vorbei und führ' dir die Verwandlung vor. Vielleicht kann ich bei der Gelegenheit meinen stets blendend aussehenden Mann dazu überreden, seine frisch renovierte Frau zum Essen einzuladen.«

»O Lilli ...«

»Bitte, David, sag nicht nein. Wir könnten zu Winston gehen, das ist doch gleich gegenüber. Es wird bestimmt nicht lange dauern.«

»Aber Lilli, schau dir bloß mal meinen Schreibtisch an. Siehst du denn nicht, daß ich förmlich in Akten ertrinke?«

»Auf deinem Schreibtisch herrscht doch immer das reinste Chaos.«

»Es geht nicht, Spätzlein. Tut mir leid, aber ich schaff's wirklich nicht.«

»David, es ist wichtig. Ich muß unbedingt mit dir reden.«

Es klopfte, gleich darauf öffnete sich die Tür, und herein trat Nicole Clark, schön wie eine Filmreklame. »Oh, Verzeihung«, wandte sie sich hastig an David. »Ich dachte, Sie wären allein. Wie geht's Ihnen, Lilian?«

Plötzlich brannte das Make-up auf ihrer Haut wie eine Säure, und Lilian kam sich vor wie der ausgediente Clown, den man gewaltsam aus der Manege drängt, sobald die Große Nummer angesagt ist. Von Davids neuer Kollegin könnte Mr. Claridge noch was lernen, schoß es ihr durch den Kopf, ehe sie sich einen Ruck gab und mit gespielter Munterkeit Nicoles Gruß erwiderte.

»Danke, ich fühl' mich ganz ausgezeichnet. Ich möchte Ihnen noch nachträglich zu Ihrem Examen gratulieren und natürlich zu Ihrem Eintritt in die Firma.«

»Oh, vielen Dank«, sagte Nicole herablassend. »Ich war wahnsinnig aufgeregt. Wie gut, daß Ihr Mann dabei war, ich hatte seinen Beistand wirklich nötig.«

»So 'n Rückhalt tut uns allen gut«, lächelte Lilian. Sie wollte noch etwas hinzufügen, doch David kam ihr zuvor. Sie war von seinen Worten nicht wenig überrascht.

»Meine Frau und ich gehn schnell mal weg zum Essen«, erklärte er der Jüngeren. »Dauert höchstens 'ne Stunde. Müssen Sie was Dringendes mit mir besprechen, oder hat's Zeit bis morgen? Das heißt, falls Sie noch im Büro sind, wenn ich zurückkomme, könnten wir auch heut' abend ...«

Lilian war darauf gefaßt, daß Nicole antworten würde: »Ich bin bestimmt noch da.« Doch statt dessen hörte sie, wie die andere sagte: »Nein, ich geh' heim. Ich bin müde, und das hier kann warten. Ist sowieso nichts Wichtiges. War nett, Sie wiederzusehen, Lilian. Guten Abend.«

David hatte also wirklich Wort gehalten und mit ihr gesprochen. Das war der Beweis. Ich hätte gleich anfangs zustimmen sollen, als er sie zur Rede stellen wollte, dachte Lilian, als David ihren Arm nahm und sie aus dem Büro führte. Das hätte mir monatelange Sorgen erspart.

Sie saßen sich gegenüber und stocherten in ihrem Salat herum.

»Also nun aber raus damit«, sagte David energisch. »Wir haben jetzt alles besprochen, vom Wetter über Mr. Claridge bis zu deinen Studenten. Willst du mir nicht endlich verraten, was los ist? Ich meine, du hattest 'nen interessanten Tag, zugegeben«, fuhr er lächelnd fort. »Aber was du

301

mir bis jetzt erzählt hast, würde ich denn doch nicht als wichtig bezeichnen.« Er langte über den Tisch und griff nach ihrer Hand. »Das soll natürlich nicht heißen, ich fände es unwichtig, dich zu sehen, im Gegenteil. Ich bin froh, daß ich mich bezirzen ließ, mit meiner verführerischen Frau zu essen.«

Lilian lächelte glücklich. Dieses Make-up war doch 'ne gute Idee. Auch wenn sie das Gefühl hatte, mit dem Gesicht einer anderen herumzulaufen. Es war immerhin ein Gesicht, das David zu gefallen schien.

»Irving hat mich angerufen«, sagte sie und spießte ein paar Salatblätter auf die Gabel.

»Oh! Und was hat er gewollt?« Das Interesse klang echt.

»Die Anstalt startet 'n neues Nachrichtenmagazin. Vorläufig nur 'ne Pilotsendung. Aber wenn's ankommt, nehmen sie's Mitte der Saison fest ins Programm.«

»Und was ist das für 'ne Sendung?«

»So 'ne Art lokaler Variante von ›Sechzig Minuten‹. Soll ›Chicagos Stunde‹ heißen. Wegen der Assoziationsmöglichkeiten.«

»Sehr gut ausgedacht.«

»Ja, nicht? Ich glaub', die einzelnen Beiträge sollen sich fast ausschließlich mit Chicago befassen. Jedenfalls hab' ich den Eindruck, denn er sagte, es sei 'ne Sendung über Chicago und die Probleme in unserer Stadt und so ...«

»Aber warum bist du denn so nervös? Was traust du dich nicht, mir zu sagen?« fragte er amüsiert. »Klingt doch großartig! Du könntest tun, was dir Spaß macht, ohne viel rumreisen zu müssen. Ich find's phantastisch!« Er bemerkte ihre besorgte Miene und stutzte. »War ich etwa zu voreilig? Sie wollen dich doch haben, oder?«

Sie nickte. »Ja, das wollen sie.«

»Na wunderbar. Warum ziehst du dann so 'n Gesicht?«

Sie griff nach dem Wasserglas. Der aufmerksame Kellner räumte die Salatschüsseln ab und trug den Hauptgang auf. Sie starrte auf ihren Teller. Sie hatten Huhn in Ingwer bestellt, das hier – Spezialität des Hauses – auf grünen Nudeln serviert wurde. Sie nahm die Gabel zur Hand und begann gedankenverloren, die Nudeln, die *al dente* zubereitet waren, aufzuwickeln. »Ich liebe dieses Restaurant«, sagte sie. »Kannst du dich noch erinnern, wie oft wir früher herkamen?«

»Ja, ich erinnere mich. Hast du meine Frage nicht gehört?«

»Doch«, sagte sie. »Ich bin mir bloß nicht sicher, ob ich sie beantworten soll.«

»Lilli, was verlangen sie denn so Schreckliches bei diesem Programm? Sollst du nachts arbeiten?«

Sie lachte. Ihre Gabel verschwand mittlerweile unter einem dicken Nudelberg. »Ich weiß nicht, wie ich's dir sagen soll, außer ich platz' einfach damit raus«, sagte sie. »Ich hab sowieso schon zuviel Wind um die Sache gemacht. Ich bin sicher, du wirst nichts dagegen haben. Ich stell' mich bloß an, das ist alles.«

»Lilli…« bat er mit wachsender Ungeduld.

»Der Beitrag, den ich produzieren soll, beschäftigt sich mit Frauenmißhandlung.« Sie sah sofort, wie seine Augen schmal wurden. »Um genau zu sein, sie sind nicht einfach an dem Thema als solchem interessiert, sondern konkret an dem Fall Beth Weatherby. Sie haben den Eindruck, ihr Entschluß, auf Notwehr zu plädieren, müßte eine ganze Reihe interessanter juristischer Möglichkeiten eröffnen, die den Stoff für eine ebenso interessante Fernsehsendung liefern könnten.«

»Ach, haben sich die Herren das so gedacht?« spottete David. »Und da sind sie zufällig auf dich gekommen.«

»Nein, sie haben mich ganz bewußt dafür ausgesucht. Daran hat Irving keinen Zweifel gelassen.«

»Na, und wie hat er auf deine Absage reagiert?«

Lilian legte die Gabel hin, doch sie hielt den Blick unverwandt darauf gerichtet. »Ich hab' nicht abgesagt«, antwortete sie. »Ich hab' ihm versprochen, mir sein Angebot zu überlegen.«

»Was gibt's denn da zu überlegen?« wollte er wissen.

»So einfach ist das nicht, David. Der Auftrag könnte meine letzte Chance sein.«

»Red keinen Quatsch! Es findet sich immer 'ne neue Gelegenheit. Das weißt du genausogut wie ich.«

»Und wenn ich nun annehme, was wär' denn daran so falsch?«

»Alles!« Er schrie fast, und Lilian war überrascht über die Heftigkeit seines Tons. »Du würdest deine Freundschaft mit Beth ausnutzen, würdest Als Andenken in den Dreck ziehen, und du würdest auch mich benutzen, Herrgott noch mal!«

»Wieso denn dich?«

»Wenn ich nicht gewesen wäre, hättest du Al Weatherby nie getroffen!«

»Du scheinst zu vergessen, daß ich Al auf dieselbe Weise kennengelernt hab' wie dich, durch meine Arbeit.«

»Und das ist alles, was für dich zählt, oder?« fragte er aufgebracht. »Weder ich noch Beth, noch Al. Es ist dir völlig gleich, wen du verletzt!«

»Wer sagt denn, daß ich überhaupt jemanden verletzen würde?«

»Lilli, um Himmels willen, du bist doch kein Kind mehr. Du weißt genau, daß du anderen weh tun mußt, wenn du diese Reportage machst. Wozu brauchtest du sonst Bedenkzeit?«

»Weil ich der Meinung war, ich müßte zuerst mit dir und Beth darüber sprechen.«

»Na, jetzt weißt du, wie ich dazu stehe. Ich finde, die Sache stinkt zum Himmel! In meinen Augen ist jedes Unterfangen entwürdigend, das diesen empörenden Behauptungen von Beth auch nur die geringste Glaubwürdigkeit verleiht, und ich würde mich aufs schärfste dagegen verwahren, daß meine Frau in irgendeiner Weise mit solchen Machenschaften zu tun hat. Und was Beth angeht, was glaubst du denn, wie sie reagiert, wenn sie erfährt, daß du ihre

Freundschaft ausgenutzt hast, um wieder beim Fernsehen unterzukommen?«

»Ich hab' mich nicht um diesen Auftrag gerissen, David. Die sind damit zu mir gekommen.«

»Wenn du annimmst, spielt das wohl kaum eine Rolle, oder?«

»Ich kann mir nicht vorstellen, daß Beth sich ausgenutzt fühlen würde«, sagte sie.

David schüttelte den Kopf. »Nein, wahrscheinlich nicht. Vielleicht paßt es ihr sogar gut in den Kram. Dir ist natürlich klar«, fuhr er nach einer kurzen Pause fort, »daß kein Anwalt der Welt sie in dieser Sendung auftreten lassen würde.«

»Aber sicher«, gab Lilian hastig zu. Sie war froh und erleichtert, daß sie wenigstens in einem Punkt übereinstimmten. »Das würde ich auch nie verlangen. Wenn ich Irving richtig interpretiere, dann soll sich der Schwerpunkt des Beitrags ohnehin auf die moralischen und juristischen Gesichtspunkte der Tat konzentrieren und den Blickwinkel auf Beths Motiv für den Mord richten.«

»Wird ja immer schöner«, murmelte David sarkastisch. Lilian merkte auf einmal, daß sie beide ihr Essen nicht angerührt hatten. »Wie ich sehe, hast du dich schon entschieden.«

Lilian schüttelte den Kopf, doch David ließ ihr keine Zeit zu widersprechen.

»Wem willst du eigentlich was vormachen, Lilli? Dein Entschluß stand doch schon fest, bevor du zu mir ins Büro kamst. Und wenn du das Gegenteil behauptest, dann betrügst du dich nur selbst.« Er schob seinen Teller zur Seite. »Es ging dir gar nicht drum, meine Meinung zu hören. Was du willst, ist Absolution. Wenn's nach dir ginge, sollte ich sagen: Los doch, benutze mich und meine Kanzlei und all unsere Bekannten. Nur zu, ruiniere auch noch den letzten Funken guten Rufs, der einem ehrenhaften Mann geblieben ist. Was du auch tust, ich steh' hundertprozentig hinter dir. Aber das kann ich nun mal nicht. Ich bin dagegen, und ich möchte nicht, daß du da mitmachst.«

Über den Tisch hinweg starrten sie sich an. Als Lilian endlich sprach, kam ihre Stimme von weit her. »Und wenn ich mich nun doch dafür entscheide?« fragte sie. »Ich meine, ich bin fest davon überzeugt, daß ich's fertigbrächte, allen Beteiligten gegenüber fair zu sein, und bestimmt würde ich Als Andenken nicht beschmutzen...«

»Wach doch auf, Lilli«, herrschte David sie an. »Hör endlich auf, dir was vorzumachen!«

»Aber das tu ich doch gar nicht«, protestierte sie.

»Tja, wenn das so ist, dann bist du vielleicht zu naiv fürs Fernsehen.« Er stand auf. »Aber wie dem auch sei, du wolltest wissen, was passiert, wenn du's trotzdem tust. So ähnlich war doch die Frage, nicht wahr? Nun, die Antwort lautet: Wir müßten beide lernen, mit dieser Entscheidung zu leben.«

»Was soll das heißen?«

»Genau das, was ich gesagt hab'«, antwortete er und blätterte drei Zehndollarscheine auf den Tisch. »Du, ich muß zurück ins Büro. Es hat keinen Sinn, noch länger über die Geschichte zu streiten. Laß dir Zeit und iß in Ruhe fertig. Ich komm' heut' abend später.« Er beugte sich zu ihr hinunter und küßte sie auf die Stirn. »Du brauchst nicht aufzubleiben«, sagte er.

Lilian blieb sitzen und starrte auf ihren Teller. Ihr war der Appetit vergangen.

»Schmeckt es Ihnen nicht?« erkundigte sich der Kellner nach einer Weile.

»Doch, doch, das Essen ist ausgezeichnet«, versicherte sie. »Aber ich fühl' mich nicht ganz wohl.«

»Oh, das tut mir aber leid«, sagte der Kellner mit aufrichtigem Bedauern. »Möchten Sie vielleicht Tee?«

Lilian schüttelte den Kopf. »Nein, vielen Dank«, erwiderte sie.

23

Lilian hätte nicht mit Bestimmtheit sagen können, zu welchem Zeitpunkt ihr klar geworden war, daß ihr Mann eine Affäre mit Nicole Clark hatte. Sie wußte lediglich, daß es so war und daß sie damit leben mußte.

In der Pause zwischen ihren beiden Vormittagskursen saß sie im Aufenthaltsraum und versuchte, sich auf die Morgenzeitung zu konzentrieren. In einer Pension hatte man zwei Männer und drei Frauen erstochen aufgefunden. Die Polizei vermutete, daß die Opfer aus der Drogenszene stammten. Ein Mann hatte seine Frau und seine beiden Kinder umgebracht. Bei der Vernehmung behauptete er, Christus habe ihm in der Nacht zuvor im Traum den Befehl zu der Tat gegeben. Ein Ehemann, dessen Eifersucht an Wahnsinn grenzte, hatte seine Frau erschossen, weil er glaubte, sie hätte dem Postboten zu freundlich zugelächelt. Lilian blätterte um. Eine Frau war zu zwei Jahren Haft verurteilt worden, weil sie ihrem Baby den Schädel eingeschlagen hatte. Ein Ehepaar, dessen drei Kinder unter mysteriösen Umständen ums Leben gekommen waren, sagte vor Gericht aus, sie hielten sich für ausgezeichnete Eltern und hätten die Absicht, so lange Kinder in die Welt zu setzen, wie Gott ihnen welche schenke. Angewidert faltete Lilian die Zeitung zusammen und warf sie auf das niedrige Tischchen vor sich. Ihr war heute nicht nach Kleinanzeigen zumute. Heiratsannoncen interessierten sie erst recht nicht. Ihr Mann schlief mit einer anderen Frau.

Sie war wach gewesen, als er sich letzte Nacht neben sie legte. Sie hatte sich nur schlafend gestellt, doch er hatte es nicht gemerkt, hatte aber auch nicht versucht, sie zu wekken oder sich an sie zu kuscheln und seinen Körper an ihrem zu wärmen. Sie hörte, wie er sich ruhelos von einer Seite auf die andere warf und versuchte, eine bequeme Lage zu finden. Nach ein paar Minuten gelang es ihm, und er versank in tiefen Schlaf. Sie hörte, wie sein Atem ruhig und gleichmäßig wurde. Sie setzte sich auf und blinzelte nach dem Wecker. Es war fast ein Uhr. Vor nicht mehr als zehn Minuten hatte sie gehört, wie er die Wohnungstür aufschloß. Er war gleich ins Schlafzimmer gekommen, hatte sich eilig ausgezogen und ins Bett gelegt. Und doch roch er so sauber, oder vielleicht nach gar nichts, daß sie mit Sicherheit wußte, er hatte sich große Mühe gegeben, irgendeinen verdächtigen Körpergeruch loszuwerden. Zum Beispiel den einer anderen Frau, dachte sie. Als sie aufs Kissen zurücksank, da erinnerte sie sich plötzlich, daß ihr dieser undefinierbare, hygienische Duft vor einigen Wochen schon einmal an ihm aufgefallen war; damals, in der Nacht, als er sie aus seinem Büro angerufen und so liebevoll gebeten hatte, sie möge ihn abholen. Und auf einmal war ihr alles klar: ihre Nervosität am nächsten Morgen, ihr Herumgerenne und die krampfhaften Bemühungen, ihm eine Freude zu machen. Jetzt wußte sie, daß sie versucht hatte, den Geruch seines Betrugs mit dem Duft von Rührei und Toast zu vertreiben und die Gewißheit, daß er mit Nicole geschlafen hatte, von ihrem Bewußtsein fernzuhalten.

Die letzten paar Wochen waren also eine einzige Kette von Lügen gewesen. Gestern im Büro hatten die beiden ihr eine einstudierte Komödie vorgespielt (»Müssen Sie was Dringendes mit mir besprechen, oder hat's Zeit bis morgen? Das heißt, falls Sie noch im Büro sind, wenn ich zurückkomme, könnten wir auch heut' abend ...« – »Nein, ich geh' heim. Ich bin müde, und das hier kann warten.«) Alles war genau geplant und verabredet. Er machte die gleiche Art von Überstunden wie früher in seiner Ehe mit Elaine. Die angebliche Arbeit ist dieselbe geblieben, bloß die Partner haben gewechselt, dachte sie träge und wunderte sich, daß die Entdeckung sie so wenig überraschte.

Sie gähnte, stand auf und ging zum Telefon am anderen Ende des Raums. Langsam wählte sie die Nummer und wartete. Beim dritten Klingeln meldete sich jemand.

»Hallo?«

»Mutter, bist du's?«

»Lilli? Was ist los?«

Sie lächelte. »Aber hör mal, Mutter, du willst mir doch nicht erzählen, daß du mir an der Stimme anmerkst, ob was nicht in Ordnung ist.«

»Aber sicher. Eine Mutter spürt so was. Sag mal, von wo rufst du an?«

»Vom Institut. Ich bin im Aufenthaltsraum.«

»Jetzt weiß ich, daß was nicht stimmt. Du rufst mich doch nie während der Arbeit an. Also was ist los? Ist was mit David?«

Lilian seufzte. »Vielleicht sagst du's mir.«

»Unsinn, nun erzähl schon. Was ist denn passiert, mein Kind?«

Lilian blickte sich um und versuchte, die Tränen zurückzuhalten. »Ich bin bloß 'n bißchen deprimiert, Mutter, das ist alles. Ich weiß selbst nicht, warum.«

»Möchtest du darüber sprechen?«

»Ich weiß nicht recht.«

»Warum kommst du nicht heut' abend zum Essen vorbei? Dein Vater geht in den Klub zum Kartenspielen, und ich bin allein. Ich würde mich freuen, wenn du mir Gesellschaft leistest. David arbeitet doch zur Zeit abends immer recht lange, nicht?«

»Ja«, flüsterte Lilian.

»Dacht' ich mir's doch. Dann kommst du also?«

»Um wieviel Uhr?«

»Wie wär's mit halb sieben?«

»Prima.«

»Also bis später, Liebes.«

»Danke.«

»Tschüs, mein Herz.«

Lilian legte auf und überlegte, was sie ihrer Mutter eigentlich erzählen wollte. Soll ich ihr sagen, daß sie die ganze Zeit recht gehabt hat? Daß David, dem es nichts aus-

machte, seine erste Frau zu betrügen, jetzt auch keine
Skrupel hat, seine zweite zu hintergehen? Daß alles genauso gekommen ist, wie sie's mir schon vor Jahren prophezeit
hat? O Gott, sind die Männer denn wirklich so? Handeln
sie alle nach irgend'ner höheren Gesetzmäßigkeit, so wie
der aus der Zeitung, der behauptet, Christus hätte ihm be-
fohlen, seine Familie umzubringen? Ist denn die ganze
Welt verrückt geworden? Lilian blickte auf und suchte in
den vertrauten Gesichtern ringsum nach den Spuren einer
Veränderung. Oder hat's bloß mich erwischt, fragte sie
sich, als sie den Aufenthaltsraum verließ und zu ihrem
Hörsaal ging.

»Hast du schon gehört, was mit Sarah Welles passiert ist?«
fragte ihre Mutter, als sie die Tür öffnete und Lilian herein-
ließ.
»Nein, was ist mit ihr?« erkundigte sich Lilian. Sie sah den
jungen Leinwandstar vor sich, Sarah Welles, Hollywoods
neuester Versuch, einen Star mit der magischen Anzie-
hungskraft einer Marilyn Monroe aufzubauen.
»Sie ist tot! Hörst du denn kein Radio? Die haben doch den
ganzen Tag Sondermeldungen gebracht.«
»Bin nicht dazu gekommen. Was ist denn passiert? War's
Mord oder Selbstmord?«
»Weder noch. 'n ganz idiotischer Unfall. Sie hat sich im
Waschbecken die Haare gewaschen, und als sie den Kopf
hob, ist sie anscheinend gegen den Hahn gestoßen. Das
Ding war aus massivem Gold, und durch den Aufprall hat
sie das Bewußtsein verloren.«
»Und sie war gleich tot?«
»Nein, daran ist sie nicht gestorben. Sie ist ertrunken!
Kannst du dir das vorstellen? In ihrem eigenen Wasch-
becken! Sie fiel vornüber mit dem Gesicht ins volle Becken
und ist darin ertrunken! Sie war erst sechsundzwanzig!
Also ich versteh' das nicht! Wenn eine schon Wasserhähne
aus massivem Gold hat, dann sollte sie sich's doch leisten
können, zum Friseur zu gehen.«

»Das ist ja furchtbar«, sagte Lilian, als sie ihrer Mutter in die Küche folgte. Sie versuchte, ihre Gedanken zu ordnen. »Was mich am meisten an der Sache erschreckt«, begann sie, »sind die Folgerungen, die wir daraus ziehen müssen. Dieses Unglück beweist doch, daß wir nicht selbst über unser Leben bestimmen können. Da ist diese junge Frau, der anscheinend die ganze Welt zu Füßen liegt, und was passiert? Sie wäscht sich die Haare, und 'ne Minute später ist sie tot. Fast wie Janet Leigh in der Szene mit der Dusche in ›Psycho‹.«

Ihre Mutter blickte sie forschend an. »Außer daß Janet Leigh nie in dieser billigen Absteige gelandet wäre, wenn sie nicht zu Anfang das Geld gestohlen hätte. Also haben wir unser Leben bis zu einem gewissen Grad doch in der Hand, mein Schatz. Es gibt Unfälle, gewiß. Tragische Unglücksfälle. Doch das gehört zum Leben. So, jetzt aber Schluß mit Mutters Vorlesung. Hast du Hunger?«

Lilian lächelte. »Und wie.«

»Freut mich. Ich hab' uns 'nen leckeren Eintopf gemacht. Komm, nimm dir 'nen Stuhl.«

Lilian setzte sich an den runden Tisch in der gemütlichen, großen Küche, in der sie als Kind so gern gesessen hatte. »Hast du eigentlich nie dran gedacht, diese Tapete zu wechseln?« fragte sie, als ihr Blick auf die Uhren und Feldblumen fiel, die in Grün- und Brauntönen über die Wände verstreut waren. So lange sie denken konnte, hatten ihre Eltern diese Küchentapete gehabt. Erstaunlich, daß sie immer noch so gut erhalten war.

»Die ist doch neu«, sagte ihre Mutter und stellte einen dampfenden Teller vor sie hin. »Wir haben erst letztes Jahr tapeziert.«

»Und du hast dasselbe Muster genommen?« fragte Lilian ungläubig.

»Ja, stell dir vor, sie hatten's immer noch auf Lager! Ist wahrscheinlich so 'ne Art Klassiker.« Mrs. Listerwoll lachte und setzte sich Lilian gegenüber. »Nimm dir 'ne Scheibe

Brot.« Sie deutete auf das Körbchen in der Mitte des Tisches.

»Wieso habt ihr wieder dasselbe Muster gekauft?« fragte Lilian verwundert.

»Weil's deinem Vater gefällt«, antwortete ihre Mutter schlicht.

»Und das ist der einzige Grund?«

»Mir genügt er«, sagte Mrs. Listerwoll.

Lilian seufzte, legte die Gabel beiseite und schaute ihrer Mutter forschend ins Gesicht. »Wie lange seid ihr verheiratet?« fragte sie.

»Im Januar werden's achtunddreißig Jahre«, erwiderte Mrs. Listerwoll.

»Achtunddreißig Jahre«, wiederholte Lilian. »Das ist 'ne lange Zeit.«

»Na ja, wie man's nimmt. Die Jahre vergehen ja so schnell.«

»Bist du glücklich?« wollte Lilian wissen. Die Frage war zu allgemein gestellt, das war ihr klar, doch sie wußte nicht, wie sie sie hätte anders formulieren sollen.

Ihre Mutter zuckte mit den Achseln. »Na ja, es heißt, die ersten fünfundzwanzig Jahre seien die schwersten.« Die beiden Frauen lächelten sich an. »Was soll ich dir antworten? Du kennst doch den Spruch: Ein Paar behauptet, sie führten die ideale Ehe, aber kein Mensch mit klarem Verstand möchte mit ihnen tauschen. Verstehst du, was ich sagen will? Man muß schauen, daß man mit den Schrullen des anderen leben kann. Und mit der Zeit lernt man's dann auch. Manchmal ist man glücklich, manchmal ist man's nicht. Tja, und es gibt Zeiten, da fühlt man sich richtiggehend elend. Doch man übersteht die schlechten Phasen, denn man weiß, wenn's früher geklappt hat, dann wird's auch wieder klappen. Alles dreht sich im Kreis. Manche Jahre sind besser als andere. Das wichtigste ist, daß man in schweren Zeiten nicht den Glauben an den eigenen Instinkt verliert, sondern sich sagt, ich muß 'nen Grund gehabt haben, gerade ihn zu heiraten! Und gewöhnlich fällt's einem dann auch wieder ein, selbst wenn's 'n bißchen Mühe kostet. Man sagt sich, ich hab' diesen Mann einmal so sehr geliebt, daß ich seine Frau werden wollte. Von dieser Liebe muß doch noch was da sein! Tja, und gewöhnlich findet man sie dann auch wieder, man muß sich bloß 'n bißchen anstrengen.«

»Und du kannst von der Liebe leben?« fragte Lilian ironisch, und es klang wie ein Musicalschlager.

»Aber natürlich nicht«, antwortete ihre Mutter. »Du bist alt genug, um zu wissen, daß eine Partnerschaft nur dann funktioniert, wenn außer der Liebe auch ein hohes Maß an Toleranz, an Respekt voreinander und gegenseitiger Achtung vorhanden ist. Und Glück«, setzte sie hinzu. »Schau dir doch bloß deinen Bruder an. Als er und Emily heirateten, da war er zwanzig und sie siebzehn. Die beiden sind jetzt seit sechzehn Jahren zusammen, und sie können's immer noch nicht lassen, sich in aller Öffentlichkeit zu betatschen. Diesen Winter wollen sie nach Aspen zum Skilaufen. Ich versteh' das nicht«, sagte sie kopfschüttelnd. »Im Sommer fahren sie dahin, wo's heiß ist, und im Winter dahin, wo's kalt ist. Da komm' ich nicht mehr mit. Wo war ich stehengeblieben?«

»Du hast gerade erzählt, daß Stephen und Emily sich ständig betatschen«, erinnerte Lilian.

»Ach ja, richtig. Manchmal ist es regelrecht peinlich.« Sie sah Lilian in die Augen. »Aber körperliche Anziehungskraft ist nicht die Hauptsache. Es mag mit ein Grund dafür sein, daß zwei Menschen heiraten, aber es sollte nicht der einzige Grund sein. Zu einer Ehe gehört mehr als Sex. Was heißt es schon, wenn ein Mann gut aussieht? Es gibt 'ne Menge gutaussehender Männer. Was bedeutet es, wenn er gut im Bett ist? Das sind viele andere auch. Verrat deinem Vater nicht, daß ich das gesagt hab.'« Sie lächelte. »Zu einer guten Ehe gehört mehr. Und selbst in einer guten Ehe gibt's 'ne Menge schlechter Phasen. Man muß sich für das entscheiden, was einem selbst am wichtigsten ist. Man muß wissen, wieviel man um der Ehe willen aufgeben, wieviel man für sie opfern kann. Manchmal verlangt ein Partner aber auch zuviel.« Sie zögerte und fragte schließlich fast widerstrebend: »Lilli, sag mir, erwartet David zuviel von dir?« Sie nahm den Kopf ihrer Tochter in beide Hände und bettete ihn an ihre Brust.

»Ich weiß es nicht«, stöhnte Lilian. Haltsuchend preßte sie sich an den warmen Körper ihrer Mutter. »Ich weiß es nicht.«

Lilian rief Beth Weatherby von ihrer Mutter aus an und fragte, ob sie auf einen Sprung vorbeikommen könnte. Beth war sofort einverstanden, und um neun hielt Lilian vor dem ihr mittlerweile vertrauten grauen Backsteinhaus. Sie blieb noch einen Augenblick im Wagen sitzen, denn in ihrem Kopf drehte sich alles, und die Worte ihrer Mutter hallten in ihrem Gedächtnis wider. (»Hör doch endlich auf, dich als kleine Miß Niemand zu betrachten, die wie durch ein Wunder das große Los gezogen hat! Du bist intelligent; du bist schön; dir stehn alle Wege offen. *Du* bist das große Los! Lach nicht. Ich sag' das nicht nur, weil ich deine Mutter bin. Schau dir doch dein sogenanntes großes Los mal genauer an. Er mag ja ganz attraktiv sein und auch recht charmant, aber was hat er denn für dich getan? Laß *mich* die Frage stellen: Bist du glücklich?«) Lilian schloß die Augen, und sofort stieg das Bild eines engumschlungenen Paares vor ihr auf. Ihr Mann und Nicole Clark tanzten über ihren Kopf, ihre Füße verfingen sich in Lilians Haar, aber sie stolperten nicht, sondern tanzten immer weiter und weiter. Ihre achtlosen Füße rissen ihr die Haare aus, doch die beiden merkten nicht, daß sie ihr weh taten, oder sie kümmerten sich nicht darum.

Lilian öffnete die Augen und stieß die Wagentür auf, doch sie stieg noch nicht aus. Die Füße schon auf dem Bürgersteig, blieb sie noch ein paar Sekunden im Auto sitzen.

Wieso war nur alles schiefgelaufen? Sie war weder dumm noch hilflos. Sie war kein alberner, kleiner Hohlkopf, dessen ganzes Glück darin bestand, sich einen Mann zu angeln. Oder jedenfalls war sie das früher nicht gewesen. Sie war als aufgewecktes, selbstsicheres Mädchen ins Leben getreten, das sich zu einer intelligenten, selbstbewußten jungen Frau entwickelt hatte. Sie war unabhängig gewesen, begabt und voller Pläne. Zu dem Zeitpunkt, als sie heiratete, hatte sie sich als reife Frau betrachtet, die alle Fallstricke des Lebens kannte und ganz gewiß nicht die gleichen Fehler machen würde wie die anderen. Doch nun war sie mit ihrer Eifersucht in die erstbeste Falle getappt. Warum geraten wir Frauen nur so oft in eine solche Lage? Oder in eine noch schlimmere, dachte sie, als ihr Blick auf Beth Weatherbys Haus fiel und sie über das nachsann, was Beth im Lauf der Jahre durchgemacht hatte. Warum sind wir nur so willige Opfer? Ob Beth am Ende recht hatte? Liegt die Wurzel allen Übels tatsächlich in der physischen Überlegenheit des Mannes? Sind unsere Rollen denn wirklich von Kindheit an festgelegt? »Mist, verdammter«, sagte sie laut und versuchte, die grüblerischen Gedanken abzuschütteln. Und wenn sie bis zum Morgengrauen hier sitzenbliebe und sich den Kopf mit Überlegungen, Analysen und Theorien zermarterte, es würde doch immer wieder auf das eine hinauslaufen: sie wollte David. Sie würde alles tun, um ihn zu halten. Sie war bereit, sich zu ändern, ja sogar aufzugeben, nur um ihn nicht zu verlieren. Ich kann versuchen, Nicole zu übertrumpfen, und wenn das unmöglich sein sollte, dann kann ich immer noch abwarten, bis er sie satt hat. Und genauso die, die vielleicht nach ihr kommen. Wenn David sich zu Hause unglücklich fühlt, dann ist das zum Teil auch meine Schuld. Ich werd' mich ändern.

Lilian stieg aus und schlug die Tür hinter sich zu. Sie hoffte, die Nachtluft würde ihren Kopf kühlen und die ungebetenen Phantasiegestalten verscheuchen, die sie so beharrlich verfolgten und allem Anschein nach die Absicht hatten, sie um den Verstand zu bringen. Sarah Welles war beim Haarewaschen ertrunken. Nichts ergab mehr einen Sinn. Die ganze Welt schien irgendwie absurd. Warum sollte da ausgerechnet mein Leben eine Ausnahme sein?

Beth war sofort mit der Fernsehsendung einverstanden gewesen. (»Nimm den Auftrag an, Lilli«, hatte sie gesagt. »Es ist wichtig. Gib das, was ich dir erzählt habe, an die Zuschauer weiter. Mach diese Reportage. Vielleicht wird sie ein paar Leute aufrütteln.«)
Durch Beths bereitwillige Zustimmung verschärfte sich das Problem nur noch. Auf dem Weg vom Wagen zur Haustür hatte Lilian sich dazu durchgerungen, Irving abzusagen, falls Beth ebenso ablehnend reagieren würde wie David. Sie redete sich ein, daß David vermutlich recht hatte; Irving würde sie wieder anrufen, wenn nicht in diesem, dann eben im nächsten Jahr. (»Nimm den Auftrag an, Lilli«, hatte Beth gesagt, ohne irgendwelche Fragen zu stellen. »Es ist wichtig. Mach diese Reportage.«)
Lilian parkte ihren Volvo neben dem freien Platz, der für Davids Mercedes reserviert war. Sie sprang aus dem Wagen und eilte zum Aufzug. Die Schlüssel hatte sie sich so zwischen die Finger geschoben, daß sie von weitem wie ein Schlagring wirkten. Damit könnte ich mir schon 'nen Ganoven vom Leib halten. Sie hatte eigentlich nicht den Verdacht, daß jemand ihr auflauern würde, aber schließlich war Sarah Welles auch nicht darauf gefaßt gewesen, in ihrem Waschbecken zu ertrinken.
Ohne Zwischenfall erreichte sie ihre Wohnung. Obwohl sie wußte, daß David nicht zu Hause war, enttäuschte es sie, die Wohnung leer zu finden. Sie ging rasch von einem Zimmer ins andere und knipste überall das Licht an. Dann warf sie sich im Schlafzimmer aufs Bett.
Sie zog das Telefon zu sich heran und wählte Davids Privatnummer im Büro. Es war halb elf vorbei. Was werd' ich

ihm erzählen? Komm nach Hause ... ich hab' mich entschlossen, dem Sender abzusagen. Alles, was du willst, nur bitte, mach Schluß mit Nicole und komm wieder zu mir zurück.

Niemand nahm ab. Lilian ließ es zehnmal läuten, legte auf und wählte noch einmal Davids Nummer. Nach weiteren zehn Klingelzeichen gab sie auf. Vielleicht ist er schon auf dem Heimweg, dachte sie, schleuderte ihre Schuhe von sich und legte sich aufs Bett zurück. Vielleicht existierte die ganze Geschichte auch bloß in ihrer Einbildung, und sie hatte sie nur erfunden, um wieder ein bißchen Aufregung in ihr Leben zu bringen, das zu eintönig zu werden drohte. Schließlich gab es keine Beweise dafür, daß ihr Mann ein Verhältnis mit Nicole Clark hatte. Sie besaß keinerlei Belastungsmaterial, wie David das nennen würde. Und wenn er nun tatsächlich Nacht für Nacht arbeitet, wie er's mir gegenüber behauptet hat? Es stimmt zweifellos, daß es in der Kanzlei seit Als Tod drunter und drüber geht. Ich hab' die riesigen Aktenstöße auf seinem Schreibtisch doch selbst gesehen. Es ist verständlich, ja sogar lobenswert, daß er sich verpflichtet fühlt, bis spät in die Nacht so hart zu arbeiten, um aufzuholen. Mein ungerechtfertigter Verdacht stützt sich auf nichts als eine Menge übereilter Vermutungen und Schlußfolgerungen. David hat nichts getan. Er ist unschuldig. Ich red' mir mein Unglück bloß selber ein.

Neben ihr klingelte das Telefon. Als sie den Hörer abnahm, fühlte sie sich seltsam schwach.

»Hallo?«

Davids Stimme klang sanft und weich. »Grüß dich, Liebes. Hab' ich dich geweckt?«

»Ich muß eingenickt sein«, sagte sie, räusperte sich und wandte den Kopf ab, um ihre Augen vor dem hellen Licht der Deckenlampe zu schützen.

»Entschuldige, Spatz. Ich wollt' dir bloß sagen, daß ich mich jetzt auf den Heimweg mache.«

»Wo bist du?« fragte sie.

»Na wo schon?« entgegnete er verwundert. »Im Büro natürlich.«

»Da hab' ich vorhin angerufen«, sagte sie und schaute auf
die Uhr. »Vor 'ner halben Stunde.« Sie richtete sich auf.

»Ach, wirklich?« fragte er. »Also da mußt du dich verwählt
haben.«

»Ich hab's zehnmal läuten lassen. Dann hab' ich aufgelegt
und es ein zweites Mal probiert.«

»Tja, es hat aber nicht geklingelt ... Oh, Scheiße, Moment
mal. Ich hatte das Telefon umgestellt. So, jetzt ist's wieder
in Ordnung. Wie dumm von mir. Heute nachmittag hab ich
meine Gespräche auf Dianes Apparat gelegt, damit ich
nicht dauernd gestört werde. Das hatte ich ganz vergessen.
Entschuldige, Spätzchen.«

»Macht nichts, war nicht so wichtig«, sagte sie, und eine
Träne rollte über ihre Wange. »Bis gleich.«

Sie legte auf und blieb ein paar Minuten unbeweglich auf
der Bettkante sitzen. Sie sah David vor sich, wie er in einem
fremden Zimmer mit bunt zusammengewürfelten Möbeln
saß. Im Hintergrund tauchte Nicole Clark auf und bewegte
sich schmachtend auf ihn zu. Jetzt stand sie neben David,
der immer noch den Telefonhörer in der Hand hielt. Zweifel und Schuldgefühle malten sich auf seinen Zügen und
verdüsterten sein schönes Gesicht. Sie sah, wie Nicoles
Hand sich sanft und ermutigend zugleich auf Davids
Schulter legte, sah, wie er diese Hand ergriff und zärtlich
streichelte. Er blickte auf und lächelte sie traurig an. Genauso, wie er es vor ungefähr sechs Jahren getan hatte, als
sie an Nicoles Stelle gestanden und er dieselben Worte zu
Elaine gesagt hatte wie vorhin zu ihr.

Sie überprüfte ihr Make-up im Spiegel, einmal, zweimal und noch ein drittes Mal, und versuchte, sich an alles zu erinnern, was Mr. Claridge ihr erklärt hatte. Mit hellem Lidschatten die Augenringe abdecken, ein bißchen Glanz unter die Brauen, nur einen Hauch Wimperntusche, die Wangenknochen kräftig mit Rouge betonen, die Lippen mit einem farblosen, schimmernden Stift betupfen. Warum hab' ich nur das Gefühl, ich müßte mir das Gesicht waschen?

Sie hörte ihn die Korridortür aufschließen und rannte zum Spiegel zurück, um sich noch einmal von Kopf bis Fuß zu betrachten. Sie trug ein neues Negligé. Es war sündhaft teuer und paßte überhaupt nicht zu ihr. Seit ihrer Kindheit hatte sie keine zartrosa Spitze mehr getragen. Sie hatte sich damals nicht darin wohl gefühlt und heute erst recht nicht. Doch David hatte einmal von fließenden, damenhaften Gewändern geschwärmt, also war es einen Versuch wert, auch wenn sie an Armen und Beinen fror und wesentlich lieber einen Pullover und ein Paar dicke Socken übergezogen hätte. Entschlossen warf sie die Schultern zurück und bemühte sich, ihren Busen in dem tief ausgeschnittenen, mit zarter Spitze gesäumten Dekolleté zur Geltung zu bringen.

Als sie hörte, wie David die Tür hinter sich schloß, holte sie tief Atem und ging aus dem Schlafzimmer in den Flur. David Plumley trifft auf die Inkarnation der Weiblichkeit, dachte sie und kam sich vor wie eine schlechte zweite Besetzung für die erkrankte Raquel Welch. Warum tu ich das alles? fragte sie sich. Warum trag' ich diesen Fummel, laufe mit diesem Gesicht herum und benehme mich so albern? Ich versuche, meinen Mann zurückzugewinnen, antwortete ihre innere Stimme. Und wenn dieser Aufzug nichts nützt, nun, so kann er auch nicht schaden, schließlich tut's ja nicht weh.

»'n Abend«, sagte er, als sie auf ihn zukam. »Warum bist du denn noch auf? Es ist doch schon schrecklich spät.«

»Grade Mitternacht«, antwortete sie mit kehliger Stimme.

»Du brauchtest wirklich nicht auf mich zu warten.« Er war schon auf dem Weg zur Küche, um die Post durchzusehen.

»Bloß 'n Haufen Rechnungen«, gurrte sie, trat hinter ihn und legte die Arme um seine Hüften.

Er tätschelte flüchtig ihre Hände. »Was riech' ich denn da Gutes?« fragte er.

»Oh …« Lilians Herz begann wie wild zu klopfen. »Ich hab' grade ein Bad genommen und 'n neues Badeöl ausprobiert …«

»Nein, das mein' ich nicht. Riecht nach Schokolade.«

»Ach so, ich hab'n Kuchen gebacken«, erklärte sie hastig.

»Duftet verlockend.« Er ging hinüber in die Eßecke und setzte sich an den Tisch. »Krieg' ich 'n Stück?«

»Klar«, sagte sie und fragte sich verwundert, warum er auf einmal Appetit auf Schokoladenkuchen hatte, statt auf dem schnellsten Weg mit ihr ins Bett zu gehen. Er konnte ihr Negligé doch nicht einfach übersehen haben; das Make-up und ihr Parfum mußten ihm doch aufgefallen sein. Er hatte bestimmt gemerkt, warum sie aufgeblieben war. Sie hatten seit Wochen nicht mehr miteinander geschlafen. Er mußte doch verstehen, was sie ihm zu sagen versuchte.

Sie holte den Kuchen vom Regal und schnitt zwei große Stücke ab.

»Möchtest du Kaffee dazu?« fragte sie.

»Nein«, rief er über die Schulter. »Der würde mich bloß wach halten, und ich sehne mich nach nichts weiter als Schlaf. Ich trink' 'n Glas Milch.«

Ich sehne mich nach nichts weiter als Schlaf, wiederholte seine Stimme in ihrem Kopf. Da hast du's, er hat alles sehr

320

wohl bemerkt, dein Gesicht, dein Negligé, deine ganze lächerliche Maskerade. Und das ist seine Reaktion darauf.

Sie fröstelte, so sehr hatte die erlittene Demütigung sie getroffen. Doch dann raffte sie sich auf, marschierte ins Bad, drehte den Heißwasserhahn auf und rubbelte ihr Gesicht ab, bis die Haut zu prickeln begann. Sie eilte ins Schlafzimmer, holte einen dicken Pullover aus der Kommode, warf ihn sich über die Schultern und kramte in der obersten Schublade nach einem Paar handgestrickter Socken. Sie streifte sie über, fuhr in ihre ausgetretenen Pantoffeln und zog sich den Pullover über den Kopf. So kehrte sie in die Küche zurück, wo sie ihrem Mann sein Glas Milch einschenkte. Sie stellte alles auf ein Tablett und ging zu David hinüber.

»Danke«, murmelte er abwesend, als sie ihm Kuchen und Milch serviert hatte. »Ich dachte, du wolltest abnehmen«, sagte er mit einem winzigen Lächeln, als sie sich einen großen Bissen in den Mund schob. Falls ihr verändertes Aussehen ihm aufgefallen war, so ließ er sich jedenfalls nichts anmerken.

Lilian hob die Schultern. Sie hatte sich geirrt, als sie glaubte, es könnte zumindest nicht weh tun, sich hinter Make-up und zarten Spitzen zu verstecken. Es tat sogar verdammt weh. Sie nahm noch einen Happen Schokoladenkuchen.

»Schmeckt prima«, sagte er mit vollem Mund.

»Danke«, gab sie zurück und dachte: Liebe geht durch den Magen, wie wahr …

»Also, warum bist du aufgeblieben?«

»Weil ich dich sehen wollte«, antwortete sie wahrheitsgemäß. Sie blickte in seine tiefgrünen Augen, betrachtete sein Gesicht, das so schön war wie eh und je und dessen Anblick auf sie so erfrischend wirkte wie ein kühles Getränk. Ob sich das nie ändert? Jedesmal, wenn ich ihn ansehe, überläuft mich ein Freudenschauer.

»Das war lieb von dir, Spätzlein, aber wirklich nicht nötig.

Du siehst müde aus, und ich bin weiß Gott heut' abend zu kaputt, um 'nen guten Gesellschafter abzugeben.«

Lilian starrte vor sich auf den Tisch und versuchte, seine Bemerkung über ihr abgespanntes Aussehen zu ignorieren. »Hast du 'ne Ahnung, wie lange das noch so weitergehen wird?« fragte sie tonlos.

»Nicht mehr lange, hoff' ich.«

»Mir scheint, es wird eher noch schlimmer.«

»Mir paßt das ebensowenig wie dir. Mensch, ich bin den ganzen Tag wie zerschlagen.«

»Bist du zu müde, um dich zu mir zu legen?« fragte sie und versuchte, so verführerisch zu klingen wie möglich. Er antwortete nicht. »Wir waren schon 'ne ganze Weile nicht mehr zusammen«, fuhr sie zärtlich fort.

»O Lilli, bitte fang jetzt nicht davon an«, unterbrach er sie stirnrunzelnd. »Siehst du denn nicht, daß ich mich zur Zeit kaum noch auf den Beinen halten kann?!«

Und ist das etwa meine Schuld, du Mistkerl? schrie sie ihn in Gedanken an. Laut sagte sie: »Sei mir nicht böse. Aber du fehlst mir so sehr.«

Seine Züge entspannten sich wieder. »Du mir auch, Spätzchen.«

Sie verdrückte den Rest ihres Kuchens.

»Nun mal raus damit«, sagte David. »Was hast du Irving geantwortet? Heute mußtest du dich doch entscheiden, oder?«

»Ja.«

»Na und?«

Sie schwieg. Plötzlich wünschte sie, sie wäre früh zu Bett gegangen.

»Du hast angenommen«, stellte er nach einer Pause fest.

»Ja«, antwortete sie.

David verschränkte die Hände hinter dem Kopf. »Tja, was soll ich dazu sagen?«

»Ich hab' mit Beth gesprochen«, erklärte sie. »Sie steht ohne Einschränkung hinter mir.«

»Kann ich mir lebhaft vorstellen.«

»Sie möchte, daß ich die Sendung mache. Sie findet, es ist 'n wichtiges Problem, auch für die Öffentlichkeit.«

»Aus ihrer Sicht bestimmt.«

»Auch aus meiner, David.«

»Das merk' ich.« Er stand auf.

»Da wir das Thema nun einmal angeschnitten haben, möcht' ich's auch mit dir zu Ende diskutieren.«

»Lilli, du kennst meine Einstellung. Mehr hab' ich dazu nicht zu sagen.«

»Aber ich«, begehrte sie auf.

David setzte sich wieder an den Tisch. »Na schön, schieß los.«

»Ich möchte, daß du verstehst, warum ich ja gesagt hab'.«

»Nein«, fiel er ihr ins Wort. »Um mich geht's dir dabei nicht. Du selbst willst es verstehen.«

»Bitte leg mir nichts in den Mund! Ich weiß, was ich sagen will. Ich bin durchaus imstande, für mich selbst zu sprechen.«

»Schau, Lilli, ich bin ehrlich hundemüde. Erzähl mir einfach, was du auf dem Herzen hast, wenn du meinst, daß du's loswerden mußt, und dann laß mich schlafen gehen. Du weißt doch, daß ich deine Entscheidung nie begreifen werde.«

Sie schluckte. »In den letzten paar Wochen hab' ich Beth mehrmals getroffen. Sie hat sich ziemlich gut erholt. Ihre Verletzungen sind fast verheilt. Ihre Rippen schmerzen immer noch 'n bißchen, aber alles in allem sieht sie recht gut aus.«

»Jedenfalls bestimmt besser als Al«, warf David ein, und seine Stimme triefte vor beißendem Spott.

»Ich glaube ihr«, sagte sie schlicht.

Eine Weile herrschte Schweigen. Er betrachtete sie mit seltsam forschendem Blick und schien abzuwägen, ob es ratsam sei, sich in die Defensive zurückzuziehen. Er spürte, daß sie im Begriff war, ihm etwas Unangenehmes zu sagen.

»Was glaubst du?« fragte David, ohne den Blick von ihr zu wenden.

»Ich glaube, daß Beth die Wahrheit sagt.« Und nach kurzem Schweigen setzte sie hinzu: »Ich hab' mit ihr gesprochen. Ich hab' ihr ernsthaft zugehört. Und jetzt glaub' ich ihr.«

»Was glaubst du? Was? Daß Al sie geschlagen hat? Daß die Frau so lange mißhandelt wurde, bis sie durchdrehte?«

»Sie hat nicht durchgedreht. Sie sagt, sie war nicht verrückt, noch nicht mal zur Tatzeit. Und ich bin ganz ihrer Meinung, ich halte sie nicht im geringsten für geistesgestört. Ich glaube, sie tat nur, was sie tun mußte. Sie hatte keine andere Wahl. Sie kämpfte schließlich um ihr Leben!«

David sprang so heftig auf, daß sein Stuhl umkippte und zu Boden fiel. »Was?« brüllte er. »Ich glaub', ich hör' nicht recht!«

Auch Lilian erhob sich. Sie war hin- und hergerissen zwischen dem Wunsch, David zu beruhigen, und der Notwendigkeit, ihren Standpunkt zu vertreten. »David, ich will nicht, daß wir deswegen streiten, aber ...«

»Was ist bloß in letzter Zeit mit dir los? Vielleicht bist du diejenige, die an vorübergehender Unzurechnungsfähigkeit leidet!«

»David ...«

»Was meinst du eigentlich genau damit, wenn du sagst, du glaubst ihr?« fragte er aufbrausend.

»Ich glaube, daß Al all die Dinge getan hat, deren sie ihn beschuldigt.«

»Welche Dinge *genau*?« beharrte er und betonte gereizt das letzte Wort.

»Was willst du von mir hören? Ich bemüh' mich wirklich, deine Fragen zu beantworten, aber du schreist mich bloß an.« Sie begann nervös im Zimmer auf und ab zu laufen.

»Um Himmels willen, Lilli, so nimm doch Vernunft an! Du hast Al gekannt, und das nicht nur flüchtig. Wir haben mit ihm Karten gespielt, er war wer weiß wie oft bei uns zum Essen. Du hast gesehen, wie rührend er sich um Beth bemühte ...«

»In der Öffentlichkeit, ja.«

»Willst du damit sagen, daß er vor anderen den zärtlichen, liebevollen Ehemann spielte, während er sich zu Hause als Monster gebärdete?«

»Das behauptet Beth. Ich hab' nur gesagt, daß ich ihr glaube.«

»Noch vor ein paar Wochen wußtest du überhaupt nicht, was du glauben solltest.«

»Damals hab' ich's noch nicht verstanden.«

»*Was* nicht verstanden?«

»Na das mit Al! David, wozu soll das gut sein? Wir drehen uns doch ständig im Kreis.«

»Du hast gesagt, du möchtest, daß ich deine Beweggründe verstehe. Also gut! Erklär sie mir. Das ist deine große Chance. Bring mich dazu, dich zu verstehen. Mach mir klar, wie Al es fertiggebracht hat, über fünfundzwanzig Jahre lang alle Welt an der Nase rumzuführen. Mach mir begreiflich, wieso meine Frau den Geschichten einer ausgekochten, hinterhältigen Mörderin mehr glaubt als ihren eigenen Augen und Ohren.«

Lilian blieb mitten im Zimmer stehen. Sie versuchte, sich zu beherrschen und ihre Stimme unter Kontrolle zu halten. »Ich hab' ihr zugehört, David, wirklich zugehört. Sie hat sich das alles nicht einfach ausgedacht. Sie hat nicht gelogen. Kein Mensch könnte sich so gut verstellen.«

»Ach was, jeder kann das, wenn sein Leben auf dem Spiel steht.« David kam um den Tisch herum und blieb dicht vor ihr stehen. »Hast du dir klargemacht, was es heißt, wenn sie tatsächlich die Wahrheit sagt? Das würde doch bedeuten, daß sie dir vorher, solange du sie kennst, Theater vorgespielt hat.« Lilian antwortete nicht. Sie versuchte, den

Sinn seiner Worte aufzunehmen. »Wenn sie's geschafft hat, dich vier Jahre lang zu täuschen, warum sollte es ihr jetzt auf einmal nicht gelingen?« Lilian wollte ihm widersprechen, doch in ihrem Kopf wirbelte alles durcheinander. »Warum hat sie sich dir nicht früher anvertraut? Menschenskind, warum hat sie ihn nicht einfach verlassen?« Lilian ließ sich auf einen Stuhl fallen. »Sie hatte panische Angst. Sie dachte, er würde sie finden und umbringen. Sie hatte nicht mehr die Kraft ...«

»Kam sie dir jemals verängstigt vor? Hast du sie je bedrückt gesehen?«

Lilians Gedanken wanderten die vier Jahre ihrer Freundschaft mit Beth zurück. »An dem Abend, als wir bei den Weatherbys Bridge spielten«, antwortete sie schließlich.

In Davids Augen spiegelte sich Verwirrung. Dann hellte sich sein Gesicht auf, er hatte die Antwort gefunden: »Da war sie in Sorge um Lisa, weil die sich mit 'nem verheirateten Mann eingelassen hatte. Al hat uns das doch erklärt ...«

»Ja, Al hat's erklärt. Er hatte immer eine Erklärung bei der Hand. Nur war's erlogen. Der verheiratete Freund existiert gar nicht. Al selbst war schuld an der ganzen Aufregung. David, Beth hat sich an dem Abend nicht geschnitten, das hat Al getan!« David wollte sie unterbrechen, doch sie ließ ihn nicht zu Wort kommen. »Jetzt, im nachhinein, verstehe ich so vieles, was mir vorher seltsam vorkam. Bei dem Picknick im Sommer hat Beth mir mit 'n paar Tabletten ausgeholfen, und dabei erwähnte sie, daß sie seit Jahren Magengeschwüre hat ...«

»Ach du meine Güte, nun klammere dich doch nicht an Strohhalme!«

»Ich glaube ihr, David.«

»Das tun ja nicht mal ihre eigenen Kinder!«

»Lisa schon.«

David mußte einen Augenblick überlegen. »Wenn Lisa sich wirklich dazu durchgerungen hat, ihrer Mutter zu glauben, dann doch nur, weil sie das, was geschehen ist, anders nicht verkraften kann.«

»Vielleicht glaubt sie ihr aber auch, weil sie spürt, daß Beth die Wahrheit sagt.«

»Ach Lilli, laß doch den Unsinn. Ich hör' mir das nicht länger an!«

»Warum mußt du auch alles so persönlich nehmen? Es hat doch überhaupt nichts mit dir zu tun.«

»Und ob es was mit mir zu tun hat! Al Weatherby war mein Freund, mein Berater, mein Kollege. Ich hab' ihn verehrt, verdammt noch mal! Und ausgerechnet meine eigene Frau, die ihn selbst kannte und die ihn mochte, ist plötzlich bereit, jede dreckige Verleumdung zu glauben, die man ihm anhängt. Aber damit nicht genug, nein! Du redest ja, als fändest du, er hätte seinen Tod verdient.«

»Aber nein, ich mein' doch nur ...«

»Wenn du Al für das Ungeheuer hältst, als das seine Frau ihn ausgibt, und das tust du doch, oder nicht?«

»Ich glaube ...«

»Ein schlichtes Ja oder Nein genügt.«

»David, hör auf damit. Ich bin doch hier nicht im Zeugenstand.«

»Antworte mir.«

»Ich glaube Beth.«

»Daß Al ein Monster war?«

»Du legst mir schon wieder was in den Mund!«

»Findest du, daß man das, was Beth getan hat, rechtfertigen kann?«

»Meiner Meinung nach hatte sie keine andere Wahl.«

»Konnte sie nicht einfach zum Telefon gehen und die Polizei anrufen?«

»David, du weißt doch selbst am besten, wie machtlos die Polizei solchen Fällen gegenübersteht ...«

»Du meinst also, sie hatte das Recht, sich selbst zum Richter aufzuschwingen?«

»Bitte schrei nicht so.«

»Du sollst meine Frage beantworten! Bist du der Ansicht, daß es richtig von ihr war, das Recht selbst in die Hand zu nehmen?«

»Es war Notwehr!«

Sprachlos vor Verwunderung starrte David seine Frau an. »Ich glaub', ich hör' nicht richtig.«

»David, es ist schon oft genug vorgekommen, daß ein Mann seine Frau mit bloßen Fäusten zu Tode geprügelt hat.«

»Al hat geschlafen!«

»Im Wachen hätte sie sich nicht gegen ihn wehren können! Er hätte sie umgebracht. Ihr blieb keine Wahl.«

»Wir haben alle 'ne Wahl. Das ist einer der Faktoren, die uns zu Erwachsenen machen.«

Er wandte sich ab und starrte aus dem Fenster auf das erleuchtete Häusermeer der Stadt. Lilian wartete ein Weilchen, dann trat sie zu ihm und strich ihm mit der Hand über den Rücken.

»Bitte laß das«, sagte er, ohne sie anzusehen.

»David, wir brauchen doch deswegen nicht miteinander böse zu sein ...«

Heftig wandte er sich zu ihr um. »Merkst du denn nicht, was du anrichtest?«

Unwillkürlich trat sie ein paar Schritte zurück. »Nein, was meinst du?«

»Du machst meine ganze Lebenseinstellung zum Gespött.«

Lilians Verwirrung war echt. »Ich versteh' dich nicht! Wodurch sollte ich das denn tun?«

»Ich bin Anwalt! Du willst mir einreden, daß alles, woran ich glaube, alles, wofür ich gearbeitet habe, nur eine Farce ist; daß es ganz in Ordnung ist, wenn die Leute das Recht selbst in die Hand nehmen ...«

»Ich hab' doch nur gesagt, daß ich Beths Geschichte glaube. David, woher nimmst du nur diese verdammte Sicherheit? Kannst du nicht wenigstens die Möglichkeit gelten lassen, daß Beth die Wahrheit sagt?«

»Aber ich kannte den Mann!«

»Du hast nicht mit ihm zusammengelebt.«

»Das brauchte ich auch nicht!«

»Und du hast nicht mal ein winziges Körnchen Zweifel?«

»Nicht ein Jota! Al war ein gütiger und anständiger Mensch. Das steht für mich außer Frage. Aber selbst wenn es Zweifel gäbe, ja selbst wenn ich bereit wäre, diese haarsträubenden Lügen für die Wahrheit zu halten, dann hätte das immer noch nichts mit dem Wesentlichen zu tun.«

»Und was ist das Wesentliche?«

»Daß Beth Weatherby ihren Mann kaltblütig ermordet hat.«

»Wenn es aber doch Notwehr war!«

David blickte wieder zum Fenster hinaus, dann drehte er sich um, ohne Lilian anzusehen, und ging an ihr vorbei zur Tür. Lilian folgte ihm schweigend mit den Augen. Er zögerte, die Hand auf der Klinke. »Ich geh' 'n Weilchen an die frische Luft.«

»O David, bitte nicht ...«

»Tut mir leid, Lilli, aber ich kann jetzt nicht in der Wohnung bleiben. Mir dreht sich der Kopf. Ich bin müde und wütend, sehr wütend sogar, und ich muß 'n bißchen allein sein.« Plötzlich lachte er auf. »Ich glaub', ich werd' einen trinken gehen, ich hab's nötig.«

Lilian versuchte, ihre innere Erregung niederzukämpfen, damit ihre Stimme sie nicht verriet. »Bitte geh jetzt nicht weg, David. Komm, leg dich ins Bett und ruh dich aus. Ich lass' dich in Frieden, ich versprech's dir.«

»Ich kann nicht, Lilli. Ich hab' einfach keine Ruhe. Ich muß raus. 'n bißchen rumlaufen, irgendwas tun.«

»Wo willst du denn hin? Du kannst doch nicht nach Mitternacht zu Fuß durch Chicago laufen.«

»Dann nehm' ich eben den Wagen«, erwiderte er kurz und ging in den Flur hinaus.

»Darf ich mitkommen?«

»Nein.«

»David, ich bitte dich, du kannst doch nicht jedesmal davonlaufen, wenn wir eine Auseinandersetzung haben! Können wir uns denn nicht darauf einigen, daß wir verschiedener Meinung sind?«

Er öffnete die Tür. »Wenn du das nächste Mal mit deiner feinen Freundin sprichst, dann sag ihr, daß sie vor Gericht 'ne wesentlich bessere Chance hat, wenn sie auf vorübergehende Unzurechnungsfähigkeit plädiert.«

Ohne sich umzudrehen, zog er die Tür hinter sich ins Schloß.

Lilian spürte, wie ihr die Tränen in die Augen stiegen, doch sie unterdrückte das Weinen, ging zurück ins Zimmer, stellte den umgefallenen Stuhl auf und ließ sich darauf fallen. Warum artet in letzter Zeit jede Unterhaltung in Streit aus? Wieso lerne ich nicht endlich, meine große Klappe zu halten? Gedankenverloren langte sie nach Davids Teller und aß auf, was er übriggelassen hatte. Dann ging sie in die Küche und verputzte noch ein riesengroßes Stück Schokoladenkuchen.

25

Lilian wälzte sich im Bett herum und versuchte krampfhaft, eine bequeme Lage zu finden. Es war sinnlos. Sie konnte sich einfach nicht entspannen. Sie richtete sich auf, knipste das Licht an und blinzelte nach der Uhr. Es war schon zwei vorbei. David war noch immer nicht nach Hause gekommen.

Sie spürte, wie es in Armen und Beinen zu kribbeln begann, wie die Angst in ihr hochkroch und ihr die Luft abzuschnüren drohte. Nur jetzt nicht den Kopf verlieren, ermahnte sie sich und wünschte, sie hätte eine von Beths weißen Tabletten, die so scheußlich nach Kalk schmeckten. Leg dich wieder hin, befahl sie sich, es wird alles gut.

Ihr Körper gehorchte ihrer inneren Stimme, sie legte den Kopf aufs Kissen, atmete mehrmals tief durch und versuchte, sich zu entspannen. Locker, ganz locker. David würde bestimmt gleich kommen. Wahrscheinlich war er sinnlos betrunken, aber er würde sie um Verzeihung bitten. Er wird nicht die ganze Nacht wegbleiben. Bitte, bitte, lieber Gott, laß ihn nicht die ganze Nacht wegbleiben.

Auf einmal verkrampfte sich ihr Körper wieder. Das Kribbeln in den Fingerspitzen und in der Magengrube kehrte zurück. Locker, ganz locker, wiederholte sie. Er wird heimkommen. Er wird's nicht so weit treiben, die ganze Nacht ... Nein, er würde mich nicht so verletzen. Er macht 'ne schwierige Phase durch, und ich helfe ihm nicht grade, damit fertig zu werden. Aber er wird drüber wegkommen. Wir werden beide drüber wegkommen. Er wird nicht die ganze Nacht fortbleiben. Er muß doch wissen, daß ich hier liege und mich quäle, weil ich nicht aufhören kann, an jene Nacht zu denken, damals, vor Jahren, als er nach einem anderen Streit ein anderes Haus verließ und betrunken und hilfesuchend vor einer anderen Tür auftauchte. Meiner Tür.

Ihr Atem kam kurz und stoßweise. Sie riß die Augen auf und hob den Kopf. Es hatte keinen Sinn, sich noch länger etwas vorzumachen. Sie konnte sich nicht entspannen, und sie würde auch keinen Schlaf finden.

Sie stand auf, ging hinüber ins Arbeitszimmer und schaltete den Fernseher ein. Der Bildschirm flackerte einen Moment, und dann blickte sie in Cary Grants jungenhaftes Gesicht. Sie erkannte den Film sofort: »Ich war eine männliche Kriegsbraut«. Ein wundervoller, ein lustiger Streifen. Sie rannte ins Schlafzimmer, zog den dicken Pullover über, lief zurück und ließ sich in den unförmigen Ledersessel fallen. Mit angezogenen Knien verlor sie sich in einer Welt, in der selbst bewaffnete Soldaten Unschuldslämmer

331

waren, in der die grellen Farben der Realität ihre Wirkung verloren und verblaßten vor der klaren Schwarz-Weiß-Trennung des Scheins.

Sie versuchte mit aller Macht, sich auf Cary Grant und Ann Sheridan zu konzentrieren, und wehrte sich nach Kräften dagegen, die Gestalt zu beachten, die schemenhaft im Hintergrund auftauchte, allmählich klarer wurde, bis sie schließlich mitten im Bild stand und alle anderen Figuren überschattete, so als hätte der Kameramann unvermittelt eine Großaufnahme eingeblendet. Unfähig, sich abzuwenden oder die Automatik zu bedienen und umzuschalten, saß Lilian da und sah zu, wie das Bild langsam Wirklichkeit wurde.

Sie beobachtete Nicole Clark, die schlafend im Bett lag. Die andere drehte sich um und vergrub den Kopf im Kissen, das noch nach David roch. Lilian spürte, daß Nicole träumte, so wie sie selbst damals, in jener Nacht, als eine Kapelle mit Marschmusik durch ihren Traum gezogen war. Die Trommler schlugen einen lauten Wirbel, so laut, daß sie erschreckt die Augen öffnete. Sie kam langsam zu sich, merkte, daß sie wach war, doch das Trommeln hielt an.

Jetzt wechselte das Bild. Nicole erhob sich vom Bett, ging zur Tür und verwandelte sich auf einmal in Lilian, die ans Fenster taumelte. Was war los? Wer lärmte da draußen auf der Straße? Es war kalt. Es war mitten in der Nacht!

Auf einmal mischten sich andere Geräusche mit den Trommelschlägen. Ein wütendes Kläffen. Der große Dobermann bellte aufgeregt, und eine schrille Frauenstimme schrie dazwischen: »Was ist da los? Scheren Sie sich weg, oder ich hol' die Polizei!«

David rief ihren Namen. »Lilli!« verlangte er. »Wo ist Lilli?«

»Hauen Sie ab, oder ich ruf' die Polizei, haben Sie verstanden?!« brüllte ihre Wirtin durch die Tür.

»Nein, bitte warten Sie!« rief Lilian und rannte die Treppe hinunter. »Das ist für mich.«

»Aber nicht um drei Uhr morgens!«

»Bitte, Mrs. Everly, merken Sie denn nicht, daß er betrunken ist? Wir können ihn doch in dem Zustand nicht fortlassen.«

»Er hat ja auch allein hergefunden, oder?«

»Allerdings, das hat er«, antwortete Lilian mit erstaunlich fester Stimme. »Und er wird hierbleiben. In meiner Wohnung. Es tut mir aufrichtig leid, daß er sie geweckt hat. Es wird bestimmt nicht wieder vorkommen. Aber ich lass' ihn jetzt rein.«

Ihre Wirtin zog sich mit dem Hund zurück, der immer noch drohend knurrte. Erst als sie die Tür hinter sich schloß, sah Lilian, daß Mrs. Everlys rechte Hand eine Flinte umklammerte.

»Sie hätte dich erschießen können«, jammerte Lilian, als sie David eilig ins Haus zog und die Tür hinter ihm verriegelte. Erst jetzt fiel ihr ein, in welch fürchterlichem Zustand sie war. Sie hatte Fieber, ihr Gesicht glühte, ihre Haare waren verklebt, und ihr Körper in dem gräßlichen Flanellnachthemd war schweißüberströmt. Warum mußte er ausgerechnet in dieser Nacht kommen?

»Ich wollte nachsehen, wie's dir geht«, sagte er und streckte die Arme nach ihr aus. Als er sie an sich zog, roch sie den Alkohol und spürte, wie sein blondes Haar sanft über ihre feuchte Stirn strich. Ich halte ihn in meinen Armen, war alles, was sie denken konnte.

»Ich muß grauenhaft aussehen«, flüsterte sie.

»Du bist so schön«, murmelte er gleichzeitig.

Es war kalt im Flur, und sie fröstelte in seinen Armen. »Schaffst du's bis oben?« fragte sie, unfähig, sich von ihm zu lösen. Er antwortete nicht, und sie merkte, daß er sich schwankend auf sie stützte. »Kannst du gehen?« drängte sie. Wortlos ließ er sich von ihr führen. Sie bewegten sich langsam, stolperten gegen die Wand, stützten sich auf das Geländer, aber endlich gelangten sie die Treppe hinauf und in Lilians Wohnung. David brach auf dem Fußboden zusammen. »David?«

Er sah zu ihr auf. Sie kam sich vor wie eine Riesin.

»Du bist so schön«, wiederholte er lallend.

»Ich mach' dir 'nen Kaffee«, sagte sie. Er nickte. »Ich setz' Wasser auf. Aber ich hab' bloß Pulverkaffee, macht das was?« Er lächelte nur. Sie rannte in die Küche, ließ kaltes Wasser in den Kessel laufen und stellte ihn auf die elektrische Kochplatte. Dann gab sie einen reichlichen Löffel Kaffeepulver in eine Tasse. Er war hier bei ihr; David war wirklich und wahrhaftig hier. Es spielte keine Rolle, daß sie ihn die ganze Woche nicht gesehen und daß er sie nicht besucht hatte, obwohl sie mit Grippe im Bett lag. Sie vergaß, daß sie ausgemacht hatten, Abstand zu gewinnen, und daß sie sich deswegen elend gefühlt hatte. Nichts machte ihr mehr etwas aus, weder daß es mitten in der Nacht war noch daß ihre Wirtin sie wahrscheinlich am nächsten Morgen auf die Straße setzen würde oder daß seine Frau sich wahrscheinlich zu Tode ängstigte, weil er so lange ausblieb. Er war hier, es war kein Traum, das allein zählte. Wahrscheinlich weiß er gar nicht, *wo* er ist, schoß es ihr durch den Kopf. Sie rannte ins Zimmer zurück. »David, bist du wach?« fragte sie und kniete sich vor ihn hin. Er öffnete die Augen.

»Ja«, sagte er.

»Weißt du, wo du bist?« fragte sie weiter.

»In deiner Wohnung«, erwiderte er schlicht.

»Weißt du auch, wer ich bin?« Sie hielt den Atem an.

»Du bist das schönste Mädchen, das ich je gesehen hab'«, lallte er.

Sie lächelte und fuhr sich mit der Hand durchs Haar. Warum muß ich ausgerechnet heut' nacht so furchtbar aussehen? »Weißt du, wie ich heiße?«

Sein Mund öffnete sich zu einem breiten Grinsen. »Ich bin vielleicht betrunken«, stammelte er, »aber ich bin nicht verrückt. Du bist die Frau, die ich liebe! Du bist Lilli«, fügte er zärtlich hinzu.

»Ich mußte mich einfach vergewissern.« Sie weinte vor

Glück. »Du erzählst mir immerfort, wie schön ich sei. Da war ich mir nicht sicher, ob du noch grade gucken kannst!«

»Kann ich auch nicht, aber du bist trotzdem schön.«

»Du darfst nicht da auf dem Boden liegenbleiben«, besann sie sich. »Du wirst dich erkälten. Komm, stütz dich auf mich, ich bring' dich ins Bett.«

Sie faßte ihn unter die Achseln und versuchte, ihn aufzurichten. Er war schwer wie ein nasser Zementsack. »David, glaubst du, du könntest ein wenig mithelfen ...«

Er lächelte sie unschuldig an. »Was soll ich denn tun?« fragte er.

»Bloß deinen Hintern 'n bißchen hochbringen«, keuchte sie. »Versuch mal, ob du auf die Beine kommst.«

»Oh, kein Problem ... ich bring' ihn prima hoch, da drin bin ich ganz groß«, lallte er. Lilian lachte.

»So ist's gut«, lobte sie, als er versuchte, ihre Anweisungen zu befolgen. Sie schaffte es, ihn hochzuziehen, und gemeinsam stolperten sie aufs Bett zu. »Das hätten wir«, seufzte sie. »Jetzt laß los.«

»Ich denk' nicht dran«, sagte er und zog sie mit sich hinunter.

Mit angehaltenem Atem lag sie in Davids Armen. Es ist kein Traum, wiederholte sie in Gedanken immerfort. Bitte, lieber Gott, mach, daß es nicht wieder bloß ein Traum ist. Sie lagen ganz still, David, weil er zu betrunken war, sich zu regen, Lilian, weil sie Angst hatte, er könnte aufstehen und verschwinden.

Es dauerte ein paar Minuten, da merkte sie, daß sie allmählich keine Luft mehr bekam. Ihre Nase war völlig verstopft, und ihr war furchtbar schwindlig. Wir geben 'n feines Pärchen ab, dachte sie und mußte unwillkürlich lachen. Er öffnete die Augen und wälzte sich herum. Suchend fuhr er mit der Hand übers Kissen und legte sie ihr auf den Mund. Na fabelhaft, dachte sie, jetzt hat er mir den einzigen Atemweg blockiert, der noch funktioniert.

Sanft und mit großer Vorsicht versuchte sie, seinen Arm wegzuschieben. Sie berührte seine Finger, fühlte die weichen Haare auf seinem Handrücken und befreite zentimeterweise ihr Gesicht aus seinem Griff. David merkte es nicht. Sie setzte sich behutsam auf, ängstlich bemüht, ihn nicht durch eine abrupte Bewegung zu erschrecken. Warum ist er gerade jetzt gekommen? Und warum hat er sich so betrunken?

Vielleicht hat er Krach mit Elaine, überlegte sie. Aber worüber haben sie gestritten? Sie zog ein Papiertaschentuch unter dem Kopfkissen hervor und putzte sich so geräuschlos wie möglich die Nase. Doch es verschaffte ihr keine Erleichterung. Die Nase blieb so verstopft wie zuvor. Und wahrscheinlich ist so rot wie 'n Feuermelder, dachte sie. Und pellt sich. Warum mußtest du grade heute nacht kommen? fragte sie ihn stumm. Vielleicht ist's 'n Glück, daß du so betrunken bist. Aber etwas mußte doch passiert sein. Er war bestimmt nicht ohne Grund in den Alkohol geflüchtet. Ob es aus ist mit Elaine? Der Gedanke beschwingte sie. Sie erhob sich zu rasch, und er setzte sich mit einem Ruck im Bett auf. O nein, dachte sie. Bitte steh nicht auf, bitte geh nicht heim.

»Wo willst du hin?« fragte er. Sie merkte an seiner Stimme, daß er nicht vorhatte, zu gehen.

»Das Wasser kocht.« Sie brachte nur noch ein heiseres Flüstern zustande. »Ich bin so durcheinander, daß ich nicht mal mehr weiß, ob du Milch und Zucker nimmst.«

»Ich fürchte, ich komm' nicht ganz mit«, sagte er lächelnd.

»Am besten trinkst du ihn schwarz«, entschied sie, schlurfte in die Küche und blickte noch einmal zurück, um sich zu vergewissern, daß er noch da war. Sie machte seinen Kaffee zurecht und goß sich einen Tee auf. Der heiße Dampf stieg ihr in die Nase, und erleichtert fühlte sie, wie ihre Atemwege frei wurden, wenn auch nur für einen Augenblick.

Sie hörte ihn im Nebenzimmer herumgehen. Rasch nahm sie die Tassen und eilte hinüber.

»Wo willst du hin?« fragte sie. Er war schon an der Wohnungstür, doch sein Jackett lag noch zerknüllt auf dem Bett.

»Ins Bad«, murmelte er.

»Das Bad ist da drüben!« Da sie beide Hände voll hatte, deutete sie mit dem Kinn die Richtung an. Er torkelte lächelnd auf sie zu und küßte sie auf den Mund. Sie spürte, wie ihre Knie nachgaben, und fürchtete, sie würde die Tassen einfach fallen lassen, wenn sie sie nicht absetzte. Wie in Zeitlupe ging er Schritt für Schritt zurück zur Wand.

»Mein Gott, bist du süß«, sagte er. Dann blickte er verwirrt um sich. »Wo ist das Bad?« fragte er.

»Da drüben«, sagte sie und stellte die beiden Tassen neben dem Bett auf den Fußboden. »Wie geht's dir? Schaffst du's allein?«

»Seit meinem dritten Lebensjahr geh' ich allein aufs Klo«, antwortete er.

»Auch wenn du betrunken bist?«

Er lachte, tastete sich schwankend vorwärts und verschwand aus ihrem Blickfeld. Sie hörte, wie er das Licht anknipste und die Tür hinter sich schloß. Er bleibt hier, dachte sie. Er bleibt wirklich hier. Sie hockte sich auf die Bettkante, bückte sich nach der Tasse, setzte sie an die Lippen und schlürfte in kleinen Schlucken ihren Tee. Der Dampf öffnete ihre Poren, ihr Gesicht glühte wieder, und sie spürte, wie ihr der Schweiß übers Gesicht rann. Sie trank den Tee aus, entschloß sich zu einer zweiten Tasse und lief in die Küche zurück. Das ist heller Wahnsinn, dachte sie. Es ist bald vier Uhr morgens, und ich sollte im Bett liegen und schlafen, statt in der Wohnung herumzurennen und mir den Kopf zu zermartern. Aber sie konnte ihre Gedanken nicht abschalten. Sie grübelte über die Möglichkeit nach, daß er seine Frau für immer verlassen haben könnte. Elaine mußte doch ahnen, daß er mit einer anderen zusammen war. Wie konnte sie damit leben, ohne ihn zur Rede zu stellen? Wenn ein Mann die ganze Nacht fortbleibt, so ist das nicht bloß ein harmloser Seitensprung. Es bedeutet, daß er nicht länger bemüht ist, Elaines Gefühle zu schonen. Jetzt kann er mich nicht mehr vor seiner Frau verheimlichen. Es macht ihm vielleicht gar nichts mehr aus, ob sie von uns erfährt.

Ihr Blick fiel auf die Badezimmertür. David war schon seit einer ganzen Weile da drin. Sie hoffte, daß ihm nicht schlecht geworden war, obwohl es ganz den Anschein hatte. Als sie sich die zweite Tasse Tee eingoß, erblickte sie ihr Spiegelbild im Toaster. Mein Gott, ich seh' einfach grauenhaft aus. Sie eilte in die Diele und kramte in ihrer Handtasche nach einer Bürste. Mit einem flüchtigen Blick auf die Badezimmertür rannte sie in die Küche zurück und versuchte, ihr Haar in Ordnung zu bringen. Doch je heftiger sie bürstete, desto fettiger fühlte es sich an. Ihre Augen waren geschwollen und ebenso rot wie die Nase. Ihr Blick glitt an dem verschwitzten Flanellnachthemd hinunter und blieb auf ihren dicken Wollsocken hängen. Sie zuckte angewidert zusammen. Ich kann Gott danken, daß er so betrunken ist, dachte sie. Ich sollte mal nachsehen, ob er zurechtkommt.

»David?« rief sie leise und klopfte zaghaft an die Badezimmertür. »David, geht's dir gut?« Er gab keine Antwort. »David? Kannst du mich hören?« Sie legte die Hand auf die Klinke und spürte, daß sie nachgab. Er hatte nicht abgeschlossen. »David, darf ich reinkommen?« Von drinnen war kein Laut zu hören. »Ich mach' jetzt auf, David«, rief sie so laut sie konnte. Sie versuchte, die Tür zu öffnen, brachte sie aber nur einen winzigen Spalt weit auf, weil von drinnen etwas dagegen stieß. Sie bekam Angst. Sie stemmte sich mit der Schulter ans Holz und drückte mit aller Kraft dagegen. Als die Tür endlich ein paar Zentimeter nachgab, sah sie drinnen Davids blonden Kopf auf den Fliesen liegen. »Mein Gott«, schrie sie auf. »David, was ist

mit dir?« Ob er gefallen ist, oder hat er sich einfach dahin
gelegt? Ob er sich weh getan hat? Ist er vielleicht sogar
ohnmächtig? »David, bitte, kannst du dich aufsetzen?« Mit
verzweifelter Anstrengung gelang es ihr, die Tür noch einen Spalt breit aufzustoßen. David hatte die Augen geschlossen. Es sah aus, als schliefe er. Sie konnte keine
Schramme oder Beule entdecken. Er schien nicht zu bluten.
Sie steckte die Hände durch den Türspalt und versuchte
unbeholfen, ihn aufzurichten. Schließlich gelang es ihr,
sich durch die schmale Öffnung zu winden und mit dem
Gewicht ihres Körpers die Tür vollends aufzudrücken. David rollte wie ein lebloses Bündel gegen die Badewanne.
Lilian hockte sich auf den Boden, drehte ihn auf den Rükken und suchte sein Gesicht und seinen Hinterkopf nach
Verletzungen ab. Sie konnte nichts entdecken, was darauf
hindeutete, daß er gefallen und irgendwo aufgeschlagen
war.
Ratlos blickte sie sich in dem winzigen Bad um und überlegte, was sie tun sollte. Ich könnte ihn in die Wanne legen
und den Wasserhahn aufdrehen. Dann wird er schon
nüchtern werden. Nein, das geht nicht, da könnte er ertrinken. Besser, ich stelle ihn unter die Dusche. Jedenfalls
kann er nicht die ganze Nacht hier auf den Fliesen liegenbleiben.
Sie legte seinen Kopf sanft auf den Boden zurück, stand
auf und stellte die Dusche an. Sie regulierte das Wasser,
bis es lauwarm war. Das wird ihn aufwecken, wenigstens
so weit, daß ich ihm den Kaffee einflößen kann. Das größte Problem war freilich, ihn unter die Dusche zu bringen.
Sie beugte sich nieder und sah auf ihn hinunter, wie er
schlafend auf dem Fußboden lag, der attraktivste Mann,
den sie je gesehen hatte. Bleich und blond und makellos.
Er ist alles, was ich mir mein Leben lang gewünscht habe,
dachte sie. Als sie ihn küßte, schien er sich zu regen. Ihre
Augen wanderten an seinem Körper hinunter. Ich werd'
ihn ausziehen müssen.

Es wurde stickig in dem kleinen Raum. Das Prasseln des Wassers hallte in ihren Ohren wider. Sie knöpfte sein blaßblaues Hemd auf und strich mit der Hand über das helle Haar auf seiner Brust. Es kam ihr alles so unwirklich vor, jeden Augenblick fürchtete sie, aus einem Traum zu erwachen. Doch das Verlangen, das ungeachtet der Schwäche und des Fiebers in ihr hochstieg, war echt. Als sie endlich auch den letzten Knopf aufgebracht hatte, schob sie das Hemd beiseite, beugte sich über ihn und küßte seine entblößte Brust. Wieder regte er sich, legte mechanisch die Arme um sie und ließ sie im nächsten Augenblick kraftlos auf den Boden zurückfallen. Sie löste seine Manschettenknöpfe und zerrte erst den einen, dann den anderen Ärmel herunter. Der Wasserdampf und ihre Anstrengung hatten sie erneut ins Schwitzen gebracht. Sie fühlte sich müde und schwach, und doch war sie fast übermütig vor Erregung.

Sie hockte sich ihm zu Füßen und zog ihm eilig Schuhe und Strümpfe aus. Schau her, Mutter, dachte sie, seine Füße riechen nicht mal. Einfach alles an diesem Mann ist schön. »Außer seinem Ehering«, hörte sie die Stimme ihrer Mutter antworten. Unwillkürlich fiel Lilians Blick auf den schmalen Goldreif. Ach was, der sieht nicht sonderlich beständig aus, dachte sie und machte sich daran, seinen Gürtel aufzuhaken. Dann öffnete sie den Reißverschluß an seiner Hose und zog sie mit einem Ruck bis zu den Knien hinab. Darunter trug er einen gewöhnlichen Baumwollslip.

Er stöhnte, und seine Augen öffneten sich zu schmalen Schlitzen.

»Du mußt unter die Dusche«, versuchte sie ihm klarzumachen. »Verstehst du mich?«

Er brummte etwas, blieb jedoch bewegungslos am Boden liegen.

»Ich versuch' dich auszuziehen. Kannst du nicht 'n bißchen mithelfen? Probier mal, ob du aufstehn kannst.« Wieder

340

packte sie ihn unter den Achseln und stützte ihn. Er hielt sich mit einer Hand an ihr und mit der anderen an der Klinke fest und zog sich mühsam hoch. Sein Hemd lag zerknittert am Boden, seine Hose war ihm bis auf die Füße heruntergerutscht. Schwankend befreite er sich davon und stand in Shorts vor ihr.

Lilian betrachtete seinen Körper. Er war voll jugendlicher Kraft, aber nicht knabenhaft. Sie fand, er sei in Wirklichkeit noch aufregender als in ihrer Erinnerung. Schlank, fest und sinnlich. Ihr Verlangen nach ihm war so stark, daß sie kaum wagte, ihn zu berühren. »Kannst du dir die Unterhose allein ausziehen?« Er blickte schläfrig an sich hinunter, zog die Shorts mit einer einzigen, erstaunlich geschmeidigen Bewegung bis zu den Füßen, stieg heraus und warf sie beiseite. Lilian, die versuchte, ihn nicht anzuschauen, trat hinter ihn und schob ihn auf die Wanne zu. »Jetzt rein, heb die Füße«, mahnte sie. Er gehorchte, brachte jedoch das Bein nicht hoch genug und stieß mit dem Knie gegen den Wannenrand. Er schrie auf. »Versuch's noch mal«, ermunterte sie ihn, führte sein Bein mit der Hand und spürte, wie ihre Schulter naß wurde. Als sie ihn endlich in der Wanne hatte, schubste sie ihn gegen die Wand und richtete den Strahl voll auf seinen Kopf. Er keuchte und schnappte nach Luft. Zuerst stützte er sich mit dem Rücken gegen die Kacheln, doch dann stellte er sich mitten unter den Wasserstrahl, warf den Kopf zurück und riß die Augen weit auf.

Sie beobachtete ihn ängstlich, hoffte, er würde nicht hinfallen, und fühlte sich matt vor Müdigkeit und schwach vor Verlangen. Als er merkte, daß sie ihn betrachtete, beugte er sich plötzlich vor, packte sie an beiden Armen und zerrte sie zu sich heran. Sie stieß mit den Beinen gegen den Wannenrand und fiel vornüber. Sie spürte, mit welcher Wucht das Wasser auf ihr Haar prasselte. Ihr Nachthemd war im Nu völlig durchnäßt. Er richtete sie auf und zog sie in die Wanne. Sie war zu verblüfft über seine unerwartete Kraft, um sich zu wehren. Das Wasser lief ihr in

Nase und Mund. Sie schloß die Augen und fühlte, wie seine Hände über ihren Körper glitten. Sie schienen überall gleichzeitig zu sein. Endlich fand er den Reißverschluß ihres Nachthemds, versuchte vergeblich, ihn aufzuziehen, und riß ihr schließlich ungeduldig den nassen Flanell vom Leib.

»Du bist so schön.« Er sprach undeutlich, seine Augen waren immer noch nicht ganz klar.

»Ich komm' mir so lächerlich vor«, jammerte sie, und plötzlich mischten sich Tränen mit dem Strahl der Dusche. »Ich steh' mit diesen blöden Socken in der Badewanne, und ich hab' ganz nasse Haare!« Plötzlich lachte und weinte sie gleichzeitig, denn ihr war der Gedanke gekommen, wie sie auf eine versteckte Kamera wirken mußten: David pudelnaß, sinnlos betrunken und kaum imstande, aufrecht zu stehen, sie selbst fiebrig, mit verstopfter Nase, triefenden Haaren und nackt bis auf ein Paar weiße Wollsocken, die an ihren Füßen klebten.

David kniete sich hin und versuchte, ihr die Socken auszuziehen. Sie stützte sich haltsuchend gegen die Wand, während er zerrte und riß, bis er endlich die nasse Wolle von ihren Füßen gelöst hatte. Achtlos warf er die tropfenden, weißen Ungetüme neben die Wanne. Plötzlich spürte sie seine Hände auf ihrem Hintern. Das Wasser prasselte unaufhörlich auf sie nieder, und er vergrub sein Gesicht in ihrem nassen Schamhaar. Das kann nicht wahr sein, dachte sie und krallte die Nägel in seine Schultern. Den harten Wasserstrahl fühlte sie nicht mehr. Zentimeter um Zentimeter erkundete Davids Zunge ihren Körper, seine Hände umspannten ihre Brüste, und er fing mit dem Mund das Wasser auf, das von ihren Brustwarzen tropfte. Ihre Lippen trafen sich, und er küßte sie so wild, als wolle er sie in sich aufsaugen. Sie taumelten und fielen, ohne daß ihr klar war, ob sie das Gleichgewicht verloren oder ob er sie gestoßen hatte. Jedenfalls lagen sie auf einmal in der Wanne, und er glitt in sie hinein, leicht und mühelos. Dann setzte er sich auf, schlang die Beine um ihren Leib, beugte sich vor und hob ihre Beine auf seine Schultern. Sie glaubte, sie hätte ihn noch nie so tief in sich gespürt, und die ganze Zeit über prasselte das Wasser auf ihre nackte Haut. Für den Bruchteil einer Sekunde fürchtete sie, sie könnten vor dem Orgasmus ertrinken, doch dann gab sie sich einfach der Absurdität des Augenblicks hin. Nicht einmal in ihren wildesten Phantasien hätte sie sich das ausmalen können, was jetzt mit ihr geschah, und wenn es auch nicht ganz so bequem war, wie sie es sich gewünscht hätte, so würde sie jedenfalls eines Tages ihren Enkeln eine tolle Geschichte erzählen können. Später trockneten sie sich gegenseitig mit Lilians blauem Handtuch ab, taumelten erschöpft ins Bett und schliefen sofort ein.

Am Morgen erwachte er zuerst, setzte sich mit einem Ruck auf, blickte sich mit klaren Augen um und sah dann auf sie hinunter. Sie blinzelte schlaftrunken, strich sich die feuchten Strähnen aus der Stirn und bedeckte ihr Gesicht unwillkürlich mit den Händen. »O Gott, wie seh' ich bloß aus«, stöhnte sie.

Mit sanfter Gewalt zog er ihr die Hände weg und küßte sie. »Nicht doch«, murmelte er, »du bist schön.« Trotz der zugezogenen Vorhänge merkte sie, daß draußen die Sonne schien. »Wie spät ist es?« fragte er.

Lilian richtete sich auf und langte nach dem Radiowecker auf dem Nachttisch. »Kurz nach sieben«, seufzte sie.

Er kratzte sich den Kopf und schien unschlüssig, was jetzt zu tun sei. »Ich geh' wohl besser«, sagte er schließlich, stand auf und blickte sich suchend um. »Weißt du zufällig, wo meine Sachen geblieben sind?« fragte er lächelnd.

»Ich glaub', im Badezimmer«, antwortete sie, entschlossen, ihm alles weitere zu überlassen. Ob er sich überhaupt an das erinnert, was heute nacht passiert ist? überlegte sie, während sie sich vorsichtig aufsetzte und die Schultern vor- und zurückrollte, um die Verspannung zu lösen. Sie war nicht sicher, was sie tun sollte: aufstehen und Kaffee kochen, oder einfach liegenbleiben. Sie entschloß sich für das letztere. Was wird er wohl Elaine sagen? Wird er versuchen, es ihr zu erklären? Oder sie belügen? Ob Elaine ihm glauben wird? Ach, mach dir doch nichts vor, wenn sie ihn behalten will, wird sie alles glauben, was er ihr erzählt. Lilian begriff auf einmal, daß sich im wesentlichen nichts geändert hatte. Es werden ein paar Lügen dazukommen, das ist alles. Sie sind 'n bißchen größer, und das macht's vielleicht ein wenig schwieriger, sie aufzutischen, und wohl auch etwas härter, sie zu schlucken. Aber sie wird sie schlucken. Die letzte Nacht war ebensowenig eine Unabhängigkeitserklärung wie all die anderen Nächte zuvor. Er ist bloß später gekommen, also geht er auch später. Es hat sich nichts geändert dadurch, daß Elaine neben einem leeren Bett schlafen mußte. Ihre Augen sind geschlossen, aber das werden sie bestimmt auch bleiben.

David kam zurück ins Zimmer. Er war vollständig angezogen.

»Möchtest du Kaffee?« fragte sie.

»Ich sollte wohl besser gehn«, erwiderte er. Sie nickte. Er setzte sich zu ihr aufs Bett. »Wie fühlst du dich?« fragte er und strich ihr über die Wange.

»Ganz gut«, log sie.

Er zog ihr die Decke zurecht. »Du solltest heute liegenbleiben. Ich fürchte, letzte Nacht hab' ich dich nicht viel zum Schlafen kommen lassen.«

Sie blickte ihn forschend an. »Kannst du dich überhaupt an was erinnern?« fragte sie.

Er lächelte, beugte sich vor und küßte sie. »Ich weiß nur, wie schön du bist«, sagte er und gab ihr noch einen Kuß. Im nächsten Augenblick war er verschwunden.

Lilian öffnete die Augen. Er war nicht mehr da. Cary Grant hatte sich in der Nacht verloren. David beugte sich hinunter und schaltete den Fernsehapparat aus. Er hatte sich umgezogen.

»Entschuldige, bitte«, sagte er. »Ich hab' heut' nacht im Hotel geschlafen. Ich weiß, es war dumm von mir, aber ich mußte einfach allein sein. Hoffentlich hast du dir keine allzu großen Sorgen gemacht.«

»Nein, ist schon gut.« Ihre Stimme war so leblos wie der grauverhangene Morgenhimmel vor dem Fenster.

»Ich muß jetzt ins Büro«, sagte er.

»Sicher, geh nur«, antwortete sie, ohne ihn anzusehen.

»Ich versuch' heut' abend früher nach Hause zu kommen.«

»Das wär' nett.«

Sie hörte, wie die Tür hinter ihm zufiel. Es war ihm also gar nicht schwergefallen, die Lüge aufzutischen. Sie schluckte kräftig. Und dann schloß sie die Augen, so wie Elaine es damals getan hatte.

26

Sie sah Laurie gleich, als sie das Lokal betrat, zwängte sich hastig an all den Bekannten vorbei, die die Bar umlagerten, und eilte zu dem Tisch, an dem das junge Mädchen auf sie wartete. »Tag, Laurie«, grüßte sie atemlos. »Tut mir leid, daß ich zu spät komme. Diese Programmdiskussionen ziehen sich manchmal ewig hin. Ich hatte schon Angst, ich würd's überhaupt nicht mehr schaffen. Die da drin engagieren sich wie besessen für ihr Projekt und können sich schon nicht mehr vorstellen, daß es Leute gibt, die ab und zu auch mal was essen müssen. Wartest du schon lange?«

»Erst 'n paar Minuten«, sagte Laurie. Doch Lilian sah, daß sie rot wurde, und wußte, daß sie nicht die Wahrheit sagte. Sie schlüpfte aus dem Mantel und warf ihn über die Stuhllehne. Dann setzte sie sich und holte tief Atem.

»Ich freu' mich wirklich, daß wir zusammen zu Mittag essen können«, sagte Lilian und musterte mit einem kurzen, prüfenden Blick die Gestalt des Mädchens. Ihre Arme waren nur noch Haut und Knochen, und der rot-weiß-gestreifte Nicki hing auf ihren Schultern wie auf einem Kleiderständer. »Habt ihr heute keine Schule?«

»Heut' ist doch AFT.«

»AFT? Was ist'n das?«

»Angeblich 'n Akademischer Fortbildungstag. Kriegen die Lehrer einmal im Monat. Aber Mammi sagt, die wollen bloß 'n freien Tag extra. Sie glaubt nicht dran, daß die Pauker da Lehrgänge mitmachen und so 'n Zeug. Sie sagt, das ist alles bloß vorgeschoben.«

Lilian mußte unwillkürlich lachen. Sie konnte sich lebhaft vorstellen, mit welchem Eifer Elaine den Lehrberuf kritisierte. »War's schwer, herzufinden?«

Laurie schüttelte den Kopf. »Meine Mutter hat mich mit dem Auto hergebracht. Sie fand das Lokal ziemlich zwielichtig.«

»Zwielichtig?« fragte Lilian und blickte sich in dem überfüllten Raum um. Eines der Skriptgirls nickte ihr zu, und sie winkte zurück. »Es ist das Stammlokal der Fernsehleute. Schon weil's so günstig liegt, weißt du, gleich gegenüber dem Studio. Mit ist es nie zwielichtig vorgekommen.«

»Mir gefällt's«, kam ihr Laurie entgegen.

»Prima, mir auch. War die Bedienung schon da?«

»'n Kellner, aber ich hab' ihm gesagt, daß ich auf dich warte.«

Lilian blickte sich um und versuchte vergeblich, die Aufmerksamkeit des Kellners auf sich zu lenken. »Ich glaube, die leiden alle an derselben Krankheit«, sagte sie nach einer Weile. »Chronische Blickfeldverengung, weißt du.« Sie lächelte Davids Tochter an, die sich offensichtlich hier wohl fühlte. »Na, und wie schmeckt dir die Schule?«

»Ist schon in Ordnung.«

»Was ist denn dein Lieblingsfach?«

Das Mädchen zögerte. »Englisch«, sagte sie schließlich unerwartet.

»Wirklich?« Lilian war ehrlich überrascht. »Das war auch meins. Ich hab' am liebsten Erlebnisaufsätze geschrieben ...«

»Oh, die hass' ich«, fiel Laurie ihr ins Wort.

»Ach ...«

»Ich find's so langweilig. Außerdem weiß ich nie, worüber ich schreiben soll. Ich lese lieber.«

»Was liest du denn so?«

Laurie griff nach ihrem Wasserglas und nahm einen großen Schluck, ehe sie Lilians Frage beantwortete. »Am liebsten sind mir die Nancy-Drew-Bücher.«

Endlich erschien der Kellner mit den Speisekarten. »Möchten Sie einen Aperitif?«

»Ja, für mich 'ne Bloody Mary«, sagte Lilian. »Wie ist's mit dir, Laurie? Möchtest du 'n Cola oder 'nen Saft?«

»Nein, danke«, antwortete sie. »Wasser genügt mir.«

Lilian nahm die Karte zur Hand und tat so, als studiere sie eingehend die angebotenen Gerichte, obwohl sie sie in Wahrheit auswendig kannte. Sie hoffte, daß Laurie etwas essen würde. Das war einer der Gründe für ihren Vorschlag gewesen, sich in einem Lokal zu verabreden. Das Treffen an sich hatte Laurie angeregt. Während Lilian und David sich im letzten Monat mehr und mehr auseinanderzuleben schienen, waren sie und Davids Tochter einander auf unerklärliche Weise nähergekommen. Zwar waren sie noch weit davon entfernt, sich offen miteinander auszusprechen, aber an die Stelle der kühlen Distanz, die früher zwischen ihnen herrschte, war eine gewisse Herzlichkeit getreten. Besonders seit Lilian wieder angefangen hatte, fürs Fernsehen zu arbeiten, schien Laurie ihre Feindseligkeit zu begraben, und selbst Jason begegnete ihr mitunter freundlich. Als David vor ein paar Wochen in letzter Minute wegen einer dringenden Sitzung sein Versprechen, sie alle drei ins Kino einzuladen, nicht wahr machen konnte, da waren die Kinder bereitwillig mit Lilian allein gegangen. Nach dem Film hatten sie noch stundenlang zusammengesessen und über seinen tieferen Sinn diskutiert. Wenn das keine Ironie ist, dachte Lilian, als sie die Speisekarte hinlegte, jetzt, wo ich David verliere, gelingt es mir endlich, seine Kinder für mich zu gewinnen.

Sie räusperte sich. »Kann ich dir was empfehlen, oder weißt du schon, was du möchtest?« fragte sie.

Laurie schüttelte den Kopf. »Bestell du für mich mit.«

»Was hältst du von Steak auf Toast?« fragte Lilian. Sie hatte das ausgesucht, was ihr die meisten Kalorien zu haben schien. »Dazu gibt's hier 'ne Riesenportion Pommes frites.«

»Klingt gut«, antwortete Laurie. Unter ihrem Nicki zeichnete sich das Brustbein ab. Lilian versuchte, ihr Erstaunen über Lauries bereitwilliges Eingehen auf ihren Vorschlag zu verbergen.

»Wie wär's mit 'ner Suppe als Vorspeise? Die haben hier 'ne köstliche Gemüsesuppe. Hausgemacht, weißt du.« Sie fürchtete schon, sie sei zu weit gegangen, doch Laurie nickte lächelnd. Ihr früher so hübsches, volles Gesicht war blaß und hager, die Augen lagen tief in den Höhlen. Ob Elaine nicht merkt, wie ihre Tochter sich verändert? Warum unternimmt sie denn nichts? Lilian erinnerte sich an Rickie Elfers düstere Erklärung: nervöse Anorexie. Ob sie am Ende recht gehabt hatte? Hungerte Laurie sich vielleicht wirklich zu Tode?

»Einverstanden. Ich nehm' auch 'ne Suppe.«

»Und zum Fleisch 'nen Salat?« wagte Lilian sich vor. Wieder nickte Laurie. »Na fein, ich nehm' dasselbe«, entschied Lilian und sah im Geiste den ungeheuren Kalorienberg vor sich. »Wenn du Lust hast, können wir uns hinterher noch 'nen Nachtisch aussuchen.«

Laurie blickte sich im Restaurant um. Sie schien fasziniert von all den Fernsehfritzen. Lilian gab die Bestellung auf. Lieber Gott, mach, daß sie wirklich ißt, flehte sie innerlich mit einem Blick auf Laurie. Und wenn sie's nicht tut? Wenn sie wie gewöhnlich nur in ihrem Essen rumstochert, was dann? Wieder ein Vortrag? Noch 'ne tränenreiche Szene? Oder wieder eine von diesen Mahlzeiten, bei denen ich wegschaue und so tue, als gäbe es das Problem gar nicht? Was ist nur mit ihrer Mutter los? fragte sich Lilian wütend. Oder meinetwegen auch mit ihrem Vater. Deren Aufgabe wäre es, dafür zu sorgen, daß das Kind in Behandlung kommt. Und was ist mit ihren Lehrern? Wieso hat von denen keiner was gemerkt? Sie lächelte Davids Tochter über den Tisch hinweg zu. Ihre Lehrer werden akademisch fortgebildet, erinnerte sie sich und dachte, daß dieser AFT ein guter Aufhänger für eine bildungspolitische Sendung werden könnte, falls »Chicagos Stunde« die Probephase überstehen sollte.

»Hast du mal was von Nancy Drew gelesen?« fragte das Mädchen.

»Ob ich was von Nancy Drew gelesen hab'?!« Lilian lachte. »Ich hab' alle ihre Bücher *verschlungen*. Am liebsten mochte ich ›Die verborgene Treppe‹.«

Lauries Augen leuchteten auf, und um ihren Mund spielte ein Lächeln. »Ich auch«, gestand sie. »Und am zweitbesten gefällt mit Judy Blume.«

»Wer?«

»Judy Blume. Sie schreibt für Teenager. Ich hab' alles von ihr gelesen.«

»Nein, die kenn' ich nicht«, sagte Lilian. Und doch kam ihr der Name irgendwie bekannt vor.

»Na ja, du zählst ja auch nicht mehr ganz zu den Teenagern«, kam die Antwort.

»Da hast du leider recht«, seufzte Lilian, während der Kellner ihre Bloody Mary servierte. »Ich werd' nicht jünger. Zum Wohl!«

»Zum Wohl«, echote Laurie und hob ihr Wasserglas. »Erzähl mir was über deinen neuen Job«, bat sie eifrig.

Lilian stellte ihr Glas auf den Tisch. »Tja, also vorläufig

kann man's eigentlich noch nicht als neuen Job bezeichnen. Es ist noch nichts Festes, weißt du. Es hängt alles davon ab, wie die Probesendung ankommt. Ich bin erst mal bloß für 'n paar Wochen hier, dann muß ich zurück an die Uni und abwarten, wie sich der Sender entscheidet.«

»Was machst du *genau*?« bohrte Laurie nach. Anscheinend interessierte es sie wirklich.

»Also paß auf«, begann Lilian zu erklären. »Da sind erst mal diese Programmdiskussionen, von denen ich gesprochen hab'. Da versuchen wir festzulegen, über welche Themen wir berichten wollen und wie der Ablauf der Sendung auszusehen hat.«

»Und wie geht's da zu, bei so einer Programmdiskussion?«

Lilian freute sich über Lauries unerwartetes Interesse. Erst jetzt fiel ihr auf, daß David sie noch nicht ein einziges Mal nach ihrer Arbeit gefragt hatte, seit sie wieder beim Fernsehen war. »Du mußt dir das so vorstellen: Der Redakteur, die Korrespondenten, die Journalisten und die wissenschaftlichen Mitarbeiter, die die Hintergrundforschung betreiben, setzen sich zusammen, und jeder versucht, die anderen für sein Konzept zu begeistern. Und du kannst mir glauben, manchmal muß man ganz schön kämpfen, um seinen Plan durchzukriegen. Man stellt also den Entwurf für einen Beitrag vor, den man gern produzieren möchte, und zwar muß man ihn so anbieten, daß er fürs *Fernsehen* lukrativ erscheint. Man muß beweisen, daß die Sendung ein breites Publikum ansprechen wird und daß man sie so aufbereiten kann, daß sie sich gegebenenfalls auch fürs Familienprogramm eignet. Es kommt auf die *Wirkung* an, die das Thema auf dem Bildschirm hat. Das klingt vielleicht 'n bißchen nach Vernebelung, aber du mußt bedenken, daß Fernsehen in erster Linie ein visuelles Medium ist. Kannst du mir soweit folgen?« Laurie nickte. »Na schön«, fuhr Lilian fort. »Nehmen wir also an, der Journalist, in dem Fall ich, verkauft dem Sender seine Idee für 'n Feature. Dann

350

hat man in der Regel ungefähr drei Wochen Zeit, den Beitrag zusammenzustellen. Als erstes wird einem ein Assistent zugeteilt, und in der Regel kann man drauf wetten, daß sie einen mit demjenigen zusammenspannen, den man am wenigsten riechen kann oder mit dem man die größten Schwierigkeiten hat. Diese Recherchiertypen verbringen die meiste Zeit am Telefon. Ihre Aufgabe ist es, das nötige Hintergrundmaterial zusammenzustellen. Als nächstes wird der ›Aufhänger‹ für ein Thema bestimmt; mit anderen Worten, was will man dem Zuschauer vermitteln, und wie kann man's am wirksamsten anbringen. Damit beschäftigen wir uns grade bei dem Projekt, an dem ich arbeite.« Sie hielt inne, und unwillkürlich wanderten ihre Gedanken zu Beth Weatherby. »Stell dir vor«, sagte sie, bemüht, sich wieder auf Laurie zu konzentrieren, »es handelt sich um 'ne Reportage über Leute, die versuchen, mit Hilfe dieser Bekanntschaftsanzeigen in der Zeitung 'nen Partner zu finden. Dann wäre der erste Schritt, den Blickwinkel zu bestimmen, aus dem man die Sache aufziehen will. Angenommen, man stellt diese Typen nicht als pervers oder sexbesessen oder so was dar, sondern schlicht als 'ne Gruppe einsamer Menschen, die sich nach Liebe und Zweisamkeit sehnen. Dann würde sich als Aufhänger ein glücklich verheiratetes Paar anbieten, das sich durch so 'ne Anzeige kennengelernt hat. Und um die rum arrangiert man dann den Bericht. Zum Beispiel könnte man mit den einschlägigen Eheanbahnungsinstituten Kontakt aufnehmen, Single-Kneipen besuchen, vielleicht sogar die Parkbänke abgrasen. Man könnte auch selbst auf so 'ne Annonce antworten. Auf jeden Fall muß man *präzise* vorgehen. Man braucht als Ausgangspunkt ein handfestes Beispiel, auf das man sich stützen kann. Und dann ist es enorm wichtig, dem Zuschauer ein möglichst anschauliches Bild von der Situation zu vermitteln. Solche Reportagen werden deshalb grundsätzlich nicht im Studio, sondern wenn möglich immer an Originalschauplätzen ge-

351

dreht. Tja, und dann kann man nur noch beten, daß man keine Interviewpartner mit 'nem Strafregister erwischt, denn sonst wäre die Glaubwürdigkeit der ganzen Sendung beim Teufel.«

Der Kellner erschien mit zwei dampfenden Suppentassen. »Danke schön«, sagte Lilian und beobachtete erstaunt, wie Laurie ohne zu zögern draufloslöffelte. »Schmeckt's dir?« fragte sie nach einer Weile.

»Und wie«, antwortete das Mädchen. »Mach doch weiter, erzähl mir noch mehr von deiner Arbeit. Was kommt nach den Dreharbeiten?«

»Dann geht's an die Redaktion«, sagte Lilian. Sie kostete ihre Suppe und fuhr fort: »In mancher Beziehung ist das der lohnendste Teil, aber zugleich auch der frustrierendste. Jetzt zeigt sich, was für Fehler man gemacht hat, falsche Kameraeinstellungen, weißt du, oder ungünstige Entfernungen oder einfach 'n defekter Film«, erklärte Lilian und stellte befriedigt fest, daß Laurie ihre Suppe schon fast ausgelöffelt hatte. »In der Phase tut man sich mit dem zuständigen Redakteur zusammen und erklärt ihm, auf welche Sequenzen man Wert legt und welche man lieber rausschmeißen möchte. Gemeinsam sucht man nach den Passagen mit der größten Aussagekraft. Es kommt darauf an, Einstellungen zu finden, die ... ja, wie soll ich das ausdrücken, ohne daß es kitschig klingt? Weißt du, man pickt sich die Szenen raus, die was ausstrahlen, in der Hoffnung, daß sie zur Erhellung des Problems beitragen. Du mußt dir vorstellen, man sitzt in einem abgedunkelten Raum, kriegt fast keine Luft und starrt stundenlang auf 'nen winzigen Bildschirm oder hängt pausenlos am Schneidetisch. Heute fühlt man sich glücklich, weil man glaubt, 'n irrsinnig gutes Feature im Kasten zu haben. Aber morgen schaut man sich den Streifen noch mal an und findet ihn womöglich grauenvoll. Das ist 'ne aufreibende und doch sehr anregende Arbeit. Wenn alles glattgeht, schafft man's in zwei Tagen *und* zwei Nächten. Man ist buchstäblich achtundvierzig Stunden lang pausenlos auf den Beinen.«

352

Der Kellner wartete, bis Lilian mit ihrer Suppe fertig war, dann räumte er den Tisch ab und servierte die Steaks mit wahren Bergen von Pommes frites. Auf dem Tischchen war kaum noch Platz für die Salatteller. Wieder griff Laurie ohne besondere Aufforderung zur Gabel und futterte drauflos.

»Schmeckt prima«, verkündete sie begeistert. »Aber erzähl doch weiter. Kannst du alles brauchen, was du aufgenommen hast?«

Lilian lachte. »Aber nein! Das wär' das reinste Wunder. In der Regel verwendet man etwa ein Sechstel des gefilmten Materials. 'n richtiger Experte bringt's vielleicht auf 'n Drittel, doch so weit bin ich längst noch nicht.«

»Aber du bist doch gut«, sagte Laurie.

»Ja«, antwortete Lilian. »Ich *bin* gut.« Sie lächelte strahlend und war mächtig stolz darauf, daß dieses Essen so erfolgreich verlief. Vielleicht hab' ich die ganze Zeit einen Fehler gemacht. Vielleicht hätte ich Laurie schon längst mein Interesse dadurch beweisen sollen, daß ich sie an *meinem* Leben teilnehmen lasse, statt immer nur krampfhaft nach den richtigen Fragen über sie und ihre Probleme zu suchen. Das ist es: Ich muß sie wie eine Erwachsene behandeln und nicht wie 'nen aufmüpfigen Teenager. Lilian führte einen großen Bissen Steak zum Mund. »Also, um's kurz zu machen«, fuhr sie beinahe selbstgefällig fort, »in dem Stadium werden die Texte zusammengestellt, und dann geht's ans Mischpult. Das ist 'ne Arbeit, die ich hasse, zieht sich meistens hin wie Kaugummi.«

»Und was wird da gemacht?«

»Tja, erst mal muß ich 'nen Sprecher auswählen, der meinen Text vorträgt. Dann braucht man Musik und Geräuschkulisse fürs Ambiente. Weißt du, was das ist?« Das Mädchen stopfte sich gerade eine Gabel voll Salat in den Mund und schüttelte nur stumm den Kopf. »Atmosphäre«, erklärte Lilian. »Und dann hat man noch die Bänder mit den Interviews. Alles ist auf verschiedenen Tonspuren und wird zusammengeschnitten. Im Grunde kommt es darauf an, Bild und Ton miteinander zu vermählen.« Sie hielt inne und sah zu, wie Laurie es sich schmecken ließ. »Klingt gut«, sagte Lilian und wiederholte in Gedanken ihre eigene Formulierung. »So, das wär's. Die Sendung steht.«

»Hört sich echt aufregend an«, sagte Laurie mit vollem Mund.

Lilian lachte glücklich. »Nein, aufregend ist eigentlich nicht das richtige Wort«, widersprach sie und suchte nach einem treffenderen Ausdruck. »Es hat mehr was mit erlebtem Geschehen zu tun«, entschied sie schließlich. »Wer solche Reportagen macht, kommt viel rum. Wir gehn gern mit den Kameraleuten und dem technischen Team zu den Außenaufnahmen und nutzen jede Gelegenheit, um irgendwas Neues aufzuschnappen. Das mach' ich am liebsten. Zum erstenmal seit langer Zeit hab' ich wieder das Gefühl, daß sich was tut, daß etwas geschieht! Kannst du dir das vorstellen?«

Laurie tunkte mit den letzten Toastbrocken die Soße auf. »Ich glaub' schon«, sagte sie und schob ihren leeren Teller weg.

»Magst du 'n Nachtisch?« fragte Lilian.

»Gibt's hier Eis mit heißer Schokoladensoße?«

»Möchtest du eins?« Laurie nickte begeistert. Lilian winkte dem Kellner. »Bitte einmal Eis mit Schokoladensoße«, sagte sie und wandte sich wieder ihrem Teller zu, während der Kellner Lauries Gedeck abräumte.

»Du hast meinen Vater bei einer von deinen Reportagen getroffen, nicht?«

Lilian war auf diese Frage nicht gefaßt.

»Ja«, antwortete sie ruhig.

»Und er hat dir gefallen.« Laurie machte eine Pause. »Und dann hast du ihn dir geangelt.«

Lilian legte ihre Gabel beiseite. Der plötzliche Themenwechsel gefiel ihr ganz und gar nicht.

»Laurie«, begann sie vorsichtig, »ich hab' die Ehe deiner Eltern nicht zerstört, wenn du das meinst. Dein Vater war unglücklich in seiner Beziehung, lange bevor er mich kennenlernte ...«

»Meine Mutter ist aber ganz anderer Meinung. Sie sagt, alles war in Ordnung, bis du ...«

»Wenn alles in Ordnung gewesen wäre«, versuchte Lilian sich zu verteidigen, »dann hätte dein Vater nicht ...« Sie stockte. Sie hatte sagen wollen, daß David in dem Fall keinen Blick auf sie verschwendet hätte. Aber das stimmte nicht, uns sie wußte es nur zu genau. David riskierte immer einen Blick und sogar ein bißchen mehr, wenn sich ihm die Gelegenheit dazu bot. Wenn sie ihn nicht zu einer Entscheidung gezwungen hätte, dann wäre er vielleicht heute noch mit Elaine verheiratet und hätte nebenher seine Affären und flüchtigen Abenteuer. »Es stimmt, was du sagst, zum Teil wenigstens«, gab sie zu. Der Kellner stellte einen riesigen Eisbecher vor Davids Tochter hin und verschwand.

Sprachlos vor Staunen starrte Laurie sie an. Dann nahm sie ihr Eis in Angriff, und ohne etwas zu sagen, löffelte sie den ganzen Becher leer.

»Hat's dir geschmeckt?« fragte Lilian, die ihren Augen nicht traute.

»Es war prima.«

»Das freut mich.« Lilian wußte nicht recht, was sie sagen sollte, doch sie spürte, daß das Mädchen auf eine Erklärung wartete. »Laurie, ich ... weißt du, als ich deinen Vater kennenlernte, da wußte ich nicht, daß er verheiratet war. Ich dachte, er lebe von deiner Mutter getrennt ...«

»Wie kamst du denn darauf?«

Sie brachte es nicht fertig zu sagen: »Weil dein Vater mir das erzählt hat.« Aufrichtigkeit ist ja schön und gut, dachte sie, aber so eine Wahrheit kann ich doch einer Vierzehnjährigen nicht zumuten. »Ich weiß nicht mehr. Aber es ist sowieso egal, denn ich hab's sehr bald rausgekriegt ...«

»Und wie?«

»Er hat's mir gesagt. Dein Vater hat's mir gesagt. Aber da war's dann schon zu spät. Ich war bis über beide Ohren in ihn verliebt, und ich brachte es einfach nicht fertig, ihn aufzugeben. Ich hab's versucht. Wir haben's beide versucht. Wir wollten niemandem weh tun, weder dir noch deinem Bruder oder deiner Mutter ...«

Der Kellner räumte den Tisch ab, Lilian hatte kaum die Hälfte gegessen. »Aber ihr habt's doch getan, oder etwa nicht?« fragte das Mädchen. »Ihr habt uns allen weh getan.«

»Ja, das haben wir«, gab Lilian ruhig zu. »Und es tut mir leid.«

Laurie zuckte die Achseln. »Mammi läßt die Couchgarnitur im Wohnzimmer neu polstern«, verkündete sie, ohne zu ahnen, welchen Schluß Lilian daraus ziehen würde.

Sie lächelte unwillkürlich. »Warum auch nicht«, erwiderte sie nachdenklich.

Lilian blickte auf ihre Armbanduhr. Schon fast zwei Uhr. Wenn Laurie nicht bald von der Toilette zurückkam, würde sie sich verspäten. Sie ließ ein fürstliches Trinkgeld für den Kellner zurück – vielleicht hatte er auf irgendeine geheimnisvolle Weise zu diesem überraschenden Erfolg beigetragen –, erhob sich und steuerte zielbewußt auf die Tür zu, hinter der Laurie vor mehr als zehn Minuten verschwunden war. Als sie sich an der dichtumlagerten Bar vorbeidrängte, grüßte sie flüchtig nach rechts und links.

Der Geruch schlug ihr entgegen, sobald sie die Tür öffnete.

»Um Gottes willen, Laurie, was ist mit dir?« rief sie und stürzte auf die offene Kabine zu. Laurie kniete mit wachsbleichem Gesicht auf dem Boden und umklammerte mit beiden Armen die Kloschüssel.

»Ich hab' wohl zuviel gegessen.« Sie kämpfte mit den Tränen.

»Es ist meine Schuld«, seufzte Lilian. Sie hockte sich neben das Mädchen und fuhr ihr sanft durchs Haar. Dabei hatte sie das merkwürdige Gefühl, daß der Kopf des Kindes beim geringsten Druck ihrer Hand aufplatzen würde. »Warum nörgele ich auch immer an dir rum, weil du zuwenig ißt.« Sie hastete zum Waschbecken, tränkte ein Papierhandtuch mit kaltem Wasser, lief damit zu Laurie zurück und legte es ihr auf die Stirn.

»Es tut mir leid, Lilian. Alles hat so gut geschmeckt.«

»Laß nur, ist schon in Ordnung.«

Sie kniete neben dem Mädchen und stützte ihren zarten Körper, bis Laurie sich ein wenig besser fühlte und aufstehen konnte. Langsam verließen sie dann das Restaurant und traten hinaus an die frische Luft. Sie fröstelten im kühlen Wind des Oktobertages und hüllten sich fest in ihre Mäntel.

»Kann ich dich 'nen Augenblick allein lassen?« fragte Lilian. Laurie nickte. »Ich bin gleich wieder da. Rühr dich nicht vom Fleck.«

Lilian verschwand eilig in einer Buchhandlung an der nächsten Ecke. Als sie nach ein paar Minuten wieder auftauchte, hielt sie ein Paperback in der Hand. »Für dich«, sagte sie.

Laurie blickte auf den Umschlag. »›Wifey‹«, las sie laut.

»Hast du's etwa schon?« fragte Lilian. Laurie schüttelte den Kopf und blätterte das Bändchen flüchtig durch. »Ich hab' das Beste von Judy Blume verlangt. Und das hat der Buchhändler mir gegeben.«

»Ist bestimmt spannend.« Laurie war immer noch schrecklich blaß.

»Glaubst du, du schaffst es allein bis nach Hause, wenn ich dich in ein Taxi setze?« fragte Lilian.

»Hmhm«, nickte Laurie und blickte dabei sehr skeptisch drein.

Lilian zwang sich, das Thema anzuschneiden, das ihr am Herzen lag. »Laurie, du brauchst Hilfe«, sagte sie geradeheraus. Laurie blickte ihr forschend in die Augen.

357

»Du mußt jemanden aufsuchen, der dir wirklich helfen kann ...«

»Einen Psychiater?« fragte Laurie leise.

»Ja«, antwortete Lilian. Sie winkte einem vorbeifahrenden Taxi, das auch prompt wendete und neben ihnen am Straßenrand hielt. »Es ist nicht gesund, daß du monatelang hungerst und dich dann plötzlich vollstopfst, bis du brechen mußt. Es ist nicht normal, und du bist gescheit und sensibel genug, um das zu begreifen. Ich möchte dir helfen, Laurie, aber ich weiß nicht, wie. Ich versteh' zuwenig davon. Deshalb rate ich dir dringend, geh zu jemandem, der die nötige Erfahrung hat.« Der Taxifahrer öffnete die Wagentür und schaute die beiden erwartungsvoll an. Sie rührten sich nicht. »Du bist krank, Laurie. Es gibt sogar 'nen Namen dafür«, fuhr Lilian fort. »Glaub mir, du bist nicht die einzige mit diesem Problem. Es gibt 'ne Menge Mädchen in deinem Alter, die sich in dieselbe Situation manövrieren wie du, weil sie mit ihrer Umwelt nicht zurechtkommen. Ich hab' mich kürzlich eingehend damit beschäftigt ...«

»Vielleicht machst du mal 'ne Sendung darüber«, sagte Laurie und versuchte zu lächeln.

Lilian beugte sich zu ihr hinunter und drückte das junge Mädchen an sich. Überrascht spürte sie, wie heftig Laurie ihre Umarmung erwiderte. »Vielleicht«, sagte Lilian. »Denk über meinen Vorschlag nach. Versprichst du mir das?«

Laurie nickte, machte sich los und schlüpfte in das Taxi. Lilian sah zu, wie der Wagen sich in eine Fahrspur einfädelte und im Verkehrsstrom verschwand. Dann wandte sie sich um und schlug den Weg zum Studio ein. Sie fühlte sich auf einmal seltsam beschwingt. »Es geschieht wieder etwas«, sagte sie laut. »Es geschieht wirklich wieder etwas.«

27

Das Geräusch hallte minutenlang in ihren Ohren wider, ehe sie ganz wach war.

»Was ist los?« fragte David schlaftrunken neben ihr.

Sie öffnete die Augen und blinzelte nach dem Wecker. Es war acht Uhr an einem Samstagmorgen. Der Lärm war verstummt. Doch während sie noch überlegte, ob sie beide nur geträumt hätten, begann er von neuem: ein abgehacktes Klingeln, das sich in kurzen Stakkatos wiederholte.

»Das ist die Klingel.« Lilian erkannte den Ton erst in dem Moment, als sie sprach.

»Die Klingel? Wer zum Teufel ...« Aber sie war schon aus dem Bett gesprungen und rannte in die Küche. Kurz darauf kam sie ins Schlafzimmer zurück und ging zum Schrank.

»Du solltest dich anziehen«, rief sie ihrem verdutzten Mann über die Schulter zu. »Elaine ist da. Sie kommt rauf. Sie klang nicht grade freundlich.«

Sie zog sich ein bodenlanges Frotteekleid über den Kopf und warf David seinen blausamtenen Bademantel aufs Bett.

»Ach du Scheiße«, brummte David. »Was will die denn hier?«

»Hat sie nicht gesagt«, erwiderte Lilian. »Vielleicht kann sie den Verschluß von der Orangensaftflasche nicht allein aufschrauben.«

»Sehr lustig«, fauchte David gereizt und fuhr sich mit der Hand durch das zerzauste Haar. Er stand auf und warf den Bademantel über seinen nackten Körper. Lilian sah, daß er eine Erektion hatte, und eine Welle des Verlangens überlief sie. Im letzten Monat hatten sie nur zweimal miteinander geschlafen.

Es klopfte laut und energisch an die Korridortür.

»Ich glaub’, sie ist da«, sagte sie und zog eine Grimasse.

David verharrte unschlüssig neben dem Bett.

»Wir könnten ja so tun, als hätte uns beide der Schlag getroffen.« Lilian hoffte vergeblich, ein Lächeln auf Davids finsteres Gesicht zu zaubern. »Ich mach' ihr auf«, erbot sie sich schließlich. David antwortete nicht.

Als Lilian zur Tür lief, kam ihr der Einfall zu fragen, wer denn draußen sei. Doch da Elaine vorhin über die Sprechanlage ganz den Eindruck erweckt hatte, als stünde ihr der Sinn ebensowenig nach Humor wie dem Mann, den sie sich einmal geteilt hatten, entschloß sie sich, sofort zu öffnen.

Elaine stürmte wütend an ihr vorbei und rauschte geradewegs ins Wohnzimmer. »Wie können Sie es wagen!« fauchte sie Lilian an, als die ihr folgte.

»Guten Morgen, Elaine«, sagte Lilian gelassen. »Wollen Sie nicht eintreten?«

»Kommen Sie mir ja nicht auf die Tour«, brauste Elaine erbittert auf. »Wie können Sie es wagen?!« wiederholte sie bebend vor Wut.

Lilian versuchte, die Ruhe zu bewahren. Sie wollte David nicht den Anblick zweier hysterischer Frauen zumuten. Wo zum Teufel steckte David bloß? »Wenn Sie die Freundlichkeit hätten, mir zu erklären, *was* Sie mir vorwerfen?« fragte Lilian.

»Hören Sie gefälligst auf, die Unschuld vom Lande zu spielen«, fuhr Elaine sie an und fuchtelte wild in der Luft herum. »Ich dachte, die Rolle hätten Sie abgelegt, als Sie damals Ihren Ehebruch eingestanden!«

»Au Backe!« Lilian nahm Zuflucht zu einem Lieblingsausdruck aus längst vergangenen Tagen, der angesichts Elaines Rückgriff auf die Vergangenheit durchaus passend schien. Sie ließ sich in einen ihrer ausladenden Ohrensessel fallen. Elaine lief ziellos vor ihr auf und ab und fuchtelte pausenlos in der Luft herum. Lilian erkannte, daß sie ein Buch in der Hand hatte. Plötzlich blieb sie abrupt stehen und hielt es Lilian drohend unter die Nase. »Kommen Sie mir nicht zu nahe.« Lilian merkte selbst, wie schrill ihre Stimme klang.

»Warum haben Sie meiner Tochter alles erzählt!« schrie Elaine.

»Wovon reden Sie überhaupt?« wollte Lilian wissen.

Elaine schleuderte das Bändchen auf den Glastisch. Es landete mit der Titelseite nach oben auf dem Teppich. WIFEY stand auf dem Umschlag und darunter *Von Judy Blume*.

»Das ist das Buch, das ich Laurie geschenkt hab'«, sagte Lilian.

»Ich weiß verdammt gut, was das ist! Ordinärer Schund, den nicht mal 'n Erwachsener lesen sollte, geschweige denn ein vierzehnjähriges Kind ...«

»Ja, sind Sie denn übergeschnappt?« fragte Lilian, bückte sich nach dem Paperback und hob es auf. »Laurie hat mir erzählt, daß Judy Blume ihre Lieblingsautorin ist. Sie schreibt Bücher für Teenager.« Während Lilian die ersten Seiten überflog, wandte Elaine sich nach David um, der eben ins Zimmer trat.

»Was geht hier vor?« Beide Frauen wußten, welches Alarmzeichen seine trügerisch ruhige Stimme bedeutete.

»Deine jetzige Frau«, begann Elaine mit aggressiver Direktheit, »also diese Schlange verdirbt unsre Tochter mit ordinärem Schund.« Jedes Wort saß wie ein Peitschenhieb.

»Das Ganze ist ein Mißverständnis«, sagte Lilian. Sie konnte sich ein Lächeln nicht verkneifen, als sie sich erhob und auf Elaine zuging. »Ich konnte doch nicht wissen ...«

»Was gibt's da zu grinsen?« herrschte Elaine sie an.

»Es tut mir leid«, entschuldigte sich Lilian und senkte den Kopf, da sie das Lächeln nicht zu unterdrücken vermochte. »Aber ich versichere Ihnen, ich wußte wirklich nicht ... Es ist ein Mißverständnis, glauben Sie mir.« Sie wandte sich an David. »Ich dachte, Judy Blume schreibt ausschließlich Jugendbücher. Na ja, das hier ist offensichtlich nicht für junge Mädchen gedacht.« Sie grinste breit.

»Was gibt's da zu feixen?« fragte David vorwurfsvoll.

Lilians Lächeln war wie weggeblasen. Sie schaute Elaine bittend an und sagte versöhnlich: »Verzeihen Sie mir, Elaine. Natürlich ist es meine Schuld. Aber glauben Sie mir, ich hab's in bester Absicht getan.«

»Und als Sie meiner Tochter geraten haben, zum Psychiater zu gehen, geschah das auch in bester Absicht?!« wechselte Elaine aufgebracht das Thema, sobald sie merkte, daß ihr erster Angriff ins Leere ging.

»Was?!« rief David erstaunt.

Lilians Blick wanderte zwischen den beiden zorngeröteten Gesichtern hin und her.

»Zum Kuckuck, Lilli, wovon redet sie?« fragte David ungeduldig. »Was soll dieser Unsinn von wegen Laurie und Psychiater?«

»Ich halt' es nicht für unsinnig«, erwiderte Lilian ruhig.

David war sprachlos vor Staunen.

»Also geben Sie's zu!« triumphierte Elaine.

»Ja, ich geb's zu«, schrie Lilian zurück. Verblüfft starrte die andere sie an. »Ich finde, es ist höchste Zeit, daß sich jemand um das Mädchen kümmert.«

Elaine kochte vor Wut. »Wie können Sie es wagen ...« wiederholte sie ihren Eröffnungssatz.

»Aber so verstehen Sie doch«, bat Lilian kleinlaut, »ich will Ihnen ja gar nicht unterstellen, Sie liebten sie nicht oder es sei Ihnen gleichgültig, was mit ihr passiert. Ich bin sicher, Sie sorgen sich um Laurie. Aber ich auch, und ich denke, ich hab' das Recht einzugreifen, wenn ich merke, daß da was schiefläuft.«

»Laurie ist meine Tochter, und was sie angeht, haben Sie nicht das mindeste Recht«, ereiferte sich Elaine.

»Was läuft denn deiner Meinung nach schief?« mischte David sich ein.

Lilian wandte sich beschwörend an ihren Mann: »David, du brauchst dir Laurie doch bloß anzuschauen. Sie ist nur noch ein Schatten ihrer selbst.« Davids Blick verdüsterte sich. Ein gelangweiltes Lächeln huschte über sein Gesicht. Lilian spürte, daß er ihr nicht glaubte, nicht glauben wollte.

»Ach, Lilli, das Thema haben wir doch weiß Gott lange genug durchgekaut. Sie ist eben in der Pubertät, das ist alles.«

»Sie ist 'n typischer Fall von Anorexie«, beharrte Lilian.

»Was?« fragte Elaine entgeistert.

»Anorexie«, wiederholte Lilian. »Das ist eine Krankheit, die in der Regel junge Mädchen ...« Doch ehe sie ihre Erklärung zu Ende bringen konnte, fiel Elaine ihr ins Wort.

»Das interessiert mich nicht! Behalten Sie Ihre verrückten Meinungen für sich! Und unterlassen Sie es gefälligst, meine Tochter zu verderben und ihr solchen Unsinn einzureden!« Lilian stand stumm da, während Elaine sich in eine regelrechte Hysterie hineinsteigerte. »Was wollen Sie mir eigentlich noch alles wegnehmen? Ich hab' Ihnen meinen Mann abgetreten! Wollen Sie jetzt auch noch mein Kind? Warum? Kriegen Sie selber keine? Ist das Ihr Problem? Sind Sie unfruchtbar? Müssen Sie sich deshalb an den Kindern anderer Leute vergreifen? Wenn Sie eigene hätten, dann würden Sie vielleicht begreifen, was es heißt, Mutter zu sein. Aber Laurie und Jason sind *meine* Kinder, lassen Sie also gefälligst Ihre dreckigen Hände von ihnen und behalten Sie Ihre verrückten Ideen für sich. Haben Sie mich verstanden?«

Lilian war wie betäubt. Jedes Wort von Elaines haßerfüllter Tirade hatte sie getroffen wie ein körperlicher Schlag, doch sie war so benommen, daß sie keinen Schmerz empfand – noch nicht. Ich hab' Ihnen meinen Mann abgetreten, hallte es dumpf in ihrem Kopf wider, und dazwischen dröhnten Worte wie unfruchtbar und verderben. Worte aus dem Mittelalter, dachte sie apathisch, oder vielleicht nur die Worte einer Frau im mittleren Alter? Es gab keine Möglichkeit, Elaine zur Vernunft zu bringen, das spürte sie. Hilfesuchend blickte sie zu David auf. Steh mir bei, dachte sie, ich bin doch deine Frau.

»Elaine hat recht«, sagte er statt dessen. »Diese Sache geht dich wirklich nichts an. Laurie ist *unser* Kind«, fuhr er zu Elaine gewandt fort, »und wir werden uns um sie kümmern.«

Seine Worte wirkten wie ein gutgezielter Schlag in die Kniekehlen. Lilian taumelte nach vorn, klammerte sich an einen Sessel und sackte darin zusammen.

»Aber um die Rechnungen für ihren Psychiater wirst du dich schon allein kümmern müssen, mein Lieber«, rief Elaine im Hinausgehen. »Laurie ist ganz wild auf so 'ne Behandlung. Wahrscheinlich glaubt sie, daß sie sich damit in der Schule interessant machen kann. Na, jedenfalls werden wir die Rechnungen an dich weiterleiten.« Sie öffnete die Tür. »Wiedersehen, Lilian. War nett, mit Ihnen zu plaudern.«

Lilian hörte, wie die Tür ins Schloß fiel und Elaines Schritte im Korridor verhallten. Sie spürte, daß David dicht hinter ihrem Sessel stand, doch sie hielt den Blick starr auf den weißen Teppich zu ihren Füßen gerichtet. Wenn ich ihn anschaue, fuhr es ihr durch den Kopf, dann möcht' ich ihn vielleicht umbringen. Der Gedanke machte ihr Angst.

»Tja, da hast du wirklich was angerichtet. Als ob wir finanziell nicht schon genug Probleme hätten ...«

»Ich finde, Geldsorgen sind unser geringstes Problem«, gab Lilian ruhig zurück.

David schien sie gar nicht gehört zu haben. »Mensch, Lilli«, fuhr er aufgebracht fort. »Ein Psychiater! Meinst du nicht, du bist da 'n bißchen weit gegangen?«

»Welche Stellung hab' ich eigentlich in dieser Familie, David?« flüsterte Lilian mit zitternder Stimme.

»Was soll denn das nun wieder?« fragte er gereizt. »Wovon sprichst du überhaupt?«

»Von dem, was sich gerade hier abgespielt hat; davon, wie du mich als Frau Niemand behandelt hast.«

»Verdammt noch mal, Lilli, red endlich vernünftig.«

Zum erstenmal, seit er Elaines Partei ergriffen hatte, blickte sie ihm ins Gesicht.

»Du begreifst nicht mal, was du angerichtet hast«, stieß sie verärgert hervor.

»Was *ich* angerichtet hab'?! Hab' ich etwa meiner Tochter 'n Pornobuch in die Hand gedrückt? Oder ihr den Floh mit 'nem Psychiater ins Ohr gesetzt?«

»Es war weiß Gott kein Pornobuch. 'n bißchen gewagt, der Roman, zugegeben, aber mehr auch nicht. Außerdem hab' ich lang und breit erklärt, daß das Ganze ein Mißverständnis war, und ich hab' nicht vor, mich noch mal dafür zu entschuldigen. Viel wichtiger, ja das *einzig* Wichtige an der Sache ist deine Einstellung dazu, dein Verhalten mir gegenüber.«

»Mein Verhalten?«

»Genau.« Sie fühlte wieder Kraft in den Beinen und erhob sich. »Was soll ich hier eigentlich, David?« fragte sie eindringlich. »Ich bin deine Frau. Ich nahm an, damit sei ich ein Mitglied deiner Familie, zu der auch deine beiden Kinder gehören. So 'ne Ausgangssituation entsprach zwar vielleicht nicht grade meiner Traumvorstellung, aber ich hab' deine Kinder von Anfang an akzeptiert. Denn für mich sind sie ein Teil von dir, ihr drei gehört sozusagen zum selben Paket. Ich hatte mir vorgestellt, daß ich eines Tages auch dazugehören würde. Und du hast mich weiß Gott immer einbezogen, wenn's darum ging, sie zu bekochen oder das Wochenende mit ihnen zu verbringen oder den Chauffeur für sie zu spielen oder sie zu unterhalten, wenn du beschäftigt warst ... wenn du Überstunden machtest.« Sie stockte. »Aber jetzt fang' ich an zu begreifen, daß ich hier immer nur als Haushälterin betrachtet wurde. Ich darf mich um ihr leibliches Wohl kümmern, aber alles, was darüber hinaus mit den Kindern geschieht, geht mich 'nen Dreck an.«

»Lilli, nun übertreibst du aber ...«

»Nein, ich übertreibe *nicht!* Mich hat grade 'ne Meisterschützin umgelegt, und mein Mann stand dabei und reichte ihr die Munition. Elaine hat mir 'n paar hundsgemeine

Sachen an den Kopf geworfen. In so 'nem Fall findet man's eigentlich selbstverständlich, daß der Partner einen verteidigt. Aber was macht mein Mann? Er steht seelenruhig da und sagt: ›Elaine hat recht.‹ Elaine hat recht«, wiederholte sie fassungslos. »Ich werde aufs gemeinste erniedrigt, und mein Mann steht dabei und merkt's nicht mal. Und warum? Weil du nur ein Interesse hast: allen Schwierigkeiten aus dem Weg zu gehen!« Sie holte tief Luft. »Ich denke, mehr gibt's nicht zu sagen. Man hat mir unmißverständlich klargemacht, wo mein Platz ist. Und jetzt, da ich weiß, wie ich dran bin, geh' ich wohl am besten in die Küche und bereite dem Hausherrn sein Frühstück.« Sie drehte sich um und wollte hinausgehen.

David hielt sie am Arm zurück. »Lilli, du führst dich auf wie ein Kind! Kein Mensch behandelt dich als Dienstboten, und das weißt du!«

»So? Was bin ich denn dann?« Ihre Stimme klang jetzt ebenso laut und schrill wie vorhin Elaines. »Ich bin keine Mutter, weder echt noch in Vertretung, darüber hat man mich heute morgen überdeutlich aufgeklärt. Und ich bin nicht mal mehr 'ne Ehefrau.«

»Aber Lilli ...«

»Hab' ich etwa nicht recht? Leben wir denn noch wie Mann und Frau? Wir schlafen nicht mehr zusammen, wir reden nicht mehr miteinander. Wir sehen uns ja kaum noch.«

»Das kommt alles bloß von dieser verdammten Fernsehshow«, warf David ein.

»Damit hat es absolut nichts zu tun!« widersprach sie wütend. »Wie kannst du's wagen, so was zu behaupten?!« ereiferte sie sich und stockte befangen, als ihr bewußt wurde, daß sie unwillkürlich Elaines Ausdruck benutzt hatte. »Ist dir eigentlich klar, daß du mich noch nicht ein einziges Mal gefragt hast, wie wir mit der Sendung vorankommen oder ob mir die Arbeit Spaß macht?«

»Du kennst doch meine Gefühle in dieser ...«

»O ja!« unterbrach sie ihn heftig. »Ich kenne *deine* Gefühle.

Was ich wissen möchte, ist, ob du eine Ahnung hast, was *ich* empfinde!«

David schwieg eine Weile. »Ich kann kein Interesse heucheln, das ich nicht empfinde«, sagte er schließlich. »Ich hasse ganz einfach das Thema dieser Reportage, Lilli. Um die Wahrheit zu sagen, ich glaube, du hast dich nur dazu hergegeben, um dich an mir zu rächen.«

Lilian sah David fest in die Augen. Sie waren schön wie immer, grün und unergründlich, aber die Wimpern zuckten nervös unter ihrem forschenden Blick. Ihr Mut sank, doch sie wußte, daß sie der Wahrheit jetzt nicht mehr ausweichen konnten. »An dir rächen, für was?« erkundigte sie sich zögernd.

David war auf die Frage nicht gefaßt. Sie brachte ihm erst den tieferen Sinn seiner eigenen Worte zum Bewußtsein. Stumm wandte er sich ab.

»David, es hat doch keinen Zweck mehr zu lügen«, sagte sie. Allmählich wich die Betäubung von ihr, aber sie versuchte verzweifelt, sich gegen die aufsteigenden Empfindungen zu wehren. In den nächsten Minuten schien das Geschehen in Zeitlupe abzulaufen. Erst vernahm sie jedes Wort in ihrem Herzen, bevor es ausgesprochen wurde, und danach hallte es in ihrem Kopf wider.

Sie beobachtete, wie David sich aufs Sofa setzte. Ängstlich wich er ihrem Blick aus. Es tut mir leid, Lilli. Ich hatte gehofft, es würde längst vorbei sein. »Es tut mir leid, Lilli«, brachte er in heftiger Erregung hervor. »Ich hatte gehofft, es würde längst vorbei sein.« Es tut mir leid, Lilli. Ich hatte gehofft, es würde längst vorbei sein.

Ihre Augen füllten sich mit Tränen. »Und ist es das nicht?« fragte sie, obwohl sie die Antwort kannte. Es ist nicht vorbei. Es ist nicht vorbei. Es ist nicht vorbei.

»Nein«, sagte er und wagte immer noch nicht, sie anzusehen. Nein. Nein. Nein. »O Lilli, wenn du wüßtest, wie leid es mir tut. Ich kann mich selbst nicht ausstehen, so mies komm' ich mir vor, aber ich kann einfach nicht dagegen an.

Ich liebe dich. Ich will dich nicht verlieren. Ich bin sicher, das mit Nicki ist nichts weiter als ein Rausch. Sie ist jung, sie ist schön. Sie gibt mir das Gefühl, ich sei der Größte, ich ...«

»Es interessiert mich einen Dreck, was für Gefühle sie in dir weckt!« kreischte Lilian. Sie stürzte sich auf ihren Mann und trommelte mit beiden Fäusten gegen seine Brust. »Scher dich zum Teufel, du gemeiner Hund!«

Ehe er sie daran hindern konnte, versetzte sie ihm eine schallende Ohrfeige. Im nächsten Augenblick hielt er ihre beiden Handgelenke umklammert. Sie versuchte sich zu wehren, doch er war stärker. Sie fühlte sich schrecklich hilflos; nicht einmal durch Schreien konnte sich ihr rasender Zorn mehr Luft machen, denn die Tränen erstickten ihre Stimme. Ihre Nase lief, und sie versuchte verzweifelt, eine Hand aus Davids eisernem Griff zu befreien. Aber statt dessen preßte er seinen Körper gegen den ihren, umfing sie mit beiden Armen, wiegte sie tröstend, hielt sie und versuchte, sie zu beschwichtigen.

»Lilli, mein Liebstes«, flüsterte er ihr ins Ohr. »Bitte wein doch nicht.«

Langsam ließ er ihre Hände los, beugte sich hinunter und bettete seinen Kopf an ihre Brust. Sie hob die Arme, wollte ihn schlagen, seinen Rücken mit den Fäusten bearbeiten, aber ihre Hände gehorchten nicht. Sie klammerten sich an seine Schultern wie die einer Ertrinkenden an einen Rettungsring. Haltsuchend zog sie ihn fest an sich. Im nächsten Augenblick hatte er ihr das Frotteekleid über den Kopf gezerrt, war aus dem Bademantel geschlüpft und zog sie mit sich auf den Teppich. Sie liebten sich mit jener Heftigkeit, die in Verzweiflung wurzelt, in der Tränen den Schweiß und Furcht und Schuld die Leidenschaft ersetzen. Sie wußten es beide, und als es vorbei war, machten sie sich keine Illusionen.

»Was nun?« fragte sie, als er sich den Bademantel wieder anzog. »Was soll jetzt werden?«

»Ich weiß es nicht«, antwortete er.

»Wie möchtest du denn, daß es weitergeht?« drängte sie. »Weißt du das wenigstens?«

»Ich wünschte, alles würde wieder so wie früher«, sagte er nach einer Weile ruhig.

»Früher?«

»Na, bevor dieser ganze Mist anfing. Bevor Beth Al umbrachte. Bevor du diesen idiotischen Auftrag angenommen hast ...«

Lilian traute ihren Ohren nicht. »Bevor Beth Al ermordete! Bevor ich zum Fernsehen zurückging! David, merkst du eigentlich, was du tust? Du hast dich grade jeglicher Verantwortung für diese Geschichte entzogen. Was ist mit Nicole?! Was ist mit der Rolle, die ihr beide in dieser ganzen Sache spielt?«

»Ich behaupte ja gar nicht, daß mich keine Schuld trifft. Ich versuche dich nur auf die mildernden Umstände hinzuweisen, um dir verständlich zu machen, warum ich grade an diesem Punkt meines Lebens empfänglich war für Nicoles ...«

»Ach red doch keinen Stuß, man kann für alles mildernde Umstände finden! Du willst mir einreden, du möchtest, daß alles wieder wird wie früher; als Al noch lebte und ich an der Uni Kurse gab. Darf ich dich daran erinnern, daß deine Romanze mit Nicole anfing, bevor sich irgend etwas an unserem Leben änderte? Es begann nicht wegen Al oder wegen meiner Arbeit, sondern weil die aufregende Globetrotterin, die du geheiratet hattest, sich allmählich in 'ne langweilige, kleine Ehefrau verwandelte, die zu Hause rumhockte und ...«

»Ich fand dich nie langweilig!«

»Ach komm, ich hab' mich ja selber halb zu Tode gelangweilt. Wie hätte ich dir da nicht auf den Wecker fallen sollen?!«

David lief unruhig im Zimmer auf und ab. »Tut mir leid, Lilli, aber ich seh' das anders. Ich kann mir nicht helfen, ich hab' nun mal das Gefühl, unsere ganzen Schwierigkeiten fingen erst an, als die Fernsehfritzen dich zu dieser Sendung überredeten.«

Lilian schloß die Augen. »Wir haben ja noch nicht mal über meine Arbeit gesprochen. Sogar jetzt kann ich nicht mit dir darüber reden.« Ihre Stimme klang, als käme sie von weit her.

»Darum dreht sich's gar nicht. Du weißt doch genau, was ich meine.«

»Ja, das weiß ich«, räumte sie ein. »Du willst, daß ich beim Fernsehen aussteige.«

David blieb abrupt stehen. »Das kann man nicht so vereinfachen. Ich bin mir selbst nicht mehr sicher, was ich will. Ich hab' nichts dagegen, daß du fürs Fernsehen arbeitest, und das weißt du auch. Aber ausgerechnet diese Sendung über Beth Weatherby ...«

»Das ist keine Sendung über Beth Weatherby«, widersprach sie. »Aber das ist ja eigentlich nebensächlich, oder?«

»Und was ist deiner Meinung nach die Hauptsache?«

»Nun, ich denke, der springende Punkt ist, daß meine Karriere dich nicht stört, solange du bestimmen kannst, wann ich wo bin und was ich mache. Darum dreht sich's doch, David, oder etwa nicht? Ich bleibe in Chicago, mache meinen Acht-Stunden-Tag und lasse hübsch brav die Finger von Themen, die dir anstößig erscheinen oder dir aus irgend'nem anderen Grund nicht in den Kram passen ...«

»Lilli, ich bitte dich ...«

»Na schön.« Ein paar Sekunden lang standen sie sich stumm gegenüber. Dann wiederholte sie: »Na schön. Du hast gewonnen. Ich mach's. Ich laß die Reportage sausen. Was jetzt? Deine erste Forderung wär' akzeptiert. Was weiter?«

»Weiter?« fragte David verwirrt. Er schien die plötzliche Wendung der Dinge nicht zu begreifen.

»Also ich finde, wir sollten unsere Karten offen auf den

370

Tisch legen, meinst du nicht auch? Ich möchte endlich wissen, wie ich dran bin. Was ist mit Kindern?«

Lilian sah, wie David den Kopf senkte. »Lilli, bitte, du weißt doch, wie ich drüber denke. Du weißt, ich hab' das Gefühl ...«

»Na gut, einverstanden. Keine Kinder. Abgemacht.« Sie zögerte. Dann nahm sie all ihren Mut zusammen und zischte das Wort heraus, das drohend zwischen ihnen schwebte: »Nicole.«

Er schwieg eine Weile. Endlich fragte er: »Was willst du von mir hören, Lilli?«

»Was glaubst du, will ich hören?«

»Daß ich mit ihr Schluß mache«, antwortete er nach einigem Zögern.

»Du hast's erraten«, sagte sie und wartete.

»Ich kann nicht«, brachte er endlich mühsam hervor.

Lilian spürte, wie ihre Füße in dem dicken, weißen Teppich versanken. Genau wie letzten Sommer bei dem Picknick von Weatherby & Ross, dachte sie. Da bohrten sich meine Absätze in den Rasen, und ich war bewegungsunfähig, genau wie jetzt. »Du kannst nicht«, wiederholte sie erstarrt. Ihre Augen blitzten vor Zorn. »Du erwartest von mir, daß ich alles, aber auch alles aufgebe: meine Karriere, den Wunsch nach 'ner eigenen Familie, ja sogar auf meinen Mann soll ich verzichten, wann immer er den übermächtigen Drang nach mildernden Umständen verspürt. Aber das ist noch längst nicht alles, nein, du verlangst von mir, daß ich mich aus der Erziehung deiner Kinder raushalte, erwartest aber gleichzeitig, daß ich mich mit um sie kümmere. Ich soll deine Exfrau mit all ihrem pseudomütterlichen Getue ertragen, muß mich von ihr in meiner eigenen Wohnung beleidigen lassen, für die ich nach wie vor die Miete zahle ... Und das alles, während du deine Zeit und dein Geld zwischen deiner Exfrau und deiner derzeitigen Geliebten aufteilst. Kein Wunder, daß die Kleine dich für den Größten hält! Aber weiß sie auch, daß dein Postament aus 'nem Stapel unbezahlter Rechnungen besteht?!«

»Ich glaube nicht, daß uns das weiterbringt«, sagte er mit aufreizender Gelassenheit.

»So, glaubst du das nicht?« fuhr Lilian ihn an. »Tja, das ist schade, denn ich bin da ganz anderer Meinung. Ich finde, wir sind dabei, unsre Beziehung endlich im richtigen Licht zu sehen.« Sie dachte über die letzten fünf Minuten nach. »Ich hab' grade all deine Bedingungen akzeptiert. Ich bin bereit, mit deinem Zeitplan zu leben und mit deinen Schulden, mit deinen Kindern, ja sogar mit deiner Exfrau. Ich bin bereit, auf meinen Beruf zu verzichten und den Wunsch nach eigenen Kindern aufzugeben. Ich bin bereit, alles zu tun, was du von mir erwartest, ja so zu werden, wie du es verlangst. Wenn's sein muß, würde ich mich total ändern, nur um dich nicht zu verlieren. Und für all das bitte ich dich nur auf eine einzige Sache zu verzichten. Die Affäre mit Nicole Clark. Und da hast du die Stirn, mir zu sagen, du kannst es nicht!« Fassungslos schüttelte sie den Kopf.

»Ich kann dich doch nicht belügen, Lilli«, seufzte er. »Wär's dir lieber, wenn ich dich belügen würde?«

»Warum denn nicht?« fauchte sie ihn an. »Wieso kannst du auf einmal nicht mehr lügen? Du hast doch weiß Gott genug Übung darin!« Sie begann zu weinen. »Warum hast du plötzlich Gewissensbisse?« schluchzte sie verzweifelt.

»Es tut mir unendlich leid.« Als er den Arm um sie legen wollte, stieß sie ihn zurück. »Ich wünschte, ich könnte dir sagen, was du hören möchtest. Ich wünschte, ich könnte dir versichern, daß sie mir nichts bedeutet, daß ich mich ganz einfach von ihr trennen werde. Aber ich kann nicht. Obwohl ich dich liebe, und ich liebe dich wirklich, Lilli, komm' ich nicht von Nicki los. Noch nicht.«

»Wann?« fragte sie.

»Was meinst du?«

Lilian schluckte die Tränen hinunter. »Noch nicht bedeutet, irgendwann wird's möglich sein. Wie lange wird das dauern?«

Er schüttelte den Kopf. »Ich weiß es nicht«, sagte er.

»Und du verlangst von mir, daß ich hier sitze und auf dich warte?« So wie ich mich jetzt fühle, dachte sie, muß Sybil Burton sich vorgekommen sein, als sie Richard nach Jahren stummer Qual endlich wegen seiner Seitensprünge zur Rede stellte.

Die Aufrichtigkeit seiner Antwort überraschte sie. »Ich würd's mir wünschen«, sagte er. »Aber ich weiß, daß ich kein Recht habe, das von dir zu verlangen.«

Seine Gelassenheit entfachte ihren Zorn aufs neue. »Nein, dazu hast du weiß Gott kein Recht!« schrie sie. »Ist dir eigentlich klar, daß ich's dir heimzahlen könnte? Und zwar gesalzen, mein Lieber«, fuhr sie fort und wunderte sich selbst mehr über ihren plötzlichen Ausbruch als ihr Mann. »Ich könnte dir alles das abknöpfen, was Elaine sich noch nicht unter den Nagel gerissen hat. Ich geb' zu, das ist nicht grade viel, aber es dürfte reichen, um der kleinen Nicole klarzumachen, wie die Wirklichkeit aussieht!« Erschöpft brach sie ab. Erst jetzt wurde ihr bewußt, wieviel Bitterkeit sich in ihr aufgestaut hatte.

Lange schwiegen sie beide. Keiner war bereit, den ersten Schritt zu machen.

»Du mußt tun, was du für richtig hältst«, flüsterte David endlich. »Es ist dein Leben. Du hast das Recht, es nach deinen Wünschen zu gestalten. Wenn du die Scheidung willst, bitte, ich werd' dir nichts in den Weg legen. Und wenn du mich finanziell ruinieren willst, ja, dann tu's eben. Ich kann dich nicht dran hindern. Du bekommst alles, was du verlangst.«

»Ich will dich«, sagte sie mit brechender Stimme.

»Nein«, tönte es ihr klar und hart entgegen. »Die Frau, die da grade zu mir gesprochen hat, will eine ganze Menge, aber ich gehör' nicht dazu.« Er drehte sich um und ging hinaus.

»O nein, David, bitte ...« Sie lief ihm nach. »Ich hab's nicht so gemeint, als ich sagte, ich würde dir alles abknöpfen. Du weißt, daß ich das nie tun würde. Bitte, David, verzeih mir.« Er verschwand im Bad und schloß sich ein. Lilian sank vor der Tür in die Knie und lehnte die Stirn gegen das Holz, an dem ihre Tränen hinunterliefen wie farblose Lacktropfen. »Verzeih mir«, wiederholte sie wieder und wieder, während sie drinnen die Dusche rauschen hörte. »Bitte verzeih mir.«

28

»Mann, ist das 'ne Kälte draußen!« rief Irving, als er in den kleinen Vorführraum stürmte. »Na, wie steht's?« fragte er und zog den Mantel aus.

Bei seinem Eintritt waren die Anwesenden erwartungsvoll verstummt, doch nun klang Lilian von allen Seiten wieder munteres Stimmengewirr entgegen. Die altvertrauten Klagen über das miserable Chicagoer Novemberwetter waren das aktuelle Gesprächsthema. Ein paar Minuten lang hörte Lilian zu, wie Irving der kleinen Versammlung erklärte, daß der wichtigste Sponsor aufgehalten worden sei und man die Vorführung bis zu seinem Eintreffen verschieben müsse. »Stellt euch vor, es fängt tatsächlich an zu schneien!« war das letzte, was sie vernahm, ehe ihr Blick auf die riesige, leere Leinwand zurückkehrte.

Die Tür hinter ihr öffnete und schloß sich wiederholt, immer mehr Leute trafen ein, und bald würde jeder Platz in dem engen Zuschauerraum besetzt sein. Aber nicht nur mit unbedeutenden, kleinen Randfiguren wie sie, sondern mit Spitzenkräften wie den Repräsentanten der Fernsehanstalt und den Sponsoren, den Leuten also, von denen es abhing, ob »Chicagos Stunde« ihre ersten sechzig Probeminuten überleben würde oder nicht.

Ich sollte nervös sein, dachte sie. Glücklich. Ängstlich. Ärgerlich. Verwirrt. Irgendwas. Doch sie empfand von alledem ebensowenig, wie sie spürte, daß es draußen kalt und drinnen warm war, oder wie sie den Unterschied zwischen Lärm und Stille, zwischen Tag und Nacht wahrnahm. In den letzten drei bis vier Wochen war sie herumgegangen, als sei sie in den Körper einer Fremden geschlüpft. Sie fühlte sich wie ein welkes Herbstblatt, dessen Farben erloschen waren, in dem niemand die frühere Leuchtkraft vermutet hätte und das zusammengeschrumpft und unansehnlich nur noch darauf wartete, daß ein Rad darüber hinrollte, damit die Winde seine verdorrten Reste der Vergessenheit anheimgeben könnten. Die verdorrten Reste meiner Seele, dachte sie und fröstelte.

»Na, was hältst du davon?« fragte er.

»Wovon?« Lilian blickte sich nach Irving um, der sich auf die Rückenlehne ihres bequemen Sessels stützte. »Entschuldige, hast du mit mir gesprochen?«

»Ich sagte, der November traf Chicago mit der Kraft eines gefrorenen Schneeballs, der gegen eine Windschutzscheibe prallt«, wiederholte er. »Wie findest du das?«

»Was denn?« fragte Lilian. Sie merkte, daß sie lächelte, und ihr wurde bewußt, daß sie das schon lange nicht mehr getan hatte.

»Ich hab's mir auf dem Weg ins Studio ausgedacht, das mit dem November, der wie ein Schneeball trifft. Ich fand's direkt poetisch.« Lilians Lächeln sprang auf ihre Augen über.

»Geht's dir gut?« fragte er.

»Aber klar doch«, antwortete sie.

»Machen sie dir Schwierigkeiten an der Uni?«

Sie schüttelte den Kopf. »Nein. Ich hab' ihnen erklärt, wie wichtig diese Vorführung ist und daß ich dabeisein muß.«

»Wie kommst du denn jetzt dort zurecht?«

»Es geht so«, sagte sie gleichgültig.

Er klopfte ihr auf die Schulter. »Paß nur auf, daß es nicht zu gut geht. Ich hab' das Gefühl, daß unsre Sendung den allgewaltigen Herren gefallen wird und du die heiligen Hallen der Wissenschaft endgültig mit der Welt vertauschen kannst, in der Sex und Gewalt immer noch 'n Thema sind. Was ist los mit dir, Lilli?« fragte er übergangslos.

»Nichts«, sagte sie. »Ich bin bloß 'n bißchen übermüdet.«

»Na, dann bestell diesem hübschen Burschen, mit dem du verheiratet bist, er soll dich mal richtig ausschlafen lassen.«

Lilian wandte sich wieder der leeren Leinwand zu und starrte auf die weiße Fläche, auf der Davids Gesicht erschien. Er füllte sie leicht und mühelos, die Ausstrahlungskraft seiner Augen und die Wärme seines Lächelns wurden nur noch verstärkt durch die Übergröße ihrer imaginären Projektion. Plötzlich wußte Lilian, daß nichts und niemand und keine Zeit dieser Wirkung, die er auf sie hatte, etwas anhaben konnten. Es würde immer so bleiben, daß schon sein Anblick genügte, um ihre Knie zum Zittern zu bringen und ihr das Gefühl zu geben, sie sei linkisch und unbeholfen: das Mauerblümchen, das nervös die Tür öffnet und unverhofft dem umschwärmten Idol der ganzen Schule gegenübersteht.

Das Bild ihres Mannes war wie ein Magnet, der sie unwiderstehlich anzog. Sie wollte darauf zu laufen, sich hineinwerfen, darin untergehen, doch sie wußte auf einmal, daß das Bild bei der leisesten Berührung zerspringen oder von der Leinwand verschwinden würde. Sie würde mit leeren Händen und zerschunden auf der anderen Seite zurückbleiben und erkennen, hinter der Leinwand – dem Gesicht? – war nichts.

Sie saß wehrlos da, während diese Gedanken auf sie einstürmten. Den letzten Monat über war es ihr irgendwie gelungen, die Wirklichkeit von sich fernzuhalten. Alles schien plötzlich stillzustehen. Wie über die Prinzessin im Märchen, die sich an ihrem fünfzehnten Geburtstag an einer Spindel sticht und in einen todesähnlichen Schlaf versinkt, war auch über Lilian ein Zauber gelegt, der jedes Gefühl für Zeit, Raum und das Geschehen um sie her auszulöschen schien. Wie eine Schlafwandlerin tastete sie sich durch den Tag und wartete auf den schönen Prinzen, dessen Kuß sie erwecken sollte. Zwischen dem Stich in den Finger und dem Kuß des Prinzen gähnte nur schwarze Leere. Die Spindel und der Prinz, dachte sie und lachte unwillkürlich laut auf.

Sie tat so, als versuchte sie, einen Hustenanfall zu unterdrücken, blickte sich verstohlen um und sah, daß inzwischen nur noch vier Plätze frei waren. Die Luft in dem kleinen Raum wurde stickig, besonders, da jetzt die meisten rauchten. Damals, als sie und David frisch verheiratet waren, hatte er oft darüber geklagt, daß ihre Kleider und ihr Haar nach solchen Sitzungen tagelang nach Rauch stanken. Sie bezweifelte, daß er es heute überhaupt noch merken würde.

Er war in letzter Zeit kaum zu Hause, sondern teilte seine Zeit zwischen der Kanzlei und Nicole, und wenn er wirklich einmal daheim übernachtete, dann schlief er vor Erschöpfung sofort ein. Das Verlangen war erloschen. Selbst die Verzweiflung hatte sich in ein schemenhaftes Abstraktum verwandelt. Sie war für ihn wie eine Boje im Wasser, ein vertrautes Zeichen, an dem man sich orientieren konnte. Was hatte er doch gleich gesagt? Ich kann kein Interesse heucheln, das ich nicht empfinde? Lilian schloß die Augen und versuchte, die Gedanken zu verdrängen. Doch es gelang ihr nicht. Es ist alles meine Schuld, grübelte sie, während sie sich tief in ihrem Sessel vergrub und den Kopf zurücklehnte. Ich hab' ihn unter Druck gesetzt, wollte mit aller Gewalt eine Entscheidung erzwingen. Jetzt geht's mir wie Dornröschen, ich kann nichts tun als darauf hoffen, daß David sich einen Weg durch die Dornen zu mir zurückbahnt.

Irgendwo klingelte ein Telefon. Sie öffnete die Augen und sah, wie Irving den roten Hörer abnahm, sah, wie er die Lippen bewegte, doch sie wehrte sich dagegen, irgend etwas zu hören. Erst als sie merkte, daß der Raum sich allmählich leerte, kam sie mit einem Ruck wieder zu sich.

»Na los, beweg dich«, sagte Irving, der sich über sie ge-
beugt hatte. »Ich lade dich zum Essen ein.«

»Was ist passiert?« fragte sie.

»Mistwetter«, antwortete er und griff nach seinem Mantel.
»Sobald im Winter die ersten Schneeflocken fallen, bricht
der Verkehr zusammen. Einer von der Prominenz hat auf
der Autobahn 'nen Unfall gehabt. Nichts Ernstes, ihm ist
zum Glück nichts passiert. Aber vor sieben wird er nicht
hiersein.«

Lilian zog ihren Mantel an und ließ sich von Irving über
den langen Korridor hinaus in die Kälte führen.

»Wie macht sich deine Stieftochter?« erkundigte er sich, als
sie auf dem Weg zu Maloney die Straße überquerten.

»Laurie?« fragte Lilian zurück, als sie schon vor der Tür des
Restaurants standen. Sie fühlte, wie der Wind ihr ins Gesicht peitschte. Es war geradeso, als hätte Lilian eine Über-
dosis Rauschgift genommen und müsse wieder zum Leben
erweckt werden. »Mit ihr geht's aufwärts«, erklärte sie.
»Sie ist zwar immer noch dünn wie 'ne Bohnenstange, aber
sie sucht jetzt zweimal die Woche 'nen Spezialisten auf –
übrigens zusammen mit ihrer Mutter –, und ich glaub', sie
packt's, ja wirklich.«

»Klingt nach 'nem interessanten Stoff für 'ne Dokumentation.« Irving grinste verschmitzt.

Lilian lachte. »Genau das hat Laurie auch gesagt.« Sie erinnerte sich, wie Laurie vor etwa einem Monat an derselben
Stelle gestanden und diese Bemerkung gemacht hatte. Dabei fiel ihr unwillkürlich der Vater des Mädchens ein. Sie
konnte sich lebhaft vorstellen, wie er auf diese neue Idee
reagieren würde. »Du, hör mal«, sagte Lilian, einer plötzlichen Eingebung folgend, »bist du mir böse, wenn ich nicht
mit zum Essen komme? Ich würde lieber noch 'n bißchen
an der frischen Luft bleiben.«

»Aber es wird bald dunkel, und außerdem ist's saukalt hier
draußen!«

»Ist doch halb so schlimm«, widersprach sie aufgeräumt.

»Und ich verspreche dir, daß ich mich an die gutbeleuchteten Straßen halten werde.«

»Wie du willst, solange ich nicht mitgehen muß«, sagte er. Lilian hielt ihm die Tür auf. »Also dann bis sieben«, rief Irving und verschwand im Restaurant. »Und sei vorsichtig!«

Lilian blieb einen Moment lang unschlüssig stehen. Erst als sie sich zum Gehen wandte, merkte sie, *wie* kalt es war. Warum ist mir das vorhin denn nicht aufgefallen?

Sie wußte nicht, wohin. Unschlüssig überquerte sie die Straße. Der Wind peitschte ihre Wangen und drückte ihr den Kragen fest in den Nacken. Ihre Augen brannten vor Kälte, und ihre Nase lief. Auch das noch, dachte sie und wischte sich die Nase mit der behandschuhten Rechten. Geh weiter, befahl sie sich und vergrub beide Hände tief in den Manteltaschen. Beweg dich!

Was hab' ich überhaupt bei dieser Vorführung zu suchen? Ich hab' David doch versprochen, daß ich beim Fernsehen Schluß mache. Nein, das stimmt nicht ganz. Sie hatte ihr Versprechen unter der Bedingung gegeben, daß er Nicole aufgeben würde. Und darauf hatte er sich nicht eingelassen. Ich weiß immer noch nicht, was aus uns werden soll, darum bin ich hier. Und was ist, wenn den Sponsoren, den Auftraggebern und der Intendanz die Sendung gefällt? Wenn sie mir wieder einen Posten anbieten? Was dann? Soll ich denen antworten: Ich kann mich noch nicht entscheiden, ich muß erst abwarten, ob mein Mann sich von seiner Geliebten trennt?

Und wenn er sie nun wirklich aufgibt, wenn er heute abend zur Tür hereinkommt und erklärt, daß ich ihm mehr bedeute als Nicole, mehr als jede andere Frau auf der Welt, was dann? Wie würde ich reagieren? Mein Gott, kann ich wirklich auf alles verzichten? Schaff' ich es, weiter bis zum Hals in Frust und Vorwürfen zu stecken, nachdem ich den rettenden Anker in Reichweite hatte und leichtfertig daran vorbeigegangen bin? Soll ich mich wirklich hundert Jahre lang in einen Elfenbeinturm einsperren lassen, bloß, weil mich einmal ein Prinz geküßt hat?

Sie bog in die State Street ein und ging eilig an den erleuchteten Schaufenstern vorbei.

»Chicagos Stunde« war gelungen. Sie wußte, daß es eine gute Sendung war. Meine Reportage ist möglicherweise die beste, die ich je gemacht hab'. Sie hatte das Thema mißhandelter Frauen, die sich an ihren Männern rächen, von allen Seiten beleuchtet, und wenn sie letztendlich auch keine einfachen Antworten bieten konnte, so würde sie jedenfalls beunruhigende und provozierende Fragen über den Äther schicken. »Diese Sendung handelt von der Angst«, hörte sie die Stimme des Sprechers intonieren. »Es geht um die Angst Tausender mißhandelter Ehefrauen und um Männer, die ihnen Leid zufügen und die nun erleben müssen, daß ihre Frauen zurückschlagen, oft mit tödlichen Folgen. Und um die Angst vieler, die befürchten, daß diese unerwartete Entwicklung dem alten Spruch, Frauen könnten morden, ohne überführt zu werden, eine völlig neue Bedeutung verleiht.«

Lilian seufzte zufrieden. Plötzlich fühlte sie etwas Nasses auf ihren Wangen. Als sie aufblickte, sah sie Schneeflocken in der Dunkelheit tanzen. Einem kindlichen Impuls folgend, öffnete sie den Mund und fing ein paar Flocken mit der Zunge. Sie schmolzen sofort. Überrascht stellte sie fest, daß sie sich auf den Winter freute, obgleich sie diese Jahreszeit immer am wenigsten gemocht hatte. Vielleicht kaufe ich mir dieses Jahr ein Paar Schlittschuhe. Sie erschrak über ihren eigenen Gedanken, denn ihre Versuche, Schlittschuhlaufen zu lernen (und der letzte lag immerhin schon zwanzig Jahre zurück), hatte sie mit zwei gebrochenen Handgelenken bezahlt. (»Man hätte dir erklären sollen, daß man nicht auf den Händen Schlittschuh läuft«, hatte Beth Weatherby irgendwann einmal zu ihr gesagt.)

Sie dachte an Beth, während sie gegen den Nordwind ankämpfte und auf die Michigan Avenue zustrebte. In letzter

Zeit war sie so sehr mit sich selbst beschäftigt gewesen, daß sie ihre Freundin vernachlässigt hatte. Als sie auf der anderen Straßenseite eine Telefonzelle entdeckte, rannte sie blindlings über die Fahrbahn, gefolgt von einem wütenden Hupkonzert. Doch sie blickte sich nicht um. Sie zog es vor, nicht zu wissen, wie knapp sie dem Tode entkommen war. In den letzten Wochen hatte sie einen sträflichen Leichtsinn entwickelt. Es war fast, als wollte sie die Entscheidung über ihr Leben absichtlich anderen überlassen. Sie fischte etwas Kleingeld aus ihrer Tasche und wählte Beths Telefonnummer. Es klingelte zweimal, dann meldete sich Beth.

»'n Abend, Beth. Wie geht's dir?«

»Lilli?«

Lilian nickte, doch dann fiel ihr ein, daß Beth sie nicht sehen konnte. »Ja«, antwortete sie eine Spur zu laut. »Es tut mir leid, daß ich dich so lange nicht mehr angerufen hab'. Aber ich hatte einfach zuviel um die Ohren.«

»Ich weiß«, sagte Beth. »Was macht eure Sendung?«

»Danke, sie ist wirklich gut geworden. In 'ner Stunde machen wir 'ne Probesendung für die Leute von der Intendanz und für die möglichen Sponsoren. Wir haben insgesamt drei Beiträge. Meiner kommt zuletzt dran. Die beiden anderen untersuchen Betrugsaffären in der Sozialfürsorge und diesen Skandal um die Freie Bühne in Second City.«

Beth lachte. »Du bist also zufrieden?«

»Ja«, sagte Lilian. »Dein Name wird überhaupt nicht erwähnt. Du kommst nur als ein ›Fall aus der jüngsten Vergangenheit‹ vor«, erklärte sie und betonte das Zitat.

»Wie schnell das doch geht. Kaum ist's geschehen, und schon ist man ein Fall aus der Vergangenheit«, lächelte Beth. »Aber sicher macht's das leichter für David«, setzte sie hinzu.

Lilian antwortete nicht. Auch Beth schwieg.

»Glaubst du, du wirst es durchstehen?« fragte Lilian schließlich.

»Tja, nachdem ich's bis jetzt geschafft hab', werde ich doch nicht so kurz vor dem Ziel schlappmachen.«

»Steht der Termin für die Verhandlung schon fest?«

»Donnerstag in drei Wochen.« Beth seufzte hörbar.

»Bist du nervös?«

»Nein«, erwiderte Beth. »Na ja, vielleicht ein bißchen. »Aber mein Anwalt ist das reinste Nervenbündel. Er versucht immer noch, mich zu überreden, meine Verteidigung zu ändern. Aber ich halte an meinem Recht auf Notwehr fest. Du, übrigens, ich bin direkt 'ne Berühmtheit in der Frauenbewegung geworden. Von allen Seiten gehen Geldspenden ein, ich krieg' laufend Unterstützungsangebote und Briefe von Prominenten.« Sie machte eine Pause. »Stell dir vor, Michael ist nach Hause gekommen.«

»Oh?«

»Ich weiß noch nicht, ob er hierbleiben wird«, fügte Beth eilig hinzu. »Er trägt immer noch diese komische Kutte, und vor unserm Haus treiben sich 'ne Menge merkwürdiger Typen rum. Aber ... ich hab' mich nicht getäuscht, Lilli. Er hat wirklich was gemerkt. Anscheinend hat er in den letzten paar Jahren mehrmals mit angesehen, wie Al auf mich losging. Doch da ich gefesselt und geknebelt war, hielt er natürlich das Ganze für übertriebene Sexspielereien. Es war ihm schrecklich peinlich, und er genierte sich, darüber zu sprechen. Ihm mußte es ja so vorkommen, als sei seine Mutter pervers.« Sie stieß ein nervöses Lachen aus. »Mein armer Kleiner, kein Wunder, daß er sich zu diesen Betbrüdern geflüchtet hat.« Sie zögerte. »Er will vor Gericht für mich aussagen. Die Staatsanwaltschaft wird's bestimmt so hinstellen, als sei alles mit meiner Einwilligung geschehen, schließlich sei ich ja mündig und erwachsen, und wahrscheinlich hätten mir diese Spielchen auch noch Spaß gemacht. Jedenfalls kannst du dich auf einiges gefaßt machen. Mein Fall wird noch 'ne ganze Weile ein heißes Thema sein.«

»Macht dir das was aus?«

»Nein«, antwortete Beth schlicht. »Was auch immer die Leute jetzt über mich reden, es berührt mich nicht. Am schlimmsten für mich war die Woche, in der ich versuchte, mit mir und mit dem, was ich getan hatte, ins reine zu kommen. Die Entscheidung darüber, wie ich mich verhalten und was ich sagen sollte, ist mir furchtbar schwer gefallen. Schließlich wußte ich ja, wie viele Menschen die Wahrheit verletzen mußte. Und ich wußte auch, daß mir kaum einer glauben und daß ich vielleicht den Rest meines Lebens hinter Gittern verbringen würde. Aber komisch, wenn man sich endlich zu einem Entschluß durchgerungen hat, dann ist der Rest relativ einfach. Wenn man schließlich die Entscheidung trifft und dazu steht ... na ja, dann geht's schon irgendwie weiter.« Nach einer Pause fuhr sie eindringlich fort: »In Panik gerät man nur, solange man nicht weiß, was man zu tun hat. Sobald die Entscheidung gefallen ist, kommt man zur Ruhe.«

»Ist es wirklich so einfach?« fragte Lilian, die genau wußte, daß Beth all das um ihretwillen gesagt hatte.

»Nein.« Beth lachte. »Aber es klingt doch gut, oder?«

Lilian stimmte in das Lachen der Freundin ein. »Ich muß jetzt Schluß machen.«

»Ruf mich wieder an.«

»Mach' ich. Bis bald.« Lilian legte auf, trat aus der Telefonzelle und bog in die »Prachtmeile« ein. Ohne sonderlich auf die Auslagen in den eleganten Läden zu achten, wechselte sie von einer Straßenseite auf die andere und wanderte eine Weile ziellos umher. Nur der Schnee, der ihren roten Mantel weiß färbte, und die zunehmende Dunkelheit ringsum erinnerten sie daran, wie die Zeit verstrich. Der Verkehrslärm nahm zu. Die Autofahrer schienen aggressiver als gewöhnlich, drückten ständig auf die Hupe und kämpften mit heulenden Motoren einen sinnlosen Kampf gegen die hereinbrechende Nacht. Es dauerte ein paar Minuten, ehe sie begriff, daß das beharrliche Hupsignal ihr galt. Sie wandte sich nach dem beige und braun glänzenden Seville um, erkannte jedoch weder das Auto noch seinen Fahrer.

»Ich bin's, Sie Fitness-Freak!« schrie eine Frauenstimme. Als Lilian näher kam und angestrengt ins Wageninnere blinzelte, wurde das getönte Seitenfenster heruntergelassen. »Ich fahr' schon 'ne Ewigkeit hinter Ihnen her. Wo zum Teufel wollen Sie denn bloß hin? Wissen Sie nicht, daß es gefährlich ist, nachts auf der Straße rumzulaufen?«

Lilian erkannte Rickie Elfer an der Stimme, ehe sie ihr Gesicht sehen konnte. Sie lächelte erfreut. »Was machen Sie denn hier?«

»Tja, wissen Sie, wenn ich mich nicht bei Rita Carrington abrackere, dann führe ich meine Brieftasche spazieren. Haben Sie Zeit für 'ne Tasse Kaffee?«

»Wie spät ist es denn?« fragte Lilian zurück.

»Zehn vor sieben«, antwortete Rickie.

»Ach du meine Güte!« rief Lilian. »Ich muß um sieben im Studio sein! Ich hab' gar nicht gemerkt, wie die Zeit verging.«

»Na, dann steigen Sie ein. Ich bringe Sie hin«, erbot sich Rickie.

»Großartig.« Lilian ging um den Wagen herum, öffnete die Tür und ließ sich auf den Beifahrersitz fallen. Sie erklärte Rickie den Weg und beschrieb dann in ein paar Sätzen die Reportage, die sie gemacht hatte.

»Oh«, lächelte Rickie vielsagend. »Klingt ja wie die Geschichte von dem Anwalt, der neulich dran glauben mußte.« Lilian nickte stumm. »Wie wird Ihre Freundin denn mit der Sache fertig?« überrumpelte Rickie sie.

Ein Lächeln flog über Lilians Gesicht. »Sie hält sich tapfer«, sagte sie ruhig.

»Ich wünsch' ihr Glück, richten Sie ihr das aus.«

»Mach' ich«, versprach Lilian und blickte sich um. »Das ist vielleicht 'n Schlitten!« rief sie, um das Thema zu wechseln.

»Gefällt er Ihnen?«

»Der ist einfach umwerfend.«

»Paul hat ihn mir geschenkt.«

»Alle Achtung! Geburtstag oder Hochzeitstag?«

»Schlechtes Gewissen«, antwortete Rickie lächelnd. »Ich hab' ihm in letzter Zeit ziemlich häufig was vorgejammert. Die üblichen Klagen der Ehefrau. Schließlich hatte Paul es satt, und er fragte mich in diesem typisch männlichen Ton, Sie wissen schon, was ich meine: ›Also raus damit, was *willst* du?‹ Darauf sagte ich: ›Ich will, daß du dich mehr um mich kümmerst, daß du zärtlicher bist und daß du mehr Zeit für mich hast.‹ Und er antwortete: ›Könnte ich dir nicht einfach was Hübsches kaufen?‹« Sie lachte und wies mit einer Handbewegung auf die luxuriöse Ausstattung des Wagens. »Muß man einen solchen Mann nicht einfach lieben?«

Sie hielten vor dem Studio. »Das ging aber schnell«, rief Lilian und öffnete die Tür. »Vielen Dank, Rickie.«

»Hören Sie mal ...« Rickie beugte sich vor. »Hätten Sie und Ihr Mann nicht Lust, demnächst zu uns zum Essen zu kommen? Oder vielleicht könnten wir auch mal zu viert ins Kino gehen?«

»Fänd' ich wahnsinnig nett«, log Lilian. »Wir sehn uns ja bald bei der Gymnastik, dann machen wir was aus.« Sie schlug die Wagentür zu.

Rickie hupte ausgelassen und fuhr los. Lilian sah dem neuen Seville nach, bis die Dunkelheit ihn verschluckte. Dann drehte sie sich um und betrat das Gebäude.

»Diese Sendung handelt von der Angst«, hörte sie den Sprecher sagen und beobachtete, wie die Fotos verletzter, geschlagener Frauen aufeinanderfielen wie erstarrte Leichname. Dann wurde der Ton auf einmal unscharf, und die Bilder waren verschwommen. Ob der Film nicht richtig eingelegt ist? Oder ob sie 'ne falsche Spule erwischt haben? schoß es Lilian durch den Kopf. Ich hab' Beth Weatherby

385

doch gar nicht interviewt; und meine Mutter und Rickie Elfer auch nicht; und schon gar nicht Elaine oder Laurie. Und doch sah sie all diese Frauen vor sich auf der großen Leinwand. Ihre Gesichter wechselten unaufhörlich, ihre Stimmen waren übereinandergeblendet, flossen ineinander, bis sie alle mit einer einzigen Stimme zu sprechen schienen. Ja, es war, als seien sie alle ein und dieselbe Person. Was heißt das schon, wenn er gut im Bett ist? fragte die Stimme. Das sind viele andere auch. Ein Paar behauptet, sie führten die ideale Ehe, aber kein Mensch mit klarem Verstand möchte mit ihnen tauschen. Bestimmte Dinge im Leben muß man einfach akzeptieren. Sarah Welles ist in ihrem Waschbecken ertrunken. Das Leben ist zu kurz. Die Gesichter waren so stark vergrößert, daß sie die ganze Leinwand ausfüllten. Sie reagierten mit wechselndem Mienenspiel auf jede neue Bemerkung. Schock wurde mühelos zu Vergnügen, das sich ebenso leicht in Besorgnis wandelte. Die Gesichter trennten sich und stritten miteinander, flossen wieder zusammen und stimmten überein. Plötzlich näherte sich schemenhaft die Gestalt eines Mannes, wurde deutlicher und wuchs, bis sie die Gesichter auf der Leinwand fast völlig überschattete. Du möchtest wissen, warum ich ihn nicht verlassen habe, ertönte der Chor der Frauen wieder, während Lilians Augen von der neuen Erscheinung magisch angezogen wurden. Du darfst nicht vergessen, daß ich lange Zeit glaubte, es sei alles meine Schuld. (Lilian vernahm ihre eigene Stimme im Chor der anderen. Es tut mir leid, David, flehte sie.) Ich redete mir ein, es läge an mir. (Ich hab's nicht so gemeint, David. Bitte, verzeih mir.) Erst verliert man seinen Stolz, dann seinen Realitätssinn. (Es tut mir so leid, David. Bitte sei mir nicht böse.) Dann dauert es nicht mehr lange, und auch deine Seele stirbt. Er hat meine Seele getötet. (Lilian sah, wie die Fetzen ihrer Seele, welken Blättern gleich, über Davids Kopf schwebten.) Was gibt es da zu verzeihen? fragten die Stimmen zornig. Verdammt noch mal, warum entschuldige ich mich eigentlich dauernd?! überlegte Lilian.

In diesem Augenblick verschwanden die Gesichter. Auf der Leinwand blieben nur die eindringlichen Fotos zurück, Zeugen eines übermächtigen Hasses. Mein Gott, was Menschen einander antun können, dachte Lilian. Auf einmal begriff sie, daß sie genauso zerschunden war wie die übel zugerichteten Frauen auf diesen Bildern. Der einzige Unterschied ist, daß man meine Verletzungen nicht sehen kann.

Was will ich denn eigentlich? fragte sie sich ärgerlich. Was erwarte ich vom Leben? Sie rutschte unruhig auf ihrem Sessel hin und her, schlug ein Bein über das andere und wechselte gleich darauf wieder in ihre vorige Stellung. Ich weiß, was ich *nicht* will, schoß es ihr auf einmal durch den Kopf. Kerzengerade richtete sie sich auf.

Ich will nicht werden wie Elaine, so zerfressen von Verbitterung und Rachegefühlen. Ich will nicht enden wie Beth, die über jedes erträgliche Maß hinaus litt, bis sie schließlich gezwungen war zu töten, um zu überleben. Ich will das Gute, das es in meiner Ehe *gab,* nicht zerstören, denn damit würde ich doch nur meinen Mann und mich treffen. Ich will nie so dem Haß verfallen wie diese Frauen. Ich will weder meinen Mann hassen müssen noch mich selbst. Trotz allem, was geschehen ist, glaube ich immer noch an die Ehe, aber ich kann nicht länger untätig dasitzen und zuschauen, wie mein Leben abläuft. Ich weiß, was ich will. Ich will aufhören, mich schuldig und unsicher zu fühlen. Ich will meinen Stolz zurück. Ich will meine Seele retten.

In stillem Einverständnis schaute Lilian sich das Ende des Beitrages an. Als der Abspann lief, sah sie flüchtig ihren Namen aufleuchten, bemerkte zu spät, daß sie nicht darauf geachtet hatte, ob Lilian Listerwoll oder Lilian Plumley dastand, und stellte fest, daß es ihr eigentlich gleichgültig war. Sie nahm die Glückwünsche der Umstehenden entgegen, erkannte an dem unverbindlichen Lächeln der potentiellen Sponsoren, daß die endgültige Entscheidung noch nicht gefallen war, und fand das ganz in Ordnung. Alles zu seiner Zeit. Sie umarmte Irving herzlich und verließ das Studio.

Nicole Clark wohnte in einem relativ neuen Apartmenthaus in einem ruhigen Viertel. Lilian brauchte nur zehn Minuten für den Weg und halb so lange, um einen Parkplatz zu finden. Sie zerrte die beiden Koffer vom Rücksitz. Das Packen hatte mehrere Stunden gedauert. Es war schon sehr spät. Das Haus hatte keinen Pförtner, nur eine erleuchtete Sprechanlage. Während Lilian sich noch bemühte, das komplizierte System zu entziffern, kam ein älteres Paar nach Hause und ließ sie hinein. Sie nahm das Gepäck auf und wankte in die Halle. Apartment 815, wiederholte sie in Gedanken, während sie zu dritt den Aufzug betraten. Die beiden Alten stiegen im vierten Stock aus. Die Türen schlossen sich hinter ihnen, und der Lift brachte Lilian lautlos an ihr Ziel in der achten Etage.
Sie wandte sich nach rechts, merkte an den Nummern auf den Eingangstüren, daß sie die falsche Richtung eingeschlagen hatte, und kehrte um. Die Koffer wurden ihr auf einmal schwer, so als würde sie sich erst jetzt ihres Gewichts bewußt. Sie setzte sie ab, um zu verschnaufen. Plötzlich überfiel sie eine panische Angst. »In Panik gerät man nur, solange man nicht weiß, was man zu tun hat«, hörte sie wieder Beths Stimme. »Sobald die Entscheidung gefallen ist, kommt man zur Ruhe.« Sie wußte, daß es nicht so einfach war. Sie brauchte bloß daran zu denken, wie sie nachher in ihre leere Wohnung zurückkehren würde, mit der Gewißheit, daß David endgültig fort war. Aber so wie jetzt durfte es nicht bleiben.
Sie hob die Koffer auf und machte sich entschlossen auf die Suche nach Apartment 815. Als sie die Nummer gefunden hatte, blieb sie stehen, setzte das Gepäck wieder ab und überlegte, was sie sagen sollte, wenn man ihr die Tür öffnete. Vielleicht brauche ich gar nichts zu sagen. Wenn sie die Koffer sehen, werden sie schon wissen, weshalb ich gekommen bin.

Ich könnt's ja mit Humor versuchen, dachte Lilian benommen. Ihr schwindelte. Hallo, ihr beiden. Hab' gehört, hier ist 'ne Mordsstimmung. Na, und da dachte ich mir, zieh doch rüber.

Und wenn David nun schon auf dem Heimweg ist? Angenommen, er hat grade mit Nicole Schluß gemacht, und wir beide sind da draußen unbemerkt aneinander vorbeigefahren? Fremde in der Nacht, dachte sie.

Sie drückte auf den Klingelknopf. Drinnen rührte sich nichts. Dann, endlich, öffnete sich die Tür.

In einem weißen Velours-Bademantel, ein Handtuch um den Nacken geschlungen, stand Nicole Clark auf der Schwelle. Wassertropfen schimmerten in ihrem Haar. Eine Siamkatze strich scheu um ihre Beine. »David ist unter der Dusche«, sagte sie nach einigem Zögern und stieß die Katze mit dem Fuß in die Wohnung zurück.

Lilian spürte, wie ihr Hals sich zusammenschnürte und ihre Nase zu jucken begann. (»Ich bin Nicole Clark. Ich will Ihren Mann heiraten.«) »Hier sind die meisten von Davids Sachen«, erklärte sie leise und kämpfte gegen den Niesreiz an. »Den Rest kann er sich morgen abholen. Ich werde den ganzen Tag außer Haus sein. Mein Anwalt wird sich in den nächsten Tagen mit ihm in Verbindung setzen«, sagte sie und überlegte krampfhaft, wer um alles in der Welt ihr Anwalt war. »Es wäre mir lieber, wenn David mich nicht persönlich anruft.«

Die beiden Frauen tauschten einen langen, forschenden Blick.

Sie sieht sogar ohne Make-up gut aus, dachte Lilian. Die Katze hatte sich wieder herangeschlichen und leckte gierig an Nicoles feuchten Beinen. Nicoles zweiter Zeh ist länger als der große, und genau unterm Nagel hat sie 'n Mordshühnerauge, stellte Lilian erfreut fest. Sie hat häßliche Füße! Sie sah auf in Nicoles verwirrtes Gesicht und lächelte. Zum erstenmal entdeckte sie einen Leberfleck genau unter der Unterlippe der Jüngeren. Vielleicht war er schon immer dagewesen. Aber vielleicht war er auch erst in der letzten Zeit erschienen, um dadurch die Sterblichkeit der anderen zu bezeugen.

»Ich versteh' nicht«, stammelte Nicole. »Sie geben auf?« Sie zögerte und schaffte im Geiste die Koffer in ihr Apartment. »Heißt das, ich hab' gewonnen?«

Lilian straffte die Schultern. Sie spürte, wie ihr Hals frei wurde. Sie konnte wieder ungehindert atmen, und auch der Niesreiz war verschwunden. »Ich denke, das kommt ganz drauf an, was Sie unter Gewinnen verstehen«, antwortete sie, machte kehrt und ging mit schnellen Schritten zum Aufzug zurück. Obwohl sie wußte, daß Nicole ihr nachblickte, war sie zum erstenmal seit vielen Monaten sicher, daß sie nicht über ihre eigenen Füße stolpern würde.

Knaur

Wo die Liebe hinfällt...

(60166)

(3232)

(60015)

(60206)

(60045)

(60007)

Annemarie Schoenle

(60324)

(60317)

(60098)

(3136)

(1637)

(2915)

Knaur

MAEVE BINCHY

(60229)

(60226)

(60225)

(60228)

(60224)

(60227)

»In jeder U-Bahn, am Baggersee und auf der griechischen Insel, überall werden moderne Menschen dieses Buch lesen und sich darin wiedererkennen. Und ein Hoffnungsschimmer wird in ihren Augen glimmen und sie werden hingehen und den richtigen Partner finden, ganz wie im Buch.« *AZ München*

(TB 65075)